中国社会科学院创新工程学术出版资助项目
中国哲学社会科学学科发展报告·学科前沿研究报告系列

文学、语言学科前沿研究报告

THE FRONTIER ACADEMIC RESEARCH REPORT ON LITERATURE AND LINGUISTICS

（2010—2012）

中国社会科学院科研局
组织撰写

中国社会科学出版社

目　　录

文艺理论学科前沿研究报告
（2010—2012）

理论的创新之难，以及理论本身的特性，使其在面对快速变迁的社会风尚时，总会显得有些力不从心。然而，与此相对应的是，近些年我们却看到了理论界的努力与勤勉。对于文艺理论界而言，近年来，理论界开始慢慢走出理论研究“单打独斗、自说自话、难以交流、唯我独大”的不良习惯，学者们的问题意识及现实关注意识正在不断加强；另外，学术刊物对学术话题选择的主动性也越来越明显，各种主题明确的“研究专栏”不断出现，刊物不再是被动地接受稿件，而是主动地策划栏目、组织话题，从而为凝聚学术力量展开对具体问题的讨论与研究，起到了推波助澜的作用。正是由于这些原因，三年来一些备受关注的理论问题、理论热点，得到了很好的研究，取得了许多可圈可点的成果；加之随着国家对科学研究的日益重视，科研项目、科研经费投入的不断增多，各种学术会议、学术交流活动的召开也有了更多的财力支持，所有这些都对21世纪第二个十年开初的学术研究起到极大的促进作用。

一　马克思主义文艺理论的推进与新发展

（一）返正创新，对经典的重视与研究

近几年学者们比以往任何时候都更注意对经典的研究与重读，这一方面是因为经典包含着人类长期以来积累的重要精神，另一方面是人们长期以来对经典的忽视，当然，社会发展对理论研究的更高要求，也是人们重回经典的重要原因。在这种背景下，作为经典理论的马克思主义文艺理论

也受到了学者们更多的关注与研究。陆贵山在《重读经典文本对发展马克思主义文艺理论的重要意义》[①] 一文中就提出了“重读、细读和精读马克思主义的经典文本”的主张；当然，对经典的重读最终要落脚于对经典文本的研究与探讨。重读马恩文论，深入把握经典内涵，是坚持和发展马克思主义文艺理论的必要途径之一。《首都师范大学学报》（社会科学版）2012 年第 2 期对此组织专栏进行了讨论。李志雄《情感与公正：马克思主义文论的批判之维》强调从精神实质入手历史地研究马恩文论，而不只是唯考据论地研究马恩文论；金永兵《“美学观点和历史观点”的整体性》结合马恩批评实践的具体问题深入探讨了“美学观点和史学观点”的内在一致性；张冰《马克思主义与介入美学》则以介入美学视角考察了马克思主义美学的批判性、先进性和革命性特质；卢铁澎《“实践—精神的”掌握方式之异读歧见》围绕“实践—精神的”世界掌握方式这一问题，进行了深入分析与梳理。当然这方面的研究有很多，丁国旗《祈向“本原”——对歌德“世界文学”的一种解读》[②] 以马克思提出的“世界文学”概念为基本依据，分析出歌德“世界文学”概念的本义在于发展民族文学。这一观点，既厘清了过去人们对于“世界文学”的模糊认识，同时在新的条件下，也为民族文艺的发展找到理论根据；另有嵇山的《马克思论阈中的“自由”、“自觉”与审美》[③]、董学文的《毛泽东文艺思想的历史地位和当代价值——献给中国共产党成立九十周年》[④]、汪正龙的《马克思与意识形态批判的三重维度》[⑤]、刘方喜的《审美生产主义：消费时代马克思美学“经济哲学”之维的重构》[⑥] 等文章，都是经典研究的重要成果。

（二）马克思主义文艺理论中国化研究

中国化研究的重提，是在新的历史条件下重振马克思主义思想阐释能力的基本要求，对我国全面建成小康社会也具有重大的理论意义。2011 年《文学评论》第 3 期开辟的“马克思主义文艺理论研究”专栏以“当代文

① 《中国人民大学学报》2011 年第 5 期。

② 《文学评论》2010 年第 4 期。

③ 《黑龙江社会科学》2011 年第 1 期。

④ 《文艺理论与批评》2011 年第 4 期。

⑤ 《陕西师范大学学报》（哲学社会科学版）2012 年第 2 期。

⑥ 高建平、赵利民、丁国旗、刘顺利主编：《创新与对话——马克思主义美学与当代社会》，中国社会科学出版社 2010 年版。

艺理论中的马克思主义”为题组织了三篇文章[①]，分别从美学发展的历史、对待马克思主义理论的态度、马克思主义的“跨学科性”研究等方面探讨了马克思主义中国化的可能路径。除此之外，张玉能、张弓的《中国化马克思主义文学批评的言说方式》[②]对中国化马克思主义文学批评的言说方式所作的研究，丁国旗的《当代马克思主义文艺批评要重视“民族的”标准》[③]对马克思主义文艺批评“民族的”标准的提出与探讨，傅宗洪的《延安时期民歌改造的诗学阐释》[④]对在延安时期的“工农兵文艺”实践中的民歌特征的研究等，都试图在中国化思路下对马克思主义文艺理论进行新的研究，得出新的结论。

与马克思主义中国化问题相关，近些年，学界十分关注我国马克思主义文艺理论的体系建构问题，这既是时代的要求，也是我国马克思主义文艺理论走向成熟的必然结果。如，谭好哲撰文认为，21 世纪马克思主义文艺理论创新必须首先着眼于马克思主义文艺理论的“理论边界”、马克思主义文艺理论中国化的“中国问题”、推进思想创新不可或缺的“研究方法”等一些大问题上。[⑤]韩清玉则在《审美特性的凸显与人文精神的复归——新时期马克思主义文艺理论研究反思》[⑥]一文中，将“审美特性的凸显”与“人文精神的复归”这两大特征作为当下中国马克思主义文艺理论体系建构的重要理论参照。

对马克思主义文艺理论在中国的历史回顾，对我们认识该领域的研究历史及未来发展有着重要的学术价值与意义。丁国旗的《马克思主义美学在中国百年回眸》[⑦]、《对新时期马克思主义文论的历史考察》[⑧]，王杰和段吉方的《六十年来马克思主义文论在中国的范式转换及其基本问题》[⑨]等文章对此作了回顾总结、探讨研究。当然，夏中义的《青年马克思与中国

① 三篇文章分别是高建平《发展中的艺术观与马克思主义美学的当代意义》，赖大仁《马克思主义文论与当今时代》，刘方喜《当代马克思主义文论的“跨学科性”》。

② 《文艺理论研究》2011 年第 4 期。

③ 《中国社会科学报》2011 年 1 月 4 日。

④ 《文学评论》2011 年第 5 期。

⑤ 《马克思主义文艺理论研究的边界、问题与方法——一个基于问题意识的历史反思和创新展望》，《文史哲》2012 年第 5 期。

⑥ 《齐鲁学刊》2012 年第 3 期。

⑦ 《马克思主义美学研究》2010 年第 2 期。

⑧ 《湖北大学学报》2011 年第 2 期。

⑨ 《社会科学家》2011 年第 3 期。

第一次“美学热”——以朱光潜、蔡仪、李泽厚、高尔泰为人物表》①、庄桂成的《苏联文学决议与中国五十年代的文学批评》② 等文则是对历史的更为具体的分析与研究。

（三）“西马”文论研究的收获及其反思

西方马克思主义的文艺思想研究一直是我国马克思主义文艺理论研究的重要内容之一，在研究上，学者们基本保持了多年来形成的研究习惯，那就是更多地围绕“西马”文论家展开研究，卢卡奇、德里达、雷蒙德·威廉斯、马尔库塞、詹姆逊、伊格尔顿等人依然是近几年来学者们关注的主要人物。钱翰、段吉方、丁国旗、张旭曙、刘进、倪寿鹏、董希文、郭玉越等学者在这方面都有很好的研究成果，发表了系列论文，有的甚至出版了研究专著。西方马克思主义研究方面的这些成果，既为我们带来了更多可供借鉴的资源，同时也为推进我国马克思主义文论的创新与发展奠定了坚实的基础。

然而，“西马”研究热及其可能产生的不良后果，也引起了一些学者的注意。董学文在反思我国文学理论研究的“西马化”模式的基础上指出：对文学理论建构中的各种非马克思主义因素加以反思和辨析，是眼下文学理论研究的一项重要任务。③ 除此之外，《湖南社会科学》2011 年第 1 期还专门组织一组文章，对文学理论研究存在的某种西方马克思主义化的倾向、“西马”文艺批评理论的局限性等问题进行研究。这组文章主要有董学文的《文学理论研究的“西马化”倾向》，赵文的《“西方马克思主义”文学批评理论的局限》，李志宏、于建玮的《怎样理解功利性在文学审美性中的地位和作用》等。另外，赵文的《阿尔都塞学派文艺批评的“去唯物主义”特征》④ 也是对这一问题的反思性文章。在对西方马克思主义文论的总体研究与把握方面，王凤才、陈学明的《国外马克思主义研究：四条路径及其评价》⑤ 也明确指出了当下研究国外马克思主义所存在的将其“神圣化”或“虚无化”的错误倾向。2011 年 6 月，丁国旗的

① 《文学评论》2011 年第 5 期。

② 《江汉论坛》2010 年第 11 期。

③ 《文学理论研究“西马化”模式的反思》，《天津社会科学》2011 年第 5 期。

④ 《文艺理论与批评》2011 年第 2 期。

⑤ 《学术月刊》2011 年第 2 期。

《马尔库塞美学思想研究》一书由社会科学文献出版社出版，该书立足于学术而非派别所进行的理论探讨，走出“西马”研究的小圈子，提出的许多超越于“西马”视野的新观点新主张，为打破现有“西马”研究的思维惯性，避免“西马化”有着重要的启示意义。

（四）《讲话》研究的新推进

2012 年是毛泽东《在延安文艺座谈会上的讲话》发表 70 周年，该年度对《讲话》的研究成为我国马克思主义文艺理论研究的一道亮丽风景，许多刊物都以专栏形式对此进行了专门讨论，这里值得特别一提。《湖北大学学报》（哲学社会科学版）2012 年第 4 期组织三篇文章对《讲话》所反映出的文艺理论问题进行了探讨，分别是谭好哲的《〈在延安文艺座谈会上的讲话〉的三重经典意义》、丁国旗的《怎样看待延安〈讲话〉的理论遗产》、泓峻的《毛泽东延安文艺构想中的底层取向及其理论价值》。《文艺理论与批评》2012 年第 4 期则组织文章集中讨论了《讲话》的“人民性”问题，蔡武、马建辉、赵铁信、于平、宋建林等人参与了相关讨论。除此之外，《创作与评论》杂志在 2012 年第 5 期，《学习与探索》在 2012 年第 6 期，也都分别组织文章对《讲话》文艺思想进行了理论探讨，参与讨论的学者均是国内相关领域的研究专家，他们从各个不同的方面探讨了《讲话》的理论价值及现实意义。

除刊发文章纪念《讲话》外，许多研究机构还以会议形式对《讲话》进行集中的研究和讨论。2012 年 5 月 11 日，中国社会科学院文学研究所、中国社会科学院文史学部及中国特色社会主义理论体系研究中心主办的“继承传统、迎接挑战——纪念毛泽东《在延安文艺座谈会上的讲话》发表 70 周年学术研讨会”在北京举行；5 月 18 日，中国社会科学院当代中国研究所举办了“纪念《在延安文艺座谈会上的讲话》发表 70 周年学术座谈会”；5 月 19 日至 21 日，“纪念毛泽东《在延安文艺座谈会上的讲话》发表 70 周年暨全国毛泽东文艺思想研究会 2012 年学术年会”在湖南湘潭隆重举行；5 月 29 日，“纪念毛泽东同志《在延安文艺座谈会上的讲话》发表 70 周年暨全军文学创作座谈会”在北京举行；等等。

(五) 马克思主义文艺理论研究的其他收获

马克思主义文艺理论研究是我国文艺理论研究的主要或主导领域，一直受到科研院所和研究人员的高度重视，在课题申报、科学研究等方面都取得了很好的成绩。2011 年，“马克思主义文学批评的当代形态”国家社科基金重大项目落户华中师范大学文学院，该课题组在如何建构“中国化的”或曰“中国形态的”马克思主义文学批评研究方面，目前已发表了许多质量较高的研究论文。

各种研讨会的召开对促进我国马克思主义文艺理论的持续发展、热点聚焦、问题研究等起着非常重要的作用。在这方面，全国马列文论研究会、中国中外文艺理论学会做出了很大的贡献。作为国家一级学会，全国马列文论研究会每年都组织年会，就相关问题进行探讨，近三年来分别探讨了马克思主义与文化遗产（2010）、与当代中国文化建设（2011）、与当代中国文论（2012）等问题，取得了丰硕的研究成果；同样作为国家一级学会，一直致力于对文艺理论问题的整体探讨与研究的中国中外文艺理论学会，将 2011 年年会主题定为“国外马克思主义文论与中国当代文论建构”，作为一次国际性学术研讨会，会议显示出该学会对于中西马克思主义文艺理论研究，以及对于马克思主义与我国文论建设关系的高度重视。2012 年 7 月，由中国社会科学出版社出版的该学会年刊《中国中外文艺理论研究》（2011）发表了该次会议的一些重要论文，进一步推动了对相关问题的研究与探讨。

二 美学在中国的研究与复兴

美学研究与文艺理论有着不解之缘，有学者认为，“文艺美学”这一术语的中国制造，就是中国学者将文艺与美学结合的最好证明，美学研究在我国文艺理论研究方面从来都占据着半壁江山。而与文艺理论基础研究、中国古代文论研究，甚至与马克思主义文艺理论研究相比，近些年，我国美学研究在中西学术舞台的对话与交流方面，显然有着更大的活力，取得了显著成就。

（一）走向世界的中国美学

2010年8月9日至13日，由国际美学协会主办的第十八届世界美学大会在北京大学成功举办，这是一次世界美学的盛会，包括国际和国内美学界最重要的美学家在内共800多人参加了大会。作为国际美学协会秘书长，中国社会科学院文学所高建平研究员为这次大会的成功举办在策划、组织等方面做了大量工作。世界美学大会，是国际美学界规模最大、学术水准最高的会议，每三年举办一届，被称为世界美学学术转向的风向标。该届世界美学大会的成功举办对中国美学走向世界、中国美学的未来发展都有重要的价值与意义，它标志着中国当代美学正由“美学在中国”、“中国美学”向“中国美学在世界”稳步推进；同时，也将对美学在世界范围内的复兴产生重大的影响。与该次会议精神相一致，高建平在《当代世界美学的基本走向及其影响》[①]、《美学、美学大会与中国美学的发展》[②]、《日常生活审美化与美学的复兴》[③]、《“美学的复兴”与新的做美学的方式》[④] 等文章中对此进行了详细的分析与论证。在他看来，中国美学要想在全球化的世界范围内真正有所发展，必须首先了解世界美学尤其当代世界美学的发展状况，“只有充分吸收各国的美学理论营养，才能建立既是现代的，也是中国的美学”（《当代世界美学的基本走向及其影响》）。在世纪之交和21世纪之初，无论在中国还是在西方，都出现了“美学的复兴”。这种“复兴”的特征，是做美学的方式有了深刻的变化。“美学介入到艺术与日常生活之中，参与到世界的改造和社会的发展之中，从而有着新的广阔前景”（《“美学的复兴”与新的做美学的方式》）。

当然，“美学复兴”不能停留在口号上，而必须在方法与具体途径上有所作为。高建平《美学：在哲学与科学之间漂移》[⑤] 一文通过历史描述，说明美学所具有的哲学和科学的双重性质。而要发展美学，就要坚持美学的人文立场，同时也不拒绝科学研究的成果。在另一篇文章《美学的围

① 《文艺争鸣》2010年第5期。
② 《文艺争鸣》2010年8月号。
③ 《天津师范大学学报》2010年第6期。
④ 《新中国美学六十年·全国美学大会（第七届）论文集》，文化艺术出版社2010年版。
⑤ 《学术月刊》2010年第1期。

城：乡村与城市》[①] 中，他从美起源于乡村，而美学却起源于城市这一矛盾的现象出发，在肯定城市在文化史发展的重大意义的基础上，提出了“乡村美学”的问题，主张一种通过“拆墙”来克服美学中的“围城”现象，形成一种乡村美学与城市美学的平衡，从而真正实现美学的复兴。

中西理论对话和融合对形成“中国美学（文论）在世界”将是重要的。在相关研究中，彭亚非的《文构之美》[②] 充分利用中国传统理论资源，对一个具有一定普适性的美学概念和命题作了深入的分析和阐释；此外，刘方喜的《声韵·情韵·神韵：“韵”之三层结构论》[③]、郭守运的《古典美学“机”范畴探微》[④] 等也可称为这一领域的重要成果。在中国美学的世界推广方面，高建平发表的两篇英文论文：*Theoretical Significance of Painting as Performance*，[⑤] *Man and His Relations with Society and Art*：*A Case Study of On Music*，[⑥] 金惠敏发表的一篇德文论文：*Für einen globalen Dialogismus*：*Zur begrifflichenÜberwindung des »kulturellen Imperialismus« und der damit verbundenen kritischen Positionen*，[⑦] 都做出了努力和贡献。另外，在国际美学学会秘书长高建平先生的努力下，中国社会科学院文学所与江苏师范大学于2012年5月下旬在江苏徐州联合召开了“美学与艺术：传统与当代”国际学术研讨会，近10位来自国际美学界的顶级知名学者应邀参加了此次会议，就美学和艺术在当下的存在和发展问题与中国学者一起进行了深入的研讨，进一步加强了中国美学在国际对话交流中的重要作用。

（二）走向生活的美学研究

20世纪90年代后期直至新世纪以来，美学研究越来越关注人及人的现实生活问题，生活美学、身体美学、生态美学等的研究方兴未艾。近些年，在该命题下的研究既有不少的拓展，同时也有不少的反思。高建平在

① 《四川师范大学学报》2010年第5期。

② 《美学》2010年第3卷。

③ 《陕西师范大学学报》2010年第3期。

④ 《文学评论》2010年第2期。

⑤ 佐佐木健一编：《亚洲美学》，日本京都大学出版社2010年版。

⑥ 《国际美学年刊》2010年。

⑦ See Rainer Winter (hrsg.), *Die Zukunft der Cultural Studies*：*Theorie*，*Kultur und Gesellschaft im 21. Jahrhundert*，Bielefeld：Transcript，2010.

对美学历史与现实的多维梳理与观照的基础上指出，日常生活审美化为美学的新的复兴带来了可能。[①] 在另一篇《美学的文化学转向》中，他指出，走出康德式的审美无利害和艺术自律，将分析美学与美学上的文化学转向结合，成为当代中国美学发展的特色，这种新的研究代表着当代美学和文学研究的发展方向。[②] 2011 年《文艺争鸣》第 1 期刊发的王一川《物化年代的兴辞美学——生活论与中国现代美学Ⅱ》、马建辉《马克思的生活论思想与当前文艺学、美学生活论转向》、陈雪虎《思考从“文化”到“生活”的可能性——再谈“生活论”的内涵兼谈共同文化的方向》、金浪《日常生活的美学困惑——兼谈美学的生活论转向中的几个问题》、王伟《文学、日常生活与意义调配》等多篇关于生活美学的文章，这些文章分别对 21 世纪中国文艺学美学范式的生活论转向的一些理论问题进行了探讨与研究，这其中有赞成有反思，比较全面地反映了目前学界对生活美学的基本看法。与生活美学相呼应，关于身体美学研究这些年也有不少的集中讨论。张法《身体美学的四个问题》[③] 一文认为，引入东方理论模式有助于身体美学理论的完善；冯学勤《谱系学：美学“身体转向”的方法论契机》[④] 希望能在国内渐热的身体美学话题讨论过程中确立谱系学的基本方法论位置；王晓华《身体—主体的缺席与实践美学和后实践美学的共同欠缺》[⑤] 则对实践美学和后实践美学缺失身体—主体这一现象进行了批判性分析。

生态美学与批评，是近年来持续研究的热点问题，在经过了萌发和草创阶段之后，目前已进入到真正意义的学理探索、丰富和深化阶段。党圣元认为，“中国的生态批评和生态美学研究已初见规模，并必将在新世纪中国文论建设中承担起自己的责任。”[⑥] 2010 年，曾繁仁出版了《生态美学导论》，这是国内首部以有中国特色社会主义生态文明理论为指导，综合中西古今资源，全面论述生态美学这一崭新美学理论形态的论著，标志着该理论研究日臻成熟。文艺美学对生态环境，身体，城市文化等方面的关注，促进了相关美学形态的建构，形成了学科发展新的生

① 《日常生活审美化与美学的复兴》，《天津师范大学学报》2010 年第 6 期。

② 《江苏行政学院学报》2011 年第 3 期。

③ 《文艺理论研究》2011 年第 4 期。

④ 《文艺理论研究》2011 年第 1 期。

⑤ 《学术月刊》2011 年第 5 期。

⑥ 《新世纪中国生态批评与生态美学的发展及其问题域》，《中国社会科学院研究生院学报》2010 年第 3 期。

长点。曾繁仁《人类中心主义的退场与生态美学的兴起》[①]、张法《生态型美学的三个问题》[②]、彭锋《如画概念及其在环境美学中的后果》[③]、程相占《环境美学对分析美学的承续与拓展》[④] 等文章从多角度、多层面对环境与生态美学进行了分析阐述，形成了生态与环境美学研究的蓬勃态势。陈望衡《城市如何让生活更美好：环境美学的视角》[⑤]、刘成纪《一种建设性的城市美学》[⑥] 等文章，以及周小兵的新书《城市美学漫谈》[⑦] 等则重点阐述了城市美学的理论设想。张法《身体美学：话语缘起、中西异同、行进难点》[⑧]、周春宇《走出“身体美学”的误区》[⑨]、姚文放《肉体话语、身体美学、身体的审美化——晚近对于经典美学的三次挑战及其学术意义》[⑩]、安静《内与外的有机整合：消费社会中身体美学的新吁求》[⑪] 等文章则对身体美学的发展和问题进行了探讨和评述，体现了学界对这一领域的集中关注。

（三）传统美学理论研究与现代美学建构

中国美学的发展最终还需要更多地开掘中国美学的理论资源，中国美学走向世界，最终也只能靠我们自己的美学原创，而原创的产生是离不开对中西美学整个传统的继承与研究的。祁志祥《中国佛教美学的历史巡礼》[⑫] 一文对中国佛教美学思想的历史进行了梳理；徐岱《重申柏拉图——正义之城的美学问题》[⑬] 认为柏拉图以“正义论”为核心的伦理美学，对于当下普遍缺乏真正的“问题意识”的中国式美学研究具有重要的启发意义；刘彦顺《论奥古斯丁美学思想中的时间性问题》[⑭] 则认为，奥

① 《文学评论》2012 年第 2 期。
② 《吉林大学社会科学学报》2012 年第 1 期。
③ 《郑州大学学报》（哲学社会科学版）2012 年第 5 期。
④ 《文艺研究》2012 年第 3 期。
⑤ 《郑州大学学报》（哲学社会科学版）2012 年第 1 期。
⑥ 《河南社会科学》2012 年第 2 期。
⑦ 天津大学出版社 2012 年版。
⑧ 《社会科学辑刊》2012 年第 5 期。
⑨ 《学术月刊》2012 年 3 月号。
⑩ 《江海学刊》2012 年第 1 期。
⑪ 《西北师范大学学报》（社会科学版）2012 年第 2 期。
⑫ 《文艺理论研究》2011 年第 1 期。
⑬ 《杭州师范大学学报》2011 年第 1 期。
⑭ 《文艺理论研究》2011 年第 3 期。

古斯丁的神学美学在“时间”维度进行的诸多沉思，是西方美学史上关于时间性美学思想第一次丰盛的创造性奠基。关于中西美学比较研究，彭锋《中西美学中的虚与实》[①] 分析了中西美学在艺术的虚实问题上的不同看法，并认为20世纪西方美学家看到的虚与中国美学所推崇的虚的不同之处。牛宏宝《时间意识与中国传统审美方式——与西方比较的分析》[②] 则以中国传统时间意识与西方时间意识之间所显示的差异为线索，揭示了时间意识所模塑的中国传统审美的独特方式。

研究是为了发展，是为了创建，延续21世纪以来理论界对文艺美学学科命运的焦虑以及除旧布新的渴望，学者们一方面在研究中表现出更多的理性思考，另一方面也一直在尝试新的理论体系建构的冲动。周宪的《美学的危机或复兴?》[③]、王一川的《“理论之后”的中国文艺理论》[④] 等文章都是在思考文艺美学的命运和发展方向；而杨春时《论现代美学的重建——超越现代主义与后现代主义》[⑤] 则提出了一系列的重建设想；刘旭光在《现象学的方法与当代文艺美学的新发展》[⑥] 中盘点了现象学对文艺美学的推动，试图以此走出方法论困局，开拓出新的领域；张晶《文艺美学的当代建构及其意义》[⑦] 从整体着眼，提出学科建设应从中西两方面汲取资源，并结合当代审美实践，建构美学新形态；高建平《理论的理论品格与接地性》[⑧] 则针砭时弊，提出了理论的“接地性”问题；王元骧也在《也谈文学理论的“接地性”》[⑨] 中对文艺的“接地性”问题作了进一步阐述。

理论的创建必然面临着理论的论争、思想的碰撞，尤其是随着新视点和新思路的引入，文艺美学一些旧有的话题永远不会失去进一步深入探讨的空间。近些年，关于实践存在论美学的争论，一直都是一个重要的话题，这场论争或许就像许多的理论论争一样，注定不会有最后的输赢，但

① 《北京大学学报》2011年第1期。

② 同上。

③ 《文艺研究》2011年第11期。

④ 《学术月刊》2011年11月号。

⑤ 《厦门大学学报》(哲学社会科学版) 2012年第3期。

⑥ 《文艺理论研究》2012年第3期。

⑦ 《安徽大学学报》(哲学社会科学版) 2012年第2期。

⑧ 《文艺争鸣》2012年第1期。

⑨ 《文艺争鸣》2012年第5期。

却给理论研究带来了很多思考。朱立元《略谈当代中国语境中的实践存在论美学》[①]、《“实践存在论美学”不是“后实践美学”——向王元骧先生请教》[②] 两文，以及毛崇杰的《再论美学本质论及本体论问题——与张伟及王元骧二先生商榷》[③] 等文章，对学界讨论比较多的实践存在论美学以及美学的本体论、本质论和实践论关系等问题进行的深入探讨与分析，显示了作者对学术问题的执着和求真的科学精神。

此外，文艺美学近些年还呈现出与社会政治、经济、文化等联结研究的现象，试图以一种跨学科的方式来拓展自己的领地与空间。金惠敏《审美化研究的图像学路线》[④] 从“日常生活审美化”现象出发，提出将图像增殖作为审美化的推动力量的思路；刘方喜、赵树军《“符号经济”论：“新艺术政治经济学批判”之二》[⑤] 提出了“新艺术政治经济学批判”的理论构想。此外，叶朗《引领全社会重视艺术教育》[⑥]、王元骧《拯救人性：审美教育的当代意义》[⑦] 等对审美教育问题进行了重点关注和集中阐释，这体现出美学界对一些社会问题以及美育研究的新的热度。

三　“文化研究”热度的降低与反思

（一）对文化研究的反思与批判

20 世纪 90 年代中期兴起的文化研究热，进入 21 世纪之后，仍然受到学界的热情关注，然而随着理论研究的深入，21 世纪进入第二个十年之后，这种热潮却正慢慢降温，关于文化研究学界更多地投入的是静思的目光，批评的态度，对现实现象和理论思潮中所存在的种种误区的揭示。刘方喜《警惕“文化研究”泡沫化》[⑧] 一文揭示了“文化研究”热衷的一些负面因素，强调“文化研究”应在重视现实中获得自身发展的动力。金惠

① 《陕西师范大学学报》2012 年第 1 期。
② 《辽宁大学学报》2012 年第 3 期。
③ 《广东社会科学》2012 年第 5 期。
④ 《文学评论》2012 年第 2 期。
⑤ 《阅江学刊》2012 年第 3 期。
⑥ 《美育学刊》2012 年第 3 期。
⑦ 《文艺研究》2012 年第 3 期。
⑧ 《文艺报》2010 年 1 月 22 日。

敏《抵抗的力量决非来自话语层面——对霍尔编码/解码模式的一个批评》[①] 则在更具学理性的层面，把西方“文化研究”的重要误区具体地揭示了出来。该文指出，西方“文化研究”及后现代主义的重要价值正在其批判性和对“抵抗的力量”的寻求，而受其影响的中国的“文化研究”总体上沉溺于“能指蔓延”的话语游戏，难有发展前途。

在批判性反思的同时，有关西方“文化研究”理论背景的清理也在广度和深度上进一步展开。《文艺争鸣》2010 年 5 月号刊登了《实用与桥梁——中国学者与理查德·舒斯特曼的一次对话》以及高建平《美学与艺术向日常生活的回归》、《艺术：从文明的美容院到文明本身》等一组论文，集中梳理了杜威等以来的实用主义美学重视日常生活的美国本土传统，对我们全面把握“文化研究”的理论背景、发展趋向等都有重要启示。此外，如冯毓云《审美复兴的文化间性立场——舒斯特曼新实用主义美学建构之路径》[②]，金惠敏《关于“日常生活审美化”理论的若干注解》[③]、《英国文化研究与“文化帝国主义”的理论纠结——一个以霍尔和莫利为中心的研究》[④] 等文章也是相关研究的重要成果。另外，金惠敏对西方“文化研究”理论家还有一系列学术访谈，较为全面地展示了“文化研究”的发展趋向，而其《图像—审美化与美学资本主义——试论费瑟斯通“日常生活审美化”思想及其寓意》[⑤] 一文则昭示其在评述西方相关理论的基础上对西方话语有所整合、创造性的重构、命名以建构自己理论的趋向；其理论专著《积极受众论——从霍尔到莫利的伯明翰范式》[⑥] 对“文化研究”中“受众”何以是“积极的”这一积极受众论中最核心、最关键的问题，进行了深入的研究与发展，对其主要阐发者霍尔和莫利的不彻底性进行了剖析，并最终认为，受众的“物质性存在”才是其积极或抵抗的最终解释。

（二）在困境中寻找突破

认识到后现代“文化研究”的不足之后，如何走出其“误区”，就成

① 《文艺理论研究》2010 年第 2 期。
② 《文学评论》2010 年第 4 期。
③ 《江淮论坛》2010 年第 3 期。
④ 《江西社会科学》2010 年第 5 期。
⑤ 《解放军艺术学院学报》2010 年第 3 期。
⑥ 中国社会出版社 2010 年版。

为学界接下来要面临的重要课题。2010 年 5 月 14 日，中国社会科学院文学所理论室举办了由高建平主持的“后现代思潮研究暨《走出后现代》一书座谈会”，就文学所理论室毛崇杰所著的《走出后现代》展开了讨论。尽管关于中国是否已进入后现代、如何认识中国社会当下的现实、如何走出后现代等问题，与会者存在不同认识，但在西方后现代“文化研究”确实存在不足和要充分重视中国当下社会现实等方面，与会者还是存在共识的，对毛著中所提出的走出后现代的诸多探讨还是肯定的。这与其他相关的讨论文章在观念上也是比较一致的，黄卓越在《文化批评转轨的语域及困境》① 中分析了以知识分子为主体的文化批评所面临的三重困境，从而提出了文化批评应该转轨的新思路；盛宁《走出“文化研究”的困境》②一文则更为直接地指出，只有认清文化研究的实用性宗旨，把对文化研究的伪理论兴趣转向对于现实文化现象的个案分析，文化研究才能走出困境；章辉③认为，中国后殖民批评的建设要在吸收后殖民理论精神的基础上，直面本土现实问题，以业余知识分子态度关注文化政治，去除意识形态蔽障，行走在自由思想和纯粹知识的道路上，从而推动中国社会的变革；金惠敏《走向全球对话主义——超越“文化帝国主义”及其批判者》④ 认为，文化研究的未来出路必须超越“现代性”与“后现代性”这两种模式，而走向“全球性”的文化研究模式，即走向“全球对话主义”；高小康《从审美文化研究到审美文化生态研究》⑤ 一文则以“审美文化生态研究”为审美文化研究打开了新的视阈和研究空间。

为文化研究寻找出路的努力还使一些学者将关注的视角伸向了文艺理论的文化地理学研究。潘正文《“文学地理”与现代社团文风》⑥ 一文尽量贴近历史原貌地揭示现代社团文学风格的形成、发展、变化规律；崔志远《论中国地缘文化诗学》⑦ 认为，地域文化研究的学术成果在 20 世纪 80 年代以后成为推进我国地域文学研究的重要前提；刘小新《文学地理

---

① 《探索与争鸣》2011 年第 6 期。
② 《文艺研究》2011 年第 7 期。
③ 《后殖民理论与当代中国文化批评》，《文学评论》2011 年第 2 期。
④ 《文学评论》2011 年第 1 期。
⑤ 《学术研究》2010 年第 11 期。
⑥ 《文学评论》2011 年第 5 期。
⑦ 《文艺争鸣》2011 年第 14 期。

学：从决定论到批判的地域主义》[①] 则提出，在全球化和后殖民的知识语境中，文学地理学研究必须辩证地思考批判的地域主义这一重要课题。这些研究都是另辟蹊径而又颇有新意的。

四　中国古代文论研究的守正与拓展

我国古代文论研究队伍强大、研究成果丰硕，近年来主要集中于范畴研究，文论家的著作、分期、流派等的研究，以及专题研究、综合研究和古代文论的现代性研究等几个方面。

范畴研究历来都是古代文论研究中的重要话题，不仅有对具体范畴的研究，而且还有对与范畴相关问题的研究。在范畴研究方面，“意象”、“意境”、“神韵”、“含蓄”等范畴历来受到学界的重视。如陈伯海的《古典诗歌意象艺术的若干思考》[②] 把中国古典诗歌艺术定位为意象经营的艺术；屈光的《中国古典诗歌意脉论》认为，意脉是为了使作品成为完整的有机体而采用的内在结构形式[③]；罗钢《学说的神话——评“中国古代意境说”》[④] 不同意把“意境说”看作中国古代诗学和美学核心范畴，认为“意境史”是现代学者依据王国维等提供的理论范式，利用中国古代诗学的思想素材所进行的人为话语建构。除此之外，“龙学”研究也表现出较强的研究实力，相关研究涉及的问题有《文心雕龙》的理论体系、刘勰的大文学观念以及《文心雕龙》中的具体命题和范畴等。2010 年 3 月，在武汉大学召开的“百年龙学国际学术研讨会”更可谓“龙学”研究史上的一件大事，该次大会为《文心雕龙》的深入研究带来了新的契机。除“龙学”研究外，《二十四诗品》等文论典籍也受到了学者的重视，如陈尚君的《〈二十四诗品〉伪书说再证——兼答祖保泉、张少康、王步高三教授之质疑》[⑤] 罗列了反对《二十四诗品》伪书说的三家论点的主要依据，并对《二十四诗品》里唐以后的痕迹作了考释，对唐宋文献的传布规则从学理上作了说明。由范畴研究所引申出的其他理论问题方面，黄雪敏《中国

---

① 《福建论坛》2010 年第 10 期。

② 《社会科学》2012 年第 7 期。

③ 《文学评论》2011 年第 6 期。

④ 《文史哲》2012 年第 1 期。

⑤ 《上海大学学报》（社会科学版）2011 年第 6 期。

古典诗学范畴的人本构建》① 一文，很好地探讨了古代文论中一些具体范畴的人本构建问题；李健的《中国古代文学理论范畴的当代价值》② 则提出，应该将中国古代文学理论范畴的理论内涵与当下的文学理论研究形成对接，以此为基础建立起具有我们民族特色的当代文学理论；金永兵《范畴研究：文学理论科学性的一种建构策略》③ 也对范畴相关问题进行了研究，丰富和发展了范畴研究的体系内容。

在文论家著作、分期、流派等的个案研究方面，从先秦到清代，文论家的著作、流派等几乎都有涉及。如蒋寅《王夫之对情景关系的意象化诠释》④、袁愈宗《神理凑合，自然恰得——王夫之"情景"论新解》⑤、吴中胜《"肌理说"与翁方纲的诗学精神》⑥、徐宝锋《〈礼记〉伦理认知的诗学品格》⑦、曹旭和王澧华的《论西晋诗学》⑧ 等文章都是这方面堪为代表的重要成果。当然还有许多学者善于从大视野与总体把握方面对古代文论进行新的研究与探讨，杜书瀛的《"中国文学批评史"应正名为"'诗文评'史"》⑨ 一文在深入研究的基础上提出了中国文学批评史的"'诗文评'史"的主张。李春青的《从王官之学到诸子之学——论中国古代文艺思想发展史上第一次转折》⑩ 则着重探讨了古代文艺思想从王官之学语境转为诸子之学语境的重大转变。此外，张晶、陶文鹏的《中国古典诗词的神秘之美》⑪ 等文，则对中国古代文论的神秘特征或原始思维的特点进行了研究与探讨。

我国古代文论研究一直存在方法探讨与现代转型的问题，近些年在这方面的探讨也出现了一些新的成果。如，许多学者都意识到了科学主义给中国文论研究带来的困境与问题，曹顺庆、冯欣《唯科学主义视阈下中国

---

① 《清华大学学报》2011 年第 1 期。
② 《南京社会科学》2011 年第 4 期。
③ 《云梦学刊》2011 年第 4 期。
④ 《社会科学战线》2011 年第 1 期。
⑤ 《广西师范大学学报》2010 年第 6 期。
⑥ 《文学评论》2011 年第 4 期 。
⑦ 同上。
⑧ 《文学评论》2011 年第 5 期。
⑨ 《陕西师范大学学报》2011 年第 4 期。
⑩ 《人文杂志》2011 年第 5 期。
⑪ 《北京大学学报》2011 年第 3 期 。

古代文论的双重危机》[1] 一文对此进行了专门探讨，另外，余泽梅、杨一铎《论中国文论“科学化”的双重困境》[2] 从内因、外因两方面阐明了西方文论的科学化在实际应用于中国文化文学时所遇到的矛盾。在反思困境的同时，许多研究者也提出了中国文论建设的思路与方法。如，杜书瀛《论“诗文评”》[3] 主张用中国原有的“诗文评”命名古代文论，用“‘诗文评’史”命名“中国文学批评史”；《中华古文论释林》[4] 的编者在《总序》中主张中国古代文论研究要直接面对古人的论著文本，认为整个研究必须以这种文本阐释作为基础和核心。在具体方法上，高宏洲提出了古代文论研究的“二重历史化”问题[5]，代迅认为要完成中国文论话语方式的现代转型，就要改变中国文论“述而不作”、“依经立义”的传统及其经验性和点悟性特征。[6]

近几年在各代文学观念以及审美精神、文化内涵等方面的研究也取得了不少成果。如在两汉文论研究中，学者们通过对《毛诗》的大、小序[7] 以及《盐铁论》[8] 等的分析探讨，对两汉文论的诗学价值进行了研究。在唐宋文论的研究方面，学者们则更看重文学观念的转变，因此讨论的问题就主要集中在以文为诗、对意的重视和叙事性转向上。对明代文论的研究，研究者则都把眼光放在复古派内部性情论的萌发和它对格调法度的瓦解上，代表性文章如肖鹰的《由法而情的美学转进——明代自然情论诗学观的萌发》[9]、罗宗强的《明代文学思想发展中的几个理论问题》[10]、王明建的《明代复古派诗论的言情观》[11]、汪泓的《重倡儒家诗学的格调与神韵——李梦阳诗学再解读》[12] 等。清代文论的研究方面，蒋寅的《王渔洋

① 《社会科学战线》2012 年第 4 期。

② 《文艺理论与批评》2011 年第 6 期。

③ 《文学遗产》2011 年第 6 期。

④ 李壮鹰主编、李春青副主编：《中华古文论释林》，北京大学出版社 2012 年版。

⑤ 《古代文论研究的“二重历史化”》，《安徽师范大学学报》（人文社会科学版）2012 年第 3 期。

⑥ 《中国文论话语方式的危机与变革》，《文学评论》2011 年第 6 期。

⑦ 钱志熙：《论〈毛诗·大序〉在诗歌理论方面的经典价值及其成因》，《北京大学学报》2012 年第 4 期。

⑧ 蒋寅：《西汉后期主流话语中“文”的含义及其文化意蕴——以〈盐铁论〉为中心》，《河北学刊》2012 年第 4 期。

⑨ 《文艺研究》2012 年第 2 期。

⑩ 《文学遗产》2012 年第 5 期。

⑪ 《文学评论》2012 年第 5 期。

⑫ 《江西社会科学》2012 年第 1 期。

"神韵"的审美内涵及艺术精神》[①]、《"神韵"与"性灵"的消长——康、乾之际诗学观念嬗变之迹》[②] 两篇长文堪称该领域研究的重量之作。

作为"理论"学科，创新与发展应该是文艺理论研究的首要任务，近年来学术界同人在诸多方面都做了很多有价值的理论探讨，提出了许多重要的理论观点。除以上所述之外，由于传媒技术的不断发展，网络与图像日益成为冲击传统文学存在形式的重要力量，近些年来，学术界对于文学的多维存在形态的关注与探讨也从来没有停止过；西方文论研究、艺术理论研究等方面也取得了许多可圈可点的成果，限于篇幅这里不再赘述。以上所有这些研究成果，必将为推动我国文艺理论与美学研究的持续发展，推动理论创新及理论与现实实践的有机结合发挥重要的作用。

（文学研究所　丁国旗）

① 《中国社会科学》2012 年第 3 期。
② 《北京大学学报》（哲学社会科学版）2012 年第 3 期。

中国古代文学学科前沿研究报告
（2010—2012）

一 概况

进入21世纪的第二个十年后，中国古代文学研究各个领域的发展态势虽有不同，但整体上进入一个稳步发展和深入细化的时期。大体上说，先秦文学研究由于近年大量简帛文献的出土，利用新出文献考订传世经典，显出前所未有的勃勃生机；汉魏六朝文学研究相对来说进入微利时代，局部的细致研究虽时有新意，但著名作家研究鲜有重要突破；唐宋文学研究也逐渐进入发展滞缓的阶段，文献整理和文本研究两方面都未产生影响较大的成果；辽金元文学在文献整理方面有长足进展，编纂多年的具有集成性、总结性的大型文献整理项目终于结出果实；相比之下，明清文学研究因新时期以来四库全书系列及《清代诗文集汇编》的影印出版，获得丰厚的文献支持，出现迅猛发展的势头，成为近年研究成果最显著的一个领域。鸟瞰整个中国文学研究的发展态势，古代文学领域的成果仍然占据较大的比例，这不仅因为从事古代文学研究的学者人数众多，也因为这个学科在漫长的历史发展中已逐渐形成自己的学术传统和基本规范，形成文献研究、历史研究和文本研究并重的学科意识，众多的学者甘坐冷板凳，默默地从事枯燥、繁难的文献整理工作，为学界积累了一大批可靠、实用的基本文献，为学术研究的深入发展奠定了坚实的基础。中国社会科学院文学所古代文学学科，正像它在新中国成立后60年的学术史上所发挥的作用一样，也参与并在一定程度上推动了当今的学术潮流。

本来像中国社会科学院这样的国家直属的实体性的人文社会科学研究

机构，世界上很少见，而文学所能成为最早成立、人数最多的研究所之一，更显得不同寻常。这是历来重视文学的中国文化传统在当代的反映和延伸。自1953年文学研究所在北京大学成立起，古代文学专业就集中了一批学有专攻的著名学者，成为古典文学界一支非常重要的研究团队。已故复旦大学教授章培恒先生在文学学科"十五规划"咨询报告中曾提道："中国社科院文研所在50年代力量很强，拥有钱钟书、俞平伯先生等一流专家，其力量比高教战线上的任何一所著名大学的中文专业都强，但也至多抵得两三所名牌大学的中国文学研究力量而已。"言下虽尚有保留之意，但文学所在20世纪50—80年代（"文化大革命"期间除外）曾承担规划、组织国内文学研究的重任，在新中国的文学研究中占有举足轻重的地位，是不可否认的。

文学所自成立之日起，在郑振铎、何其芳以降历届所长的引领下，形成优秀的学术传统、宽松的学术环境和浓厚的学术氛围。从第一代学者起，文学所的古代文学研究就形成多元的学术传统，既有孙楷第、吴晓铃等立足于文献、考证的基础性研究，也有钱钟书、吴世昌等中西贯通的理论研究和批评，更有郑振铎、余冠英、范宁那样的综合性研究，总体上形成文献基础扎实、理论眼光通透的学术品格。虽然自90年代以后，正如章培恒先生所说，"至少在人文学科领域，社科院已不承担这样的任务（按：指组织和指导人文、社会科学研究），国家社科基金也已由中宣部掌握；同时，50年代的文研所专家今已大抵去世，科研力量明显减弱"。但作为国家专属研究机构，社科院的独特体制仍具有特殊的学术能量，从而具有大学所不能取代的作用。事实上，研究人员自由支配时间，自主决定研究课题，决定了他们能够集中精力深入钻研自己感兴趣的问题，而适当的经费投入和图书资料的丰富，则为产生较专门和深入的研究成果提供了必要的保证。文学所的性质和历史都表明，长时间、大投入的基础研究是其优势所在。前辈专家已在研究资料汇编（如陈友琴《白居易研究资料》）、文献整理（如郑振铎、刘世德等《古本戏曲丛刊》、《古本小说丛刊》）、目录编纂（如孙楷第《中国通俗小说书目》、《日本东京所见小说书目》）、辞典编纂（范之琳、吴庚舜《全唐诗典故辞典》、马良春等《中国文学大辞典》）、文学通史编写（余冠英等《中国文学史》、邓绍基等《中国文学通史》）等方面做了大量工作，这正是文学所赢得学界尊重的主要原因所在。

文学所图书馆以民国间著名学者和藏书家张寿镛约园藏书为基础，拥有丰富的明清文集、戏曲小说和说唱文学资料收藏，为古代文学文献的研究提供了优越的条件。以小说为例，《红楼梦》的珍贵版本和有关文献几乎都被文学所收藏，所以古代室出了蒋和森、陈毓罴、邓绍基、刘世德、石昌渝等多位红学家。诗文方面，则从金圣叹、洪昇、吴敬梓直到魏秀仁、黄人的著作，文学所收藏的刊本、稿抄本都是海内孤本。此外历代《诗经》学著作、诗文集、诗文评、明清宝卷、俗曲的收藏，在国内也屈指可数。这不仅形成了古代文学学科重视基础文献整理、立足于文献研究文学的学术传统，也培养起学者集中精力从事文献考索，从基础文献研究中发现问题，形成有深度的专题研究的习惯。如谭家健的《墨子》校注，陆永品的《庄子》笺注，曹道衡、刘跃进的南北朝文学编年，陈铁民的唐人别集校注，张锡厚的敦煌文献校注，石昌渝的小说目录编纂，王学泰的历代诗文集解题，杨镰的《全元诗》编纂，赵丽雅的诗文名物疏证，郑永晓的江西诗派文献整理，蒋寅的清诗话考索，等等，都是朝向上述目标的实际努力。这些工作为学界提供了有价值的资料及其初步研究，而作者自己的深度研究也往往由此萌生。由于没有教学和备课的需要，学者们的研究课题更多地着眼于学术发展的要求，自觉地寻找和填补空白，开拓新的学术生长点。如果说文学所的工作和成果还有一些超越自身以外的意义，就在于能在一定程度上引领学术风气和学术趋向。

在新时期的学术复兴中，唐代文学专家董乃斌出任新学科研究室主任，与刘再复所长共同推动探索、尝试古代文学研究的新理论新方法，在作家传记研究、叙事理论、文学史学等方面作了有力的开拓。此外，曹道衡、沈玉成的六朝文学研究，陈铁民的盛唐诗歌研究，邓绍基的元代文学研究，陈毓罴的古典小说研究，刘世德的小说版本研究在学界久负盛名。韦凤娟的六朝文学研究，李少雍的史传文学研究，刘扬忠的词史研究，幺书仪的元代文人和戏曲研究，杨镰的元代文献和文学史研究，卢兴基的明代文化研究，金宁芬的明代戏曲研究，尹恭弘的公安派研究，石昌渝的小说史研究，王学泰的游民文化研究，胡小伟的关帝文化研究，梁淑安的近代戏曲考索，王飚的近代文学研究，也都在学界独树一帜，堪称专家之学。

进入21世纪后，在刘扬忠为学科带头人的近十年间，随着“文革”前入所乃至改革开放初期研究生毕业的研究人员逐渐退休，古代文学学科同时经历了学者队伍新老更替和学术制度初步建设的历史过程。在这段时期，依托古代文学学科承担并完成了院重大课题《古典文学与华夏民族精神的建构》，在古代室设立每月一次的学术论坛，年轻学者自发结成《毛诗正义》、《周礼正义》的读书会，加强了学科同人间的沟通和了解，相互帮助，共同提高，为古代文学学科进入创新工程奠定了基础。学科现有研究人员 16 名，其中研究员 8 名、副研究员 6 名、助理研究员 2 名，其中有博士学位者 15 人。在 2010—2012 年间共退休 2 人，新聘 1 人。按学术特长来划分，人员的分布是先秦两汉方向 2 人：马银琴、陈君；魏晋南北朝方向 3 人：吴光兴、范子烨、许继起；唐宋方向 4 人：王筱芸、刘宁、陈才智、张一南；元明清方向 7 人：蒋寅、李玫、孙丽华、张奇慧、刘倩、夏薇、李芳。按学术专长划分，研究诗文者 11 人，研究戏曲小说者 5 人，比例大体适应中国古代文学的基本格局，适合传统文类和时代的分布。

二　学科前沿动态

在 2010—2012 年间，本学科的学者完成了《古典文学与华夏民族精神的建构》、《全元诗》两项院重大课题，并通过结项评审，将分别由中华书局和河北教育出版社出版。其他的个人课题，也都按照各自的研究计划稳步开展，三年间发表了一批有较高质量的学术成果。

在先秦两汉文学研究方面，马银琴《周秦时代〈诗〉的传播史》一书，以宏观的结构和细致的分析，梳理了周代王官之学《诗》演变为儒家经典《诗经》的历史过程。全书从周代的礼乐制度入手，揭示了诗歌在礼乐体制下的功能与特点；在分析春秋时代诗歌赋引方式及其特点的基础上，进一步讨论了赋引风气兴盛衰变的内在原因及其对《诗》传播的意义与影响；重点讨论了《诗》在官府与民间所遭遇的截然不同的两种态度。作者认为，通过私学在民间广泛传播，是战国时代诗文本传播最显著的特点。书中从空间分布入手，通过梳理儒家学者的聚集与流动，着重讨论了鲁、齐、楚与三晋地区儒学的发展以及《诗》随儒学传播的状况。在此基础上，还分别讨论了孔子、子夏、孟子、荀子等人的诗学观念及其在《诗》传播史上的地位与影响，揭示了《诗》由“孔门四科”最终成为儒家经典的演进过程。该书的研究，在一定程度上细化和充实了经学史和文学史对《诗经》文本形成、传播过程的认识，是近年《诗经》学研究的一部重要著作。

汉人的文体分类观念，一直是后代学者关注的问题之一。吴光兴《关于〈汉书·艺文志〉“诗赋略”的分类及小序之有无的问题》[①]一文，对历史上争议很大的《汉志》“诗赋略”的小序分类问题提出了自己的看法，认为刘向、刘歆校书，主要工作是整理藏书，分别图书学术性质还是较次要的事，因此，《七略》、《汉志》的分类，与收书、藏书的次序、位置关系很大，而并不存在性质上的不同。他的另一篇论文《著述之风与两汉时期文本位“文章”新概念的建构》[②]，则以两汉时代的相关史料为基础，对中国传统文学观念中最重要的关键词“文章”观念的形成进行了深入的讨论。

年轻学者陈君的《东汉社会变迁与文学演进》是近年少见的一部出色的断代文学研究专著，东汉文学史的研究一向比较薄弱，由于资料相对较少，迄今文学史对东汉文学的论述大体是若干点的连接，历史发展的线索不甚清晰。该书通过对文学史料的细致勾勒，对东汉文学的几个关键环节作了超越前人的深入探究，从政局变化、艺文机构、学术思想、地理分布等多个角度入手，精细地梳理了东汉文学演进的历史线索。书中对东汉文学整体状况的描述与具体问题的深入研究，相比既有的论述都有明显的深化，使以往略显零碎的东汉文学呈现出一个个板块结构，更清晰地凸显了东汉文学的历史全貌。作者认为，明、章之世是东汉文学发展的黄金时代，与西汉的武、宣之世堪称汉代文学的两个高峰，并指出和帝以后文学发展的趋势主要表现在两个方面：一是文学重心的东移，即由关中逐渐向关东转移；二是文学重心的下移，即由宫廷下移至家族，由中央下移至郡国。这些结论都是新颖而有说服力的，可以说是近年东汉文学研究中最有价值的学术成果。

许继起、王小盾《论〈汉书·艺文志〉所载汉代歌诗的渊源》一文对《汉书·艺文志》所记载的28家歌诗逐一作了考订，认为汉武帝“立乐府”的意义造成乐府活动的制度化，也使“歌诗”得以独立成体。论文从乐工和歌诗作品的地域分布，分析了汉乐府的来源，认为汉代乐府音乐是由历代所传宫廷音乐、刘氏先祖巫祠音乐、诸地所献音乐、各地祭祀音乐以及风俗音乐组成，不仅较好地解决了汉代宫廷音乐的历史渊源问题，对研究汉代雅乐制度、乐府制度以及乐府文学创作的文化背景及乐府歌辞分类也具有一定的意义。

---

① 《文史》2010年第2期。

② 《中国社会科学院文学研究所学刊2009年卷》，中国社会科学出版社2010年版。

魏晋南北朝文学研究方面，蒋寅发表了三篇属于《古典文学与华夏民族精神的建构》前期成果的论文。《主题史和心态史上的曹植》一文①，从主题史和心态史的角度来看曹植，发现中国诗歌的许多基本主题都萌生于他的诗歌中，忧讥畏谗、感士不遇、虚度青春的焦虑和建立功名的渴望交织在一起，形成其诗歌特有的躁动不安而又抑郁寡欢，更因抑郁而悲慨激越的复杂情调。曹植首次在诗歌中留下了青春和理想的颂歌、享乐和放浪的主题，年轻的陈王成为古典诗歌中最初的青春形象，也因此成为青春年少的象征和青春主题的标志。《忧生与逃世：作为心态典型的阮籍》② 一文从心态史的视角，指出阮籍嗜酒、不拘礼法这些放达行为背后隐藏的是魏晋易代的时代悲患。其《咏怀》诗旨隐避，寄托深远，不仅包含着深刻的现实喻指和心理内涵，更传达出整个人生不幸的悲哀。阮籍的忧生之嗟既是正始之音的主题，也是中国诗歌史上的一种典型心态。《超越之场：山水对于谢灵运的意义》一文③，从分析玄言和诗歌的关系入手，认为谢灵运遁迹山林的游览只不过是排遣世俗功名的焦虑、获得内心平衡的一种调节手段。谢灵运那些被视为山水诗的作品，从类型学的角度说应归于游览或行旅。“谢灵运无法回到真正的自然状态中去，于是只能在风景中寻求暂时的精神解脱，以诗歌象征性地占有作为自由之场的山水”。他因为同时意识到这种占有的暂时性和不真实性，不免过于刻意地夸耀和铺张着他的消费。此刻，玄学的名理实际已内化为精神自由的体验，而山水景物则成为帮助他酝酿这种体验的超越之场。

范子烨多年来持之以恒地钻研六朝文学，在陶渊明研究方面写出一系列有深度的论文。《诗意地栖居与沉静的激情》一文对《归园田居》五首诗的异文作了勘比，分析了此诗与“种豆诗案”的关系，对比了陶渊明田园诗与谢灵运山水诗的成因，以及二者在审美倾向、诗学倾向及人格风范的差异，指出传统文学史以平淡冲和概论陶诗有失偏颇。《白璧微瑕，惟在〈桃源〉一记》④，依据《桃花源记并诗》的文体特征，指出《桃花源记》中“男女衣着悉如外人”与《桃花源诗》“衣裳无新制”在细节上有很大的冲突，认为这是陶渊明的失误。《鸟尽弓废：卞兰的人生命运——

① 《西北大学学报》2010 年第 1 期。

② 《井冈山大学学报》2010 年第 1 期。

③ 《文学评论》2010 年第 2 期。

④ 《文汇读书周报》2010 年 2 月 26 日第 5 版。

陶渊明〈饮酒〉诗第十七首发覆》[①]，对陶渊明《饮酒》（其十七）的历史内涵进行了深入的探索，以翔实的材料和细密的分析证明这首诗描写的乃是三国时代曹魏外戚著名文人卞兰的人生悲剧。南宋学者蒲积中编纂的《古今岁时杂咏》一书著录了四首陶诗，很有版本校勘价值。范子烨《〈古今岁时杂咏〉中的陶诗异文》[②]，以宋刻递修本《陶渊明集》为底本说明了这四首陶诗文本的重要意义。在这一系列论文的基础上，范子烨出版了专著《悠然望南山——文化视域中的陶渊明》[③]，对陶渊明研究史中的一些疑难问题提出了自己的新解。他另有《人的自由与仙的优游：嵇康和阮籍的游仙思想与诗歌创作》一文[④]，指出游仙情结是嵇、阮情感世界的一个重要组成部分，是其思想感情的必然的逻辑发展和艺术升华。但由于嵇、阮的气质、性格不同，其诗作之抒情风格亦随之而异，这种风格上的差异鲜明地反映在他们的游仙诗上。嵇、阮继承了屈原、“三曹”的优良传统，踵事增华，进一步密切了游仙与现实的关系，深化了游仙诗的抒情技巧。他们的艺术实践所积累的经验，对郭璞《游仙诗》的创作具有一定的启示作用，因而在中国游仙诗发展的历程中占有重要地位。

唐宋文学研究方面，吴光兴发表《李杜诗风与唐诗疆域“三国”说》一文[⑤]，探讨李白、杜甫齐名所代表的诗风之兴起，以杜集流传、杜诗声名之起为主要考察线索，指出中国西南巴蜀荆湖地区是杜诗最先流传的区域，然后渐次至江东地区、两京中原地区。这样的次序，亦大略对应着古“三国”的统治范围。由此可见，应注意唐诗文化地理之分界及其与诗风流行之关系。陈才智根据多年孜孜不倦地新编《白居易研究资料》的心得，发表《白居易资料新编刍议》一文[⑥]，说明新编历代白居易文献的理由，介绍已完成的二百多万字的内容，其篇幅是陈友琴先生所辑的十余倍。作者另有《元人王恽对白居易的接受》一文[⑦]，是在《新编》基础上撰写的“白居易接受史”的一部分内容，对白居易在元代的接受情况作了

---

① 《中华读书报》2010年10月13日第15版《文化周刊》。
② 《中国典籍与文化》2010年第3期。
③ 东方出版中心2010年2月版。
④ 《南阳师范学院学报》2010年第10期。
⑤ 《文学遗产》2011年第5期。
⑥ 《北京联合大学学报》2011年第1期。
⑦ 《文学评论》2011年第2期。

论述。陈才智还有《东坡诗中的禅影》一文[①]，指出东坡诗的禅趣禅意渗透在审美趣味、创作思维、语言运用、意象撷取、题材选择、意境营造中，渗透在其独具特色的旷放豪迈归于雅淡自然、清静幽远的艺术风格中，渗透在其机锋敏锐的议论、深邃透辟的思理，“出新意于法度之中，寄妙理于豪放之外”的种种翻案、妙喻和谐趣、奇趣中。东坡诗中的禅影由无至有，由隐至显，最终达至诗禅浑融一体的至高境界。

刘宁近年的研究集中在唐宋古文方面，关于欧阳修的文章，发表有《叙事与“六一风神”——由茅坤“风神”观切入》一文[②]，认为茅坤对“风神”的讨论主要针对叙事文而发，与议论文无涉；“风神”的情韵之美是在独特的叙事之道的基础上形成的，《史记》是“风神”所代表的独特叙事之道的集中体现；欧阳修文之所以被茅坤认为深具“风神”之美，是因为欧文深于叙事，且在叙事方式上与《史记》多有近似，“六一风神”的情韵之美要与六一之文独特的叙事之法结合起来观察。刘宁在华东师范大学出版社出版的《汉语思想的文体形式》一书在沟通文章学与思想史的基础上，探讨了中国思想表达的文体传统，着重讨论了中国古代经学注疏、子学论著及集部“论”、“辩”等不同文体传统在思想表达功能上的差异及其与思想史演变的关系，由此对思想文体形式的近代转型作了独到的反思。书中对汉唐子学论著、“论”体文与《荀子》表达体制及其“述圣”追求的内在联系，注经与著论之差异，以及宋以后理学文体之“拟圣”追求的揭示，都发前人所未发，给人耳目一新的感觉。在此基础上，作者深入地思考了“古文”的文章学和思想史意义，对中国历史上的“文道关系”这一重要问题作了更透彻的剖析。该书的研究视角和研究路径具有较突出的创新色彩，对文章学与思想史相联系的研究方式是个积极的开拓，出版后受到学界的关注。

元明清文学方面，本学科目前的研究集中于元代和清代，近三年间的成果都属于元代诗歌、清代诗学和戏曲小说方面。继 2008 年杨镰主持的院重大课题“元诗文献研究”结项之后，杨镰又与刘扬忠联合主持院重大课题“全元词编撰及元词史撰写”，进展顺利。另外，包括全部元代诗、词、戏曲和笔记的全元文献数据库也快完成，建立在基本文献整理基础之

① 《乐山师院学报》2011 年第 1 期。

② 《文学遗产》2011 年第 2 期。

上的元代文学研究，将会取得越来越丰富的研究成果。蒋寅在2012年完成所重点课题《清初诗学史》，连续发表多篇有关清初诗学研究的论文，2012年由中国社会科学出版社出版的《清代诗学史》第一卷，内容包括鸟瞰整个清代诗学文化性格和历史特征的导言以及论述顺治、康熙、雍正三朝诗学的六章正文，以地域为单位分别论述了江南诗学、浙江诗学、关中诗学和山东诗学，并将王夫之诗学作为一个独立的部分来处理。既有历史进程的整体观照，也有个别诗论家的具体评析。相比前人以单一的观念史视角考察清代诗学的批评史、诗学史著作，该书的研究首先立足于诗学文献的全面掌握和细致梳理，融观念史、批评史、学术史于一体，在更广阔的学术视野下，对清初诗学的历史进程、现实指向、理论品格及对后期诗学的影响作了较为细致的论述，不仅对历来为学者重视的著名作者和论著作了全新的阐释，也发掘和评述了许多不为人注意的人和书。全书征引文献千余种，涉及今人研究著作160多种、期刊论文百余篇，具有资料丰富、分析细致的特点。其中展现的丰富的诗学现象和理论内容，足以改变学界有关中国诗学的文化特征及理论品格的一些成见，有助于反思当代文学理论研究的问题，为建设本土化的文学理论提供一些有价值的参考和借鉴。

其他研究成果，除了刘扬忠的词学地域文化研究系列论文之《清代贵州词人群体述论》外①，主要集中于戏曲、小说方面。李玫的《明清戏曲中“小戏”和“大戏”概念刍议》② 厘清了明清曲家对“小戏”和“大戏”两个词语的运用，认为“小戏”在明清传奇中专指净、杂、丑等次要角色出场的场次，或指特定场合中表演生动的配角。在清代地方戏的语境中，“小戏”除了专指小剧种外，还指代表现市井生活且风格谐谑的戏。“大戏”一词则除了指整本戏和连台本戏等篇幅长的剧作和大剧种外，还指一类吉祥戏。黄仕忠《日本所藏中国稀见中国戏曲文献丛刊》、《日藏中国戏曲文献综录》作为近年戏曲文献整理与研究的重要成果，对日本藏中国戏曲作了详尽的考察和编纂，本学科研究人员李芳参与合作研究，并承担了重要的工作。李芳还发表了《观看与书写：清代初、中叶旗人之观剧体验与其俗曲创制》一文。夏薇《韩国新发现的〈三国志演义〉朝鲜铜活

① 《词学》第23辑，华东师范大学出版社2010年版。

② 《文学遗产》2010年第6期。

字本试论》一文[①]，利用域外资料获取新的研究成果，值得重视。

2010—2012 年间，整个学界有影响的学术著作和成果不多，古典文学界整体上显示出学术走向专门、深入和精密化的趋向，与当代学术发展的大趋势吻合。但值得注意的动向也不是没有，比较醒目的有这样几方面：

（一）先秦简帛文书研究成为热点

自清华简文发现及第一批资料面世以来，李学勤、廖明春等人连续发表相关简文的研究，引起学界的极大兴趣。其他研究者也陆续发表文章，挖掘简文带来的学术意义。对清华简文的研究，成为先秦文学研究的一个热点，也整体上带动了先秦文学研究。近三年间，利用新出土的竹帛文献对经典文本进行深入研究仍是学界共同关注的问题。此外，结合礼乐制度讨论经典的形成与传播，也是近年方兴未艾的研究角度，多有论文发表。尤其需要提到的是，海外汉学家的有关研究论文日益受到关注，被译介给国内学界。如王晓平《日本现存诗经古写本与当代诗经学》，阎国栋、张淑娟《俄罗斯的〈诗经〉翻译与研究》、金英娥《〈诗经〉与韩国古代诗歌发展》、张小敏《伊藤仁斋与日本〈诗经〉学的转向》、朱新林《日本庆应义塾大学藏龟井昭阳〈楚辞玦〉写本考》、王海远《论日本古代的楚辞研究》、梁亚帅《从利玛窦到阿瑟·韦利：〈诗经〉译介流变》诸文，不同程度地介绍了海外汉学对上古典籍的研究，这是过去注意不够的。

（二）清代诗文研究方兴未艾

《文学遗产》编辑部继 2010 年 12 月与中山大学合作举办“明清诗文的文体记忆与文体选择”学术论坛之后，邀请部分专家学者撰写笔谈，评述明清诗文研究领域的热点与前沿问题。于 2011 年第 3 期刊出罗宗强《明代文学思想个案研究的整体观照》、左东岭《明代诗歌研究的几个问题》、罗时进《地域社群：明清诗文研究的一个重要维度》、何诗海《明清文体学研究的学术空间》、石雷《明清诗文研究的观念、方法和格局漫谈》五篇笔谈，从不同角度提出了明清文学值得关注和思考的问题。中国社会科学院文学所古代文学研究室与安徽大学文学院于 2012 年合作举办

---

① 王玉国主编：《东吴文化暨第二十届〈三国演义〉学术研讨会论文集》，安徽大学出版社 2010 年版。

国内首次清代文学国际学术研讨会，在学界产生一定反响。国家清史纂修工程完成的《清代诗文集汇编》到2010年年底将800册出齐，共收录清人诗文集4058种，是中国迄今第一部以影印方式出版的卷帙最为浩繁的断代诗文集汇刊。此书的出版，使大量稿本、抄本、孤本、珍稀本清人别集普及流通，不仅为清代文学研究提供了丰富的原始文献，也为文学批评史、学术史研究开拓了广阔的学术前景。

（三）研究视角和方法的多元探索

最值得注意的是传播与接受研究、钞本研究和定量分析方法三个方面。第一，自2010年以来，出现一批传播和接受史研究论著。如陶涛《唐诗传播方式研究》① 以传播为视角关注唐诗在唐代的流传过程。系统研究唐诗的两个重要传播途径：书写传播与演唱传播。厘清了唐诗传播的文化原因：一曰人际交往之密切；二曰教育与科举考试之推动；三曰交通往来之发达；四曰音乐舞蹈之繁荣；五曰统治者之重视与提倡。相关研究还有韩胜《清代唐诗选本研究》② 等。唐宋作家的个案研究，从接受史的角度加以考察的成果也不少。如马东瑶《论宋人对“九龄风度”的接受》③ 探讨在文学作品中成为熟典的“九龄风度”的内涵如何在宋人的解读、阐发与体认中逐渐确立并得到后世认同，认为宋人所描绘的文学政事皆有所称，外在儒雅而内蕴刚劲的“九龄风度”，其实正体现了时人理想中的新型文士的风范。王红霞《宋代李白接受史》④ 则分初宋、盛宋、中宋、晚宋四期论述诗人们对李白诗歌创作方法的模仿，或用相同的诗题，或用相同的韵，或用相同的艺术表现手法，其中以欧阳修、苏轼、郭祥正、陆游等人为代表。继谷曙光《韩愈诗歌宋元接受研究》⑤ 之后，查金萍《宋代韩愈文学接受研究》⑥ 从儒学思想、文学思想、诗歌与散文四个角度对宋代的韩愈接受进行论述，展现了韩愈对于宋代文学、文化的多方面影响力，描述了不同时期对韩愈思想文化的不同接受情况。陈金现《宋诗与白

① 安徽大学出版社2010年版。
② 中国社会科学出版社2010年版。
③ 《文学遗产》2010年第5期。
④ 上海古籍出版社2010年版。
⑤ 安徽大学出版社2009年版。
⑥ 安徽大学出版社2010年版。

居易的互文性研究》[1] 探讨宋人与白居易闲适放旷、生命咏叹及江州感伤疗伤等领域内的互文，也可以视为白居易在宋诗中被接受情形的研究。第二，钞本研究突破传统的文献学范畴，着眼于文本生成的探索，带来一种新的批评意识。2012 年由三联书店出版的宇文所安《中国早期古典诗歌的生成》，以魏晋迄宋代文学典籍中所呈现出的文学叙事为范围，将钞本时代的早期诗歌创作建立在共享诗歌材料库的基础上，在其设置的主题、话题、变体、序列、片段创作、音节变体、口头程序等理论概念体系中，探究汉魏六朝诗歌文本的生成机制。作者对诗歌文本的资料来源、文本差异、作者归属、拟作等因素与文本生成的关系，给予特别的重视，其中对钞本异文的重视及其相对完整的分析理论，尤其值得借鉴。第三，定量分析方法作为有自觉意识的方法创新，取得初步的成果，可以刘尊明、王兆鹏合著的《唐宋词的定量分析》为代表，作者运用本属于数学与统计学学科的定量分析方法来研究唐宋词，结合定性分析的补充与证明，对于唐宋词乃至古代文学研究具有一定的启示意义。

（四）对当代学术趋势的理论反思

地域文学研究是近年来文学研究的热点之一，涌现出曾大兴《中国历代文学家之地理分布》、刘跃进《秦汉文学地理与文人分布》等力作，反映了学界对文学区域问题的独特思考。但迄今的地域文学研究也出现一些问题，学界对此已有反思，对相关研究如何走向深入提出了一些看法。陈书录《加强区域文化视野中明清区域文学的特色研究》[2]、李圣华《明清区域文学史研究的价值、局限及走向》[3] 二文颇具代表性。陈文认为，明清区域文学研究存在着明显的不足，其中之一便是对明清文学的区域特色重视不够，应进一步强化区域文化与文学的交叉研究，以不同区域文学的特色以及作家的个性色彩来展示明清文学的多样性、丰富性。李文认为，明清区域文学史研究的问题与误区，主要是缺乏创新意识，转抄旧的文学史；局限于旧的文学史观，沿袭旧的书写模式；缺乏宏观的文学史意识，描述或杂乱无章，或“失实”、“空疏”；文献发掘不深，流于表面。两位学者的看法值得注意。

① 文津出版社 2010 年版。

② 《西北师范大学学报》（社会科学版）2010 年第 1 期。

③ 同上。

三 学科建设状况

古代文学学科一向坚持强化学科建设意识与尊重学术个性相结合的原则，在了解和参与当代学术潮流的前提下突出学者的学术个性，力求发挥每位学者的学术特长，在研究思路和研究方法上形成鲜明的个人风格，以高精尖的专题研究为目标，稳步地完成一批可持续发展的学术课题，产生一批高水平的成果。目前各位学者都有明确的学术目标、规模不等的科研项目：马银琴在完成《周秦时代〈诗〉的传播史》一书后，继续围绕《诗经》与礼乐文化的关系展开更广泛的研究；陈君则开始《班固年谱》和班氏父子史学的研究；范子烨以啸为中心开展打通古今音乐文学、文化的多元研究；许继起在编纂唐以前乐府文献资料的同时继续开展六朝乐府制度研究；吴光兴开始整合历年研究中古诗歌的成果，完成5—9世纪诗歌的历史研究；刘宁将从思想史、文化史的角度重新考察唐宋古文的发展；陈才智即将完成从事多年的《白居易研究资料新编》；张一南在修订中唐诗研究博士论文的基础上继续开拓中晚唐诗研究；王筱芸在开展宋辽金元多元文化关系研究的同时，关注城市文化与文学的关系问题；孙丽华的明代话本研究已接近尾声，不久将拿出完整的成果；蒋寅开始撰写《清代诗学史》第二卷；李玫在完成清代小戏研究后，将就清代宫廷演戏和民间戏曲的关系继续展开探讨；刘倩、夏薇、李芳三位年轻女学者将分别在清初历史小说、《红楼梦》钞本、清代满族文学逐步完成自己的研究课题；张奇慧则将完成潜心多年的吕碧城传记研究。以仅有16名研究者的学科团队而言，要想覆盖两千多年的古代文学史，几乎是不可能的。就目前研究人员的专业方向来看，词学和元明两代诗文研究自刘扬忠、杨镰研究员退休后，亟须引进和补充研究人员，继续这方面的研究。除此之外，本学科的学者都能潜心研究，扎实治学，在各自的研究领域占据较前沿的位置，所刊成果反映了目前学界的领先水平。尤其值得肯定的是，本学科学者都密切关注海外汉学的发展，不仅留心、参考海外汉学的最新成果，还对译介海外汉学成果抱有热情，翻译了一批欧美学者的中国古典文学研究著作。最近的业绩是承担了《剑桥中国文学史》的翻译。从2012年开始，学科将每年举行一次以海外中国文学研究重要成果为讨论对象的学术论坛，有关成果将结集为系列出版物出版，成为创新工程的一个有机组成部分。

四 学科发展前景

放眼未来，先秦和明清一前一后两端仍将是今后古典文学领域中较多学术生长点的时段。先秦文学研究面对近年新出土的大量简帛文献，许多存而未决的老问题将被重新思考。应该提到的是，孙康宜、宇文所安主编《剑桥中国文学史》中译本的出版，已在国内学界产生反响。它源于不同理论背景的观察角度和立论基准，为我们提供了一种新的评价早期经典著作的参照系。该书尤为重视文本自身的形成历史，用孙康宜教授的话说就是“过去的文学是如何被后世过滤并重建的”（上卷），或用宇文所安教授的话说就是“后世的评判对早期作品的保存发生的影响，以及后世价值取向如何塑造了早期作品”（上卷）。书中对战国文本谱系的汉代建构、元杂剧的明代改编都持这种态度。这促使我们重新审视早期经典的形成，并思考是否有必要确立另一个不同于传统思路的评价系统。书中反复提到的“文学文化”概念，也与当今古典文学研究中的文化学倾向相呼应，促使学界在文学出版、传播、接受，经典的形成等方面投入更多的力量。六朝至唐宋文学研究将主要会在这些方面有所突破，辅以与政治史、思想史、文化史相交叉的跨学科研究，作家作品的阐释和文学史研究将更进一步向结构层面深入。至于明清文学研究，近年诸多大型文献总集的编纂出版，使研究条件有了很大的改善，选择明清文学为研究课题的学位论文越来越多，除了政治、民族、地域、家族、女性等研究视角继续被关注外，文学与城市、园林等文化空间及旅行、社集活动的关系，图咏、评点、稿钞本等特殊的文本形态，都正日益受到研究者的关注，一个多元化的、多角度多层次的古典文学研究格局正在逐渐形成，这让我们在对学术现状的不满足中又不无欣慰，学术毕竟在发展。

（文学研究所　蒋寅）

中国现代文学学科前沿研究报告
(2010—2012)

一 概况

“中国现代文学（1919—1949）”与两千年来的古代文学相比，有其自身的特质和属性。

中国自19世纪中叶以来发生“数千年未有之巨变”的转型，它使中国的社会制度和思想文化完成了从传统到现代的转化，其影响的巨大和深远史无前例。直到今日，这一转型还在进行之中。从根本上讲，中国社会制度与思想文化的转型源自中国大陆内部变革的需要，是中国历史演进之必然。两千年来大一统的帝王统治已经不能应对源自西方资本主义世界化和帝国主义列强扩张的全球格局。因此，晚清以来从民间社会到朝廷权力核心都产生了变革的要求。而“西方的冲击”，包括列强军事经济上的“环伺”威逼和文化思想上的“西学东渐”，则从外部刺激和推动了这种源自内部自身的变革和转型。

在上述社会文化的现代转型过程中，中国文学在实现自身从传统到现代的转变与再生的同时，作为承载和传播新思想、新文化的一翼，成为现代民族国家制度建构的重要组成部分。现代中国文学从早期“诗界革命”、“小说界革命”到五四时期语言文字的全面改良和刷新，逐步建立起以俗语方言和口语为基础的现代汉语体系，并在此基础上形成以现代性诉求为中心的审美表现系统。“五四”以后，中国文学的繁荣和发展在启蒙与救亡，即追求现代人的个性解放和民族国家的强盛，尤其是从感情上维系中国的统一和民族团结、通过审美教育潜移默化地改革人心和塑造新国民方面，发挥了不可替代的功能，并为传统的创造性转化和现代道德价值观念的重构做出了重要贡献。由此，中国现代文学也形成自身特有的“政治性”，或者如学者所言，形成了第三世界文学“总是以民族寓言的形式来投射一种政治”[①] 的独特现象。

20 世纪 20 年代以后，随着马克思主义在中国的传播和社会主义运动从无到有的发展，现代文学也发生了新的变化。从文学革命到革命文学的转变再到无产阶级文学的出现乃至“延安文学”的诞生，中国作家和知识分子在通过文学来呼唤革命和解放、追求社会主义目标和国际主义理想的同时，形成了影响深远而强有力的左翼文学传统。这个左翼传统是中国现代文学的重要组成部分（有时甚至是主线）。而内含着这个左翼传统的整个现代文学，则又是中国志士仁人在社会层面实践天翻地覆的革命和改造，从而形成的“中国经验”或“中国道路”的一个有机组成部分。这是中国现代文学的一个基本特征。

早在 20 世纪 30 年代，就出现了以《中国新文学大系》（1936）的编撰为代表的对于“五四”以来之新文学的经典化历史叙述，但“中国现代文学”真正成为一个学科，其建立还是在新中国成立之后。随着 1952 年大学院系调整，更多的大学教师开始加入到这个学科建设当中，出现了以王瑶、刘授松等一代学人为代表的现代文学史写作。与此同时，中国科学院哲学社会科学部文学研究所成立，1954 年文学研究所创立现代文学研究室，集中一批专业人员从事中国现代文学的研究。由此，形成了以大学为教学基地、以研究所为主体的学科研究体系。

然而我们注意到，上述中国现代文学的“基本特征”，特别是其与“中国经验”或“中国道路”的直接关联，在以往的学术研究中虽曾受到一定程度的关注和阐发，但对它们作为精神资源的丰富性及其当代价值的开掘，仍力有未逮。新中国成立以来，由于现代文学研究作为一个学科被纳入到大学教育体系之中，从而被制度化，并在 20 世纪 50 年代之后的历次政治风云中受到党派意识形态和庸俗社会学的制约与影响，在相当长的一段时间里形成了单一线性的革命史叙述和阶级分析的认识方法。结果，中国现代文学以“民族寓言”形式内涵其中的丰富的政治性和审美功能上

---

① 詹姆逊：《晚期资本主义的文化矛盾》（中文版），生活·读书·新知三联书店 1997 年版，第 523 页。

的特殊性，不仅没能得到深刻的理解和有效的阐发，反而受到了一定的遮蔽。学科发展也在20世纪60年代之后出现了曲折和停滞。

改革开放以后，随着思想解放和多元化时代的到来，中国现代文学研究获得了巨大而长足的发展。比较文学、思想史和文化研究、文本分析等新视野新方法的引进，从根本上改变了以往单一线性的研究视野和学科格局，中国现代文学与19世纪以来的世界历史和本国社会思想文化转型的深刻关联以及其自身的审美特征等，得到越来越多的关注和研究。其中，特别是“五四”以来的新文学与西方文学的联系（主要是影响关系）以及其现代性品格，在近三十年来学术大发展中得到了普遍的关注。相对而言，对于中国左翼文学传统包括其经验和教训的研究，一个时期里出现了被忽视和冷落的趋向。与此相关联，中国现代文学的一个基本特性，即以“民族寓言”形式折射出强烈的政治性，或者其与一百年来在追求现代性变革中形成的“中国经验”之深刻的关联，也有被忽视和淡忘的倾向。

进入21世纪以来，以西方为唯一标准检讨中国文学现代性及其与西方关系的研究趋向开始受到质疑，而在市场经济大发展和新一轮社会转型背景下，重新认识20世纪中国革命的历史经验、反思左翼文学传统，深入阐发中国现代文学所反映出的中国经验和中国道路，即重新理解中国现代文学的“政治性”，则开始重新得到关注。与此同时，文献史料的开掘、基础研究的拓展、实证分析的回归、文本细读的深化等，已经成为本学科研究的大方向。可以说，如今的中国现代文学学科真正进入到了一个多元视野下全面发展的新时代。

二　学科前沿动态

进入21世纪的第二个十年，中国现代文学学科的发展更出现了一些新的态势和动向。仅就最近三年情况而言，至少有以下四个方面的热点前沿问题，值得关注。

第一，对“中国现代文学”这一学术概念进行重新思考和辨析，包括“民国文学史”全新概念的提出，在学术界引发了广泛的讨论和争鸣。从学科发展的历史沿革来观察，这种反思和问题的提出实属必然。众所周知，我们对于20世纪以来文学发展历史的认识，有一个逐渐深化和扩展的过程。从1949年以前的“五四新文学”到1949年以后的“现代文学”

再到20世纪80年代之后的“20世纪中国文学”、“百年中国文学”等，每一次新的概念的提出都意味着人们对于本学科的内涵和外延有了新的认识和提高，或者随着思想解放和意识形态的转变，单一的认识历史的方法论视野得到了某种克服，从而形成了学科发展的新趋势和新增长点。近年来，针对“中国现代文学”及其相关概念，曾有多位学者提出质疑和新的阐发。其中，两个思考路径值得关注。一种是在坚持五四新文化运动的核心地位和启蒙主义价值观的前提下，调整学科研究的重点，通过对新领域的开掘，以激发以往阐述方法的活力。南京大学的丁帆教授，便是这种思考的倡导者。

丁帆指出，现代文学（1919—1949）研究领域经过几代学者的开掘，已经成为一个“贫矿”，问题突出表现在研究者对同类材料的反复阐释和对边缘史料过于琐细的发掘两个方面。如果从建立“大文学史”的向度上来考虑，我们需要重新调整研究重点。1949—1979年这一时段，大量资料亟须抢救整理，大量理论问题需要解决，因此整个学科队伍的研究重心应该向这个“富矿”的领域转移。这里所说的“大文学史”指“五四”至今的百年文学历程，而之所以要将其视为一个整体，是因为“五四以降，中国文学在现代性的建构过程中，所遇到的一切革命性问题（包括改革问题）……可以用一种区别于20世纪以前古代文学的治学观念与方法的新语码系统进行现代性的统一阐释”。同时，丁帆强调启蒙主义价值观应该成为文学史恒定的价值原则。① 上述观点在2009—2010年度获得了较多青年学人的响应。

另一种是以朱寿桐主编的《汉语新文学通史》为代表的、以新的命名方式从根本上取代“中国现代文学”这一概念的思考路径。朱寿桐认为，“汉语新文学”这一概念可以用来整合中国现当代文学、中国台港澳文学和海外华文文学三个部分。所谓“汉语新文学”实际是五四新文学的另一种表述，尤其强调了作为媒介手段的“汉语”的意义，淡化了“中国现当代文学”等命名中所包含的国别因素。这自然容易适应近代以来中国社会发展的不平衡以及外来殖民主义带来的地域复杂性，但历史叙述中主词的中性化也可能有抹消历史脉络中的政治要素的危险，而中国多民族多文字语言的写作现实却无法在这个阐释架构中得到有效的呈现。上述两种思

① 丁帆：《关于建立百年文学史的几点意见和设想》，《文学评论》2010年第1期。

考，分别从历史时间上和文学的语言要素方面对学科提出了质疑，这无疑丰富了我们对中国现代文学的认识，但也呈现了新思考的局限。

也是在2009年前后，对“中国现代文学”概念提出更为严峻挑战的是“民国文学史”新概念的浮出地表。这不仅与两岸关系的缓和及其对民国历史有了重新认识相关，更与辛亥革命百年纪念即将到来从而激发起人们对过往历史的再想象直接关联。已有学者指出，“民国文学”概念的提出最早可以追溯到21世纪初期，2009年开始在抗战文学研究领域崭露头角，并在2011年前后扩展到整个现代文学领域，受到众多核心刊物的关注，而对这一概念的理论维度的清理与整合仍然在不断深入①。王学东的论文《“民国文学”的理论维度及其文学史编写》② 在一定程度上对“民国文学”思考加以拓展和丰富。论文提出，“民国文学”这一概念最重要的理论意义在于“民国文学”观照到“中国现代文学”所无法触及的“文学本身”以及对文学史的还原：还原“民国生态”，还原中国现代文学自身内部的多重“张力”。

张福贵在《从“现代文学”到“民国文学”——再谈中国现代文学的命名问题》③ 一文中提出，“民国文学”是一个时间概念，而非意义概念。它没有价值取向，没有先入为主的主观性，不限定任何的意义评价，只是为研究者提供了一个研究的时空边界。而这种以时间命名的中性特质，并不妨碍文学史研究和评价的倾向性。这似乎与上面提到的打通现代与当代文学史界限的思考有所重合。陈国恩《民国文学与现代文学》④ 也提出要把“民国文学”中的“民国”看成是一个时间框架，以破除“现代文学”所隐含的进化论观念。但他指出，“民国”并非单纯的时间概念，毕竟它从起点上所获得的历史规定性给它后来的发展打上了深深的烙印，这一点不能不注意。而李怡在《文化机制的发掘——我们怎样讨论中国现代文学的“民国”意义》⑤ 一文中，对“民国文学”这一概念给予高度评价。在他看来，民国文学不仅是时间概念，同样也属于意义概念，“民国文学史”之所以有出现的必要，并不是它可以通过排除主观思想倾向来容纳一切，

① 段美乔：《2011年中国现代文学研究述评》，《中国现代文学研究丛刊》2012年第12期。
② 《中国现代文学研究丛刊》2011年第3期。
③ 《文艺争鸣·史论》2011年第7期。
④ 《郑州大学学报》2011年第5期。
⑤ 《文艺争鸣·史论》2011年第7期。

而是它本身就代表了一种文学的新规范。丁帆在《新旧文学的分水岭》、《给新文学史重新断代的理由》[①] 诸文中主张将“晚清文学”或“近代文学”归于“清代文学”，而把1912年至今的新文学分别归于“民国文学”和“共和国文学”，其观点亦甚为简洁明快。目前，有关“民国文学”的概念讨论仍在继续，其背后更为深远的政治意识形态（民国史观与革命史观）较量，还有待学者进一步有效地揭示和阐发。

第二，辛亥革命百年等大型历史纪念活动，推动中国现代文学的进一步反思。2011年，中国学术界迎来了辛亥革命百年，各地各界举行了规模不等的各种纪念活动。我们已知，在20世纪前期的中国，国民特别是其中的知识分子所面对的是以辛亥革命为起源而由孙中山乃至后来的国民党所执掌并以军政、训政、宪政为阶段性目标的建国过程。中国共产党作为一支强大的政治力量逐渐成为国家意志的代表，是在抗日战争结束到成立新中国的时候。而国共两党自20世纪20年代大革命以来所形成的时而矛盾抗争时而联手合作的局面，其政党政治的结构异常复杂。中国现代文学实际上与上述复杂的现代政党政治，与中国现代民族国家的艰难建构过程息息相关。而辛亥革命百年纪念，不仅勾起了国人对百年共和之梦的回想，也重新认识了历史的复杂性和期间文学的复杂性。2011年前后，现代文学研究界便出现了不少探讨辛亥革命与中国现代文学关系的论文。

李怡在《辛亥革命与中国文学的“民国机制”》[②] 中提出，中国文学在结束自己的古典机制，逐渐形成“民国机制”的过程中，有两个时间点值得我们特别注意：一是1911年的辛亥革命，二是1917年开始的新文化运动。前者奠定了文学发展的新国家体制的基础，后者酝酿了坚实的文化结构与精神空间。而辛亥革命的“民国”理想之于新文化创造有重大意义。刘勇在《五四新文学视野下的辛亥革命》[③] 中将辛亥革命作为新文学的起点，看重的是历史的逻辑关系，而强调将“五四”作为现代文学的起点，更看重的是文学自身的发展变化。他认为，“辛亥”与“晚清”在文学史上地位同样尴尬。晚清的尴尬在于历史的“结构性”问题，辛亥的尴尬在于其性质的“不清晰”。而它们在文学史叙述中的尴尬地位，其实都

---

① 分别见《江苏社会科学》2011年第1期；《中国现代文学研究丛刊》2011年第3期。

② 《郑州大学学报》2011年第5期。

③ 《学习与探索》2011年第5期。

对“五四”的过度关注相关。

秦弓的论文《现代文学中的辛亥革命》① 则对辛亥革命的相关文本进行切实地整理和分析。他认为以往的现代文学史叙述中忽略辛亥革命题材，与现代文学史的画地为牢有关。如果以大文学观来考察就会发现大批表现辛亥革命的作品，从中可以发掘出现代文学对辛亥革命的多重映像。这种细致的研究无疑从文本的层面拓展了辛亥革命与中国现代文学复杂关系的理解。我们还注意到，辛亥革命百年纪念的热潮过去之后，依然有对“新文学”历史内涵加以深入讨论的论文出现，可见历史纪念活动的深远影响。刘纳的《新文学何以为“新”——兼谈新文学的开端》②，便是在相同议题上，从更为长远的视角出发对20世纪80年代以来学界将现代文学的时间上限不断向前推进的现象进行了反思，并重新论证了“五四起源”说的科学性。文章指出，20世纪初中国出现了一种有理由被冠以“新”的文学——这曾是学界的共识，20世纪80年代之后“中国现代文学”成为规范的学科命名。“新文学”所指明晰，而“现代文学”的命名包含可究诘的歧义。如果我们仅以“现代性”为厘定中国现代文学发端的标尺，会导致随着现代性认识的不断上溯到晚清而新文学的开端也不断前移的现象。刘纳明确提出新文学之所以称为“新”，首先在于其语言之新。新式白话是新文学一望而知的标志，以此标志考察新文学其开端显而易见是在1918年。可以说，对于“现代性”在现代文学研究中的有效性问题，近年来学界从各个层面多有反思，但像刘纳这样，简洁明确又有力地将其面纱剥离出来的文章还不多见。

这或许又预示了未来学科发展的新动向：“现代文学”其实并非一个可以任意扩张其外延和内涵的对象，它原本具有自身内在的规定性。如果反思和质疑跨出学科的边界，就会适得其反。重新认识“中国现代文学”自身的规定性，更有效地解释其内在的历史边界、更深入地考察其内涵的结构性意义，或许将成为未来新的讨论议题和论争焦点。

第三，翻译问题的重提和中国现代文学与外来关系之比较研究的深化。

中国现代文学的生成和发展与19世纪的资本主义世界化和外来思想文化的冲击密不可分。因此，翻译问题也就成为一个历久犹新的话题。20

① 《徐州师范大学学报》2011年第5期。

② 《中国现代文学研究丛刊》2012年第5期。

世纪50年代，中国现代文学学科建立起来之后，我们多注重文学与本土中国革命的历史联系，相对而言，它与西方与世界的广泛联系关注不够。20世纪80年代以后，随着改革开放国策的确定和“走向世界”意识的加强以及文学现代性问题成为重要议题，学术界迎来了一个甚至有些过度关心“翻译问题”的热潮。通过翻译问题的研讨，中国现代作家作品与外部特别是西方、日本的关系问题，得到了极大的关注。但是，这一时期的翻译问题讨论更多的是集中在作为语言转译中介的技术性层面，还没有深入到“翻译政治”的高度。而近年来重新提出的“翻译问题”则在广义的文化转向层面得到了深入的讨论，形成了新的研究中国现代文学的前沿提议。2011年11月，在北京鲁迅博物馆召开的“翻译与二十世纪中国文学研讨会”就是这一趋向的明显标志。该研讨会由中国人民大学文学院和鲁迅博物馆联合举办，有来自国内高校和研究机构的60余名专家学者与会。他们就翻译在现代文学中的地位、功能，翻译与现代文化现象，包括现代文体的建立与发展，翻译文学中的改写与融通文体，以及翻译现象的研究方法等，发表了各自的意见。学者们已经普遍将研究视角转移到中国社会、政治和文化的方面，为20世纪中国文学的发生以及新传统的建构提出了新问题、开拓了新的研究领域。这表明，如今的翻译问题研究已经远远超越了20世纪80年代限于技术层面的讨论。而研讨会论文集在2012年的出版，无疑是这一讨论热潮和成果的集中展示。①

正如该次研讨会综述者指出的那样，翻译与中国现代文学的血缘关系，在研讨会上得到了广泛深入的关注。学者们不仅强调要将翻译文学纳入现当代文学中来，使之成为现当代文学研究的一个领域，而且对翻译文学研究的文化转向有了进一步理解。对译入语文化语境中所发生的改写、意义传递、接受影响等本土经验和事实的考察，促进了翻译研究由传统的以原文本为中心，向本土文化生成性考察的转变。② 这些议题的提出，在20年前的那场翻译问题研究中，是不曾出现的。

除了该次研讨会之外，还有陆建德的长文《海潮大声起木铎——再谈

---

① 人民大学文学院编：《“翻译与二十世纪中国文学研讨会”论文集》，人民文学出版社2012年版。

② 屠毅力、罗文军：《“翻译与二十世纪中国文学研讨会”综述》，《中国现代文学研究丛刊》2011年第7期。

林纾的译述与渐进思想》[①] 值得一提。论文试图解释林纾的译述以及改良思想与甲午后变法、革命运动之间的深刻联系。文章认为，林纾不仅是沟通中外的翻译家，还是中国比较文学的开拓者、对本国文化传统有反省意识的捍卫者。他的捍卫传统在于通过域外小说认识到了殖民国家善于利用别国内部矛盾，巧妙拨弄以达到控制的目的。他的“西学”细腻具体，非一般醉心抽象名词的新派人物所能比拟。其在清末民初时代自然有着重要的存在价值。这篇论文从翻译政治的全新视角出发，矫正了历来人们将林纾视为单纯保守派的成见。

而赵稀方的《翻译现代性——晚清到五四的翻译研究》[②] 一书，则把视野深入拓展到历史文化领域，追溯到晚清，并结合当代翻译研究的理论成果和后殖民理论中的“理论旅行”、“再疆域化”等概念，对代表性的近代经典翻译案例进行透彻分析，考察了文化与翻译之间的互动关系。该书的问世，实现了翻译在文化研究领域的新突破。作为当代翻译研究领域最富生机的学术流派，“文化学派”引入中国亦已有年，但这一学术路径在国内的应用仍存在一定的局限：一方面，关注翻译研究“文化学派”的学者对中国本土文学不甚熟悉，导致其研究仍停留在翻译理论层面，难以具体而深入地研究、阐释翻译在中国文化场域之中发生的作用。另一方面，由于翻译研究对外国语水平和理论基础要求较高，中文专业学者对此领域涉足尚少。而该书在理论应用方面不落窠臼，将对文献的研究置于优先的地位。同时，在近现代历史背景之下，广泛地研究文学和文化现象，所论涉及宗教、科学、政治、文学等方面的内容，颇多首开先河之论。

第四，左翼文学传统、中国革命的历史经验与教训持续受到重视和拓展。

进入21世纪以来，有关中国左翼文学传统的重估以及中国革命经验教训的探讨，也是一个本学科内外值得注意的现象。这种“重估”现象的出现，自然与20世纪90年代以来市场经济大行其道、社会转型急遽展开，而资本主义固有的危机和问题也在中国有所显现相关。人们因此开始重新关注革命中国的历史经验，对于左翼文学也逐渐建立起一种“理解之同情”的态度。而一些青年学者更从国外的革命中国研究中得

① 《中国社会科学院文学研究所学刊2011》，中国社会科学出版社2012年版。

② 赵稀方：《翻译现代性——晚清到五四的翻译研究》，台湾出版社2012年版。

到启发，回过头来检讨本国的革命历史，出现如葛飞《戏剧、革命与都市漩涡——1930年代左翼剧运、剧人在上海》（2008）、姚丹《“革命中国”的通俗表征与主体建构》（2011）等一系列专著，推动了左翼文学研究的新发展。

而2011年由北京大学出版社出版、王风主编的《左翼文学的时代》，则是中日两国学者几年来共同讨论的一个结晶。该书除收录了中国学者的左翼文学研究成果外，对日本“中国三十年代文学研究会”四十多年来的精神痕迹也有全面的呈现。书里所收论文的作者多为日本“中国三十年代文学研究会”的成员，出于对中国当时否定30年代文学的不满，在弄清中国“三十年代文学”历史真相自觉意识的驱动下，他们确定了探索的学术课题，并先后作出了各自独立而又相互联系的成果。这些论文从课题关注、学术视野、立论考量，到史料搜寻、论析方法、运思逻辑，都与中国同行们有诸多不甚相同的新异之处。其中丸山昇的《关于鲁迅的谈话笔记〈几个重要问题〉》和《关于潘汉年·一九三〇年代群像之一》，尾崎文昭的《试论鲁迅“多疑”的思维方式》，佐治俊彦的《文学革命论争和太阳社》，近藤龙哉的《〈文学杂志〉、〈文艺月报〉与左联活动探赜——以北方左联克服“关门主义”的过程为中心》等充分显示了研究者的治学功力与研究特色，其处理复杂疑难问题的方式和能力，值得借鉴。可以说，《左翼文学的时代》论文集的出版代表了近期有关革命文学研究的新动向，也反映了国内外学者对这一课题的共同关注。

以上我们就近三年来中国现代文学学科的发展趋势和前沿走向，做了大略的介绍和阐发。此外，代表近期本学科国内外前沿趋势的主要人物及代表作还有：严家炎主编《二十世纪中国文学史》（上册，高等教育出版社2010年版）；陈平原《作为学科的文学史》（北京大学出版社2011年版）；王风主编《左翼文学的时代》（北京大学出版社2011年版）；陈思和、王德威主编《建构中国现代文学多元共生体系的新思考》（复旦大学出版社2012年版）；赵京华《周氏兄弟与日本》（人民文学出版社2011年版）；长堀佑造《鲁迅与托洛茨基》（日本平凡社2011年版）；王晓初《鲁迅：从越文化视野透视》（北京大学出版社2012年版）；赵稀方《翻译现代性——晚清到五四的翻译文学研究》（台湾出版社2012年版）；等等。

三　学科建设状况

1954年，文学研究所中国现代文学研究室成立伊始，即以对20世纪初以来的新文化运动和新文学史的研究为首要任务，兼及当代文学的研究。由唐弢主编的《中国现代文学史》三卷本汇集了研究室内外国内现代文学研究领域的精英，集中呈现了1949年后现代文学研究的最新成果，迄今仍具有独特的学术史价值。研究室非常重视基础史料的编纂工作，参与了陈荒煤、许觉民主持的《中国现代文学史参考资料》、《中国现代文学史资料汇编》的纂辑。随着当代文学研究逐渐发展成为一个独立的学科，20世纪60年代初，研究当代文学的学者另成立当代文学研究室。20世纪90年代，原鲁迅研究室并入现代室。从唐弢、陈荒煤、许觉民到樊骏、张大明、袁良骏、赵园，以至杨义等，逐渐形成了三代学术梯队，其学术视野、学术风格和方法或有不同，但始终将现代文学的研究与中国社会的变革结合起来，在重要作家研究、思潮流派、文体、史料等方面各有所长，形成了富有影响力的学术团队和学术传统，其研究成果如樊骏的“老舍研究”，杨义《中国现代小说史》、《李杜诗学》，卓如等编《唐弢文集》，袁良骏主编的“鲁迅研究书系”和《香港小说史》，张梦阳《中国鲁迅学通史》，赵园《明清之际士大夫研究》等在学术界都产生了重要影响。

现代文学研究室一直是文学所的重点学科，近些年来又根据形势的变化不断调整和充实科研力量，形成了比较合理的学术研究梯队。张中良（2013年年初调离文学所）的《荆棘上的生命——20世纪三四十年代中国小说叙事》（2002）、《20世纪中国翻译文学史：五四时期卷》（2010）等一系列专著，以及最新的研究课题“抗战文学与正面战场”和“民国文学”研究等，系统探讨了现代文学中小说的发展和翻译文学的文化转译作用，已然形成了对整个转型期中国现代文学的总体认识和思考。其已结项的项目课题为：《中国现代文学的“民族国家”问题》（院重点，2007—2010）和《抗战文学与正面战场》（所重点，2009—2012）。学术带头人赵京华早年曾出版有关周作人的研究专著，近年来则出版了《日本后现代与知识左翼》（2007）、《周氏兄弟与日本》（2011）等著作。他注意对日本学者有关中国现代思想文学研究著作的翻译工作，从东亚和中日近代关系史的视角重新思考中国现代社会转型和文学发展中的一系列问题，产生了一定的影响力。其已经结项的项目课题是:《周氏兄弟与日本》(院重点,2006—2009),目前正在承担的项目课题为:《鲁迅日本藏书研究》(院重点,2009—2013)。赵稀方的《翻译与新时期话语实践》(2003)、《后殖民理论》(2009)等一系列专著,对现代文学中的翻译问题包括中西方关系、西方理论在中国的意义等理论问题,提出了自己独特的见解,形成了系统化的思考;其专著《小说香港》(2003)则是中国香港文学研究的重要成果。而最近出版的《中国现代翻译文学史》和《翻译现代性——从晚清到五四的翻译研究》(2012),则开拓了翻译文学研究的新领域,在本学科中受到了关注。其已结项的项目课题是:《文化视野中的中国翻译文学》(院重点,2009—2012)。刘福春曾负责编辑《中国文学史资料全编·现代卷》中的大部分史料册集,最近出版的《新诗书刊目录总汇》、《中国新诗编年史》等一系列史料整理和编撰著作,已经在全国学术界产生了很大影响。他自觉继承文学所现代文学研究室自创室以来重视史料建设的优良传统,并在新诗研究领域做出了扎实的贡献。其已结项的项目课题为:《中国新诗书刊总目》(所重点,2007—2010)。萨支山主要从事中国左翼文学研究,包括20世纪四五十年代左翼思想的发展和演变,已经形成了自己独特的观察视角。同时,他参与主编的三联书店《话题》系列,在国内读书界有广泛影响。其已结项的项目课题为:《左翼文学与文学史叙述》(所重点,2009—2011)。程凯有关大革命时代的思想意识和稍后左翼文学的崛起,以及20世纪50年代易代之际思想文学变化的研究,也成果斐然,并有专著即将出版。同时,他关注鲁迅20世纪20年代转型时期的思想研究。已结项的项目课题为:《1920年代革命文学的思想脉络与历史渊源》(国家社科基金,2007—2010)。段美乔的专著《投岩麝退香——论1946—1948年间平津"新写作"文学思潮》(2008)和系列论文,主要关注20世纪40年代战争与革命时代文学的变迁与发展问题,形成了自己独特的领域,其20世纪40年代文学研究,在国内产生了相当的影响。已结项的项目课题为:《平津自由主义文学研究》(所重点,2009—2012)。胡博有关早期新月派的研究取得了重要的阶段性成果,同时与新月派有关的"定县民众戏剧运动"专题研究也全面展开。这是一个以往学术界很少关注,具有充分创新意义和价值的课题。冷川的研究注重从现代史上的外交事件入手观察现代文学中民族主义意识的形成与变化,近期又展开了有关"中国南海历史文化"资料的收集和研究。已结项的项目课题是：《民族主义文艺运动研究》（院青年启动基金，2009—2010）；目前在研的课题为：《外交事件与中国现代文学民族话语的发生研究（1919—1932）》（国家社科基金青年项目，2011—2013）。吕晴则主要从事延安文学研究。

盘点本所现代文学研究的历史沿革和目前队伍建设的状况，可以自信地说，我们依然是本学科全国范围内的一支重要的专业研究力量。既有响应学科前沿发展的走向而参与重大问题讨论和发声的能力，又有在某些方面发挥着开拓新领域新话题从而引领学科发展的作用。

四　学科发展前景

适应上述中国现代文学学科前沿发展的大势，根据文学所现代文学研究队伍的实际，我们提出以下学科发展的总体规划：以“中国文学的现代转型与中国经验”创新工程为主体，构成我们的规划大方向。其中重点研究课题有如下几个方面：

1. 加强对20世纪中国文学的整体研究。尤其注意从中国社会的现代转型与中国经验的形成这一大视野出发，重新认识中国现代文学的特质和属性。学科概念的反思和创新固然重要，但是我们更要追求对现代文学本身的认识深化，以更好地引导未来文学的健康发展。20世纪中国文学的整体研究，必须在理论、观念和实际的历史过程之间建立起科学合理的对应关系，必须注意到文学形式和内容的综合研究。而鉴于以往学科发展中的偏颇和缺陷，我们的规划要打破目前学术界的研究格局，在全新的起点上运用多元的视角和方法重新认识和开掘中国现代文学的政治蕴含和审美价值，重新理解并重构中国作家书面文学与民间口头文学、大陆与台港澳文学整体互动的复杂形态。同时，把对中国现代文学的基本认识和理解与“中国经验”的开掘和重构有机地关联起来，依靠我们重新整合的学术力量推出全新的学术研究成果，为21世纪中国道德文化价值的重构和文学的健康发展提供思想资源。

2. 加强对鲁迅及其左翼文学传统的深入研究。随着20世纪的渐渐远去，目前的中国面临着“鲁迅研究”势头减弱的趋势。然而，我并不认为当今时代已不再需要鲁迅。20世纪已然远去了，但那个时代的课题并没有真正消失和完结，因此属于20世纪的鲁迅也依然会继续成为被关注的对象，关键是我们能否深刻地洞见到当下世界所面临的根本问题与鲁迅思想内在的历史性关联。今天，要重新认识和理解鲁迅身上源自革命和现代性悖论的矛盾紧张，以及他面对时代课题所做出的判断与承担，有必要将鲁迅“再政治化”。这里所说的“再政治化”，当然不是要简单回到以往中国那种出于意识形态的需要而对鲁迅施行的庸俗社会学式的政治化，而是站在今天我们对于20世纪中国历史乃至世界史的全新认识基础上，再次将鲁迅的思想和文学放到他所属的那个时代的语境中，重新发现他与那段历史的血肉联系，从中寻找鲁迅对当今的启示。同时，对于鲁迅所开创的中国左翼文学传统，我们同样要加以深入的思考，并将其与中国经验和中国道路的阐发有意识地结合起来。从而，更深刻地认识中国现代文学特有的“政治性”，即以“民族寓言的形式来投射一种政治”的独特现象。

3. 翻译文学与现代性研究。我们计划强化研究文学翻译与文化理解的相关问题，包括“文学翻译与中西方关系中的现代性和本土化”等具体课题，这些课题将以新的翻译观念打破传统意义上的语言转换的透明性，将汉语译本与外国文学区分开来，着眼于两者之间的转换过程，研究中国历史语境对于翻译的制约、挪用，并将翻译看作形塑中国文化主体身份的重要手段。翻译文学是“跨语际实践”的结果，而其重点应在中国文化场域的部分，从中考察中国现代文学和中国经验的生成过程及其特征。我们认为，翻译文学研究乃是本学科发展的一个重要生长点，从这样的大视野出发，必将对诞生于社会转型中的中国现代文学，包括其与世界的联系等问题，产生新的认识，从而有效地推动学科未来的发展。

4. 加强民族国家建设与现代文学中民族意识问题的研究。中国民族国家建设经历了三个递进式的发展过程。从晚清到中华民国的成立是其第一阶段，可以称为构想民族国家的时期。第二阶段则是从1911年中华民国制度安排的初步成功到新中国成立，这是现代文学在获得了民族国家制度建立的保证之后长足发展和曲折演变的时期。从某种意义上讲，这一阶段也可以称为“民国时期的文学”。第三个时期是新中国成立以后。如果我们不局限于国共两党在制度建设方面的分歧和对立，应该说新中国成立依然是1911年制度革命的延续和发展，两者在建立现代民族国家的政治诉求和总体方向上并没有根本的不同。当然，共产党一党执掌政权，世界冷战格局和国际共产主义体系的制约，使新制度与源自19世纪欧洲的一般民族国家构架多有区别，这也是事实。但总之，中国现代文学不仅源自中国社会的现代转型，同时也为新的民族国家制度建设贡献了自己的力量，或者说两者之间有着密不可分的关系，它理应成为我们未来研究的一个重要方面。

5. 加强以文献资料的整理编撰为中心的基础研究建设。现代文学史料工程在20世纪70年代末启动，由文学研究所主持的“中国现代文学史资料汇编”列入国家“六五”哲学社会科学的重点项目。此项目分甲、乙、丙三大系列，计划出书200余种。这在当时是一个相当大的工程，约有全国百所以上的高校和研究机构的研究人员参加。1982年起系列书籍陆续出版，推动了现代文学研究的深入。然而进入20世纪90年代后由于种种原因，此项工作逐渐停止，计划中的书籍只正式出版80余种。2009年文学研究所与知识产权出版社合作，出版了《中国文学史料全编·现代卷》，重印了已出版的《中国现代文学史资料汇编》中的大部分史料60余种共80余册，在学界反响很好。我们计划将在以往的工作基础上继续扩大发展，并陆续编写“新诗史料”、“新诗编年史”和“中国现代文学编年史”等。以此进一步深化我们的学科基础建设。

（文学研究所　赵京华）

中国当代文学学科前沿研究报告
（2010—2012）

2010—2012 年的中国当代文学重点学科，是在之前已有的坚实基础上持续前行和稳步进取的。而之前的坚实基础，既包括了中国当代文学的整体格局的不断变异与研究态势的蓬勃演进，更包括当代文学学科成为重点学科之后，所有成员的积极投入和协同努力，尤其是学科成员在 2011 年整体性进入“文学现状与文化发展创新工程”，赢来了学科发展的新机遇，使得整个学科较前有了更大进取与长足发展。

现将中国当代文学学科以及我们的重点学科的相关情况报告如下。

一　概况

中国当代文学研究，是伴随着中国当代文学的创作与批评、运动与事件等，逐步发展建立起来的。回顾中国当代文学学科建立与发展的历史，大致可以分为三个阶段来看。

第一阶段，20 世纪五六十年代。1949 年以后，“中国新文学史”被教育部规定为各大学中文系主要的必修课程，随后全国各大学中文系都开设了“新文学史”课。大学教学的需求促使了大量文学史著作的产生，其中王瑶的《中国新文学史稿》、丁易的《中国现代文学史略》、刘绶松的《中国新文学史初稿》较为普及，且产生了重大影响。王瑶的《中国新文学史稿》第一次把五四新文化运动到新中国成立这一时段的文学进行了系统的梳理和描述，奠定了现当代文学史写作的基础。就当代文学而言，1959 年新中国成立十周年纪念，是当代文学史写作的重要契机。20 世纪

60年代初期出现了最早的当代文学史：华中师范学院中文系编写的《中国当代文学史稿》、山东大学中文系中国当代文学史编写组编写的《中国当代文学史（1949—1959）》（上下册）。这两本文学史“党性”很强，都认为新中国成立十年来的文学是“社会主义的文学”，“新民歌运动”是其高潮，并将曲艺、“群众文艺”、工厂史等类型纳入文学史写作。这一时期现当代文学史的写作虽然被纳入学术生产的体制化过程中，政治色彩极为浓厚，但它推动了中国当代文学学科的建立，并为后来的发展奠定了基础。

第二阶段，20世纪80年代。“文革”的结束和新时期的到来为现当代文学学科的繁荣发展提供了良好的条件。20世纪80年代中后期，学术界的空气比较活跃，引进了西方的各种文艺理论，这给现当代文学史的写作带来了新的质素。1988年，有些学人提出了“重写文学史”的主张，其目的在于冲击已有的文学史秩序，将现当代文学学科从“从属于整个革命史传统教育的状态下摆脱出来，成为一门独立的、审美的文学史学科”。其实就是将中国现当代文学的研究范型从新民主主义转化到文学现代化上面来。在这种思潮的影响下，出现了多样化的史类著述。当代文学史方面，据统计，有十多部当代文学史出版，影响较大的有张钟、洪子诚等编写的《当代文学概观》、张炯等人主编的《中国当代文学讲稿》等。在思潮史方面，朱寨主编的《中国当代文学思潮史》，因为立足史料，注重事实，旨在总结经验，吸取教训，成为当时具有史学品格与反思意识的重要著述。这一时期的文学史总体上比较讲究学理性，注重文学自身的发展规律，不同程度地表现出学者们的学术个性，在文学史的基本框架上多是传统的以作家作品为中心兼顾对文学思潮的评论，这些文学史为中国现当代文学学科科学化、规范化发展奠定了基础。

第三阶段，20世纪90年代。20世纪90年代，随着市场经济的发展，文学及文学研究趋于边缘化。不过，现代化的学术体制的建立使中国现当代文学学科得以深入发展，现当代文学史的写作还原了文学史的多元景观，学术含量较高。学者们打破学科边界，引入了文化、思想、学术史的视角，文学的生产、传播、接受等都被纳入文学史的视野之内。当代文学史的写作尤为活跃，出现了文学史教材编写的热潮。其中有两部当代文学史引起了学界的广泛关注：一是洪子诚的《中国当代文学史》，二是陈思和的《中国当代文学史教程》。洪著从文学生产体制角度深刻揭示了当代文学发展变迁的内在动力和制约机制，对当代文学的多种文学力量的冲突、融合的复杂动态过程进行了史的描述，尤其是对20世纪50—70年代文学的历史清理颇为醒目。这本文学史某种程度上更像一本学术专著，使基础薄弱的中国当代文学获得了“史学”品格，并推进了其科学化、学术化的建设。而陈著在对作品的选择和其内涵的阐发上，注重那些非主流的文学作品，并努力发掘其潜在内涵，从而支持他对“民间文化形态”的理解。该书史的脉络清晰，又有文学鉴赏的元素，因此被视为一本中文专业学生和文学爱好者的入门读物。1999年，应该是当代文学史写作的丰年。除了洪子诚、陈思和的著作之外，我研究室的杨匡汉、孟繁华主编的《共和国文学50年》，张炯主编的《新中国文学50年》，也同时出版。前者以点带面，论中见史，近距离的观察之中带有冷峻的理性审视的意味，尤其是“共和国文学”概念的提出与论证，有助于当代文学学科建设走向规范和科学。后者比较系统而概要地描述了新中国成立50年来文学创作与文学研究的发展与成就。除此两书之外，这一时期还有相当数量的理论批评文章相继出现，这些著述与文章在一定程度上都推进了当代文学有关问题的研究，从整体上提高了当代文学学科的水平。

当代文学学科几乎与共和国同步发展而来，但在学科分类与习惯表述中，一直与中国现代文学合并称为“中国现当代文学”。经过60多年来的几代人的建构与开拓性发展，当代文学的学科建设已逐步趋于成熟与臻于完善。文艺理论学科的源头则可追溯到更远，五四运动之后就已经产生出一些探讨马克思主义文艺理论的理论家，但以马克思主义为主导的文艺理论体系，则是1949年之后，在毛泽东《在延安文艺座谈会上的讲话》精神指引下，结合中国文学现实与文化发展实际，吸收国外文学理论的优秀成果，继承中国古代文学理论的优秀遗产，在“古为今用”、“洋为中用”的多方面基础上逐步建立起来的。

文学研究所的当代文学研究，始于20世纪50年代，当时在现代文学研究室设立了当代文学研究组，由朱寨负责。该研究组成立之后的一个项目，便是1960年撰稿，1962年出版的《十年来的中国文学》（作家出版社出版）。劫后复苏重建中国社会科学院文学研究所后，便正式成立当代文学研究室。至2012年，先后担任室主任的有张炯、蒋守谦、樊发稼、杨匡汉、孟繁华、白烨等。这些活跃于不同时期的学者，均为中国当代文学研究领域里的旗帜性人物与代表性学者，在他们的引领下，不同代际的当代文学中青年学术骨干也迅速而健康地成长起来，承担起重要的研究工作并发挥了重要的学术影响作用。

中国当代文学与20世纪中国的现代化进程紧密地联系在一起，这决定了其动态的性质，使它随着社会环境的变化而变化。20世纪50年代、80年代、90年代，中国社会经历了巨大的转型，中国当代文学史的写作也历经了从“政治挂帅”到尊重文学独立性再到引入文化研究的模式来丰富自身的变化过程，相应地，中国当代文学学科也逐渐建立发展繁荣，成为一门既富有活力又有学术规范性的前沿学科。

二　学科前沿动态

当代文学研究中的前沿问题，往往涉及文学历史与文学现状两大方面，而因为研讨的深入与人们认识的演进，这种重大问题也越来越繁多，争论也越来越深入。这里只就近年来较为集中而突出的“网络文学与类型小说研究”、“当下文学批评现状反思”、“乡土文学式微与‘50后’写作的讨论”、“莫言获奖引发的当代文学的自省”等，作一个简要的介绍与评说。

（一）网络文学与类型小说研究

进入21世纪以来，在纷至沓来的各种新的文学现象之中，网络文学与类型小说作为最具活力、发展最快的新兴文学板块，尤其得到了前所少有的重视，也引起了众说不一的热议，遂使网络文学与类型文学成为近年文坛最为引人关注的焦点与亮点。

网络文学的成长与发展，对于文坛整体结构产生了什么样的影响，怎样看待和评估这种影响，这是研讨中关注最多的一个话题。马季认为：网络文学重组中国文学的格局是必然的。当代中国文学的新路极有可能出现在“网络文学”与“传统文学”的互补与融合之后。网络把中国进一步推向了世界舞台，在这个大舞台上，将会诞生真正伟大的中国文学。网络文学渐成阵势重组当代文学新格局（2010年8月22日《人民日报》）。白烨在《文学的新演变与文坛的新格局》（2010年9月20日《文艺报》）一文中，认为当下文学经过90年代以来的不断演变，已出现“三分天下”的新格局，即以文学期刊为主导的传统型文学，以商业出版为依托的市场化文学（或大众文学），以网络媒介为平台的新媒体文学。而新媒体文学主要以网络小说为主体，包括博客写作、手机小说等。网络小说在发展演变之中，因为多方面因素的促动，逐步寻求自身的定位与特点，由趋于类型化的分野与分流，开始与传统文学、主流小说拉开了距离。在图书市场上，悬疑、玄幻、职场、武侠、穿越等类型小说，已经成为持续走俏的热点、不可阻挡的潮流。

近些年来，类型小说从网络到市场逐渐流行和火爆，于今已成为网络写作与图书市场的主要品类。类型小说到底有多少类型，因为区分不同，看法并不统一。从现有的作品类型与流行提法来看，至少有数十个大的门类，比如：架空\\穿越（历史)、武侠\\仙侠、玄幻\\科幻、神秘\\灵异、惊悚\\悬疑、游戏\\竞技、军事\\谍战、官场\\职场、都市情爱、青春成长等。如果再细分，还会更多。类型小说过去主要流行于网络之间，现在除去网络之外，还伸延到了传统文学的许多领域，当然在网络上，火爆的都还是类型小说。但从2009年开始，网络类型小说转化为纸质出版的力度很大。2009年长篇小说的出版总量达到3000部，2010年在这个总量上稍有增加，主因就在于类型小说大量地转化为纸质作品出版。

2010年7月间，由《文艺报》等单位主办的“文学类型化及类型文学研讨会”于大庆市举行，全国四十多位文学学者就该议题进行了系统的研讨。谈到类型文学兴起的原因时，白烨认为：类型小说的兴起与持续，至少有写作、阅读与市场三个方面的因素在合力主导。阅读的因素及其近年的变化，我们过去关注的不够。阅读方面的趣味发生分化，分化的趣味需要满足，这是类型小说所以勃兴的根本所在。贺绍俊认为：“类型文学”是建立在市场经济大发展和市民阶层逐渐庞大两大因素之上的。它也是动态的、与时俱进的，随着时代和时事的进程而发展。有什么样的市民阅读需求，就有什么类型的文学样式产生出来。夏烈认为：“类型文学”的创作主体是“70后”、“80后”，大众文化是其背景，网络写作是其手段，具有全民写作、人人参与的特点，还有商业资本的强力介入。陈福民认为：科技的发展构成了文学类型化最根本的物质基础，新媒体的出现、便捷的网络传播和电子书阅读改变了文学的传播和接受方式，进而直接推动了类型文学的发生和发展。也就是说，相对于传统的农业文明和工业文明，互联网是一种新的文明类型，由此，也必将有一种新的文学形态与之相适应，“类型文学”便是文明类型转型的产物。说到“类型文学”的特点与功能，贺绍俊指出：在今天，“类型文学”是“通俗文学”的基本方式，也是“娱乐文学”最优化的通道。它能够激发阅读的欢娱，可能是公共性的、常识性的，也能有思想性，但它的方式是寓教于乐，因为娱乐是其最大的功能。类型文学的未来与前景，是研讨会上的另一个中心话题。有人对它持一种怀疑态度，比如，王松说道：“从写作的角度看，我还有诸多疑问：‘类型文学’是以题材划分还是以写法划分？‘类型文学’可否对生活的某个领域更深入下去？具有活力的创作方式能否变为‘类型文学’？‘类型文学’所具有的适合消费时代的不断复制，能否对当代文学创作起到积极的作用？”徐坤也认为：大量“类型文学”作品的精神价值缺失，需要引起注意。比如其消费性、娱乐性突出，情节像打游戏一样吸引人，但到达终点却往往是一片空白，没有回味和沉思的价值。“类型文学”作家们也要具有人文情怀，不可将公正性、善恶是非、悲悯、道德等淡化，这些都是文学的基本立场。因此，“类型文学”写作者应该增强其写作的责任感、道德感和人文精神，还应该具有将“类型文学”不断发展完善的决心和毅力。另一些人则持肯定的看法，并希望加强对其的研究。如陈福民、乔焕江指出：“类型文学”写作在以前主流的文学传统中是无效存在的，一般都被认为是等而下之、不入流的，甚至被看作垃圾。研究者也存在此问题。但事实是纯文学的价值观念已经不能再掌控对“类型文学”的研究，因此研究者应尽快更新研究观念和方法。于苇也认为：应该把“类型文学”放到文学史中加以研究。文学史自身进程是社会进程的反映，理论家应该承担起价值使命，承担起“类型文学”的导向作用。贺绍俊就此指出：经典意识在“类型文学”中依然存在，一些“类型文学”也的确从经典中汲取了营养。然而，“类型文学”与“精英文学”是并行不悖的两种文学形态，没必要把“类型文学”抬高到“精英文学”的高度，也没必要以“精英文学”的标准去衡量“类型文学”。“类型文学”应该及早建立起自己的批评体系，以促进它的健康发展。

在此次研讨会之后与之外，围绕类型小说的现状与风貌、特点与走向等问题，一些报刊发表了评论文章与记者综述，就此进行了持续而深入的探讨。从讨论的情况看，意见依然比较纷纭，但人们关注的姿态与观察的程度，都显然更为认真和深入。如贺绍俊在《类型小说的存在方式及其特点》（原载《文艺报》9 月 3 日）中，就类型小说的特点做出了自己的概括，他以为，类型小说有四个值得注意的特点：第一，类型小说是通俗小说的基本存在方式。第二，类型小说是文学娱乐化功能最优化的通道。第三，类型小说的发展依赖于媒体的发展，媒体是类型小说的助推器。第四，反类型化是类型小说保持活力的内在动力。夏列在《一个新概念和一种杰出的传统》（原载2010年8月27日《文艺报》）的文章中，就类型文学的概念与其背后的动因进行了解说。他认为：类型文学的全称，应该是当代大众类型文学。它的边界既是“当代”，又是“大众”。“当代”，意味着今天所提出与研究的对象——类型文学，是与当代科技和资本相适应的文学创作形态；其中“当代科技”意味着现代性的网络、出版、电子通信和个人电脑终端等科技平台与载体的出现，它们提供了当下类型文学发生、发展的崭新的物质基础，最终与人交互，影响和改变了时代的创作和审美习惯。而“资本”意味着消费市场的构建和扩展，意味着对人们消费欲求的迎合和背后的利润诉求，它敏锐地鼓励和纵容新的创作和审美形态，无论妍媸，重在牟利，它是任何新因素的催化剂，同时也扮演始乱终弃的势利角色。在这个意义上，我们提出和研究“类型文学”就是研究在当代科技和资本以及大众文化场中的一个主干的文学样式。

（二）当下文学批评现状反思

在近年以来的当代文学领域，文学批评一直是年度文坛里一个不大不小的热点。批评界自身的自省与反思，批评与文坛之外人士的关注与议论，从来就没有停歇过，而文学批评话题在2011—2012年度之所以特别突出，主要是基于这样两个原因：在文化建设再掀新的高潮的形势下，文学与文学批评在其中扮演的角色和所起的作用，越来越显得格外突出，重要性更为凸显；面对着变化巨大又变动不居的文学与文化现实，文学批评在自身的发展进取中，虽一直努力转型和勉励前行，但仍面临了多重的压力与巨大的挑战，如何重建有力又有效的当代文学批评，成为文学批评学科建设的重要课题与迫切任务。

在文学批评现状反思与学科建设探讨方面，2010—2012年间，《文艺报》、《文学报》、《当代作家评论》等专业报刊，《人民日报》、《光明日报》、《文汇报》等党政报刊，都连续发表文章展开讨论，《文艺报》专门开辟了“倡导优良的文学批评”的笔谈专栏，《当代作家评论》设立了“文学批评：反思与重建”探讨专辑，《文汇报》开辟了“建构健康理性的文艺批评笔谈”专栏，《辽宁日报》近期推出“重估中国当代文学批评”专栏。这些批量的文章和专题的研讨，都使2011年的文学批评以反思与重建为重心的研讨，达到了前所少有的广度与深度。这些文章与研讨涉及问题的方方面面，但总体来看，话题大致集中在当代文学批评的成就与症候的分析，重建文学批评的方法与路径等两个大的问题上。

谈到当下文学批评的现状，人们的总体感觉大致相似，那就是严重地与变化着的文学现实不对位，不适应。但不同角度的观点对于问题的看法，又有各自不同的侧重。白烨在《中国文情报告》（2010—2011）“前言”中谈到文学批评现状时，认为新兴文学板块中的批评缺席是最大问题。他指出：当代文坛在分离为三个不同的文学板块之后，可以说是相对独立，各自为战。传统型文学、市场化文学与新媒体文学，相互之间既较为隔膜，又较少往来。尤其是在市场化文学和新媒体文学中都占据主流位置的类型小说作品，依托网络与传媒的传播，依靠年轻读者的追捧，在文学图书销售中遥遥领先，在实际的文学阅读中影响甚大。与这种新兴文学板块迅速发展形成反差的，是有关文学批评的严重缺席。可以说，对于这样一些行销于市场的图书，无论是单个作者与单部作品，抑或是一种倾向、一个类别，都没有什么评论性的文章加以分析和论说。这种缺席，有两个显见的原因，一是主流的文学批评家不了解又不屑于去介入，以为这些作品少有文学性，不值得去认真关注。而那些喜欢这些作品的人们，又没有能力站在更高的角度去分析和品评。但畅销不衰和读者甚众，一定有其原因，这种原因也许包含了文化性的因素，还包含了社会性的因素；也许包含了积极性的因素，又包含了消极性的因素，恰恰需要从文学与文化的角度作出有见解力与说服力的分析与评论，从而对这类作品的写作、出版与阅读的各个环节，产生相应的影响。

还有一些意见，把批评存在的问题集中于批评本身的不切实际与囿于“学院化倾向”。

黄惟群在《对当今文学批评的批评》（《文艺报》2011年6月15日）一文中也就此指出：当今文学批评究竟是些怎样的批评？大多是些从理论到理论、从书本到书本、评论与被评论间很少发生实质联系、写不写都没关系、不写也许更好（至少不至于添乱）的评论。它们习惯于各竞新丽、纸上谈兵。我们的一些评论家，从学校到学校，博学强记训练有素，拥有最多的是所谓理论和概念性术语。他们层出不穷地制造概念，玩弄术语，从概念到概念，从术语到术语，加上层层叠叠的定语、定语从句，牵着读者没完没了地兜圈，将每件简单的事都以最旋转、最绕道、最复杂的方法说出。他们不是用心去感觉体会作品，而是将学过的理论（包括术语）当眼睛，努力在作品中寻找印证，用学过的理论去套作品。

《当代作家评论》于2011年第2期推出“文学批评：反思与重建”专题论文10篇，着重就如何建构新的文学批评进行了深入探讨。批评家雷达在《真正透彻的批评声音为何总难出现》一文指出：“我最近渐渐形成了一种也许不无偏颇的看法：文学批评公信力的缺失，根源在于社会生活中公信力的缺失，在于整个社会价值体系的某种紊乱；文学批评的虚弱乏力，从根本上说，是文学批评的性质、功能、价值发生了严重的位移、扭曲和变形。”在《批评如何判断?》中，批评家南帆则指出文学批评在当下应该具有一种判断功能，“批评需要判断。问题在于，判断往往被理解得太狭窄了，甚至如同简单表态。大众传媒的批评很可能加剧这种倾向……我们不仅需要判断，而且需要深刻的判断”。赵慧平在《反思与重建：文学批评的重大课题》中则指出，文学批评的反思与重建，应该是当前中国文学研究领域里的一个重大课题，“关于重建的具体问题，我认为首先要明确建设的目标，明确地提出建构当代中国文学理论的课题，有组织有计划地系统全面研究，完成这项巨大的理论工程”。

2012年5月9日，《文艺报》报社在京举办的“切实增强文艺批评的有效性——纪念毛泽东同志《在延安文艺座谈会上的讲话》发表70周年座谈会”，与会学者在重温《讲话》精神的前提下，集中研讨了“如何增强文艺批评的有效性”问题。

谈到文艺批评的有效性，与会专家分别从“强烈的问题意识”、“批评家的独立性”、“多元化的批评观念”等方面进行了深入而具体地探讨。董学文表示，毛泽东同志在《讲话》中讲的都是理论性的东西，但这些理论都跟现实密切相关，他是从现实出发来解决文艺基本问题。《讲话》具有很强的问题意识。《讲话》不回避矛盾，直接回答所面临的文艺问题，体现出一种追求真理、旗帜鲜明的理论态度。但现在有些批评文章，净是讲一些空泛的东西，有问题就绕着走，不愿意给出明确的答案，缺乏旗帜鲜明的表达，这不利于文学的繁荣发展。向云驹也认为，毛泽东同志非常注重到一线去调研，而且调研的面非常宽，方方面面都注意到。在调查之后，再进行理论上的思考，从而获得对现状的清晰认知。这种调研不仅包括到某个实地进行观察，也可以包括在理论上或资料上的研究。但现在的很多批评家缺乏耐心来做这些扎实的工作，甚至连读一部作品都是匆匆而过。为此，何西来和李美皆提出“批评家也要深入生活”。何西来认为，一个批评家有没有水平，就看他在对作品的评论中有没有显示出自己独特的见识。这种见识毫无疑问是来源于生活的，因此不仅文艺家需要深入生活，批评家也需要深入生活。谈到批评家要发出自己独特的声音时，雷达说，这些年文艺批评取得的成绩很大，但也存在一些突出的问题，比如文艺批评变得越来越工具化、商品化。为了参加各种评奖，经常作品一出来就请专家们去追捧。在这个时候，批评家尤其需要保持清醒，至少做到“有好就说好，有坏就说坏”。有的意见认为，要保持文艺批评的有效性，还应该注意批评本身的多元化。陈晓明认为，我们不能以某种绝对的、一成不变的、要统摄一切的文学观念和批评标准去理解当今纷繁复杂的文学现实。特别是在今天倡导文化大发展大繁荣，文化的表现形态也必然是多元化和多样化的。批评应该有广阔的容忍空间，看到文学作品的差异，看到作家的千差万别。

（三）乡土文学式微与“50后”写作的讨论

近年来，随着乡土现实的巨大变异与乡土文学的相对式微，乡土文学逐渐成为文学批评领域里的热门话题。乡土文学从长期以来的盛极一时，到现在的直面新的现实的无能为力，其中确有一定的复杂原因。批评界就此话题开展研讨，意在探寻内里存在的一些问题及其背后的诸多原因。

有关乡土文学，2012 年上半年间有一个研讨会和一份调查，都在一定程度上引起了人们的广泛关注。

一个研讨会，是于 2012 年 6 月 12 日在京召开的《中国当代乡土小说大系》首发式暨乡土文学创作研讨会。在这个研讨会上，与会专家学者围绕白烨主编的《中国当代乡土小说大系》（1979—2009），就乡土文学的发展与现状、经验与问题等进行热烈的讨论。雷达在发言中指出：对于中国来说，乡土文学的话题永不过时。而作为中华文明的重要组成，乡土文学还有很多资源可以继续挖掘。“要知道我们的文化根源在哪里、如何清醒地看待中国农民，以及中国文明在世界的地位。所以对我们来说，乡土文学并不过时，是需要温故而知新的。”孟繁华则认为，在当代中国，随着社会经济的发展，乡村文明开始出现崩溃。“乡村更多的是留守老人和儿童，土地不产出一粒粮食和一寸纤维，乡村文明没有了载体。”不过，在孟繁华看来，这并不意味着乡村小说题材的终结，反而提供了更多的选择。“乡村文明的终结不等于乡村小说题材的终结。乡村文明的崩溃，使作家们开始书写新的乡土文学，城乡交界处的题材得以显现出来，从而为乡土文学提供了更外一个版本。”而对于孟繁华的这番言论，中国少数民族作家学会副会长叶梅却显得更为“乐观”。她认为，中国的乡村文明根深蒂固，尽管时代变迁，但大多数的乡村文化却没有因此而发生改变，“甚至和上个世纪没有根本的变化。”叶梅认为，改革开放是中国社会从农业化向工业化转变的过程，而占总人口约80%的乡村人口的命运也因此发生改变，而这种变迁无疑为作家提供了丰富的创作素材。“高科技尽管超越了人类的想象，但乡土文明却依旧根深蒂固。”

一份调查，是何平发表于2012年7月3日《人民日报》的《“乡土文学”大调查：揭当下农村文学现状两大隐忧》。文章指出：近年，我们在湖南岳阳、江苏南通、江苏泰州和北京通州等地进行“新农村建设中的文学参与”的调查和访谈。在所涉及的“您听说的作家”、“您听说的当代作家”、“您读过的当代中国作家作品”三个问题中，几乎没有一部（篇）21世纪农村题材的文学作品进入到农村的文学阅读记忆，像20世纪80年代路遥在农村那样高的认知度的作家几乎没有，在我们的入户调查中看到的和农村“文学生活”相关的只是有限的通俗小说和《知音》、《故事会》等读物。一个显而易见的事实是，当下的农村题材文学创作一方面在自身的嬗变中拓展着审美疆域；另一方面却几乎和当下的农村文学阅读无关。而且农民阅读的文学，即所谓农民喜闻乐见的文学，根据我们所做的农民阅读状况调查来看也是很复杂的。我们一定不要想当然地以为写了农民熟悉的生活就会为农民所“喜闻乐见”。但即便如此，从文学生产的角度来看，当下文学，特别是农村题材文学缺少有效的农村阅读，这样的文学生态很难说是正常的。根据以上的调查，作者得出了这样让人不无忧虑的结论，那就是：“文学阅读和写作在乡村萎缩，甚至从乡村退场。”

另一值得关注的事件，是孟繁华的文章引发的有关乡土文学的一个争论。在2012年《文艺研究》第6期上，孟繁华发表的一篇题为《乡村文明的变异与“50后”的境遇——当下中国文学状况的一个方面》的文章。此文发表之后，李雪撰写了《“50后”作家的创作依然蕴含着无限生机——兼与孟繁华先生商榷》的文章与之商榷，之后，又有白烨的《话题很重要，焦点在“乡土”——也谈乡土文学与“50后”》跟进讨论，遂使写作乡土文学系连着“50后”写作，成为相互关联的一个话题。

孟繁华在文章中指出：“考察当下的文学创作，作家关注的对象或焦点，正在从乡村逐渐向都市转移。这个结构性的变化不仅仅是文学创作空间的挪移，也并非是作家对乡村人口向城市转移追踪性的文学‘报道’。这一趋向出现的主要原因，是中国的现代性——乡村文明的溃败和新文明的迅速崛起带来的必然结果。这一变化，使百年来作为主流文学的乡村书写遭遇了不曾经历的挑战。或者说，百年来中国文学的主要成就表现在乡土文学方面。即便到了21世纪，乡土文学在文学整体结构中仍然处于主流地位。2011年第八届茅盾文学奖的获奖作品基本是乡土小说，足以说明这一点。但是，深入观察文学的发展趋向，我们发现有一个巨大的文学潜流隆隆作响，已经浮出地表，这个潜流就是与都市相关的文学。当然，这一文学现象大规模涌现的时间还很短暂，它表现出的新的审美特征和属性还有待深入观察。但是，这一现象的出现重要无比：它是对笼罩百年文坛的乡村题材一次有声有色的突围，也是对当下中国社会生活发生巨变的有力表现和回响。值得注意的是，这一文学现象的作者基本来自‘60后’、‘70后’的中、青年作家。而‘50后’作家（这里主要指那些长期以乡村生活为创作对象的作家）基本还固守过去乡村文明的经验。因此，对这一现象，我们可以判断的是：乡村文明的溃败与‘50后’作家的终结就这样同时发生了。”

李雪在7月24日《光明日报》的《“50后”作家的创作依然蕴含着无限生机——兼与孟繁华先生商榷》文章，主要抓住有关“50后”问题，认为所谓“终结‘50后’作家建构的文学意识形态”，就把“‘50后’作家当成了中国文学发展的绊脚石”。文章在“50后”的创作算不上一部“衰败史”，“50后”没有遗忘正在崛起的都市文明，“50后”建构的文学秩序在活力依旧的三个小标题之下，分别述说了“50后”作家的创作实绩，并由此总结性地说道：“50后”作家的确已经建立起了当今中国文学的话语秩序。这种秩序至今还不是遮蔽性、压抑性的，而依然具有创造力，是弥散性、催生性的。如果中国文学要继续健康发展，在某些方面需要继承“50后”作家的成功经验。

在李文之后，白烨随后发表《话题很重要，焦点在“乡土”——也谈乡土文学与“50后”写作》的文章。他认为：孟繁华的文章并非是在一般意义上来谈论“50后”写作的问题，他是在构建乡土文学经验，并在这一经验中成就自己又束裹自己的意义上，来谈论“50 后”的写作的。而就此来看，进入 21 世纪以来，乡土文明在现代性的强力主导之下，以城镇化、产业化、空巢化等多种方式，从生存方式、生活形态，到生产方式、人员结构等，都发生了剧烈又巨大的变化。这种变化不仅是结构性的，而且是带有根本性的。问题还在于，这种变化仍然方兴未艾，始终处于变动不居的过程之中。旧有的乡村经过“革命”，走向了“集体化”；又经过“改革”，走向了现代化，乡村文明的整体性已不复存在，变动中的乡土现实又在多样性中充满不确定性。这些都给作家们认识现实和把握现实带来极大的难度，他们已有的文学经验与这种新的现实并不对位，因而难以在彼此之间建立起有效的内在勾连，这就造成“50 后”们在乡土文学写作上难以逾越的写作困境。因此，直面当下乡土现实的长篇小说为数较少，而不多的写作涉及当下乡土生活的变异时，又多在惊诧与哀叹中表现出无力与无奈，这已是无可讳言的乡土写作现状。新的乡土现实的小说写作的这种困境，与其说是属于“50 后”，不如说是属于这个时代。

（四）莫言获奖引发的当代文学的自省

2012 年 10 月 11 日晚，瑞典文学院正式宣布，将 2012 年度诺贝尔文学奖授予中国作家莫言。一个时期以来，文坛与社会的反应热烈，国内与国外的议论不断，个中反映了诸多的文情，也折射了不少舆情。但就文学研究界而言，并没有因为莫言获奖而忘乎所以，而是冷静对待、理性反思，进而探讨了不少当代文学确实存在的种种问题。

王蒙、白烨等人在署名文章中，都谈到了莫言获奖引发的一些启示，一是整体性的文学水准有待提高。他们认为：客观地审视当下的中国文学创作，我们可以清楚地看到，像莫言这样在国内外广受关注的一流作家，我们还为数不多。而更多的作家，因为艺术上的个性力度与创作上格局气度等都还有所不足，文学上的影响还主要局限于国内。二是作家的创作个性需要凸显。他认为：与莫言的创作相比较，我们作家中不少人还缺少一种世界性眼光，对于人性的挖掘或有欠深度或力度，作品格局较小，不够大气；在故事营构与叙事描写中，常常会囿于种种社会秩序、家族伦理等诸多复杂人际关系的根根柢柢，乃至繁文缛节，让读者读来感到纷纭缭乱，更难以引起别的民族与语种的读者的理解与认知。三是文学翻译需要大力加强。在这方面，我们存在着主动性不足、组织性不够等明显的问题。目前，我们只有少数几位作家在国际上较有影响，受到关注。更多的作家因为作品未被译介，难出国门，还默默无闻。而“走出去”的作家，也就十多位而已。这里除作品的“可译性”问题之外，一个关键性的制约因素是翻译的环节，在这方面，我们缺少应有的规划、必要的投入，基本的团队现在只能主要依靠散居于海外的汉学家的个人兴趣，属于一种自然而然的状态。这种状况与中国当代文学蓬勃发展的现状很不适应，确实需要予以改变。

在2012年12月1日由《文学报》与《文汇报》文艺部联合主办的“诺贝尔文学奖与当代文学价值重估”学术研讨会上，与会的专家学者由莫言的获奖及其创作生发开来，主要就当代文学应以何种标准确立自己的价值，文学领域究竟应该借此做出怎样的审视和思考等问题，进行广泛而深入的研讨。雷达、王彬彬、汪政等评论家不约而同提道，莫言获奖并不意味着中国文学存在的一些问题就会自行消失了，我们更应强调的或许是，借由莫言获奖这一事件，在正确评估其对于当下文学产生何种积极意义的同时反思，这又在何种意义上凸显了当下文学存在的重要问题。事实上，等如火如荼的“莫言热”自行消退以后，只要是稍有理智的人都能回到常识判断中来，也因此会意识到，一个作家群体不会因为某一位作家获世界性的大奖忽然间变得没有缺点起来。相反，因为诺贝尔文学奖的介入，当下文学如此切近地被放置到中外文学的坐标上来加以打量，也因此被几何级放大，我们才得以更切近地审视其微妙处境。我们也应由此更加明了：某些曾经被过度夸大的问题，其实并不成其为问题；有些问题其实很重要，却被我们不经意间遗忘或忽视了；而更重要的是，还有一些深层的问题，是我们很难直面却不得不直面的。

这种问题之一，便是包括莫言在内的很多当代文学作品普遍缺乏厚度。陆建德举例说，读19世纪英国作家的一些作品，你会感觉到其小说呈现的社会背后的肌质特别丰厚。同样在中国的一些经典文学作品中，也能读到其所刻绘的那个社会的价值。如读《红楼梦》就会感到，里面的人物不管是刘姥姥还是王熙凤，背后有很深厚的东西，“其实我们都知道曹雪芹生活的那个年代，对文学创作有诸多束缚，但种种制约因素并不让作家缺少对社会的关照和理解。读这样的作品，你总会留下很多回味，然后会在心里对那个社会心存一种温存的敬意”。然而读莫言的作品，你能感到他的语言自由、狂放，有奇特生动的想象，但也经常做无限地夸张。他笔下的社会或许是荒诞的，也可能是真实的。但我们要追问的是，那是一个什么样的社会。他笔下的那些人物，没有文化，说话、做事情，待人接物的方式都进入了另一种缺乏内涵的渠道，“他作品里描述的这样一个社会无疑是让人非常失落的”。

在洪治纲看来，阅读莫言的作品之所以会产生这样的印象，某种意义上源于其颠覆性的写作姿态。“莫言获奖后，我一直在想，为什么是莫言？我觉得莫言最大的聪明，就在于他总能把他所能想到的，或者比较有意思的有特点的东西，无论中外都放在一块。这样混杂的文本结构可以带来很多角度的解读。同时，他也不像别的作家提供一个主导性价值，这样读者可以从真善美、假丑恶等各个角度来做出自己的判断。喜欢他作品的人，自然会把它吹得很高。而不喜欢的人，也可以从中找到自己理解和接受的角度。”

当代文学在作为一个发展中的学科，也是充满了变异与风险的学科。因此，在发展中拓展，在拓展中完善，就成了这一学科的基本特性。择其要而言，它目前尚嫌薄弱的环节，需要加强的方面，主要在学科意识、文学史写作与史料建设三大方面。

当代文学的变异性，决定了当代文学的不确定性。而它的不确定性，又是制约学科发展的不可改变的因素，这是它同其他历史性的学科最大的差异。因此，当代文学研究更应该具有强烈的学科建设意识。这一意识包括当代文学的知识性建构、基本概念的清理与界定、基本史料的整理与识别、重要作家作品的学术化研究，等等。就学科目前发展建设而言，已经取得了积极的成果。但同时存在的情况是，由于历史的原因，一种惯性的受制于流行思想制约的研究仍然大量存在，每年发表的大量论文著作，关系学科建设的具有学术价值的思想并不很多。更多的学者都拥挤于批评前沿，对学科整体的把握还缺乏必要的意识和认识。

当代文学史是代表这一学科整体水平的标志性的研究。它不仅为学科的建设和发展提供框架性的结构，制定学科的规定性和规范性，同时，它更以知识的形式在大学教育中产生巨大的影响。当代文学史的写作，大概从 1959 年即共和国诞生 10 周年时就已经开始。80 年代至今，先后出版的当代文学史著作已有近 100 部。但是，从 50 年代末至今，由于受到当代文学性质，苏联写作模式以及传统文学史写作范式的影响，当代文学史形成了长期自觉遵循并难以突破的写作制度。这一制度的具体表现是，集体写作，教科书性质，以作家与现实关系排定位置为主要内容的结构方式进行的文学史写作。因此，当代文学史的写作很难作为个人的研究成果来表达。在对“个人化”、“个人主义”反复清理的过程中，当代文学史的集体写作成为别无选择的唯一形式。当然，这个“集体”也不是某个特定的写作集体，而是指一种被放大了的意志和思想。作为教科书，其性质也决定了它必须体现国家意识形态的要求。当代文学史的这些外在的规约，也决定了它对当代作家评价的尺度。也就是说，对一个作家的评价，首先考虑的是他与现实的关系，而不是他的艺术成就。这一写作模型不仅来源于苏联，同时也是对中国古代文学史的一种仿写。应该说，古代文学史由于历史的反复筛选，以及评价尺度的相对单纯，以作家论作为基本内容是较为合理的，而且有断代史、文体史以及各种边缘性的研究作为补充，这一学科就显得充沛而丰富。当代文学史则不然，它的不确定性决定了对具体作家作品的评价可能由于政策和路线的变化，而发生较大的甚至是根本性的变化。作家不断修改旧作也从一个方面体现了现实与文学构成的制约关系。

作为一个学科来说，当代文学在完备的史料建设上，尚有较大距离。一个成熟的学科必须具有相对完备稳定的史料积累，通过长期的识别、梳理以及分类，建立起学科的历史范畴和知识体系。没有这样的积累，学科的规定性就无以建立。但是，当代文学所面临的问题，一方面是客观上尚不能充分提供的困难，也就是说，与当代文学相关的一些材料由于时间和其他原因，解密的条件尚不具备，有些材料是从事当代文学研究的人无能为力的。另一方面是对现有的材料也缺乏细致的梳理和整理。目前出版的史料编撰，不仅数量稀少，而且也较为简单。当代文学的丰富性和复杂性尚未得到反映。各种文体作品的编辑，虽然种类不少，但重复太多，思路相似。更多的边缘性的长期得不到研究的作家作品，仍然处于被悬置的状态。与此相关的，是各种文体史研究的薄弱。当代小说史、散文史、批评史、戏剧史的研究还没有形成规模。思潮史的研究除了中国社会科学院文学研究所朱寨主编过一部之外，至今尚无新著问世。因此，当代文学的学科建设，虽然初具规模，但仍然任重道远。

根据上述分析，在未来 10 年之内的时间里，当代文学的史料建设和文体史的研究将会得到极大的重视，并将进一步促进文学史写作的提高和学科建设的发展。

三 学科建设状况

本学科因为几代文学学者的积极工作及现有成员的共同努力，在当代文学研究领域里，长期处于领先与领衔地位。如朱寨的文学思潮史研究，张炯的当代文学史写作与编著，杨匡汉的现代汉诗与诗歌美学研究等，都是当代文学研究领域中卓有建树的重要成果，并在学科建设与发展之中处于领衔位置，为文坛内外所关注和首肯。

在学科的现有成员中，因为专业的区分与个人的努力，所分别取得的学术成果，既扎实充盈，又丰富多姿，可以说涉及当代文学的各个具体门类，并因卓有新见而在业界引人注目。如白烨的由“中国年度文情报告”、“中国年度文坛纪事”构成的文学现状的考察与研究，如李洁非的延安文学与当代文坛人物与事件的研究，如李建军的当代作家作品研究与倾向性问题批评，陈福民、何吉贤的当下小说新作与文学现象的批评，周亚琴的女性诗歌与网络诗歌研究，杨鹏的儿童文学现状研究与动漫创意运作，杨早的当下文化现状考察与文学现象批评，李兆忠的现当代海外留学文学的钩沉与研究，田美莲的女性文学研究，如刘平的当代戏剧名家与名作的研究，等等，都各以自己的角度与独到发见，既构成了对于当代文学研究的全面介入，又形成了自己一定的研究个性与相当的学术影响。

比较而言，在当代文学领域和学科发展中，因连续性的扎实研究和有分量的突出成果，而在文坛广有影响，并在学科居领先地位的，是有关文情现状的考察与研究、有关当代文学史料与事件的钩沉与研究。

白烨主持的“文学蓝皮书”——《中国文情报告》（2010）、《中国文情报告》（2011）、《中国文情报告》（2012），主编的《中国文坛纪事——2010》、《中国文坛纪事——2011》、《中国文坛纪事——2012》，杨早与他人合作主编的《话题：2010》、《话题：2011》、《话题：2012》，以及学科成员有关现状的批评文章，共同构成了对于当代文学现状的年度考察与学术论评。因为目前国内尚无类似课题，整体文坛状态的错综纷纭，该课题在文学现状的研究上，具有一定的弥补空白的意义。其学术上的价值和理论上的意义，主要在于以研究专家的眼光看取文学现状，在宏观上对文学现状进行深入的梳理和理论的评述，就文学的表现与走向提出具有学理性的看法；其现实意义在于，通过这一课题强化学术研究机构对于文学现状及发展的介入与影响，对于文学现状及问题提出来自专家的看法，并给有关方面提供可以信赖的信息和可供参酌的建议。

有关以文情报告为代表的现状考察，已在文坛内外引起广泛关注与高度评价。这可以从两个方面来看：一、文学领域里普遍认为“文情报告”是年度文学一本总账，在文坛自我清点实绩、发现问题，以及让外界了解文坛、走近文坛上，有着越来越重要的意义。中国作协和北京作协每年都批量购买文情报告，作为了解和把握文学现状的重要依据；中国作协连年把“文情报告”列入重点扶持作品予以支持，并分派创作研究部多名成员参与项目合作与写作。二、思想文化领导部门以此作为了解文坛现状的重要信息来源，三年的文情报告，院《要报》，院《领导参阅》，院《文化政策调研》、《人民日报》内部参考，中宣部内刊等，均摘发其中相关内容，向领导部门提供参考；曾来院调研的中央思想文化领导小组的张剑表示说，“文情报告”一直是他们了解当前文学与文坛现状的重要来源。

李洁非继《典型文坛》之后相继推出的《典型文案》（人民文学出版社 2010 年版）、《解读延安》（当代中国出版社 2010 年版）、《典型年度》（香港三联书店 2011 年版）、《共和国文学生产方式》（合著，社会科学文献出版社 2011 年版），因为从“典型”的文坛人物和文坛事件的角度切入当代文学史的研究，引起了当代文学研究界的广泛关注与普遍好评。这些论著因为把重心放在了“关系”的发微、辨析和阐释上，由当代文学史中处于特殊境遇的典型人物及其与他们交织在一起的关系复杂的文学史案例，揭示出当代文学发展史中许多内部细节与深层内因。无论对人、对事、对史，均致力于考辨梳拢，抉微索隐，陈其概要。刘锡诚作为当代文学发展进程的一个亲历者，对于李洁非用“典型人物”串联起文学史的新思路和新做法非常赞赏。程光炜教授从两个方面概括了《典型文坛》等著作的写作风格和特色，一是史家眼光，二是散文笔法（随感笔法）。贺绍俊教授认为李洁非的研究抓住了当代文学一个很重要、很关键的东西，即当代文学是一个高度体制化的文学，何向阳也对李洁非提到的“体制化文学”研究视角进行了肯定。她认为李洁非填补了一个空白，开创了一个非常新鲜的视野，而这个视野中存在以往文学史书写中的很多盲区，李洁非通过这种写作，在横向上开拓了新的方式。陈晓明认为李洁非写出了“文学的活动史和运动史”。

2010—2012 年间，本学科还有一些学科成员，既取得了新的个人学术成果，也在整体上丰富了学科的研究形态，有的还在当下文坛造成了一定的影响。如李建军的《文学还能更好些吗?》(复旦大学出版社 2012 年版)，针对文学写作中存在的“去作者化”、“去伦理化”，提出并论析了重建“伦理现实主义”的必要性与迫切性。王绯的《21 世纪新媒体与文学发展》一书，对新媒体的发展及其与文学的关系，用独特的视角进行透视，提出了一些新见。刘平的《中日现代演剧交流图史》(生活·读书·新知三联书店 2012 年版)，对现代戏剧兴起之时受到日本戏剧的影响，并做了实证性的梳理与研究。在论文方面，陈福民的《大时代下作家的门槛》、《商业动机下的网络文学写作》等论文，杨鹏的《中国动漫商业现状、问题及引导策略》，李兆忠的《来自延安的“另类”》、《从莫言热看中国文化现状》，周亚琴的《2012 年内地诗界回顾》等，都在各自的研究领域，或提出了新的问题，或探讨了新的现象，均引起不同程度的关注，造成一定的影响。

四　学科发展前景

概要地来看当代文学的学科发展，我们以为目前在总体活跃的势态之下，仍有一些值得警惕的偏斜与明显的不足，需要加以注意或要予以加强。

比如，在文学现状的研究与观察上，行走市场的大众文学与凭靠网络的新媒体文学迅速崛起并影响总体文学的协调发展，但与之相关的文学批评却严重缺席。可以说，几年来，对于这样一些行销于市场的图书，无论是单个作者与单部作品，抑或是一种倾向，一个类别，都没有什么评论性的文章加以分析和论说。但畅销不衰和读者甚众，一定有其原因，这种原因也许包含了文化性的因素，还包含了社会性的因素；也许包含了积极性的因素，又包含了消极性的因素，恰恰需要从文学与文化的角度作出有见解力与说服力的分析与评论，从而对这类作品的写作、出版与阅读的各个环节，产生相应的影响。

又如，在当代文学史教学与研究上，大多数学者比较多地集中于当代文学史著的自我写作，但因为角度、材料与见地的人云亦云，个性并不突出，彼此相互遮蔽，使得当代文学史的写作，一直在一个层面上相互重复，并没有随着时代的变化与时俱进。而有关的文学史料建设，以及建立在扎实史料基础上的考证与研究，都没有引起必要的关注与应有的介入，使得学科建设明显地滞后。

针对当下当代文学学科的需要与发展，并根据学科成员的研究专长与发展可能，我们拟在现有的研究基础之上，主要突出两个方向的研究，并把目前暂时的优势变为长远的强势。

其一，继续做好以“年度中国文情报告”、“年度文化话题”为系列的文学现状的考察与调研，通过这样连续性的工作，对文学现状进行分门别类的追踪与考察，清点年度文学成果，绘描年度文学风貌，记录年度文学足迹，梳理年度文学脉络，特别是通过对一些倾向性文学现象的捕捉，更为内在地把握年度文学的宏观走向与主要问题。同时，在这样的扎实调研的基础上，伴之以批评文章、研讨活动等，加大观察现状的力度，提高声音的分贝，力求对当下文坛发出属于我们自己的强劲声音，产生更为广泛的社会影响。此外，在这样的“实证”研究与“客观”报告的基础上，形成内参性的文章，提供给院内外的重要内参刊物，如《要报》、《研究报告》、《学术动态》、《领导参阅》、《人民日报·内部参考》等，以向有关领导部门提供我们言之有物的意见与建言。

其二，在当代文学史研究、当代文学史料研究方面，以偏于问题探讨、事件钩沉、论争评述等倾向，走实证性的研究路子。李洁非的现有研究路数与此最为靠近，并具有典型性。李建军、陈福民等关于当代作家、作品的研究在学界也产生了很好的影响。其他人在自己的研究领域中，尽可能与之相衔接或相靠近，以便形成我们学科的总体性特点。

此外，还拟在事件史、论争史、会议史等方面，构想大的课题，动员学科力量，借助“文学现状与文化发展创新工程”的良好平台，以协作、合作方式完成，以形成学科自身的重点与亮点。

（文学研究所　白烨）

民间文学学科前沿研究报告
（2010—2012）

一　概况

民间文学是以口耳相传的方式在广大民众当中传播和传承的口头艺术形式，包括神话、民间传说、民间故事、史诗、歌谣、长篇叙事诗、小戏、谚语和谜语等多种体裁。作为文学的有机组成部分，中国民间文学和作家书面文学一道，构成了完整的中国文学体系。除了蕴含着独特的审美艺术特性，民间文学还具有丰富的文化史意义，并且深刻地体现着民众的思想价值观，因此是民族文化传统中的重要内容。

现代学科意义上的民间文学研究，最早在德国、英国等欧洲诸国兴起，至今已有150多年的历史。中国虽然早在先秦时期就已经出现了对于民间文学的搜集、辑录以及片段的论述，但作为现代学术的民间文学研究，却肇始于“五四”时期由北京大学一些教授和学生发起的“歌谣学运动”[①]。在这场持续八年左右，波及全国的歌谣搜集、记录和研究活动中，一批来自历史学、文学和哲学等不同学科的学者，在给予历来受上层阶级鄙视的民间文化以高度赞美的同时，也开创了民间文学研究的学问，并努力从其中探索建设新文学、重构民族精神的资源和可能性。而事实上，作为现代中国文学学术领域不可或缺的一翼，民间文学研究不仅为“五四”以来文学研究和中国文学史写作中“民间”或“人民性”立场逐渐占据主导地位奠定了基础，也为延安

① 钟敬文：《中国民间文艺学的形成与发展》，《钟敬文民俗学论集》，上海文艺出版社1998年版，第14—28页。

文艺思想的形成和发展提供了理论准备，同时，其研究成果还曾为中国民众的现代民族、民主观念的形成发生过关键性的影响。

不过，这门学科成为中国大学的正式课程，却是1949年之后的事。随着社会主义政权的建立，自歌谣学运动时期就开始进行民间文学搜集与研究的钟敬文，率先在北京师范大学开设了民间文学课程，并创立“劳动人民口头文学”教研室，招收和培养民间文学专业的研究生。同时，在文化部支持下，成立了以著名作家郭沫若、老舍和钟敬文等人为领导的全国性民间文学研究团体——中国民间文艺研究会，为研究的深入开展提供了更好的舞台。①

“文化大革命”期间，与其他许多学术研究一样，民间文学研究也被迫停滞，直到1978年夏，民间文学被教育部重新列为一般大学和高等师范院校中文系的课程。随后，由钟敬文主持，为来自十多所院校的教师举办了民间文学进修班，同时又组织学员编写了《民间文学概论》教材。这些学员中，既有钟敬文在20世纪50年代培养的民间文学专业的研究生，也有来自其他专业领域的人员。他们从不同的角度、结合各自不同的专业经验，为民间文学的教学和研究工作的恢复贡献了力量。

接着，经国务院学位委员会授权，北京师范大学、北京大学、辽宁大学、河南大学、中国社会科学院等单位相继开始招收民间文学专业的硕士研究生，北京师范大学还成为此后十多年间全国唯一的民间文学博士培养单位。这些机构陆续培养的硕士及博士，极大地充实了这门学科的专业队伍。经过多年的发展，目前全国能够培养民间文学专业博士的单位已经不少于5家，硕士学位授权单位则超过了30家。

“文革”结束后的30多年，是中国民间文学研究获得巨大发展的一个阶段，其理论和方法上出现了诸多显著的变化，总体说来，主要呈现出这样一些转换：研究对象的主体从“劳动人民”转向了“全体人民”；研究方法从文化史转向了民族志式的田野研究；研究的理论视角从文本转向了语境及语境中的文本。

通过日益丰富的本土研究和对国外相关理论的积极吸纳与反思，中国民俗学者对许多问题的探讨越来越深入，并发展出了不少既有中国特点又有益于民间文学整体建设的观点和方法。其中最有影响的，有钟敬文提出

① 钟敬文主编：《民间文学概论·前言》，上海文艺出版社1980年版。

的“民间文化”和“三层文化”的观点。“民间文化”概念是钟敬文对自己20世纪30年代思想的发展，它与“生活文化”的概念相呼应，也是从整个民族文化的角度对民俗学（民间文学）的研究对象所做的概括和思考，[①] 具有比“民俗”更为开阔的包容性，在一定程度上起到了进一步拓宽相关领地的作用。“三层文化”的观点主张把中国传统文化分成上层文化、下层文化以及中间层的文化三大干流，三者之间存在着既相互排除又相互交融的关系。[②] 它根据中国社会历史发展的实际，论述了俗文学、都市文化等处于中间层面的文化内容，补充和发展了历来只注意上层和下层的“文化二分说”，不仅有益于民间文学研究者更好地理解和认识民俗在民族整体文化中的地位，对整个人文社会科学领域，也贡献了一种新的认识视角。

另一个值得一提的观点，是马学良、段宝林、刘锡诚等学者结合田野作业实践提出的对民间文学进行整体性研究和立体描写的主张。它针对以往民间文学采录只注重文本而忽略相关背景的做法，强调要把民间文学作为文化的组成部分，放到其流传的具体情境中去观察和理解，倡导民间文学的记录和研究要注重立体性特征，进行“立体描写”[③]。这种对于语境以及新的民间文学田野作业方法的倡导，与国际民俗学领域从关注文本转向关注语境的发展潮流相一致，为推进国内民俗学界对民族志式田野研究和语境视角的接纳和运用起到了积极的作用。[④] 随着美国民俗学界“表演”视角等理论和方法被日见深入地介绍到中国学界，关注民俗与其社会文化语境之间的相互关系，已越来越成为中国学者的共识，民间文学的动态表演过程及个体性、创造性也受到越来越多的关注。[⑤] 这些成果在矫正以往单纯强调民间文学的集体性、传承性特点的同时，也大大拓展了当代中国

---

① 钟敬文：《话说民间文化·自序》，人民日报出版社1990年版，第1—14页。

② 钟敬文：《话说民间文化·自序》；马昌仪：《钟敬文与民俗文化学——访谈录》，《文艺报》1992年3月14日。

③ 段宝林：《论民间文学的立体性特征》，《民间文学论坛》1985年第5期；刘锡诚：《20世纪中国民间文学学术史》，河南大学出版社2006年版，第758—762页。

④ 杨利慧：《语境、过程、表演者与朝向当下的民俗学——表演理论与中国民俗学的当代转型》，《民俗研究》2011年第1期。

⑤ 例如，刘魁立：《刘魁立民俗学论集》，上海文艺出版社1998年版，第79—91页；祝秀丽：《辽宁省中部乡村故事讲述人活动研究——以辽宁省辽中县徐家屯村为个案》，博士学位论文，北京师范大学，2002年；巴莫曲布嫫：《史诗传统的田野研究——以诺苏彝族史诗“勒俄”为个案》，博士学位论文，北京师范大学，2003年；杨利慧：《表演理论与民间叙事研究》，《民俗研究》2004年第1期；林继富：《民间叙事传统与故事传承》，中国社会科学出版社2007年版。

民间文学研究的理论视角，深化了田野研究的方法。

近十多年来，在不断反思学术史和研究现状、总结田野研究经验的基础上，民间文学界产生了更多具有创造性的新观点。例如，“标志性文化统领式的民俗志”的主张，提倡民俗志的写作应该在一个区域社会的生活时空中，对体现各城乡之间交往关系的具有特定标志性的民俗文化给予整体性揭示和描述；[①]“家乡民俗学”的视角，围绕家乡民俗研究的历史、方法与伦理等，反思民俗学的性质、对象、研究策略和研究目的等根本性问题；[②]“五个在场”的观点，强调田野研究中应坚持叙事传统在场、表演事件在场、演述人在场、受众在场以及研究者在场，从而为语境研究提供了一个可资操作的分析模式[③]……这些都在同行当中引起了较大的反响。而对于在国内学界影响日益显著的美国民俗学口头程式理论[④]、表演理论[⑤]、身体民俗学[⑥]，以及注重民俗主体立场和主位研究方法[⑦]等，中国学者在积极译介的同时，也通过反思、评述或个案实践对之予以批判、深化和补充，对这些理论视角的本土化做出了积极的贡献。

今天，随着工业化和全球经济一体化浪潮的不断加剧，各国传统文化都遭受到巨大冲击，处于濒危甚至快速消亡的状态。这种严峻形势，一方面使得保护文化多样性的理念逐渐成为国际共识，另一方面也使得不同国家本土的传统文化日益成为民族认同及文化产业化的资源，由联合国教科文组织在世界范围发起的非物质文化遗产（简称“非遗”）保护工作应运而生，并且获得了蓬勃发展。民间文学的理论研究成果为“非遗”保护工

① 刘铁梁：《标志性文化统领式民俗志的理论与实践》，《北京师范大学学报》2005 年第 6 期。

② 安德明：《家乡——中国现代民俗学的一个起点和支点》，《民族艺术》2004 年第 2 期；《当家乡成为田野——民俗学家乡研究的伦理与方法问题》，《东华汉学》（台湾）2011 年夏季特刊，第 155—170 页。

③ 巴莫曲布嫫：《史诗传统的田野研究——以诺苏彝族史诗“勒俄”为个案》，博士学位论文，北京师范大学，2003 年。

④ 朝戈金：《口传史诗诗学：冉皮勒〈江格尔〉程式句法研究》，广西人民出版社 2000 年版。

⑤ 杨利慧：《表演理论与民间叙事研究》，《民俗研究》2004 年第 1 期；《语境、过程、表演者与朝向当下的民俗学——表演理论与中国民俗学的当代转型》，《民俗研究》2011 年第 1 期。

⑥ 彭牧：《民俗与身体——美国民俗学的身体研究》，《民俗研究》2010 年第 3 期；《模仿、身体与感觉：民间手艺的传承与实践》，《中国科技史杂志》第 32 卷，2011 年增刊。

⑦ ［日］西村真志叶：《日常叙事的体裁研究：以京西燕家台村的拉家为个案》，中国社会科学出版社 2011 年版。

作的开展提供了重要的理论支持，我国文化部非物质文化遗产保护专家委员会的成员，至今仍有许多来自文学所民间室等单位的民间文学专业。在这样的背景下，以研究民间口头文化传统为己任的民间文学学科，既获得了新的发展机遇，也必然要应对诸多新的挑战，承担更多的学术责任。

不过，在新观点不断涌现的同时，中国民间文学研究界也存在着深切的理论焦虑，主要集中在学科理论体系不完善、对于西方理论或其他学科理论过度依赖等问题上。它一方面促使一批学者积极倡导和探索“建立中国民俗学派”，另一方面也促使一些中青年学者试图结合现当代哲学、社会学等来为民间文学学科构建新的合法性。

二 学科前沿动态

过去三年间，中国民间文学研究内部围绕学科地位和属性而进行的一系列工作和讨论，尤其引人注目。

中国的民间文学研究，如前所述，是在1949年之后作为中国语言文学的分支学科而获得发展的。1983年，国务院学位委员会开始实施“学科目录”，在充分考虑这种历史渊源的基础上，把民间文学研究设置为“中国语言文学”一级学科下的二级学科。这为推动该学科的人才培养、队伍建设和学术发展，起到了十分积极的作用。但到了1997年，国务院学位委员会对“学科目录”进行调整，在“社会学”一级学科下增加了“民俗学”二级学科，原“中国语言文学”一级学科下的“民间文学”二级学科则被取消，并作为研究方向，一分为三，分别划归到“古代文学”、“现当代文学”和“民俗学”三个二级学科之下，这对已经自成体系、具有较强独立属性的民间文学专业，在研究队伍的建设和发展、人才培养的力度和规模等方面，造成了很大的负面影响。2011年，国务院学位委员会进行了新一轮的“学科目录”调整，其中却并没有如相关学者所期待的那样，恢复民间文学研究的二级学科地位。这在民间文学研究者当中，尤其是高校从事这一专业的学者中间，引起了强烈的反响和讨论。讨论的内容，有对学科目录调整本身问题的批评，更多的则是有关民间文学研究自身缺陷的反思。

学科本身的缺陷，主要表现为对于民间文学研究的学科独立性缺乏统一明晰的认识和论述。作为一门交叉学科，民间文学研究同文学研究、民俗学、历史学、人类学和社会学等诸多学科之间，在研究对象、理论和方法上有许多共享之处，特别是与民俗学之间，联系更为密切，一些观点甚至倾向于把民间文学研究视为民俗学的分支学科。然而，有关民间文学的研究，在包括中国在内的许多国家，都是在与作家文学研究相互依存对照的关系中发展而来的——尤其是在1949年之后的中国，中国民间文学作为中国语言文学门类中的独立学科，与中国古代文学、中国现当代文学等并列设置于中文系，获得了长足的发展；而关于其他民俗现象的研究，所借助或参考的理论和方法却往往来自人类学、宗教学、社会学等学科。也就是说，二者从一开始就已经形成了各自不同的学术品格和理论模式，在长期的发展过程中，更形成了相互独立的学术传统和理论与方法体系，因此，它们实际上可以说是既相互渗透、相互影响又互有差别的两门学科。受学科目录调整对民间文学研究带来的负面影响激发，一批研究者通过分析民间文学与民俗学的联系与区别，对民间文学研究的学科属性做了更细致的论证，从而进一步明确了其以文学性为主、兼有社会科学属性的特征。

正是基于这样的认识，中国社会科学院文学所民间文学学科与现代文学和台港澳文学学科，共同组成了文学研究所创新工程项目“中国文学的现代转型与中国经验研究”。其目的在于，一方面，要从整体文学观的立场出发，在清理民间文学理论与研究历史、探讨民间文学具体问题的基础上，为全面理解中国文学的整体性，认识文学受不同时间和空间背景影响而发生转折的具体特征，贡献一个不可或缺的视角。另一方面，是要力图打破民间文学研究领域日趋严重的“内卷化”取向，同时结合文学研究与社会科学研究的双重视角，既关注民间文学的文学属性，又注重其社会科学研究的价值；既着力探究民间文学文本本身的内在特征，又考察文本与民众日常生活的密切关联，从而为进一步建设和发展民间文学本身的理论与方法，贡献来自中国的经验。

与学术界近年来的相关讨论相呼应，一些单位曾陆续根据国务院学位办的相关文件，在中国文学一级学科学位授权权限内自主设置了能够授予硕士学位或博士学位的民间文学二级学科。2012年，按照国务院学位办的要求，中国社会科学院文学所、北京师范大学、山东大学和华中师范大学等多所院校，先后对其自主设置的民间文学二级学科和博士点进行了重新论证、公示和备案，同时，北京大学等单位的中文系也增设了民间文学的二级学科和博士点，这不仅进一步规范了民间文学的学科管理制度，而且极大地加强了民间文学的学科建设和人才培养力度。

在具体研究方面，与非物质文化遗产保护相关的问题，仍然是国内外民间文学界所关注的热点。由联合国教科文组织在世界范围内发起的非物质文化遗产保护工作，其兴起与展开同民间文学研究有着密切的关系。在这项工作的形成和发展过程中，民间文学研究者在理念、思路和方法上作出了重要贡献，可以说为这一工作提供了基本的理论支持。另外，各国民间文学工作者（民俗学者）所从事的学术工作，很多都是对民间文学传统资料的记录、保存或保护，这也是许多民俗学者之所以能够自然而然参与到非物质文化遗产保护当中的前提。

但随着这项工作的全面展开，非遗保护已经演变成了一个主要由政府主导，包括学术界在内的多种力量协商、互动、角逐的场域，同 UNESCO 所倡导的保护文化多样性的理念已经有所背离，也远远超出了学术界能够控制的范畴，其活动的范围、形式等，与民俗学者早期参与这项工作的初衷也有了较大的差别。其中所涌现出的种种问题，尤其值得民间文学工作者认真思考。例如，保护工作中的一些具体措施造成了新的话语霸权；传统文化及其承载者被客体化，成了有待权力机构评估或命名的对象；以代表作名录为核心的工作方式，可能导致不同文化之间或同一文化内不同群体间的冲突；等等。面临这些新的现象，民间文学研究者在参与非遗保护工作的同时，需要保持更加清醒的头脑，重新思考自己在非物质文化遗产保护中的角色与地位，最重要的一点，是从学术立场出发予以积极的批判和分析，而不是一味寻求与非遗保护主导机构的妥协或共谋。①

正因于此，不仅在中国这个积极支持和参与“非遗”保护工作的国家的民间文学研究界，相关话题备受关注，在美国这个非 UNESCO 成员并且没有加入《保护非物质文化遗产公约》的国度，民间文学研究领域也对“非遗”予以了高度的关心，由鲁斯基金所资助的“中美民俗学论坛”已连续开展三年，每一年的主题，都同非物质文化遗产保护问题有关。

与美国民间文学研究界所创立的“表演理论”相关的讨论，仍然是引起广泛关注的话题。表演理论（Performance Theory）是 20 世纪 60 年代末

---

① 安德明、杨利慧：《1970 年代末以来的中国民俗学：成就、困境与挑战》，《民俗研究》2012 年第 5 期。

70年代初形成于美国民间文学研究领域的一种重要研究视角和方法，至今仍然在世界许多国家的民间文学研究中发挥着重大影响。自20世纪80年代中期以来，这一理论视角被越来越多地介绍到中国学界。受其影响，当代中国民间文学的研究范式出现了一些重要转变，涌现出了一些新的研究取向："语境"、"过程"、"表演者"等逐渐成为近三十年间的关键词；长期占据主导地位的"向后看"视角逐渐为"向当下看"所取代，对现下各种语境中发生的民间文学与民俗实践的考察和探究已成为当代研究的主流。基于这种背景，有学者对表演理论在中国民俗学领域近三十年间的传播和实践历程进行了清理和总结，并指出了该理论在中国的传播和应用过程中存在的许多问题，特别是相关的深入探索依然较少、缺乏建立在深刻理解基础上的实践和反思成果、现有的研究彼此之间缺乏对话等。同时，随着"语境"视角的日益普及，研究者似乎又正在走向另一个泛语境化的极端，在强调语境研究的价值的同时，忽略了其有限性。为此，明晰语境的"效度"与"限度"至关重要。①

此外，民间故事的讲述，故事家、传说的传播与流布，龙与中国历史文化的关系，民间文学的知识产权等问题，也是三年来民间文学个案研究方面探讨较多的话题。

三　学科建设状况

民间文学研究室是中国社会科学院文学所最早设立的研究机构之一(1953年成立)。文学所前任所长郑振铎、何其芳，是研究民间文学、俗文学的一流学者，他们编著的《中国俗文学史》(郑振铎，1938)和《陕北民歌选》(何其芳、张松如选辑，1951)都是学术史上的传世之作。毛星、贾芝、朱寨、曹道衡等著名老学者也都曾先后在民间文学研究室工作过。先后担任民间文学室室主任的学者有贾芝、仁钦道尔吉、刘魁立、祁连休等。这些前辈学者为民间文学室的发展奠定了厚重的基础。

"五四"以来的中国现代民间文学学科主要由田野采录(资料搜集、整理和汇编)、分体裁研究、理论研究和学术史研究等几部分组成。文学

① 杨利慧：《语境的效度与限度——对三个社区的神话传统研究的总结与反思》，《民俗研究》2012年第3期。

所民间文学室自成立以来，经过几代学者的共同努力，逐步确立了自己的研究优势和特点。20 世纪 90 年代以前，贾芝、毛星领导和参与的中国少数民族文学史的调查和编写工作，是中国当代民间文学研究史上的一件大事，民间文学室集体编著的三卷本《中国少数民族文学》（毛星主编，湖南人民出版社 1983 年版）的出版，在中国文学史研究上具有重要的补白意义。

在队伍建设方面，民间文学室自 20 世纪 60 年代以来既注重知识面的广度，又有一定的专业分工，形成了比较合理而全面的研究阵容，例如，祁连休、刘魁立的故事研究，马昌仪的神话研究，程蔷的传说研究，仁钦道尔吉的史诗研究在国内民间文学研究界都处于领先地位。祁连休、程蔷、吕微主编的《中国民间文学史》（1999，2008 年修订版）被列入了高等学校文科教材，多数高校将其列入硕士、博士入学考试指定参考书。

20 世纪 90 年代之后，民间文学研究室适应国内外学术发展的新形势，在强化已有优势的基础上对研究重点和研究领域做了新的调整，形成了三个突出的特点：首先，充分利用民间室研究方向齐全的特点，将民间文学分体裁研究的优势力量纳入宏观民间文学史的写作，在国内民间文学研究界形成了以写史见长的特点。其次，针对民间文学理论研究比较薄弱的情况，民间文学室在回顾学科发展史的基础上，关注中外民间文学和民俗学研究理论与方法的前沿问题，注重对学科理念的深度反思和关键词的梳理。再次，在研究经费和技术手段都有限的情况下，注重形态民间文学样式和民俗的田野调查，形成了民间文学及民俗的田野作业与文献研究相结合的特点。

近年来，非物质文化遗产保护工作在国内外得到了广泛开展。民间文学室成员在以不同形式分头参与这项活动的实践的同时，也对这一工作的历史脉络、理论基础及其实践中的种种问题进行了较多的清理和研究，相关成果在国内学术界引起了较大反响。

民间文学研究室现有成员人数不多，却依然拥有较雄厚的科研力量，已经形成了结构全面、布局合理的民间文学研究队伍，有多个方向的研究在全国民间文学领域居于领先地位。其中，尤其是民间文学理论研究、民间叙事（包括神话、传说、故事等）与民众观念研究、非物质文化遗产的理论与实践研究，以及对于国际民间文学、民俗学经典名作的翻译介绍等，均在中国民间文学和民俗学界产生了较大影响。

吕微研究员多年来以深入的哲学思考和对民间文学问题的准确把握，对本学科的理论和方法建设产生了重大影响。他发表的《“内在的”和“外在的”民间文学》（2003）、《民间文学—民俗学研究中的“性质世界”“意义世界”与“生活世界”》（2006）、《神话信仰—叙事是人的本原的存在》（2011）、《民俗学的笛卡尔沉思》（2012）等学术论文，为学界全面认识和理解民间文学的学科属性、历史、价值等，提供了重要参考。安德明研究员在民间文学理论、非物质文化遗产理论与实践的探讨方面用力较多。他在《重返故园——一个民俗学者的家乡历程》（2004）等专著和《家乡——中国民俗学的一个起点和支点》（2004）、《当家乡成为田野——民俗学家乡研究的伦理与方法问题》（2011）等论文中提出并系统论述的“家乡民俗学”概念，已成为不少同行学者或研究生进行具体研究的重要理论参照；其《1970年代末以来的中国民俗学》（2012）等论文，也由于对当代中国民俗学学术史的细致梳理和深入分析，受到了国内同行的较多赞赏；其译介的美国民俗学表演理论等方面的著作及在国外发表的专著 *Handbook of Chinese Mythology*（合著，2005，2008）和论文“The World of Chinese Mythology：An Introduction”（2011），为促进中外民间文学、民俗学领域的交流做出了贡献。目前他主持的科研项目有：国家社科基金项目“家乡民俗学的理论与实践研究”、中国社科院文学所创新工程项目“中国文学的现代转型与中国经验研究·民间视角与经验研究”。户晓辉研究员长期营营于学术内功的修炼并纠缠于学科基础理论问题，在学界自成一格。其专著《现代性与民间文学》（2004）、《返回爱与自由的生活世界——纯粹民间文学关键词的哲学阐释》（2010）及论文《赫尔德与“（人）民”概念的再认识》（2012）在民间文学基础理论的思考深度和视野广度方面作出了独到贡献；主持的项目有中国社科院重点课题“德国民俗学研究”。邹明华副研究员主要从事传说研究，所发表的《“伪”历史与“真”文化：山西洪洞的活态古史传说》（2008）、《古史传说与华夏共同体的文化建构》（2010）等论文，关注古史传说的活态形式研究，并力图在探求以传说为主的民间叙事与共同体价值建构之间的关系，为传说研究开辟了新方向。施爱东副研究员主要从事故事学、非物质文化遗产与学术史研究，其故事研究在中国民俗学界独树一帜，提倡并实践在故事研究中使用自然科学的研究方法，在民俗学界引起了激烈的反响，多篇论文共20余万字分别被《新华文摘》、《中国社会科学文摘》、《高等学校文科学术文摘》以及“中国人民大学书报资料中心”转载，专著《倡立一门新学科——中国现代民俗学的鼓吹、经营与中落》（2011）、《中国现代民俗学检讨》（2010）

等以其学术史探讨视角的独特和观点的犀利，引起了国内同行的广泛关注，主持的项目有国家社科基金后期资助项目“中国龙的发明：16—20世纪的龙政治与中国形象”。乌日古木勒副研究员主要从事中国和日本民间文学理论的影响研究和史诗研究，论文《柳田国男民俗学与重出立证法》（2010）、《柳田国男与日本民俗分类》（2010）等，以日本民俗学之父柳田国男为基点，研究日本民俗学在理论和方法上对中国学术的影响；《草原史诗与成年仪式》（2011）等，围绕史诗与社会生活的关系，对蒙古史诗进行深入探讨，均引起了学界的好评。

在注重提高学术研究实力的同时，民间文学研究室也十分重视与国际同行的学术交流。进入21世纪以来，该室研究人员曾先后多次前往美国、德国、芬兰、奥地利、捷克共和国、日本、韩国、越南等国进行长期学术交流或短期学术访问，取得了良好的效果，与美国、德国、芬兰和日本的多所研究机构建立了合作机制。同时，近几年间，民间室还多次邀请海外学术机构的知名学者举行学术报告。这种双向的对话和交流，进一步拓展了民间室全体成员的学术视野，也扩大了民间室在海外学界的学术影响力。目前，安德明、户晓辉等人已经为中国与欧美民间文学界的学术交流做出了许多成绩，邹明华、施爱东、乌日古木勒则利用他们与韩国、日本的学术交往，建立了与东亚国家的合作研究。

在研究生培养方面，文学所民间室从20世纪80年代早期就已经开始招收硕士研究生，是当时全国有限的几家最早设立民间文学硕士点的教学科研单位之一，迄今已培养了十多位博士、硕士。1997年，受国务院学位委员会学科目录调整工作的影响，“中国民间文学”作为中国语言文学下的独立二级学科的地位被取消，但作为“古代文学”专业下的一个研究方向，文学所民间文学专业一直在招收研究生。2005年和2008年，根据国务院学位办关于在博士学位授权一级学科范围内自主设置学科专业的相关文件精神和《中国社会科学院研究生院关于在博士学位授权一级学科范围内自主设置学科专业的实施办法》，民间室先后申请设立了独立的中国民间文学二级学科硕士点和博士点，经国务院学位委员会办公室备案通过后，分别从2007年和2010年开始招收“中国民间文学”专业的硕士研究生和博士研究生。2012年3月，根据国务院学位办的要求，中国社科院文学所又对自主设置的民间文学二级学科和博士点进行了重新论证、公示和备案，目前，文学所民间室是全国有限的几家能够培养中国民间文学专业硕士和博士的教学科研单位之一。

四　学科发展前景

在文学所领导的支持下，民间文学学科联合现代文学和台港澳文学两个学科，于2012年下半年组建了“中国文学的现代转型与中国经验研究”创新团队，并负责“民间视角与经验研究”基本项目的工作。在未来的发展中，本学科工作将主要围绕这一项目，结合社会文化的历史变迁与时代转型，在整体文学观视角下，对民间文学研究的基础理论及中外民间文学理论的交流与相互影响等进行全新的探讨，同时，对非物质文化遗产保护和民众价值观等当代社会生活中与民间文学相关的两个重要问题，进行深入研究，以期为当前的社会进程提供更多的理论和知识参考。

（一）民间文学理论

该子课题不再停留于“零敲碎打”或“修修补补”式的研究层面，而是立足哲学基础和中外民间文学研究传统，系统而全面地思考学科的基础理论问题。因为只有学科的哲学基础问题得到系统的清理和全面的思考，一门学科才能在现代学科中真正立足并获得经过自我论证的合法性和合理性；只有在这个基础上，我们才能深入研究中国民间文学的现实意义及其在当代文化建设中的功能转变问题，才能在更高的起点上对包括民间文学在内的非物质文化遗产进行理论甄别和价值辨析。这一研究不仅有助于民间文学学科的自我定位和转型，也有助于凸显民间文学以及民间文学学科在中国公民社会建设过程中的应用价值。

该子课题注重整合国内外民间文学理论研究的学术资源和人才优势，将在适当的时候组织召开小型专题研讨会，务实避虚，适当借鉴逻辑论证与哲学论证相结合的方法，力求对民间文学的一些重大理论问题做出系统思考和全面研究，使民间文学基础理论研究真正有所创新和突破，并对中国传统民间文学的开掘以及当代文化建设起到引导和促进作用。

成果形式为学术专著和译著，2—3卷，约60万字。专著讨论民间文学基础理论的重大问题，译著是国际民间文学界公认的理论名著。

(二)“非遗”中国视角

该子课题主要研究非物质文化遗产语境下中国民间文学的现代转型。非物质文化遗产保护实践及其相关问题的研究，是21世纪以来中国文化观念和文化实践的一次重大变革，以口承文学为主体的民间文学，则是非物质文化遗产领域最重要的文化事项。非物质文化遗产概念体现了对文化遗产的存在和传承方式、价值和形态诸问题的整体关注，不仅开辟了一个新的遗产学领域，而且为传统学术研究提供了可资借鉴的新的思维方式。该课题组将充分利用民间文学研究室的学术资源，进一步关注当代民间文学现象的新动向，尤其是现代文化生活以及网络传媒中非物质的活态的文学现象，从价值观念、文学形态和表演方式等角度，加强对当代民间文学的多元研究、生态研究和传播研究，强调理论的实践性、当下性、导向性。主要研究内容包括“非物质文化遗产的基础理论研究”、“保护实践研究”、“传统民间文学与现代口承文学的关系研究”、“民间信仰研究”、“历代谣谶文化研究”、“网络谣言的传播研究”，等等，其目标在于使我们的基础理论创新既能呼应国际学术潮流，又能适应中国国情，从而对当代口承文化、网络舆论的健康发展提供更好的参考指导。

该子课题成果的主要形式为系列学术论文、考察报告、学科综述和一部“历代民间文学作品选”，以及相关的学术活动，拟每年召开一次小型理论研讨会。

(三)民间价值建构

全球化趋势的加速带给社会科学界的一个重要课题是共同体的形成与认同机制的问题。该子课题以社会转型期民间叙事传统如何重新得到公众的认同和政府的承认为切入点，通过对民间叙事进行田野调查和案例研究，来分析探讨其对共同体价值建构的作用与意义。一方面，民间叙事文学内容十分丰富，但其叙事往往因时代文化趋向而有所选择，这种选择集中体现着共同体文化建构的价值取向；另一方面，在当前非物质文化遗产保护运动蓬勃发展的形势下，民间文学界和政府部门逐渐改变了以往的排斥和批判的态度，对民间叙事文学的价值又给予了全新的肯定和关注，这样的做法，应该被看作新一轮的文化重构——一个在中国近现代以来不断反复的社会过程。

该子课题将在把文献资料和田野调查的口头叙事相结合的基础上，着重探讨传统文化和现代文化、民间叙事与文化建构的价值性的关系以及文化的认同等问题，进而为当代中国共同体的文化建设及社会主义核心价值体系的建设，提供可资借鉴的理论依据和知识背景。

该子课题成果的主要形式为系列论文，以及在此基础上完成的一部专著；同时还计划通过与各地政府和文化部门协作，每年举办一次学术研讨会，编辑出版论文集，并进行民间叙事的资料普查，建立相关资料库。

（四）异域经验比较

该子课题将探讨中外民间文学理论与经验的相互影响，主要计划从日本民俗学之父柳田国男的民间文学研究思想及其对中国民间文学的影响入手来展开。柳田国男以其在现代日本学术研究和社会思想发展中的卓越贡献，成为了日本人文社会科学领域的一代巨擘，日本学界已经形成了一门专门研究柳田国男的“柳田学”，广泛涉及文学、民间文学、语言学、民俗学和社会学等不同学科领域。就民间文学研究而言，如果不了解柳田国男，就不能真正了解这门学科在日本的学术思想根源。柳田国男的民间文学研究，不仅奠定了日本民间文学的基础，而且对中国和其他亚洲国家民间文学的研究也产生过直接或间接影响，尤其是其“一国民俗学”的思想和理论方法，在中国民间文学研究和民俗学的形成与发展过程中，发挥过至关重要的作用。然而，中国民间文学界目前以柳田国男为代表的日本民间文学研究，缺乏专门的译介、系统梳理和研究。该子课题将在细致梳理柳田国男民间文学研究思想的同时，对日本民间文学研究的思想根源、理论和研究方法进行检讨，在此基础之上，进一步探讨20世纪前半叶在中国社会发生剧烈转型的时期，中国民间文学研究领域之所以接受以柳田国男及日本民间文学思想的原因，并对这种接受如何塑造了中国民间文学研究和民俗学的学科特征等做深入的分析。

该子课题成果形式为系列学术论文，以及1—2部研究报告，并适时举办相关问题的学术讨论会。

（文学研究所　安德明）

比较文学学科前沿研究报告
（2010—2012）

一 概况

比较文学是一个非常特殊的学科。它的特殊性在于它的开放性。作为一个学科，一般都会具有自己相对独特的领域和方法，比如现代文学、古典文学、文学理论等，都有特定的对象，也都有自己的研究方法。比较文学也曾经有过这样的时期，亦即从第一次世界大战之后的西欧各国开始出现的跨国和跨文化研究，其方法论以影响研究为主；以及“二战”之后以美国为中心兴盛起来的跨区域比较研究，其方法论以平行研究为主。但是这些研究对象与方法只是在它产生当时具有建设性的独创价值，其后随着时代课题的变化，它就在事实上被转化了。其最重要的理由在于，比较作为一个基本的方法和范畴，普遍存在于各个领域和各个学科，很难成为独立的学科基础；同时，由于“二战”之后世界格局的变化，跨文化与跨区域也不再是比较文学独享的视野，它为整个知识生产领域所共享。因此，比较文学这个领域虽然还存在，却不得不面对一个知识转型的严峻挑战，它必须为自己找到新的立足点。

比较早期地推动了这个转型的是美国的比较文学学者斯皮瓦克和赛义德。他们的著述都从狭义的比较转向了更深入的思想范畴。当他们的著述引导了世界范围内的“后殖民”潮流的时候，比较文学开始被转化成一个开放的思想场域，并一度成为世界学界瞩目的领域。这种转化的具体内涵在于，这两位杰出的比较文学家都来自第三世界，也都在第一世界美国的学院里占据了有影响力的位置，他们利用这样的双重文化背景，敏锐地抓住了第一世界与第三世界之间的不平等霸权关系，并细致入微地通过对文学文本的分析揭示了这种霸权关系实际存在与运作的形态。比较文学积累下来的双重文化视野，在斯皮瓦克和赛义德的推动下开始形成了后殖民论述的基本视角，并对东亚地区比较文学的发展提供了有效的参照系。

在斯皮瓦克和赛义德之后，比较文学经历了一个开放的过程。这个过程不仅使它从文学文本的单纯比较中解放了出来，而且还使得它成为一个跨学科的温床，并在跨学科的前提下开始向思想开放。比较文学逐渐脱离了非思想性的文学文本的技术性研究，以更为自由的姿态与其他学科产生互动。

中国比较文学的发展目前还处在相对基础的阶段，但是已经具备了稳定的学科队伍，而且这个队伍在日益多元化。目前在古典意义上的影响研究和平行研究层面上进行有关研究的学者是中国比较文学学科的基础队伍，已经取得了令人瞩目的知识积累；同时，在此基础上尝试着学科转型的学者，也在为中国的比较文学建设贡献了不可小觑的力量。

二　学科前沿动态

回顾近两三年来的中国比较文学学界的整体研究状况，跨学科研究的迅速发展令人瞩目，其中，最为引人关注的有两个方面，一个是东亚研究，另一个是文学人类学研究。

东亚研究是近年来随着东北亚地区一体化趋势而不断发展起来的学术领域，作为一个学术领域，它方兴未艾，但是已经具有了相当的能量。从事东亚研究的学者中，有一些是从比较文学领域中发展出来的，例如韩国的白乐晴、日本的户川芳郎等，特别值得一提的是白乐晴先生，他早年从事英国文学研究，其后以韩国文学为基点进行了广域的跨文化研究，奠定了他进行思想论述的关键基础。白乐晴目前是韩国最有影响力的思想人物，他的重要著作《朝鲜半岛统一论》是今天东北亚地区讨论相关问题的奠基之作，有多语种的译本，并在东亚地区思想界逐渐引起注意。白乐晴的克服分断体制理论为讨论东北亚现实提供了一条新的思路，应该说这是比较文学学科中东亚研究部分最为前沿的成果。2012 年，白乐晴另外一部重要的著作出版了日译本，对于朝鲜半岛局势进行了既富于现实感又具有理论性的分析，他的论述对于韩国社会具有相当的影响力，而对于东亚研究而言，则构成今日东亚地区思想界的重要思想文献。由于国别文学研究很难关注这种跨文化的思想资源，所以中国学术界至今对于白乐晴的介绍和讨论落后于日本和其他地区。2012 年 10 月在上海召开的亚洲思想界上海论坛部分地弥补了这个缺陷，白乐晴的主题报告引起参加峰会的多国学者的热烈讨论，而系统地出版白乐晴的中译本的计划目前也正在推进当中。除了白乐晴之外，韩国延世大学国学院教授白永瑞也是东亚思想论述的积极推动者。他的《思想东亚·朝鲜半岛视角的历史与实践》是一部专门讨论东亚范畴在思想上原理化的著作，对于如何形成超越韩国民族主义和种族歧视等问题进行了非常有建设性的分析，并对以东亚为基点设想中韩两个社会之间的连带等具体问题提出了大胆的设想。他最新的日文论文《联动的东亚、作为问题的朝鲜半岛》进一步提出了一些理论性的课题，对东亚地区知识界有相当的影响。

鉴于日本曾经产生过“大东亚共荣圈”的法西斯意识形态，今天在东亚承担东亚论述的主体在韩国。中国知识界在东亚论方面的滞后是一个严重的问题，而中国的比较文学学科，由于它的跨文化与跨学科特性，在东亚地区性冲突日益紧张的现实局势下，更应该承担起思想责任。

中国比较文学的另一个分支是文学人类学。2010 年以来，顺应科研人员队伍不断壮大、学界关注显著提高的良好发展形势，中国文学人类学研究会于 2010 年和 2012 年先后在广西民族大学和重庆文理学院召开了第五届和第六届年会，主题分别为“‘表述中国文化’：多元族群与多重视角”和“认识大传统：文学与历史”。两次年会的主题既积极回应了国际前沿学术动向，又体现了立足于本土文化事实重新定义重要观念的自觉追求，深刻反思了“现代性文学观”、“汉族—中原叙事模式”等既有观念以及文学与历史现代分科制度的弊端，并对民族国家的内部文化多样性、地方与族群的多重文化关联、口传与文本的关系、超越文字的多样化叙事等问题进行了富有建设性的探讨。

除了作为学界研究力量集中展示的年会之外，中国文学人类学研究会还主办了“文学人类学高级论坛”、“首届中国文学人类学青年学术论坛”(2011 年 5 月)、“教育部首届中国高校文学人类学青年骨干教师高级研讨班”等多次大型学术活动，因势利导地集结学术力量对重大理论问题加以集中研讨。

从 2010 年至 2011 年，文学人类学领域有三个课题入选国家社会科学基金重大项目，分别为叶舒宪担任首席专家的“中国文学人类学理论与方法研究”、彭兆荣任首席专家的“中国非物质文化遗产体系研究”和徐新建任首席专家的“中国多民族文学的共同发展研究”；自2010年至今，另有二十余位致力于该领域研究的学者获得各类国家和教育部社科基金项目。学术出版方面同样成果卓著，如“三大走廊”系列、“神话历史丛书”、“神话学文库”等，这些系列著作的共同特点在于：突破了中国神话学研究的文学本位之局限，发挥神话概念贯通文、史、哲、宗教学、心理学的跨学科知识整合优势，尝试交叉学科的思考，发现、提出和解决新问题，以期实现对神话观念和神话学知识格局的更新。

概而观之，中国文学人类学近年来的发展并重学科理念的更新与研究方法的创新。在学科理念方面，积极反思和解构西方中心主义的学科范式，大力呼吁本土文化自觉，倡导“地方性知识”的新视角，并充分利用人类学的全球化视野反观、重估本土经典文本与非物质遗产的文化资源价值，尤其针对中华文明起源特质，以及延绵不绝的礼乐文化、民族融合传统，提倡具有中国文化特性的研究意识。在研究方法上，结合人类学方法、“物质文化”概念以及本土人文研究传统的主流方法考据学，提出“四重证据法”，实现立体释古的效果。在具体内容和对象方面，聚焦文明探源与神话学的比较研究，注重民族文化传播和互动中的文本书写与观念建构，尤其将东亚文明起源模式视为一个完整体系，通过不断解决不同方面的个案，来总体诠释中华文明的起源特性与重点时期的起承转合问题。

三　学科建设状况

文学所比较文学研究室经历了十余年的调整转化，目前基本形成了两部分特色：一是以东亚跨文化研究为主导的思想课题研究；二是以文学人类学为目标的古典和少数民族文学与文化研究。借助于院创新工程的推动，比较文学研究室成员进行了反复的磋商，大家一致赞同在文学所创新工程的总体方向上把一直以来分散为两个部分的研究整合起来，构成统一的研究团队，并针对个人的研究兴趣和专长，把比较文学室的学科方向设定为“东亚地区知识生产转型期基本特征研究”；这个方向可以涵盖原有分散的研究格局，并对下一步的研究提供了整合的可能性。

就东亚地区知识生产转型期基本特征研究而言，它直接呼应了世界比较文学最前沿的部分，同时也突破了对西方简单模仿的弊端，这将是比较文学最为基本的特色。比较文学室几位从事东亚文化研究的学者孙歌、董炳月、贺照田，在国内学界均有一定的影响力，且近年来持续走出国门，活跃在东北亚特别是日本和韩国以及中国台湾和中国香港地区，从事相关的文化交流，并以日文和韩文以及繁体字中文出版了有影响力的学术著作，在东亚地区享有一定的声望；特别是日本和韩国的重要出版社如岩波书店、创作与批评出版社出版了他们的著作，重要的杂志如《思想》、《世界》、《创作与批评》等发表了他们的学术论文，这使得本室学者的学术成果不仅受到日韩两国学界和思想界的关注，而且也对中国台湾、中国香港的中文学术界产生了影响。进而，随着近年来国际学界开始关注东亚的思想课题，这种影响力也进而扩展，引起欧美亚洲研究领域的一定关注。本室上述学者也曾经多次受邀出访欧美及印度等国。具体而言，比较文学研究室的东亚跨文化研究的内容主要如下：

第一，在理论上突破了直观的影响研究和平行研究的窠臼，提出了更具有理论想象力的“方法”论述。中国学界近年来流行的“作为方法的……”等说法，来自于日本思想家竹内好的《作为方法的亚洲》和著名中国思想史家沟口雄三的《作为方法的中国》一文，而本室学者在最初翻译介绍了这一日本思想资源之后，一直在理论上从事深入的讨论和推进，从而完善了这一视角的理论意义，进行了创造性的转换。按照经典的比较文学理论，一种文化与另一种文化的关系是实体性的，不具有互换的可能；它们之间的关系要么是一方影响另一方，要么是平行并存各有特点和共通性。这种理论在今天已经无法解释现实中各种文化渗透的现象，更无法应对文化霸权等一系列具体问题，因此需要更复杂也更有想象力的理论分析模式。把某种文化或文化现象视为方法，就意味着它同时具有两个相互补充的性质：在具体脉络里受制于具体的上下文，因而不可以随意解释；同时又深入到该文化的机能深处，把它的非实体状态揭示出来，使其可以在异质文化中构成转换媒介：后者才是某种文化拥有多元化普遍性的内涵。由于把某种文化视为方法，就避免了直观的文化本质主义论述，有效地解决了近代以来东亚地区受到外来文化大量渗透之后如何论述文化主体性的难题。在国内外东亚研究尚处于起步状态的时候，本室的几位成员已经在一定程度上推进了关于东亚论述的理论性思考，特别是如何突破空泛的东亚一体化论述，建立可以直接面对东亚地区紧张的有效分析视野，可以说本室成员的思考处于国际前沿水平，他们的研究在这方面受到了东亚地区和东亚以外其他地区的关注，有持续性的引用率，并不断被东亚邻国重要的出版社和出版物直接约稿或翻译，有直接与东亚地区知识界对话的经验，得以持续性地参与国际性的讨论。本室近年来的主要研究成果有：孙歌著《我们为什么要谈东亚》（生活·读书·新知三联书店 2011 年版）；该书是作者多年来积累的亚洲论述成果的一个汇集，不仅通过具体的个案研究勾勒了亚洲论述的基本轮廓，讨论了其中的一些关键性问题点，而且在理论上提出了重新设定普遍性叙事基本模式的问题，目前这部分理论尝试已经得到韩国学界的回应，作者在赴韩讲学时与韩国最具影响力的学者进行了有关普遍性问题的对话，韩国的传媒亦对此进行了报道；与此同时，《我们为什么要谈东亚》出版之后立刻被翻译成韩文，将于 2013 年在韩国出版；董炳月著《“同文”的现代转换——日语借词中的思想与文学》（昆仑出版社 2012 年版）；贺照田著《从“潘晓讨论”看当代中国大陆虚无主义的历史与观念成因》（《开放时代》2010 年 7 月号），《当信仰遭遇危机……——陈映真 20 世纪 80 年代的思想涌流析论之一》（《台湾社会研究》2010 年 6 月号），《当自信的梁漱溟面对革命胜利……——梁漱溟的问题与现代中国革命的再理解之一》（《开放时代》2012 年第 12 期）；等等，都是具有挑战性的研究课题。其中，贺照田的《当自信的梁漱溟面对革命胜利……——梁漱溟的问题与现代中国革命的再理解之一》被选为首尔大学中文系研究生的细读文献。

第二，以比较文学的开放视野进行中国研究。近年来，中国文学研究领域不断出现视野开阔有思想抱负的学者，本研究室也不例外。比较文学为中国研究提供了广阔的视野，使人们不仅从中国出发看待中国，而且从世界出发反思中国。这中间，如何在与东亚知识界的互动中讨论中国问题成为一个需要认真对待的课题。如果仅仅是在东亚各国的中国学家参与的国际学术讨论会上讨论中国问题，那是一个拼盘式的形式化讨论，不会发生真正意义上的碰撞，而且也必然是实体性地以国家和语种为单位进行讨论；真正意义上的东亚视野，是一个大于国家但是又充分照顾到了国家和社会文化脉络的视野，它必然会切近不同文化在历史脉络中的相互缠绕与纠葛，同时也必然提示不能被简单地回收到国族论述框架中去的那些基本问题。特别是当西方中心论被东西方的知识分子共同批判、新的知识视角尚待生产的时候，这种跨越国族同时又充分考虑到国族脉络的历史视野就变得尤为重要。中国比较文学自立于世界比较文学之林的前提，就在于它可以通过新的理论想象，而不是照搬西方理论或者简单地对抗西方理论。因此，东亚乃至亚洲视野下的中国研究，就变得尤为重要。贺照田在他正在进行的有关《文革结束、新时期开始的历史—观念意涵》研究中强调，在这一时期众多历史效应中，我们既看到和历史推动者设想配合的历史结果效应，也看到和历史推动者设想不配合乃至相悖的历史结果效应。而所有这些，无疑都为我们重新思考、深入把握这段历史提供着契机。该研究是他在2013年的创新工程课题，是值得期待的高质量学术研究。董炳月的近代日本西域学研究是他具有前沿性的创新研究。研究对象主要是以大谷探险队的探险活动为主的近代日本的西域探险。对于日本来说西域问题不仅是单纯的知识问题，而且是近现代日本"东亚"思想的重要内容，涉及"国家神道"形成过程中日本佛教的位置及其对中国佛教的认同。前期成果之一《日野强〈伊犁纪行〉中的汉诗》（论文）向2013年3月召开于曼谷的"亚洲未来会议"提交，立刻引起相关领域学者的关注，且获得会议优秀论文奖。同时，他这几年多次去新疆考察，最重要的有两次：2010年3月3—17日，考察南疆沙雅、和田、策勒、米兰等地佛教遗址，纵断塔克拉玛干沙漠，并参与纪录片《塔里木河》拍摄，该纪录片在中央电视台科教频道播出。2012年10月18—30日，考察南疆喀什等地宗教遗址，穿越罗布泊，并参与纪录片《重返罗布泊》拍摄，该纪录片在中央电视台科教频道播出。

在过去两三年间，王蓓的科研工作主要集中于两方面。一方面是对藏族史诗《格萨尔王传》的研究，以对《格萨尔王传》历史性的追问为起点，结合每年实地调查走访所获得第一手材料，将《格萨尔王传》整体上视为多康地区藏族族群对自身集体记忆的历史表述，并基于这一认识探讨该族群如何通过史诗的历史叙事生成、维持和延续族群认同。体现相关思考的多篇论文已完成，书稿《〈格萨尔王传〉与多康地区藏族族群认同》正在修改过程中。另一方面是致力于学术翻译工作，已完成的30余万字译稿《穿越亚洲》（斯文·赫定著）即将由新疆人民出版社出版，正在翻译《欧洲思想起源》（奥奈恩斯著）一书。

近年来，谭佳在反思中国现代神话学知识生产的基础上，面对中国礼乐文化和圣人神话的传承特质，在"神话历史"的文化大传统中重新阐释先秦经典，以期把握在经学和史学之外阐释中国文化特质的可能性途径，目前已经有一定的积累和心得，亟须在反思和个案阐释后，进一步深入到文明起源阶段做开拓性研究。在反思学术史部分，她的代表性研究是《中华文明探源与中国神话学反思》。作为院重大课题的子课题，这部书稿在结题评审中获得“优秀”等级，并已被纳入出版计划中。在阐释个案方面，她的代表作是《断裂中的神圣重构——〈春秋〉的神话隐喻》，由南方日报出版社于 2010 年 8 月出版，并荣获首届广东省南粤出版奖。该书在厘清春秋学和反思中国现代神话学基础上，跳出既有经学、史学范式，从“神话隐喻”角度分析《春秋》的独特性，即其缘起、内容、结构，以及“春秋大义”建构问题。该书更大的理论意义在于：作者认为礼崩乐坏的春秋时期遭遇“王制”断裂，《春秋》的最大价值在于对“王制”神圣性的重构，它既衔接并一定程度上改造了殷周王权意识形态，也为后世借此建构“大一统”政权、监督和克制皇权提供了基核。由此推演，现代学术界常见的“理性化”历史叙事模式并不具有真正的本土解释力，我们需要新的眼光和途径来进入中国历史叙事的起源和文化研究。

第三，由于比较文学的跨文化性质，本室成员每年都参与或者策划相当一部分涉外学术活动。在 2010—2012 年间，室内几位成员均很活跃。孙歌于 2010 年赴台湾交通大学社会文化研究所讲学半年，于 2011 年赴日本京都大学文学部讲学三个月，此外每年均数次参加在日本、韩国等地举办的学术研讨会；董炳月 2011 年 10 月 12—18 日，在日本信州大学参加国际学术研讨会，发表报告；2012 年 6 月 18—23 日，应邀出席台湾“中研院”主办的第二届国际汉学大会，提交论文《论野村荣三郎的〈蒙古新疆旅行日记〉》，并在大会宣读。贺照田策划主导的几个大型国际会议和国内会议产生了一定的影响，这些会议分别是：2012 年 6 月在香港岭南大学召开的“历史叙述与文学叙述国际研讨会”；同年 7 月由文学所召开的“战后初期东亚史的历史、思想、文化意涵国际学术研讨会”；同年 11 月由上海复旦大学思想史研究中心召开的年会“社会政治组织与现代国家建构——以孙中山、毛泽东、梁漱溟为讨论中心”；此外，他也参与了亚洲思想界上海论坛的策划工作，并与孙歌一起担任了会议评议；特别值得关注的是，在韩国和日本，东亚研究日益成为显学，而中国的东亚研究基本上还处在滞后状态，在此种状况下，比较文学研究室的上述三位学者却已经在东亚地区的东亚研究领域具备了不同程度的影响力，例如孙歌已经出版了三本日文著作，四本韩文著作，在当地均有很高的引用率和多篇书评，此外也发表了多篇英文论文；贺照田的多篇论文被翻译为日文、韩文和英文，首尔大学的学生不止一次以他的论文作为教材进行讨论；董炳月发表了数篇日文和英文论文以及随笔；这几位学者不断接到来自国外的会议和讲学邀请，他们的学术活动也通过与异国文化的接触碰撞得以不断提高质量，因此也在当地得到很好的反馈。这些学者在国外的活跃为比较文学室今后的发展提供了非常有利的条件。

四 学科发展前景

关于比较文学室今后的课题，基本情况如下：

首先，比较文学室将现有科研人员的研究方向整合为“东亚地区知识生产转型期基本特征研究”，在东亚研究这一框架之内，鼓励学者按照自己的专长进行研究课题的选择。由于比较文学领域的思想化趋势，也鼓励学者进行有创造性的思想性研究。结合创新工程的设计，每个学者的具体研究课题如下。

孙歌的研究方向是20世纪50年代以来日本东亚论述中的“中国经验”，这是一个跨文化的思想课题，可以发挥比较文化研究的基本优势，对于日本思想界在“战后”的有关论述进行以东亚为视角的研究和整理，也是国内学界比较薄弱的部分。孙歌的计划为讨论竹内好、丸山真男等思想家的基本课题，并把这些课题与他们同时代对于中国经验的认知结合起来，从而生产有效的东亚论述。

董炳月的研究在近期内主要是围绕“清末民初转折”的大课题，他在2013年的研究主要有两项：《〈伊犁纪行〉中的汉诗》探讨汉诗这种传统的文学形式在中日两国转折期的演变与形态，《井上厦〈上海的月亮〉中的鲁迅》探讨日本当代知名作家井上厦在剧作《上海的月亮》中通过鲁迅表现的对于民国前期中日文化关系的理解。

贺照田的《“文革”结束、新时期开始的历史—观念意涵》，是他在2013年设定的创新工程课题，他的写作计划包括梁漱溟系列研究和当代中国思想论争的研究，本年度的课题即是其中的一部分。他将以历史的重新探讨为前提，来重新审视和思考与历史变迁关系密切的中国当代文学变迁。而通过此历史工作所打开的历史视野和思想视野，为今后更深入理解、把握、分析新时期打下更深厚的历史理解基础。

谭佳的研究课题是《神话信仰与早期国家的意识形态建构——以中日

韩史前玉器为比较对象》，她认为，东亚文化最奇特的文化现象，就是在统一的国家行政版图形成之前很久的史前时期，玉石神话的信念在东亚（而且只在东亚）的广大地域范围里获得相对普遍的认同。继而，玉石神话的传播和认同，超越了具体的地域界限和民族界限，拓展出一整套以祭祀礼乐为基石的价值观和世界观，并对后来的中华认同的形成起到关键的奠基性作用。她希望选择例如具有高度文化互动的史前文化圈——红山文化做个案考察，从而部分回答上述问题。也可以选择史前同时期的文化遗址，做横向的文化比较与阐释工作。例如中国的兴隆洼文化、日本绳纹文化早期、韩国江原道高城文岩里新石器时代早期遗址，这三者在一定程度（即时期、文化发展、玉器呈现等方面）都具有可比性，具有文化交融与观念建构的可分析因素。

王蓓在未来几年主要计划从事两项课题的研究：一项为针对藏族史诗的地方性历史记忆的研究，该项研究将延续其对《格萨尔王传》作为特定族群历史记忆的表述的思考，特别是试图对从田野经验中获得的感性认知加以理论提升，集中探讨不同地域不同族群对史诗表述的差异，探究形成地方性历史记忆的历史渊源、现实基础和文化心理。另一项则是对藏族史籍中关于前吐蕃王朝时期历史叙事的研究，被视为经典的史籍和民间流传的史诗互为补充，共同构成藏族表述自身历史的叙事系统，该项研究通过细读从 11 世纪到 20 世纪诸种藏族史籍中对前吐蕃王朝时代赞普王统的书写，梳理不同时期的史籍中关于若干重要事件叙事的微妙变化，分析其如何逐步建立起通过以佛教教统论证王统神圣性，又借助关于神圣王统的历史叙事塑造出以佛教为中心的社会现实的历史生产与再生产方式，进而探讨藏族史籍中特有的关于真实的观念和历史发展观。

程玉梅一直从事国外中国学研究，主要是英语世界的汉学研究。她今后的计划是着重翻译介绍与研究国外的东亚研究和中国学研究中的古典文学方面的资料，并与本室主要研究方向结合，进行有效的互动。

其次，除了个人研究之外，还鼓励学者尽可能参加各种国际和国内的学术活动，并推动一些有效的学术讨论。未来几年，本室成员将主要把东亚设定为自己的学术活动领域，发展有效的东亚研究，并力图形成自己的东亚研究特色，在东亚学界中发挥自己的前沿作用。

2012 年也是比较文学室不断扩展跨学科交流的一年，孙歌、贺照田目前已经与中山大学历史人类学研究中心建立了比较密切的对话关系，为下一步的共同研究和对话打下了基础；中山大学历史人类学是国内跨学科研究中比较成功的范例，他们的研究不仅对历史学，也对人类学作出了贡献，同时得到了两个学科的承认，这也给比较文学室的跨学科提供一个有效的参照，例如文学文本研究与思想史研究如何在跨学科意义上组合，如何通过两个学科的对话创造新的知识领域，这都是需要谨慎对待的问题。

综上所述，本室将结合具体人员的业务专长来设计发展方向，总体目标是突破比较文学既有的学术框架，创造更具学术质量的专业产品，同时为即将到来的跨文化浪潮准备必要的思想与学术资源。

（文学研究所　孙歌）

台港澳及海外华文文学学科前沿研究报告（2010—2012）

一 概况

1979年元旦，全国人大发表《告台湾同胞书》，不仅宣告了海峡两岸解冻的开始，也酝酿了一门新兴的学科：港澳台地区和海外华文文学的研究，从原来侧重于对外宣传的介绍性状态，逐渐转型为中国现当代文学学科中日益重要的一支学术力量。它最初由北京、福建、广东、上海等地区的科研机构和高校学者自发研讨，至80年代初始有全国性的学术性会议和研究会，至90年代以来，经学界的努力，已在全国逐渐形成多元发展的研究格局，从"港澳台文学"、"海外华文文学"至"华人文学"、"世界华文文学"等概念的出现，意味着这一领域的日见开拓，趋于成熟。这一领域借了改革开放的东风得以蓬勃发展，30多年来留下的足迹深浅不一，但其走向世界的趋势，清晰可见。迄今为止，出版了不少具有较高学术价值和独具特色的文学史著作、工具书和研究专著，形成老中青三代的研究梯队，培养出一批具有硕士、博士学位的专业研究人才。从1982年在广州举办首届"台港文学学术研讨会"，到2012年在福州举行"第17届世界华文文学国际学术研讨会"，这门正在成长中的学科经由文学和学术交流而改善了两岸关系，建立了精神文化桥梁，团结了海外华人华侨，发挥了文学以外的重要作用，在国内外产生日益广泛的影响。在北京地区关于台港澳及海外华文文学的研究机构中，中国社会科学院文学所的台港澳文学与文化研究室起步较早，影响也较广。

该研究室原名"台港澳暨海外华文文学研究室"，成立于20世纪80

年代中期，但其研究人员早在80年代初即已出版了最早的台湾文学选集，如张葆莘编辑的《台湾作家作品选》四卷，最早由中国社会科学出版社于1981年11月初版，选编了自日据时期至80年代的台湾地区作家的代表作品，是国内最早的台湾文学选集之一。张葆莘也是较早接待海外华文作家聂华苓的人士之一，他写于1979年2月24日（11月修改）的《聂华苓二三事》大概是中国大陆文坛最早介绍这位1978年首次返回大陆访问的"海外华人作家"的文章。此文与聂华苓的《爱国奖券》一起发表于《上海文学》1979年第3期，后来附在聂华苓小说集《台湾轶事》之末，聂氏这篇作品原是"海外作家在国内刊登的第一篇小说。为此，新华社和中国新闻社都向海外发了消息"。可见，《爱国奖券》在上海的出现，被当作具有"破冰"意义的"事件"。张葆莘的文章还提及一事：聂华苓与安格尔一起创办的"国际写作计划"邀请大陆作家毕朔望和萧乾到爱荷华，与中国台湾、中国香港和旅美中国作家一起在"中国周末"讨论会研讨"中国文学创作的前途"，时间是1979年9月。而11年前，"国际写作计划"也曾邀请陈映真，陈映真临行被捕。陈被捕后，聂华苓和安格尔曾尽力营救，这些"轶事"，可能也是张葆莘最早在中国大陆披露的。文章说，《台湾轶事》的结集出版，"对我们生活在大陆的读者来说，会使我们更加思念生活在台湾的骨肉同胞"。这些话，现在听起来似乎有些陌生，但那时却情真意切。两岸的文学交流乃是经由民间，借助聂华苓在美国爱荷华的"国际写作中心"，绕过了台湾海峡，由文学家们建立起来的，而中国社会科学院文学研究所的研究人员成了这一历史进程的重要见证者之一。

作为国家最高的文学研究机构，中国社会科学院文学研究所于1989年3月7日正式组建并成立"台港澳暨海外华文文学研究室"，由杨匡汉任主任，古继堂任副主任，研究人员包括赵园、王保生、陈素琰、王淑秧、安兴本、黎湘萍、汤学智、蔡田明、胡小伟等。1993年科研机构调整，港台室改制为世界华文文学研究中心，研究人员均以兼职方式参与，由文学所前所长张炯兼任中心主任，当代文学研究室主任杨匡汉兼任常务副主任。1998年文学所班子调整后，世界华文文学研究中心由张炯、杨匡汉担任主任，黎湘萍主持中心的常务工作。2004年3月，文学所重建"台港澳文学与文化研究室"，由黎湘萍担任主任。目前该中心和研究室的研究人员有杨匡汉、袁良骏、王保生、黎湘萍、赵稀方、李兆忠、张重岗、李娜、陶庆梅和李晨等。

该研究室围绕台港澳及海外华文文学，研究近现代中国文学经验的特殊性，并将研究范围延伸拓展到海外华人的文学与文化诸问题（包括文学、艺术、媒体、族群等议题)，以及亚洲内部（尤其是东北亚和东南亚儒教圈内）的文学与文化的互动关系。研究室自成立以来，特别重视理论研究和史料整理等基础研究，加强与国内外学术界的交流，在台港澳文学与文化生态变迁、海外华人的离散问题等诸多方面，取得一定的研究成果。研究室同人共同承担完成了院重点课题“台湾文学史料编纂与研究”。研究室成立至今，先后参与策划和承办了“全球化·多元对话·马华文学研讨会暨赠书仪式”（2004)、“东亚现代文学中的战争与历史记忆”(2005)、“身份与书写：战后台湾文学”（2006)、“近代公共媒体与澳港台文学经验”（2010)、“白先勇的文学与文化实践暨两岸艺文合作研讨会”(2012）等国际学术研讨会。

台港澳文学与文化研究室暨世界华文文学研究中心成立近 20 年来，以集体项目为先导，鼓励有专长的个人著述。先后完成的集体著述有：《台湾文学大系》（十卷)、《扬子江与阿里山的对话》（国家社科基金项目，杨匡汉主持)、《台湾地区文学透视》(台港室编辑)、《中国文化中的台湾文学》(国家社科基金项目，杨匡汉主持)、《台湾文学史料编纂与研究》(社科院重点项目，黎湘萍主持）等；个人著述有：《台湾新诗发展史》(古继堂)、《香港小说史》（袁良骏)、《台湾的忧郁》（黎湘萍)、《文学台湾》(黎湘萍)、《小说香港》（赵稀方)、《海峡两岸小说论评》(王淑秧)、《中华文化母题与海外华文文学》（杨匡汉)、《喧闹的骡子——留学与中国现代文化》(李兆忠）等。加上研究人员撰写的其他论文和评论，近 30 年来该中心的科研成果总量已近千万字。目前该中心正在进行的研究项目有：《海外华文文学学术史》、《四城记——北京、上海、台北和香港的文化关联》、《易代之际士人流动研究》和《留学生文学史》等。

世界华文文学研究中心积极参与国内外的学术交流活动。迄今共十七届的华文文学国际研讨会，中心研究人员均参加并发表前沿性研究报告。中心参与策划和组织了在京举办的第九届世界华文文学国际研讨会(1997)，编辑出版了论文集《走向 21 世纪的世界华文文学》（中国社会科学出版社 1999 年版）。在 2002 年批准成立的国家一级社团——中国世界华文文学学会领导机构中，中心负责人张炯任名誉会长，杨匡汉任监事长，黎湘萍任副会长，赵稀方任学会所属工作委员会主任委员。为加强本中心与外界的学术联系，中心研究人员应邀赴美、英、俄、加、德、荷、日、韩、新、马、泰、印尼诸国及中国台港澳地区进行访问与讲学。杨匡汉、黎湘萍提倡的“学术填海”理念，获得了海内外诸多学者的认同。

近30年来，中国社会科学院文学研究所世界华文文学研究中心和台港澳文学与文化研究室的学者著述颇丰，兹介绍如下：

较早出版的是作品和言论选集。张葆莘编《台湾作家小说选集》（四册），中国社会科学出版社1981年11月版，应该是大陆最早的台湾文学作品选本。该书选收了1926—1981年半个多世纪有代表性的台湾中篇和短篇小说，力求较系统地反映台湾中短篇小说创作的概貌。另有楼肇明编《八十年代台湾散文选》，中国友谊出版公司1991年2月版；汤学智、杨匡汉编《台港暨海外学界论中国知识分子》，河南人民出版社1994年5月版。

古继堂的研究，在80年代有一定的代表性。《台湾新诗发展史》，人民文学出版社1989年5月版。该书概述了台湾新诗自1924年起至20世纪70年代末六十余年来的发展概况，对重要的新诗思潮、流派、社团以及代表作品作了阐述和分析。正文分上中下三篇：分别为台湾新诗的诞生和成长期、台湾新诗的西化期、台湾新诗的回归期。《台湾小说发展史》，春风文艺出版社、辽宁教育出版社1989年11月版。全书分十编，采用以史带人的体例，叙述了20世纪台湾小说的重要作家作品和思潮、论争、流派等。《台湾新文学理论批评史》叙写了台湾新文学理论的发展历程，总结了台湾文艺研究者的文学理论批评实践。另外，他还有《台湾青年诗人论》、《静听那心底的旋律——台湾文学论》、《台湾女诗人十四家》、《评说三毛》、《柏杨传》等著述，并主编有《台港澳暨海外华文新诗大辞典》。

文学所世界华文文学中心编《台湾地区文学透视》，陕西人民教育出版社1991年版。该书共分八章，内容包括：台湾文艺思潮辨析、台湾现代小说的表现艺术、台湾环保文学的发生与发展、海峡两岸寻根文学比较等。

袁良骏著有《白先勇小说艺术论》、《香港小说史》、《白先勇论》和《香港小说流派史》等。《白先勇小说艺术论》，吉林大学出版社1991年版。这是中国大陆研究白先勇较系统、较完整的开创性专著。该书抓住白先勇小说的艺术美特色，注重从台湾文学、中国古典文学、中国现代文学和西欧文学四个不同角度审视白先勇的创作，并注意到了其中的遗民性、开放性、抗争性和哲理性等特征。《香港小说史》，海天出版社 1999 年 3 月版，勾勒了 20 世纪 20 年代至 60 年代香港小说的发展脉络。《白先勇论》，新华出版社 2001 年版，从多个角度论述了白先勇小说的悲剧倾向、现代特色、语言风格与文艺思想。《香港小说流派史》，2008 年 1 月版，讨论了香港小说的风格与流派，包括社会写实派小说、新移民作家群、浪漫主义、现代派等现象。

杨匡汉主编，集体撰写的《扬子江与阿里山的对话：海峡两岸文学比较》，上海文艺出版社 1995 年版，以宏观的视角，对海峡两岸现当代文学进行了多向度的比较研究。全书分十一章，以两岸文学为观照对象，或论二者之“缘”，或论“分流与迭合”，或论“母题及其变奏”，或论“乡土与寻根”，或论“现代主义”，由文学事实出发，以美学分析为中心，旁及历史、文化和政治，构建出一幅相对完整的画面。杨匡汉主编《中国文化中的台湾文学》，长江文艺出版社 2002 年版，论述了由中华文化孕育的台湾文学从历史到现代的发展状况，以及台湾文学在中国文学中的地位和贡献。杨匡汉另著有《中华文化母题与海外华文文学》，长江文艺出版社 2008 年版。该书从文学中母题的意义与价值、双重边缘性与母性的声音、海外华文文学中的文化母题、母题的艺术变奏四个方面切入，结合母题的概念特征，对中国当代文学和海外华文文学作了新的理论阐释，打破长期以来各抱一段文学、各守一种文体的惯常研究状态，是跨学科跨文类研究的一次实践。饶芃子、杨匡汉主编《海外华文文学教程》，暨南大学出版社 2009 年版，介绍了海外华文文学存在、发展的过程，探索这一文学领域作为一个学科的必要性和意义，展现其与本土汉语文学的联系和区别。

张炯关于世界华文文学的论述，与其中国文学研究是联系在一起的。他先是与邓绍基、樊骏一起主编了《中华文学通史》（十卷），华艺出版社 1997 年版，由中国社会科学院文学研究所和少数民族文学研究所编写。后又主编了《中华文学发展史》（三卷），长江文艺出版社 2003 年 12 月版，该套书是为了向广大文学爱好者和大中学生推广中国文学史知识而编纂的，故而试图涵盖从先秦到当代的中华各民族各地区（包括台港澳地区）的文学，涵盖神话、碑铭、诗歌、小说、散文、戏剧、报告文学、传记文学等各种文体理论批评，尽可能介绍历代主要的作家作品、文学流派、文学运动和文学发展状况，对文学的艺术形式和语言的创造性发展作细致的分析。在编写中，撰写者注意到了先秦历史遗存，包括简牍的新发掘和新发现，对我国文化的多种源头做了新的介绍，对文学史的若干悬案提出新的看法；也努力吸收我国文学史研究的新成果，特别是少数民族文学研究的新的成果，尽可能填补以往研究不够的若干空白或薄弱环节，如辽金文学和台港澳文学等。张炯的著述结集为《张炯文存》（十卷），湖南大学出版社 2011 年版，其中第三、第四卷是文学史论，分为毛泽东与新中国文学、新时期文学格局、文学史探讨、古代与近代作家作品论、现代文学史论、当代文学史论、文学研究史论七部分，收录了张炯关于文学史论的文章，展现了其文学史论思想。第五、第六卷是文学史，对新中国文学史进行了梳理，主要内容包括：总论、现代文学奠基者的新绩、中坚力量的进取、受难者归来的吟说、知青部落的崛起、新形式与新生代的探索、军事文学的发展、乡土风情的展现、都市文学的蓬勃发展、女性文学的强旺等十五编。

王淑秧著有《海峡两岸小说论评》，中国人民大学出版社 1992 年版。该书通过对大陆与台港小说的比较，分析了大陆和台港及海外华人的小说特色。

赵园著有《明清之际士大夫研究》、《易堂寻踪——关于明清之际一个士人群体的叙述》和《论小说十家》等。《明清之际士大夫研究》，北京大学出版社 1999 年 1 月版，淡化学科的边界与方法的分歧，讨论了明清易代之际的士大夫和遗民现象。该书分上下两编，共八章，是一本见解独到的思想文化史论著。《论小说十家》，浙江文艺出版社 1987 年初版，三联书店 2011 年修订版，是文学研究中极见功力的作家论，论析了郁达夫、老舍、吴组缃、张天翼、沈从文、路翎、骆宾基、端木蕻良、萧红、张爱玲等现代文学史上有代表性的作家。作者将思想史研究、历史与社会批判及文体分析融为一体，通过敏锐的感受，深入到作家的精神世界内部，使每一个作家论都体现出对人的内在精神世界的强烈关注。

黎湘萍著有《台湾的忧郁》、《文学台湾》等著作，并参与了严家炎主编的《二十世纪中国文学史》，高等教育出版社 2010 年版，台港澳文学部分的撰写。《台湾的忧郁》，三联书店 1994 年 10 月初版，台湾人间出版社 2003 年 12 月再版。该书在解读陈映真的过程中凸显出强烈的问题意识，作者贴近研究对象，在广阔的社会历史视野中进行了深度的人文读解。在此书的《后记》中，作者说陈映真吸引了自己的，非其辉煌声名，而是其人所处之境的不可重复的个人性，是他在台湾乃至中国大陆的尴尬处境和孤独感。由此，整部著作为这一“台湾岛上负伤累累的忧郁的心灵”所笼罩，而弥漫着生存于台湾、以独有方式经历了20世纪台湾历史的乌托邦主义者的孤独。《文学台湾：台湾知识者的文学叙事与理论想象》，人民文学出版社2003年3月初版，2010年4月修订版。该书采取个案研究方式，梳理和探讨了台湾文学史上的一系列重要问题：从文学母题的角度研究两岸知识者的精神联系；由日据时代的小说探究“现代性”问题；从“战后”上海和台北文化论述的相关性，阐释台湾问题之因由、发展及其对于台湾文化想象的深刻影响；由台湾乡土小说的表现方式，考察边缘地区进入现代消费社会后的困境；从新生代的文学创作，论述“后现代”写作的意义；从台湾知识者关于“语言美学”的理论建构中，讨论其中所蕴含的“新遗民”情结和美学拯救意义。

赵稀方著有《小说香港》、《后殖民理论》和《二十世纪中国翻译文学史·新时期卷》等著作。《小说香港》，三联书店2003年版。该书从小说出发，试图在历史建构的意义上辨析复杂多变的香港文化身份，同时从都市出发建立叙述香港文学的视角。《后殖民理论》，北京大学出版社2009年10月版，梳理了西方后殖民思想的概况和进展。作者认为，西方的反殖民思想与殖民历史一样久远。早期西方反殖思想大体上可分为两种：一种是人道主义的道德批判，另一种是自由主义的经济批判。19世纪的马克思主义既继承又超越了上述人道主义道德批判和自由主义经济批判两种欧洲思想传统。在经济上，马克思、恩格斯一反亚当·斯密等人认为殖民主义不能使宗主国受益的说法，认为西方资本主义从根本上说就是殖民主义的产物。《二十世纪中国翻译文学史·新时期卷》，百花文艺出版社2009年11月版。《二十世纪中国翻译文学史》从翻译文学的角度，勾画了中国现代思想文化发展流变的路线图。全书分六卷，分别为近代卷、五四时期卷、三四十年代·英法美卷、三四十年代·俄苏卷、十七年及文革卷、新时期卷。

李兆忠著有《喧闹的骡子：留学与中国现代文化》、《暧昧的日本人》等。《喧闹的骡子：留学与中国现代文化》，人民文学出版社2010年版。该书解读十余位中国现代文学和文化史上重量级的文化人，通过对他们的异域留学生涯的分析，拂去历史的尘埃，还原真实的历史图景。作者认为，传统的中国好比是驴，近代的西方好比是马，驴马杂交之后，产下现代中国这头骡；现代中国文化从此变成一种非驴非马、亦驴亦马的“骡子文化”。中国现代的“骡子文化”是一种不自然的、主体性欠缺的文化，它摇摆多变，缺乏定力，在外部世界的影响刺激下，每每陷于非理性的狂奔。过去不到一百年的时间里，中国的文化语境至少经历了六次剧烈的变化，令人眼花缭乱。“骡子文化”尴尬的背后，凸显的是无所适从的焦虑。《暧昧的日本人》，九州出版社 2010 年 11 月版。有人把该书称为继黄遵宪、戴季陶之后又一部中国学人撰写的日本文化论力作。作者以亲身经历解读日本，融敏锐的感性与深邃的理性为一体，发人所未发，所持论点独树一帜、立意新颖，笔触直抵日本人文化心理的深层。

张重岗关注东亚近现代知识人的区域流动、中国文化在现代情境中的内在转化等议题，著有《心性诗学的再生：徐复观与现代知识人的文艺对话》、《章太炎与日据早期的台湾》和《现代新儒家传》（合著）等。另发表论文《南洋的位置——以中国南下文人为切入点》（《“世界华文文学研究：理论与实践”国际学术研讨会论文集》，中国文化出版公司 2007 年版）、《陈映真与彼岸的“革命”》（《人间思想与创作丛刊》2008 年 1 月号）、《“心的文学”之归位——徐复观与钱穆文艺思想比较研究》（《中国社会科学院文学研究所学刊》2010 年）、《在流放中救赎——聂华苓对文学的诠释》（《香港文学》2010 年 6 月号）等。近期的研究方向是近现代台湾的内部和外部、海外华文文学学术史。

陶庆梅以“中西文化碰撞中的现代剧场”为研究方向，该项研究涉及两个方面：一是戏剧艺术的发展与当代中国社会变迁之间的关系；二是与当代剧场艺术发展紧密相关的文化产业以及文化体制的理论建设。2002 年，完成台湾著名戏剧导演赖声川的剧场传记《刹那中——赖声川的剧场艺术》（第一作者，台湾时报出版社 2003 年版）。该书以翔实的材料与独特的理论视角提供了台湾近 20 年剧场艺术的完整记录，为研究剧场艺术的发展与社会变迁之间的动态关系提供了一个实例。又发表《体验赖声川戏剧》（《视界》第 5 期）、《导演金敏基和他的〈地铁一号线〉》（《视界》第 7 辑）、《作为社会论坛的戏剧》（《南方文坛》2003 年第 1 期）等论文。2003 年年底参与策划“台港小剧场戏剧展演”，后参与多部民间戏剧的策划与推广工作，支持当代青年戏剧与民间戏剧的发展。

李娜目前致力于“战后”台湾文学与社会研究、少数民族文学与文化研究。参与中国社会科学院文学所“亚洲文化论坛”，策划主持有关台湾文学与社会研究的活动；在台湾参与“少数民族部落工作队”，撰写台湾少数民族与台湾社会问题的系列报告，参与策划台湾少数民族音乐专辑制作。专著和论文有《舞鹤创作与现代台湾》、《台湾的二二八文学》、《出草：一个猎头习俗的文学社会学旅程》等。

李晨目前致力于台湾纪录片研究、台湾当代小说及影像研究。发表有《中国新文学作家视野中的台湾文学》（《中国社会科学院研究生院学报》2007 年第 3 期）、《从“伊甸”到“风尘”——朱天文创作的文学地景转变》（《台湾作家的地理书写与文学体验——2006 年青年文学会议论文集》2007 年 3 月）、《纪录台湾——“解严”以来台湾纪录片的美学发展与社会议题（1987—2007）》（《华文文学》2009 年第 2 期）等论文。

另外，中国社会科学院文学所世界华文文学研究中心、台港澳文学与文化研究室策划、组织了多次国际学术会议，在推动学术交流、知识进步方面有所贡献。1997 年 11 月，世界华文文学研究中心在北京主办了第九届世界华文文学国际学术研讨会。该次研讨会把分布在世界五大洲的华文文学集结到中国本土，展示了跨世纪之交弘扬中华文化整体性的雄心。围绕“世界华文文学的综合研究”的总主题，会议讨论了“世界华文文学的综合观察”、“汉语思维、地域推移与母体变奏”、“华文文学中的女性书写”、“华文文学的都市性与现代性”、“华文文学的文化学思考”、“华文文学学科的基本理论问题”和“海外华文文学论坛”等相关议题。

2006 年 11 月，台港澳文学与文化研究室在庐山组织了“身份与书写：战后台湾文学”学术研讨会，会议论文后结集为《事件与翻译：东亚视野中的台湾文学》（中国社会科学出版社 2010 年 7 月版）。该书所收论文展现了近年来两岸学界有关“战后”台湾文学研究的前沿性成果，具有世界视野与两岸对话的品格。研究者跨越代际的学术对话，体现了该专业领域的积累与前景。其中所蕴含的问题意识——众声喧哗的书写的世界，是否有其内在的伦理——至今仍有进一步追问的意义。

2010 年 4 月，为了推动对东亚近代媒体和中国澳门、香港、台湾等旧殖民地文学之间关系的研究，中国社会科学院文学研究所、澳门大学人文和社会学院与澳门基金会在澳门举办了“近代公共媒体与澳门、香港、台湾地区的文学经验”国际学术研讨会。该次会议讨论了中国内部近现代文学/文化的形成、传播和影响等问题，试图以中国澳门、香港、台湾等旧殖民地文学的研究为契机，展开对东亚文学/文化现代性的思考。会议讨论了“殖民主义与近代媒体的源流”、“近代媒体与澳港台地区公共领域的建构”、“媒体与澳港台等旧殖民地区域文化的关系”、“媒体与近代殖民地文学史”、“澳港台地区文学经验与近代汉语新文学史的重构”等议题。

2012 年 11 月，为了探索全球化条件下两岸和平发展与文化创意合作的前景，并研讨白先勇文学写作与文化实践的丰富意义及其对华人文学文化的贡献，中国社会科学院文学研究所在北京主办了“白先勇的文学写作与文化实践：海峡两岸学术研讨会”，就以下议题进行了交流与研讨：白先勇的小说美学及其在文学史上的地位与影响；白先勇的历史书写与 20 世纪中国文化、社会变迁；白先勇的文学评论与美学教育观；白先勇文学的传播与改编；白先勇的文化实践：白先勇自 90 年代以来以昆曲为核心的复兴中国文化的理念、传统美学教育和实践；白先勇的文化创意与行销策略研究等。这次研讨会在中国大陆及海外获得了良好的声誉。

二　学科前沿动态

2010 年以来的台港澳文学暨海外华文文学学科，在文学史的深度拓展、文学格局的再思考、报章及公共空间研究、作家作品文体研究、文学史与思想史的结合等方面，均有一定收获。从所发表的成果看，文学史的拓展思考、两岸的连带比较、传统的作家作品研究及地域性的华文文学研究，占有较大比重。如何在文学史研究中融入思想史、社会史的内涵，以台港澳的文学/文化为方法和契机，进一步面对近现代乃至当下中国、东亚和世界的问题，仍是本学科激发内在活力、有待充分展开的途径。

2010 年我们在澳门成功地举办“近代公共媒体与澳港台文学经验”国际学术研讨会。这次会议，邀请了中国港澳台和国外学者参与，这些专家学者对我们提出的重要的学术议题，均有比较深入的研析，所发表的论文以及在会议上的讨论，扩大了研究的视野，达到了预期的效果。我们集体编辑出版的《事件与翻译》论文集也在 2010 年由中国社会科学出版社出版，这是 2006 年以来我们尝试进行跨界研究和多元对话的重要成果之一。

2010 年，在国际性的学术交流活动中，我们的青年科研骨干得到了锻炼，获得了丰富的经验。本研究室人员陶庆梅副研究员完成了赴美访学一年的工作，在哥伦比亚大学访学期间，积极参与学术活动，并作了很有分量的学术报告；李晨博士充分利用了到荷兰莱顿大学做短期访学的时间，深度采访了荷兰的东亚研究特别是台湾研究专家，广泛了解、收集荷兰统治台湾时期的原始资料，为将来进一步研究这个领域，并与荷兰同行进行交流和合作，打下了良好的基础。张重岗副研究员活跃于两岸的学界，在参加暨南大学的博士生论坛中，他发表的论文获得高度评价；两度应邀赴台湾参加学术研讨会和访学，以其较为扎实严谨的治学态度和颇具新意的论文，与对岸同行有良性的互动，对于国内学界用力不足的台湾地区清代时期的文学，亦有新的思考；李娜副研究员以其对弱势族群的深度关怀和对台湾少数民族文学、文化的专业研究，往返于两岸之间，在社会活动和学术研究之间，寻找恰且的切入点，表达其社会关怀，其研究已获得学界的重视。这支科研队伍的热情、严谨和专业精神，是通过对学术研究内蕴的现实关怀、对学科建设的不苟且、不浮夸和慢功细活表现出来的。

这支年轻的研究队伍，各以自己的方式，致力于研究室的整体学术建设，通过开展各种学术活动，逐步建立视野宽广的学术平台。研究室把有限的经费都用于与学术有关的学术活动，如支持出国访学者购买或复印与研究课题有关的第一手资料、图书，定期开展常态的读书会活动，为读书会提供必要的图书援助；邀请海内外著名学者、专家到文学所来演讲、交流等；支持研究人员参加社会调查、国情调研等。

2011 年，在文学史研究的拓展方面，黎湘萍、黄万华等学者作了独到的思考。黎湘萍在台湾中兴大学人文社会科学中心客座期间，应邀在台湾文学与跨国文化研究所的研究课上作了《寻找台湾文学史上的失踪者》的学术演讲；并在该所于暑假举办的研习营作了《翻译与知识生产：从利马窦到马礼逊》的演讲。这两次学术演讲，主旨在于打破目前的台湾文学史框架，把因为文学观念的变异、语言载体的不同、工作环境和身份的差异而被文学史所摒除的作家作品纳入我们的视野。这对扩大台湾文学史的书写范畴而同时又不使之失焦，是必要而有意义的。而关于“翻译”与“知识生产”的关系，实际上是明末清初以来一个十分重要的知识现象，它已然对中国的传统知识谱系产生了冲击和影响。重新理解从利马窦到马礼逊等传教士在传播知识的方式上的发展流变，对于理解中国社会的变革也是非常重要的。黄万华更多关注的是“战后”初期文学转型的问题。他在《跨越 1949：中国现当代文学的历史一体性和丰富差异性》（《社会科学研究》2011 年第 5 期）、《去殖民性进程中的战后初期台湾文学》（《台湾研究集刊》2011年第1期）、《跨越1949：在“常识”中展开的香港体验和想象》［《山西大学学报》（哲学社会科学版）2011年第2期］中认为，把1949年前后中国大陆由解放区文学“扩展”为共和国文学的历史进程、国统区文学“萎缩”至台湾、香港接纳现代文学各种传统结合在一起考察，能推动我们对跨越1949年的文学转型的内容及其实质的深入思考；1945年8月—1950年3月是“战后”台湾文学重建的重要开启时期，其去殖民性的进程在国民党当局的政治框架中，由台湾本省作家和大陆来台作家在台湾文学传统和中国新文学传统的艰难延续中展开，并提供了“战后”中国左翼文学的在野形态；“战后”至20世纪50年代的香港文坛坚持了文学的常识性立场，以文学常识的力量保存、发展了文学自身，由此与内地“工农兵文艺”和台湾“战斗文艺”分手，进入香港体验和想象中的本地化进程。而推动本地化进程的重要因素是“战后”香港家园意识的生长。陈国恩在《“汉语新文学”的功能优势及研究方法》（《中国文学研究》2011年第1期）中认为，新移民文学由于作者的外籍身份，不能进入中国现当代文学史，而本来用来容纳新移民文学的华文文学概念，由于排除了大陆的华文文学，也暴露了逻辑上的缺陷。“汉语新文学”可以解决上述问题，而且有助于推进各国和各民族之间的文化交流。

对海峡两岸和香港、澳门的文学格局及其所引发问题的再思考，是很多学者关心的话题。新出版的《汉语新文学通史》（广东人民出版社）全书近百万字，以“汉语新文学”的概念，对传统意义上的中国现代文学、当代文学、台港澳文学和海外华文文学一百年历史进行了学术上的总结。古远清在《台港文学的特殊经验与问题》［《天津师范大学学报》（社会科学版）2011年第2期］中认为，台湾文学在中国文学乃至世界华文文学地图上占据重要地位，在参与建构祖国文学中做出了特殊的历史贡献。香港文学从1949年起发生了历史性变化，这是一个寻找香港文化身份的过程，也是“南来”与“本土”从对峙逐步走向融洽的过程。丁帆在《“民国文学风范”的再思考》（《文艺争鸣》2011年第13期）中讨论了两岸过去对中国现代文学史正统地位的争夺和20世纪90年代以来这种政治壁垒被打破的状况。王文艳在《两岸文学对话与论争三十年概述》（《名作欣赏》2011年第5期）中，描述了两岸近30年来文学对话与论争的概况，试图借此反省内地对台湾文学的研究历程，以深化学科的自省意识。黄一在《“异”审美视野中的香港文学》［《暨南学报》（哲学社会科学版）

2011年第3期〕中认为，“异”审美常常发生于不同民族、国度的人、事、物的接触相处中，香港社会开放性、包容性和封闭性、排斥性构成的社会张力，使香港文学的“异”审美视野独异而丰富。香港文学中的异族形象突破了单一意识形态性或乌托邦的表达，而香港本土作家笔下的异族形象比外来香港作家所写同类形象更多“同是天涯沦落人”的亲和感。香港文学最丰富地表达了中国人对西方文化的日常感受，中国香港作家与西方文化之间复杂的心理距离反映出香港人对于西方这一“非一”存在的认知，而香港意识正形成于香港人这一“他者视域”的言说及其超越中。香港叙事常有“越界”的流动性，不同文化空间穿插、交织，作家摆脱了以往时间性的叙事模式，更关注空间性叙事，由此呈现出“异”审美在“自我”超越中的多元魅力。王韬《从澳门文学看希里斯·米勒的“危机”论》（《世界华文文学论坛》2011年第1期）认为，从经济全球化的维度来说，一些国际性的港口城市自然要比内陆城市在重商主义的行动和效用至上的感知上领先得多。文学本身的特性注定与澳门的效用至上理念是不合作的，“文学危机论”就澳门而言倒可以说是由来已久。希里斯·米勒的深切忧虑实际上是指向与文学相关的职业。厘清这一点，就可以看清这种全球化语境下的“文学危机论”，实际上是对从古希腊时期就开始的西方文学传统职业意识的解构，因为就中国古典文学传统而言，明晰的文学职业意识是根本不存在的。“文学危机论”一词对于作家而言，其含义则更应该是“文学信仰的危机”。朱崇科在《论华文文学对20世纪中国文学史架构的内在楔入》（《华文文学》2011年第2期）中认为，很多时候区域华文文学不仅是对大陆文学的补偿和鉴照，而且同时也可能是对自我的另一种丰富，如果缺乏这种比较文学意识，我们看到的不仅是残缺的自我，也是对自我超越追求的一种故步自封。

借助报章研究来进行文学方法论、文人社群、公共空间等议题的思考，是颜敏、江宝钗、廖斌等学者所关注的领域。颜敏在《传媒与海外华文文学的发生、发展及转型》（《理论与创作》2011年第4期）中提出，传媒不但在一定程度上决定着文学生产的思维方式、传播方式和接受方式；同时，传媒要素的增加还将使我们对文学活动要素之间的结构关系、存在态势的认识发生根本性变化。江宝钗在《论台湾传统文人社群“行动力”的兴微与变迁——以台湾文社暨〈台湾文艺丛志〉为观察核心》（《文学评论》2011年第4期）中，提出一个特殊的台湾文学史现象：“台湾文社”发行其机关刊物《台湾文艺丛志》，起于1919年1月1日，止于1924年11月15日，1919年刚好是五四运动发轫的时点，当大陆已渐进于宣示与文言书写决裂的边缘，追求“言文一致”，台湾的知识分子却在寻求以文言提高大众教育，并发展公共性的可能。作者由此追问：《丛志》的出刊是否代表了某一种较大陆迟到的现代性？她论证说明《丛志》作为第一个由台湾人提出“鼓吹文明”诉求的汉文杂志，它的出刊本身即为现代性追求的一部分。但《丛志》何以主张语言之使用为文言、文体为传统散文的沟通载体，背离了言文一致的现代性道路呢？作者追迹《丛志》与殖民现代性的关系、语言载体与国民教育之关系，以及鼓吹文明此一任务如何自《丛志》向《民报》出版系列转移的过程，展示《丛志》以文言汉文追求现代性正是向殖民帝国展开的抵抗；而其所以未能成功，则是殖民现代性所竞争、压抑的结果。廖斌在研究《文讯》杂志的几篇论文《〈文讯〉杂志的文学传播实践与学科理论建设》［《重庆文理学院学报》（社会科学版）2011年第5期］、《心灵窗口与“公共空间”：论〈文讯〉的“编辑室报告”栏目》（《大连大学学报》2011年第1期）、《文学与文化的轮回：论改版前后〈文讯〉的编辑立场和办刊方向》［《福建师范大学学报》（哲学社会科学版）2011年第5期］等文章中认为，文学杂志的传播与文学生产同源同质；《文讯》的“编辑室报告”既是言情的窗口，又是载道的园地；《文讯》站在民间立场，为文学发声、为文化建言，扮演了文学守卫者、文化建设者的角色；它的文明批评与社会批评，越出文学文化本位，呈现“干预政事”和建立媒介“文化领导权”的特点，在台湾文坛构建了准“文化公共空间”。侯桂新在《南来与本土——简论香港〈文艺青年〉（1940—1941）》［《重庆工商大学学报》（社会科学版）2011年第5期］中阐明，香港《文艺青年》半月刊由南来文艺青年创办，以香港本地文艺青年为主要读者对象。办刊过程中坚持三点目标：做成文艺战线的尖兵；做成文艺青年学习及战斗的园地；团结广大的文艺青年群。许立秋在《从〈素叶文学〉的前期小说看殖民政策的影响》（《重庆三峡学院学报》2011年第5期）中认为，1980年创刊的《素叶文学》杂志坚持文学的严肃性和文学性，再现了香港人由于中英谈判而显得相对复杂的心情、香港经济腾飞后香港人追求的生活方式以及严肃文学在香港的尴尬处境。香港被殖民统治的历史让作家们在描写香港的时候无法视而不见，隐隐在文章中透露出殖民统治的“后遗症”。

文学如何面对现代化和传统习俗的问题，是学者们关注的话题。李立平在《“防卫的现代化”——论日据时期台湾小说的反现代化叙事》（《世界华文文学论坛》2011 年第 1 期）中认为，日据时期日本殖民者通过一系列的政策和制度在台湾实行所谓的“现代化”，一批拥有现代知识的作家却在他们的作品中表现出了“反现代化”的倾向，以反现代化的叙事模式在物质、制度、文化等层面上以“防卫的现代化”对抗日本的“殖民现代化”，这一反现代化的“共名”叙事使得日据时期的台湾文学呈现出“现代性”、“民族性”和“殖民性”纠葛在一起的别样景观。李娜在《“出草”：一个猎头习俗的文学社会学旅程》（《台湾研究集刊》2011 年第 2 期）中分析，“出草”猎人头，是一种消逝了的先民习俗，并非台湾少数民族独有，但对“出草”的书写，却是台湾近代以来活生生的文化载体。“出草”在“战后”台湾文学中被呈现的面容，或诉说了几百年间少数民族的生存抗争历史；或寄托着知识者缘少数族群问题进行的社会批判与反省；或在当代意识形态与文化消费的背景下成为某些主流论述的注脚。李诠林在《台湾原住民作家的现代诗写作智慧》［《福建师范大学学报》（哲学社会科学版）2011 年第 3 期］中讨论了少数民族作家面对现代的问题：台湾少数民族作家的现代诗写作在继承和吸收现代汉语诗歌写作经验的同时，也逐渐开始关注自身的少数族裔身份，在诗作中注意突出民族特色与地域风情，表达对于自身民族生存状况的焦虑与争取政治权利的追求，成为当下台湾少数民族诗人们的共同创作倾向。除此之外，人生终极关怀等自我意识的萌发与成长、回归原生态民族身份与融入现代都市生活的悖论企盼，以及将现代派诗歌技巧渗入传统民谣的文体创新等也显示了他们独特的现代诗写作智慧。

近年来，台港作家在大陆形成出版热潮，张大春、齐邦媛、西西、朱天心、唐诺等人为内地读者所熟知。学术界也持续关注作家、作品和文体的研究，这方面的文章有陈茗《只剩贞心堪自许　海天终古碧茫茫——道光年间金门林树梅的海岛记忆》（《厦门教育学院学报》2011 年第 2 期）、武继平《郁达夫访台史实考订》（《东岳论丛》2011 年第 3 期）、张羽《殖民地台湾文学史研究的当代趋向——以周金波的文学叙事与文化认同为中心》［《福建论坛》（人文社会科学版）2011 年第 5 期］、朱双一《陈映真在鲁迅现实主义批判传统于台湾传承中的作用》（《广东社会科学》2011 年第 3 期）、陈思和与罗兴萍《试论陈映真的创作与五四新文学传统》

（《文学评论》2011 年第 1 期）、杨青《裸露的根——白先勇〈台北人〉中的“大陆情结”》（《内蒙古民族大学学报》2011 年第 4 期）、曹惠民《梁锡华散文风格新解》（《平顶山学院学报》2011 年第 4 期）、黄一《文学立场的坚守和艺术实验的艰难——论 20 世纪五六十年代出发的台湾鲁籍作家创作》（《东岳论丛》2011 年第 7 期）、王勋鸿《台湾新故乡——五六十年代台湾迁台女作家的在地化书写》（《社会科学家》2011 年第 1 期）、郝敬波《后设·互文·迷宫——论台湾当代小说的叙事模式》[《徐州师范大学学报》（哲学社会科学版）2011 年第 1 期]、于晓楠《“寻找”，台湾话剧的一种潜在意识——以〈邮差〉和〈在那遥远的星球，一粒沙〉为例》（《戏剧之家》2011 年第 1 期）、张剑桦《澳门当代小说发展述略》（《学术界》2011 年第 4 期）等。关于华文文学研究成果的介绍，暂且从略。

三 学科建设状况

台港澳暨海外华文文学研究室在 2011 年度的工作，分别有以下几项：一是共同完成中国社会科学院重大课题“台湾文学史料编纂与研究”的结项任务；二是室内成员各自拓展自己的研究领域；三是学术互访，参加学术会议，以交流研究的思路和成果。

“台湾文学史料编纂与研究”立项于 2005 年。限于条件，课题组成员克服了许多障碍和困难，往返两岸搜集资料，与同行交流切磋，力图探求最可靠、最原始的一手资料，最大程度地客观呈现历史的面貌。目前，这个课题的成果具体呈现为：1. 作为编年史基础的专业“文学年表”，以关于“台湾”的发现和书写为中心，我们编写了一份从三国吴国时代（230 年）开始至 1945 年的文学史大事年表；重点放在晚明以后至 1945 年台湾光复的时段，试图从中国史的内在脉络中梳理台湾问题的来龙去脉，从而把“文学”置于一个更为复杂、深厚的历史背景之中。这个年表是本课题的成果之一，也是我们未来计划中的《台湾编年史》的准备。2. 根据不同历史时期的实际情况，以中国传统的诗文分类来甄选作者及其作品，而不是以现代狭义的“文学”概念来划定范围。因此，所选的作者作品，不能完全用古代意义的“文人”或现代意义的“作家”来定位，事实上，晚明的作者都是抗清士人或政治家；而有清一代的作者中，多半是参与台湾府和各县厅的治理的官员和宦游人士，除了政治、经济、法律诸制度的建立，儒学的倡导是他们的主要关心所在。日据时期，不少文学工作者也是社会运动家。为此，我们从晚明万历三十年（1602 年）至 1945 年这 343 年间，选取了具有代表性的作品，做了一份简明的作者小传和作品提要。“文学年表”和“作者小传”合印一册，供检索参考。3. 编纂了台湾文学史料集共五卷十一册。

该课题研究力图在以下问题上有所突破：从台湾文学的实际出发，致力于打通古典与现代、中文与日文（日据时代不少台湾作者使用日文写作）、大陆与台湾之间的区隔，把这些放在一定的历史时空中加以考察，以第一手的史料来展现上述三方面或三个层面之间的关系。这将突破目前台湾岛内“本省”与“外省”、“台湾”与“大陆”的对立的思想框架，既呈现台湾岛内的中国文学内在的文化、精神脉络（在这一点上“古今”的界限也很模糊），又揭示台湾社会、文化和文学从晚明到近代的演化轨迹和形态变异。

以下简要说明本室研究人员各自的研究状况：

黎湘萍研究员于本年度 3—8 月在台湾中兴大学人文与社会科学研究中心做客座研究，重点是参与该中心的“环境、科技与伦理”研究计划。个人的研究课题是《城市与山川：台湾自然书写的价值研究》。在客座期间，应邀在台湾文学与跨国文化研究所的研究课上作了《寻找台湾文学史上的失踪者》的学术演讲；并在该所于暑假举办的研习营作了《翻译与知识生产：从利马窦到马礼逊》的演讲。又应邀到暨南大学作了《易代之际知识者的困境》的演讲，到明道大学参加了“隐地与世界华文文学”研讨会（为此撰写了《台北街头的斯宾诺莎：隐地文学印象》一文）。除此之外，还参加了台湾文学发展基金会、文讯杂志社共同举办的“百年小说学术研讨会”，并对有关乡土文学的问题作了评述；参加了台北紫藤庐举办的“周德伟学术研讨会”、在南投台湾文献馆举办的“台湾五大家族”学术研讨会等。在研究过程中，逐步形成了以“环境伦理”作为核心概念来梳理“自然书写”的传统、研究其内在价值的思路。这方面形成了一个初步的讲稿，题为《生态美学与新伦理：中国当代文学·美学理论的新趋势》，并于 6 月 27 日应邀在台湾大学的人文社会高等研究院做演讲。还初步拟出了《城市与山川：台湾自然书写的价值研究》书稿的大纲，拟于未来进一步修改、完善，并计划与兴大人社中心、台湾文学与跨国文化研究所在“环境伦理与自然书写”的议题上进行深度合作，举办研讨会。

张重岗参与本室承担的院重大课题“台湾文学史料编纂与研究”近代部分的年表、小传撰写和文稿选编工作。在史料选编的过程中同时进行深入思考和研究，试图采用文学史和社会史相结合的方法，对“19世纪台湾文人社群的崛起”这一历史现象进行诠释。个人承担的所重点课题《章太炎的台湾之旅与19世纪末东亚的文化空间》，正在紧张进行之中。同时，关注“台湾左翼的谱系及在东亚的流动”的课题。3月，参加哈佛大学东亚系主办的“区域交流与中国文学典范的追寻”学术研讨会，发表论文《现代文学思想的典范转移：从“人的文学”到“心的文学”》。6月，参加得克萨斯大学奥斯汀分校主办的“东亚脉络里的台湾文学：方法学和比较框架”国际学术研讨会，发表论文《文化公共性与台湾文人社群的崛起》。6月，在哈佛大学中国文化工作坊作《19世纪的台湾文人社群》的报告。7月，参加中国作家协会主办的两岸文学对谈，发表《如何阅读台湾》的报告。8月，参加中央人民广播电视台中华之声节目关于吕正惠先生的访谈。11月，参加文学所现当代组的国情调研工作，在京津冀地区进行文学文化遗产的田野调查。

李娜本年度主要在哈佛大学进行访学。在访学期间，了解美国少数族裔文学的创作与研究。作为移民社会，族裔问题及其文学创作在美国历史悠久，如今依然包含着突出的时代气息。也因此在文化理论和文学创作上，都有丰富生产。通过旁听课程、讲座、实际的社会观察，李娜了解了美国族裔文学创作，尤其是近十几年来“多元文化主义”理论在此的产生和应用，对于其正在进行的台湾少数民族文学、音乐与社会运动的研究，启发良多。特别是方法上，从少数族裔问题如何与整个社会、历史进程发生关联的角度，探究少数族裔创作的文学与社会意义；完成论文《少数民族报道与〈人间〉杂志的理想主义实践》、《英伸之眼——解严前后台湾人文空间的建构》、《纪念碑之外：〈余生〉的雾社事件》。并且，实际参与了台湾少数民族音乐专辑《百年排湾、风华再现》的制作出版，写作了透过族群音乐重写族群生命史、投射台湾史的《百年排湾——一个头目吟唱的生命史》。2013年暑假，在台湾中部、东部、南部的布农族、卑南族、排湾族部落，进行了部落传统古调、当代音乐、文化、部落经济、宗教生活的调研。继《百年排湾》之后，参与第二张音乐专辑《古调与当代的灵魂对话》的制作。写作了论文《小鬼湖之恋：鲁凯族的婚恋与部落体系的嬗变》、《记录东埔：从〈云雾猎人〉、〈林班〉到〈玉山脚下的歌〉》；报告文学《双乡记一：外省老兵在部落》、《双乡记二：穿越国共历史的原住民老兵》等。并对台湾老知识分子、政治犯、左派革命者陈明忠，进行了约二十次访谈，并进行其回忆录的整理和撰写。暂定名《暗夜行路——跨世代的革命者陈明忠回忆录》。参与《台湾文学史料·日据时代·日文卷》课题工作初步完稿，编选史料分四册，并撰写了导言、编订了大事记。集子的编纂，期求以人录史，知人论世，以展示日据时代台湾日语创作的全貌，为（大陆）研究者提供一个可靠、翔实的史料基础与进入路径。

陶庆梅围绕着中国当代戏剧的命题，在各种国际会议上发表论文，并有作品收入国际学术论文集。2010 年年底在日本东京参加国际戏剧家亚洲分会的年会，22 日在年会发表演讲 *The Dialectics Between Experimental Theatre and Market Force*，23 日在日本早稻田大学演剧博物馆作《实验戏剧与市场的辩证》的报告。4 月，*A New Thoughtfulness in Contemporary China—Critical Voices in Art and Aesthetics* 一书，该书由 Rutgers University 的出版社在 2011 年出版。2011 年 9 月，赴新加坡参加“Avant - garde theatre in East and South - East Asia”国际学术会议，发表英文论文 *Reconstruction of Social Tension Within the System and Its Artists*。参与院重点课题“中国文情报告”，撰写报告《戏剧：整体的失衡与创作的进取》。个人完成“剧场运动”的所重点课题。策划、组织多种戏剧讨论会，策划、组织大学生戏剧节、非戏剧节，组织港台和北京的戏剧交流活动。

李晨参加本室承担的院重大课题“台湾文学史料编纂与研究”日据时期年表、新文学部分小传撰写、作品编选的工作。在《华文文学》第 4 期发表《从纪录片〈跳舞时代〉看台湾日据时期文化现代化的殖民性》。10 月，赴荷兰莱顿大学历史系进行学术访问。

在本年度，本研究室邀请接待了多批美国、新加坡以及中国台湾地区的学者、作家来访并作学术讲座。8 月，台湾东华大学华文系师生一行 24 人，应邀来文学所访问。10 月，邀请台湾作家蓝博洲先生来访，并作报告《我们为什么不歌唱——兼谈台湾的民众史写作》。10 月 18 日，邀请美国加州大学戴维斯分校奚密教授来访，并作《诗歌何为？——当代台湾诗歌论》的讲座。10 月 18 日，邀请新加坡文艺协会会长骆明先生一行 6 人访问文学所，骆明先生代表新加坡文艺协会向文学所赠送了书籍。11 月 15 日，邀请美国圣地亚哥加州大学张英进教授来访，并作《第三空间的理论与金庸武侠小说》的学术报告。

台港澳研究室注重基本史料的整理工作，希望在坚实的史料基础上建立起关于台港澳文学和文化研究的学术大厦。这恰恰是大陆这一学科的软肋。在研究方法上，台港澳研究室注重一手资料的占有和学术壁垒的破除，以直面历史和当下所存在的难题。作为一个新兴的学科，台港澳室虽然显示出了勃勃生机，各个方面包括人员、资金、接待等的力量仍嫌不足，迫切需要文学所及其他室的帮助，为进一步的发展提供条件。

2012 年，对本学科的发展至关重要。第一，台港澳暨海外华文文学学科纳入了中国社会科学院创新工程“文学经验与价值研究”项目，对学科的研究视野、方法和未来的发展方向上，都有了不同的进展。创新工程“文学经验与价值研究”项目有力地促进了学科之间的交流和互动。该项目重视对传统学科创新机制的探索，以文学研究所台港澳文学与文化研究室、现代文学研究室、比较文学研究室的部分研究人员为主，吸收文学研究所其他研究室一些相关研究人员参加。随着创新项目的逐步展开，在中期的课题推进与延续研究中，还拟吸收包括本院其他研究所及院外高校和研究机构的研究人员参加，并以博士后学术进修等各种形式，适当吸收外地学者参加，组成一个精干的研究团队，凝聚学术力量，扩大社会影响。此外，还将进一步加强对外交流，一方面吸收国外最新研究成果进行学术创新，另一方面也不断扩大我们自己研究成果的国际影响。

以往的现代文学研究，比较重视中国大陆内部的汉族文学的现代转折及相关政治、社会、美学问题，这是必需的，但又是不够的。如果忽视了少数民族现代文学的研究，或缺少了台湾、香港、澳门地区的现代文学的研究，中国现代文学将是不完整的。鸦片战争（1840 年）让英帝国主义强占了香港；甲午战争（1895 年）使台湾落入日本殖民者之手；而从明末即租借给葡萄牙的澳门，在 19 世纪 80 年代后也被迫鹊巢鸠占，为葡萄牙人所抢夺。这些被迫切割为帝国主义殖民地的特殊的中国空间，刺激了中国的民族自强和维新变法运动，但它们落入殖民者之手后的文化和文学状况，却未能得到深入的研究。事实上，台港澳地区是研究历史转型期中的中国社会及其文化、文学的现代性的最为活跃的前沿地区，它不仅提供了中国文学在现代转型过程中的重要文本，而且提供了帝国主义在中国的殖民文化的重要样板。这一空间的展开，可以梳理出中国文学与文化绵延不断而又富有抵抗性的文脉，对丰富中国现代文学史的理解，并维系两岸及香港人民的民族感情，促进和平统一，复兴中华文化，具有重要的意义；而中西文化如何从相互冲突，发展为对话、交流和融合，也由此得到有益的启示。

第二，为了探索全球化条件下两岸和平发展与文化创意合作的前景，并研讨白先勇文学写作与文化实践的丰富意义及其对华人文学文化的贡献，我们参与策划了“白先勇的文学与文化实践暨两岸艺文合作研讨会”，会议由中国社会科学院文学研究所主办，于2012年11月8—11日在北京举行。会议的议题包括：1. 白先勇的小说美学及其在文学史上的地位与影响；2. 白先勇的历史书写与20世纪中国文化、社会变迁；3. 白先勇的文学评论与美学教育观；4. 白先勇文学的传播与改编：白先勇的文学出版事业与白先勇作品的改编和翻译；5. 白先勇的文化实践：自20世纪90年代以来以昆曲为核心的复兴中国文化的理念、传统美学教育和实践；6. 白先勇的文化创意与行销策略研究。这些议题拓展了白先勇和台湾文学、文化与历史研究的领域，实践了我们在学科建设和发展中提出的跨界研究和对话的理念。

第三，台港澳及海外华文文学研究在中国大陆已经开展30年，本学科对此历程进行了总结、反省。2012年10月27—28日，中国世界华文文学学会在福州举行了第十七届世界华文文学国际学术研讨会暨中国世界华文文学学会成立10周年、世界华文文学学科建设30周年纪念大会。该届学术研讨会的会议主题是“学术史视野中的华文文学”。会议的分议题有：1. 海外华文文学的源流与学术轨迹；2. 台湾文学的历史经验与前沿话题；3. 不同地区华文创作特征的比较研究；4. 百年华文文学的经典化问题；5. 华文文学与华语传媒的跨界互动；6. 华文文学理论批评家的诗学贡献；7. 女性华文文学论坛；8. 青年学者论坛。作为北京地区的重镇，中国社会科学院文学研究所台港澳文学与文化研究室整理了《北京地区海外华文文学研究三十年历程》。

第四，本学科试图对百年来海外华文文学研究进行学术上的梳理。暨南大学申请立项国家社科基金重大课题“百年海外华文文学研究”，本所世界华文文学研究中心的部分研究人员也参加了这一课题的子课题“海外华文文学学术史”的研究工作。

《百年海外华文文学研究》学术史部分的研究，目前主要在两个方面展开：一是搜集材料，建立学术史研究的资料库，同时拓展研究的视野和深度；二是本着学术传统和知识增殖的精神，修订、充实和完善研究的大纲目。在课题组成员的努力下，经过五次以上的往复修订，最终形成了海外华文文学学术史研究的大体架构。

这一研究架构的指导性思路如下：1. 多角度多层次地叙述海外华文文学/学术历程，注重与政治史、文化史、社会史的联系，体现跨学科的特点；2. 力避线性与片面的思维方式，取博雅、包容的学术姿态，同时注意到学术研究的积极因素和时代局限；3. 关注边缘空间的学术史，对长期被忽略的部分予以历史考掘；4. 体现"交叉"、"融通"的特点，注意"异"、"混血"文学现象，呈示学术语境中"中国经验"与"世界性"的关联。

对海外华文文学学术史的梳理，大致从三个阶段切入。在不同的阶段，有各自的侧重角度：第一阶段为"二战"之前，讨论华文文学的记忆与再现，较多关注早期华人的生存及其形象。具体探究：中国移民史与华文文学史多元交错的镜像，海外华人精神史、心灵史的历史考掘，华人的早期形象研究，从侨民文学到华人文学，"留日派"与"留欧美派"文学的比较研究。第二阶段为"二战"后至20世纪70年代末，讨论"战后"华文文学的处境与历史叙述，较多关注"战后"华文文学的"内史"与"外史"。具体探究："二战"后的世界格局与华人的认同问题，东南亚的华文文艺思想讨论，方修等的文学史著述，"战后"美华作家群，"乡愁文学"与台湾留学的一代，保钓运动及其文学研究，作为弱势族裔的美国华人文学汇集。第三阶段为20世纪80年代以来，讨论海外华文文学的定位和再出发，较多关注华文文学的主体性定位与华人世界的重新连接。具体探究：文学主体性问题与华人世界的重新连接，本土化与连带感的重构，南洋论述及其文化属性，"华文后殖民文学"问题研究，"经典缺席"与重写文学史，"他者"的文学观察，新移民文学批评的开展，旧金山草根文群的崛起。第三阶段还有一个重要的现象是中国大陆对于海外华文文学研究的兴起。这部分单独列章讨论：作为"引桥"的台港文学研究，起步阶段的"前学科"状态，历届学术年会（1—18届）的学术史梳理，学术社团的确认与学术刊物的生长，作为新兴学科的世界华文文学，中国大陆学者的学术贡献。对海外华文文学学术史的研究，有一个特别的途径，即关键词。在这一章中，讨论一些关键词，如华人文学、华裔文学、身份认同、离散/流散、放逐诗学等的缘起和内涵，希望从概念的角度进入学术史，形成理论与历史的有效互动。

第五，本学科的学术研究进展，在文学史的深度拓展、文学格局的再思考、文学研究方法的讨论、传媒及公共空间研究、作家作品文体研究、文学史与思想史的交叉研究等方面，均有一定收获。从所发表的成果看，文学史的拓展思考、两岸的连带比较、传统的作家作品研究及地域性的华文文学研究，占有较大的比重。如何在文学史研究中融入文化史、社会史的内涵，以台港澳暨海外华文文学研究为契机，进一步面对近现代中国、东亚和世界的深层问题，仍是本学科激发内在活力、有待充分展开的途径。

四　学科发展前景

台港澳地区文学与世界华文文学是一门比较年轻的学科，台港澳文学与文化研究室是很有活力的研究团队，目前共有五名在职研究人员，全部具有博士学位，其中正高职称一人（黎湘萍），副高职称三人（张重岗、陶庆梅、李娜），助研一人（李晨），形成由“50后”、“60后”、“70后”、“80后”构成的研究梯队，这一团队素质优良，有专业精神，有较好的外语水平，具备较好的国际交流能力和经验，是一支在本学科领域重要的科研力量。其中，黎湘萍的文学史和文论研究，李娜的台湾小说研究和台湾少数民族文学研究，张重岗的台湾新儒学和清代以来台湾传统文学的研究，陶庆梅的台港与东亚地区戏剧文化和社会运动研究，李晨的台湾当代作家作品和影视研究，特别是台湾纪录片的研究，都在国内外独树一帜，他们的研究成果对促进两岸文学、文化的对话交流和相互理解，为海峡两岸人民的和平发展运动，作出了专业性的贡献。

相对于台港地区和海外的同类研究，本研究室的研究视野比较宽阔，综合性研究、基础性研究、理论研究比较强，其研究范围包含台港澳暨海外各国家地区的华人文学。2011年完成的中国社会科学院重大课题“台湾文学史料编纂与研究”集体项目，是国内首次将晚明郑成功收复台湾以来至1945年台湾光复为止的台湾文学史料系统地加以整理和研究的重要学术工程，它包括明郑时期、清代康雍乾嘉道咸同光八朝的传统诗文、1895年甲午战败后日据时期的传统诗文、中日现代文学资料等，它的编辑出版，将为本学科的建设打下坚实的基础。

本学科的建立，有学科自身目标和任务，也有更为重要的现实意义。

其主要的指导思想，就是运用马克思主义的理论和方法，实事求是地研究中国的海疆地区（主要包括台湾、香港和澳门）在世界资本主义、殖民主义扩张过程中被列强分割、统治的历史和文化问题，尤其是研究这些地区的人民在这一“近代化”过程中的历史经验和社会、政治、文化、文学经验，以及由这些复杂经验所形成的意识形态等问题，为海峡两岸的和平统一大业和中华民族的复兴运动作出贡献。

以往的研究，比较集中在单一的地区、单一的学科，使用单一的方法，例如福建地区比较侧重台湾地区文化、文学的研究，而且重点放在闽台文化的融合上；广东地区比较侧重香港、澳门和东南亚地区华文文学的研究；随着20世纪90年代以来国人留学和移民的大潮涌动，近几年学界开始关注海外华文文学在世界各地的发展，包括北美、欧洲、亚洲等地，但个案研究仍占据主要位置。历史性的梳理（文学史或文化史）、理论性的深入而深刻的研讨仍不多见。

针对目前该学科的研究现状和局限，我们在已有的基础上，继续发挥优势，加强文学史、文化史的深入、细致、宏观的研究，把史料的编纂、整理、研究和个案研究相结合，宏观和微观相结合。总体而言，就是在“历史研究”和“理论研究”这些基础研究上下功夫，同时增加必要的有针对性的现实问题研究（即当代文学）。具体而言，要把澳门、香港、台湾地区作为总体的“海疆文化”做系统研究，把新兴的海外华人文学（包括华文和非华文文学）作为未来逐步拓展的研究领域，加强“跨域”（即跨地区、跨学科）研究的训练，培养专业的青年研究人员，使他们能够专心于这一领域的深度研究，加强第一手资料的收集、整理、编撰和研究，加强外文的训练（学习拉丁文、葡文、荷兰文等，以掌握澳门地区、香港地区和海外的汉文和非汉文史料，学习日语以掌握日据时期台湾的中日文史料，学习英文以进行高水平的国际学术交流活动）；建立团队研究与个人研究相结合的机制，创作条件让青年科研人员走出去，到台湾、香港、澳门和海外从事科研活动，积累国际性的研究经验。

（文学研究所　黎湘萍　张重岗）

中国近代文学学科前沿研究报告
（2010—2012）

一　概况

中国近代文学是中国古典文学的终结和现代文学的开端。在近百年间，伴随着中国社会、文化急剧从传统向现代飞跃，中国文学体系也从古典向现代全面转型。近代中国作家队伍、读者群体、文学观念、创作内涵、形式体制、文学语言、文学传播方式以及与世界文学的关系，都发生了迥异于古典文学的质的变化。此一深刻变化，促使古典文学走向终点，更开创、主导并规定了中国现代文学、当代文学乃至文学理论的发展方向。直到目前，现当代文学和文学理论界所热烈讨论的中国文学现代化、文学的市场化、文学的雅俗之辨、文学与政治的关系、作家的主体性、扬弃传统和接受外来影响等问题，均根植于近代文学之中。因此，若欲辨明中国文学的古今演进轨迹，深入研究近代文学这一转型阶段，则至关重要。

从学术史的角度看，中国近代文学学科在成长过程中，经历了四个重要时期。

一是学界对晚清民初文学的初步探研时期。“五四”之后到20世纪30年代，胡适撰《五十年来中国之文学》（1922）、陈子展撰《中国近代文学之变迁》（1929）和《最近三十年中国文学史》（1930）、钱基博撰《现代中国文学史》（1932），对中国近代文学的范围、性质作了探讨。尽管名称各异，三位学者均把清末（从甲午或戊戌算起）到其著史时为止的文学，作为一个文学时期考察；尽管对具体作家的归属和评价有所不同，他们均把此期文学分为“古文学”（或“旧文学”）与“新文学”两大系统；均认为此期文学具有过渡性质。

二是中国近代文学史体系的建立时期。20世纪五六十年代之交，学界根据毛泽东关于新旧民主主义革命的理论，完成了中国近代文学史体系的建构。1957年，教育部所颁《中国文学史教学大纲》的第八编《从鸦片战争到五四运动的文学》，在与中国古代文学、中国现代文学相对的意义上，明确了中国近代文学的断代地位；其构筑的基本框架为该学科此后的发展奠定了坚实基础。季镇淮撰写的“近代文学”为游国恩等主编的《中国文学史》中的一编，是此期中国近代文学研究的最高成就。作者在阐述近代文学时，创造性地提出了“文学潮流”的概念，用不同文学潮流的形成、扩展，来概括近代文学的发展过程；在论述反帝反封建的文学时，很注意这些作品内容、形式变革的文学意义；尽可能寓褒贬于叙述中；而对有些论述对象创作特征的艺术把握和概括，尤为精辟独到。作者认为：中国近代文学的历史是进步文学与腐朽文学对立的历史；进步文学既继承了中国文学的优良传统，又有所创新和变化，为五四新文学革命的发生准备了条件，呈现出过渡状态。这一结论代表了当时学界对中国近代文学的基本认识。

三是中国近代文学研究走向深入时期。从20世纪80年代到90年代初，中国近代文学研究非常活跃：逐步形成了一支研究队伍；创办了研究阵地；开始有计划地、较成规模地搜集整理史料；研究领域不断拓宽，专题研究渐趋深入，研究成果数量激增；部分研究者对一些重大理论问题，进行总体思考和重新认识。陈则光撰《中国近代文学史》上册（1987）、任访秋主编的《中国近代文学史》（1988）、管林和钟贤培主编的《中国近代文学发展史》（1991）以及郭延礼撰《中国近代文学发展史》（1990—1993）是此期的代表作。这四部著作均认为，近代文学的主题是反帝反封建，其在整个中国文学史上具有明显的过渡性。与此前近代文学史著相比，作者论述的重点从突出反帝反封建文学转向较全面地展示各种体裁、流派和作家的创作风貌，从片面注重思想性转向较全面地把握作品思想意蕴、文化内涵和审美特征；摒弃了单纯以阶级和政治倾向为标准的批评模式，试图以求实的科学态度和历史的、审美的标准评价作家作品；充分肯定资产阶级文学革新运动及其创作对中国文学变革的意义；编著体例力求完整、创新。不过，这四部著作虽在论述具体问题时有所深掘，但由于没有挣脱旧有思维模式的束缚，因而在论述一些重大问题时，并没有取得突破性成果。

四是以“中国文学的近代化”为中心，构建新的中国近代文学史研究体系时期。代表性论著是张炯、邓绍基、樊骏主编的《中华文学通史》中第五卷《近现代文学编》（1997）。此编由王飚主纂。这一新的近代文学史体系要点如下：1. 关于文学史的分期，它明确提出：文学史分期只能以文学自身的演变情况为判断依据。由于中国近、现代文学构成了文学近代化从开始到完成的完整系列，因而应该归于一编。近代文学的上限则应定在鸦片战争前20年，下限则应止于文学革命发难的1917年。2. 从近代化的角度审视中国近代历史和文化，提出了“中国近代历史双向运动”的理论：近代中国，一方面逐渐沦为半殖民地半封建社会，另一方面开始了近代化道路的探索；一方面反帝反封建的斗争不断发展，另一方面觉醒者以世界先进社会制度为蓝本，设计改造社会方案并为之努力奋斗，促使社会发生了一系列近代性变革。这一历史双向运动成为文学近代化的社会基础。3. 近代文学乃是一种转型期的文学，是中国文学体系由古典向现代的全面转型；中国文学的近代化过程就是“文学体系的全面转型”过程。4. 把近代复杂的文学现象和演变趋势综合概括为“新变”和“衰变”两股发展方向不同的文学潮流。5. 取消过去“改良主义文学时期”和“民主革命文学时期”的分段法，将此两段总括于“十九世纪末至二十世纪初的文学界革命”之内。从20世纪90年代迄今，这一新的体系在中国近代文学研究中处于主流地位。

最近三年，中国近代文学研究颇为兴盛：数十位年轻学者成为推动学科发展的主力；一大批研究成果问世；海内外的学术交流走向深入；中国社会科学院文学研究所恢复了近代文学研究室；等等。在研究方法上，最重要的现象是：不少学者突破文学研究的传统模式，将学术关注点从文学移向大文化领域。传统研究模式强调文学的审美属性，关注作家的创作个性及其作品的内容、形式，关注文学思潮的产生和演化，表述较为深细；但视野狭窄、视角单一，对牵涉面较广的一些文学史重大问题缺乏解释力。而大文化研究以其跨学科的气势，或者将文学问题放在社会史、思想史的广阔背景中讨论，或者借鉴社会史、思想史的方法考察文学问题，在文学思潮、文学流派、女性文学、作品传播和读者接受等方面均有收获。

二　学科反思与小说诗词戏曲研究

自中国近代文学学科成立后，对该学科的理论反思就一直没有停止过。近三年来，这方面的成果颇为丰富。陈平原的《作为学科的文学史》[①]一书对“文学”观念、文学史建构在近代的起源作了论述。王德威的《现代中国文学理念的多重缘起》[②]一文，通过对比梁启超、王国维、黄人、章太炎、周氏兄弟与陈衍等有关文学与文学史的言论，强调了现代中国文学观念渊源的复杂与多元。《中国近代文学研究访谈》[③]一文是杨萌芽对王德威、陈平原、夏晓虹、关爱和进行访谈的记录稿。这篇文章对近代文学的价值、学科体系设置的变迁、近二十年研究的局限、跨学科研究的意义，以及西方理论和研究思路对近代文学研究的影响等问题，作了探讨。在《近代文学研究中的新文学立场及其影响》[④]一文中，左鹏军认为，近代文学研究中早已形成并长期存在着一种明显的新文学立场，主要表现为持续进化、追求变革、向往西学、否定传统的文学史观念；在这一立场的驱动下，近代文学研究具有清晰的以新文学为标准的倾向，对与新文学相关的文学现象给予高度评价，对与新文学矛盾对立的文学现象不予关注或进行抨击。这种学术路径在确立近代文学的学术地位、学术合法性的同时，也大大限制了近代文学研究的学术视野，阻碍了近代文学的研究进展，须予以认真清理和深刻反思。

小说研究是近代文学研究中的大宗。关于小说类型研究，任翔在《中国侦探小说的发生及其意义》[⑤]中认为，中国侦探小说的发生与文化消费市场的形成、现代城市的出现、司法制度的建立、现代社会思潮的产生等因素有关；该类型的小说经历了译介、仿作与自创三个阶段。作者剖析了侦探小说中蕴含的启蒙思想与科学精神等现代性特征。关于小说现代性研究，美国学者魏爱莲在《缺乏机械化的现代性：鸦片战争前夕小说形态的

---

① 北京大学出版社 2011 年版。
② 《南京社会科学》2011 年第 11 期。
③ 《汉语言文学研究》2012 年第 4 期。
④ 《中国近代文学学会第十五届年会会议论文集》。
⑤ 《中国社会科学》2011 年第 4 期。

改变》[①] 中提出，早在乾隆晚期与嘉道年间，中国小说的存在形态即开始了向晚清模式的转变：小说出版数量明显增加，发行范围逐渐扩大到全国各地，越来越多的小说具备国际性视野，小说作者和刊刻者越来越有意识地把女性作为预期读者。这些迹象说明，今日被冠以“现代性”之名的那些文学质素，早在鸦片战争之前，就已经在本土出现。关于近代小说家研究，陈建华的《抒情传统的上海杂交——周瘦鹃言情小说与欧美现代文学文化》[②]，考察了周瘦鹃自民国初年至1920年代末的言情类短篇小说在内容题材、抒情风格、道德价值与美学意义上的特征，剖析了这些特征与欧美现代文艺潮流的关联。关于小说研究与思想史相结合，单正平的《晚清公羊学与现代小说的历史本根论》[③]，从史书崇拜、小说的“历史根性”、中西小说本体论的基本差异、中国小说叙事的特点等层面讨论了公羊学历史观对于现代小说的深层影响。罗晓静的《“群”与“个人”：晚清政治小说与“五四”问题小说之比较研究》[④]，将晚清政治小说与“五四”问题小说加以比较研究，拈出“群”与“个人”的关键词，剖析在这组二元对立的思想预设与观念诉求的影响之下，两类小说所呈现出的不同取向和鲜明特征。关于近代小说研究的学术史反思，李杨的《现代性视域中的晚清小说研究》[⑤] 一文，梳理了自鲁迅、胡适到米列娜、陈平原、王德威等代表性学者的晚清小说研究路数，指出其各自研究的方法论特点及所呈现的意义。这项研究有助于厘清相关研究的知识谱系，形成晚清小说研究在方法论上的自觉意识，启发研究者思考学术研究与现实文化政治之间的关联。

诗歌研究方面，近代文学社团、运动、流派和重要诗人是学者研究的重点。王飚的《从诗界革命到革命诗潮——再论南社诗歌的文学史地位》[⑥]认为，由南社掀起的革命诗潮是诗界革命运动的新阶段。作者根据南社诗人创作实际，提出了“旧体新诗”这一诗歌类型。马卫中、董俊珏编纂的《陈三立年谱》[⑦]，为陈三立研究提供了资料基础。

---

① 《浙江大学学报》2010年第2期。

② 《中山大学学报》（社会科学版）2011年第6期。

③ 《文学评论》2012年第3期。

④ 《文学评论》2012年第6期。

⑤ 《人文中国学报》第17期，香港浸会大学《人文中国学报》编辑委员会，上海古籍出版社2011年版。

⑥ 《南京理工大学学报》（社会科学版）2011年第4期。

⑦ 苏州大学出版社2010年版。

词学研究方面，莫立民的《近代词史》① 是一部断代分体的文学史著作。作者将词史意义上的“近代”界定为自嘉庆初年至民国早期，梳理了这一时段主要词派、词家与词风的嬗变脉络。彭玉平的《词学史上的“潜气内转”说》②，追溯了“潜气内转”说的声乐渊源及其在书法、骈文、词学各门类艺术理论中的应用，分析了这一理论与长调笔法、结构、词风等的关联，认为该说为晚清词风的发展提供了重要的理论支持。成玮的《论王国维思想中的先验与经验之争——由〈人间词话〉稿本与定本之比较切入》③，认为《人间词话》最终发表的定本，与稿本相比，有较多改动。王国维一方面有意将若干说法进行理论提升；同时又刻意摆脱理论的外在形态，以传统词话方式论词，针对具体作品展开批评。这一矛盾是王国维从先验论向经验论转变的必然结果。

戏曲研究方面，代表性的著作是左鹏军的《晚清民国传奇杂剧文献与史实研究》④。该书是作者15年间在近代戏曲研究领域辛勤爬梳积累的重要成果。书中著录并考辨了新见、稀见传奇杂剧剧目170余种，考订曲家曲目相关史实数十条，对现有的主要小说戏曲目录、系年诸书予以辨正，书后附有《晚清民国传奇杂剧目录》。

三　桐城派研究

桐城派是近代文学研究中的显学。过去三年，桐城派研究领域出现前期与后期并重、概论性叙述与专题探究并重、古文与骈文研究并重、单纯的文学研究与家族、教育、经学研究并重的新局面。这些新变表明，桐城派研究领域正在经历重大学术转折。

林纾研究取得重大进展。张俊才和王勇撰《顽固非尽守旧也：晚年林纾的困惑与坚守》一书，以原始史料为基础，对晚年林纾的政治绝望、文化忧思、文学焦虑和五四时期的新旧之争作了探究。作者认为，晚年林纾对中国传统文化、文学的维护和由此而彰显出的民族意识，不仅对全盘西化思潮起到了纠偏作用，而且与全盘西化思潮一起，在中国融入全球化的

---

① 人民文学出版社2010年版。

② 《文学评论》2012年第2期。

③ 《浙江学刊》2010年第3期。

④ 人民文学出版社2011年版。

进程中发挥着各自独具的功能。晚年林纾虽然在文白之争和儒学存废等问题上与新文化派尖锐对立，但他的基本出发点是反拨和制衡粗暴反传统的激进思潮，是维护中华民族有价值的传统。因此，晚年林纾不是抱残守缺、迷恋骸骨、反对变革、敌视进步的封建复古派，而是一个文化上的保守主义者。陆建德《海潮大声起木铎——再谈林纾的译述与渐进思想》①一文，是近年来有关林纾研究的重要成果。作者认为，林纾的渐进改良思想、国家意识、超越中西新旧而主会通存续的文化立场，以及对中国传统文人性格的独到自省意识，追本溯源，均与其西学译述有关。作者同时指出，林纾是中国比较文学的开拓者。2012 年是林纾诞辰 160 周年，福建工程学院学报编辑部出版《林纾研究专刊》以示纪念。这期专刊所辑 20 篇论文，对林纾研究中一些重要论题作了有益探讨。

研究角度的开拓为桐城派研究注入了活力。宋豪飞的《明清桐城桂林方氏家族及其诗歌研究》从家族角度，利用《方氏家谱》等稀见文献和大量传世刻本，对桐城桂林方氏家族作了研究。方氏家族的兴盛、其重要成员在明清易代之际的抉择、顺治丁酉江南科场案和戴名世《南山集》案对方氏家族命运的影响、方以智在桐城泽社和复社中的地位及其与阮大铖家族的交往等问题，作者均有阐释，丰富了学界对方氏家族精神的认识。吴微的《桐城文学与教育》从教育角度，探讨了桐城派绵延不绝、影响深远的内在动因。台湾学者丁亚杰的《方苞经学研究》、刘康威的《方苞的〈周礼〉学研究》从经学角度，对方苞的学术思想作了创造性研究。武道房的《曾国藩学术传论》从学术史的角度，讨论了曾国藩与清初学术、宋明理学、乾嘉汉学和道咸同学坛的关系，对曾氏学术思想的特点和历史地位作了独到解释。方宁胜的《桐城科举》从科举角度，阐发了桐城派产生与发展的文化背景。曾光光的《桐城派与晚清文化》从社会思潮、教育、学术、文学等方面，对晚清桐城派作了论述。

桐城派的骈文观及其骈文创作受到学界关注。吕双伟的《论桐城派的骈文态度》具体呈现了桐城诸老及其后学对骈文从轻视到理解、接受的历程。彭国忠的《从重古轻骈到援散入骈——古文大家梅曾亮的骈文创作》认为，梅曾亮是桐城派古文大家，又是骈文名手。他师从姚鼐，又接受管同的建议，开始创作古文。但他后来对管同的骈散观产生怀疑，认识到骈

① 《中国社会科学院文学研究所学刊》（2011），中国社会科学出版社 2012 年版。

文自有长处，因此，他在创作古文的同时，坚持创作骈体文。

桐城派的文体研究一直比较薄弱，邓心强和史修永的《桐城派文体学研究》填补了一项重大空白。该书对桐城派主要作家的文体思想作了探究，重点讨论了以文论诗、吸收小说因素、骈散冲突与融合、因声求气等专题。同时，作者从批评文体和创作文体两个层面，对桐城派文体的概貌和特征作了勾勒。

文献编纂方面，徐成志、许结用力最勤。徐成志点校的《晚清桐城三家诗》首次对方守彝、姚永朴、姚永概的诗篇作了系统整理。其主持的教育部社科项目《桐城派文集叙录》也已结项；主编的《桐城派大辞典》于2013年6月1日正式启动，计划2016年竣工。许结纂辑的《桐城文选》眼光独到，展示了桐城派古文的历史风貌。

此外，作为桐城派故乡的首要学术园地，《安徽大学学报》勇担道义，创设“桐城派研究”专栏，三年间共发表九篇见解新异的论文，为该领域的昌盛作出了贡献。2012年5月26日，经国务院批准，桐城市新建博物馆命名为“中国桐城文化博物馆”。这一国家级博物馆建成后，主要展示桐城派、桐城科举文化和世家大族、桐城历代文物等内容。10月30日，第五届全国桐城派学术研讨会在桐城师专举行。学者们围绕“时代召唤，文化引领”主题，作了交流。

四　报刊、传教士和女性文学研究

报刊研究是近代文学研究的热点。夏晓虹利用报刊资料取得丰硕成果。她的《作为书面语的晚清报刊白话文》[①]，对报刊上的白话文作了研究。她认为，黄遵宪、裘廷梁、梁启超等在白话文的提倡和白话文的写作之间存在落差，原因在于各人的方言背景所造成的官话白话文写作的困难。她通过典型报刊文本的比对，阐释了文言与白话、官话与其他方言、官话与模拟官话这三组白话写作对应体式之间的差异。她指出，由于方言在流通上的局限性，希望以官话统一全国白话文的努力是晚清白话文的主流，但官话自身仍须经过借鉴和改造，方能演变为日后的普通话书写。在

① 《天津社会科学》2011年第6期。

《晚清女报中的西方女杰——明治“妇人立志”读物的中国之旅》[①] 一文中，夏晓虹认为，晚清女报对明治“妇人立志”读物的汲取，丰富了中国女性取法的典范，为塑造新的女性作出了贡献。胡全章的《清末民初白话报刊研究》一书是利用白话报刊研究白话文运动的力作。该书通过对清末至民初白话报刊的研究，系统梳理了白话文的发展历程和语言形态的变化，揭示了“五四”以前白话进入各类文学体裁的新史实，对于读者全面把握中国文学体系的转型进程很有启发意义。张天星的《报刊与晚清文学现代化的发生》[②] 一书，分别从文学制度、文学创作和文学批评的层面，论述了报刊与晚清文学转型的密切关联。张永芳、王金城、冯涛的《〈盛京时报〉小说叙录》[③]，以五十余万字的篇幅，再现了《盛京时报》前15年中所刊小说的面貌，为相关研究提供了丰富史料。

传教士文学活动对近代文学史的价值一直受到研究者重视。美国学者韩南撰、姚达兑译《汉语基督教文献：写作的过程》[④]，细致考述了哈佛燕京图书馆所藏档案中的19世纪汉语基督教文献的写作过程，强调中国助手所发挥的重要作用。段怀清的《倪维思夫妇释经布道文之语言实验》[⑤] 以新教传教士倪维思夫妇为个案，勾勒出其传道解经的语言，从文言到半文半白、从区域方言到北方官话再到一种新白话文的变化。作者认为，晚清传教士的类似书写实践，为后来的五四新文学的语言实验提供了可资借鉴的资源。袁进的《从新教传教士的译诗看新诗形式的发端》[⑥] 认为，19世纪的传教士译诗，是汉诗欧化的最早尝试。早于五四新文学半个多世纪出现的这批诗歌开辟了新的中国文学道路，为后来中国社会接受新文学创作了条件。

在女性文学研究方面，郭延礼的《20世纪初中国女性小说家群体论》[⑦] 对20世纪初出现的中国文学史上首个女性小说家群体的创作作了细致梳理，呈现了此期女性作者小说创作的整体图景。

---

① 《文史哲》2012年第4期。

② 凤凰出版传媒集团、凤凰出版社2011年版。

③ 沈阳出版社2010年版。

④ 《中国文学研究》2012年第1期。

⑤ 《江苏大学学报》(社会科学版) 2012年第4期。

⑥ 《复旦学报》(社会科学版) 2011年第4期。

⑦ 《中山大学学报》(社会科学版) 2011年第2期。

五　近代室是近代文学研究的重镇

文学所近代室是中国近代文学研究的重镇。1978 年，文学所在全国率先组建近代文学研究室（初名近代组）。20 世纪 80—90 年代，近代室是近代文学研究界队伍最大、方向最全、成果最多的学术机构。1982 年，近代室首先发起举办全国第一届中国近代文学学术讨论会，此后每两年一届，迄今仍在继续。由近代室筹备，1988 年成立了中国近代文学学会，1999 年成立了中国南社与柳亚子研究会。文学所和近代室成员曾经或正在担任这两个学会的会长、副会长、秘书长、理事职务，极大地推动了近代文学研究的开展。1995 年，近代室因故撤销。2009 年，文学所根据学术发展需要，恢复近代室建制，力图再振雄风。

自 1978 年以来，近代室的研究者发表了一批在全国近代文学研究界具有重大影响的科研成果。在文献整理与研究方面，由近代室集体编纂的《中国近代文学论文集》七卷，为新时期中国近代文学研究的展开奠定了基础。由梁淑安主编的《中国文学家大辞典·近代卷》，系近代文学研究者必备的工具书。由近代室联合其他教学科研机构发起编纂的“中国近代文学研究资料丛书”、“中国近代文学作品系列”，是近代文学研究领域的大型学术工程。由近代室创办的《近代文学史料》，为学界同行的研究提供了基本资料。此外，王俊年编《中国近代文学作品系列·小说 1—4 卷》、王卫民编《吴梅全集》、王飚校点《琴志楼诗集》和《思伯子堂诗文集》、王达敏校点《张裕钊诗文集》等，以辑录完备、校勘精审而享誉学界。在断代文学史和专题研究方面，由王飚主编，近代室成员参与撰写的《中华文学通史·近代卷》，突破了此前近代文学史的编纂框架，初步建构了以中国文学近代化转型为中心的新体系，代表了近代文学研究的最新水平。裴效维主编的《20 世纪中国文学研究·近代文学研究》、王飚参与撰写的《20 世纪中国文艺学学术史》第一卷、梁淑安和姚柯夫撰《中国近代传奇杂剧经眼录》、梁淑安撰《南社戏剧志》、连燕堂撰《从古文到白话》等，分别为近代文学学术史、文论史、戏曲史、散文史研究领域的力作。

最近三年，近代室取得优异成绩，赢得同行尊重。

首先，近代室在文学所领导和同人支持下，成功举办了“中国文学从古典向现代转型”学术讨论会。讨论会于2012年10月13—15日在北京香山饭店举行。来自全国近代文学研究界和现代文学、当代文学、台港澳文学、文艺理论、外国文学领域的四十余位学者出席会议。在这次会议中，“转型”是一个关键概念。它既是众多学者思考的直接对象，也是讨论中的背景性存在。与会学者提出，中国文学转型的动力，不仅来自海外文明的刺激，更源自社会内部变革的需求；在新旧转换之间，历史存在不可分割的连续性和中间状态，“变”与“通”是社会演进中的一体两面；欧洲来华传教士和中国澳门、香港、台湾地区对中国文学的现代化作出过积极贡献；民国时期旧体文学具有巨大价值；社会和文学转型期的直线式激进思维对中国产生过严重的负面影响，欲使国家长治久安，渐进变革值得重视。此外，会议在近代文学分期、近代美学转型、“诗界革命”发端的具体时间、广告在文学转型中的作用等具体论题上，均取得了重大进展。

其次，近代文学研究室前主任、中国近代文学学会南社和柳亚子研究分会会长王飚为推动全国南社与柳亚子研究，做了许多有价值的工作。2012年2月8—13日，由王飚撰稿，江苏电视台摄制的六集电视纪录片《百年南社》在中央电视台科教频道播出。随后，该片又分别在江苏，苏州和吴江等地电视台播出。4月26日，在王飚主持下，首届“中华南社学坛”学术讨论会在昆山周庄开幕，同日，“中华南社学坛”网站开通，《中华南社学坛》会刊发行。来自香港、台湾和大陆各地的百余名代表参加了首届“中华南社学坛”，会议收到论文102篇。会后，《首届中华南社学坛论文集》由江苏凤凰出版社出版。11月9—12日，王飚率南社与柳亚子研究分会主要成员赴泰州、无锡、江阴考察南社文化普及和研究状况，推动并协助建立了“泰州南社文化促进会”、“无锡南社研究会”。在王飚指导下，南社和柳亚子研究分会决定编撰《南社文化书系》，目前，《江阴与南社》一书已编定，即将问世。

最后，近代文学室主任王达敏对“莲池派与晚清民国政治”专题做了研究。2012年3月29—4月2日，他出席在湖南大学召开的“中国近代文学研究三十年回顾与前瞻学术研讨会暨中国近代文学学会第十六届年会”，在会上作了“徐世昌与晚清桐城派的发展”的报告。8月28—30日，他出席在华南师范大学召开的“2012中国古代散文国际学术研讨会”，在会上作了“贺培新与桐城派的终结”的报告。9月14—16日，他出席在安徽大学举办的“清代文学国际学术研讨会”，在会上作了“论莲池派”的报告。10月29—31日，他出席在桐城召开的“第五届桐城派学术研讨会”，在会上作了“宋哲元与莲池讲学院的创辟”的报告。这些研究集中讨论了桐城派的分支莲池派与政治的关系。王达敏认为，莲池派因政治的庇护而崛起、昌盛和发展，也因政治的打击而走向毁灭。他试图通过描述该派起伏跌宕的历程，探讨中国传统文化在现代化过程中的悲怆命运。

目前，王飚主持的国家社科基金重点项目“中国文学近代化转型史论”、王达敏主持的国家社科基金一般项目“桐城派与清季民国学坛”进展顺利。

（文学研究所　王达敏　郭道平）

中国古典文献学科前沿研究报告
（2010—2012）

一　概况

中国古典文献学是对中国古代文化典籍进行整理研究的学科，包括校勘学、版本学、目录学、辑佚学、辨伪学、注疏学等。

中国古典文献学是一门历史非常悠久的学科，自孔子整理六经，便已奠定了文献学的一些基本方法。2000多年来，中国历代学科留下了大量的文献学著作。进入20世纪以后，这门古老的学科有了新发展，敦煌吐鲁番文献、居延汉简等出土文献的发现与公布扩大了文献的研究对象，陈垣《校勘学释例》、余嘉锡《目录学发微》等著作提出了较为系统的文献学理论，学界开始重视文献学史的研究。1959年，北京大学设立古典文献学专业，文献学开始进入高校学科体系。王欣夫《文献学讲义》、张舜徽《中国文献学》、吴枫《中国古典文献学》等教材的陆续出版，完善了文献学的理论建设。21世纪以来，出土文献研究、域外汉籍研究、古籍电子化等成为文献学研究中的热点。

中国古典文献学的研究队伍以高校教师为主，尤其是高校古籍整理委员会领导下的各高校古籍所是文献学研究的中坚力量。部分科研院所及少量社会人士也参与到文献学研究中来。

目前中国古典文献学在文献整理和文献考证方面优势明显，每年大量古籍整理著作的问世即是这一优势的体现。但目前该学科的问题也有不少，首先，文献学的理论体系仍不完善，学科界限不明确；其次，古籍整理出版数量虽多，但质量良莠不齐，真正高质量的古籍整理著作不多；再次，古籍整理重复劳动的现象很多。

二 学科前沿动态

（一）中国古典文献学近三年研究热点及代表作品

本文主要从出土文献，域外汉籍，大型文献整理，版本目录学、辑佚学及文献学理论研究，传世文献及特种文献研究，名物学等几个方面进行论述。

出土文献

近三年来，大量出土文献如《银雀山汉墓竹简（贰）》、《岳麓书院藏秦简》、《浙江大学藏战国楚简》、《清华大学藏战国竹简》、《北京大学藏西汉竹书》、《上海博物馆藏战国楚竹书》等，陆续刊布，极大地刺激了出土文献研究界，《中国史研究》、《文物》、《史学史研究》等重要刊物都辟专号讨论相关问题。

除新公布文献研究之外，还有不少学者继续旧材料的整理研究。周晓陆《二十世纪出土玺印集成》（中华书局 2010 年版），共收 20 世纪出土玺印 6000 余枚，该书以谱录和分域目录合一的形式全面介绍玺印的出土地点、质地、尺寸、形制、年代、印文等各方面内容，是继甲骨文、金文、陶文、简牍合集之后又一部反映地下出土资料的重要考古文献合集。

在敦煌文献研究方面，杏雨书屋藏敦煌文献的陆续刊布引起了学者的关注，这方面的文章有陈涛《日本杏雨书屋藏〈敦煌秘笈〉目录与〈李氏鉴藏敦煌写本目录〉之比较》（《史学史研究》2010 年第 2 期）、刘永明《日本杏雨书屋藏敦煌道教及相关文献研读札记》（《敦煌学辑刊》2010 年第 3 期）、金少华《跋日本杏雨书屋藏敦煌本〈算经〉残卷》（《敦煌学辑刊》2010 年第 4 期）、许建平《杏雨书屋藏玄应〈一切经音义〉残卷校释》（《敦煌研究》2011 年第 5 期）、蔡渊迪《杏雨书屋藏敦煌舞谱卷子校录并研究》（《敦煌研究》2012 年第 1 期）等。

《旅顺博物馆藏敦煌本六祖坛经》（上海古籍出版社 2011 年版）的重新发现和出版在敦煌学界和佛教学界也产生了不小的影响，旅博本《坛经》上留存有唐代的句读和分段，对《坛经》的解读有重要意义，王振芬《旅博本〈坛经〉的再发现及其学术价值》（《敦煌吐鲁番研究》第十二卷)系统地揭示了旅博本《坛经》的学术价值。

《中国国家图书馆藏敦煌文献》(国家图书馆出版社)已于2011年全部出齐,方广錩、吴芳思主编的《英国国家图书馆藏敦煌遗书》也陆续在广西师范大学出版社出版,这都将大大方便敦煌文献研究。

近几年,张涌泉发表了一些对敦煌写本文献特征进行系统研究的论文,《敦煌文献的写本特征》(《敦煌学辑刊》2010年第1期)一文从大量敦煌文献中总结出分卷不定、符号不定、内容不定、用字不定、文多疏误五个特征。对具体问题的研究,还有《说"卜煞"》(《文献》2010年第4期)、《敦煌写本省代号研究》(《敦煌研究》2011年第1期)、《敦煌文献习见词句省书例释》[《浙江师范大学学报》(社会科学版)2011年第1期]、《古代写本钩乙号研究》(《浙江社会科学》2011年第5期)、《古书双行注文抄刻齐整化研究》(《敦煌吐鲁番研究》第十二卷)、《敦煌文献定名研究》(《中华文史论丛》2011年第2期)等。另外,黄威《敦煌文献首、尾题初探》(《文献》2010年第4期)也就敦煌文献首尾题的问题进行了研究。

敦煌文献研究史是近些年来新兴起的热点,三年来这方面的文章有张惠明《1898至1909年俄国考察队在吐鲁番的两次考察概述》(《敦煌研究》2010年第1期)、李并成《百年来敦煌地理文献及历史地理的研究》(《敦煌学辑刊》2010年第2期)、王冀青《胡适与翟理斯关于〈敦煌录〉的讨论》(《敦煌学辑刊》2010年第2期)、周常林《罗振玉与学部藏敦煌文献》(《敦煌学辑刊》2010年第4期)等。

对敦煌文献校释、考辨依然是敦煌文献研究的重要内容,自《敦煌经部文献合集》2008年出版后,张涌泉、窦怀永主编的《敦煌小说合集》(浙江文艺出版社2010年版)出版。另外,"敦煌史部文献合集"、"敦煌子部文献合集"也正在进行中,将于近年出版。郝春文主编的《英藏敦煌社会历史文献释录》(社会科学文献出版社)预计有三十卷,目前已出版九卷。此类文章有魏迎春、刘全波《敦煌写本类书S. 7004〈楼观宫阙篇〉校注考释》(《敦煌学辑刊》2010年第1期)、胡垚《敦煌本〈法华义记〉考辨》(《敦煌学辑刊》2010年第1期)、李小荣《〈佛说续命经〉研究》(《敦煌研究》2010年第5期)、许建平《英俄所藏敦煌写卷〈毛诗音〉的文献价值》(《文献》2011年第3期)、刘波《普林斯顿大学藏吐鲁番文书唐写本经义策残卷之整理与研究》(《文献》2011年第3期)、蔡渊迪《俄藏残本索靖〈月仪帖〉之缀合及研究》(《敦煌吐鲁番研究》第十二卷)、徐畅《莫高窟北区石窟所出刻本〈资治通鉴〉残片考订》、张新朋《敦煌诗赋残片拾遗》(以上见《敦煌研究》2011 年第5期)、郝春文《〈六十甲子纳音〉及同类文书的释文、说明和校记》(《敦煌学辑刊》2011 年第4期)等。

敦煌文献叙录、编目方面有黄亮文《法、俄藏敦煌书仪相关写卷叙录》(《敦煌学辑刊》2010 年第2期)、朱大星《敦煌诸子文献分类刍议》(《敦煌研究》2011 年第2期)等。

敦煌吐鲁番文献语言文字研究方面，张涌泉《敦煌文献俗语词研究的材料和方法》(《中国典籍与文化》2012 年第1期)指出了敦煌文献中俗语词的主要来源材料，并提出了敦煌文献俗语词考释的具体方法。郜同麟《敦煌文献释词与词汇溯源》(《敦煌研究》2010 年第2期)、《敦煌文献语词与汉语史研究》(《敦煌学辑刊》2012 年第4期)指出，在考释敦煌文献词语时应注意词语的历时性考察，做好词汇溯源工作。另外又有不少相关专著出版，如黑维强《敦煌吐鲁番社会经济文献研究》(民族出版社2010 年版)、王启涛《吐鲁番出土文献词典》(巴蜀书社2012 年版)等。

2008 年，《新获吐鲁番文献》(中华书局)公布，为此，荣新江等主编了《新获吐鲁番出土文献研究论集》(中国人民大学出版社2010 年版)研究相关问题。

近年来，《俄藏黑水城文献》、《英藏黑水城文献》、《中国藏黑水城汉文文献》的陆续公布，方便了西夏历史文化的研究。杜建录、史金波《西夏社会文书研究》(上海古籍出版社2010 年版)分为上下编，上编介绍了西夏社会文书的概况，并对西夏榷场文书、借贷文书、验伤单、报功状、户籍文书等一系统文书做了考释与研究，下编对西夏社会汉文文书进行释读，并与文献图片对照。相关的研究文章，有史金波《黑水城出土西夏卖地契研究》(《历史研究》2012 年第2期)，杨富学、樊丽沙《黑水城文献的多民族性征》(《敦煌研究》2012 年第2期)，孙继民《俄藏黑水城金代文献的数量、构成及其价值》(《敦煌研究》2012 年第2期)等。另外，《西夏研究》、《西夏学》中也有大量文章研究相关问题。

域外汉籍

马德里自治大学东亚研究中心编《西班牙图书馆馆藏中国古籍书志》

(上海古籍出版社 2010 年版),收录了西班牙九大图书馆所收藏的两百多种中国古籍,详细著录了各书的书名、卷数、著者、版本、册数、行款、版框高广、牌记、刻工、写工、原书序跋、内容提要、版本考订、批校题跋、收藏概况、钤印等情况,为海外汉籍的调查与研究提供了重要信息。

《越南汉文小说集成》(上海古籍出版社 2010 年版)出版,这是迄今为止海内外有关越南汉文小说最为全面的读本,对海内外汉文学者了解、研究越南历史上所受汉文化影响及对汉语的应用极有帮助,该书是《域外汉文小说大系》的一部分,该《大系》还将包括朝鲜、日本和传教士的汉文小说。《域外汉籍珍本文库》出版第二辑(西南师范大学出版社、人民出版社 2011 年版),影印了一大批流传域外的中土佚书和海外的汉文文献。

张伯伟《朝鲜时代女性诗文集解》(分载于《文献》2010 年第 4 期,2011 年第 1 期)著录了数十种朝鲜时代女性之汉诗文集,并一一为之解题。严绍璗《汉籍的东传与文化的对话》(《中国典籍与文化》2012 年第 1 期)将中日间汉籍的传递与文化的对话分为四个时期,并分别描述了各个时期的基本情况及汉籍东传和文化交流的特点。张伯伟《今日东亚研究之问题、材料和方法》(《中国典籍与文化》2012 年第 1 期)对域外汉籍研究的问题、材料和方法提出了自己的见解,作者认为对域外汉籍的研究不应迷失于材料之中,不能仅仅重视文献的收集整理,还应重视提出和分析问题,对域外汉籍的研究还应回归东亚,以东亚文化圈为参照,更深入地理解汉文化,并提供一幅更方便理解当今世界的图像。周振鹤《和刻本汉籍与准汉籍的文化史意义》(《中国典籍与文化》2012 年第 1 期)厘清了和刻汉籍与准汉籍的基本概念及类型,并指出它们是中土汉籍的重要补充,具有重要的版本校勘价值,并对研究日本的学术史、思想史和文化史有重大意义。陈捷《姚文栋在日本的访书活动》(《中国典籍与文化》2012 年第 1 期)考察了姚文栋在日本期间搜求研究中日两国古代文献的事迹,并对他向国内介绍日藏汉籍、出版《经籍访古志》的史实进行了考索。傅德华《日据时期朝鲜刊刻汉籍文献目录》(上海人民出版社 2011 年版)为 1910—1945 年 8 月 35 年间日本在朝鲜编纂和出版的汉籍文献编排了一个详细的目录。金程序主编的《和刻本中国古逸丛刊》(凤凰出版社 2012 年版)收录了 110 种和刻的稀见汉文典籍,并逐书撰写解题。

大型文献整理

南开大学古籍与文化研究所编纂的《清文海》（国家图书馆出版社2010年版），收入了清代1800余人的15000余篇文章，施以新式标点，结集出版。

由中国人民大学、北京大学等单位编选的《清代诗文集汇编》（上海古籍出版社2010年版），从存世的清人诗文集中精选出4000余种在清代政治、经济、学术、文学、艺术等方面具有相当影响的作者的个人诗文集，挑选最佳版本，影印出版，为清史、清代文学及清代学术研究提供了方便查询的资料。

以《永乐北藏》为底本的《佛藏》（上海书店出版社、黄山书社2011年版）出版，在文献、史料和学术方面都有很大的价值。《清经解三编》（齐鲁书社2011年版）出版，该套丛书补充了部分《清经解》、《续清经解》因主客观因素未能收入的清代经解著作，对清代经学史的研究提供了更为丰富的资料。

另外，北京大学的“儒藏”、华东师范大学的“子藏”、山东大学的“子海”、浙江大学的“礼藏”等都在进行之中，并陆续出版了一些著作。

但应指出的是，这些大型文献整理项目，质量良莠不齐，且有重复整理的情况。

版本目录学、辑佚学及文献学理论研究

《中国古籍总目》（中华书局、上海古籍出版社）全部出版。该书是现存中国汉文古籍的总目录，全面地反映了中国主要图书馆及部分海外图书馆所存中国汉文古籍的品种、版本及收藏现状。该书以古代至民国初抄写、刻印、排印、影印的汉文书籍为收录范围，采用四部分类法，分为经、史、子、集、丛书五部。《上海图书馆藏宋本图录》（上海古籍出版社2010年11月版）为上海图书馆珍藏的60件宋本善本藏书的图录，对版本学研究有重要意义。

近年来，又有几种重要的版本目录学材料公布。《纪晓岚删定四库全书总目稿本》（国家图书馆出版社2011年版）出版，对《四库全书》及相关问题的研究有重要意义。王国维《传书堂藏善本书志》稿本（国家图书馆出版社2010年版）出版，该书著录了民国藏书家蒋汝藻所藏宋元旧本、稿抄本及部分重要明人文集，其考订、编纂方面也给后人以启迪。

《续修四库全书总目提要·丛书部》（国家图书馆出版社2010年版）出版，对目录学及丛书的研究有很大帮助。来新夏《近三百年人物年谱知见录》（中华书局2010年版）将明末以来主要人物的年谱网罗殆尽，并分别评介，一一指出其特点，辨明其失误。来新夏《书目答问汇补》（中华书局2011年版）将清末至当代20余位学者关于《书目答问》的成果汇集在一起，这不仅为人们使用《书目答问》提供了方便，对版本学的研究也大有裨益。另外，曾贻芬、崔文印《古籍校勘说略》（巴蜀书社2011年版）收录了作者进行古籍校勘的心得，对古籍校勘实践有指导意义。孙文泱增订的《增订书目答问补正》（中华书局2011年版）在范希曾《书目答问补正》的基础上增加了1931年以来的古籍整理新成果，甚便初学者。首都图书馆编撰的《首都图书馆古籍善本书目》（国家图书馆出版社2011年版）为首图所藏的6000多部古籍善本编排了一个详细的版本目录。

杨军《明代翻刻宋本研究》（中国社会科学出版社2011年版），论述了明代翻刻宋本的出版社状况、历代著录和现存情况，以及明代翻刻宋本与当时社会政治文化的关系。顾志兴《杭州藏书史》（中国社会科学出版社2011年版），论述了杭州官府藏书、私人藏书、学校与书院藏书、佛寺道观藏书的历史，并总结了杭州私人藏书特点与杭州藏书家对中国文化发展的贡献。陈德弟《先秦至隋唐五代藏书家考略》（天津古籍出版社2011年版）系统考述了先秦至隋唐五代400余位藏书家的生平和藏书活动。

版本目录学的相关文章有：程苏东《杨炯〈盈川集〉版本源流考》（《文献》2010年第2期）、余欣《〈大唐西域记〉古密致本述略稿》（《文献》2010年第4期）、王宝平《黄遵宪〈日本国志〉清季流传考》（《文献》2010年第4期）等。

喻春龙《清代辑佚研究》（上海古籍出版社2010年版），通过钩稽、梳理相关史料，考证出清代有辑佚成果者456人，辑本种类广涉四部，几近万卷。该书对清代辑佚的兴起原因和条件、发展概况、师门传承及成果缺失做了深入研究。做具体辑佚的文章有刘立志《先秦逸诗残句摭释考论》（《中华文史论丛》2010年第1期）、郑杰文《古佚书整理与谶纬辑佚和研究》（《齐鲁学刊》2011年第4期）、赵红卫《山左词人曹贞吉诗词结集及辑佚考略》（《文学评论》2012年第4期）、程杰《宋代杜默生卒、籍贯考及其作品辑佚》（《文学遗产》2012 年第 4 期）等。

文献学理论方面。程章灿《中国古代文献的衍生性及其他》（《中国典籍与文化》2012 年第 1 期）提出文献的“衍生性”的概念，指出了文献的衍生性在中国历史的普遍性和重要性，从而提出了“核心文献”、“外围文献”、“衍生文献”等一系列概念，并倡言建立一个基于文衍生性的文献网络，可以为文献存续提供稳定的架构，并为中国文化历史传统的久远承续提供文献解释与支持。骆伟《古籍联合目录刍议》（《中国典籍与文化》2012 年第 2 期）对我国古籍联合目录的历史做了回顾，并提出了当前联合目录编撰中的难点和问题。赵超《谈中国古代碑刻目录的编集》（《中国典籍与文化》2012 年第 2 期）倡言编集一种完善而详细的中国古代石刻总目，并对总目的编集体例、编集方式和需要注意的问题提出了自己的看法。杜泽逊《清人著述总目述例稿》（《中国典籍与文化》2012 年第 1 期）提出了详细的《清人著述总目》的编撰体例。王立清《中文古籍数字化研究》（北京图书馆出版社 2011 年版），对中文古籍数字化的理论与实践进行了深入探讨。鞠明库《古籍数字化与传统文献学》［《清华大学学报》（哲学社会科学版）2011 年第 5 期］认为古籍数字化更新和丰富了传统文献学的概念和内涵，也对文献学发展提出新的挑战。苏芃《他校时代的降临——e 时代汉语古籍校勘学探研》（《中国典籍与文化》2012 年第 2 期）通过一系列校勘实例归纳出，古籍数据库的开发意味着一个他校时代的降临，相关的学术规范也需进一步完善。吴平《论古籍编撰活动中的编辑思想》［《河南大学学报》（社会科学版）2012 年第 2 期］指出文籍的内容、性质、类别、形式、体例结构无不体现着编撰者的编辑思想。耿相新《中国简帛书籍史》（生活·读书·新知三联书店 2011 年版）使用出土文物与传世文献互证的方法，还原了简帛书籍生产、传播的过程。

传世文献及特种文献研究

在传世文献方面，杨义的“先秦诸子还原四书”，即《老子还原》、《庄子还原》、《墨子还原》、《韩非子还原》（中华书局 2011 年版），对清代迄今的研究方法进行了全面的反思，从文献学、思想史、文化学等多个方面对先秦诸子进行全面解读，还原了诸子经典的文本与文义，解决了一系列诸子学方面的难题。黄灵庚《楚辞与简帛文献》（人民出版社 2011 年版）运用战国楚地出土的简帛文献、秦汉简帛文献以及战国时期楚帛画、楚文物等新材料，对传世《楚辞》十七卷作品，从文字、文学、文化、宗教、历史等方面进行全面研讨，为新时期《楚辞》研究开拓了新途径。

传世文献研究的论文较多，比较重要的有：刘跃进《关于〈文选〉旧注的整理问题》(《中国典籍与文化》2012 年第 1 期）介绍了《〈文选〉旧注辑存》的编纂情况，并指出通过辑录经典旧注，可以更好地体味经典，为今天的文学经典创造提供借鉴意义。刘志伟《〈文选集注〉成书众说平议》、金少华《〈文选集注〉残卷的来源与编纂体例》(以上见《文学遗产》2012 年第 4 期）对《文选集注》的成书、传播及体例做了研究。陈尚君《〈二十四诗品〉伪书说再证》［《上海大学学报》(社会科学版）2011 年第 6 期］回应了几种对《二十四诗品》伪书说的质疑，进一步提出了几点《二十四诗品》作伪的痕迹，并指出文献学、历史学在文艺理论研究中的重要作用。储泰松、杨军《唐代前期佛典经疏引〈切韵〉考》(《语言研究》2011 年第 4 期）从唐代前期经疏中引用的《切韵》佚文中抉发出《切韵》原书的一些特点，并指出了唐人修订《切韵》的路径和方法。

另外，近年来还出现数篇关于传世文献断代的文章，如丁功谊《论〈诚斋诗话〉成书年代》(《社会科学战线》2010 年第 10 期)、宗燕航《从语言角度看今本〈尚书孔传〉的成书年代》(《文史》2011 年第 1 期)、许菊芳《从词汇史的角度看〈燕丹子〉的成书年代——与〈史记·刺客列传〉比较》(《文史》2011 年第 2 期)、王晓鹃《〈古文苑〉成书年代考》(《文史哲》2010 年第 1 期）等。

王鹤鸣《中国家谱通论》(上海古籍出版社 2010 年版）广泛收集了古今家谱资料和研究论著，论述了各时期家谱的体例、内容、功能，探索了家谱史的发展线索，对家谱研究和编修家谱有一定借鉴意义。

刘纬毅、诸葛计、高生记、董剑云编《中国方志史》(三晋出版社 2010 年版）根据地方志编撰特点，以时间为断代，对特定时间段内的不同志书作了详细介绍，进行了横向和纵向的比较，并给予较全面的评价。

顾宏义《宋代方志考》(上海古籍出版社 2010 年版）收录了宋代各路、州、县、镇方志 1000 余种。该书于各志先列相关书目文献记载，次叙修撰者生平与成书经过及体例、类目、刻印情况，再述传刻流传情况。有记载有误的，还多有详细考辨。

名物学

扬之水《奢华之色——宋元明金银器研究》三卷本（中华书局 2010

年版）无疑是近年来名物学最重要的成果，该书以文献、图像、实物互证的方式为首饰和器皿定名，以此揭示一器一物在社会生活史中自身的演变史以及蕴含其中的设计意匠，并在造型与纹饰的细致分析中呈现出了社会风俗的演变。扬之水《明式家具之前》（上海书店出版社2011年版）详细论述了两周至唐宋的家具样式，并通过对寻常器物的追本溯源，探究生活方式的改变如何牵动了诸多方面的生活细节，乃至文化传统的变迁。扬之水《曾有西风半点香》（生活·读书·新知三联书店2012年版），以对敦煌壁画的研究为主，结合佛教文献、敦煌文献以及敦煌以外的图像、器物等，对敦煌壁画和敦煌文献中出现的物作了缜密的考证。该书一方面对敦煌壁画中的物，如丹枕、绹綖、象舆、净瓶等做了准确的定名；另一方面为敦煌文献中器物名物，如者舌、蒜条、垂额等找到图像。该书除了具体的考证外，还进一步阐释了这些名物中的思想和文化内涵，全方位展示了当时灿烂的文化。除此之外，扬之水在名物学方面的重要论文还有《〈一切经音义〉之佛教艺术名物图证》（《中国文化》2010年第1期）、《佛教艺术名物丛考》（《中国典籍与文化》2010年第3期）、《"曾有西风半点香"——对波纹源流考》（《敦煌研究》2010年第4期）、《"有美一人"——历代时尚美人图散记》（《装饰》2011年第3期）、《敦煌早期至隋唐石窟窟顶图案的意象及其演变》（《丝绸之路·图像与历史》，东华大学出版社）、《兰汤与香水》（《紫禁城》2011年第4期）、《象舆——兼论青州傅家北齐画像石中的"象戏图"》（《中国文化》2011年春季号）、《从礼物案到栏杆桌子》（《中国典籍与文化》2011年第2期）、《马和之诗经图》（《中国典籍与文化》2012年第1期）、《㧊鼓考——兼论龟兹舍利盒乐舞图的含义》（《高台魏晋墓与河西历史文化研究》，甘肃教育出版社2012年版）、《读物小札·"惊喜碗"》（《南方文物》2012年第2期）、《明代金银首饰的纹样设计与制作工艺》（《徐苹芳先生纪念文集》，上海古籍出版社2012年版）、《人胜·剪彩花·春幡》（《南方文物》2012年第3期）等。

余欣的《中古异相：写本时代的学术、信仰与社会》（上海古籍出版社2011年版）下编将一些古代的药、菜、珍宝在日常生活、宗教仪轨和东西文化交涉中的瑰丽景致用写实的手法重绘再现，并致力于从知识体系的建构过程重新思考博物学作为一种认知世界的思维方式以及在社会、思想和文明史上的意义。杜朝晖《敦煌文献名物研究》（中华书局2012年版）对敦煌文献爬梳整理，找出了近600个名物词，并详加考证，作出了准确释义，有些还找到了图像、实物证据。该书除了具体的考证外，还指出了敦煌名物研究的价值，归纳了敦煌文献名物词的特征以及研究敦煌文献名物词的方法。

另外，钱慧真《“名物”考辨》（《敦煌学辑刊》2010年第3期）对“名物”这一概念进行了重要审视和界定。黄金贵《初谈名物训诂》（《语言研究》2011年第4期）将名物训诂总结为四条章法，即定物点、训名物、理古训、用多证。杜朝晖《“鹿车”称名考》（《中国典籍与文化》2011年第4期）考察了史书经见的“鹿车”一词，认为“鹿车”即“麤车”，指粗鄙简陋之车。叶娇《唐代敦煌民众服饰刍议》（《敦煌研究》2011年第5期）利用《杂集时用要字》和《俗务要名林》两种文献对唐时敦煌一带民众的服饰做了探讨。

（二）中国古典文献学前沿人物及代表作

饶宗颐，香港大学教授，在古文字学、敦煌学、语言学、文学等方面都卓有成就，代表作有《敦煌本老子想尔注校笺》、《敦煌曲》、《敦煌琵琶谱》、《殷代贞卜人物通考》、《选堂集林》等。

裘锡圭，复旦大学出土文献与古文字研究中心教授，在古文字学及先秦两汉文献方面有很高的造诣，曾参与《马王堆汉墓帛书》、《银雀山汉墓竹简》、《望山楚简》、《尹湾汉墓简牍》、《郭店楚墓竹简》等简牍帛书的整理、考释。其《文字学概要》一书是文字学的重要入门书。2012年出版的《裘锡圭学术文集》较全面地反映了他的主要成就。近年来，他又主持了“中华字库”项目，全面收集现存中国文献中的文字字形（含少数民族文字）。

李学勤，清华大学历史系教授，主要从事出土文献研究，参与了《马王堆汉墓帛书》、《银雀山汉简》、《定县汉简》、《云梦秦简》、《张家山汉简》等文献的整理、注释工作，代表作有《简帛佚籍与学术史》等。

项楚，四川大学中文系教授，主要从事敦煌文献、白话文学方面的研究，代表著作有《敦煌变文选注》、《王梵志诗校注》、《寒山诗注》、《敦煌文学丛考》、《敦煌诗歌导论》、《敦煌歌辞总编匡补》等。

孙钦善，北京大学古文献研究所教授，主要从事古典文献学和古代文学方面的研究，曾主编《全宋文》，现正主持《儒藏》的编纂工作。他撰写的《中国古文献学史》、《中国古文献学》是本学科的重要理论著作。

刘跃进，中国社科院文学所研究员，主要从事中古文学文献的研究，代表作有《先秦两汉文学史料学》、《中古文学文献学》、《秦汉文学地理与文人分布》等，目前正从事《文选》旧注整理的工作。

扬之水（详见下节）。

李零，北京大学中文系教授，主要从事出土文献、先秦文献研究，代表作有《简帛文献与学术源流》、《中国方术考》、《中国方术续考》等。

严绍璗，北京大学中文系教授，主要从事比较文化和域外汉籍方面的研究。代表作有《汉籍在日本流布的研究》、《日藏汉籍善本书录》等。

荣新江，北京大学历史系教授，主要从事敦煌文献、中古史、中西交流史方面的研究，代表著作有《敦煌学新论》、《鸣沙集》、《辨伪与存真》等。

张涌泉，浙江师范大学教授，主要从事敦煌文献研究。代表作有《敦煌变文校注》、《旧学新知》、《汉语俗字研究》、《敦煌俗字研究》等。他主编的《敦煌经部文献合集》将敦煌文献中的经部文献汇集整理出版，引起了较大反响，现正主持《敦煌史部文献合集》的编纂工作。

陈尚君，复旦大学中文系教授，主要从事文学文献和历史文献研究，代表作有《全唐诗补编》、《全唐文补编》、《旧五代史新辑会证》等。另外，他关于《二十四诗品》辨伪的一系列文章是辨伪学上的重要文献。

程章灿，南京大学中文系教授，主要从事石刻文献和文学文献的研究，代表作有《石学论丛》等。

杜泽逊，山东大学中文教授，主要从事版本目录学研究，代表作有《四库存目标注》，并参与主编了《四库全书存目丛书》、《清史稿艺文志拾遗》、《清经解三编》等。其所著的《文献学概要》为本学科的常用教材。

崔富章，浙江大学古籍所教授，主要从事版本目录学和楚辞学研究，代表作有《楚辞书录解题》、《四库提要补正》等。

束景南，浙江大学古籍所教授，主要从事理学文献整理研究，代表作有《朱熹佚诗佚文全考》、《阳明佚文辑考编年》等。

张伯伟，南京大学中文系教授，主要从事域外汉籍研究，代表作有《东亚汉籍研究论集》、《域外汉籍研究论集》等，并主编有《朝鲜时代书目丛刊》、《域外汉籍研究集刊》等。

严佐之，华东师范大学古籍所教授，主要从事版本目录学和古籍整理研究，代表作有《古籍版本学概论》、《近三百年古籍目录举要》。

赵生群，南京师范大学中文系教授，主要从事《左传》、《史记》方面的研究，代表作有《春秋经传研究》、《史记文献学丛稿》等，并主编《古文献研究集刊》。

赵逵夫，西北师范大学中文系教授，主要从事先秦两汉文献研究，代表作有《古典文献论丛》、《先秦文学编年史》等，现正从事“全先秦汉魏晋南北朝文”的编撰工作。

辛德勇，北京大学中古史研究中心教授，主要从事历史地理、历史文献学研究，代表作有《古代交通与地理文献研究》等。

吴金华，复旦大学古籍所教授，主要从事古典文献研究，代表作有《三国志校诂》、《世说新语考释》、《古文献研究丛稿》、《三国志丛考》、《古文献整理与古汉语研究》等。

杨应芹，安徽大学中文系教授，主要从事清代文献研究，主持编纂《戴震全书》，代表作有《稗稿且存》等。

虞万里，上海社科院研究员，主要从事出土文献、语言文字学研究，代表作有《榆枋斋学术论集》、《榆枋斋学林》等。

郑阿财，台湾南华大学教授，主要从事敦煌文献研究，代表作有《敦煌蒙书研究》、《敦煌文献与文学》等。

高田时雄，日本京都大学人文科学研究所教授，主要从事敦煌文献研究，代表作有《敦煌·民族·语言》等，主编有《草创期的敦煌学》、《转型期的敦煌学》等。

尾琦康，日本庆应义塾大学教授，主要研究中国古代中世史，尤精汉籍版本学，主要著作有《正史宋元版的研究》、《东洋史概说》等，整理古籍有影印本《北宋版通典》，黄善夫本《史记》、《后汉书》等，并主编《日本古典籍书志词典》等书。

浅野裕一，日本东北大学教授，主要从事出土文献研究，代表作有《战国楚简研究》等。

夏含夷（Edward L. Shaughnessy），芝加哥大学东亚语文系教授，主要从事出土文献研究，代表作有《西周史料：铜器铭文》、《孔子之前：中国经典的创造研究》、《温故知新录：商周文化史管见》、《古史异观》、《重写中国古代文献》等。

三　本室情况介绍

中国社会科学院文学研究所古典文献室成立于2011年，目前有三名研究人员，主要研究方向为名物学、敦煌学、训诂学，名物学研究处于国内领先地位。

扬之水，主要研究名物学，近三年的成果有专著《奢华之色》一至三卷（中华书局2010—2011年版）、《明式家具之前》（上海书店出版社2011年版）、《曾有西风半点香》（生活·读书·新知三联书店2012年版）、《物中看画》（金城出版社2012年版）、《桑奇三塔》（生活·读书·新知三联书店2012年版）等，重要的论文有《物中看画：刘贯道〈消夏图〉细读》，（载《翰墨荟萃：细读美国藏中国五代宋元书画珍品》，北京大学出版社2012年版）等。

王楠，主要研究海外汉学及敦煌学史，主持中国社科基金一般项目“法国吉美博物馆所藏伯希和中国档案的整理和研究”，翻译葛乐耐《关于月氏五翎侯地点的新材料》（《西域文史》第七辑）。

部同麟，主要进行敦煌文献和经学文献研究，发表论文《敦煌文献语词与汉语史研究》（《敦煌学辑刊》2012年第4期），主持所重点项目“《说文》段注经学研究成果辑评”。

四　学科发展前景

展望未来，中国古典文献学就以下几个问题还亟须解决：

1. 信息化的进程越来越快，这门古老的学科该如何与信息技术结合？目前学界在古籍电子化方面有一些尝试，但问题较多。今后在古籍编目、文献校勘等方面均可引入信息化技术。我们期待未来能有一部文献学和信息技术结合的理论著作问世。

2. 散落各地的大量方志、家谱，以及徽州文书、石仓契约等民间文献，还缺乏系统的整理研究。

3. 传统文献研究的转型。文献学研究历史悠久，前期成果丰富，若没有新的方法，在研究中难免陈陈相因，或拾人牙慧。因此，亟须新的理论、方法来带动文献学研究的转型。

就中国社会科学院文学研究所古典文献室来看，目前的研究力量还很分散，三名研究人员分别为三个方向，虽然相互之间不无关联，但尚未能发挥集体优势。曾经考虑多年的计划，即合力撰写一部“古诗文名物图典”这样一部带有研究性质的大型工具书，至今还不能提上日程。因此近期目标只能是各人努力完成承担的课题（国家项目以及自选项目），在此之后，尽早酝酿“古诗文名物图典”的写作，使之成为一个开放性的长期课题，以形成研究特色。

（文学研究所　郜同麟）

中国少数民族文学学科前沿研究报告
（2010—2012）

“中国少数民族文学”，按照当前中国学术界通行的学科划分规则，是“中国文学”一级学科下面的二级学科。现在，中国少数民族文学已经成长为一门独立的、有许多分支的、有广泛影响和广阔发展前景的、充满了生机和活力的人文学科。少数民族文学研究的学科特点表现在研究对象极为丰富、涉及多种语言和文字、需要多种学科知识和多种工作方法等方面。少数民族文学研究作为人文学科的一支，它的许多学术成果是基础性的和学理性的；同时，它的业务又与多民族非物质文化遗产保护等工作有着直接的关联，也一直发挥着重要的“资政”作用和“服务社会”的作用。

中国少数民族文学作为一个学科的建立和发展，是20世纪中国文学的重要事件。新中国的成立为少数民族的历史进程谱写了新的篇章。党的民族政策为少数民族文学事业提供了广阔的发展空间。中国少数民族人口约1亿人，民族自治地方占国土面积的64%，西部和边疆绝大部分地区都是少数民族聚居区。中国又是一个多语言、多文种的国家。在55个少数民族中，有53个民族拥有自己的民族语言，有的民族使用不止一种语言。目前仍有大约6000万少数民族人口使用本民族语言，大约3000万少数民族人口使用民族文字。精通民族语和汉语的双语人口越来越多。全国各地的民族出版机构，也越来越重视以民族文字创作的文学作品的出版。所有这些都证明了我国各民族文学历史渊源的多元性和相互影响的长期性。

进入新的历史时期，少数民族文学重获新生。1979年6月，中国少数民族文学的国家级学术团体“中国少数民族文学学会”诞生。1980年

1月25日，中国社会科学院少数民族文学研究所（现更名为“民族文学研究所”）宣告成立，这是我国历史上第一个专门从事少数民族文学研究的机构。由该所主办的刊物《民族文学研究》于1983年创刊。《民族文学研究》和若干兄弟刊物一道，推动了民族文学研究的发展壮大。若干民族自治区社科院陆续建立民族文学研究的相应机构，中央以及边疆民族院校也积极开展民族文学教学和研究工作。与此同时，全国各地出版机构出版了数量巨大的民族文学作品、评论、论文和专著。这些都推动了民族文学事业的繁荣发展。

民族文学研究所历经30多年的发展，其学术梯队规模、学术水平、研究成果等，均在国内处于领先的地位。该研究所的多名学科带头人在本领域居于学术前沿地位，享有较高学术声望，并有一定的国际影响；近年来，民族文学研究所在中国史诗学、各民族文学关系研究、口头传统理论和田野作业方法等方面，在学界发挥着重要的引领作用，并对相邻学科如民俗学、民间文艺学等产生了多方面的影响。近十年来，民族文学研究所进入了一个快速发展的时期。全所同志坚持正确的政治方向、理论方向和学术科研方向，取得了显著的工作成绩，产生了相当的社会影响，赢得了学界的关注和好评。

民族文学研究所下设理论研究室、蒙古文学研究室、藏族文学研究室、北方民族文学研究室、南方民族文学研究室、《民族文学研究》编辑部、中国少数民族文学资料中心。

民族文学研究所自成立伊始，就开始承担具有文化战略意义的重大学术课题，例如大型丛书《中国少数民族文学史·文学概况》的组织编写，就是一项史无前例的工程。又比如“蒙藏史诗格萨尔抢救保护项目”和“中国少数民族史诗”课题，也都在抢救、传承和弘扬优秀民族民间文化方面，发挥了巨大的作用。近些年来，民族文学研究所在“中国史诗学”和“中国各民族文学关系研究”两个重点学科的建设上，取得了有目共睹的突出成绩。以族别文学而论，藏族文学、蒙古族文学、南方诸民族文学的研究，也都取得了卓著的成就。

《民族文学研究》杂志和“中国民族文学网”在学界和公共信息领域产生了较大影响。中国社会科学院研究生院少数民族文学系为我国的少数民族文学研究和文化建设事业培养了一批又一批优秀的人才。设在该研究所的“中国少数民族文学学会”和“全国《格萨（斯）尔》工作领导小组办公室”，为繁荣和发展少数民族文学事业起到了良好作用。民族文学研究所与全国各地的民族文学研究机构保持了良好的合作关系，并与一些国外学术机构建立了畅通的学术交流渠道。民族文学研究所近年来的学术方向，充分体现了“弘扬文化、振兴学术、传承文明”的人文学术宗旨，坚持“立足国情、立足当代”的工作方向，在保护人类文化的多样性和促进民族团结等方面，发挥着独特的作用。

根据中国社会科学院2009年5月21日审议通过的《中国社会科学院重点学科建设计划文件》规定和“关于实施《中国社会科学院重点学科建设计划文件》的通知”要求，为贯彻落实我院实施的“重点学科建设计划”，促进基础研究和学科建设，提升民族文学研究所整体科研实力和学术水平，建成一批国内知名、处于学术前沿的重点学科，民族文学研究所决定按照“2+1”的模式设立重点学科中国史诗学、中国各民族文学关系，扶持特殊学科民俗学。新增加的少数民族神话研究、资料库和数字网络项目，将作为未来学科发展的重要方向。前述两项重点学科已经完成一个为期五年的建设规划，得到了显著的发展。对于学科有关资料积累、人才培养、学术探讨、成果贡献等发展现状，将在后面详细说明。

“中国史诗学”是民族文学研究所的主要学科之一。民族文学研究所的史诗研究，长期以来在国内居于领先地位，且有一定的国际影响。在未来三五年内，中国史诗学学科当继续保持和强化在国内的领先地位，同时进一步参与国际史诗学学术对话，使得中国史诗学学科建设融入国际学术格局中，并在进一步借鉴国外的学术成果的基础上，扩大该学科的影响力。“中国各民族文学关系”先后出版十余部专著和大量论文，在该研究领域长期居国内领先地位。近年来，少数民族神话研究中对于神圣叙事、母题索引与分类、认知视角等理论的阐释与个案分析引人注目。今后将着重促进少数民族神话的研究。民俗学学科的晚近发展，仍然受制于研究力量分散，尚难以形成学术重镇，不过，随着支持力度的加大，社科院系统的民俗学研究声望日隆，已呈异军突起之势。现有的学科设置难以跟上研究的需要，急需培养专业人才，提升民俗学研究水准，为全球化浪潮中的中国各民族文化，尤其是传统文化的发展方向提供对策、建议和预测。民俗学学术史研究、民俗学对少数民族文学研究的理论与方法的影响、数字民俗学的发展前景、公共民俗学的应用前景，仍需较长时间发展。

一　中国史诗学

中国史诗学的研究对象主要包括《格萨（斯）尔》、《江格尔》和《玛纳斯》，以及其他北方和南方少数民族的史诗。专题研究涉及史诗的搜集、整理、翻译和出版，特定史诗的传承和流布、演述和创编、文本和艺人，史诗学理论和学科建设等诸多问题。

（一）学科发展总体状况

中国北方民族以英雄史诗见长，藏蒙史诗《格萨（斯）尔》、柯尔克孜族史诗《玛纳斯》和蒙古族史诗《江格尔》被学界并称为三大英雄史诗，其中《格萨（斯）尔》史诗有近千年传承历史。南方傣、彝、纳西、哈尼、苗、壮等民族的史诗多为中小型的创世史诗、文化英雄史诗和迁徙史诗，其形态古老，类型多样，与民间仪式生活交织在一起，至今仍然具有文化凝聚力量。关于这些史诗的源流、各种传播形态、文本类型、文化根基、对后世文学的影响等，学者们多有论述。中国少数民族史诗的搜集、整理和出版工作开始于20世纪50年代，各民族史诗在文学史上的地位，史诗的起源、历史演化、文学和美学意义等问题，成为学者们关注的主要问题。从20世纪90年代的中后期开始，史诗研究逐步被纳入口头传统研究领域。这时人们主要关注口传史诗创编和演述等一系列问题。对史诗艺人及表演研究加深了人们对于特定史诗传统的认识。中国史诗研究从初创到发展，学科建设步伐较快，理论思考有所突破，学术规范尚在形成之中。中国少数民族史诗研究是一个系统工程，它包括研究队伍的整合、符合现代学术规范的资料库的建立、理论和方法论的逐步完善、研究方向的具体化和系统化等。

新时期，党和国家一直很重视史诗的抢救和研究，先后把它列入国家社会科学“六五”、“七五”、“八五”重点规划项目。中国社会科学院又将少数民族史诗研究列为“九五”和“十五”重点目标管理项目。民族文学研究所（以下简称“民文所”）承担“九五”国家级重点项目“中国史诗研究”，先后完成并出版了中国三大史诗和南方史诗研究专著四部，《中国史诗研究》丛书七部。截至2000年，《〈江格尔〉论》（内蒙古大学出版社1994年版）、《〈格萨尔〉论》（内蒙古大学出版社1994年版）、《〈玛纳斯〉论》（内蒙古大学出版社 1999 年版）和《南方史诗论》（内蒙古大学出版社 1999 年版）等代表国家级重点项目最终成果的专著陆续问世。上述著作全面描述了中国史诗的总体概貌、重点史诗文本、重要演唱艺人以及史诗的主要问题，为以后的研究奠定了基础。

“十五”期间，民文所承担国家级项目 6 个，院级重大项目 13 个，这两个项目类别中，史诗研究占据绝对优势。“十五”期间本所史诗研究相关成果主要有：杨恩洪《民间诗神——格萨尔艺人研究》（中国藏学出版社 1995 年版）、仁钦道尔吉《蒙古英雄史诗源流》（内蒙古大学出版社 2001 年版）、朝戈金《口传史诗诗学——冉皮勒〈江格尔〉程式句法研究》（广西人民出版社 2000 年版）、尹虎彬《古代经典与口头传统》（中国社会科学出版社 2002 年版）、斯钦巴图《蒙古史诗：从程式到隐喻》（民族出版社 2006 年版）、阿地里·居玛吐尔地《〈玛纳斯〉史诗歌手研究》（民族出版社 2006 年版）等。

“十一五”期间完成的重大课题有院级 A 类课题“中国少数民族文学资料库”（2000—2005）、院级 A 类课题“中国少数民族口头文学丛编”（2001—2006）、院级 A 类课题“中国史诗类型学研究”（2002—2006）。2010 年“《格萨（斯）尔》的抢救、保护和研究”被列入全国社科基金重大委托项目。“十一五”期间，史诗资料的编纂和校注工作，取得了很大成绩。比较重要的成果有：旦布尔加甫的《卡尔梅克〈江格尔〉校注》（古籍整理本，民族出版社 2002 年版）和《汗哈冉贵——卫拉特英雄史诗文本及校注》（古籍整理本，民族出版社 2006 年版）；斯钦孟和的《格斯尔全书》（第 1—8 卷，民族出版社 2002—2008 年版）；郎樱、次旺俊美、杨恩洪主持的《格萨尔艺人桑珠说唱本》（全套 40 余卷，刊布过半，西藏藏文古籍出版社 2003 年版）；降边嘉措主持的《格萨尔精选本》（已编讫 40 卷，刊布 30 余种，民族出版社 2012 年版）；仁钦道尔吉和山丹主持的《珠盖米吉德/胡格尔阿尔泰汗》（民族出版社 2007 年版）；仁钦道尔吉、朝戈金、斯钦巴图、旦布尔加甫主持的 4 卷《蒙古英雄史诗大系》（第 1—4 卷，民族出版社 2007—2010 年版）。

2010　2012 年，本所史诗学研究者发表了大量学术论文（此处不一一介绍），出版了相关学术著作，其中有的前期成果获得院所两级奖项。

2010年，朝戈金的《口传史诗诗学——冉皮勒〈江格尔〉程式句法研究》① 在蒙古国以西里尔文再版；《突厥语民族口头史诗：传统形式和诗歌结构》（［德］卡尔·赖希尔著，阿地里·居玛吐尔地译）②、诺布旺丹著《藏族神话与史诗》（藏文）③、高荷红著《满族说部传承研究》④、斯钦孟和主编的资料集《格斯尔全书》六卷、七卷、八卷本等相继问世。2010年度获奖成果有朝戈金的论文《蒙古史诗的特质：江格尔史诗演述的程式研究》⑤、旦布尔加甫著《汗哈冉贵——卫拉特英雄史诗文本及校注》⑥、斯钦巴图著《蒙古史诗：从程式到隐喻》⑦、巴莫曲布嫫的论文《叙事语境与演述场域——以诺苏彝族的口头论辩和史诗传统为例》⑧。2012年度获奖成果有朝戈金的论文《从荷马到冉皮勒：反思国际史诗学术的范式转换》⑨、尹虎彬的论文《史诗观念与史诗研究范式转移》⑩、巴莫曲布嫫的译著《荷马诸问题》⑪、阿地里·居玛吐尔地的论文《〈突厥语大辞典〉与突厥语民族英雄史诗》⑫、高荷红的论文《满族传统说唱艺术“说部”的重现——以对富育光等“知识型”传承人的调查为基础》⑬。

2011年，“中国史诗学”史诗研究梯队实现了新老更替。目前，研究梯队由研究员4人、副研究员5人、助理研究员2人组成，均为博士。其中多数人能够同时运用外国语（英语、俄语）、民族语（哈萨克语、蒙古语、满语、藏语、柯尔克孜语）和汉语从事研究工作。

本学科发展的主要问题是：我们已经做出的学理探讨和经验总结与我

① 蒙古国科学院索永布出版社2010年版。

② ［德］卡尔·赖希尔（Karl Reichl）：《突厥语民族口头史诗：传统形式和诗歌结构》，阿地里·居玛吐尔地译，中国社会科学出版社2011年版。

③ 诺布旺丹：《藏族神话与史诗》（藏文），民族出版社2012年版。

④ 高荷红：《满族说部传承研究》，中国社会科学出版社2011年版。

⑤ Chaogejin: “Mongolian Epic Identity: Formulaic Approach to Janggar Epic Singing.” *Reflections on Asian - European Epics*, ed. Ghulam - SarwarYousof Press, University of Malaya, 2004.

⑥ 旦布尔加甫搜集整理《汗哈冉贵——卫拉特英雄史诗文本及校注》，民族出版社2006年版。

⑦ 斯钦巴图：《蒙古史诗：从程式到隐喻》，民族出版社2006年版。

⑧ 《文学评论》2004年第1期，第147—155页。

⑨ 《中国社会科学院文学研究所学刊》2008年，第260—297页。

⑩ 《中央民族大学学报》2008年第1期，第124—131页。

⑪ 广西师范大学出版社2008年版。

⑫ 《民族文学研究》2009年第3期，第108—114页。

⑬ 《民族文学研究》2007年第5期，第99—104页。

国史诗传统的多样性还不相称；跨文化谱型、多形态资源的描述和阐释还远没有到位；对中国三大类型及其亚类型（比如创世史诗中的洪水史诗）的史诗传统，尚未进行科学的理论界定和类型阐释。进一步发展建设的设想：推动资料学建设与科研手段现代化；坚持学术优势与本土特色；推进史诗研究跟踪调查点的工作；厘清中国史诗学术格局的内在理路，提升本学科在国内外的地位和学术影响，从而构筑可持续性发展的“中国史诗学”体系。

（二）学科前沿动态

围绕史诗所展开的研究的确是多学科的。史诗研究者往往来自于古典学、语言学、比较文学、民俗学、民族志学或文化人类学等专门学科的专门家或大师级人物。如帕里—洛德学说（Parry – Lord theory）具有跨学科的意义，这一学说发展到今天，不仅穿越了古典学和口头传统研究，也使得史诗研究向世界100多种语言传统有不断推进的趋势。创立该学说的帕里超越了同时代人关于荷马的争论，他对荷马史诗文本的研究，发现了其背后的传承性和口头性要素，他将这种发现拿到前南地区的田野中重新验证，凭借着田野录制的1500种口传诗歌文本，洛德在20世纪50年代建立起了比较口头传统研究的新领域。20世纪90年代中期以后，帕里—洛德学说已经逐渐地与其他理论融合起来，表演理论（Performance theory）和民族志诗学（Ethnopoetics）的一些基本思想，已经为帕里的后继者们所汲取。

在全球化背景下，史诗观念与史诗研究范式正在突破东西方文明的藩篱。亚里士多德以来的西方古典诗学的史诗范例和诗学范式，正在由主流话语变为一家之言。20世纪后半叶，世界各地重新发现的口传史诗，促使人们以文化多样性的观念改变以往对史诗和史诗传统的认识。进入21世纪，学者们开始注意到，正如物种的多样性，口头传统也是丰富多样的。世界各民族或国家的口头传统非常复杂，发展非常不平衡。但是，业已搜集的口头文学体量巨大、类型多样。至少文类、演述、受众、社会功能都是多样的。比如有一种假设，认为史诗是集团认同的特许证，但是，非洲史诗起到许多不同的功能。[①]

① 尹虎彬：《史诗观念与史诗研究范式转移》，《中央民族大学学报》2008年第1期，第124—131页。

关于口头传统研究，学者们在学术史上提出了许多问题，其中多数问题远没有得到解决。如一个目不识丁的艺人，为什么能演唱几十万行诗？口头文学的创编是否存在复杂的规则？洛德认为，史诗演唱者的每一次表演都是一种再创作。[①] 在歌手之间并不存在固定的文本、原创的文本或原型。歌手并不需要书面的文本，也不会担心他的歌会失传，听众也不会觉得有这个必要。从审美的角度看，口头或口头派生的文学作品不会像作家文学如约翰·弥尔顿的《失乐园》或詹姆斯·乔伊斯的《尤利西斯》那样，具有相同的美学意义，它们也不应该具有这样的美学意义。[②] 人们通常认为民间口头文学与作家书面文学具有天然的联系，可是，史诗的口头传统并没有演变成史诗的书面传统，而是越来越转移到背后，转移到边远地区，直至消失。[③] 再比如，就拿文本与语境而言，民俗学史上有过文本为王的时代，也有过表演为王的时候。口头文学的文本，那只是植根于人类行为的具体情境的一种浅薄的和部分的记录。就像鲍曼所指出的："我们所谓的民俗学诸多象征的形式，都具有其主要的存在形式，即人们的行为，植根于人们的社会和文化生活。"[④]

晚近的口头传统研究主要关注人类在保持文化多样性与坚持可持续发展所面临的许多重要问题。学者们强调不同文化背景和多学科之间的对话，从文化遗产学、口头传统研究、信息科学、传播学等多个领域，对濒危语言与口头传统进行跨学科研究，其根本目的就是要创造环境来保存和保护我们人类共同的遗产。史诗学的议题包括口头文学的创编、记忆和传递，口头传统的采录、归档、整理和数字化，濒危语言抢救和民俗学档案馆建设等。[⑤] 随着新技术革命的迅速发展，信息化建设正在向哲学社会科学各个领域逐步渗透，形成多学科综合发展的崭新局面。近 20 年来，世界范围内的口头传统研究与数字技术相结合，形成了富于

① ［美］阿尔伯特·洛德：《故事的歌手》，尹虎彬译，中华书局 2004 年版，第 142—178 页。

② ［美］约翰·迈尔斯·弗里：《口头诗学：帕里—洛德理论》，朝戈金译，社会科学文献出版社 2000 年版，第 283 页。

③ ［美］阿尔伯特·洛德：《故事的歌手》，尹虎彬译，中华书局 2004 年版，第 199 页。

④ 引自 R. Bauman, *Story*, *Performance and Event*: *Contextual Studies of Oral Narrative*, Cambridge, 1986, p. 1。

⑤ 尹虎彬：《中国社会科学论坛（2011 年，文学）"世界濒危语言与口头传统跨学科研究"会议综述》，原载《学术动态（北京）》2011 年第 18 期。

创新的领域。对濒危语言与口头传统进行跨学科研究的目的就是要创造环境来保存和保护我们人类共同的遗产。[①] 不久前，芬兰的“文化宝磨计划”(Cultural Sampo)，中国社会科学院民族文学研究所的“少数民族音影图文档案库”项目与密苏里大学的“通道项目”，已经开始了跨国合作。[②] 国际史诗学研究在其晚近的发展中，呈现出相当活跃的态势。一方面，传统的、部分生发于古典学和语文学的文学学研究，在汲取了其他学科的优长后，出现了不少颇具新意的著述，发展了关于史诗文学属性的论见；另一方面，运用其他学科方法和理路的史诗研究，例如将文化人类学的方法、民俗学的方法乃至传播学的方法运用到史诗研究的尝试，却取得了惊人的成就。再者，随着世界上不同史诗传统的发现和记录，具有更广阔视野的比较史诗研究，正方兴未艾，引发了对史诗热点理论问题的全面反思。[③]

(三) 学科前沿的主要代表人物及代表作

19 世纪和 20 世纪的两百年中，作为东方学研究的一个分支，中国各民族的史诗逐步引起了国外学者的注意，其中成果影响较大的学者，按国别而论，有法国的大卫·尼尔(David Neel)和石泰安(R. A. Stein)，有德国的施密特(I. J. Schmidt)、拉德洛夫(F. W. Radloff，德裔，长期居留俄国)、海西希(W. Heissig)、夏嘉斯(K. Sagaster)和莱歇尔(K. Reichl)，有俄苏的波塔宁(G. N. Potanin)、科津(S. A. Kozin)、鲁德涅夫(A. Rudnev)、札姆察拉诺(Zhamcarano)、波佩(N. Poppe，后移居美国)、弗拉基米尔佐夫(B. Ya. Vladimirtsov)、日尔蒙斯基(V. Zhirmunsky)和涅克留多夫(S. J. Nekljudov)等，有芬兰的兰司铁(G. J. Ramstedt)，有英国的鲍顿(C. R. Bawden)和查德威克(Nora K. Chadwick)等。鉴于这种情况，学科组还对上述研究我国史诗的外国学者的学术成果进行了跟踪研究。[④]

---

① 尹虎彬:《口头传统的跨文化与多学科研究刍议》，原载《比较文学与世界文学》，北京大学出版社 2012 年版，第 14—21 页。

② 朝戈金:《约翰·弗里与晚近国际口头传统研究的走势》，《西北民族研究》2013 年第 2 期，第 5—15 页。

③ 朝戈金:《国际史诗学若干热点问题评析》，《民族艺术》2013 年第 1 期，第 75—82 页。

④ 朝戈金:《朝向 21 世纪的中国史诗学》，原载《国际博物馆》全球中文版 2010 年第 1 期，译林出版社 2010 年版，第 135—146 页。

近十年来，学科组成员加强了对1960年以来欧美史诗学的研究，系统介绍了口头程式理论、民族志诗学、表演理论和故事形态学等重要理论和方法；一些重要的理论著作，如《口头诗学：帕里—洛德理论》（［美］约翰·迈尔斯·弗里著，朝戈金译，社会科学文献出版社2000年版）、《故事的歌手》（［美］阿尔伯特·洛德著，尹虎彬译，中华书局2004年版）、《荷马诸问题》（［匈］格雷戈里·纳吉著，巴莫曲布嫫译，广西师范大学出版社2008年版）等，在中国学界产生广泛影响。其中，对中国史诗学影响比较大的学者是约翰·迈尔斯·弗里，这位在国际口头传统研究领域中承前启后的领军人物，对古典学、史诗学、民俗学、斯拉夫学、传播研究及其相关的平行学科做出了重大的贡献。[①] 在美国乃至世界，弗里早已成为公认的“口头程式理论”的当今旗手。这一学派的开山大师帕里（Milman Parry）英年早逝，他的田野笔记，最终由其家人托付与弗里及其所主持的密苏里大学口头传统研究中心进行整理。他所创办的《口头传统》刊物在20世纪80年代一面世，就得到前辈史诗研究大师哈图的高度重视，认为史诗学术可借此薪火相传。《口头传统》学刊因稿件之精审、编委会之大家云集而影响日隆。该刊也是迄今在人文领域将学术民主和共享精神贯彻得最为彻底的刊物。在弗里后期的著述中，中国材料和经验，也多有出现。例如对蒙古“传奇歌手”却邦的论述，对藏族歌手“掘藏”现象的讨论等。他的著作《怎样解读口头诗歌》的封面上，是藏族史诗歌手扎巴森格手擎纸片演述史诗的照片（由中国史诗学者杨恩洪拍摄并提供）。他对中国民族众多、文化传统绵长富赡的惊羡，由此可见一斑。[②]

此外，通过学术访问、双边合作项目等方式，加强对外交流，提高了研究人员的素质和科研水平。1999年中国社会科学院少数民族文学研究所与美国密苏里大学口头传统研究中心签署了合作协议，以期在口头文学研究领域，通过一系列的学术交流活动，共同促进学科的进步和发展。双方在各自

---

① 约翰·迈尔斯·弗里（John Miles Foley），国际著名的史诗学者、古典学者和口头传统比较研究专家。威廉姆·拜勒，美国密苏里大学（University of Missouri），杰出人文学术教授，校董会古典学和古英语教授，口头传统研究中心（Center for Studies in Oral Tradition，CSOT）主任，《口头传统》学刊（*Journal of Oral Tradition*）创刊人和主编，e研究中心（Center for eResearch）主任，“通道项目：口头传统与互联网”创办人，口头传统研究国际学会（ISSOT）发起人，中国社会科学院民族文学研究所口头传统研究中心首席学术顾问。

② 朝戈金：《约翰·弗里与晚近国际口头传统研究的走势》，《西北民族研究》2013年第2期，第5—15页。

的学术阵地——《民族文学研究》(中文)和《口头传统》(英文)上,分别出版了"美国口头传承文化研究专辑"(中文)和"中国少数民族口头传统研究专辑"(英文)。《民族文学研究》陆续介绍了20世纪民俗学的重要成果,产生了良好的影响。中国社会科学院与荷兰皇家科学院两度开展合作研究,分别出版了项目成果。[①] 由联合国教科文组织《国际博物馆》中文版编辑部编纂,中国史诗学学科成员供稿,于2010年3月出版了"中国口头史诗传统"专刊,对中国史诗丰富的类型与流布、史诗歌手与史诗文本的传承、史诗演述与民俗生活变迁等多个重要研究领域进行了介绍。[②]

(四)本所学科发展的基本定位

1. 学科带头人的学术引领作用

首先,民文所学者是国内外重要学术团体的会长、理事长、秘书长、学会主席,是不同学术领域的学术领导者。[③]其次,我所史诗学研究坚持与国外学术研究团队协作,组织并参与国际会议,在国际学术组织中发出自己的声音。再次,30年来,我所史诗学者一直积极与国外进行学术交流,并产生了较大影响。

2. 研究项目

三年来,本所学者主持与史诗研究相关的项目有国家社科基金和院、所级项目。国家级课题有朝戈金主持的国家社科基金重大委托项目"《格萨(斯)尔》抢救、保护与研究",阿地里·居玛吐尔地主持的国家社科基金一般项目"突厥语民族英雄史诗结构与母题比较研究"、高荷红主持

---

① [荷兰]希珀、尹虎彬主编《史诗与英雄》(中英文版),广西师范大学出版社2004年版。*China's Creation and Origin Myths*: *Cross - Cultural Perspectives Local and Global*, ed. Mineke Schipper, Ye Shuxian, YinHubin, Leiden: Brill, 2011。

② 朝戈金、尹虎彬、巴莫曲布嫫:《中国史诗传统:文化多样性与民族精神的"博物馆"》,原载《国际博物馆》全球中文版2010年第1期,译林出版社2010年版,第5—27页。

③ 如朝戈金研究员是"国际史诗研究学会"首任会长,"中国民俗学会会长"、"中国少数民族文学学会"理事长,"全国《格萨(斯)尔》工作领导小组"常务副组长,"中国蒙古文学学会"副理事长,"中国江格尔研究会"会长,"国际哲学与人文科学理事会"(CIPSH)副主席,"联合国教科文组织(UNESCO)非物质文化遗产"领域专家,"国际民俗学者组织"(Folklore Follows)通讯会员(赫尔辛基),"国际民间叙事研究会"(ISFNR)会员;巴莫曲布嫫研究员是"中国民俗学会"常务理事、副会长,"中国民间文艺家协会中国口头文学遗产数据库"专家组成员,"文化部外联局非物质文化遗产专家组"成员,"联合国教科文组织保护非物质文化遗产"领域专家;尹虎彬研究员是"中国少数民族文学学会"副会长兼秘书长,"中国神话学会"秘书长、"中国民俗学会"常务理事。

的国家社科基金青年项目“口述与书写：满族说部传承研究”。院重点课题有诺布旺丹主持的“《格萨尔》掘藏艺人研究”、阿地里·居玛吐尔地主持的“新疆阿合奇县《玛纳斯》歌手传承研究”、旦布尔加甫主持的“卡尔梅克民间散体叙事文本集注”。其他有李连荣主持的院青年学者发展基金项目“昂仁说唱《格萨尔》史诗研究”，黄群主持的院青年启动基金课题“柏拉图笔下的荷马——柏拉图引《荷马史诗》考”。所级课题有：斯钦孟和主持的“民间说唱《格斯尔》研究”、巴莫曲布嫫主持的“口承与书写：彝族史诗与族群叙事传统”、李斯颖主持的“壮族布洛陀经诗研究”、旦布尔加甫主持的“蒙古英雄史诗资料汇编”、黄群主持“论《荷马史诗》里的节日诗学”、甲央齐珍主持的“德格竹庆寺‘格萨尔’藏戏”和“德格地区《格萨尔》艺人现状及故事文本流传情况调研”、吴晓东主持的“苗族史诗《亚鲁王》调查”。以上都是在研项目，已结项的院重大课题有朝戈金主持的“蒙古族口传经典大系”、邓敏文主持的“中国少数民族口头文学丛编”、丹曲等主持的“藏文《格萨尔》精选本”、郎樱主持的“柯尔克孜史诗传承的调查与研究”。

3. 国际学术交流

中国史诗学建设已成具有国际影响力的优势学科。近三年来，民文所组织并参与了国内和国际学术研讨和专业培训活动，为该学科赢得一定的国际声望。2010 年在哈佛大学“帕里口头文学特藏馆”主办的“21 世纪的歌手和故事：帕里—洛德遗产”国际学术研讨会上，朝戈金研究员应邀发表题为“创立口头传统研究的‘中国学派’”的演讲；2011 年 10 月，朝戈金研究员应邀到美国密苏里大学口头传统研究中心作了题为《中国口头史诗传统：活态遗产的多样性、动力及衰微》（*Oral Epic Traditions in China: Diversity, Dynamics and Decline of Living Heritage*）英文演讲的网络国际直播。

“IEL 国际史诗学与口头传统研究讲习班”由民文所于 2009 年创办，旨在推进史诗学学科建设，培养专门人才。讲习班迄今开办四次，邀请国外学者有美国密苏里大学约翰·迈尔斯·弗里、德国波恩大学卡尔·赖歇尔和美国哈佛大学艾达·维丹（Aida Vidan）、美国佛蒙特大学马克·厄舍尔（Mark Usher）、印度史诗专家玛亨觉·库玛·米沙（Mahendra Kumar Mishra）、美国康奈尔大学阿伦·菲利普·泰特（Aaron Phillip Tate）、俄罗斯卡尔梅克大学的哈布诺娃，日本千叶大学的中川裕、荻原真子，中国史诗学者有黄宝生、朝戈金（蒙古族）、郎樱、陈中梅、拱玉书、塔亚（蒙古族)、尹虎彬(朝鲜族)、巴莫曲布嫫(彝族)、阿库乌雾(罗庆春)、阿地里·居玛吐尔地(柯尔克孜族)、陈岗龙、斯钦巴图等,涉及的史诗传统上自古代东方史诗、古希腊史诗、古英语及欧洲中世纪史诗,以及南斯拉夫史诗。专题研究涵盖了中亚内陆口传史诗,包括蒙古史诗、突厥语民族史诗、中国南方民族史诗以及史诗一般理论。来自北京大学、北京师范大学、中央民族大学、复旦大学、西北民族大学、新疆大学等十多所科研院校的300多名学员,参加了讲习班。

中国社会科学论坛(2012·文学)"史诗研究国际峰会"邀请了71位正式代表,他们来自中国、美国、墨西哥、德国、波斯尼亚、芬兰、爱沙尼亚、阿尔巴尼亚、意大利、英国、冰岛、俄罗斯、土耳其、尼日利亚、埃及、伊朗、阿塞拜疆、亚美尼亚、吉尔吉斯斯坦、哈萨克斯坦、乌兹别克斯坦、巴基斯坦、日本等20多个国家和地区,讨论范围涉及亚太、西欧、中东欧、中亚、非洲和拉丁美洲以及中国多民族的数十种从古至今的史诗传统,老中青三代学人一同探究"史诗传统的多样性、创造性及可持续性"。

本届峰会特邀的主旨发言人有哈佛大学希腊研究中心主任、古典学家和荷马史诗专家格雷戈里·纳吉(Gregory Nagy)教授,德国波恩大学中世纪史诗和突厥史诗研究专家卡尔·赖歇尔(Kart Reichl)教授,芬兰文学学会民俗档案馆馆长、赫尔辛基大学民俗学研究所讲席教授、芬兰民族史诗和阿尔泰史诗专家劳里·哈维拉赫提(Lauri Harvilahti)教授,以及中国社会科学院民族文学研究所所长、蒙古史诗和口头诗学专家朝戈金研究员。闭幕式上,经各国学者力倡,呼吁成立国际史诗研究学会,推选中国社会科学院民族文学研究所所长朝戈金研究员为会长。这在国际史诗学术领域以及中国人文学术领域,都具有特别意义。首先,这充分证明中国史诗和史诗研究得到了国际同行的认可。国外著名史诗学者约翰·迈尔斯·弗里、格雷戈里·纳吉、卡尔·赖歇尔等教授在不同场合的演讲以及文章中,都充分肯定了中国史诗的研究成果。其次,充分证明中国史诗和史诗研究成为国际史诗研究不可或缺的一部分。最后,国际史诗研究学会在中国成立,必然要重视史诗传统的多样性、创造性及可持续性,这将会给中华各民族文化带来新的活力,将会促进中华各民族文化大发展。[①] 另

① 吴刚:《国际史诗研究学会在中国成立的意义》,原载《民间文化论坛》2012年第6期,第109—110页。

外，2010 年 7 月召开的“格萨尔与世界史诗国际学术论坛”① 显示了中国在史诗的搜集、整理、出版和研究方面所做的大量工作和取得的丰硕成果，论坛提升了中国史诗研究的话语权。

本学科的发展方向与发展规划是通过长期建设构筑可持续性发展的“中国史诗学”体系。强化本学科在中国史诗学术发展进程中所起的领导、规划、示范和推动作用，从而巩固民族文学所在中国史诗研究领域的学术地位。未来五年内，中国史诗学学科将保持和强化在国内的领先地位，同时进一步参与国际史诗学学术对话，使中国史诗学学科建设融入国际学术格局中，并在进一步借鉴国外学术成果的基础上，扩大该学科的影响力。史诗学科建设在总体发展目标方面正在稳步实现当初的规划——“国内领先”和“参与国际对话”。国内领先的地位得以进一步巩固，体现在三个方面：队伍进一步扩大，学术影响力进一步提升，成果进一步上层次。参与国际对话也体现在三个方面：在境内主持召开国际性学术活动，出国参与国际学术活动，在境外刊物上发表文章。

二 中国各民族文学关系研究

（一）学科发展总体状况

“中国各民族文学关系”研究重点学科（以下简称“关系研究”）设立于 2003 年，该学科的研究方向为少数民族神话、古代各民族文学关系、现当代民族文学理论批评。民文所的“关系研究”随着民族文学史编写工作的深入逐渐发展起来，1998 年民文所承担的国家社科基金重大委托课题“中华各民族文学的关系与贡献研究”② 确立了“关系研究”的基本思路和学科建设方向。该学科属于比较文学与少数民族文学两个二级学科的交叉学科，从研究手段和方法以及研究成果的覆盖面来看，定位于“比较文学视域下的多民族文学关系研究”更为准确。

---

① 此次会议由青海省委宣传部、中国社会科学院民族文学研究所主办，青海省社会科学院承办，中国民俗学会、中国少数民族作家学会、青海省文联、青海省民俗学会协办，于 2012 年 7 月 17 日在西宁召开。30 多位应邀学者来自美国、俄罗斯、英国、意大利、德国、法国、芬兰、波黑、亚美尼亚、马里以及中国 11 个国家。

② 该项目由郎樱、扎拉嘎研究员共同主持，2003 年结项，成果为《中国各民族文学关系研究》（上下卷），贵州人民出版社 2005 年版。

“关系研究”从专题性的课题研究发展成为少数民族文学中的一个分支学科，有其清晰的学术生长脉络。1958 年编写中国多民族文学史的学术构想和基本工作思路已经确立，编写族别文学史或文学概况的工作开始启动，到 1959 年已经有 10 种各民族的文学史和 14 种文学概况先后出版。编写少数民族文学史、文学概况的工作启动阶段，各民族的文化交流、文学之间的相互影响，已经成为学界的关注重点。1986 年中国社会科学院少数民族文学研究所启动“七五”期间国家重点项目《中国少数民族文学史文学概况丛书》的编写工作。至 2004 年已规划出版民族文学史涵盖了 45 个民族，有 120 种，包括侗、赫哲、布衣、毛南、纳西、京、鄂伦春、仫佬、蒙古、羌、藏、东乡、保安、傣、满、水、回、土家、朝鲜、彝等民族的文学史，其他民族的文学史也将陆续出版。

“关系研究”在民文所建所之初就被列为重点发展的研究方向。近 30 年来，民族文学研究所中国各民族文学关系学科，先后完成国家重大委托项目“中国各民族的文学贡献及相互关系研究”，院重点项目“南方各民族文学关系研究”和“清代蒙汉文学关系研究”，以及一批与中国各民族文学关系研究有关的所级重点项目，出版了《〈一层楼〉〈泣红亭〉与〈红楼梦〉》(1984)、《中华文学关系史（南方卷)》(1997)、《中国南方民族文学关系史》(2001)、《比较文学：文学平行本质的比较研究——清代蒙汉文学关系论稿》(2002)、《中国各民族文学关系研究》(2005)、《互动哲学：后辩证法与西方后辩证法史略》(2007)、《展开 4000 年前折叠的历史——共工传说与良渚文化平行关系研究》(2009)、《东方智慧的千年探索——〈福乐智慧〉与北宋儒学经典的比对》(2009) 等专著，发表了《游牧文化影响下中国文学在元代的历史变迁》(2002)、《哲学视域中的比较文学问题》(2003)、《满汉文化交融的伟大结晶——〈红楼梦〉》(2003) 等论文。这些成果显示出，民文所“中国各民族文学关系”学科一直处于国内领先地位。

“关系研究”下面包括“尹湛纳希与蒙汉文学关系研究”、“中国少数民族古代文论比较研究”、“中国传说时代文化关系研究”、“突厥语族文学关系研究”、“中国南方民族文学关系研究”、“中国南方民族神话研究”、“比较文学理论之哲学基础研究”、“比较文学视野下的中国当代少数民族文学研究”等多个次级学科或者研究方向。

“关系研究”学科有成员 11 人，是一个以中青年学术骨干为主要力量的学术团队。其中编审 1 人，研究员 1 人，副研究员 5 人，助理研究员 4 人。50 岁以上的 2 人，40 岁以上 4 人，40 岁以下 5 人，博士学位 8 人（其中 2 人为博士后出站入所），硕士学位 2 人，学士学位 1 人。学科组成员以南方民族文学研究室从事少数民族神话研究的 4 人，《民族文学研究》编辑部从事现当代文学批评研究的 2 人，以及其他研究室从事少数民族作家文学研究的 5 人组成。三年中有 2 人因到龄退休，退出岗位，目前仍在以承担课题的方式从事有关研究；已有新进所的青年科研人员 2 人补充到岗。学科组成员通过教育部留学基金以及其他课题资助的方式完成了出国访学、进修的计划，1 人在美国哥伦比亚大学访学一年，1 人在美国哈佛大学访学一年，1 人在泰国朱拉隆功大学访学 6 个月①。

三年来出版神话学研究专著 2 部，当代民族文学理论批评专著 2 部，古典文学研究专著 1 部；学科组成员发表论文 65 篇，研究报告 3 篇，一般文章 30 篇。目前学科组成员主持的社科基金课题两项，参与的社科基金重大课题三项；社科院创新工程项目一项，其他项目两项。学科组成员主持的项目获国家社科基金后期资助项目一项，完成社科院重大项目一项，重点项目一项，院国情调研项目三项，院、所其他课题六项。主持召开“中国多民族文学论坛”第七、第八、第九届学术会议。

（二）资料学建设拓宽学术领域

“关系研究”各领域的推进，首先得益于资料学建设。各民族文学的文献资料的整理出版、汉语文学文献的编纂、口头文学资料的搜集及数字化档案建设等，都有了新的进展，新资料的面世、新领域的开拓，成为新兴学科的发展动力。

（1）国内学界对本学科的发展有重要影响的文献成果有《中国少数民族古籍总目提要》②，这批资料真实地反映了我国各少数民族古籍赋存的全面情况，其中保存着丰富的历史知识，充实了中国的历史和文化内容；同

---

① 该项访学计划得到社科基金重大委托项目“中国少数民族语言文化研究”的经费支持。

② 《中国少数民族古籍总目提要》编纂工作于 1997 年正式立项，全书总体设计约 60 卷 110 册。至 2011 年 6 月，已出版 23 个民族卷共 19 册：《纳西族卷》、《白族卷》、《东乡族卷 · 裕固族卷 · 保安族卷》、《土族卷 · 撒拉族卷》、《锡伯族卷》、《哈尼族卷》、《回族卷 · 铭刻》、《柯尔克孜族卷》、《羌族卷》、《毛南族卷 · 京族卷》、《仫佬族卷》、《达斡尔族卷》、《土家族卷》、《鄂温克族卷》、《鄂伦春族卷》、《赫哲族卷》、《苗族卷》、《侗族卷》、《黎族卷》。

时也为后人了解原始社会的社会关系、探索各种文化形式的源流、揭示社会文化发展的轨迹提供了极为珍贵的资料；这些历史文献至今仍然是我们研究中国民族关系史的依据，是少数民族社会文化的写照，是民族史的主要依据，它为人们提供了认识世界的新视角。

（2）将少数民族语言的文学资料翻译为汉语出版，将民族文学交流与互动的丰硕成果展现在我们面前。蒙古族、藏族、维吾尔族、哈萨克族、彝族等民族的古典文学作品的汉译工程已经启动，不断有成果出版。这里特别要提到的是由中央民族大学梁庭望教授主持的“汉族题材少数民族叙事诗汉译”项目，2009—2012 年先后出版了“壮族卷”、“壮族·仫佬族·毛南族卷”、“侗族·水族·苗族·白族卷”。《汉族题材少数民族叙事诗译注》丛书的编撰者，注意到这样一批藏于民间的汉族题材的叙事诗，是作为中国主流文化的汉文化对少数民族辐射的产物，是民族文化交融的硕果，在中华文坛中熠熠生辉。但由于这些长诗长期没有得到定位，“身份”未明，人们不知道作何处置。说它们是汉族文学作品，但其人物、情节、语言、风格又与原作几乎不同，因此，一般的中国文学史、中国民间文学史或中国民间文学概论等类著作，大都不予理会，甚至踪迹全无。这批文献的面世，为我们了解古代汉族与各少数民族的文化交流与文学关系提供了鲜活的资料。据悉，这一丛书的“北方民族卷”也即将出版。

《汉族题材少数民族叙事诗译注》“壮族·仫佬族·毛南族卷”[①]，对《孟姜女与万喜良》、《董永与五姐》、《张四姐与李文墟》、《朱买臣》、《龙女与汉鹏》等八部叙事诗作了详细译注。“侗族·水族·苗族·白族卷”[②]包括侗族的《从前有个姑娘》、《门龙之歌》、《毛洪和玉英》、《孔子之歌》；苗族的《董永与七仙女》、《崔文瑞和张四姐》、《陈世美》；水族的《梁山伯与祝英台》；白族大本曲《梁山伯与祝英台》。此前还出版过“壮族卷”[③]，对古壮文记录的《唱唐皇》、《梁山伯与祝英台》、《毛洪歌》等作品作了壮文转写和汉译。

（3）“关系研究”学科组成员负责的中国少数民族神话资料整理工作

① 蓝柯编：《汉族题材少数民族叙事诗译注》（壮族·仫佬族·毛南族卷），民族出版社 2011 年版。

② 龙耀宏编：《汉族题材少数民族叙事诗译注》（侗族·水族·苗族·白族卷），民族出版社 2012 年版。

③ 梁庭望编：《汉族题材少数民族叙事诗译注》（壮族卷），民族出版社 2009 年版。

也取得了突破性的进展。《中国各民族人类起源神话母题概览》[1]的研究者，注意到神话母题作为神话流传中的基本元素，具有跨越时空的鲜明特点，是不同民族、不同时代神话进行比较研究的重要依据。他的统计数据以神话母题研究为基点，以神话综合研究和比较研究为手段，以少数民族人类起源神话为主要对象，设置了各民族人类起源神话的研究平台。同时，结合各民族神话内容的实际和典型叙事特征，将人类起源神话分为七大类型和相应的三个层级156类母题，并编制出对应的母题索引代码。在此基础上，对目前搜集到的我国各民族的1881篇人类起源神话进行了全面研读和分析，进而提取出各个层级的母题，形成系统的神话研究资料和较为翔实的数据。其中包含一定数量的异文，以便于读者进一步了解和把握神话流传和变异的情况。他做的母题统计数据在选材上，注意到资料的全面性，力求能够反映一个民族人类起源神话的基本面貌；同时又把神话的典型性作为一项重要指标，做到符合大多数研究者对神话的界定和需求。在数据结构上，将具体表述与综合统计相结合，使读者能够多角度、多层次审视我国各民族人类起源神话，在宏观和微观两个方面对我国神话类型和母题的分布情况产生较为清晰的把握。在内容的编排上，设定了较为合理的整体顺序和表格内部顺序，采取不同民族按地区编排和同一地区按民族音序排列的方式，对每一则神话进行定位，以便于快速检索。

（4）新资料的发现，带来了研究领域的拓展，仅从社科基金的立项来看，2010年、2011年、2012年社科基金一般项目、青年项目、西部项目中，与民族文学相关的课题项目明显增多，族别文学研究与民族文学比较研究的选题均有所深入。

2010年度，查洪德的“元代文化精神与多民族文学整体研究”，刘振伟的“西域神话研究”，杨镰的“元代双语文学现象与双语文学家研究”，马绍英的“藏汉文化背景下当代汉语写作问题研究”，王惠的“中国少数民族文学专题研究”，徐希平的“羌汉文学关系比较研究”，李官福的“朝鲜古代文学的佛教文化因缘研究”，高建新的“北方游牧文化与唐诗关系研究”，汪文学的“边省地域对文学生产和传播的影响研究——以黔中明清文学为例”，吴新锋的“多元文化交流视野下的新疆世居民族民间文学研究”，雷庆锐的“青藏高原多元一体文化与民族文学研究”，段峰的

[1] 王宪昭：《中国各民族人类起源神话母题概览》，民族出版社2009年版。

“‘文化翻译’与少数民族文学英译研究：基于民族志和翻译学的视角”等。

2011 年度，余恕诚的“唐代有关吐蕃诗歌研究”，段海蓉的“元代流寓江南的西域少数民族作家及其作品研究”，高人雄的“东西文化交流视野下的先唐西域文学研究”，黄琼英的“彝族叙事长诗《阿诗玛》的跨民族翻译与传播研究”，刘亚虎的“籍载与口传南方民族四大族源神话研究”，包海青的“蒙古族叙事民歌中的汉文化影响研究”，胡昌平的“新疆当代多民族文学比较研究”等。

2012 年度，杨彬的“当代少数民族小说的汉语写作研究”，杨柳的“双语背景下当代藏族作家创作研究”，陆卓宁的“海峡两岸当代少数民族文学比较研究”，霍耀中的“清代北方说唱文学研究”，朝克图的“《水浒传》与汉文原著《水浒传》比较研究”，王艳凤的“蒙古族史诗与印度史诗比较研究”，李晓峰的“少数民族文学民族主义思潮研究（1949—2009）”，吴道毅的“‘五四’以来南方民族文学话语建构及其对民族文化建设的贡献”，卓玛的“母语文化思维与当代藏族作家汉语创作研究”，王欢的“新疆当代多民族儿童文学研究”，刘大先的“晚清民国旗人书面文学的现代演变研究（1840—1949）”，曾斌的“中国少数民族小说叙事及其对民族身份认同、构建研究”，郑亮的“生态批评视野下新疆新时期以来少数民族作家创作研究”，海丽恰姆的“维吾尔文学的发展与其他民族文学关系研究”，李春丽的“草原文化视域下的金元词研究”，杨亦军的“蒙元及其前后时期的西域文化与文学研究”等。

课题承担者有在中国古代文学、现当代文学、民族文学研究领域耕耘多年的资深学者，也有相当数量的学科新锐，选题覆盖了民族文学的古代、现当代的文学创作，也有较为系统的理论研究，研究者均不约而同地关注到各族文学、文化之间的互动关系，族别文学在“多元一体”格局中的地位，民族文化交流与文学发展的关系等思考维度。这样的研究目标明确、话题前沿，我们有理由期待这批成果的陆续推出带给民族文学研究界、比较文学研究界新的冲击。

值得一提的是 2011 年下半年社科基金重大招标项目中的两个项目：新疆师范大学王佑夫教授作为首席专家主持的“《中国少数民族文学理论批评文库》编纂与研究”，以及四川大学徐新建教授作为首席专家主持的“中国多民族文学共同繁荣发展”，项目设计的理论思考、学术资料的积累、学术团队的组成，均显示出新的追求和学术的自觉。

“《中国少数民族文学理论批评文库》编纂与研究”已有多年的积累，主持人认为，作为中国文学理论批评一翼的少数民族文学理论批评，历史悠久，博大精深，语种多样、形态多样，独具民族特色。自20世纪80年代初开始，一些学者就进入这一领域，拓荒耕耘，挖掘整理，探讨研究，陆续出版了一些多民族集合的和单一民族的文论选本及研究专著，但仍存在不同程度的缺憾和研究空白，远未能反映我国少数民族文学理论批评的实际。该项目在此基础上，吸收最新学术成果，以十卷之巨，首次就我国已经消亡的民族和现有55个少数民族自古迄今口头与书面、汉语与民语文学理论批评进行全面系统整理与研究，是当代学术发展之必然，民族文化建设之必需。为创建具有中国特色的社会主义文学理论批评新体系，繁荣少数民族文学创作与研究、推动少数民族文学学科建设和人才培养提供基本理论文献。应该承认，本项目面临的挑战较之一般的课题研究要艰巨得多，多民族、多语言的资料翻译整理、理论范畴的界定、不同文化传统的学术资源的整合，这些长期以来制约着学科发展的问题，将会在课题的进展过程中有所突破。

“中国多民族文学共同繁荣发展”的课题设计理论思考相当深入。课题首席专家徐新建教授梳理了一个多世纪以来中国多民族文学研究的社会和学术背景，强调本项目的学术意义是建立多民族文学史观，也就是突破以往“汉”与“非汉”、主流与边缘、书面与口传等多重的二元对立格局，倡导平等、开放的整体研究，以此促进中国多民族文学的共同发展。徐新建教授指出，该项目的创新点在于通过梳理和继承前辈的相关成果，提出三个理念，即“整体文学观”、“共同发展观”和“不同而和观”。

（三）基础研究的有序深入：关注现实，论题多元化

中国各民族文学关系研究的学科定位为比较文学，即国内各民族文学关系研究。随着比较文学研究的逐渐复苏，研究理念的不断更新，中国各民族文学越来越多地进入到学者的视阈中，从各民族文学的交流与关系研究入手，探讨中华民族文学发展规律，已经成为比较文学研究界新的学术生长点。

1. 理论探讨：中国多民族文学史观

自在学科组重要的学术平台“中国多民族文学论坛”第四届（2007 ·

成都）论坛上提出“创建多民族文学史观”的话题之后，相关的讨论逐渐深入。代表性的理论成果为李晓峰、刘大先的《中华多民族文学史观及相关问题》①，著作研究和探讨了中华多民族文学史观的理论基础与基本内涵、中华多民族文学史观的构成要素、中国文学史的基本问题、中国文学史的国家知识属性与功能、中国多民族文学的时间与空间等理论问题。

该书的“基本问题研究”系统地研究和探讨了中华多民族文学史观及民族文学理论等诸多问题：

（1）中国统一的多民族国家的属性、中华多民族文学的历史和现实、“中华民族多元一体格局”的民族观、历史观、文化观的重大转变、各少数民族文学创作与研究丰厚的成果积累、21世纪中国文学史研究转型的内在要求，为中华多民族文学史观的确立提供了充足的理论依据。中华多民族文学史观，是客观认识中国文学多民族共同创造的历史发展规律的基本原则和观点，中华多民族文学史观下的文学史范畴，包括中国以汉族为主体的全体中华民族共同创造的全部文学成果。

（2）多民族历史观、多民族文学观、多民族国家观、多民族民族观、多民族哲学观是构成中华多民族文学史观整体结构的有机要素。这些不同要素决定着文学史的研究维度、方法和方向，各要素之间也相互制约和影响。民族、地域、国家等元素和观念在既往中国文学史观中的缺失，是中国文学史书写中少数民族文学被弱化甚至被遮蔽、忽视、边缘化的主要原因，这是中国文学史研究存在的主要问题。

（3）中国文学史研究的基本问题包括创作主体的多民族属性、多样性的文化与多样化的文学、多种文学传统与多种文学形式、多语种、跨语种与双语创作。这四个基本问题恰恰是既往中国文学史研究中的主要缺失。

（4）该书从国家的高度提出：文学史是一种国家知识，这种知识在培养公民的国家认同和中华民族认同（爱国主义、公民意识）中具有重要的作用，这是文学史进入国家教育体制并作为国家知识而传播的重要原因。少数民族文学只有以中国文学的知识类型进入文学史知识谱系，才能转化为中国文学发展历史的合法性知识元素。作为具有国家知识属性的教材类文学史几其要具有中华多民族的文学史观意识。

（5）该书还从时间与空间的角度，深入阐释了中国多民族文学的特

① 李晓峰、刘大先：《中华多民族文学史观及相关问题》，中国社会科学出版社2012年版。

质。认为，各民族文化和文学间从未间断过的多元互补、多向互动、分进整合，是中国文学史的深层文化结构，也是中国文学发展的规律性特征。从时间的角度，中国的“多民族”意味着中国历史起点的“多时间”，这种“多时间”既是对显在的线性历史时间裂缝的弥合，也是中国文化生生不息、创新发展的历史样貌的具体体现。“多时间”与“多历史”密切相关，中国多民族文学发展史是由具有不同时间起点的各民族文学历史构成的。从空间的角度来看，地理空间的广阔性、民族空间的多样性、文化空间的差异性是中国文学的空间特性。不同民族、不同地域的文学风格存在差异，同一民族不同地域的文学风格也存在差异。此外，中华古今各民族文学还具有跨地域、跨民族、跨文化的复杂性。不同民族文学、不同地域文学、跨民族文学、跨地域文学，构成了中华多民族文学的整体空间特性。中国文学多特质、多内涵、多风格相统一的特征与中国文学空间形态的多元整体性关系密切。这是中国文学史研究应关注的重要问题。

在该书的“相关问题研究”中，涉及少数民族文学的发生与学科反思、当代各民族母语文学的跨语际传播的现状、中华多民族文学史观与历史哲学转型、世界文学中的多民族文学等问题。

2. 跨文化、跨语言综合研究：中国多民族诗歌史

中央民族大学梁庭望教授的著作《中国诗歌通史·少数民族卷》（人民文学出版社 2012 年版），是国家社科基金重点项目“中国诗歌通史”分卷之一。全书共 13 章，90 万字。作者写作近十年，以丰富的材料，畅达的文笔，创作出贯通古今的少数民族诗歌史，具有重要的学术意义和文化意义。《中国诗歌通史》将中国诗歌按历史发展分卷，每卷内部同样按照不同历史时期诗歌发展的时间线索，分别对诗、词、曲等各类诗体的发展演变过程进行详细描述，综合展现中华民族诗歌的总体风貌，其中有以下几点最富创新意义。一是以汉民族诗歌为主体，兼顾历史上各少数民族诗歌，从多民族融合的角度探讨了中国诗歌发展的内在规律。二是采取广义的诗歌概念，包含汉民族诗歌中的诗、词、曲，少数民族的史诗、抒情诗、宗教祭祀诗等各类诗体，并以其发展变化为经，全面展示了中国诗歌体式的丰富多样。三是打通古今诗歌界限，建立古今贯通的诗歌史观。四是站在世界文化的立场上揭示中国诗歌的艺术本质，阐释其民族文化特征。

《中国诗歌通史·少数民族卷》把少数民族诗歌划分五个阶段：从秦

汉到隋是古代诗歌奠基期；从唐到元是古代诗歌发展期；从明到清（1840年以前）是古代诗歌繁荣期；从 1840 年到清末是近代诗歌转换期；从 1919 年至今是现当代诗歌形成期。这种诗歌进程不同于汉民族，少数民族诗歌繁荣在明清，而汉民族诗歌繁荣在唐宋，这说明，少数民族文化紧随汉族文化不断发展壮大。这种纵向梳理，反映出中国少数民族诗歌史的独特进程。

为整体把握少数民族诗歌规律，梁庭望教授总结了少数民族诗歌艺术十个特色：整体结构多元；内部结构多姿；民族生活浓郁；用语复杂生动；艺术手法多样；艺术风格多姿；吸纳充实自己；宗教多层浸润；诗歌功能扩展；独特传承方式。这种全面概括，有助于增强对中国少数民族诗歌的整体认识。各少数民族诗歌不仅使用着诸多不同语言，其诗歌形式也同样丰富多彩。长诗文类包括创世史诗、英雄史诗、叙事长诗、抒情长诗、伦理道德长诗、宗教经诗、信体长诗、历史长诗、文论长诗和套歌等十大类别。有的一个民族就有几百部、上千部长诗。各少数民族诗歌由于语言不同、语系不同，音律也不同，如藏族的鲁体、年阿体，维吾尔族的阿鲁孜、格则勒，壮侗语族各族的“勒脚体”，苗族的复沓，等等。韵律形式繁多，头韵、脚韵、腰脚韵、头尾连环韵、回环韵、复合韵等，有十多种押韵格式。这些艺术形式极大地丰富了中华民族诗歌宝库。

3. 口承文本与文献释读的互证：南方多民族神话比较研究

中国少数民族特别是南方少数民族具有丰富的神话资源，不少民族的神话处于活的形态，它们不仅是以口头的形式流传，而且还与各种社会组织、生产方式、生活习俗以及祭仪、巫术、禁忌等结合在一起，成为这一切存在和进行的权威性叙述；不少民族的神话经过祭司和歌手的整理，已经系统化、经籍化、史诗化，有较强的叙事性；由于地域等的差异，同一民族的同类神话有不同的流传形态，它们可能映现了这类神话发生发展的脉络。这些都为少数民族神话的研究提供了广阔的领域。

基于文献资料的神话学研究重要成果为《中国少数民族人类起源神话研究》[①]，该书通过对搜集整理的 1831 篇各民族人类起源神话的系统研究，将宏观研究与微观研究相结合，根据我国少数民族人类起源神话母题统计数据，将人类起源神话叙事划分出神或神性人物造人、孕生人、化生人、

① 王宪昭：《中国少数民族人类起源神话研究》，中国社会科学出版社 2012 年版。

变形为人、婚配生人、感生人和人类再生等七种类型，通过各类母题较为全面的对比分析，系统探讨人类起源神话演进中的某些规律性叙事，包括人类起源的缘起、结构、共性、个性、民族性、地域性等，弥补了以往少数民族人类起源神话研究中这方面的欠缺。该书认为，人类起源神话母题的流传与演变值得关注，母题的流传包括讲述者、受众和流传环境等因素，以口头传承为主，具有渠道多元和形态复杂的特点。也应看到各民族人类起源神话母题具有明显的个性，诸如同一类神话在不同的民族中表现出不同的母题，一个民族的不同时期或不同分支的神话母题会表现出不同特征，母题会存在区域性差别。这些观点的提出，一定程度上揭示了人类起源神话创作思维的演进轨迹，阐释了各民族人类起源神话的内在逻辑以及各民族之间的文化关联，对澄清或纠正以往神话研究中对少数民族人类起源神话的一些模糊认识具有积极的意义。

注重田野调查，对国内布依族、壮族、黎族、侗族等南方少数民族口头传统资料做系统调查和搜集，并对泰国、老挝、越南的部分侗台语民族进行田野调研①，在此基础上作比较研究。吴晓东的论文《复活母题的变异：中越月亮神话比较研究》②，以几个越南的月亮神话文本与中国的相关文本做比较，发现这些文本的变异轨迹经历了“月亮本身的起死回生（复活）—月亮上的树的起死回生（即愈合）　神树（药树）与奔月—月华”的演变历程。

李斯颖以壮族民间文学的研究为基础，在对泰国、老挝、越南的部分侗台语民族进行田野调研之后，充分运用各方面资料，将中、泰、老、越四国的侗台语族群的若干神话与文化事项进行了比较和整体探索，发表了系列论文《骆越文化的精粹：试论布洛陀神话的起源》③，《壮族布洛陀信仰与侗族萨岁信仰的比较》④ 等，分析了在侗台语族群中普遍存在的蛙崇

① 学科组成员参与了民文所国情调研“中国西部少数民族口头传统当代传承方式调研”的年度调查，并承担了社科基金重大委托项目“中国少数民族语言文化研究”的子项目“南方跨境民族创世与起源神话田野研究”。

② 吴晓东：《复活母题的变异：中越月亮神话比较研究》，《广西民族师范学院学报》2012年第2期，第2—12页。

③ 李斯颖：《骆越文化的精粹：试论布洛陀神话的起源》，《百色学院学报》2011年第6期，第23—28页。

④ 李斯颖：《壮族布洛陀信仰与侗族萨岁信仰的比较》，《广西民族师范学院学报》2011年第6期，第8—12页。

拜及其神话、死亡起源神话、稻作信仰与仪式等主题。《从侗台语跨境民族的死亡起源神话到广西左江岩画》[①] 一文，探讨跨境而居的侗台语民族，其死亡起源神话揭示了蛙类与死亡之间的特殊联系。对蛙类的信仰可以启发我们重新解读广西左江流域的岩画。岩画在人物动作上形似蛙类，展示了侗台语族群先民早期观念中的蛙神祇崇拜，再现了他们对死亡的接受与再生的期望。

4. 文学与社会的互动、空间话语、新媒体影像：当代民族文学发展的现实语境

周翔论文《文化认同·代际转换·文学生态——现代台湾少数民族文学的动态发展历程》[②] 考察现代台湾少数民族文学50年来的发展历程，将其划分为萌芽诞生、蛰伏沉寂、发展壮大、繁荣兴盛等阶段，"文化认同"、"代际转换"、"文学生态"等关键词成为参考的重要标志。20世纪60年代至70年代可以看作现代台湾少数民族文学的萌芽诞生阶段，陈英雄、曾月娥等作家借助汉语这一语言工具作为载体，台湾少数民族开启了书面文学这一有力的自我"发声"途径。进入80年代，以拓拔斯·塔玛匹玛、莫那能、瓦历斯·诺干、孙大川等为代表的一批台湾少数民族作家相继发表大量作品，从此时起迎来了现代台湾少数民族文学创作最为繁荣的时期。90年代中后期，重返部落，回归传统，文化寻根成为一批台湾少数民族知识分子的郑重选择，代表作家有夏曼·蓝波安、亚荣隆·撒可努等。进入21世纪，文学的创作队伍又增添了一批新生力量。《山海文化》杂志对台湾少数民族文学的发展、壮大起到了重要的作用。网络文学的出现则为台湾少数民族文学的发展开辟了一个全新的书写空间，更日益成为新生代作家一个重要的创作阵地。

刘大先在《中国少数族裔文学的空间话语》[③] 指出空间转向作为晚近文学研究的一种新路向，对于中国少数族裔文学研究也有启发。少数族裔文学作为文化空间，实现了话语权力的争夺与重组；就现实地理与文本内

① 李斯颖：《从侗台语跨境民族的死亡起源神话到广西左江岩画》，《广西民族师范学院学报》2012年第5期，第33—38页。

② 周翔：《文化认同·代际转换·文学生态——现代台湾少数民族文学的动态发展历程》，《徐州师范大学学报》（哲学社会科学版）2012年第5期，第55—61页。

③ 刘大先：《中国少数族裔文学的空间话语》，《民族文学研究》2011年第4期，第122—138页。

部的内容与结构而言，少数族裔提供了替代性的想象空间；少数族裔文学同样出现于新媒体与虚拟社区中，这种异度空间的存在促成了空间实践的多种可能性。

《新媒体时代的多民族文学——从格萨尔王谈起》① 从当下藏族小说创作对于口头传统史诗的改写入手，引发对少数民族文学“多媒体转向”的探析，进而切入现实政治、经济、技术、社会、文化的结构性变迁讨论，认为新媒体时代的中国多民族文学的书写与现实中的少数民族人口迁徙流动、生活方式转变、网络隐形社区形构成互文。网络的隐形社群作为一种认同的空间，给虚拟主体与想象主体提供了生存的处所：1. 主体自身在与媒介之间的互动中发生了改变，日益趋向于完美的友好界面抹去/遮掩了现实与虚拟的界限，启蒙时代以来的人本主义主体性已经无法解释隐形社群中的个体。2. 传统意义上文学生态环境和发生方式变化，真实与虚拟之间界限的内爆导致二者都需要重新定义。3. 主体与语境的更新，带来的是作为文学诉求的情感的发生与表达也发生了裂变。少数民族文学在新媒体的语境中追求一种“承认的政治”和文化的发展权，从而改变了既有的“文学性”内涵，基于此，我们应当走向一种“多民族文学史观”的研究路向，关注民族、国家、主体、情感在新媒体语境中发生变化的现实，重新发掘少数民族文学所提供的具有生产性的世界观和认识论。

（四）发挥学术平台的积极效应，聚集队伍，培养人才

《民族文学研究》历来是本学科建设的重要学术平台，2004 年开始每年一度的“中国多民族文学论坛”成为凝聚队伍、交流成果、探讨问题的最佳场合。《民族文学研究》编辑部与广西师范大学文学院共同召开了“第七届中国多民族文学论坛（2010·桂林）”，论坛的中心议题是如何在综合性高校推进中华多民族文学教学。与会学者分别从教育学、文学、史学、人类学视野出发，围绕教学观念与教学现状、多民族文学史观、国家话语三个方面的问题进行了学术探讨。编辑部与内蒙古赤峰学院共同主办的“第八届中国多民族文学论坛（2011·赤峰）”，与会者围绕“民族文学的跨界交流与实践”，在以下几个问题上进行了较为深入的讨论：其一，

① 刘大先：《新媒体时代的多民族文学——从格萨尔王谈起》，《南方文坛》2012 年第 1 期，第 62—67 页。

文化认同与身份问题，鉴于现代民族身份及其文化选择的复杂性，该问题在研究少数民族文化、文学、作家领域中越来越突显其重要性。本次论坛主要从文本层面、方法论层面和建构层面探讨相关问题。其二，多民族文学史观的发端、发展和展望，是一种更简化、更宏大的倡导。对于少数民族整体性研究和跨民族研究都有重大意义和作用。本届论坛主要从整体性建构、政治文化性建构和历史民族语境建构等方面进行讨论。多民族文学史观具有历史与政治的文学话语机会，把民族书写带入到国家话语体系当中，从而把民族与国家，政治与历史，传统与现代结合起来，对于整体性共同体研究，跨民族研究与交流都有提领式的重要意义与价值。其三，少数民族文学的“空间”话语，地域的民族化，民族的地理化，带来少数民族文学书写的一体与分裂的问题，因而，探讨少数民族的“空间”话语具有时代与现实意义。论坛主要讨论了整体性“空间”话语研究，地理性“空间”话语研究，历史性“空间”话语研究和民族性“空间”话语研究这四个方面。由《民族文学研究》编辑部与喀什师范学院、新疆文联共同主办的“第九届中国多民族文学论坛(2012·喀什)”主题为“多民族文学研究的理论与方法”，分三个议题展开，即民族政策与民族文学：多民族国家的文学表述问题；民族书写：如何看待作家文学与民间传统；新疆多民族文学研究及评论。

以往的民族文学关系研究，研究者大多从各自的学术立场出发，对涉及民族文学关系的古代、现代或当代，抑或民间的某些文学现象作专题研究，分散、不系统，学术影响力有限。2011 年 12 月，中国比较文学学会(CCLA)发布批复，同意成立“中国多民族文学研究会”，并以中国比较文学学会二级学会的学术团体形式开展学术研究工作。同月，在四川大学举行的国家社科基金重大项目“中国多民族文学的共同发展研究”开题报告会上，“中国多民族文学研究会”正式宣告成立。四川大学文学与新闻学院徐新建教授担任首任会长。“中国多民族文学研究会”的成立，无疑具有重大的社会文化背景和学术意义。现代中国是一个统一的多民族共同体。改革开放以来，作为现代多民族国家有机构成部分，我国各族群体在民族意识、民族身份、民族文化以及民族关系等方面，都出现了迈向“多元一体”、“不同而和”之局面的可喜趋势。然而遗憾的是，由于一些具体的原因，近年来上述进程中逐渐出现一些不利于和谐共处的端倪。作为多民族国家的文化构成之一，多民族文学乃是特定历史时期的社会意识形态反映。一方面，从文学实践可以对社会状况加以察知；另一方面，文学实践亦可反作用于社会现实，借助有利于多民族团结的文学措施，迈向和谐共处的民族关系。以此观之，“中国多民族文学研究会”的成立，实在具有不可小视的意义。

民文所“关系研究”长期以来在国内处于领先地位，今后我们将在学科建设方面加强如下几个方面的工作：其一，为绘制具有文化地理学和文化历史学意义的中国多民族和不同地域神话图志做准备。其二，通过重点学科建设工程，既出成果也出人才，使民族文学所“中国各民族文学关系”学科的学术理念和学术成果产生更大影响，促进中国少数民族文学研究、促进中国比较文学研究，并且能够在中国国学现代转型中发挥作用。在出成果的过程中，使年轻的研究人员迅速成长，提升学术带头人的学术影响力，造就名学。其三，创造条件提高中青年科研人员的外语水平，继续鼓励青年学者在国内进修比较文学专业，或者攻读比较文学专业学位。在上述重点研究点位上，积极吸收具有多学科背景的新生力量，壮大学科队伍。其四，继续推进“中国各民族文学关系研究网页建设”和“中国各民族文学关系研究资料数据库项目”建设。

三　扶持学科民俗学

民文所2009年开始设立民俗学扶持学科，该学科目前共有成员6人，其中民俗学专业研究员1人，在职的学术骨干副研究员1人，助理研究员3人，研究实习员1人，博士3人，硕士3人，大多是攻读民俗学专业的年轻人才，平均年龄35岁。学科成员的专业方向和发展目标主要为民间节日、民俗学与非物质文化遗产保护、民间文艺学学术史研究、民俗主义与现代性研究、口头传统资料数字化研究、歌会调查与研究、民俗网络传播研究等。民俗学学科隶属社会学一级学科下的二级学科，该学科点在中国社会科学院研究生院少数民族文学系招收研究生，有博士和硕士学位授予权。

（一）民俗学的历史背景

欧洲各国的民俗学发展曾经与各自国家的民族主义运动和民族独立联系在一起。民族语言和民间歌谣成为民俗学发展的突破口。在欧洲，芬兰可谓民俗学重镇。1898年，卡尔·科隆（Kaarle Krohn，1863—1933）成为第一个正式受聘的芬兰语、比较民俗学研究教授。1907 年，卡尔·科隆与其他人成立了民俗学工作者组织（Folklore Fellows），出版《民俗学工作者通讯》（*Folklore Fellows' Communication*）。1910 年，阿尔奈和汤普森（Antti Arne，Stith Thompson）民间故事类型索引（AT 分类法）诞生。该系统晚近由乌泽尔（Hans－Jorg Uther）增补，成为阿尔奈—汤普森—乌泽尔（Aarne－Thompson－Uther）体系，即 ATU 分类系统。1934 年芬兰成立民俗档案馆，马尔蒂·哈维奥（Martti Haavio）担任首任馆长，他组织发起民间故事的搜集，强调基于文学的一种理想，擅长母题的历史分析和类型学的异文研究。活跃于学术界的芬兰民俗学家有赫尔辛基大学劳里·航柯（Lauri Honko）、西卡拉（Anna－Leena Siikala）、洛蒂·塔尔卡（Lotte Tarkka），芬兰文学协会民俗档案馆馆长劳里·哈维拉赫提（Lauri Harvilahti），土尔库大学民俗学系主任、教授帕卡·哈卡米斯（Pekka Hakamies）。此外，还有美国、英国、冰岛、挪威等国的民俗学家：约翰·迈尔斯·弗里（John Miles Foley）、丹·本－阿莫斯（Dan Ben－Amos）、罗杰·亚伯拉罕（Roger Absrahams）、约翰·肖（John Shaw）、特里·冈内尔（Terry Gunnell）、斯坦因·马西森（Stein R. Mathisen）。

20 世纪 60 年代，美国的“新民俗学”把行为科学引入民俗学文本的研究之中，逐渐把研究的重点放在田野调查资料的基础上。从以文本为基础的研究，转向以民族志为导向的研究。口头程式理论关注文本背后的活态演述传统及过程，民族志诗学通过全新的文本制作理念反思文本制作所带有的书面偏见，表演理论则更加开放地认为任何一个文本都是人的再创造的过程，目的在于人与人的交流，而且重视语境对于文本创造的作用。如果再进一步，将三大理论的主要观点与既往的民俗学理论进行比较，那么我们可以明显地看到民俗研究的基本思路已从过去的“作为材料的民俗”（folklore－as－material）向“作为交流的民俗”（folklore－as－communication）发生了全新转变。当下的民俗学研究主要关注“以表演为中心的民俗过程”（作为交流事件的民俗），可以算作“以表演为中心”的民俗学研究范式。

19 世纪末 20 世纪初，民俗学与民族国家力量相互交织，直到 20 世纪初，各个国家仍然在探讨本民族的文化之根。在方法论上，历史—地理学的方法为代表的传统模式得到充分发展。民俗学与国家意识形态的历史联系，以及由此而展开的学术反思成为人们关注的焦点。劳里·航柯（Lauri Honko）吸收了库恩的范式理论思想，开启了北欧民俗学的学科反思和范式研究。丹麦民俗学者本特·霍尔贝克（Bengt Holbek）批判了长期以来民俗学研究中的民族主义框架。论者再次探讨范式，阐述了民俗学的基本范式：社会学范式（Sociological Paradigm）、分类学范式（Classification Paradigm）等，对族群认同、传统与现代、文本化和文类分析进行反思。[①]

进入21世纪以来，民俗学正在向更加综合的文化遗产和口头传统研究转化。新趋势主要受到社会语言学、认知语言学和结构主义的影响；口头程式理论，表演理论、民族志诗学方兴未艾；民间文学的变异、互文性、表演者的交流能力、演述特征，口头文学的语境化和文本化过程等日益成为研究的热点；口述史、性别研究也成为民俗学的话题，全球化的理论导向逐渐增强。多元文化语境中的民俗利用成为全球化时代民俗学的重要课题。关于旅游、文化展演以及本真性的讨论，反映出民俗群体及其文化展演、旅游者的文化消费与传统文化保护和利用之间存在的复杂关系。关于本真性的讨论，当然要涉及一地方风俗的原生性质、文化展示行为和旅游者所见所闻及所感。在中国，这同时也成为非物质文化遗产保护、为什么要保护和如何保护的问题。利用数字网络和多媒体技术对濒危语言和口头传统进行抢救性的保护和研究成为新的学术生长点。学术界普遍感到世界上绝大多数口头传统和语言不同程度地处于濒危境地，出于这种共识，许多机构开始着手搜集和保存这些口头传统。全球化和现代化时刻威胁着文化和语言的多样性，民俗学档案馆的作用就是要创造环境来保存和保护我们共同的人类遗产。在全球范围内展开大规模的活态民俗传统收集工作是迫在眉睫的事情。

（二）中国民俗学现状

民俗学（含民间文艺学）是研究各国各民族长期传承的关于自然、社会和人生知识系统及其物质产品和相关风俗习惯的学科，主要记述和研究民众日常生活模式，涉及精神民俗、物质民俗、社会组织民俗、语言民俗、民间叙事和表演等广泛的人类文化现象。[②]自1913年起，中国现代文史家像鲁迅、郭沫若、闻一多、胡适、顾颉刚这些前辈都探讨过民俗学、俗文学和民间文学。中国民俗学是以国学为基础的一门学问。中国文人记录民俗的历史久

① ［芬兰］博尔蒂·安托嫩（Pertti Anttonen）：《劳里·航柯论民俗研究中的范式札记》，陈研妍译，原载《民俗研究》2009年第3期，第7—11页。

② 董晓萍：《民俗学学科建设报告》，原载董晓萍、朝戈金、黄涛主编《民俗学的独立建设与学科群发展》，学苑出版社2012年版，第1—10页。

远，记载民俗的古代典籍非常丰富。中国文学史上文人染指民间文学的例子不胜枚举，历代文学家都有他们对于民间文化的思想和观念。“五四”新文化运动后，中国出现了现代意义的民俗学。1920 年北大歌谣研究会的成立，以及 1922 年《歌谣周刊》的创刊即为其标志。但是在民俗学领域作出突出贡献的大多为国学专门家。由于新文化运动领袖胡适等人的倡导，“国学”成为 20 世纪 20 年代的热点。这表明古今承续的、独立发展的中国文明以及漫长的民俗学史前史和文献积累将对未来的中国民俗学产生深刻影响。

1. 民俗学学科与现行教育和科研体制

在通行的民俗学教学中，民俗学包含民间文学。民俗学具有交叉学科的性质。早在 20 世纪 80 年代就有学者提出，民俗学学科内涵中包含了历史学（遗留物和传承）、社会学（集体性）和文化人类学（民俗是人类创造的文化的一部分）的旨趣。与民俗学研究相互关联的学者分布在中国民俗学会以及其他机构里，如中国社会科学院、北京大学、北京师范大学、中央和边疆地方民族院校等。这些机构里拥有许多民族学家、民族语言和文学研究家、外国文学研究家等。民间文学是少数民族文学的主要方面，搜集整理成为一项长期任务。[①] 语言学、民族学、宗教学训练成为从事民族民间文学搜集整理和研究的必备条件。钟敬文“多民族的一国民俗学”思想表达了建立中国民俗学派的愿望，符合中国国情，也是中国民俗学发展道路的正确选择。[②] 中国气派、中国特色和中国道路的民俗学，主要任务是从中国社会历史和文化发展的基本国情出发，把握当代世界发展的历史机遇，在广泛的世界联系中开拓中国民俗学的新领域，倡导跨学科、全方位、多角度、多样化的学术探索，争取在不太长的时间内成为世界民俗学研究的中心。[③]跨文化和多学科的民俗学研究，这一思想也反映在晚近人们对民俗学教育的深刻反思之中。近几年来，中国社会科学院荣誉学部委员刘魁立任中国民俗学会会长期间，曾在会内组织人力调查并撰写《高校和科研院所部分民俗学专业和教学点分布状况》，据此资料，“目前我国有 54 所高校与研究机构有招收民俗学（民间文艺学）的硕士点和博士点

---

① 中央民族学院少数民族文学艺术研究所编：《少数民族文艺研究》1982 年第 1 期。

② 钟敬文：《建立中国民俗学派》，见《钟敬文文选》（钟敬文著，董晓萍选编），中华书局 2013 年版，第 6—40 页。

③ 尹虎彬：《民俗学与民族文学——怀念钟敬文先生》，原载《民族文学研究》2012 年第 3 期，第 11—18 页。

〔或方向〕，其中17所高校与研究机构设有民俗学（民间文艺学）博士点〔或方向〕，37所高校设有硕士点”。民俗学的学科厚重，意义重大，但在社会学和中国语言文学两个一级学科下建设，发展不平衡。[①]对此董晓萍、朝戈金、高丙中、热依拉·达吾提、陈岗龙、萧放、万建中、黄涛应邀撰文，分别从少数民族民俗学、民俗学的学术对象、地域民俗学、东方民间文学、历史民俗学、民间文艺学等民俗学的不同分支、不同视角对新时期中国民俗学高等教育进行了反思。论者特别指出，民俗学学科的未来发展需要抓住机遇，民俗学教学和研究要对我国民俗学的未来趋势有预测能力，并能积极参与相关体制、机制改革，具有科学创新和勇于担当的精神。[②]除了中国社会科学院研究生院之外，现在国内许多重点大学设立了民俗学与民间文学专业博士学位授权点，如北京大学、北京师范大学、复旦大学、华东师范大学、山东大学、中山大学、中央民族大学、云南大学、西北民族大学等。

目前中国国内有影响的民俗学者半数在中国社会科学院工作。中国民俗学会现任理事长朝戈金，副理事长贺学君、巴莫曲布嫫，秘书长叶涛和多位副秘书长、常务理事等，都是中国社会科学院的研究人员，他们在整个学会事务乃至整个学科的发展工作中发挥着不可或缺的作用。民族文学研究所的民俗学研究主要关注史诗学、口头传统、非物质文化遗产学领域；文学研究所在中国民间文艺学理论和学术史、文学人类学、神话学等领域是海内翘楚；世界宗教研究所在民间宗教与民间信仰方面居于国内领先地位；民族学与人类学研究所在萨满信仰、影视人类学、濒危语言和族群文化专题研究方面具有优势。我院的民俗学研究者具有国际化学术视野、熟悉国际学术话语及其规范，多年来一直在跟踪西方民俗学的前沿成

① 参加本次调研的单位如下：北京师范大学、北京大学、中国人民大学、中国社会科学院民族文学研究所、中国社会科学院文学研究所、中央民族大学、复旦大学、中山大学、北京语言大学、北京外国语大学、武汉大学、新疆大学、山东大学、华东师范大学、华中师范大学、浙江师范大学、青海师范大学、新疆师范大学、内蒙古师范大学、广西师范大学、山西师范大学、赣南师范学院、西北民族大学、广西民族大学、河南大学、上海大学、安徽大学、云南大学、辽宁大学、山西大学、温州大学、烟台大学、中南大学。

② 参见《温州大学学报》2011年第6期发表的八位学者的论文：《在民俗学（民间文艺学）学科规划中理性求变》（董晓萍）、《民俗学学科建设的“少数民族维度”》（朝戈金）、《民俗学的学科定位与学术对象》（高丙中）、《新疆民族民俗学的学科建设》（热依拉·达吾提）、《民间文学的学科定位与东方民间文学》（陈岗龙）、《历史民俗学建设的意义、实践与规划》（萧放）、《民间文学学科的处境与出路》（万建中）、《民俗学与民间文学的相互关系和相对位置》（黄涛）。

果，长期以来与国外一流的民俗学家保持着密切联系。他们积极参与《国家非物质文化遗产保护的暂行办法》的制定，“传统节日纳入国家法定节假日制度”的论证、“国家民间宗教问题及其对策”等重大现实问题的文化决策和学术咨询。以上人员共发表民俗学专著20余种，论文200余篇，形成学术创新的群体，提升了中国民俗学的整体水平。

2. 日趋活跃的国内外学术交流

（1）中美民俗学会之间的交流。2011年10月12—15日，应美国民俗学会执行委员会邀请，中国民俗学会会长朝戈金等作为特邀嘉宾，前往美国印第安纳州布鲁明顿市参加该会举办的2011年年会。美国民俗学会为中国民俗学会代表团安排了一场特别会议，向世界民俗学同行介绍中国民俗学研究的现状以及非物质文化遗产保护工作情况。中国民俗学会代表团成员分工合作，就以下几方面内容向国外同行进行了简要汇报：中国民俗学会近年来的主要工作、中国非物质文化遗产的保护及相关实践、各地民俗学学科建设的基本情况、全国各高校民俗学学科点的基本现状等。汇报之后，在场听众向代表团各位成员进行了热烈的提问，问题主要集中于非物质文化遗产保护工作出现的各种问题。如由此引发的各地乃至各国之间对于资源的争夺，非物质文化传承人在保护工作中的作用及如何获益，国家在非物质文化遗产保护中的作用，地方在建设民俗学学科中的困境及应对策略等。以青海省为例，民俗学科如何解决资金严重不足以及邻近学科挤压等实际问题，实现民俗学科的突围，建立民俗学在地方文化发展中的智库地位等。高校民俗学人才培养与学科发展，如民俗学专业博士生的专业训练与就业求职之间的矛盾关系，民俗学科在全国高校中的基本现状、发展前景等。特别会议之外，中国民俗学会还与美国民俗学会在年会期间进行了多次高层会晤，双方学会主要负责人就高层互访、人才培训、项目合作等方面达成了具体共识，双边合作的基础和框架得到了进一步的稳固和夯实。

（2）中国民俗学会2012年年会。中国民俗学会2012年年会8月初在内蒙古自治区赤峰市召开，来自全国的90余位民俗学者与会。与会者系统讨论了民俗学学科建设与非物质文化遗产保护的关系，游牧文化与草原生态保护，传统知识、民间经验与灾害预警机制，节日民俗的传承与发展，口头文学研究及其理论与方法论问题。此外，现代传媒与民俗学、民间信仰的调查研究、民俗旅游资源的利用、服饰饮食等生活民俗及民俗文物的搜集、保存与研究等内容也是与会者关注的重点。据悉，本届年会是中国民俗学会成立以来，在民族地区举办的第一届全国性年会，主办方因此专门设立了民族语专场研讨。在蒙古语专场研讨中，学者就蒙古民歌与民俗学的关系、科尔沁乡土传说中的生态观、鄂尔多斯祝颂词的特征、蒙古族饮食禁忌、萨满诗歌的演唱习俗、蒙古族祭火习俗等专题展开深入研讨。

（3）全国研究生2012年暑期学校“中国民俗学研究与新时期国家文化建设”于2012年8月20日—9月2日举办。[①]本期暑校由中国社会科学院、教育部部属重点大学和地方民族院校合力共建，符合新时期我国民俗学发展的特点，是民俗学现代教育扩大发展的标志。本期暑校的师资结构和课程内容展现了民俗学的前沿发展趋势和最新研究成果。暑校聘请国内外一流学者担任主讲，来自民俗学、社会学、民族学、人类学、外国文学和比较文学领域等多位知名学者承担了教学工作，构成了拓展民俗学内涵和外延的人文社科研究综合阵容。

应邀演讲的学者有中国人民大学郑杭生、清华大学李强、北京大学王邦维、北京师范大学董晓萍、法国萨尔瓦多大学金丝燕、中国社会科学院朝戈金、爱沙尼亚塔尔图大学瓦尔克（Ülo Valk）、北京师范大学刘铁梁、日本东京大学菅丰、北京大学高丙中、北京师范大学万建中、北京大学陈岗龙、北京师范大学杨利慧、北京师范大学萧放、新疆大学热依拉·达吾提和周亚成，他们分别就当前中国社会管理和社区治理的一些新趋势、当代中国社会分层研究、神话与历史、跨文化研究方法论、新时期民俗学研究与国家文化建设的基本问题、口头传统研究的历史与现状、民俗学的概念基础、爱沙尼亚民俗学研究、城市化过程中的民俗学田野作业、“古镇化”现象与民俗学研究、当代社会的民俗学研究、故事学研究与当代文化建设、东方文学研究与民间文学研究、21世纪以来的世界神话学、历史民俗学视野下的传统节日研究、新疆民间叙事诗“达斯坦”的表演、中国多民族民俗学研究等做了专题报告。

暑校的师资构成和课程主旨体现了中国民俗学的未来走向。民俗学和

---

① 暑期学校经教育部批准，由教育部与国家自然科学基金委员会主办、北京师范大学民俗学国家重点学科、教育部人文社会科学重点研究基地北京师范大学民俗典籍文字研究中心，中国社会科学院国家社科基金重大委托项目“中国少数民族语言与文化研究”和新疆大学民俗文化研究中心联合承办。

其他人文科学一样，正在经历深刻的世界历史变革，正处在学科发展的承前启后的关键时刻。今天中国民俗学取得的成就，它经历的兴盛和繁荣，其中的重要贡献来自于我们的学术前辈。钟敬文、季羡林、费孝通、马学良和白寿彝等学术前辈，他们来自不同的领域，却常常走到一起。中国现代民俗学的奠基者钟敬文先生提出的“多民族的一国民俗学”思想，他所倡导的民俗学多学科研究方法，他所培养的一大批由各个民族组成的民俗学学科骨干，正在深刻地影响着今天中国民俗学的发展。今天的中国民俗学，是多民族的民俗学，是多学科参与研究的民俗学，历史学、社会学、古典学、东方学和民族文学研究等，这些学科或领域的学术传统，会推动民俗学的发展，会改变民俗学的面貌。

本期暑校提供了相应的教材，包括钟敬文先生主编《民俗学概论》(第二版）和《民间文学概论》(第二版)，以及《民俗学科建设报告书》、《突厥语民族口头史诗：传统、形式和诗歌结构》和《中国西部的文化多样性与族群认同》等，帮助研究生加强课堂学习，深化理论思考。培养新型研究生人才是暑校项目留下的真正财富。本期暑校共招收正式学员176人，加上在京高校和部委机关旁听学员30人，逾200人。其中青年教师占21%，博、硕研究生占79%，研究生数量超过上次高研班15倍。学员共来自全国53个院校，另有3名研究生来自美国、意大利和日本高校，院校的数量超过了上次高研班2倍。学员的学科分布以民俗学（含民间文艺学）为主，也包括社会学、民族学、人类学、艺术学、对外汉语教学、影视学和新闻传播学，共八个学科。在这批学员中，很多人是上次高研班学员返回各自院校后，成为学科带头人，再带出的第二代或第三代研究生，他们证明了前辈开创的民俗学研究生教育在连续发展，并有十分广阔的拓展前景。

（三）研究项目

近三年来，民俗学作为特殊学科和交叉学科受到院所两级的扶持，得到了一定的发展。民文所的民俗学研究主要关注以下四个方面：（1）口头传统研究；（2）非物质文化遗产保护与研究，对非物质文化遗产相关理论政策的进一步深化与探索；（3）数字民俗学；（4）中国少数民族民间文艺学学术史研究。

本学科点近年承担主要科研项目：“中国非物质文化遗产保护的理论

与实践”（刘魁立主持）；国家社科基金重大委托项目：“中国少数民族语言与文化研究”（朝戈金主持）；国家社科基金重大委托项目：“格萨尔史诗的抢救、保护和研究”（朝戈金主持）；“本子故事抄本与口头异本比较研究”（纳钦主持）；院长学术基金：“中国民俗学前沿研究”（朝戈金主持）。院信息化建设工程一项：“民族文学数字资源网”（尹虎彬主持）；院 B 类课题：“蚩尤神话研究”（吴晓东主持）；院青年启动基金课题：“公共民俗学发展及其在中国的实践检验——以端午节为参照个案”（宋颖主持）；“口头诗学视野中的白族民歌研究——以剑川县石龙村的白曲演述传统为例”（朱刚主持）；“1949—1966 年中国民间文艺学学术史研究”（毛巧晖主持）；院马工程课题：马克思主义论民族民间文艺（毛巧晖主持）；所级重点课题：“苗族口承文学与生态民俗”（吴晓东主持）；“苗族史诗《亚鲁王》调查”（吴晓东主持）；“满语民间文学在黑龙江省遗存情况调查”（高荷红主持）。

（四）本学科的发展方向与发展规划

20 世纪 80 年代以来的国际民俗学出现多学科综合研究的趋势。联合国教科文组织 1993 年启动了“活着的人类宝藏”（Living Human Treasure）项目，1998 年，联合国教科文组织启动“人类口头及非物质文化遗产代表作”项目。对本土文化的尊重，同时也意味着对文化认同的支持。人文学术的灵魂是时代赋予的，这使得任何有意义的学术探索，都与全球化产生紧密联系。从这个意义上来说，晚近民俗学研究呈现出以下几个方面的特点：第一，民俗学出现了综合性研究的新趋势，从以文本为基础的研究转向以民族志为导向的田野研究。第二，民俗学者试图在民众的言语行为中确定文本、文类和表演，研究民间叙事在日常生活中的功能；同时关注研究者对于结构材料、建构意义所起的作用，注意研究者如何在田野作业中进行自我定位。第三，从民间文学的搜集、整理、传播和利用的学术史反思中，探讨其中所蕴含的学术和历史政治意义。第四，从大的历史视野中，从特定社区人们的生产生活、社会组织、民间信仰等多个方面，揭示传统文化的现代化过程。第五，在文化遗产打造、展示和利用过程中研究国家及其知识精英与民众的互动。

鉴于当前国内外民俗学的发展趋势，以及民族文学研究所的具体情形，民俗学都是一个需要有较快发展的学科，当前学科发展中存在的问题是：第一，民俗学学科发展亟须优秀的有前瞻性、开创性和凝聚力、影响力的团队及支撑平台，并能长期存在和发展。民族文学研究所需要充分考虑学科地位的奠定、学术核心平台建设和代际人才与专业队伍的培养等重要问题。第二，如何与国际民俗学研究领域接轨，进而实现学术的本土化和研究范式的转换。第三，近十年来，国内外非物质文化遗产保护工作的紧迫性促使国家文化政策进行调整，亟须民俗学提供相应的学理依据和实践检验，民族文学所的研究者应该发挥其自身优势，在国家经济发展和社会进步的各项实践中做出更大的贡献。第四，推进口头与非物质文化遗产的数字化处理、保存和管理。

在当前学科发展现状的基础上，结合民族文学研究所的研究优势，未来民俗学的发展主要可以集中在以下四个方面：第一，口头传统研究。主要集中于中国各民族创世神话的比较研究、民间歌会的研究、白曲的文类界定与语境研究等。第二，非物质文化遗产保护与研究。对非物质文化遗产相关理论政策的进一步深化与探索。第三，数字民俗学。中国民族文学网网页建设、民俗的网络传播、口头与非物质文化遗产数字化保存和管理。第四，中国少数民族民间文艺学学术史研究。民间文艺学中国发展脉络的梳理与深层透视、少数民族民间文艺学发展与国家话语的关系探索、不同时期少数民族民间文艺理论的反思等。民俗学学科的晚近发展，仍然受制于研究力量分散，难以形成学术重镇。现有的学科设置难以跟上研究的需要，急需培养专业人才，提升民俗学研究水准，为全球化浪潮中的中国各民族文化尤其是传统文化的发展方向提供对策、建议和预测。民俗学学术史研究，民俗学对少数民族文学研究的理论与方法的影响，数字民俗学的发展前景，公共民俗学的应用前景，仍需较长时间发展。

四　中国少数民族口头传统数字化典藏实践

民文所一些资深研究员已经在史诗领域积累了数十年的研究经验，他们从 20 世纪 60 年代开始积累史诗研究资料，其中大多数为田野调查获得的第　手材料，包括录音的口头文本、各种手抄本和刻本、图片和实物资料等。同时，他们对散落各地的地方资料也做了相应的统计工作。民文所于 1999 年申请建立院级重大项目“中国少数民族口头文学资料库”，目的在于通过现代化手段，抢救濒临消亡的活态口头传统。资料搜集范围主要是各民族史诗的口头文本、音像资料和艺人资料。资料库在口头传统资料的采集方式、手段、文本整理、编目归档、保存利用等环节，将实现计算机系统管理，其资料的规模、完整性和耐久性，对中国史诗研究来说，都将是空前的。①

“中国少数民族文学研究资料库”于2000年启动，作为院重大项目已经实施了二期，取得了显著的成绩，为研究所的学科基础建设打下了坚实的基础。信息化工作在2002年启动时，由所领导牵头，以所内业务人员兼任的方式，开始建立“中国少数民族文学网”，随后不久建立“数字网络工作室”，业务力量得到强化，2010年在原资料室的基础上成立了“中国少数民族文学资料中心”，整合了力量，从人员和机制上为资料学和信息化建设工作可持续发展提供了基本保证。资料库、网络和田野研究基地建设形成了初步的整合和协同发展模式。未来信息化工作主要内容是：组建稳定的工作团队，提高专业化水平，优化工作环境，建立和规范工作流程，完善各项制度；信息化工作与研究所的重点学科建设结合起来，调动人力资源和少数民族文学研究资源；未来五年要争取在资料库、数据库和网络信息平台建设方面，进行统合，实现专业化，争取与国际接轨。②

口头传统数字化典藏实践，主要指实体库建设和数字资源库建设这两个部分的工作。实体库部分指“中国少数民族文学资料库”（以下简称“资料库”），数字资源库部分即“中国少数民族文学媒体资源管理系统”（以下简称“媒资库”）和中国少数民族文学数字资源网（以下简称“媒资网”）。“中国少数民族文学资料库”是2000年启动的中国社会科学院重大项目，经过多年的实践，该资料库对所存的绝大多数资料进行了数字化处理及数据库管理。资料库所存资料以著名的三大英雄史诗《格萨（斯）尔》、《玛纳斯》、《江格尔》为主体，同时涵盖各民族珍贵的口头和非物质文化遗产资料；这些资料记录了民间艺人的演唱活动、生活状况及各少数民族的传统习俗、宗教仪式等内容。目前，“资料库”已经入库的资料为8大类，合计8000余项；包括格式文本、数字文档、表格、报告，尤其是图片和音频、视频等多媒体类型的文件。

---

① 尹虎彬：《中国少数民族史诗研究三十年》，《中国社会科学院研究生院学报》2009年第3期，第88—98页。

② 尹虎彬：《互联网时代的口头传统》，原载上海《社会科学报》2011年7月21日第5版。

中国少数民族文学媒体资产管理系统（“媒资库”）是院网络中心信息化项目，2007 年立项，2008 年 10 月硬件设备搭建完成。目前进入“媒次库”的音视频资料 1829 笔，资料集 332 个，图片 1041 幅，文档 51 笔。“民族文学数字资源网”（“资源网”）以“中国少数民族文学资料库”为依托，是面向社会大众的少数民族文学展示平台。它将整合多种介质资料，对重要的少数民族文学研究资料打包，进行立体展陈，全面反映现阶段少数民族文学研究的成果和发展趋势。

民文所 2003 年以来相继启动了九个口头传统田野研究基地，包括内蒙古扎鲁特乌力格尔口头叙事传统（2003 年 8 月）、贵州黎平侗族大歌（2004 年 4 月）、广西田阳壮族布洛陀文化与口头叙事传统（2004 年 4 月）、青海果洛格萨尔史诗传统（2004 年 8 月）、四川德格格萨尔史诗传统（2004 年 8 月）、四川美姑彝族克智口头论辩传统（2005 年 4 月）、新疆阿合奇玛纳斯史诗传统（2005 年 8 月）、甘肃玛曲格萨尔史诗传统（2006 年 7 月），以及新疆和布克赛尔江格尔史诗传统（2006 年 9 月）等田野研究基地。

“中国少数民族文学研究资料库、口头传统田野研究基地、中国民族文学网”（简称“资料库—基地—网络”）是一种三位一体的可持续发展路线，可以为中国少数民族文学研究奠定资料学和信息化建设的基础。民族文学研究所正在积极参与我院实施的“哲学社会科学创新工程”，“中国少数民族口头传统音影图文档案库”的建设已经启动。2012 年以中国少数民族口头传统音影图文档案库创新工程项目为基础的资料学学科建设也得到很大发展。经过 2011—2012 年两个年度的努力，进一步扩大了田野资料的调查和采集，根据“田野工作站、中国少数民族文学研究实体库、媒资库、数据库、网络展示平台”多元一体的发展思路，进行了一定数量的基础性建设，音影图文资料更为规范。“中国少数民族口头传统音影图文档案库”的建设受到国内多所高校的关注，很多高校明确表示希望与民族文学研究所合作，共同开展对我国少数民族口头传统音影图文档案的田野采集，共享数据资源，国外专家学者也对该项目表示出浓厚兴趣，愿意提供技术支持，参与项目研究。

民文所根据中国口头传统与非物质文化遗产抢救工作的实际需要，早在 20 世纪 90 年代中期开始，陆续派遣学者实地考察美国哈佛大学的“帕里口头文学特藏”、“芬兰文学学会民俗档案馆”、“土尔库大学口传文学档案馆”，日本神奈川大学的“非书写文化遗产研究中心”等机构，为正在建设中的口头文学资料库数据库建设提供了宝贵经验。为积极响应中国社会科学院实施的“哲学社会科学创新工程”，研究所积极利用“中国社会科学论坛”的国际交流平台，争取在资料库、数据库和网络信息平台建设方面实现专业化，与国际接轨。

“口头传统的记录与归档：跨学科研讨”是2008年8月启动的“欧中研究协调机制”（简称CO—REACH）项目，由三方合作机构中国社会科学院民族文学研究所、荷兰莱顿大学莱顿地区研究所、芬兰文学学会民俗档案馆实施。该项目从非物质遗产数字化工作出发，关注多媒体资料库和多计算机工具的口头传统资料展示平台的建设，促进计算机数字技术和口头传统资料库的结合。其基本思路首先是就口头传统资料搜集和归档等问题交流和学习，有利于确立既合乎国际规范，又适应三方实际的资料归档模式和规范，并能够作为其他进行口头传统资料库建设的国家和部门的参考样本，从而进一步推动田野和研究工作的发展。其次是就利用计算机及其他数字化技术建设口头传统资料库过程中的各种问题进行交流和学习，有利于建立口头传统资料的元数据设计、资料展示方案、工作方法的国际共享平台，实现各国口头传统资料的分级共享体系。

中、芬、荷三方合作研究者围绕口头传统田野采录和数字化资料库建设这一课题，分别于2009年、2010年在荷兰莱顿、芬兰赫尔辛基举办了研讨活动。这些研讨活动充分体现了知识共享理念。“在非西方世界记录口头传统学术研讨会”于2009年8月27日至29日在荷兰莱顿举办。本次会议由荷兰莱顿大学、芬兰文学学会、中国社会科学院协办。“第8届民俗学夏季学校”于2010年8月2—11日在芬兰举办。与会者在芬兰民俗档案馆实地考察数字化和档案化工作，口头传统资料数据库建设有关的问题。中国社会科学论坛“世界濒危语言与口头传统跨学科研究”于2011年5月19—20日在北京召开。论坛主要关注全球化时代人类在保持文化多样性与坚持可持续发展所面临的许多重要问题。论坛强调不同文化背景和多学科之间的对话，从文化遗产学、口头传统研究、信息科学、传播学等多个领域，对濒危语言与口头传统进行跨学科研究，其根本目的就是要创造环境来保存和保护我们人类共同的遗产。论坛的议题包括口头文学的创编、记忆和传递，口头传统的采录、归档、整理和数字化，濒危语言抢救和民俗学档案馆建设等。①

为贯彻巩固优势学科、发展新兴学科、强化创新体制的精神，民文所将根据学科发展现状适时做出调整。中国史诗学目前在国内居于领先地位，在国际交流和同行影响力上也具备了一定的对话和交流能力，中国史诗研究的论文开始出现在国际学界重要的学术期刊上。但是，南北史诗研究的力量分布不均匀，个案研究的发展势头要远远超过综合性、全局性的宏观把握；我们的史诗学术梯队建设和跨语际的专业人才培养，离我们设定的目标还有不小的距离。这是今后在科研队伍建设中需要加大力度的地方。开展中国各民族文学关系研究，不仅对中国少数民族文学学科建设具有重要意义，而且，对中国比较文学学科建设，对中国文学学科建设具有重要意义。目前学科中少数民族神话的研究分量加重，少数民族当代作家作品批评与研究薄弱，需要大力培养年轻力量，通过进修、学习、培训等机会，提升理论水平。民俗学的理论和方法为一个国家的社会问题和文化传统提供理论支撑，在日本、韩国、美国、芬兰等国家都占据“显学”地位，在我国对于增强民族自信心和自豪感，寻找文化之根都具有不容忽视的作用。目前作为特殊学科在所内予以扶持，拟通过人员和研究成果的整合，先初步形成研究队伍。

中国少数民族文学领域里一些族别文学传统，历史悠久，作品众多，是人类宝贵的精神财富。如藏族古典文学、蒙古历史文献与文学典籍、维吾尔族古典文学、傣族文学、彝族经籍文学等，这些领域的国际化程度比较高，提升这些领域的学术水准，也是我们不可推卸的责任。中国少数民族文学以其深厚的历史积淀和特殊的人类文化价值而备受世人的重视，它对于民族认同和文明对话，具有举足轻重的意义。中国各民族文学的丰富内涵、彼此包容和借鉴的胸襟，以及美好健康的风范，都预示着它必将对世界文学研究提供一种新的范例。民族文学研究所在学科建设上，要以蒙古学、突厥学、藏学等传统学科的学术史为根基，深入开展各民族文学关系研究，推动史诗学向更加综合的研究方向转化，推进神话学研究，在口头传统研究和非物质文化遗产保护、资料学建设等方面继续探索。未来5—10年，研究所要根据学科发展的需要，以族别文学专门人才为主，注

① 尹虎彬：《多学科视野下的口头传统研究——莱顿大学“在非西方世界记录口头传统”学术研讨会述要》，原载《中国社会科学报》2009年11月5日。

意跨学科研究人才的引进；积极开拓国内外学术交流渠道，定期举办论坛和国际史诗讲习班，开展跨地区、跨机构的专业培训，探索特色办所的道路。

（民族文学研究所　尹虎彬）

外国文学理论学科前沿研究报告
（2010—2012）

一 概况

外国文学研究所理论室成立于1981年，目前共有在职人员八人，返聘人员一人，主要从事法、德、俄、英、日等多语种多区域的文艺理论研究，尤其是在欧陆文论、斯拉夫文论、英美文论和比较诗学及多语种文论的综合研究方面具有相对明显的优势。本学科的多数专家都先后承担过国家社科基金项目和院重点、所重点项目，参与了著名的“马克思主义文艺理论丛书”、“外国文艺理论丛书”和《20世纪欧美文论丛书》的翻译和编选。在马列文论、法国文论、德国文论、俄苏文论、英美文论和比较诗学等研究领域都有一些高质量的成果面世。多数学者不仅有在国外留学的经历，而且经常访学，对国外文学理论研究现状和发展态势一直保持紧密跟踪，能够及时掌握第一手资料，视野较为开阔，且具有较高的学术素养和扎实的功底，在本学科研究领域，尤其在多语种文论的综合研究、会通合作方面具有相对明显的优势，整体研究水平在国内文学理论界始终处于领先位置。

2004年，学科进入院“重点学科建设工程项目”，并于2008年圆满结项，其工作受到院所等部门的好评。自2009年起，本学科再次进入院重点学科项目，目前正按计划进行各项工作。

2004年，学科与文学所理论室共同组建了“文学理论研究中心”。2009年，在学科牵头倡议下，中国外国文论与比较诗学研究会成立。自2007年始，本学科每年编辑出版《跨文化的文学理论研究》论文集，至今已出版四辑，第五辑也已在 2013 年 6 月由北京大学出版社出版，第六辑正在筹稿和准备过程中。

目前，继续加强人才队伍建设是本学科面临的迫切问题。随着人员变动，我们在德国文论、法国文论方面处于人才缺位状态，英美文论研究也亟待增补力量，虽然我们在人才招聘工作上做了一些努力和尝试，但一直没有达到理想的工作要求。

二　学科前沿动态

无论是从全球范围看，还是从主要大国情况看，文学理论近几年没有发生大的具有范式意义的理论思潮。当世界进入新千禧年，西方社会普遍进入经济危机和政局不稳时期，世界发展趋向多元格局的时候，西方文学理论不再如 20 世纪 60 年代以来那样，引领西方思想、对文化和社会生活产生巨大影响的年代已经过去。西方世界自最近五六年以来即开始出现了学术思潮尤其是文学理论思潮相对沉寂的现象。除经济政治因素外，20 世纪 60 年代活跃一时的一批学者的相继辞世也是一个原因。正是这些学者构成了西方 20 世纪 60 年代以来的理论繁荣局面，他们也是对西方文化进行反思和批判最为尖锐、深刻的一批学者。保守的新自由主义继续居于支配地位，我们可以从最近几年频繁召开的围绕新自由主义批判的会议窥见一斑，其中既有埃里克·霍布斯鲍姆等老一辈马克思主义文艺理论家的领衔，也有恩斯特·拉克劳等相对年轻一辈马克思主义文艺理论家的跟进以及《新左评论》等知名刊物的附和。近年来，英美文论界基本上处于停滞状态。虽说不乏总结性、补阙性的文章，如杰姆逊或伊格尔顿等人的反思性文章（一如大卫·奥尔德森在曼彻斯特大学举办的关于特里·伊格尔顿学术生涯的会议所显示的，虽然理论家们在现实关切方面呈现出多样性的特征，对文献、人物、学派等的关注亦有升温，但总体而言，理论家们的著述并未跳出总结性及补阙性的范畴，福山的《十字路口的美国》便是其间的佳例），但他们目前似乎已经无力站在文学理论的学术前沿，指点文化事业，而更多地默默思考西方的现代性走向。就英国而言，受全球经济一体化的影响，消费文化较过去更加稳固地扎根在了英美社会之中；面对新的文学及文化现实，原有的批评利器逐渐丧失了批判力，因而出现了“批评空间的窄化”现象，这一现象已引起英美理论家的高度关注。人们有意识地开始了对文学研究的文化转向的反思；其结果之一便是使文学理论较以前更加紧密地与文化研究纠缠在一起，另一结果是文化研究进一步回归了学术本位。

在一向以学术活跃、求新、变革迅速为特点的法国，学术氛围的下降也表现得较为明显，体现出社会精神水平的整体滑坡。一方面，德里达等哲学大家的去世使学术界少了昔日不绝于耳的喧嚣；而另一方面，兹维坦·托多罗夫、朱莉雅·克里斯特瓦、热拉尔·热奈特等著名学者依然笔耕不辍。托多罗夫是思考启蒙理性和西方现代性的先驱，2010 年，他发表了一部关于文明与野蛮的系统思考的论著。但遗憾的是，托多罗夫关于思想史方面的思考尚未得到国内学术界的足够重视。在文学理论界，法国巴黎新索邦大学比较文学教授让·贝西埃颇有一枝独秀的味道。贝西埃于 2010 年发表了《当代小说或世界的问题性》（PUF）一书，对当代小说的国际创作现实和背景进行了全景式的思考和分析。该书的重要性在于把当代小说与 19 世纪的传统小说、现代小说、现代主义小说和后现代小说对立起来，认为小说领域正在发生重要的演变甚至革命，这场革命明确发生于欧洲和北美，尤其发生在拉丁美洲、亚洲、非洲和新西兰。2012 年，文学史方面的研究新作仅有几种，且不齐全，理论柜台的著作品种也明显下降，书店的商业包装氛围似乎浓了一些，不少学术品位并不太高的著作的包装却显得有些奢侈。

外文所理论室史忠义研究员于 2012 年 10 月访法，在与巴黎新索邦大学比较文学教授、国际比较文学学会荣誉会长让·贝西埃先生的交谈中证实了这一现象。贝西埃分析了造成这一现象的原因：（1）由于马克思主义的影响下降，法共在法国的影响也随之下降，国际化的学术思考倾向减弱，对关乎全人类共同话题的人文兴趣普遍低落；（2）法语在法国教育中地位的下滑以及文科学生数量的大量减少，影响了人文学科教学和科研的积极性；（3）普遍的经济不景气导致教育和文化领域商业氛围的强化。贝西埃先生指出，法国人文学术思考最活跃、成果最丰硕的年代是 20 世纪六七十年代，但今非昔比。法国思想界的状况恐怕能够比较典型地体现出西方当代思想发展的低落状况。

德国文论研究与英美和法国又有不同。哲学思辨的基础和一向严谨、理性的学术氛围一直是德国学术的特色。较之欧洲其他国家，全球金融危机以来，德国是经济政治动荡较少的国家，这也使得德国学术思想仍旧较为稳健地发展，并较其他西方国家保留了更多的古典研究和哲学方法论。

“比较文学”之复苏也许可以说是今日俄罗斯文学研究的一个重要的动向。2011 年 10 月，由俄罗斯科学院世界文学研究所、俄罗斯国立人文大学与法国国家科学研究中心（CNRS）联合举办了“跨民族的比较文学研究之历史：比较文学学之比较”研讨会。2010 年 11 月，俄罗斯国立人文大学曾开设以“历史诗学语境中的比较方法”为专题的研讨班。计划中 2013 年研讨会的专题则是“作为比较文学的翻译”。

综上所述，2010—2012 年西方文论和思想既是相对平静的几年，也在平静中孕育着一些变化。经过 20 世纪的思想文化大潮、21 世纪初的经济政治动荡，理论探索进入到一个相对平静的反思和准备阶段。

国内学科前沿概况如下：

在国内的德国文论研究领域，比较重要的论文有方维规的《“文学作为社会幻想的试验场”——另一个德国的“接受理论”》（《外国文学评论》2011 年第 4 期），主要探讨与德国康斯坦茨学派比肩的前民主德国的“交往美学”。作者认为，与西德的“接受美学”和“效应美学”不同，“交往美学”的宗旨在于，文学生产是文学过程中首要的、决定性的因素，没有生产便没有接受。换言之，“交往美学”注重作者、作品和读者之间的整个文学交往过程，试图通过文学创作与阅读以及作家、作品与读者的相互关系和相互影响来总体把握文学过程，视这种关系为作品和读者、生产者和接受者共同参与的双重过程。文学作品要产生效果，需要满足两个条件：其一，必须具有能使功能得到发挥的“接受导向”；其二，必须遇到能够兑现作品潜在功能的读者。以往，人们仅对姚斯和伊瑟尔的“接受美学”耳熟能详，经此论文，庶几对“交往美学”有一个大概的了解。另外，贺骥的论文《歌德的翻译实践与翻译理论》（《西安外国语大学学报》2012 年第 4 期）比较全面地评介了歌德的文学翻译和翻译理论。歌德在文学创作之外，亦翻译了大量的外国作品，但其翻译理论究竟为何，却少有人论及。该论文认为，歌德的文学翻译在总体上属于归化式翻译，晚年他将翻译文学视作世界文学构想的重要支柱，他对自己和他人的翻译实践作出了理论上的总结，提出了平实的散文式翻译、戏仿式翻译和对等翻译三种类型。《20 世纪德国马克思主义文艺理论研究》（曹卫东等著，北京大学出版社 2012 年版）一书则主要在德国范围内，追溯和探讨了随着 20 世纪世界社会、政治、经济和文化的翻天覆地的变化，马克思主义文艺理论所经历的十分曲折复杂的历史过程，并着重指出，在这一历史变化中，马克思主义文艺理论提出了许多新的命题，呈现出了多样性、当代性和开放性等特质。在我国当今建设具有中国特色的马克思主义文艺理论方面，此书具有重要的理论和实践意义。

俄罗斯斯拉夫文论的发展与中国现当代文论研究密切相关。自苏联20世纪90年代解体以来，俄罗斯国内发展引起的文化学术转型也不可避免地影响到文论发展路径的变化。国内则将俄罗斯斯拉夫文论研究重心从苏联以社会主义现实主义为主的日丹诺夫模式转向苏联东欧模式以外尤其是以巴赫金和散布在一些西方国家的东欧学者为主的文论研究成果上，并在近些年的研究中取得了新的成绩。值得一提的是，2012年5月，中国召开了以“斯拉夫文论与比较诗学：新空间、新课题、新路径”为主题的全国外国文论与比较诗学研究会第四届年会，比较集中地代表了当今俄罗斯斯拉夫文论在国内外的研究水平。年会集中探讨了20世纪以来广受学界关注的现代斯拉夫文论中的俄罗斯形式论学派、布拉格结构论学派，有深度地交流了什克洛夫斯基文论、雅各布森文论、英加登文论、穆卡若夫斯基文论、巴赫金文论、洛特曼文论在世界各国的研究成果。这样以斯拉夫文论整体研究为主题的国际交流，在当代中国还是第一次。来自国内的50多位学者，与俄罗斯、乌克兰、爱沙尼亚、波兰、捷克的学者参加了这次会议。社科院外文所学者周启超作了题为《跨文化世界中的现代斯拉夫文论》的主旨发言。他指出，现代斯拉夫文论是20世纪世界文论的重要组成部分，其思想的原创性、学说的丰富性、理论的辐射力，并不逊色于现代欧陆文论与现代英美文论。文学所学者丁国旗在论文《什克洛夫斯基后期文艺思想研究》中指出，什克洛夫斯基在后期已走出形式主义，走向对作品内容与精神的关注，而这一点却为当代文艺理论界所忽略或误解。外文所杜常婧在其大会发言《穆卡若夫斯基的结构诗学》中，探讨了扬·穆卡若夫斯基的结构诗学理论的基本特征。湖南师范大学张文初对穆卡若夫斯基的“foregrounding”论进行追问，认为将注意力从对于被言说、被书写的对象转移到言说本身上来，这是20世纪人文科学的重大转向。《论文学作品》的汉译者、外文所张振辉在《论英加登论作者、读者和文学作品的关系》中系统梳理了英加登文论思想。北京师范大学夏忠宪则对巴赫金与中国老庄整体主义思维方式的相近性发表了看法，强调东方的整体综合思维方式不仅不会妨碍按西方的分析逻辑思维所进行的科学探索，反而有助于对整体的理解。

当下是我们反思1980年代以来的外国文学研究、基于中国大陆的现实建构出自己的文学理论与研究范式的绝佳时机。事实上，刘禾等侨居海外的理论家，以及一些有抱负的西方理论家，已然开始了这方面的工作。其实，中国文学理论界多年来一直没有停止这样的探索。中国中外文论学会2010年4月于扬州、2011年6月于成都举办的两届学术研讨会，中国比较文学学会2011年8月在上海举办的国际学术研讨会都认真总结了30年来的文论研究，并探讨了拓宽文论研究路径、实行理论创新的可能性。由外文所主办的外国文论与比较诗学学会2010年1月于深圳、同年10月于上海也做了相同的努力。外文所陈众议研究员近年来一直关注60年来文学翻译理论和实践的总结。党圣元研究员注重思考中国古代文论的现代遭际，思考传统与现代之间的复杂关系，主张以古为邻。吴晓都研究员近年来则一直关注俄罗斯经典文论研究与苏联文论在中国的发展路径。

外国文论与比较诗学研究会近几年关注的重点主要表现在以下几方面：(1) 外国文论自19世纪末输入中国，在中国究竟经历了怎样的接受、影响、研究、变异等过程，即外国文论在中国的旅行状况如何；(2) 外国文论对中国传统文论形成了怎样的冲击？如何在中国传统文论与外国文论之间实现会通；(3) 如何建构中国文论话语体系。

理论室在2012年以“外国文论的当代形态：实绩与问题”为题在哈尔滨召开了一次学术研讨会，目的在检阅外国文论在当代中国30年的研究状况，同时反思过往，关注未来。与此同时，理论室将今后学术发展方向尤其是创新工程项目定位于对外国文论“核心话语”的反思上，目的是重新审视、清理外国文论在当代中国的研究。这些情况表明，中国外国文论研究也同样面临着反思与拓展的双重任务。

另外，近来国内外国文论的研究也出现向着更加综合的方向发展的趋势，无论是自觉的还是不自觉的，纯粹的无涉现实的纯文论研究日益不能满足学术深入化的诉求，而文论与其背后话语和意识形态、文化以及全球的格局进入研究者的视野。在我们反思外国文论的过程中，一些新的东西浮现出来，如军事、科技与殖民战争和冷战，语言与殖民战争和冷战的关系引入文学和文论研究。梁展的论文《制造“现实”——西方近现代文学的科学系谱》(《外国文学评论》2013年第1期) 就从西方近现代哲学、科学和语言学等方面的论述分析了西方近现代文学的科学谱系如文学致力于描摹的“文学性”到致力于不确定性的“文学性”的变化，进而说明“文学性”不是永恒的而是一种变动的建构，同时他也描述了语言与现代科技与冷战格局的相互建构和服务关系，颠覆了传统意义上文学中现实与虚构的关系，揭示出“现实”的“虚构”性即文学和语言在制造关于某种“现实”的神话。

三 学科建设状况

（一）主要研究项目

自2012年起，创新工程项目“跨文化的文学理论”正式启动。该项目包括三方面内容：

专题研究：“外国文论核心话语之反思”，包括“‘对话’与‘狂欢’：巴赫金文论核心话语研究”（周启超撰写），“‘文本’与‘作品’之间：巴尔特文论核心话语研究”（钱翰撰写），“‘审美意识形态’：伊格尔顿文论核心话语研究”（马海良撰写），“从心灵‘超验’到‘自我信赖’：爱默生文论核心话语研究”（任昕撰写）四个部分，研究成果将以专著形式呈现。

学刊编辑：《外国文论与比较诗学》，拟每年推出学刊两卷，一卷侧重于国外文论动态现状研究（可以《外国文学动态》每年一期“文论专刊”形式出版），另一卷侧重于国外文论前沿问题研究，争取做到前沿性译介与基础性研究并重。该学刊的创办，将在当代中国开辟一个多方位覆盖且及时准确报道世界文论动态的窗口。学刊团队成员为：周启超研究员、萧莎副研究员、任昕副研究员、张锦编辑、杜常婧助理研究员，学刊编辑工作由萧莎担任。

文论编选翻译：“外国文论大家论文学”（拟由周启超编选，杜常婧等据原文翻译）与“当代国外大家论文学文本/作品”（拟由周启超、马海良、钱翰等编选）。这两套译著的编选翻译，将发扬外文所自钱锺书、冯至、袁可嘉、陈燊等老前辈开创的精选精译外国文论名著的学术传统，发挥本学科作为外国文论研究国家队应有的作用，以回应国内文论界对外国文论大家名著直译本的现实需求。

专题研究、学刊编辑、文论编选翻译这三者互为支撑。透过文论大家原著文本之精读与翻译来进行研究，以研究带动文论译介，以研究的眼光推进文论翻译，是外文所从事文论研究的学者应具备的基本功。经过研究、编辑、翻译这样三位一体的历练，外文所理论室的青年学者可望更为健壮地成长起来，理论室的建设可望得到切实加强，外国文论研究这一重点学科的发展可望出现新的起色。

另外，本学科创新工程项目“外国文学理论核心话语反思”于2013年1月开始实施。

2011年，徐德林、庄焰进入“跨国资本主义时代的外国文学与国家认同：1898—1930年的西方文学译介与‘世界主义’的兴衰”创新工程课题组。2012年，徐德林顺利启动了院创新项目“跨国资本主义时代的外国文学与国家认同”的子课题“错位的他者——知识考古学视野下的中英文学关系（1898—1930）”，目前尚在按计划进行资料收集；同时较好地按计划推进了院重点课题“英国文学批评观念的演变——从阿诺德到威廉姆斯”，目前资料收集与阅读整理工作基本结束，即将进入写作阶段。除此之外，王涛也于2011年进入“马克思主义文艺理论与外国文学批评：文学史体现的资本语境与诗性资源”创新工程课题组，目前在研课题和其他科研活动正按计划进行。

董小英、任昕、萧莎、金成玉已于2012年年底按计划完成各自课题。董小英的专著《他类语言叙事》从叙事学角度对非语言类的艺术进行了研究。任昕的专著《从“逍遥游”到“诗意地栖居”：庄子与海德格尔》从诗性或审美的角度来把握庄子与海德格尔这两位思想家的学说，从对哲学核心问题的提出和对哲学基本问题的看法，人生关怀以及试图超越人生有限性、追求生命自由和谐的强烈愿望，对认知与领悟的辨别，追求思维上的原始性、整体性，反对思维的概念化、分析化，以及以一种诗性的或审美的境界实现人生超越等方面展开论述。萧莎的专著《英国的文学知识分子，1870—1939》从1870年这个在英国历史上的一个重要年份切入开展研究，研究英国知识界在社会制度的转型中扮演了怎样的角色，不同的思想话语如何与社会现实互动，文学话语如何为历史的智识的语境所塑造，同时又如何参与塑造了转型期的社会。金成玉的课题专著为《现代转型期中韩家族叙事与共同体的想象》，已完成初稿十多万字。课题研究参照班纳迪克·安德森的《想象的共同体》理论，对巴金和廉想涉的代表作《家》和《三代》进行了比较研究。

（二）主要学术成果

周启超发表了两部专著：《现代斯拉夫文论导引》（河南大学出版社2011年版）及《跨文化视界中的文学文本/作品理论——当代欧陆文论与斯拉夫文论的一个轴心》（中国社会科学出版社2012年版）。前者力图以穿越国别疆界、穿越民族区隔的“文化圈”为视界，来展开国外文学理论资源的系统清理与深度反思。后者以比较诗学的视界，进入当代国外文学文本/作品理论资源的系统勘察。

金成玉在其专著《崔曙海小说研究》（韩文，韩国知识与教养出版社2012年版）中运用米克·巴尔等的现代叙事学理论，从叙事学的角度全面深入地研究了崔曙海的小说。

周启超发表的论文有《当代欧陆与英美文论界视野中的尤里·洛特曼——尤里·洛特曼的文学文本理论之跨文化旅行》[《西北大学学报》(哲学社会科学版)2012年3月]；《作品的“开放性”与“文本的权利”——试论埃科的文学作品/文本理论》[《中国人民大学学报》(哲学社会科学版)2012年5月]；《当代外国文论：在跨学科中发育，在跨文化旅行——以罗曼·雅各布森的文论思想为中心》（载《学习与探索》2012年第3期）。

董小英的论文有《从秘索思到逻各斯，到科学——思维模式的演变》(《跨文化的文学理论研究》第4辑，河南大学出版社2011年版)。

金成玉发表的文章有《不同寻常的选择与实践——韩国现代作家廉想涉的文学与现实主义》(《跨文化的文艺理论研究》第4辑，河北大学出版社2011年版)；《民族或者“爱”的共同体的想象——中韩近代化的先驱梁启超和韩龙云的比较研究》(韩国《万海学报》2012年第12辑)。

王涛的论文有《当代“书写”理论中的犹太思想痕迹初探》(《跨文化的文学理论研究》第4辑，河南大学出版社2011年版)；《非同一性的乌托邦——试论阿多诺的文化理论诉求及其现实意义》(《马克思主义文学观与外国文学研究》，陈众议主编，北京大学出版社2012年版)。

任昕的论文有《从“逍遥游”到“诗意地栖居”》(《跨文化的文学理论研究》第4辑，河南大学出版社2011年版)。

徐德林的论文有《文化研究的语言学转向》(《跨文化的文学理论研究》第4辑，河南大学出版社2011年版)；《澳大利亚文化研究的系谱学考察》(《中国图书评论》2012 年第 8 期);《重温“文化研究宣言”》(《外国文学评论》2012 年第 2 期);另有文章若干。

萧莎 2012 年在《光明日报》上发表了系列文章:《多面人狄更斯》(2 月 27 日);《英伦的读书风尚》(4 月 23 日);《那些写给童年的故事》(5 月 28 日)。

除个人研究成果外,理论室近三年编辑出版的学术著作有:

《理论的记忆——中国社会科学院外国文学研究所理论室建室三十周年论文集》,这是理论室为室庆三十周年而编的一本论文集,并以此向那些曾为理论室建设开筚路蓝缕之功的前辈以及为中国外国文论建设作出贡献的人们致敬。论文集收录了理论室 17 位成员的 19 篇论文,其中包括吴元迈、叶廷芳、章国锋、郭宏安、吴岳添等学问卓著的前辈,还收录了由中国社会科学院外文所学者主持、编选、翻译的外国文论名著、丛书、资料书目与提要。论文集已由黑龙江人民出版社于 2011 年 12 月出版。

《跨文化的文学理论研究》是由理论室主编的另一部论文集,至今已出版 4 辑。其中第 3 辑由北京大学出版社于 2010 年出版,内收论文 16 篇,其中本学科成员提供论文 10 篇。第 4 辑由河南大学出版社于 2011 年 12 月出版。内收论文 18 篇,其中本学科成员提供论文 11 篇。第 5 辑共收录论文 17 篇,内容涵盖欧陆文论、斯拉夫文论、英美文论、亚洲文论以及中国古代文论、比较诗学等领域,其中本学科成员提交论文 10 篇。书稿已由北京大学出版社于 2013 年 7 月出版。

四 学科发展前景

中国的外国文论研究在今后面临的任务和可能遇到的问题有以下几方面:

(1)与国外的学术交流和对话仍有待进一步加强,对国外深层次学术研究的了解跟进不是特别及时,这也有待于有关部门为国内学者提供更多了解国外学术现状、与国外学界进行交流的机会。

(2)自 20 世纪 80 年代以来,中国学术界尤其是以研究西方学术为主的领域一直处于紧随西方学术思潮、大量介绍国外资料的时期,这种引进工作在当时及至今日,无疑功不可没。但是,与此同时也出现了盲目跟风、唯西学马首是瞻的现象。近几年来,跟风之风已趋平缓,更多学者开始了反思、总结以及对学术基本问题进行更为扎实和深入的研究的工作。这也是未来发展的一种趋势。

（3）外国文论研究与中国传统、中国具体情况及中国问题结合起来，为中西学术搭建接合和融通的平台，是中国文论研究工作者肩负的历史使命。

凭借多语种会通合作的学术资源优势和所在的区位优势，在今后几年里，文学理论学科要继续积极应对文艺理论现代性问题，继续深化外国文艺理论的经典研究、现状评介和多方位的考察，在经典文论的阐释和当代外国文论和文艺思潮的把握及评价方面，尤其是在欧陆文论、斯拉夫文论、英美文论和比较诗学方面，要走在国内前列，努力保持国家级研究机构相应的学术水平和权威性，使国内文艺界能够充分、及时地了解到国外文艺批评和理论研究中的新动向、新观念、新方法、新问题，并且启发我国文艺工作者从马克思主义的立场出发，对此作出我们自己的审视和评介，争取在推动国内文艺理论建设和社会主义精神文明建设上有较大作为。

要继续以“比较文学中心”和“文艺理论研究中心”为桥梁，加强与所外院外的相关同行的合作。要继续加强国内文论界和国外文论界的沟通，继续深化文论研究前沿和文论教学实践的互动。加强对前沿问题的追踪，把握国内外更加翔实的资料，及时做出整理和分析。并且注重实效，扩大我们的学术视野，更新学术思维，加强对前沿问题的追踪，及时掌握国内外第一手资料，及时做出整理和分析，全面完成所承担的几个项目，展现我们的科研成就。

本学科创新工程项目“外国文学理论核心话语反思”以三年为限（2013—2015），初步拟定的阶段性成果以及最终成果形式为：专著2—4部（其中2部为本所在编项目组成员承担，2部为院外兼职专家负责）；译著2部（在版权解决的前提下，为本所在编项目组成员承担）；学刊若干卷：《外国文论与比较诗学·动态现状研究》学刊1—3卷（若仍有余力，且在出版经费与编译人员等条件得到保障之前提下，力争再行完成《外国文论与比较诗学·前沿问题研究》1—3卷）；相关学术论文15—21篇。

2013年，该项目将在获批后全面启动，全面投入国内外相关资料的普查、收集、整理，专题研究的问题、思路讨论与论证，学刊选题设计、稿源准备、译者物色等工作。专题研究进入巴赫金研究、巴尔特研究、伊格尔登研究、爱默生研究之编选与翻译；学刊编辑在出版资助得以落实的前提下，力争编出《外国文论与比较诗学·动态现状研究》一卷；翻译工作在版权解决之后，立即进入《穆卡若夫斯基论文学》翻译。项目组若干位成员分别赴对象国出席相关国际学术研讨会，并随机访问相关学者，充实相关专题最新资料，购买相关专题最新书籍。

英美文学学科前沿研究报告
（2010—2012）

一　概况

英美文学学科于1964年7月原属文学研究所的外国文学部分独立组建外国文学研究所之初，拥有卞之琳、杨绛、袁可嘉、朱虹、董衡巽、李文俊等著名专家。1996年及2002年经院务会议批准，英美文学学科被确定为中国社会科学院“重点学科建设工程”项目。

本学科现共有十二人，其中英美研究室在职人员八人，其他（在《外国文学评论》、《世界文学》杂志编辑部等部门任职）从事英语文学介绍、研究的人员四人，其中研究员/正编审三人，副研究员/副编审/副教授六人，助研/编辑三人；45岁以下六人，形成了梯队式发展的合理格局。人员素质较高，十人有博士学位（其中三人为在国外学成后归国）。

学科注重提高中青年科研人员的业务水平。我们在学科内新老人员之间积极展开交流，鼓励年轻人参加所内举办的讲座并积极延请国内外学者主办讲座，还积极创造条件支持学科成员出国进修、从事短期研究等。

二　学科前沿动态

进入21世纪的第二个十年后，英语文学研究稳步发展，发表的论文、专著和其他相关文献数量持续增加，广度和深度也有了明显的拓展，涵盖了从远古到当代的诸多体裁和文类，对英美之外其他英语国家的文学有了更为深入的研究，在传统的研究视阈之外还涌现出了很多新颖独特的研究视角和对象。

这一时期的英语文学研究明显地体现了21世纪之初重估传统、反思历史的特征。对作家、作品的研究更加强调社会、政治、经济和文化语境,在发掘整理书信、日记、作品手稿等原始文献的同时,也更加注重近现代作家及其作品的批评史梳理,反思经典作家与当代社会的关联,对文学理论和文化研究的现状和发展趋势进行了深入剖析。以下是这一时期英语文学研究中的几个重要特征。

(1)重新审视文学创作和批评在当下社会和文化中的角色,反思"文学"和"文化"等基本概念和研究范畴的现状,重估文人或文学知识分子的影响力。

2012年,特里·伊格尔顿不仅推出了他的新著《马克思为什么是对的》,还写了《文学事件》一书,再度阐述了"何为文学"。该书梳理了既往文学理论中对这个基本问题的解答,因而也被称作是"批评家对文学批评的批评"。伊格尔顿把文学看作"事件",认为文学是多样的,并没有所谓的"本质"。

20世纪下半叶出现了所谓的"文化转向",文化研究、新历史主义、族群研究等新潮研究不断升温,但自20世纪最后十年以来,又逐渐受到质疑和批评,不再被学界热捧。苏珊·赫格曼为其新著取名为《文化回归》(2011),分析了文化研究的这一兴衰历史,反思了既往文化研究中的许多得失,认为"文化"作为文学批评的一个概念和范畴,在当下的全球语境中仍具有重要的意义。

21世纪以来,很多学者在反思英美文学在学科范畴之外的重要性,如菲利普·戴维斯的著作《维多利亚时代的文学为什么依然重要》(2008)。近三年来,"为什么重要"依然是个很能反映学科现状和学人心态的热门话题,如亚当·基尔希的新著《特里林为什么重要》(2011)。

(2)注重梳理近现代作家及其作品的批评史,整理作家书信日记等原始文献,反思经典作家与当代社会的关联。

批评史的梳理有助于研究者纵览学术传承的脉络,而其本身也是一种重新评价的过程。19世纪的梅尔维尔位居美国经典作家之列,对他研究已是卷帙浩繁,但一直缺少比较系统的批评史。《梅尔维尔的镜子——文学批评与美国最难把握的作家》(2011)一书便在这方面做出了尝试,既总结了既往学者从传记、宗教、伦理、政治、认识论、性等诸多角度对梅尔维尔的研究，又提出了新的视角和观点。除了这种针对作家的批评史研究，还有针对单部作品的研究。彼得·海斯便梳理了海明威的小说《太阳照样升起》问世80多年来的研究历程，从中可见不同时代的文化焦虑和文学批评特色。

关于作家的书信、日记、自传、作品手稿等原始文献的整理或再版也取得了新的进展。这一时期比较有特色的成果有美国现代小说家凯瑟琳·安·波特的书信集，马克·吐温的自传，单卷本的狄更斯书信选，《E. M. 福斯特日记》（三卷本），《伍尔夫随笔：1933—1941》（第六卷），《叶芝夫妇通信集》，《塞缪尔·贝克特书信集》，《萨克雷一家书信及日记》等。2012年，爱丁堡大学还举办国际性的学术会议，庆祝40卷的《卡莱尔夫妇书信集》出版（已在几十年的时间里陆续出版）。

（3）强调作家和作品研究的社会史与思想史语境，从器物、制度和观念等层面研究文学作品，探索现实与想象的距离和互动。

随着社会史研究的新成果不断面世，与之相关的英语文学研究也取得了很大突破。从器物层面切入的研究令人耳目一新。例如，《流体的社会生活：维多利亚时代小说中的血、奶和水》（2010）一书从隐喻层面分析了这三种流体在维多利亚时代小说中的意义；苏珊娜·戴利的新著则将视野拓展到“帝国疆域”，考究了羊毛、棉、钻石、茶等进口来的“印度货”在维多利亚时代小说中的角色。

从制度层面对文学作品进行的研究，在这一时期较多关注女性权利与文学创作环境。《维多利亚时代小说中的女性和个人财产》（2010）探讨了物品及其所有者之间的关系，通过比照当时小说和现实中已婚女子的财产所有权问题，分析小说家的叙事意图和策略。相比之下，关于中世纪英国妇女文化和社会权力的资料难以寻觅，而作为文学体裁的传奇便成了重要的依据，《中世纪后期传奇中妇女的权力》（2011）便根据文学作品来还原当时的社会生活状况。关于乔叟笔下的爱情和婚姻，已有一百多年的批评历史，但仍有许多无法确定的问题，《乔叟与爱情和婚姻文化》（2012）一书便结合14世纪英国的婚姻和社会史，对一些悬而未决的问题进行了考证和分析。此外，还有很多研究考察了作家所处的文学创作环境和当时流行的创作“规范”，如莎士比亚的作品与文艺复兴时期音乐与语言的关联，与伊丽莎白时期宗教理论、仪式和语言变革的关系等。

思想观念与文学创作的关系是更为传统的研究路径，但也不乏别开生面的新视角和新观点。例如，19 世纪英国博物馆的民主化过程引发了关于藏品保护的讨论，德恩·吉尔莫的文章便分析了这些讨论如何影响了萨克雷对历史小说的认知。《机器的生命：维多利亚时代文学与文化中的工业想象》（2011）一书则分析了机器如何重塑了维多利亚时代对人的认知。此外，还有大量论文探讨了具体作品的思想史语境，如夏洛蒂·勃朗特的《维莱特》与 19 世纪中期英国反天主教潮流的关系，托马斯·哈代《还乡》中对篝火之夜（11 月 5 日）的描写与 1840 年代英国人对暴力的恐惧等。

（4）对英语文学研究史上一些影响深远的观点提出了新的质疑，重新界定了文学批评中的一些关键概念和范畴。

这些新的质疑大多以文本分析为基础，涉及诗歌、小说、戏剧、翻译等具体的研究领域，其中又以小说理论最为突出。戴维·华莱士·施皮尔曼的论文直指"小说的兴起"问题。他分析了金钱在笛福的小说《鲁滨逊漂流记》（1719）、《莱尔·佛兰德斯》（1722）、《幸运女罗克萨娜》（1724）中的实际价值，通过对比历史上的物价和工资水平，估算小说中提到的那些钱在现今大致的购买力，得出的结论是"数目大得惊人，绝非小财"。这就从经济的角度推翻了一个长期影响着小说批评的观念，即这些小说代表着小说向现实主义转向。约翰·里德的新著《狄更斯的高度现实主义》（2010）考察了狄更斯所处的文学创作环境，认为狄更斯在有意抵制当时小说创作中的"现实主义"手法，进而探讨了现实主义这个术语的界定问题。

关于"小说"（Novel）与"传奇"（Romance）的区分，在"小说的兴起"理论中占有重要的地位，而特纳的《王政复辟时期的"传奇"与小说》（2012）一文则对此提出了质疑。该文通过分析 17 世纪英语中"传奇"一词的用法，以及它所指的具体文本类型，指出当时与"小说"并存的"传奇"既不与之等同，也不与之对立，而是与之并存竞争；传奇与小说的区别实际上还没有新旧传奇之间的差别大。这便挑战了关于小说历史嬗变的传统观念。此外，还有许多别有新意的论文和著作探讨了小说的发展史，如九百多页的《剑桥英国小说史》（2012）便打破了常用的历史分期法，从小说的形式方面探讨英国小说三百多年的发展历史。

（5）更加关注文学想象与民族国家形成的关系，探讨民族身份、阶级、教育等问题以及英语文学作为一个学科的发展，反思资本主义的发展对近现代文学的深远影响。

梅雷迪斯·马丁的新著《音步的兴衰：诗歌与英国民族文化，1860—1930》（2012）便从诗歌形式方面的变化来探讨诗歌与民族文化的相互影响。他分析了19世纪英国人对自身的认识如何影响了他们对音步的理解，以及音步所受的“诋毁”又是如何影响了20世纪的英国文学和民族文化。《伊丽莎白时代构建出的盎格鲁—撒克逊英国》（2012）一书则分析了都铎王朝的英国人对种族身份和民族历史的理解和建构。

同文学与民族国家形成的关系相似，文学与资本主义的关系也是20世纪后期以来的一个研究热点。过去的三年里也有很多研究是从文学领域来探讨资本主义对个人、群体和文化的影响的。例如，尼伦的《资本：美国世纪的诗与危机》（2011）一书便重新审视了北美从庞德、奥登到当代年轻诗人的英语诗歌，认为资本主义是20世纪美国诗歌的一个中心主题。

以上是过去三年英语文学研究中几个比较突出的特征，还有大量的研究也在跨度和深度上较以往有了突破，带有明显的比较视野，例如对古英语诗歌《贝奥武甫》的现代英语译本的评析，对从H. G. 威尔斯到艾丽丝·默多克的“现代乌托邦小说”的探讨，对2003年诺贝尔文学奖得主、南非作家库切作品的系列解读等。在几近程式化的“学院”风格的研究之外，也出现了一些不落窠臼的另类研究，像美国诗人C. K. 威廉斯论19世纪美国诗人惠特曼的著作，就撇开了批评史和现有传记资料，从个人的阅读体验出发，以诗人的感受来品读惠特曼，给文学研究带来了一丝清新的草叶气息。

在文学创作方面，近三年来的英语文学创作，秉承了21世纪前十年的基本走向。从题材上说，历史想象、传记小说、文化冲突、边缘的呈现依然是作家的最爱，传统的现实主义写作也不乏其人；从作家的背景上说，少数族裔创作、印巴和非洲地区的写作非常抢眼；从作家的年龄构成来看，20世纪70年代出生的作家逐渐成为文坛的主力，“80后”作家也逐渐登上了历史舞台。

第一，历史想象和传记小说。

英语作家对于历史的偏爱有目共睹。近年来，历史小说接连获奖，成为英语小说创作的一个热点。大量的影视剧的推动，也间接促进了英语国家读者大众对历史小说的兴趣。

希拉里·曼特尔（Hilary Mantel）以都铎王朝为背景的历史小说《狼

厅》(2011)和《提堂》(2012)连续两年获得布克奖，充分说明了英人对于历史题材的热爱。两部小说皆以托马斯·克伦威尔为主人公，以国王亨利八世的婚姻危机为切入点，以今天的眼光讲述都铎王朝的一段往事，重塑了克伦威尔这位权臣的形象；安德鲁·米勒(Andrew Miller)的小说《纯》(2011)围绕着1785年巴黎清空圣婴公墓这一历史事件展开，通过描写法国革命前夕各色人等形形色色的表现来考察历史和记忆对于当代世界的影响；爱尔兰作家塞巴斯蒂安·巴里(Sebastian Barry)2011年的小说《在迦南那边》以“一战”前后爱尔兰人移民美国的历史为背景，通过一个爱尔兰裔美国妇女对自己一生的回忆，表现了爱尔兰社会的复杂性。

喜欢在历史材料中寻找灵感和主人公的还有英国作家阿兰·霍林赫斯特(Alan Hollinghurst)，他2011年的作品《陌生人的孩子》颇受好评，小说主人公的原型是英国诗人鲁伯特·布鲁克，一位曾令叶芝等大作家拜倒在其裤管下的美少年。霍林赫斯特的小说在写法上与A. S. 拜厄特相似，都是由虚构的历史人物引出的一连串学术悬疑和文史寻根。

第二，老作家新作家各显身手。

成名于20世纪七八十年代的老作家写出了不少反映社会现实的好作品。值得关注的有：英国作家伊恩·麦克尤恩(Ian McEwan)小说《日光》(2010)，写的是气候变化。小说《甜牙》(2012)以冷战中的谍战为背景，描写了一个女间谍和一个男作家之间的爱情故事，其真正的主题探讨的却是虚构与真实之间的边界。英国作家马丁·艾米斯(Matin Amis)的小说《怀孕的寡妇》(2010)，以慢镜头的方式回顾和反思了20世纪60年代的性解放运动对男女人际关系造成的影响，从某个侧面反映了21世纪英国社会保守思潮的回归。朱利安·巴恩斯(Julian Barnes)的小长篇《终结的意义》(2011)，主要讲述了一个关于回忆的故事——对历史和记忆的再思考和再认识。爱尔兰作家安妮·恩莱特(Anne Enright)的小说《被遗忘的华尔兹》(2011)以当代爱尔兰为背景，描写了中产阶级家庭的情感生活。英国作家黛博拉·李维著(Deborah Levy)的小说《游泳回家》(2012)讲述一个焦虑的年轻女人考验两对夫妇的婚姻的故事。

近三年来，青年作家的表现十分突出。他们大多生于20世纪七八十年代，成长的年代正是社交网络大发展的时期。很多作家，有广泛的跨文化经历，眼界和创作观念都不同于前辈。他们大多数毕业于各种各样的创意写作班，在文学上不乏创新的野心。

爱尔兰作家凯文·巴里(Kevin Barry)的小说《伯恩城》(2011)把冰岛史诗嵌入到美国的西部故事中，写了一个在现实生活中子虚乌有的伯恩城，时间是2053年。加拿大作家帕特里克·德威特(Patrick de Witt)也是近年来出现的新秀。他的小说《姐妹兄弟》(2011)以加拿大历史上的淘金热为背景，讲述了查理和伊莱两兄弟的荒诞人生。

青年作家的作品中，反映现实生活、表现当下社会题材的也屡屡受到各大文学奖的青睐。英国作家乔恩·麦克格雷戈(Jon McGregor)的小说《即便是狗》获得2012年度的IMPAC文学奖。小说讲述了一群社会边缘人的破碎生活，向底层人民表达了敬意。美国黑人女作家杰斯米妮·沃德(Jesmyn Ward)的小说《拾骨》(2011)荣获了当年的美国国家图书奖。小说以卡特里娜飓风为背景，讲述了一个十五岁黑人少女未婚先孕的故事。

此外，出生于魁北克的青年女作家阿历克丝·奥赫琳(Alix Ohlin)2012年连续出版了两本小说。《内在》写了蒙特利尔一位称职的离异理疗师和一位男病人的故事。《神迹奇事》是一本短篇集，收入了十六个短篇。加拿大作家希拉·海蒂(Sheila Heti)2012年的长篇《何以为人》，以转录的谈话、真实的邮件，加上一定量的虚构，组成一部“文学小说”，动态记录了青年人当下的生活，引起了评论界的重视。

“80后”作家也显示出了不俗的创作实力，美国作家卡伦·拉塞尔(Karen Russell)的小说《沼泽地!》(2011)，讲述一个发生在鳄鱼主题公园里的爱情故事，充满幽默的笑料，行文从容老到，亦让评论界刮目相看。

近年来，随着越来越多的人进入社交网络和各种公共写作平台，新人的处女作获得了越来越高的关注度，2012年的英语小说布克奖长名单中，有四本小说是处女作。这一方面反映了一代新人蓬勃的创作能力，另一方面也从某个侧面反映了网络时代写作的新趋势，即越来越多的人在动笔写作，从前需要磨炼技艺一步步走上文坛的路径，往往被一次获奖定终身。

萨姆·汤普森(Sam Thompson)的小说《共享城市》(2012)在形式上颇有创新。小说共分十章，每一章由不同的叙事者各讲一段看来互不相关的故事，当读者最终将每章的故事串联起来，才会对故事发生的这个城市有所了解。汤姆森笔下的城市是一个由互联网联系起来的共享的城市，碎片化的写作也多多少少应和了这个时代碎片化阅读的趋势。艾莉森·摩尔（Alison Moore）的《灯塔》（2012）曾入围当年的布克奖短名单，小说用蒙太奇的手法写了一个中年人的生活，有明显的现代主义创作风格，意象、象征和意识流手法都有充分的运用。爱尔兰青年女作家贝琳达·麦基翁（Belinda McKeon）2011年的小说《抚慰》深受好评。马克·卡茜离开了祖辈长大的乡下老家，到大城市都柏林读博士。作家通过表现书中角色之间的碰撞过程，试图揭示“新”“老”爱尔兰之间的紧张关系。有评论说，这部小说是对当下青年人生活的最好描绘。

第三，实验写作。

一些作家勇于探索文学创作新的可能性，不仅在观念上，更是在形式上。这样的作品未必能得到读者大众的认可，却在文学圈内受到普遍的关注。

2011年，美国作家詹妮弗·伊根（Jennifer Egan）凭借《恶棍来访》获得包括普利策奖、书评人协会小说奖在内的多项大奖。《恶棍来访》时间跨度几十年（从20世纪70年代到21世纪20年代），全书结构犹如一张音乐唱片，由Part A和Part B两个部分组成，用十三个既相互关联又相互独立的片段讲述了一系列故事，展现了一代摇滚青年的青春与理想。2012年5月，她又创作了小说《黑匣子》，把八个短篇新作写在每页有八个长方形条框的笔记本上，然后在“推特”上首发。小说仅有8500字，连续十天，每晚八点至九点，每分钟一条，持续一小时。这样的小说写作和行为艺术融为一体，吸引了大量的眼球。

不得不提的文学实验者有威尔·塞尔夫（Will Self，1961—）。他的小说《伞》以决绝的实验特色令评委和读者纠结。《伞》以第一次世界大战为背景，讲述了一个精神科医生试图救助一些患有嗜睡性脑炎患者的故事。整部小说是一部意识流小说，随着主人公的意识活动，情节通过自由联想不断发展。

第四，移民文学和离散写作。

老一辈移民作家有奈保尔、石黑一雄、拉什迪、翁达杰等大家，新一代有莫妮卡·阿里、扎迪·史密斯、希山姆·玛塔等。

迈克尔·翁达杰（Michael Ondaatje）的小说《猫桌》（2011）处理的依然是文化冲突的题材。整部小说通过一个独自航行的孩子的眼睛，探讨了童年的离家体验和文化撕裂对于一个人成年生活的巨大影响。利比亚裔作家希山姆·玛塔（Hisham Matar）的小说《失踪的解剖》（2011）以其父亲的失踪为素材，讨论个人在国家变故大势下的命运。生于尼日利亚的海伦·奥耶耶美（Helen Oyeyemi）的《福克斯先生》（*Mr. Fox*，2011）讲一个作家和他的主人公的故事，有极强烈的“元小说”味道。有评论说，奥耶耶美的风格是亨利·詹姆斯和爱伦·坡的混搭。塞尔维亚裔美国女作家迪·奥布雷特（Tea Obreht）凭借其处女作半自传体《虎妻》（2011）讲述一个融合了民间传说、家族秘密以及探讨死亡的追寻故事。

牙买加裔英国作家扎蒂·史密斯（Zadie Smith）的 *NW*（2012），通过四个人物的经历和故事以及与一处旧房子的关系，写出了伦敦西北角小镇维尔斯登的生活场景。保加利亚裔作家米罗斯拉夫·潘克夫（Miroslav Penkov）的短篇小说集《西方中的东方》以冷战时期一个被战争分裂的保加利亚村庄为背景，通过该村庄约四十年时间的变迁表现了战争的残酷。马拉西亚华裔作家陈黄德（Tan Twan Eng）的作品《夜雾花园》进入2012年布克奖候选名单，2013年获得该届英仕曼亚洲文学奖。故事以“二战”为背景，描写了一位从日本集中营生还的马来西亚妇女老年时对当年岁月的回顾。奈保尔2010年出版的游记《非洲的假面剧》通过对非洲六国的记录，探讨了非洲本土的信仰沦落后国民精神的贫乏。

第五，印巴英语写作。

印巴英语写作，在21世纪前十年表现抢眼。近三年来的创作继承了前十年的气势，每年都有令人瞩目的新作品问世。阿米塔夫·高什（Amitav Ghosh）2011年完成了“朱鹭号”三部曲的第二部《烟之河》（*River of Smoke*）。青年作家阿拉文德·阿迪加（Aravind Adiga）2011年出版了长篇《塔楼里的钉子户》，讲述了一个发生在当代印度的拆迁故事。吉特·塔伊尔（Jeet Thayil）的小说《毒品大都会》（2012）讲述了孟买与毒品的渊源。

第六，非洲英语写作。

近年来的非洲英语写作，主要是由留学欧美的年轻作家带动起来的。除了前面提到的海伦·奥耶耶美，比较出色的有尼日利亚特居·科尔（Teju Cole）的小说《开放的城市》（2011）；南非雅克·斯特劳斯（Jacques Strauss）的小说《杰克·V可疑的救赎》（2011）；南非老作家安德列·布林克（Andre Brink）的小说《菲莉达》（2012）；尼日利亚旅美作家阿契贝（Chinua Achebe）的《陨落之国：关于比夫拉的个人史》（2012）。

国内学科前沿概况如下：

国内的英语文学研究在这一时期涌现出了很多优秀成果，其中包括不少在之前的研究中长期被忽略的选题，研究的深度和广度有了明显的突破。在作家研究方面，既有对莎士比亚等古典作家的研究，也有对伊恩·麦克尤恩、菲利普·罗斯、库切等当代作家的评述。文本研究也体现了丰富多样的视角，有很多研究尝试对西方的权威学者提出一些商榷意见，论文如黄梅的《〈情感与理智〉中的"思想之战"》(2010)、张中载的《被误读的苔丝》(2011)等。还有很多学者对文学史上的较少为人关注或争议较多的专题进行了深入研究，如吴冰的《华裔美国文学的历史性》(2010)、周颖的《想象与现实的痛苦：1800—1850英国女作家笔下的家庭女教师》(2012)、乔修峰的《卡莱尔的文人英雄与文化偏至》(2012)等。

除了作家、作品研究，这一时期国内的英语文学研究还对当前西方流行的思潮和理论进行了评介，并对文学批评中的一些基本概念做了细致的辨析和诠释。论文如傅浩的《西方文论关键词：自由诗》(2010)、殷企平的《西方文论关键词：文化》(2010)、赵元的《西方文论关键词：十四行诗》(2010)、聂珍钊的《文学伦理学批评：基本理论与术语》(2010)等。也有学者对当前文学批评和理论中的一些热点问题和误区提出了质疑和解释，如孙丽君的《生态女性主义批评的困境与出路》(2011)、申丹的《美国当代修辞性叙事理论中被遮蔽的历史化》(2012)等。

这三年国内的英语文学研究有一个明显的特征，即更加关注英语文学与中国文学及社会历史和现状的关系，反思中国语境下的英语文学研究与翻译，探讨英语文学中的中国元素，体现了对话意识和批判精神。陆建德的《自我的风景》(2011)、盛宁的《对"现代主义"在中国影响的再思考》(2012)等论文便是较有代表性的作品。而这一时期召开的很多大型学术会议也体现了这种反思意识，如中国外国文学学会主办的"新世纪外国文学：传承与发展"研讨会(2011)，英语文学研究分会主办的"英语文学研究与中国：当代视角"研讨会(2012)，中国社会科学院外国文学研究所等单位主办的"'文化转向'与外国文学研究"研讨会(2011)和"外国文学与中国的现代自我"研讨会(2012)等，均涉及英语文学的研究和翻译与中国现代化进程的关系。2011年10月，北大和北师大联合主办"外国文学学会英语文学研究分会第二届年会"。主要议题为"英语文学与思想史研究"、"文学理论的应用与得失"、"英语文学经典研究与重译”和“中国文学及文化视角下的英语文学研究”，细分为“18、19世纪英语小说”、“20世纪英语小说”、“英语诗歌”、“理论、思想史”、“英语文学、作家与思想史”和“翻译、文化、比较研究”六个子议题十四个讨论小组和一个研究生论坛。该年度的主要会议还有：由北外与爱尔兰使馆主办的“叶芝生平与作品展”开幕式暨“叶芝与中国”学术报告会；陕西师大主办的“文学理论：跨文化和跨学科的对话学术研讨会暨中国外国文论与比较诗学学会第三届年会”；中国社会科学院外文所《外国文学评论》编辑部与首都师大承办的“‘文化转向’与外国文学研究学术研讨会”等。

在国内，在大而空的理论热仍未退潮，多元化、全球化、跨文化、生态批评、伦理批评等旗帜仍高高飘扬的背景下，出现了少数将文本细读和文化/历史的视野相结合的文章，比如龚蓉分析詹姆斯一世时期的复仇剧与同时代各种政治话语及法律思想的互文关系，张鑫探讨浪漫主义时期的英国在书报的出版、图书馆的普及和大众创作的推动下，文学作品阅读领域出现的一种特色鲜明、影响至深的全新阅读伦理，等等。但总体而言，少有深入沉潜的研究，而走偏锋、找冷门的做法多起来，由于基础薄弱，所涉领域相对陌生，一时难有深入的探索。

这一时期国内的英语文学研究除了关注学科的发展动态和前沿问题，也比较注重学术史的整理，开始对近现代尤其是新中国成立60年来的英语文学研究进行全面的考察和分析，探索学科的发展趋势。

三　学科建设状况

综观全国情况，本学科仍处在一流水平。现有学科带头人三人，在各自的研究领域内都堪称权威。学科成员积极承担国家、院、所重点科研项目，并取得了较丰富的成果。成果多见于一流专业刊物上，学术含金量普遍较高，常被引用，在学术界有“免检产品”之誉。在专业学术会议上，学科成员常常应邀作主题发言或主持会议，受到关注和尊重。

本室研究人员目前承担国家级或院级课题二项，所级课题六项。其中，傅浩“威廉斯研究”（院重点基础学者项目）已进行过半，预计2013年年底完成；黄梅“奥斯丁小说研究”（创新工程长城学者项目）已完成五万字；乔修峰主持国家社科青年项目课题“19世纪英国文人的词语焦虑与道德重构研究”，预计2013年年底完成，并参与创新工程课题“马克思主义文艺理论与外国文学批评：文学史体现的资本语境与诗性资源”；何恬于2011年完成院青年启动基金项目“爱尔兰民族戏剧运动的文化困境与丰富面向”，现在参与创新工程课题“跨国资本主义时代与现代性：文学维度中的现代性批判和思考”；周颖“解构主义在美国——以保尔·德曼为中心”已于2011年如期结项，现主持所重点课题“19世纪英国女性小说研究”。

主要成果如下：

傅浩：论文《怎样译诗：兼评〈英诗汉译学〉》（《东方翻译》2011年第1期），就英诗汉译提出独创的理论和方法；《译诗如歌：再谈怎样译诗》（《外国文艺》2012年第5期），进一步具体深化了自己的译诗主张和方法；《Ts'ai Chi'h是谁?》（《外国文学评论》2010年第2期；《复印报刊资料·外国文学研究》2010年第10期），指出了英美学界有关中国文学的一个误解；《叶芝在中国：译介与研究》（《外国文学》2012年第4期；《复印报刊资料·外国文学研究》2012年第12期），全面评述了我国叶芝研究的历史和不足。

专著《窃火传薪：英语诗歌与翻译教学实录》（上海外语教学出版社2011年版），师法古人问答对话、口传心授，把指导研究生过程中课堂教学的串讲和讨论、公开讲学以及解答学生问学的通信内容整理出来，并适当插附学生作业点评、推荐阅读书目等相关教学材料，不仅展示了作者指导研究生教学的完整过程，而且还透露了一些研究心得和教学方法等“不传之秘”。不仅内容丰富，而且形式颇有创意。

盛宁：论文《走出“文化研究”的困境》（《文艺研究》2011年第7期）试图对“文化研究”之所以陷入目前困境的多种原由做出分析，认为不应把本是批评实践的“文化研究”，误当作所谓的“理论”去深究，而应认清文化研究的“实用性宗旨”，把对“文化研究”的伪理论兴趣转向对于现实文化现象的“个案分析”。

专著《现代主义·现代派·现代话语——对“现代主义”的再审视》（北京大学出版社2011年版），试图从新的角度重新思考有关“现代主义”的问题，提出了一系列与以往不同的看法，有些涉及对于现代主义思潮本身的认识，有些则表现为对于具体现代派作家的把握和评价，还有的则是现代主义在演化和发展过程中又产生的新问题。

黄梅：完成《新中国六十年奥斯丁研究之考察与分析》论稿一篇（北大国家重点项目的组成部分）。另完成有关斯特恩的文章两篇，预计年内随作品出版。《“狂野之夜”令人心惊》（《书城》2011年3期）；《奥斯丁“遇见”〈教育诗〉》（《中华读书报》2011年7月6日）。

杨卫东：论文《作为比喻的写作——马拉默德小说中对爱的探索》（《外国文学评论》2011年第4期），分析马拉默德的《房客》和《杜宾的人生》，指出两部作品都在循环重复的结构中探讨现代人的身份问题。

何恬：论文《“国剧”：一个针尖上几个天使？——基于比较视野的回溯与思考》（《中国学术》2011年6月第29辑）。文章借助福柯的知识考古学方法，对“国剧”这一能指在近代中国的产生、衍变及其所带来的矛盾与困惑进行了深入的考察。

吕大年：完成读书笔记《人文主义论教育》。笔记来自哈佛大学2002年整理出版的三篇15世纪意大利人文主义者讨论男童教育的论文。笔记的意图在于说明早期人文主义者对古典文化的态度。摘记的段落全部依照拉丁文译成汉语。

乔修峰：完成论文《英国状况问题：卡莱尔、恩格斯与狄更斯》。文章通过分析19世纪英国文学和社会批评中的关键词“英国状况问题”（the Condition of England Question）来剖析19世纪三四十年代英国工业化进程中出现的社会问题以及卡莱尔、恩格斯和狄更斯三人从不同角度提出的批评和解决方案。

周颖：书评《新约圣经：绝对神授还是历史产物?》（《读书》2011年第6期），评述美国新约研究专家巴特·埃尔曼的新著《错引耶稣》，介绍西方早期基督教研究的最新动态和研究方法。

四　学科发展前景

在未来几年内，英美文学学科将通过不懈的努力，完成预定的科研计划，进一步提升整体科研水平，培养严谨的学风，扬长避短，逐渐形成自己的学术特色，在国内保持一流的科研水平，并争取成为在国际上有一定发言权的有中国特色的英美文学研究队伍。本学科秉持一贯的严谨务实的工作作风，充分尊重研究人员的个性风格，以期发挥每个人的学术潜能和特长。同时也精诚合作，以读书会等形式促进学术交流，彼此间取长补短，互帮互学，养成了良好的风气。这些都是今后厚积薄发，多出精品的基础保障。

学术资料积累与现代化研究手段建设对于学术研究来说是关键。本室自第一代学者起，就高度重视图书资料积累工作，今后仍将继承这一优良传统，除了协助图书中心搞好订书工作外，还要进一步加强学科自身的图书资料积累，添置一批优秀工具书和必要的权威版本。还将努力促进研究人员科研手段现代化，帮助他们购置必要的设备和电子资料并组织科研人员交流利用国内、国际互联网获得信息资料的经验。此外，还将加强对现有青年科研人员的培训，加强所内新老人员和不同语种人员之间的交流和学习；继续延请国内外专家来所举办讲座。

鉴于英美（含其他英语国家）文学涵盖极广，一个研究单位在科研选题上不可能面面俱到。我们的思路是发挥每个研究人员的个人特长，力争在“点”上有所突破有所成就，出一批国内一流质量的研究成果。

俄罗斯文学学科前沿研究报告
（2010—2012）

一　概况

俄罗斯文学研究以俄罗斯文学研究室为主体，兼容本所在俄罗斯室之外的其他研究室及编辑部从事俄罗斯文学研究的力量。1964 年，外国文学研究所建所，成立了苏联文学研究室。1991 年，苏联解体后，“苏联文学研究室”更名为“俄罗斯文学研究室”。曾被列为院级重点学科，自 2009 年起成为“西方现代文学学科”的一部分。

进入 21 世纪之后，外文所俄罗斯文学研究的结构比较完整，无论是从整体上，还是从研究方向上，都具有一定优势。有三个传统的稳定的研究方向：俄罗斯文学史、当代俄罗斯文学、俄罗斯文学理论。研究人员横跨俄罗斯文学室、理论室，这为学科发展、研究生培养创造了良好条件。目前，外文所俄罗斯文学研究的科研队伍在国内仍保持一定优势，整体素质较高，专业配置和分工较合理，相关科研人员年龄结构呈梯次。目前外文所可列入俄罗斯文学学科的在职人员共九人（俄罗斯室八人，理论室一人）。学科带头人两人，研究员四人，具有博士学位的有八人。各年龄段人数较为均匀，大部分都有访学俄罗斯的经历，国际交流能力良好。目前国内同类规模的俄罗斯文学研究队伍仅此一个。在推动本学科全国性学术活动方面，起着重要作用。

总体来讲，外文所的俄罗斯文学研究在普希金研究、列夫·托尔斯泰研究、陀思妥耶夫斯基研究、白银时代现代主义诗歌研究、侨民文学研究、思想文化研究、比较文学研究、小说形式风格研究、苏联文学过程研究以及系统资料整理等方面在国内学界处于领先地位，建树较多，影响较大。

二　学科前沿动态

俄罗斯文学创作概况如下：

俄罗斯的文坛氛围依然比较宽松，持不同见解的各类作家颇能和睦共处。批评家们，尤其是年轻一代继续在追捧弗·马卡宁和柳·彼得鲁舍夫斯卡娅等功成名就的“老作家”，而对那些有反政府倾向的作家来说，官方也采取妥协的态度以显示政府的包容性。除了“新现实主义”的话题，新旧交替也是近年来文坛常常提及的话题。人们不仅关注作家的浮出与沉寂，对文学的潮流和走向也有了更多的关注。对热门作家作品，评论家的关注焦点还有柳·乌利茨卡娅、叶·科里亚吉娜、马·别特洛夏，以及20世纪末即已成名的佩列文、巴甫洛夫、贝科夫等。评论界甚至认为，乌利茨卡娅正开创着一种目前无法命名的“特别的潮流”。

德·达尼洛夫的小说《地平线的风景》（2010）备受好评。它一反大多数作品叙事过分拖沓的弊病，以尖锐犀利的笔法、扣人心弦的节奏和略带忧郁的情调，成功地激起了人们的好奇心，进而对作家掩藏在词语之后的意义产生了兴趣。2010年颇受关注的作品还有奥·斯拉夫尼科娃的小说《脑子短路》、希什金的小说《书信集》和扎·普里列平的《黑猴》，其中希什金《书信集》最终夺得2011年的大书奖。小说用传统的书信体结构建构起两个完全不同的时空，结合了历史与现实、叙述与抒情，对生与死进行了独到的阐释。2010年的短篇小说成就以马·奥西波夫的《莫斯科至彼得罗扎沃茨克》为代表。小说将一段看似普通的旅程，变成了对当今俄罗斯生活的苦涩隐喻。作家因此而获得了年度卡扎科夫奖。

2011年，马卡宁的小说新作《两姐妹和康定斯基》、尤·布依特的《蓝血》、阿·伊利切夫斯基的《数学家》、尤·阿拉波夫的《新奥尔良》以及阿·斯拉波夫斯基和谢·索罗乌赫的作品虽纷纷问世，却仍没引起评论界太多的热情。倒是年轻作家德·贝科夫的小说《奥斯特罗莫夫，或巫师的弟子》获得了2011年度国家畅销书奖。这是作者的三部曲之最后一部。小说以寻找1926年真实存在的列宁格勒共济会开始，主人公便是共济会运动的领导人奥斯特罗莫夫。在探讨生死问题的同时，贝科夫更将注意力转向叙述历史和描写细节，在阴郁的画面上多少添加了一点乐观的色调。小说被认为是复兴俄罗斯文学传统之路的一部重要作品，其宏大的叙事所展现的是时代，而不仅是某一个人物。

2012 年，佩列文推出反乌托邦的幻想小说《S. N. U. F. F. 乌托邦》。"70 后"代表作家奥·巴甫洛夫获得了 2012 年度的索尔仁尼琴奖。巴甫洛夫崇尚现实主义，其创作大多取材于个人军旅生涯，贴近现实，侧重揭露阴暗面，直面社会的丑恶与痛苦。

在对"新现实主义"进行长达数年的讨论之后，现实主义传统的回归已成为文坛上不争的事实，而 2012 年俄语布克奖的获奖作品安·德米特里耶夫的《农夫与少年》便是有力佐证。小说以 2007 年的俄罗斯农村为背景，以细腻的心理刻画、精湛的细节结构和令人耳目一新的幽默元素，真实呈现了当代俄罗斯农村的面貌，也塑造了一个极力抵抗外界环境的当代迷惘青年形象。

21 世纪以来，曾经活跃的"四十岁一代"等老作家渐渐淡出文坛。进入 2012 年后，两位高龄作家的获奖却成为年度文坛的亮点。一是 78 岁的诗人叶甫盖尼·莱茵获 2012 年度俄罗斯民族诗人奖，二是 93 岁高龄的作家丹·格拉宁凭借小说《我的中尉》获 2012 年度俄罗斯大书奖一等奖。《我的中尉》以卫国战争为背景，主人公是两名性格迥异的普通中尉，面对惨烈的人生，他们走上了完全不同的道路。

传记文学方面：亚·丘达科夫的回忆录《阴霾笼罩古老的台阶》(2011) 获得"布克十年"奖的最佳小说奖，它讲述历史学家斯特雷姆霍夫从莫斯科回哈萨克斯坦探望临终的外公萨文的故事。亚·卡巴诺夫和叶·波波夫类似人物传记的纪实作品的《阿克肖诺夫》(2012) 获得大书奖的二等奖，作品以两位朋友对话的形式，共同回忆故去的老友阿克肖诺夫，对话形式的采用赋予了严肃的传记以诙谐、幽默的基调。德·贝科夫的传记类作品《未知数》(2012) 以《静静的顿河》著作权为引子，展开了对肖洛霍夫生平的探寻。

"诗歌老龄化"一直是近年俄罗斯文坛的沉重话题。2011 年，诗歌处女作奖奖项规则的改变就是明证。规则将申请人的年龄由原来的 25 岁上限提高到了 35 岁，2011 年度的诗歌处女作奖获得者就是恰好 35 岁的安·鲍曼。当然，诗坛也涌现了一批获得普遍认可的新人，如阿·波尔文、阿·格里戈里耶夫和安·切尔卡索夫。

女性作家中，马·斯捷普诺娃和奥·斯拉夫尼科娃获得较多关注。前者的家庭伦理小说《拉扎尔的女人们》（2012）讲述了天才科学家拉扎尔从落魄走向成名过程中与三个女人的故事，饱含深切的爱恨情仇、欲念交织。后者以2001年的畅销之作《不死之人》获得了2012年度高尔基文学奖。

国内学科发展前沿情况大致如下：

2010—2011年，国内俄罗斯文学研究界几代同人辛勤耕耘，事业欣欣向荣，在多个领域深入开掘，推陈出新，取得了丰硕的学术成果与社会反响。尤为值得一提的是，在老一辈学者的鼎力扶持和俄罗斯文学研究会的积极运作下，国内举办了多场学术会议，为培养年轻学者，锻炼学术队伍，发扬学科优势创造了良好的氛围。

19世纪俄国文学研究方面，继续对普希金、屠格涅夫、托尔斯泰、陀思妥耶夫斯基、契诃夫等经典名家进行深入细致的研究和剖析，同时注重从新的角度、新的视角进行解读。

吴嘉佑的专著《屠格涅夫的哲学思想与文学创作》（人民出版社2012年版）分三章，分别探讨屠格涅夫不同时期的不同哲学思想形成和发展的起因，其各种哲学思想在文学创作中的表现，以及屠格涅夫文学创作中的浪漫主义要素。高荣国的《冈察洛夫长篇小说艺术研究》（黑龙江人民出版社2012年版）以文本细读为切入点，对冈察洛夫的长篇小说创作手法进行较为深入、系统的分析，探讨冈察洛夫艺术思维的特点，描绘其长篇小说诗学特征的全貌，分析其长篇小说三部曲艺术手法的价值。许立的《契诃夫笔下的知识分子形象研究》（天津大学出版社2011年版）首先介绍中国的契诃夫研究以及与《契诃夫笔下的知识分子形象研究》主旨内容相关的研究现状；然后根据19世纪俄国知识分子思想发展的线索，探寻契诃夫思想发展的轨迹与思想体系的建立；最后简述了19世纪俄国知识分子思想发展史，并把契诃夫笔下的知识分子形象同19世纪俄国文学中的知识分子典型形象进行比较。

20世纪文学研究方面，着重于对经典作家和白银时代作家的研究及对苏联文学的反思。

刘文飞的《普里什文面面观》（中国社会科学出版社2012年版）以“普里什文的文学道路”，“普里什文作品论”和“普里什文创作诸题”为三编，试图将传记研究、文本分析和理论探讨融为一体，自不同角度解读普里什文，给出一幅关于普里什文创作世界的全景图。曾思艺的《丘特切夫诗歌研究》（人民出版社 2012 年版）结合文本分析，对丘特切夫诗歌进行了全面的研究。管海莹的《建造心灵的方舟：论别雷的〈彼得堡〉》（人民出版社 2012 年版）分析《彼得堡》在别雷全部创作中的巅峰地位，详细考察《银鸽》中重要的诗学因素，为解析《彼得堡》中的诗学创新作出铺垫。汪介之的《伏尔加河的呻吟：高尔基的最后二十年》（译林出版社 2012 年版）从文学历史和作家创作的实际出发，依据翔实的第一手资料，梳理了高尔基在最后 20 年中对一系列重要社会事件和文学现象的反应，考察了他与苏联领导层的关系，在其社会与文学活动、言论与创作的紧密联系中引领我们走进其精神世界，对他最后阶段的思想探索和艺术创作作出了力求客观、公正和实事求是的评说。汪介之的《俄罗斯命运的回声（高尔基的思想与艺术探索）》（人民文学出版社 2012 年版）是作者多年来认真研究高尔基的成果。作者在占有大量第一手资料的基础上，从高尔基作品的实际出发，对以往的一些似乎早已有之的定论提出了自己新的、不同的看法。

另外，董晓著《乌托邦与反乌托邦：对峙与嬗变——苏联文学发展历程论》，从国家乌托邦主义与反乌托邦精神的对峙与两者关系的嬗变角度出发，阐述苏联文学 74 年的发展历程。李志强的《索洛古勃小说创作中的宗教神话主题》，运用文本细读方法，发掘作家创作的宗教文化意蕴。钱诚著《米·布尔加科夫》，资料翔实，语言优美，对这位作家兼剧作家的重要作品的来龙去脉进行了细致入微的点评。刘琨著《圣灵之约——梅列日科夫斯基的宗教乌托邦思想》，从宗教哲学、文化人类学、基督教、阐释学和象征主义诗学等多重视角审视该宗教哲学家的宗教乌托邦思想本质。王宗琥著《叛逆的激情——20 世纪前 30 年俄罗斯小说中的表现主义倾向》以该时期的俄罗斯小说为研究对象，通过实证分析和比较研究查证其中的表现主义倾向，揭示表现主义在俄罗斯小说中的起源、影响、具体体现及特点。

当代俄罗斯文学研究方面，对总体研究、女性文学研究，尤其是后现代主义研究有了大量成果。

张捷的《苏联解体后的俄罗斯文学 1992—2001 年》，关注苏联剧变后最初十年的俄罗斯文学，也涉及原苏联加盟共和国文学界的一些人和事，介绍了苏联解体后的俄罗斯文学界情况、文学思潮和文学观点、文学创作情况，讨论了关于这个时期文学的评价问题。作者充分掌握第一手材料，对各种文学事件和现象进行认真的分析和研究，力图作出全面的和尽可能准确的说明。段丽君的《反抗与屈从——彼得鲁舍夫斯卡娅小说的女性主义解读》，用女性主义文学批评和女性主义叙事学为理论依据解读彼氏小说。程殿梅的《流亡人生的边缘书写——多甫拉托夫小说研究》在文本细读的基础上，综合运用传记批评、叙事批评、影响研究、社会历史学研究等方法，从多氏流亡和边缘化的人生之旅及其创作渊源等问题入手，系统探讨了多氏的创作风格形成的机制、叙事手法及其人物塑造艺术。李新梅的《俄罗斯后现代主义文学中的文化思潮》（中国社会科学出版社 2012 年版）通过对不同时期具有代表性的后现代主义文学文本的具体解读和阐释分析总结其中蕴含的文化思潮，主要包括虚无主义思潮、宗教文化思潮、反乌托邦思潮和大众文化思潮。李新梅的《现实与虚幻：维克多·佩列文后现代主义小说的艺术图景》（复旦大学出版社 2012 年版）运用文化批评、社会历史批评和语言结构批评的方法，结合当代俄罗斯文化、文学语境，分析佩列文长篇小说的基本创作理念、创作内容、语言风格和诗学手段。

这几年文学中的文化现象研究成为热点。任光宣等多人合著的《俄罗斯文学的神性传统——20 世纪俄罗斯文学与基督教》，傅星寰著《“现代性”视阈下“俄罗斯思想”的艺术阐释——俄罗斯文学五大题材研究》，朱达秋等著《知识分子：以俄罗斯和中国为中心》这几部著作，着意从文化现象入手，通过详细的文本解读和个案分析，从宗教、人格、城市、知识分子、乌托邦等多个角度，结合纵向的历史考察和时代意识，考察俄国作家意识深层的文化积淀及其对文学创作的影响。

巴赫金对话理论和白银时代文艺理论依然是理论界的热点问题。王建刚的《后理论时代与文学批评转型：巴赫金对话批评理论研究》（北京大学出版社 2012 年版），立足于“后理论时代”这一现代语境，对巴赫金的对话批评理论作了系统翔实的阐释。周启超的《现代斯拉夫文论导引》对不同学派的发展流脉进行分析，概括了俄罗斯文论的今日气象，具有很高的学术价值（此处略，见上文介绍）。张杰的《走向真理的探索：白银时代俄罗斯宗教文化批评理论研究》（北京大学出版社 2012 年版）系统介绍了索洛维约夫、布尔加科夫等一大批白银时代宗教文化批评理论家、哲学家、思想家，探讨他们之间的学术联系，揭示白银时代俄罗斯宗教文化批评理论的基本特征。

张建华、王宗琥主编的《20 世纪俄罗斯文学：思潮与流派（理论篇）》（外语教学与研究出版社 2012 年版）全面论述了俄罗斯文学从 19—20 世纪之交到 20—21 世纪之交所走过的第二个百年，把 20 世纪俄罗斯文学史的研究范式（整体史、断代史、体裁史等）和文学批评史的研究范式相结合，各章基本包括思潮与流派的简述、历史沿革、代表作简介、诗学特征四大模块。

中俄文学比较研究及俄罗斯文学在中国的传播和接受颇受关注。陈国恩、庄桂成、雍青的《俄苏文学在中国的传播与接受》，综合运用传播学、媒介学和统计学的理论方法，研究 20 世纪中国文学与俄苏文学的关系。朱达秋的《中俄文化比较》从辨析中俄文化内核的结构差异入手，对两国的宗教观念、经济政治文化等方面作了总体性的梳理介绍。李明滨的《中国文学俄罗斯传播史》上篇综述 18 世纪至 20 世纪下半叶中国文学在俄罗斯的传播情况；下篇分时代具体总结和论述各时期文学在俄罗斯的传播，内容翔实。陈南先的《师承与探索——俄苏文学与中国十七年文学》以俄苏文学与中国十七年文学为研究对象，对二者之间的影响关系进行了系统的梳理。作者采用传播—影响研究的方法，以现实主义为线索，对同一时期中苏的文学进行审视。郭小丽的《陀思妥耶夫斯基的救赎思想：兼论与中国文化思维的比较》（黑龙江人民出版社 2012 年版）全书共分六章，以《卡拉马佐夫兄弟》为文本，以文化语言为单位，解读陀氏的救赎思想及其独特的思维方式。汪介之的《选择与失落：中俄文学关系的文化观照》（人民文学出版社 2012 年版）对中俄文学关系进行了宏观的考察，探讨了中国文学着重接受了俄罗斯文学的哪些方面，有意或无意地忽略、排拒了哪些方面，分析了中国文学作出这种选择的历史文化根源，也论述了这一选择给中国文学所造成的后果。

近年来本学科成功举办了多次会议，对促进学术交流、拓展视野起到了很大作用。重要会议有："俄国文学：经典与当代"学术交流会（2010 年 12 月）由中国社会科学院外文所和中国俄罗斯文学研究会共同主办，就俄罗斯文学研究的国内外现状和热点问题展开讨论，分享了许多珍贵的第一手学术信息。中国俄罗斯文学研究会年会暨"俄罗斯：传统与当代"国际学术研讨会（2011 年 9 月）在北京外国语大学召开。国内近百名代表出席，提交论文近百篇。俄罗斯、英国、蒙古、日本、以色列等国家的相关学者作为特邀嘉宾出席了会议。另外还有“俄罗斯文学学术前沿论坛”(2011 年 5 月);“全球化视野中的赫尔岑”学术前沿论坛(2012 年 11 月)等。

三 学科建设状况

三年来,俄罗斯文学研究室在科研目标、学术活动、队伍建设几个方面都取得了可喜的收获。

首先,顺利完成科研方面的发展目标,即在学科规划的三个方向(古典、20 世纪、当代)上继续进行深入的、创新性的探究。

古典方面,万海松的院基础课题“陀思妥耶夫斯基根基主义思想研究”取得一定进展,发表《陀思妥耶夫斯基根基主义思想的研究状况及其原因:以俄英汉语学界为例》等几篇文章。徐乐的所重点课题“契诃夫艺术创作研究”深入挖掘契诃夫艺术创作的深刻内涵,通过与俄国其他经典作家的比较研究,探索契诃夫艺术的独特魅力,课题于 2012 年顺利结项,发表了《21 世纪俄罗斯的契诃夫学》、《契诃夫的幸福想象》等论文。王景生继续对“托尔斯泰对俄国心理小说发展的影响”这一课题的研究。侯丹在观照 19 世纪自然派诗学的基础上,着重开展对果戈理的专题研究;发表了《“多余人”形象与俄罗斯性格》、《文本与思想:果戈理和别林斯基争论的再解释》等论文。

20 世纪方面,刘文飞的院重点课题“普里什文研究”以“优秀”结项,出版专著《普里什文面面观》。另外,他在俄国思想文化及文学研究方面成果显著。大量阅读俄国思想史方面著作,初步开始《二十世纪俄国思想史》的构思。同时,在中国斯拉夫学尚不发达的学术背景下,为将“斯拉夫学”概念引入中国做了很多基础性工作,在《俄罗斯文艺》杂志开辟并主持“国外斯拉夫学”专栏,自 2010 年第 1 期起已连续刊出或译或写的十余篇文章,并撰写了论文《国外斯拉夫学》。在俄国文学研究方面,有多篇关于俄国文学的文章刊发于《人民日报》等报刊,在近十所高校作相关讲座。另外,俄语诗歌研究是刘文飞的学术兴趣点之一,也是中国外文所俄罗斯室的传统强项,他十分注重研究室这一学术优势的保持,具体做法为:(1)邀请“布罗茨基诗群”重要诗人之一托马斯·温茨洛瓦访华,参加青海湖国际诗歌节,并在我所演讲,同时在《世界文学》杂志2011年第4期辟“托马斯·温茨洛瓦小辑”；（2）译著《抒情诗的呼吸》由上海译文出版社出版；（3）译著《同义反复》由香港牛津大学出版社出版，在香港中文大学作关于俄语诗歌的系列讲座。这期间，他成为院基础学者。获得过俄罗斯俄联邦出版与大众传媒署与俄罗斯翻译研究院联合设立的“阅读俄罗斯”翻译奖，以及俄罗斯圣彼得堡市政府和利哈乔夫基金会联合设立的“利哈乔夫院士”奖等奖项。文导微进行纳博科夫研究，发表了《魔法背后的意义》、《纳博科夫的细节笔法》等论文。

当代方面，张捷的“当代俄罗斯文学纪事（1977—1991）”（研究室基本建设项目）顺利结项；侯玮红的院重点课题“20—21世纪之交的俄罗斯小说研究”以“优秀”结项，专著《当代俄罗斯小说研究》将于近日出版。承担国家社科基金一般项目“当代俄罗斯现实主义小说发展的新趋势研究”并顺利结项，发表了一些相关的论文和文章。如《蕴于悲剧中的批判——论奥列格·帕夫洛夫的小说创作》、《俄罗斯文学二十年回顾》等论文。张晓强继续跟踪动态，发表文章多篇。

另外，本研究室积极参与创新工程，刘文飞被聘为长城学者，万海松参加了“学术史研究”工程，侯玮红、徐乐、侯丹参加了“文学与大国崛起：俄罗斯的经验与教训”创新团队。

学术活动方面，研究室成功主办了“契诃夫诞辰150周年纪念会”，我室研究人员不仅作了多个主题发言，会议上还演出了我室研究员童道明创作的话剧《我是海鸥》，得到了各方好评。刘文飞研究员先后参加了多次国际学术会议，如“美国斯拉夫促进会年会”（波士顿）、“国际斯拉夫大会”（斯德哥尔摩）和“国际翻译家大会”（莫斯科），并均作了大会发言，在国际斯拉夫学界发出了自己的声音。全室合办与主办多次会议，举办两届“学术论文写作研讨会”，主办“俄罗斯文学史研讨会”和“俄语文学新老学者经验交流会”，都气氛热烈，深受欢迎。

科研队伍方面，引进博士侯丹和硕士文导微，进一步壮大了本学科的人才队伍。

四 学科发展前景

总体来说，本学科近年来在前人奠定的坚实基础上，开拓出新的阵线，发掘出新的主题，加深了对俄罗斯文学和外国文学的批评和了解，取得了一定的成绩，但也存在着一些不足之处。

首先，少数著作中出现了一些史料上的错误，这可能与撰写者过多引用二手资料有关，这提醒我们在写作时一定要摆正态度，实事求是，学习前辈学者小心求证的良好学风，尽量寻找原始文献和第一手材料，使得结论建立在充实的论证和严谨的逻辑之上。

其次，缺乏广博的比较视野和深厚的学理积淀，一些研究著作虽然以文学比较为出发点，但仅仅列举了表层相似的文学现象，没有对内在的精神基质和思想潜流作深入的分析研究，比较文学不是文学的比较，而是对文学发展一些共同的内在规律进行科学的思考总结，并考察时代氛围和作家个性对于不同写作风格的深刻影响。

最后，当下文学研究较为宽松的环境，虽然使得学术界摆脱了主观意识形态色彩，但某些研究者却又倾注了过多的个人偏好。比如对一些文化现象作了符码化和标签化的处理，缺乏严谨的文本细读和精微的审美领悟。如何将俄国本土与西方的文学研究进行综合，取前者文本细读与后者文化考察之长，形成颇有特色的外国文学研究方法，正是我们中国的外国文学研究者所努力的方向。

经过俄罗斯文学研究界几代人的努力，呈现出俄罗斯文学在19世纪俄国强势崛起中所起的重大作用，也为中国文学的发展和中国文化的世界辐射提供了参考和借鉴。中国的俄罗斯文学研究界大胆运用俄国和欧美学界的理论资源，对俄罗斯文学进行了全面的研究，深入阐释了西方文学中的几个核心术语。但遗憾的是，我们的学者尚没有提出能突破西方语境、具有建立文化标准意义的、得到国际学术界广泛认可的文学术语。如何贯通中西学术传统，从本国立场提出文学研究的新问题，引领文学研究主流的新方向，建设自己的文化标准和学理基点，是包括俄罗斯文学学科在内的西学研究的共同任务。

中北欧文学学科前沿研究报告（2010—2012）

一　概况

“文化大革命”结束后，外文所的西方文学研究室按照语种分成了三个研究室，中北欧文学研究室是其中之一。该室集中了德语和北欧语种的研究人员，但目前北欧语种的研究人员先后退休或作古，因此中北欧室目前的在职人员都是德语文学的研究者。2009 年，该室成为重点学科“西方现代文学”的一部分。

研究室定编为九人，现有研究人员六人，其中正研两人，副研三人，助研一人，均从事德语文学研究。该室研究人员均有在德国大学与科研机构留学或进修的经历，具有较强的国际交流能力。学科带头人为李永平研究员，另有科研骨干两人。北欧文学研究人员目前尚缺。

本学科近 5—10 年的主要研究目标，以德国古典文学和 20 世纪的经典作家和诗人为主。目前研究古典文学的有三人，李永平研究员主要研究荷尔德林、德国早期浪漫主义；叶隽研究员专攻歌德、席勒和莱辛；贺骥副研究员主要研究歌德，尤以其美学思想为中心。我们试图通过几年的研究，出 2—3 部在国内德国古典文学研究领域具有领先水平的专著。德国 20 世纪经典作家的研究有三人，其中徐畅副研究员主要研究奥地利小说家穆齐尔；杨红片副研究员专治德语诗人格奥尔格；张晓静助理研究员以研究诗人巴赫曼为主。中北欧室原本是国内研究北欧文学的重镇，但由于老一代学者的退休，目前呈现青黄不接的局面。

二　学科前沿动态

国外德语文学创作概况大致如下：

2010—2012年间，不同年龄段的德语作家以各种视角和创作形式对“二战”及“战后”的历史进行回顾与反思。其中有文坛宿将亦有新人，有德国本土作家亦有具有移民背景的作家。但他们所具有的一个共同特点是，鲜见宏大格局的叙事，更多的是将个人命运、家庭悲剧纳入历史的进程，这种更为鲜明的个性化的角度对读者更具亲和力。

老作家君特·格拉斯出版了《格林兄弟的词语》(2010)，这部作品在体裁上很是繁复，集传记、自传、随笔、小说于一体，一条线片段性记叙与感慨格林兄弟的生平遭际，另一条线则落在作者本人的经历，从而回顾了从纳粹德国至德国统一半个多世纪的历史。

2011年，女作家克里斯塔·沃尔夫辞世。这位罕有的在东西两德都深受读者爱戴的作家，在离世前一年出版了小说《天使之城——弗洛伊德博士的外套》，这部最后的大作有浓烈的自传色彩，回忆了作者从战火中的童年直至德国统一后的经历，尤其是在民主德国生活的40年以及德国刚刚统一的时期。沃尔夫曾在作品中抨击民主德国国家安全局监视公民的行为，后翻阅自己被监视的档案方才发现原来自己也曾充当“线人”，这一事件曾闹得沸沸扬扬，沃尔夫不得已远走美国以逃避。小说对这一段经历以及作者的心路历程作了真诚的回顾与剖析。

而在2010年，德语文学界的一个重大事件便是与“线人”紧密相关的“帕斯提奥事件”。奥斯卡·帕斯提奥(1927—2006)是罗马尼亚籍德语诗人，曾获德国最高文学奖项毕希纳奖，同时他也是2009年诺贝尔文学奖得主赫塔·米勒的小说《呼吸钟摆》的人物原型。然而在他去世四年后，他曾充当罗马尼亚安全局线人的秘密被公之于众，从而引发了社会上的大讨论以及人们对作家与作品关系、作家良心与作品良知之间关系的思考。

2011年获得德国图书奖的作品是小说《光线渐暗的日子》，其作者奥伊根·鲁格在获奖前并不知名，而且并非科班出身，他在获得这样一个重要文学奖之后还在强调自己“数学家”的身份。他的这部家族史小说讲述了东德一个知识分子家庭四代人五十余年的经历，经过二十余年构思方创作完成的小说凝聚了他对父辈理想逐渐破灭的思考。2011 年获得英格博格—巴赫曼奖的奥地利青年作家玛娅·哈德拉普的《遗忘的天使》描写了“二战”期间斯洛文尼亚少数民族被纳粹残害的血泪史以及组织游击队奋起抗击的英雄史，从而填补了文学史上的一段空白。

2012 年度德国图书奖的获奖作品《州法院》（作者乌苏拉·克莱歇尔）则聚焦于在“二战”中饱受迫害、“战后”却需艰难重建社会角色的犹太人的遭遇，反映犹太人受纳粹迫害的文学作品并非罕有，然而他们在“战后”德国的经历却鲜见提起，这是一个颇为新颖的视角。

作家、导演、文化评论家亚历山大·克鲁格在 2012 年出版了《第五本书：全新的经历，402 个故事》，与之前的四部作品集合在一起，克鲁格完成了一项重大的工程。在他的创作中，对德国历史的追问和探讨以及人类的情感体验始终是核心问题。

在当今德语文坛上，移民作家群渐渐成为一支重要的力量，在 2010 年德国图书奖的候选大名单上，20 部作品中有 7 部出自有移民背景的作家之手。而这一年的获奖作品《鸽子飞翔》则是一部典型的移民小说，其作者美琳达·纳迪·阿邦吉是塞尔维亚裔，5 岁时移民瑞士。她的这部小说反映了移民家庭在排外的社会氛围中的挣扎与苦痛，心理上的无归属感。而 2012 年获得巴赫曼奖的奥尔加·玛蒂诺娃是俄罗斯裔，19 岁时移居德国，以德语和俄语写作，她在 2010 年出版的小说《鹦鹉也幸存》以发生在俄罗斯姑娘和德国男人之间的爱情故事触碰两国之间的历史恩怨。

德语文学界的许多老将如君特·格拉斯和马丁·瓦尔泽，虽都已至耄耋之年，但创作力依然旺盛，头脑与视角依然敏锐，锋芒也并未稍减。格拉斯在 2012 年发表于《南德意志报》的诗作《必须要说的事》批评了以色列政府针对伊朗的扩张政策，因而受到“反犹主义”的指控，且被以色列政府禁止入境，然而格拉斯并不以此为意，于当年 9 月出版的诗集《一天的飞翔》中又有一首诗赞扬了向媒体披露以色列核活动、被处以 18 年徒刑的“间谍”莫迪凯·瓦努努，再次引起以方不满。另一位大师级人物马丁·瓦尔泽则似乎要超然得多，近两年的新作都未涉及政治，《无父之子》（2011）赞美仁慈和纯洁的生命，《第十三章》（2012）是一部书信体爱情小说。

“80 后”作家的风头丝毫不逊色，如奥地利作家克莱门斯·J. 塞茨有“神童”之誉，2011 年的短篇小说集《爱在马尔施塔特儿童时代》获得当年莱比锡图书博览会奖，2012 年的长篇小说《英迪戈》也大受好评。以他为代表的“80 后”作家群体更加关注现代社会尤其是信息技术革命以来人们孤独、封闭、末日感的存在。

国内德语文学学科发展前沿动态大致如下：

2010—2012 年度，中国的德语文学学科总体呈现出向古典和经典回归的趋势，学术研究的自主意识和问题意识明显增强，一些传统的问题在新的视角下获得了重新阐释，文学阐释的视野更为开阔，也更具深度，和以往相比，研究者都显示出了扎实的哲学和理论功底，而且其探讨都能建立在细致的文本分析基础之上。学科得到了平稳而坚实的发展，问题意识渐次自觉和成熟。

论著方面，在 2010—2011 年度，本学科有这样几部论著值得推荐。

马剑的《黑塞与中国文化》（首都师范大学出版社 2010 年版）。全书分三个章节，主要介绍和论述黑塞与中国文化接触的过程和他对中国文化的评价，试图在东西方思想史的语境中，分析和解读黑塞思想和创作中中国文化的影响。

范捷平的《罗伯特·瓦尔泽与主体话语批评》（浙江大学出版社 2011 年版），它从文本阐释学、文艺心理学、精神病理学、文化学等多视角对瓦尔泽的诗学进行了全方位的研究，对瓦尔泽柏林时期的三部小说和《强盗》小说的主体话语批评作了分析，并高度关注了近年破译的《来自铅笔领域》的后期小品文及瓦尔泽生平研究的最新成果。

张帆的《德国早期浪漫主义女性诗学》（上海大学出版社 2012 年版），通过重读早期浪漫派思想家施莱格尔兄弟、诺瓦利斯、施莱尔马赫、蒂克、里特尔等人的经典文献，梳理和阐释德国浪漫主义的女性观，发掘女性诗学的浪漫想象、审美空间、革命诉求和解放特质。

曹卫东等著的《20 世纪德国马克思主义文艺理论研究》（北京大学出版社 2012 年版），主要在德国范围内追溯和探讨了随着 20 世纪世界社会、政治、经济和文化的翻天覆地的变化，马克思主义文艺理论所经历的十分曲折复杂的历史过程，并着重指出，在这一历史变化中，马克思主义文艺理论提出了许多新的命题，呈现出了多样性、当代性和开放性等特质。

论文方面，国内德语文学研究的论文，不仅其数量颇为可观，而且论域宽广、建树颇多，可以说古典和现代并重，理论和作品分析交相辉映。其中的一个最显著的标志，就是研究者的问题意识和学术自主意识更为强烈。

有关德语文学和启蒙的问题，黄燎宇的《〈魔山〉：一部启蒙启示录》（《外国文学评论》2011 年第 1 期）是一篇引人思考的论文。该文认为，《魔山》艺术地刻画了一场现代思想的大碰撞，其中启蒙与浪漫的碰撞尤为惹眼。二者的碰撞一方面揭示了德意志文化与重理性、反宗教、致力于社会变革的启蒙文化的诸多不兼容，另一方面又反映了牢牢植根于德意志浪漫文化的托马斯·曼面对启蒙和浪漫所产生的矛盾心态。曾艳兵的《启蒙·同化·自由》（《外国文学评论》2010 年第 1 期）通过对卡夫卡的小说《一份为科学院写的报告》的解读，探讨了小说中的最核心问题“启蒙、同化、自由”。叶隽的《启蒙的现代传承、化生与超越——以瓦尔泽、格拉斯、哈贝马斯为中心》（《同济大学学报》2011 年第 2 期）分别论述了当代这三位作家和思想家对待启蒙的不同态度，以及他们在对启蒙传承中的超越。另外，张辉的《画与诗的界限，两个希腊的界限》（《外国文学评论》2011 年第 2 期）是对德国启蒙时期的戏剧家和思想家莱辛《拉奥孔》的研究。该文认为，《拉奥孔》不是一般意义上的现代美学著作，在对画与诗的界限这一美学问题进行讨论的同时，莱辛也在隐微的层面上努力向我们展示古典与现代之别以及两个不同的希腊即静穆的与行动的希腊的分野。

在理论研究方面，重要的论文有方维规的《“文学作为社会幻想的试验场”——另一个德国的“接受理论”》（《外国文学评论》2011 年第 4 期），主要探讨与德国康斯坦茨学派比肩的前民主德国的“交往美学”。对古典和经典作家的研究方面，论文有吴建广的《濒死意念作为戏剧空间——歌德〈浮士德〉“殡葬”之诠释》（《外国文学评论》2011 年第 2 期），它对《浮士德》结局的“殡葬”场景作了全新的诠释，从文本结构呈现的信息中寻找依据，提出浮士德倒下后并没有立即死去，更没有为天使所拯救，戏剧情节皆为悲剧主人公死亡过程中幻觉意念的活动图像。吴晓樵的《柏林：帝国时代的“沼泽”——论冯塔纳〈卜根普尔一家〉的潜在结构》（《外国文学评论》2011 年第 1 期），通过分析《卜根普尔一家》小说中所隐藏的水的隐喻、饮食类比和作者借人物之口着意隐蔽小说的写作意图和叙述方式所构成的自我影射，来揭示这部小说所体现的审美现代性。聂华和虞龙发的《略论里尔克三首〈佛〉诗的象征意义》（《外国文学评论》2010 年第 2 期），具体分析里尔克三首以佛为题材的短诗，揭示诗人中期艺术创作思想的嬗变。梁锡江的《谢拉皮翁原则与〈堂兄的角窗〉——德国文学的一段问题史》，试图澄清德国文学史上的一个公案，即浪漫派作家霍夫曼是否在晚年作品《堂兄的角窗》中放弃了他早期的诗学原则。论文从分析“谢拉皮翁原则”的内在结构入手，探讨霍夫曼小说创作艺术的特征，同时研究《堂兄的角窗》诞生的时代语境与霍夫曼审美视角转换的深层原因。聂军的《传统的记忆与文化包容——奥地利文学中传统文化意识特征》(《外国文学评论》2011 年第 3 期)，以毕德麦耶尔时期代表作家的主要作品为例，阐述奥地利传统文化意识的基本形态及其在文学中的表现，并以此探讨奥地利文学的文化内涵，指出哈布斯堡王朝的历史对奥地利社会的长期影响渗透在各个时期的文学中。陈瑾的《世纪末颓废情调录》以托马斯·曼的短篇小说《瓦尔松血脉》为例，探讨笼罩 19 世纪的颓废气氛。沈冲的《格奥尔格圈与〈艺术之页〉》主要探讨以 20 世纪上半叶诗人格奥尔格为首的“学派”，以及他们的刊物《艺术之页》在 20 世纪初的文学界呼风唤雨、叱咤风云的影响。宋建飞的《弱者的强音——德布林在〈王伦三跳〉上的文学飞跃》，认为德布林以天才的想象力，将一则并非家喻户晓的中国史实演绎成了一部含沙射影、借古讽今的长篇小说。王滨滨的《试论黑塞〈荒原狼〉中的莫扎特与幽默》，集中探讨黑塞小说中的莫扎特的意义，尤其是黑塞对幽默的独特理解。

对德语当代作家的研究，德语研究界一直保持着旺盛的势头，也出现了一些有学术价值的论文。其中值得一提的是：陈良梅的《〈简单故事〉中的复杂情感》主要探讨德国当代最著名的小说家英戈·舒尔茨的小说《简单的故事》，该论文不啻为一篇精彩的导读。

学术活动主要有：2010 年 10 月，西安外国语大学举行了中国德语文学研究会第十四届年会暨学术研讨会，会议的主题是：“德语文学：在历史与现实之间”，着重突出德语文学研究的文学史意识，强调其与历史文化语境的互动性。此届年会还进行了学会领导机构的改选。“知识”理论及德国文学研究模式国际研讨会 2011 年 6 月在浙江大学举行，此次研讨会主要讨论知识在人类文明进程中所起的作用，以及文学在当代处于不停建构和塑造的文化网络中的作用。2011 年 6 月，以本研究室为主，由外文所副所长带队，前往德国进行学术交流访问，本室参加人员有李永平、叶隽。此次学术访问的主要目的，是与德国有关学术机构建立学术交流关系，并商谈“中德学术论坛”和“中德作家会议”事宜。2011 年 10 月，本研究室和中国德语文学研究会共同在外文所举办了“诺贝尔文学奖获得者赫塔·米勒研讨会”。为纪念奥地利作家茨威格逝世70周年，2012年11月，中国人民大学出版社、人民文学出版社和《中德语言文学文化年刊》编辑部共同举办了“国际视野中的斯·茨威格研究与接收”国际学术研讨会。来自国内外的50多位专家学者出席了会议，其中包括国际茨威格协会主席H. 霍尔和中国德语文学学者、茨威格译者张玉书教授。中国作家余华也在开幕式上畅谈了他阅读茨威格的心得。

文学奖方面：2010年10月颁发了冯至德语文学研究奖，广州外语外贸大学德语系的余扬的论文《作为迷信的启蒙——君特·格拉斯在〈头生〉与〈伸舌〉中对启蒙辩证法之反思》获二等奖，中国社会科学院外国文学研究所张晓静的论文《谁是马利纳——论巴赫曼小说〈马利纳〉中的影子人结构》和北京航空航天大学德语系贺克的论文《理性的颈绳》分别获三等奖。此次冯至德语文学研究奖的一等奖空缺。

三 学科建设状况

三年来，本学科内人员的主要研究项目成果累累。

在专著方面，叶隽研究员延续了强劲的势头。他的《歌德思想至形成——经典文本体现的古典和谐》（中央编译出版社2010年版），此书以歌德的经典作品为依据，探索歌德思想之形成，阐释其基本思路与历史语境中的意义。最后试图在此基础上，总结其泛神论思想、艺术创造与思维拓新的基本轨迹，并将其放置在现代性的整体视阈中，来比较完整地理解作为德意志民族文化精神象征的歌德思想之形成。叶隽的另一部专著《德国学理论初探——以中国现代学术建构为框架》（上海外语教育出版社2012年版）的学术构架和视野超越了文学界域，但显然还在中国的德国研究范围中。作者长年浸润于中德文化和文学交流史领域，对如何建构中国的“德国学”，从学术史和学科史的角度，逐渐形成了比较成熟的看法，故大胆提出了建构中国“德国学”理论的构想。《德国学理论初探》出版后，在国内学界引起了一定的关注和讨论。

论文方面，李永平的《里尔克：生存即歌唱》，主要从“生存论”的角度，探讨里尔克如何将“歌唱”（诗）化为一种根本性的生存方式，在里尔克的整个创作中，诗人都在追求“生存”与诗的同一，因此，也就构成了里尔克诗歌最重要的思想品质。

贺骥的论文《歌德的翻译实践与翻译理论》比较全面地评介了歌德的文学翻译和翻译理论。它认为，歌德的文学翻译在总体上属于归化式翻译，晚年他将翻译文学视作世界文学构想的重要支柱，他对自己和他人的翻译实践作出了理论上的总结，提出了平实的散文式翻译、戏仿式翻译和对等翻译三种类型。贺骥的另一篇论文《从文学场的斗争看歌德的自主美学》（《同济大学学报》2011 年第 2 期），主要讨论歌德的美学思想，其独特视角是，将歌德美学思想的阐释放在了当时的文学争论中，从而揭示了歌德美学思想发生的时代语境。贺骥还有一篇《贝恩与政治》，主要探讨德国唯美主义诗人与政治的关系。论文认为，贝恩与政治的关系伴随社会政治的历程，而有着不同的变化。对贝恩的研究，这篇论文无疑是近年来最深刻的一篇，以往对贝恩的评价，否定多于肯定，但在此文中，更多的是积极评价，对国内进一步研究贝恩，将产生推动作用。

叶隽的《资本积累视阈中“国民性仆从意识”——〈臣仆〉与亨利希·曼的时代批判》不是一种纯文学的批评，而是以社会学的视野，进入作品，探讨在一个“资本积累”的时代，民族心性的问题，通过对小说的文本分析，揭示个人的时代处境。

李永平的《历史忧思启蒙的冒险》主要是对东西方两位当代文学大家即君特·格拉斯和大江健三郎的比较性研究。论文的基本内容是：“二战”后的日本走上民主主义的道路，但由于种种原因却又保留了“象征天皇制”，其伦理道德规范仍然羁縻着许多日本人的灵魂，大江健三郎为此而忧虑，深感民主主义的任重道远。他的小说的基本主题之一便是对“天皇制”的批判。写于 1960 年代的《十七岁》和《政治少年之死》一针见血地指出了阴魂不散的“天皇崇拜”影响青年人的危险所在。在反思方面，德国作家君特·格拉斯与大江健三郎有异曲同工之妙，他的小说《猫与鼠》深刻揭露了法西斯意识形态和荒谬英雄崇拜对青少年的毒害。作为当今最重要的作家和公共知识分子，大江和格拉斯共同强调了文学的责任，即在对历史的反思中，通过启蒙教育消除蒙昧和偏见，引导青年走向未来。在国内，这是第一篇将格拉斯和大江进行比较的论文。

叶隽的《启蒙之路与现代性未竟之业——以伯尔、格拉斯、施林克等为代表的战后德国文学的历史观》。论文涉及德国“战后”的三个代表性作家，试图从他们各自作品中所表现的历史观，来审视启蒙和现代性在当下的可能性。论文的基本观点在于，启蒙作为现代性最基本的理念，仍然没有过时，而在现时代，上述作家的作品告诉我们，面对“战后”历史和现实的处境，启蒙依然是未竟之业。

杨红芹的《“闪光的歌就是蛹羽化的蝴蝶”——试析格奥尔格诗歌从〈学步〉到〈颂歌〉的“突破”》(《杭州师范大学学报》2011 年第 1 期)，主要探讨诗人格奥尔格从《学步》到《颂歌》在诗歌创作道路上的“关键性突破”。这一问题，在格奥尔格研究中很少被关注。该论文从内在和外在因素两个方面，破解诗人“突破”的关键性原因，尤其对格奥尔格创作之初的德国社会、文化以及他自己的精神变故作了细致的分析，认为他的创作始终是心灵世界与外在世界的一种共振关系。论文不仅解密了被德国学者视为神秘的“突破”，而且有助于纠正国内学者常把早期格奥尔格当作唯美主义的误读。

在比较文学和文学接受方面的研究，亦收获颇丰，其中的主要成果有：李永平的《反抗中的希望》(《中国文哲专刊》第 40 辑)、《历史忧思与启蒙的冒险》(《上海师范大学学报》2011 年第 5 期)；叶隽的《明清之际尼采东渐的三条路径》(《中国文学研究》2011 年第 2 期)、《退尔镜像的中国变形及其所反映的文化转移》(《南京师范大学文学院学报》2011 年第 2 期)、《现代中国的荷尔德林接受——以若干日耳曼学者为中心》(《中国比较文学》2011 年第 2 期)、《战后六十年的歌德学（1945—2005）——歌德学术史研究》(《东吴学术》2011 年第 3 期）等。

在基础建设方面，2011 年本研究室与三联书店决定合作编辑出版《中国日耳曼学刊》，这是一本有关德国思想、文化和文学的期刊，每年一辑，约 25 万—30 万字。这是本学科建设的一个重要部分，另外，我们在 2011 年开始筹建研究室小型资料图书库，目前已陆续在国外购买图书。

东南欧拉美文学学科前沿研究报告
(2010—2012)

一 概况

东南欧拉美文学研究室的前身分为两部分：一是1981年从原西方室三分而成的南欧西葡拉美文学研究室，研究方向包括法国、意大利和西葡拉美文学；二是原本的东欧文学研究室，由于原有的研究人员相继退休，1995年时建制研究室撤销，而现在外文所正筹备恢复对东欧文学的研究，并已开始再度招收人才，故人员也并入东南欧拉美室。2010年起，希腊文学专家陈中梅任室主任，加之增加了东欧文学的人员，该室正式扩充为东南欧拉美文学研究室，研究方向中也纳入了东欧文学和古希腊罗马文学。

东南欧拉美室目前除陈众议一人任外文所所长外，正式成员共有九人，主任陈中梅，副主任涂卫群，成员中正高两人，副高两人，初中级职称四人，六人具有博士学位。除新成员杜常婧、徐娜为硕士，其他人员均为博士。所有人员均在专业领域和外语上具备较好的国际交流能力。

东南欧拉美室目前的研究人员以法国文学研究者为主体。而在其他几个研究方向中，古希腊文学专家陈中梅正领军“古希腊文学”的特殊学科，西葡拉美文学专家陈众议虽身为所长，公务繁忙，但学术研究成果却一直保持很高的质量，更不乏原创性的研究与发现，十分善于运用本国文化资源，并由此生发不同于欧美及拉美本土学者的文学向度，在诸如民族性与世界性、思想性与艺术性，以及传统与现代、继承与借鉴以及关乎西葡语作家作品与“陌生化”、“互文性”、“复调理论”等诸多方面，都提出了自己的观点。

但西葡拉美文学、意大利文学和东欧文学这几个方向都面临着研究队伍力量不足的局面，目前都只有一名研究者。出现这种情况，直接原因是人才培养力度不足、“小语种”文学研究愈发式微，而从根本上又与整个学术环境的日趋功利不无关系。即使能够及时补充相关语种的新人，是否适合从事科研工作，能否传承学术星火都尚未可知。而外文所的东欧文学研究本为国内的基地，现老一辈皆退休，新人虽已开始引进，但意欲重振往日声威还为时尚早。

二 学科前沿动态

东南欧拉美文学创作概况大致如下：

1. 西班牙语及拉丁美洲

2010 年，巴尔加斯·略萨（Mario Vargas Llosa，1936— ）获得诺贝尔文学奖，整个西班牙语文学界都受到极大鼓舞，余热一直延续至 2011 年，西班牙及拉丁美洲的文学创作和批评，热情都空前高涨。但相对于前面两年的繁荣蓬勃，2012 年，西班牙语文学可谓平稳发展。从近三年新出版的作品及各大文学奖项看，西班牙语小说继续呈现出集多种文学体裁于一身的杂糅现象，并且，回忆和历史小说占很大比重，侦探、悬疑等依旧是作家青睐的元素。塞万提斯文学奖依然颁给了德高望重的老作家，他们是：安娜·玛丽亚·马图特（Ana María Matute）、尼卡诺尔·帕拉（Nicanor Parra）和何塞·马努埃尔·卡瓦耶罗·伯纳尔德（José Manuel Caballero Bonald）。女作家马图特以其“交织着强烈喜悦与痛苦的、富有生命力的情节”赢得了该奖。卡瓦耶罗·伯纳尔德出版了诗歌体自传《战争的间歇》(2012)，以此向文学告别。

阿尔法瓜拉（旺泉）长篇小说奖三年的获奖作品分别为：智利作家埃赫尔南·里韦拉·莱特列尔（Hernán Rivera Letelier）的《复活的艺术》，哥伦比亚作家胡安·加布列尔·巴斯克斯（Juan Gabriel Vásquez）的作品《东西坠落的声音》，以及阿根廷作家莱奥波尔多·布里苏埃拉（Leopoldo Brizuela）的《同一个夜晚》(*Una misma noche*)。《复活的艺术》是个堂吉诃德式的讽刺故事，主人公自认为基督转世，历经艰辛寻找女使徒，并致力于宣传即将到来的世界末日。另外两部作品则以真实历史为背景，反思当下。《东西坠落的声音》反思了毒品交易所造成的暴力和恐惧氛围对整整两代人的影响。《同一个夜晚》以20世纪70年代阿根廷军事独裁时期为对照，反思当下更为残暴但更为隐蔽的权力暗流以及人们面对权力一如既往的恐惧和胆怯。行星奖的获奖作品分别为：爱德华多·门多萨（Eduardo Mendoza）的《猫斗》（*Riña de gatos*）、哈维尔·莫罗（Javier Moro）的《你就是帝国》（*El imperio eres tú*）和洛伦索·席尔瓦（Lorenzo Silva）的《子午线的标记》（*La marca del meridiano*）。在《猫斗》中，爱情、艺术、政治、外交、间谍等一个个现代社会的不同层面交织在一起，构成了一个跌宕起伏的故事。《你就是帝国》讲述了19世纪领导巴西从葡萄牙统治下取得独立的巴西国王佩德罗一世的故事。作家叙述这段波澜壮阔的历史的同时，穿插叙述了佩德罗一世的放荡情史，从多个角度展现出这位传奇人物的复杂人格。《子午线的标记》是侦探小说，作者试图揭开警察机构的腐败内幕，展现面对善恶抉择时人的内心斗争和道德考问。

老作家中，巴尔加斯·略萨的小说《凯尔特人的梦》（*El sueño del celta*，2010）讲述了20世纪初英国外交官罗杰·凯斯门特爵士反对英国等欧洲殖民主义国家的暴行，为爱尔兰民族独立运动献出生命的故事。加西亚·马尔克斯出版了杂文集《我并非为演讲而来》（2010），收录了22篇文章，包括演讲、发言等。卡洛斯·富恩特斯在《吸血鬼德古拉伯爵》（2010）中尝试了一个入时的吸血鬼题材，另外还出版了《卡罗琳娜·格劳故事集》（2010）和《拉丁美洲伟大的小说》（2011）。不久，富恩特斯就去世了（1928—2012）。而去世的老作家还有智利的罗伯特·波拉尼奥，阿根廷的埃尔内斯托·萨瓦托（1911—2011），智利诗人贡萨罗·罗哈斯（1917—2011）等。

体裁创新方面，有胡安·马尔塞（Juan Marsé）的《众星之间》（2011），这是马尔塞幻想出来的一部游戏式的电影，杜撰了现实之中不可能同时出现在一个银幕上的电影明星之间可能发生的故事。哈维埃尔·塞卡斯（Javier Cercas）的《边境法则》（2012）中元小说的成分明显：整部小说源自身为作家的主人公的一份笔记，重构了传奇人物萨尔科的故事。胡安·何塞·米亚斯（Juan José Millás）在自创的文学体裁上更进一步，出版了《文章故事全集》（2011），“文章故事”是记者出身的米亚斯的独创体裁，介于微型小说和报刊文章之间，看似新闻评论，却又是纯虚构的，被作家自己定义为“超现实主义的日常新闻报道”。同样在文体上不断探索的作家还有恩里克·维拉－马塔斯（Enrique Vila-Matas）。2011年，他结集出版了三个集子：《一种绝对美妙的人生》、《在一个孤独的地方》和《查特·贝克对其艺术的思考》，收录了杂文和短篇作品。这些作品让我们看到了一种革新的小说，一个博尔赫斯式的维拉－马塔斯。哥伦比亚作家马里奥·门多萨（Mario Mendoza）作品被称为“卑微现实主义”，描绘的是一个边缘的世界，是波哥大不为人知的一面。小说《启示录》（2011）堪称里程碑式的作品，互文式的情节将其从第一部小说《门槛之城》（1992）起的十部作品串联成环形，作家本人称之为“波哥大十诫”。

2. 法国

近三年的法国文学创作保持了稳定的势头，“回忆”与“家事”在小说创作中成为一个引人关注的话题，这似乎说明，“自我虚构”的写作倾向在多年的兴旺之后，依然长盛不衰。黑人作家和女性作家的作品显现出强劲的势头，但整个文坛相对保持了平静的势态，没有太大的文学事件。

在传记小说和历史小说中，值得一提的有帕特里克·德维尔（Patrick Deville）的《鼠疫与霍乱》（2012年获费米娜奖），小说讲述瑞士生物学家亚历山大·耶辛在东南亚的多年游荡生活。德维尔的小说《柬埔寨》（2011）则讲述外号为“科学亨利”的法国人亨利·穆奥在印度支那收集蝴蝶标本的历史故事。塞尔日·布兰利（Serge Bramly）的《凝固的兰花》（2012）写著名艺术家马塞尔·杜尚在“二战”中如何逃脱德国占领者的控制，先逃亡北非的卡萨布兰卡，再流亡美国的故事。让－玛里·鲁阿尔（Jean－Marie Rouart）的《拿破仑或命运》（2012）是历史小说。它写了拿破仑生活的方方面面，失败与成功、绝望与怀疑，让一个历史人物栩栩如生地从历史壁画的后面走出来。弗朗索瓦·邦（François Bon）的《物体的自传》（2012）体现出作者对物品的习惯性观察和迷恋般的兴趣。回忆童年的作品有菲利普·德莱姆（Philippe Delerm）的《写作是一段童年》（2011），皮埃尔·佩茹（Pierre Péju）的《黑暗的童年》（2011），大卫·富恩基诺（David Foenkinos）的《回忆》（2011）。而回忆父亲的作品有阿里·马古迪（Ali Magoudi）的《一个法兰西主题》（2011），让－菲利普·布隆代尔（Jean－Philippe Blondel）的《活着》（2011）。另外，米歇尔·施奈德（Michel Schneider）的《如影随形》（2011）讲述了两兄弟的经历和相互关系，而黛尔菲娜·德·维冈（Delphine de Vigan）的《没什么能对抗黑夜》（2011）谈论的则是母亲。

一些非洲、美洲的黑人作家的作品的出版，引起了评家和读者的广泛注意。他们中有几内亚作家蒂艾诺·莫奈囊波（Tierno Monénembo）的《黑色恐怖分子》（2012），讲述第二次世界大战期间一个在法国从事抵抗运动的黑人战士的故事。海地作家玛肯齐·奥塞尔（Makenzy Orcel）的处女作小说《不朽的女人们》（2012），写海地2010年大地震后首都太子港的情景。瓜德罗普女作家玛丽丝·孔戴（Maryse Condé）的《不加修饰的生活》（2012）是一部家庭史自传小说。卢旺达女作家斯科拉丝蒂克·穆卡松加（Scholastique Mukasonga）的《尼罗河圣母》（2012年获勒诺陀奖），描写卢旺达种族大屠杀之前一个女子寄宿学校的日常生活。阿尔及利亚法语作家雅斯米纳·卡德拉（Yasmina Khadra）的《非洲等式》（2011）集悬疑、历险和爱情故事于一身，围绕着索马里海面频繁发生的劫持人质现象展开故事。

近年来，法国女作家的创作从数量上呈节节攀升之势，如32岁的玛丽·布尔歇（Maria pourchet）的处女作《前进》（2012）继承了拉伯雷以降法国文学"怀疑一切，嘲讽一切"的谐谑传统。马克斯·莫内（Max Monnehay）则出版了新作《蠢事的地理》（2012）带有寓言意味，意在说明个体的人在商业社会病态运作模式下的无力感。卡罗丽娜·维埃（Caroline Vié）的言情小说《甜面包》（2012）题材无甚新鲜，却独具一格，在对人性的探索上有一定深度。埃里克－艾玛努埃尔·施米特（Eric－Emmanuel Schmitt）的《镜中女人》（2011）写三个时代中的三个女性，时代虽变迁，女人在男权社会中的困扰却始终不变。

跟近年来的情况相似，反映战争生活的好作品也很多：其中值得一提的有阿历克西·热尼（Alexis Jenni）的《法兰西兵法》（获2011年龚古尔奖），小说以讲故事和发议论交叉展开的形式，叙述了法国军队在印度支那和阿尔及利亚殖民地的战争经历，借当年的殖民历史审视法国当今的种族和移民问题。另外还有于贝尔·敏加雷利（Hubert Mingarelli）的《冬季里的一顿饭》（2012），它讲述的是第二次世界大战中法国、德国、波兰士兵之间的友情。

重大文学奖方面，除上述的《法兰西兵法》（2011）外，特别值得一提的有2010年的龚古尔奖终于被文坛"坏小子"米歇尔·维勒贝克（Michel Houellebecq）的《地图与疆域》获得。它通过画家兼摄影家杰德·马丁的生活，来展现当今法国人的生活常景和美学风貌。另外，艾里克·法伊（Eric Faye）的小长篇《长崎》（获2010年法兰西学士院小说大奖）根据发生在日本的一件社会新闻写成，却具有“全球一体化”中人类生存困难的普世话题意义。2012年的龚古尔奖作品是热罗姆·费拉利（Jérôme Ferrari）的小说《关于罗马衰落的讲道》，小说结构复杂，多条线索互相交织，勾勒出科西嘉地方的种种风情。

写当代社会普通人生活的作品有奥利维埃·亚当（Olivier Adam）的《隔阂》(2012)，通过父子关系和兄弟关系写出了人在当今社会中的某种孤独感，还有经济危机之后社会的不景气，以及由此给人带来的精神沮丧。卡尔·阿德霍德（Carl Aderhold）的《闪电般的关闭》（2012）描绘了当代社会中的小人物生存境遇的困难，更展示出了他们面对经济危机产生的重重困难时的反抗。

作为名作家和名编辑的理查·米耶（Richard Millet）于2012年写了一篇18页长的文章《幽灵语言及安德斯·布雷维克的文学赞歌》，称在挪威制造了“天堂屠杀”的右翼分子布雷维克是“挪威应得的报应”，自称阅读了布雷维克发表在互联网上的电子书——《欧洲独立宣言》，虽不赞同他的犯罪行为，但赞赏其作品“形式上的完美”和“文学维度”以及仇恨社会民主、移民和多元文化的观点。米耶的言论引发法国文坛的一阵惊慌，有作家称他已经疯了。勒克莱齐奥、安妮·埃尔诺等作家发表文章，猛烈抨击理查·米耶的言论，118位法国作家都在安妮·埃尔诺的文章后签上了自己的名字，使论战升级。

3. 意大利

2010年的斯特雷加奖（第64届）由安东尼奥·佩纳奇（Antonio Pennachi）的《墨索里尼渠》（*Canale Mussolini*）摘得桂冠。作品以佩鲁兹的家族故事为脉络，引述出意大利半个世纪的历史，三万多名来自北部的农民和工人在“一战”和“二战”的夹缝中克服重重困难开垦了当时还是一片沼泽的彭甸。2011年度的斯特雷加奖由艾德华·内西（Edoardo Nesi）凭借《我们的故事》折桂。小说以第一人称讲述了意大利纺织业重镇普拉托城小型纺织企业“二战”后的兴衰动荡。被誉为“欧罗巴心脏”的意大利诗人安德烈·赞佐托（Andrea Zanzotto）于2011年年底病逝。

国内学科发展前沿动态如下：

古希腊文学方面：国内研究方面，依然是以我所陈中梅研究员为主要代表。陈中梅长期从事古希腊文学研究，著述颇丰。多年来研读国内外相关领域同行的著述，潜心体悟他们的思想，也基于他多年来的研究逐渐发现了一些问题，觉得有必要在充分肯定并尊重既有成果的同时开辟新的研究场域，在相关的研讨中更多、更合宜和涉及面更为广泛地融入荷马因素。在2011年，陈中梅的专著《宙斯的天空——荷马史诗里的宙斯、雅典娜和阿波罗研究》由北京大学出版社出版。

2010年3月，陈中梅研究员应希腊雅典行政官署邀请访问希腊，并被授予2010年度“希腊文化大使荣誉奖”，以表彰其在古希腊文学研究方面作出的突出贡献。2012年陈中梅发表论文两篇：《表象与实质——荷马史诗里人物认知观的哲学暨美学解读》（《外国美学》第20期，江苏教育出版社）；《外来的客人就是弟兄——荷马史诗里的客谊（xeniē）研究》（《阿尔卑斯》第2辑，河北教育出版社）。他翻译的《诗学》已经第8次印刷（商务印书馆）；《伊利亚特》和《奥德赛》（修订本）也得到了重印（译林出版社）。

西葡拉美文学研究：国内的西葡拉美文学研究方面乏善可陈。马里奥·巴尔加斯·略萨2010年获得了诺贝尔奖，国内的西葡拉美文学研究也便首先聚焦于他。2011年6月，应中国社会科学院外文所等单位邀请，巴尔加斯·略萨首次正式来华访问，参加了在中国社会科学院举办的文学演讲会和文学座谈会。陈众议先后撰写多篇文章评价其作品，其中一篇为《“否定的自由”——巴尔加斯·略萨评论》，载文集《阿尔卑斯》（河北教育出版社2011年版）。陈众议的《否定的自由——巴尔加斯·略萨评论》（《世界文学》2011年第2期）和《自由知识分子巴尔加斯·略萨》（《外国文学动态》2010年第6期），着重分析了巴尔加斯·略萨浓重的载道色彩背后的自由主义潜流。陈众议的另一篇论文《来自巴尔加斯·略萨的启示》（《当代作家评论》2011年第1期），以《绿房子》等作品为例，深入阐释了巴尔加斯·略萨的结构现实主义。其他重要评论有赵德明教授的《巴尔加斯·略萨作品的艺术世界》（《解放军艺术学院学报》2011年第1期）、邱华栋的《马里奥·巴尔加斯·略萨：小说建筑师》（《中国作家网·文学理论》2011年6月10日）等。此外，随着授权版《百年孤独》的发行，加西亚·马尔克斯再次成为评论的焦点。有关评论如陈众议的《保守的经典 经典的保守——再评〈百年孤独〉》、张玉敏的《浅谈〈百年孤独〉的魔幻现实主义》（《时代文学》2011年第4期）、赵艳丽的《孤独是历史的生命和融合》（《黑龙江科技信息》2011年第13期）等受到关注。由曾利君教授撰写的《马尔克斯在中国》（社科基金后期资助项目）也已结项，并即将由中国社会科学出版社出版。葡萄牙语文学研究方面相对薄弱，但在2011年9月召开的全国西葡拉美文学研讨会上仍有一些年轻学人致力于填补这一阙如。

经典作家作品研究方面，对塞万提斯的研究有：刘林的《由〈堂吉诃德〉伪续作引发的小说创作问题》（《外国文学评论》2011年第1期）从原型化人物、历史纪实与想象虚构的融合、叙述者和叙述层面及读者的理性认同等方面探讨了塞万提斯的小说创作理论。宗笑飞的《塞万提斯反讽探源》（《外国文学评论》2011年第3期）将流传学思想运用到塞万提斯研究中，对《堂吉诃德》的反讽风格进行探源，可谓视角独特。李德恩的《论〈堂吉诃德〉中的缺席者：魔法师和杜尔西尼亚》（《外国文学》2011年第5期）分析了小说中两个虚构中的虚构人物，认为堂吉诃德正是通过这两个虚构的他者魔法师和杜尔西尼亚展现了自己的性格特征：铁骨铮铮的硬汉和柔情似水的痴情汉的合体。对拉美文学爆炸时期作品的研究有：刘雪芹的《论〈百年孤独〉中叙述的真实与本质的真实》（《外国文学研究》2010年第4期），提出“叙述的真实”和“本质的真实”这两个概念，并着重阐明了两者之间的关系。归溢的《巴尔加斯·略萨和拉美文学“爆炸”的代表作家——从2010年诺贝尔文学奖说起》（《译林》2011年第1期）。郑书九的《当代拉丁美洲小说发展趋势与嬗变——从“文学爆炸”到“爆炸后文学”》（《外国文学》2012年第3期），探讨了20世纪70年代以降拉美叙事文学作家队伍的更迭变化，以实证体小说、新历史小说、侦探小说等新流派为例，阐述了新一代作家以全新的视野、革新的态势对“文学爆炸”发起的全面挑战。张力的《“爆裂一代”：魔幻现实主义的延续与裂变》（《外国文学动态》2012年第1期），由《百年孤独》说起，分析了魔幻现实主义的发展和嬗变。其他作家作品研究：黄乐平《安东尼奥·马查多：对现代主义的超越及向“98年一代”的转变》（《外国文学评论》2010年第1期），唐蓉《博尔赫斯研究概览》（《外国文学动态》2010年第4期）。

学术专著方面，有朱景冬的《当代拉美文学研究》（社会科学文献出版社2012年版），该著作评述了当代拉美小说、诗歌和戏剧发展的概况，分析了自文学“爆炸”起的文学流派和倾向，并着重对几十位重要作家的作品进行了深入研究。此外，滕威撰写的《“边境”之南：拉丁美洲文学汉译与中国当代文学（1949—1999）》（北京大学出版社2011年版）等。文学动态的回顾与综述方面，有杨玲《新世纪的堂吉诃德们——新世纪西班牙语文学十年回顾》(《外国文学动态》2011 年第 4 期) 和《2011 年西班牙语文学创作及批评概述》(《外国文学动态》2012 年第 4 期)。在论文方面，值得一提的有藤威的《历史祛魅与文化弑父——〈佩德罗·巴拉莫〉的政治性》(《外国文学评论》2010 年第 3 期)、杨玲的《隐秘的和谐——论西班牙当代女作家马约拉尔》(《外国文学研究》2011 年第 3 期) 等。

2011 年，北京大学编著的欧美文学论丛第七辑《西班牙语国家文学研究》出版，其中收录了西班牙及拉丁美洲文学研究论文 20 篇，既包括经典的延伸解读，如董燕生的《在不同时空中解读〈堂吉诃德〉》、范晔的《西班牙黄金世纪圣诞诗歌中的悖论之美》等；又包括当代作家作品批评，如王军的《罗莎·孟德萝：书写女性的成长》等；以及文学综述，如归溢的《二十世纪上半叶西班牙女性文学综论》等。第七届亚洲西班牙语学者协会国际研讨会于 2010 年召开，并出版会议论文集。其中文学论文包括董燕生的《世纪末西班牙诗歌的适时转向》、郑书九的《爆炸后西班牙语美洲小说的轮廓和趋势》等三十余篇。

相对于国内英语（美语）文学研究的兴旺景象，国内研究界对法语文学的研究与对其他语种的外国文学研究一样，只是维持了相对低落却依然有声的局面。在公开出版的杂志和学报中，对法语文学的评论数量相对稀少，质量也参差不齐。然而，在多家学术期刊上还是能见到一些严肃的研究型论文，论及法语文学中的诸多问题。

从公开发表的研究论文来看，国内法语文学的研究有如下特点：

（1）数量较多的论文把研究眼光转向了 20 世纪的重要作家作品或文学思潮。刘海清的《写作的想像——论马尔罗小说互文美学》(《当代外国文学》2011 年第 3 期）认为，马尔罗缔造的“想像的博物馆—图书馆”美学体系成为其小说创作的“互文”机制。樊艳梅的《〈墙〉背后的世界》(《当代外国文学》2011 年第 3 期）论述萨特小说《墙》中墙的意象及存在主义思想的体现。杨芬的《论〈局外人〉荒诞意象图式的构建》(《外国文学研究》2011 年第 4 期）试图利用局内与局外的空间对立关系，分析法国作家加缪小说《局外人》的荒诞意象图式的内涵及其构筑方式，为深入理解作品提供一个新的视角。范荣的《爱情与疯癫——试析杜拉斯小说〈劳儿·V. 斯坦茵的迷狂〉中的三角欲望》(《外国文学研究》2011 年第 5 期）试图循着拉康的研究思路，运用弗洛伊德关于原始场景的观点，重点分析杜拉斯小说《劳儿·V. 斯坦茵的迷狂》作品中女主人公劳儿的爱情欲望，发现劳儿的三角欲望是一种带有同性恋倾向的俄狄浦斯情结的变形。王长才的《阿兰·罗伯-格里耶小说的叙述者之谜与不可靠叙述》（《外国文学研究》2011 年第 6 期）试图对罗伯-格里耶小说中的“叙述者”进行梳理，着力考察“不确定的叙述者”在其中后期小说中的独特表现，并对其叙述者为何“不确定”进行分析，进而探讨其写作实践对“不可靠叙述”理论的挑战。朱玲玲的《布朗肖的语言观》（《外国文学》2011 年第 4 期）从语言学研究的角度出发，论述布朗肖关于概念性语言是主体意识对在场事物的压制和“谋杀”，是以物的死亡为代价而换来的精神的生命的看法。王晓侠的《萨洛特〈你不喜欢自己〉的主题评析》（《外国文学评论》2011 年第 4 期）以法国新小说作家萨洛特的作品为研究对象，其分析直接来自对法语原文的文本细读和主题把握。张璐的《〈沙漠〉中的文化身份模式与诗学建构》（《当代外国文学》2011 年第 42 期）对勒克莱齐奥的小说《沙漠》作了具体分析，认为《沙漠》显示出勒克莱齐奥在创作内容和风格上体现了转向，这是一种文化身份模式与诗学建构方面的转向，是对早期思想不断反思和向传统小说形式回归的结合物。车琳的《从文本回归抒情——法国当代诗歌评述》（《外国文学》2011 年第 2 期）力图展现 1980 年以来当代法国诗坛的面貌和诗歌发展趋势，梳理和评述其主要创作倾向以及一些具有代表性的创作实践活动。张迎旋的《法国戏剧 1980 年至 2000 年的发展历程略述》（《外国文学》2012 年第 1 期）认为，这 20 年间法国戏剧的发展历程就是一部史诗般的世俗剧。它在主张形式革新的实验室上演，导演和剧作家轮流担当主角和配角，故事情节似有若无，观众亦可有可无。重要的是要实现“戏剧理想”：真实而深刻地再现人类心灵的运行轨迹。张亘的《时光转轮下的乌托邦——论勒克莱奇奥〈奥尼恰〉的叙事图景》（《国外文学》2012 年第 3 期）以勒克莱奇奥的小说《奥尼恰》为论述对象，认为文本对乌托邦神话的阐述和全球化语境下的主题无疑是贯穿勒克莱奇奥文学创作的典型标志。刘文瑾的《文学作为对“人的乌托邦”之预感：列维纳斯论策兰》（《外国文学》2012 年第 1 期）通过对诗人策兰的诗学以及哲学家列维纳斯的解读，试图呈现出一种迥异于浪漫主义传统的诗学内涵，即诗作为向他人的敞开。余玉萍的论文《游牧与抵抗——塔哈尔·本·杰伦“三部曲”的隐喻解读》（《外国文学评论》2012 年第 1 期）选取摩洛哥作家本·杰伦的小说三部曲《沙的孩子》、《神圣的夜晚》和《错误之夜》为研究对象，考察作品中对抗西方文化霸权的游牧叙述特征。论文指出“三部曲”在表层意义上虽然有利用本土化意象取悦西方的媚俗之嫌，但其所隐含的游牧思想却恰恰是一种抵抗策略，这种抵抗策略有助于缓解后殖民作家的身份认同危机。

（2）对 19 世纪之前经典作家的评论研究的论文，其数量早就不如对 20 世纪文学的研究那样多了。值得一提的有彭俞霞的论文《人云亦云之语言枷锁》（《外国文学》2011 年第 5 期），该论文对施康强翻译的福楼拜作品《庸见词典》作了评价，认为这部“词典”在文学史上获得了特殊的地位，对它的阅读和研究不仅有助于解读大师福楼拜的其他作品，而且它依然指涉着当今现实。李永毅的《艾略特与波德莱尔》（《外国文学评论》2011 年第 1 期）从诗学观念、创作思路和伦理宗教三方面探讨波德莱尔对艾略特的诗歌、诗学和文化思想产生的深刻影响。

（3）对 18 世纪之前的法语文学的研究，在国内几乎没有什么动静；而对 21 世纪的文学，也同样没有太多人投入研究的精力。当然，追其原因，应该是由于年代太近，翻译介绍得太少，作品的内容不太了解，作品的分量不太好判断，文学价值难以估摸。

但对 21 世纪文学的动向和现状，也已有人在研究，在《外国文学动态》2011 年第 5 期“新世纪外国文学十年回顾”专号上，余中先发表了论文《法语文学十年，平静之中见新意》，从反映当下生活、非虚构化倾向与自我虚构、女性作家的崛起、传记与自传、用法语写作的外国人等几个方面，对十年来法语文学的概况和走向进行了较为详细的回顾。

在诗歌翻译研究方面，杨建民在《中华读书报》的文章《将军本色是诗人——陈毅的文学翻译回顾》非常有意思，这篇文章记述了共产主义革命者陈毅（笔名曲秋）在 1924—1925 年间对法国诗人缪塞、拉马丁、法郎约·哥伯诗歌作品的翻译情况。

2010 年是加缪逝世 50 周年，法国文坛以“加缪年”为题，开展了广泛的纪念活动。中国法国文学学会也举办“加缪逝世 50 周年学术研讨会”，上海译文出版社推出了《加缪全集》，以示中国学人对加缪的纪念和敬意。

法国文化部 2011 年年初拟为作家塞利纳逝世 50 周年举行全国规模的纪念活动，但在法国犹太人组织的强烈抗议下取消了计划。虽然《文学杂志》为纪念塞利纳的文学成就，坚持出版了“塞利纳专号”，但塞利纳历史上有法奸之嫌，其文再美再雅也难逃政治污点的牵连。

为纪念卢梭诞生300周年，2012年，中国国内举行了专题纪念会（南京大学的国际研讨会和湛江师范学院的文学研讨会），另外，商务印书馆策划多年的《卢梭全集》单行本也开始陆续付梓，并按计划在单行本的基础上开始全集的出版工作。全集的译者为卢梭问题研究专家、资深译者李平沤先生。

意大利文学研究：徐娜写作了学术动态报告《意大利十年文学动态》(《外国文学动态》2011年第5期)，文章从历史时代纵深和经济政治背景分析新千年意大利文学的动向，并从五个主题分析了意大利两大文学奖的获奖作品。

2011年，是波兰诗人切斯瓦夫·米沃什（1911—2004）诞辰100周年。波兰以及不少其他国家举办了各种纪念活动。米沃什始终被视为波兰诗歌的良心。

三 学科建设状况

值得关注的研究成果有：外文所承担的院重大项目“外国文学学术史研究工程”第一批项目“经典作家系列”已经顺利结项，其中陈众议的《塞万提斯学术史研究》已由译林出版社于2011年4月出版，这是我国首次对四个多世纪以来的塞万提斯研究进行详细汇总和深入探讨，涵盖了塞学研究的几乎全部重要问题。

2012年陈众议所长成果颇丰。他主编的《马克思主义文学观与外国文学研究》一书7月由北京大学出版社出版。他还与本所研究员叶隽共同主持了院国情调研项目“外国‘大片’在我国的接受及影响情况调研”，该项目的结项会于11月召开。由陈众议所长担任主编的外文所承担的院重大项目“外国文学学术史研究工程”第二批项目“经典作家系列”的结项会议也于11月召开。第二批结项的项目将于2013年由南京译林出版社陆续出版。

涂卫群的社科基金项目“眼光的交织：在曹雪芹与普鲁斯特之间”获得结项（2010）。发表的相关论文有《文学杰作的永恒生命——关于〈追忆逝水年华〉的两个中译本》(《文艺研究》2010年12月)；《普鲁斯特

〈追寻逝去的时光〉中“可见”与“不可见”的主题》(“欧美文学论丛第六辑”《法国文学与宗教》,人民文学出版社2011年版)。

作为“西方现代文学学科”集体性成果,研究室2011年出版有文集《阿尔卑斯》(第一辑,河北教育出版社)。该文集纳入本室所有成员(新入所的徐娜除外)的论文或论文兼译作(以及本所其他相关研究人员的论文),基本上体现了现阶段他们各自的研究兴趣和水平。文集显示出本室成员的研究能力和外语水平。《阿尔卑斯》(第二辑)于2012年出版(河北教育出版社)。目前,第三辑的所有论文均已发稿。

孙婷婷发表了所重点项目“神怪小说在法国的兴衰”的阶段性成果:论文《鲁滨逊、礼拜五与荒岛在图尼埃小说中的关系研究》(《外国文学》2010年3月)。杜常婧在2010年完成了她的青年启动基金项目:“穆卡若夫斯基研究”;此外杜常婧还出版了译著《白桦林》(卢斯蒂格著,中国青年出版社2010年版)。李川发表多篇论文:《中西文化平等对话的佳作:毛庆〈屈骚艺术研究〉读后》(《齐齐哈尔大学学报》2010年第1期);《从象物叙事看〈山海经〉零散论之成因》(《钦州学院院报》2011年第2期);《由屈子职司看〈天问〉“多奇怪之事”》(《广西师范大学学报》2011年第2期);《“神话历史化”假说形成、不足及解决方案》(《民间文化论坛》2011年第2期)等。

2011年,陈树才多次应邀参加各类研讨会、作讲座。1月在万圣书园作了题为“法国的尼采——萧沆的哲学和生命”的讲座。2月在首都师范大学中国诗歌研究中心作了题为“翻译的力量——中国新诗的源起和流变”的讲座。3月在巴黎第七大学作了题为“中国当代诗歌”的讲座;在巴黎人文科学院作了题为“法国当代诗汉译”的报告。5月在北京师范大学文学院作了题为“翻译的力量”的讲座。6月给秦皇岛市作家协会作了题为“写作的力量”的讲座。8月在西宁参加第三届“青海湖国际诗歌节”,并在高峰论坛作了题为“论译诗”的主题报告。

2012年6月,刘晖在法国人文之家合作研究员项目资助下,在法国高等社会科学院欧洲社会学中心从事“布迪厄的文学社会学”研究项目并撰写研究报告,6月在法国国家图书馆参加“汉法之间的对译”法中语言交流年学术讨论会,并作了题为“布迪厄汉译:困难与解决方法”的发言。

东方文学学科前沿研究报告
（2010—2012）

一 概况

东方文学研究室是外国文学研究所组建较早的研究室，在国内东方文学研究界曾长期占有十分重要的地位。新旧世纪之交，由于老同志们相继退休，东方室一度出现较严重凋敝的局面。经十年重新建设，近来东方室呈现出生机勃勃、奋发向上的面貌，在若干学科中作出了成绩。

从学术人力资源来说，东方室语种相对比较齐全，实力强劲，2010—2012 年间东方室在职人员 13 人。在年龄结构上，40 年代出生者一人，50 年代三人，60 年代三人，70 年代五人，80 年代一人，年龄分层结构比较合理。其中，研究员六人，副研究员两人，助理研究员五人，分别从事朝鲜—韩国文学、日本文学、印度文学、波斯（伊朗）文学、希伯来（以色列）文学和阿拉伯文学研究，涵盖了东方文学研究的几个重要领域，在各自的学科领域内或为学科带头人，或为科研骨干力量，都具备较强的国际交流能力。20 世纪 90 年代后期以来，国内的东方文学研究日趋兴盛，很多高校里都开设有东方文学课程，教课老师从事东方文学研究，同时招收东方文学硕士、博士研究生，由此形成了一个阵容较为庞大的从事东方文学研究的学术群体。东方文学研究室人员精通研究对象国的语言，对研究对象国的宗教、历史、文化等都有深入的了解，熟练掌握第一手材料，因此相对于其他借助二手材料进行研究的学者来说，具有得天独厚的优势，对研究对象国文学的解读更为精准，又没有其他高校东方语言专业学者的教学压力，一心从事科研工作，因此东方室研究人员的科研成果，以研究水平高、精、深、专的特点，极大提升了中国东方文学的翻译与研究水平，在国内方兴未艾的东方文学研究中占有十分重要的地位。

二 学科前沿动态

国外东方文学的创作动态如下：

日本文学方面：2011 年 3 月 11 日地震、海啸灾难之后，日本社会的轴心转到了救灾、灾后恢复与反核上来，文学的轴心也随之发生了激变，形成了“3·11 文学”。另外，这三年文学的共性也是比较清晰的，比如战争题材、恶之主题等的书写年年没有空缺，年年有重要作品面世。

“3·11 文学”的最初内容为书写大地震惨状、核恐怖、亲情、友爱以及无常。诗歌首先作了反映。和合亮一的《诗之砾》、边见庸所创作的《海之眼：致死者们》都是表达灾区心声以及痛苦与镇魂之作，多和田叶子的《哈姆雷特之海》表达了人类在核面前的两难处境。小说方面，川上弘美的《神啊，2011》表达了对核泄漏给日常生活带来的破坏和可能的破坏的不安，写出了日本社会普遍的安静的愤怒之情。高桥源一郎的《爱恋核电》、池泽夏树的《不去恨春天》、彩濑 MARU 的纪实文学《河川与星——遭遇东日本大地震》都从不同角度给后世留下了关于“3·11”的最初书写。天童荒太的《欢喜之仔》（2012）讲述兄妹三人在苛酷的现实面前不放弃希望、不放弃爱、不抱怨、不退缩、坚定前行的故事，是歌颂希望歌颂爱的力作。村上龙的《55 岁开始的人生》（幻冬舍，2012）有五个小中篇，讲述的都是普通人在 55 岁之后开启新的人生的故事。作者向读者展示了绝望与希望在主人公心中的对决过程。“3·11”后日本文学家实现了一次大集结，以文学家的笔与知识分子的担当主动承担了灾后日本社会心灵恢复的思考者与引领者的责任。针对震后核泄漏问题，大江健三郎、村上春树、柄谷行人等作家、评论家率先表达了对核电的严厉批判态度，养老孟思、南直哉、濑户内寂听、曾野绫子等作家合辑出版的《复兴的精神》（2011），提倡要唤起精神复兴的需要、丢掉无意义的不安、不沉湎于谷底、建立新的价值观。

村上春树的《1Q84》BOOK3 在 2010 年出版，同前两本一样，BOOK3 再一次引起了读者排队抢购（三册书在日本共卖出三百余万册），热读感想持续在网上出现，纯文学杂志上刊登的对村上文学的评论、讨论几乎没有间断,甚至以专辑形式出现。《1Q84》体现村上对历史、社会存在形式、宗教、社会恶、人性恶等问题的深刻思考。

战争题材值得重视的是中岛京子的《小小的家》(2010,直木奖),它以曾经的女佣对昭和初期日本发动帝国主义侵略战争前后东京郊外的主家生活的回忆连缀成篇,是当时东京社会生活氛围的历史记录,也呈现了与晚辈在战争历史观上的冲突。帚木蓬生的《蝇之帝国——军医们的默示录》(2011)从十几位军医的体验角度书写战争,是战争文学中很独特的角度。中村文则的《王国》(2011)通过书写恶来窥见人性之根,但并不把善恶绝对化,而是恶中有善。

村上龙的《歌唱的鲸鱼》(2010)是一部把时间设定为22世纪的科幻小说。人类通过一条1400岁的会唱歌的鲸鱼发现了不老不死的基因,并在22世纪建立了没有战争与病痛、阶级分层井然有序的"理想社会"。中村文的《恶和假面的规则》(2010)仍然书写日本社会暗部、恶与暴力的作品。高桥源一郎的《与"恶"作战》(2010)中的"恶"非善恶之恶,更辨析了恶与恶的不同。村田喜代子的《故乡的家》(2010,日本第63届野间文艺奖)是写现代人故乡丧失的系列短篇。星野智幸的《俺俺》(2010)以奇妙的故事写出了现代社会、现代人贫困的精神世界。津村节子的《红梅》是写丈夫吉村昭生命的最后一段日子的小说,着重写了吉村昭患病后对死亡的思考和态度,促人思考死亡、逼视生死观。山内令南的《癌魂》写的是信守着"人生的快乐只有吃一件事"却患食道癌的女性一个人与晚期癌症对峙的故事。

女作家的辉煌一如既往,创作极其丰富。著名的代表人物有多和田叶子(《雪的练习生》、《尼僧与丘比特之弓》)、青山七惠(《我的他》)、杨逸(《狮子头》)、川上未映子(《所有的夜晚中的恋人们》)、小池昌代(《黑蜜》),另外,桐野夏生的《社会性动物》、吉本芭娜娜的《吱吱》、丝山秋子的《末裔》、小川洋子的《人质的朗读会》、角田光代的《彼岸之子》和《树屋》、江国香织的《落下糖豆的地方》、金原瞳的《母亲们》等,都值得品读。

重要的文学事件有:战争作品集大成。经过著名小说家、文艺评论家、历史学者(均为"战后"出生)几年阅读最后完成编选的《战争与文学》收藏版作品选集于2011年陆续出版,此作选编了从中日甲午战争至今一百多年日本文学中的战争文学作品,包括朝鲜战争、越南战争、冷战时代、“9·11”反恐等二十余个栏目，整套书以中短篇小说为主，也收有戏剧和诗歌作品。这套书的编选反映了新一代日本人的战争文学视点。

阿拉伯文学方面，叙利亚诗人阿多尼斯2010年出版了散文诗《耶路撒冷协奏曲》，并于2011年获得年度德国歌德奖。2011年3月，著名的阿拉伯布克奖由沙特女作家拉雅·阿莱姆（小说《鸽子的项链》）以及摩洛哥作家穆罕默德·阿沙里（《拱门与蝴蝶》）共同摘得。埃及女作家米拉尔·塔哈维2010年出版了小说《布鲁克林高地》，并获得当年纳吉布·马哈福兹文学勋章奖。小说勇敢地讲述了女主人公与孩子在美国避难生活的种种经历，将个人小我体会与世界关系完美交融，并在语言运用和组织、人物刻画等方面日趋娴熟。摩洛哥作家穆罕默德·本·黑兹瓦尼以其三卷册作品《诗歌理论的广泛内涵》获得2011年度谢赫·扎耶德图书奖文学奖项。该书从语言学、音乐学以及心理学角度，试图阐释诗歌与宇宙间神秘力量的内在联系，建立自身的诗歌理论。

在国内，2010—2012年，东方文学研究成果颇丰，现择其重点分门别类概述如下：

朝韩文学方面，《东疆学刊》刊载了相关论文约15篇，研究内容多侧重于朝韩古典文学，大部分聚焦于中国文学对朝韩文学的影响，反映出朝韩古典文学因受中国文学影响较深而更受中国学界重视，如张丽娜的《“旅行”与“变异”——论“杜子春故事”在东亚文学中的传承与演变》、赵维国的《论朝鲜诗文中虎溪三笑与〈三笑图〉的题咏》、许辉勋和朴锋奎的《朝鲜半岛开天辟地神话传承及其深层意蕴》。崔雄权的论文《接受与书写：陶渊明与韩国古代山水田园文学》（《文学评论》2012年5月）指出，受陶渊明其人其作影响，韩国文坛最终形成“渊明式”与“朝鲜风”相交织的美学风格。朝韩现当代文学研究方面成果相对较少，主要成果有我所学者焦艳的论文《神，语言最后的村庄》（《东方文学研究集刊》2011年6月），对韩国现代诗人高银的诗歌精神作了较为深入的论述。

日本文学历来是东方文学研究的重要领域，且研究成果卓著。古典文学方面有：马骏的《日本书纪》、《古事记》、《怀风藻》与《风土记》系列论文及专著《日本古代文学“和习”问题研究》，张哲俊的《日本文学中陶门柳的隐仕融合》和《〈游行柳〉与中日墓树之制》及专著《杨柳的形象：物质的交流与中日古代文学》，张龙妹的《〈源氏物语〉中“妒忌”

的文化文学史内涵》，邱雅芬的《论大黑天信仰与中日戏神之渊源》和《唐代傀儡戏东传及日本傀儡戏的形成》等系列论文，李俄宪的《社会文学：日本左翼文学的滥觞》等系列论文。王辉的《日本“片冈山传说”流变考——兼论其对日本佛教史、文学史建构的意义》、尤海燕的《〈古今和歌集〉的崇古主义——以两序中的“教诫之端”和“耳目之玩”为中心》。

大江健三郎文学研究是日本现当代文学研究的重点之一。许金龙发表了数篇重要论文：《始自于绝望的希望——大江文学中的鲁迅影响之初探》、《“杀王”：与绝对天皇制社会伦理的对决——试析大江健三郎在〈水死〉中追求的时代精神》、《“杀王”意象在〈水死〉中的多重隐喻》，其论文《〈水死〉的“穴居人”母题及其文化内涵》探讨“穴居人”母题的流变及其在《水死》中的意义和文化内涵。许金龙还翻译出版了大江健三郎的《读书人》、《大江健三郎讲述作家自我》、《水死》等作品。2011年5月，外文所与日本东京大学共同在东京举办了“大江文学研讨会”，外文所学者吴晓都、陆建德（现调任文学所）、许金龙、李永平与会并在会上发表了重要论文，赢得大江先生高度赞赏。此外，外文所学者围绕大江文学研究发表的重要论文还有：陈众议《真实与虚构——大江文学想象力刍议》和《逆水行舟——大江健三郎文学思想蠡测》，李永平《反抗中的希望》，余中先《大江健三郎与〈世界文学〉》，吴晓都《大江健三郎与俄国现代文论》，陆建德《互文性、信仰及其他——读大江健三郎〈再见，我的书〉》。

私小说是日本现代文学的一个重要样式，外文所学者魏大海在该领域出版了专著《日本私小说研究》（日文版），对该文学样式作了较为全面的梳理。他还主编、翻译了私小说代表作《林芙美子小说三卷本》，撰写了长篇译序，出版了译自铃木贞美的《日本文化史重构——以生命观为中心》。此外，魏大海还发表了论文《日本无产阶级文学场所刍议——以小林多喜二的代表作品〈蟹工船〉为中心》，基于21世纪初日本文学文化环境的变化，探究《蟹工船》的特殊性及其解禁很久后突然畅销的原因。

叶渭渠的专著《日本文化史》及他与唐月梅合著的《20世纪日本文学史》是日本现当代文化文学研究的重要成果。日本现当代文学研究还主要集中在夏目漱石、川端康成、村上春树、三岛由纪夫等几位作家身上，具有代表性的相关论文有：李征《火车上的三四郎——夏目漱石〈三四郎〉中现代性与速度的意味》、郭勇《现代语境中的主题焦虑——论夏目漱石的〈三四郎〉》、曹瑞涛《为“明治精神”而殉——夏目漱石〈心〉中“先生”之死分析》。周阅《川端康成在战后的深层反思——论〈重逢〉》、王新新《当文学遭遇战争——对战争期间川端康成的一点考察》、陈龙海《川端康成创作的内在矛盾与日本民族性格的双重性》、孟庆枢《直教银汉堕怀中——川端康成〈雪国〉的结尾与李商隐的“银河诗”》。叶渭渠翻译出版了川端康成的《伊豆的舞女》。由同来的《试论村上春树否定历史、开脱日本战争责任的故意和逻辑方法》，刘研的《村上春树可以作为东亚的“斗士”吗？——〈奇鸟形状录〉战争叙事论》，林少华的《〈1Q84〉：当代“罗生门”及其意义》、《之于村上春树的物语：从〈地下世界〉到〈1Q84〉》、《〈在约定的场所〉：之于村上春树的“奥姆”》，张雅君的《〈挪威的森林〉中的二元空间与都市叙述》。外文所学者魏大海翻译出版了《村上春树〈1Q84〉纵横谈》、林少华翻译出版了村上春树的《在约定的场所》。李征发表了论文《“口吃”是一只小鸟——三岛由纪夫〈金阁寺〉的微精神分析》。外文所学者许金龙翻译出版了三岛由纪夫的《午后曳航》、《奔马》与《忧国》。此外，谭晶华与竺家荣翻译出版了多部日本现当代文学作品。

外文所学者唐卉把古希腊神话与日本文学结合起来进行跨文化研究，其论文《俄狄浦斯神话的东方渊源》和《村上春树作品中的俄狄浦斯主题》，通过对上古地中海三大文明的乱伦神话整体透视，揭示乱伦主题在早期文明中的特定宗教观念语境，解读神话母题与农耕信仰的本源性因果关系。另外两篇论文《赫拉神话及其起源探究——A时代的母神》和《阿波罗形象的演变系谱——古希腊神话历史研究之一》则运用比较神话学的方法，探究希腊神话生成过程中的东方因素，说明所谓的西方文明的起源包含了许多东方文化因素。

2010年9月初，中国外文所成功举办了“中日青年作家会议”，产生了较大影响。围绕此次高端学术交流，外文所组织出版了“日本青年作家系列丛书”六卷。2012年8月，中国日本文学研究会第十三届年会暨国际学术研讨会在兰州大学举行。

南亚文学方面，梵语佛经对勘研究为社科基金重点委托扶持项目，外文所学者黄宝生翻译出版了五部译注成果：《奥义书》、《薄伽梵歌》、《梵汉对勘入楞伽经》、《入菩提行论》、《梵汉对勘维摩诘所说经》。2011年8

月 15 日，由于梵语翻译研究方面的杰出贡献，黄宝生获得了印度总统奖，为中国学者赢得崇高荣誉。学者姜南从语言学的角度研究佛经语言，发表了《汉译佛经"S，N 是"句非系词判断句》、《佛经汉译中呼格的凸显与转移》等多篇论文，还出版了专著《基于梵汉对勘的〈法华经〉语法研究》。常蕾的论文《〈念〉字小考》展现了一个观念在跨越文化藩篱过程中的嬗变异化。

段晴等译的《汉译巴利三藏·经藏·长部》是巴利三藏首次直接从巴利文译成的现代汉译。此外，专著还有叶少勇的《〈中论颂〉与〈佛护释〉——基于新发现梵文写本的文献学研究》、范慕尤的《梵文写本〈无二平等经〉的对勘与研究》、李炜的《早期汉译佛经的来源与翻译方法初探》和王邦维主编《季羡林先生与北京大学东方学》（上、下）。重要论文还有李南的《〈胜乐根本续〉及其注疏研究》、陈明的《阿富汗出土梵语戏剧残页跋》。

2012 年 11 月，第二届梵学与佛学研讨会在台湾政治大学召开，常蕾、姜南、黄怡婷、党素萍与会并发表论文。

南亚神话学方面的重要论文有：陈明的《"搅长河为酥酪"释义——敦煌文献中的印度神话札记之一》和《印度佛教创世神话的源流——以汉译佛经与西域写本为中心》，韩辉的《印度神话中因陀罗地位职能演变探析》、王鸿博的《〈摩诃婆罗多〉"咒祝"主题研究》、黄芝的《〈卑微的神灵〉中的"想象的终结"论》。南亚古典文学方面的重要专著有：王立、刘卫英的《〈聊斋志异〉中印文学溯源研究》及薛克翘、唐孟生、姜景奎和拉盖什·沃茨的《印度中世纪宗教文学》。

2010 年 5 月、8 月和 12 月分别在新加坡、北京与加尔各答召开了泰戈尔国际系列学术研讨会，并发表了一批相关成果：魏丽明的专著《万世的旅人——泰戈尔文学研究》，以及孟昭毅《重读泰戈尔与世界主义》、石在中《泰戈尔诗歌中的生态智慧》、泰昆《理解泰戈尔：新视野和新研究》等一批论文。其他成果还有：王春景《灵魂解脱的道路——论 R. K. 纳拉扬〈摩尔古迪之虎〉的宗教寓意》、王冬青《穿行于"烟河"的迷宫——读印度作家阿米塔夫·戈什新作〈烟河〉》、陆赟《印度的旧病新痛——评阿拉文德·阿迪加的两部新作》等论文。有关印度当代"流散文学"的论文有黄怡婷的三篇论文《人性温暖与失落中的坚守》、《奈保尔的"抵达"之"谜"》、《自我与世界的重新塑造——在遗迹中寻找"抵达"之

“谜”》。

波斯（伊朗）文学方面，我所学者穆宏燕出版了专著《波斯古典诗学研究》，该书是国内东方诗学研究的一部重要学术成果，填补了东方诗学研究的一大空白，为比较诗学多元化开拓出一片新的领域。穆宏燕还发表了多篇论文：《伊斯兰文化中关于诗歌和诗人地位的论争》、《波斯“诗歌神授”观——兼与柏拉图“摹仿说”之初浅比较》、《再谈图兰朵的中国身份——与谭渊先生商榷》、《波斯文学翻译与研究在中国》、《阿拉伯诗歌对波斯诗歌成形的影响》，其论文《国际政局中的伊朗——从〈萨巫颂〉看伊朗独特的民族性》从经典文学作品的解读切入，分析伊朗民族强烈的“反弹性格”，将微观的文本细读与宏观的国际视野思考相结合，具有一定的创新意义。其他重要成果有：张鸿年的译著《伊朗文化及其世界影响》、沈一鸣的论文《后殖民主义翻译理论在世界文学中的运用——以欧玛尔·海亚姆的〈鲁拜集〉翻译为例》、曾诣的论文《试析波斯古典诗歌中的“酒”意象》、李丹的论文《从波斯文学中的儒道精神内涵看文化的相似与沟通》。

土耳其文学翻译与研究主要围绕奥尔罕·帕慕克展开，相关重要论文有：张虎的《橄榄之死——解读奥尔罕·帕慕克的小说〈我的名字叫红〉》和《“没有人永远是自己”——解读帕慕克的小说〈黑书〉》，赵炎秋的《伊斯坦布尔的“呼愁”试探——读帕慕克的〈伊斯坦布尔——一座城市的记忆〉》、冯茜和林晓雯的《“与读者成为同谋”——论〈我的名字叫红〉的第一人称叙事系统》、梁军童的《帕慕克小说创作探究》、刘璐的《在叙述中重建过去的价值——历史编纂元小说〈白色城堡〉中的史学性叙事》、陈蕊的《论帕慕克小说中文化身份意识形成的历史背景》、裴蓓的《游走于伊斯坦布尔的迷宫——解读〈黑书〉中的文化身份问题》、支运波的《〈纯真博物馆〉的隐喻与象征性阐释》、毕文娟的《论帕慕克文学创作的寻绎模式及其文化渊源》、陈玉洪的《恋父与弑父：〈我的名字叫红〉的另一种解读》。

希伯来（以色列）文学方面，钟志清出版了论文集《把手指放在伤口上：阅读希伯来文学与文化》，发表了论文《希伯来语复兴与犹太民族国家建立》、《解构犹太复国主义神话：阅读伊兹哈尔的两个短篇》、《大屠杀与犹太复国主义》、《第二代大屠杀文学与犹太认同》、《作家与慈父》、《阿哈德·哈阿姆与希伯来语月刊〈哈施洛阿赫〉》，此外，钟志清还出版了译著《咏叹生死》、《爱与黑暗的故事》、《地下室里的黑豹》和一些短篇译文。其他学者的重要成果有：李春霞、陈召荣的《〈耶路撒冷之鸽〉的“文化犹太复国主义”思想》、郑丽的《生活乃是对话——阿摩司·奥兹〈等待〉中的对话哲学》、刘璐的《历史编纂、意识形态与美学基准——对希伯来小说创作的文化梳理》、江翠和董元兴《中国古代与古希伯来创世神话的比较研究》、高毛华《迷失与叩问——评阿摩司·奥兹的记忆小说〈地下室里的黑豹〉》。

阿拉伯文学方面，仲跻昆出版了专著《阿拉伯文学通史》，发表了《阿拉伯文学在新中国的六十年》。2011 年，仲跻昆摘得阿拉伯世界最重要的奖项“谢赫·扎耶德图书奖——第五届文化人物年度奖（2010—2011）”。其他重要成果还有：我所学者郅溥浩的专著《阿拉伯民间文学》和论文《“阿拉伯批评和叙事的山鲁佐德”》，以及林丰民、郅溥浩与宗笑飞等多人合著的专著《中国文学与阿拉伯文学比较研究》。宗笑飞致力于阿拉伯文学对西班牙文学的影响，发表了《塞万提斯反讽探源》、《从西班牙文学看阿拉伯文学对南欧喜剧复兴的影响》、《西班牙骑士文学中的阿拉伯元素》等多篇论文，探讨了阿拉伯文学中的幽默讽刺及其对文艺复兴运动时期南欧喜剧和笑文化的影响，宗笑飞还发表了论文《累土不辍——中国的阿拉伯文学 60 年》。其他比较重要的学术成果还有：薛庆国的《〈激流三部曲〉与〈宫间街三部曲〉》、《丝绸的力量和蜂蜜的刚强》、《诗歌就是我的祖国》，林丰民的《〈海湾之鹰〉：传记文学与国家历史的融合》、《杰马勒·黑塔尼对埃及政治的讽喻》、《马哈福兹：开罗街区与胡同的悲剧》、《乔治·宰丹的历史小说对伊斯兰价值的表现》，邹兰芳的《论女性自传主体的漂移性——以赛阿达薇的〈我的人生书简〉为例》、《从〈一千零一夜〉到〈安塔拉传奇〉》、《不堪承受的历史之重——评巴哈·塔西尔的〈日落绿洲〉》、《从“在场的缺席者”到“缺席的在场者”——巴勒斯坦诗人达尔维什的自传叙事》，余玉萍的《穿越与突围——马格里布法语后殖民文学述评》和《再建女性话语：〈肉体的记忆〉对于当代阿拉伯女性叙事的新启示》，葛铁鹰的《阿拉伯古代文人的名、字、号（上、下）　披览阿拉伯古籍札记之六》等论文，以及马征的专著《文化间性视野中的纪伯伦研究》。2011 年 1 月，开罗举行了中阿文学与翻译论坛。2012 年 11 月，中国阿拉伯文学研究会理事会议暨 2012 年度学术研讨会在上海外国语大学召开。

三　学科建设状况

根据以上三年的学术成果统计，将东方室科研人员的研究成果与同时期国内整个东方文学研究界的成果进行比较，我们可以看到，外文东方文学研究在日本文学、印度梵语文学、波斯文学、希伯来文学方面占据较大优势，在国内学界处于领先地位。

在印度文学研究领域，黄宝生先生是一面旗帜，其学术成果代表了国内梵语文学研究的最高水平，在国际上也具有重要影响。2009 年立项的国家社会科学基金重大委托项目“梵文研究及人才队伍建设”交付给中国社科院，由黄宝生先生担当首席专家。在黄宝生先生的指导下，青年学者郑国栋、常蕾、黄怡婷、姜南、党素萍正日益成长，逐渐成为国内梵语文学研究的中坚力量。

在日本文学研究领域，许金龙的翻译研究成果无疑代表了国内“大江文学研究”的最高水平。魏大海在日本私小说研究方面的成绩代表了国内相关研究的最高水平。唐卉注重日本文学中原型神话的研究，为打通东西方比较神话学研究奠定了良好基础。

在波斯文学研究、希伯来文学和阿拉伯文学研究领域，由于国内从事相关研究的人员比较少，穆宏燕与钟志清的研究成果对国内整个波斯文学研究和希伯来文学研究的学科建设起了重要的支撑作用。而宗笑飞是阿拉伯文学研究领域的中坚力量。

东方室作为一个学术整体，除了自己的科研成果在国内相关学界具有领先地位之外，还体现出良好的社会影响力和学术号召力。在学术交流活动方面，近两年东方室举办了“东方文学系列讲座”，已经举办了 20 多期。每期由东方室的一位研究人员围绕自己的研究领域或以在研课题作主讲，然后与会人员围绕主题展开学术讨论和交流。该讲座的影响力逐渐扩大。2012 年 10—11 月，邀请到非洲首位诺贝尔文学奖获得者沃勒·索因卡来华访问，进行高端学术交流，对我国非洲文学研究起到了推动作用。

尽管取得了比较好的成绩，但在学科建设方面也存在一些不足：

在印度文学研究方面，力量过度集中在梵语佛经研究，对印度其他语种文学的研究和关注相对较弱。近年来随着青年学者黄怡婷的引进，对印度英语文学的研究有所加强。但南亚其他语种文学的研究仍然欠缺。

国内日本古典文学方面的研究受日本国内研究方法的影响很大，因而在研究方法上比较规范。但也常常给人以细致过度的感觉，对文学细节考证结果背后的文化学意义关注较少，这方面的研究也许对中国学术界来说更为重要。

东方包括众多的国家，这些国家的文学发展模式差异很大。中国学界对东方各国文学的研究十分不均衡，主要集中在受关注程度比较高的几个国家，一些东方小语种文学的研究基本上空缺，对黑非洲文学的研究更是欠缺。

东方文学研究队伍目前再次面临比较严重的青黄不接的问题。目前外文所东方室从事日本文学研究的三位老同志面临退休，只剩唐卉一名年轻学者。另外，在波斯、希伯来、阿拉伯文学方面，基本上是一个人一个学科的局面，也应适时引进人才。

四　学科发展前景

未来几年本学科更多的是立足于现有条件，从以下一些方面展开研究工作，尽力保持本学科的优势领域：

1. 在印度文学研究领域，继续在黄宝生先生的带领下，展开梵汉佛经对勘的研究。

2. 加强东方现当代文学翻译与研究。由于中国在完成自我转型之后，更多地关注西方，对东方各国的文化背景和文学现状产生了较大的隔膜。因此，我们应当把东方这些优秀的作家作品推向中国社会，力争为消除这样的隔膜起到一点作用，为了解现当代东方社会，了解当前国际政局中的东方提供一个社会维度的参考系。

3. 东方文学的西传。基于东西方文学发展过程中的交流、影响和沟通的事实，分析东方文学，尤其是阿拉伯—波斯文学对西方近代文艺复兴的影响，目的在于重新梳理世界文学发展史的发展脉络，建构一个反映世界文学发展的真实进程。

4. 在希伯来文学研究方面，对希伯来古典文学也应给予相应的关注。

（外国文学研究所　余中先　傅浩　穆宏燕　任昕
侯玮红　苏玲　秦岚　杜新华　杨玲）

句法语义学科前沿研究报告
(2010—2012)

一　概况

(一)学科历史沿革

句法语义研究是语言所历史最悠久的学科。语言所成立之初设立三个研究小组，其中的第一组“现代汉语组”就是句法语义学科的前身，最初的研究任务是语法结构和基本词汇，此后这个组一直在吕叔湘的带领下从事现代汉语语法研究。1977 年中国社会科学院成立以后，语言研究所设八个研究室，“现代汉语研究室”是其中之一，2001 年更名为“句法语义研究室”。

语言所历史上的六位学部委员中有四位直接领导过这个学科的研究，他们是：丁声树、吕叔湘、陆志韦、沈家煊。语言所曾于 1959 年、1973 年先后两次正式提出编写系统的《现代汉语语法》的计划，这一目标迄今尚未实现，原因在于汉语语法研究在理论建设和事实挖掘两方面基础都十分薄弱，尤其是长期以来在广泛吸收跨语言研究成果基础上探讨汉语语法自身特点的努力举步维艰。这种局面自 20 世纪 90 年代以来发生了重大转变。本学科学者在“把汉语放到世界语言变异范围内考察”这个观念上取得共识，从认知、功能、语用和形式角度对汉语语法做了全面的探究，并借鉴语言类型学和语法化理论从跨语言、跨方言和跨时代的视角来观察汉语事实的共性和特性、动态与静态，取得了许多新的突破。其中，认知语法对汉语句式问题的集中探讨、对语言主观性和主观化问题的关注、关于汉语“糅合”造句方式的论证、“行、知、言”三个认知域观念在语法分析中的应用，尤其是关于汉语词类与句法成分的阐释，使汉语句法语义中的一些传统难题得到了全新的认识；功能语法用动态的眼光深入考察了近现代汉语口语和书面语的语法事实，成为国内语法研究导向性学派；语言类型学建立了普适于不同方言、语言的语法调查和研究的操作平台和数据库，近年来许多汉语语法中的传统课题在类型学的视野中得到了重新认识；形式句法对汉语的语法范畴的系统性价值做了严谨的逻辑论证。以上几个方向的汉语句法语义研究，是现代句法语义学的主要组成部分，本学科成员在这些方面的学术主张和研究成果，都是紧扣国际学术前沿，具有明确的创新意识和国际意识，在国内句法语义研究领域是明显领先的。

（二）学科队伍建设

句法语义研究自 2002 年起成为院重点学科，十年来取得的成绩世所公认。其中，院学部委员沈家煊是汉语认知语法和语用学的开拓者，也是语言类型学和语法化研究的首倡者，近年来他提出的汉语词类新理论影响深远，成为本学科未来若干年语法理论创新的基石；学术带头人刘丹青、方梅、张伯江和张国宪作为学术中坚，成果的创新性一直居于国内领先地位；学术骨干王灿龙、杨国文和项开喜的研究也得到国内学界的好评；青年学者刘探宙和完权的研究成果颇具新意，备受瞩目。良好的梯队建设是本学科稳健发展的基础。

（三）重要研究成果

20 世纪 50 年代最重要的成果是丁声树主持编写的、刊于 1952—1953 年的《语法讲话》，这部书在相当长的一个时期内，代表了国内语法研究的最高水平。1953—1955 年，在吕叔湘的主持下进行“汉语语法体系和术语的研究”。1953—1954 年，《中国语文》、《语文学习》等杂志开展了汉语词类问题的讨论，吕叔湘《关于汉语词类的一些原则性问题》（《中国语文》1954 年 9 月、10 月号）是对这一问题的理论总结。1957 年开始，现代汉语组集中进行句型和动词的研究，由吕叔湘和陆志韦主持。1959 年 3 月号的《中国语文》刊登了署名“中国科学院语言研究所现代汉语小组”的文章，题为《语法研究上要求加强合作》，文章提出了作者认为当时还没能很好地得到解决的 53 个研究课题，分为九个大类列出。陆志韦指导刘坚、陈建民、饶长溶、王福庭分别就其中的助动词、兼语式、副动词和连谓式问题做专题研究。60 年代语法研究在吕叔湘带领下开展工作，系统性地研究汉语句子的组织形式，用“句段结构”对汉语语法尝试做全面描写（范继淹《汉语句段结构》,《中国语文》1985 年第 1 期），可惜这项工作因“文革”而中止。这一时期有代表性的专题研究有：吕叔湘《关于“语言单位的同一性”等等》（《中国语文》1962 年第 11 期），《现代汉语单双音节问题初探》(《中国语文》1963 年第 1 期)；范继淹《动词和趋向性后置成分的结构分析》(《中国语文》1963 年第 2 期)；李临定《带“得”字的补语句》（《中国语文》1963 年第 5 期）；范方莲《存在句》（《中国语文》1963 年第 5 期）。

“文革”期间学术研究一度中止。70 年代中期，语言研究所逐渐恢复研究工作，现代汉语组在吕叔湘带领下编写《现代汉语八百词》（商务印书馆 1980 年版）。这也成为 1977 年中国社会科学院成立后，“现代汉语研究室”推出的第一项重要的集体研究成果。吕叔湘《汉语语法分析问题》(商务印书馆 1979 年版）是基于数十年理论思考的心血之作。这两部作品，在事实描写和理论探讨方面垂范于世，代表了当时国内语法研究最高水平。80 年代现代汉语研究室的研究重点之一是句型和动词。这方面的代表性成果是现代汉语室编《句型和动词》（语文出版社 1987 年版），李临定《现代汉语句型》（商务印书馆 1986 年版），孟琮、郑怀德、孟庆海、蔡文兰《动词用法词典》（上海辞书出版社 1987 年版），郑怀德、孟庆海《形容词用法词典》（湖南出版社 1991 年版）。语法理论方面的成果有《范继淹语言学论文集》（语文出版社 1986 年版），杨成凯《汉语语法理论研究》(辽宁教育出版社 1996 年版)。

20 世纪 80 年代后期起，现代汉语语法研究的一个高潮是功能主义方法的成功运用，代表作是陈平、廖秋忠和沈家煊的研究，成果汇集在《现代语言学研究：理论、方法与事实》(陈平，重庆出版社 1991 年版)、《廖秋忠文集》(廖秋忠，北京语言学院出版社 1992 年版）和《不对称和标记论》（沈家煊，江西教育出版社 1999 年版）这几本书里。最近的十几年来，句法语义学科处于蓬勃发展时期，认知语法研究成果最为突出。对汉语句式问题的集中探讨、对语言主观性和主观化问题的关注、关于汉语“糅合”造句方式的论证、“行、知、言”三个认知域观念在语法分析中的应用，尤其是关于汉语词类与句法成分的阐释，使汉语句法语义中的一些传统难题得到了全新的认识。这方面的成果集中反映在《认知与汉语语法研究》(沈家煊，商务印书馆2006年版）和《语法六讲》(沈家煊，商务印书馆2011年版)。功能语法成果集中于《汉语功能语法研究》(张伯江、方梅，江西教育出版社1996年版)，《现代汉语语法的功能、语用、认知研究》(沈家煊主编，商务印书馆2004年版)，《现代汉语形容词功能与认知研究》(张国宪，商务印书馆2006年版)，《从施受关系到句式语义》(张伯江，商务印书馆2009年版)。

(四)优势与问题

句法语义学科的整体优势是，集中了目前国内从事汉语认知语法研究、功能语法研究等方向的优秀人才，在形式句法、语言类型学、语法化理论等方向上，学术带头人的水平也属国内一流。在队伍建设上，梯队层次合理，具有良好的可持续发展趋势。

目前存在的问题是，研究室整体实力还嫌单薄，难以开展较大规模的集体性研究工作。就是目前正在进行的现代汉语用法研究，也由于人手问题而困难重重。虽然引进人才不是一件容易的事，但用人方式如果能再多样化一些，让我们能够灵活而合理地聘用外单位研究人员，则可以部分地解决问题。

二 学科前沿动态

(一)词类问题的理论总结与拓展

著名语言学家朱德熙先生半个世纪以前提出的词类观奠定了汉语词类的理论基础。朱先生语法理论最重要的学术遗产是什么，其词类理论中最值得继承并发展的是什么，成为近年来尤其是近三年汉语语法学者讨论的焦点。

朱德熙先生最重要的语法观点，一是认为汉语词类跟句法成分之间不存在简单的一一对应关系，二是指出汉语句子的构造原则跟词组的构造原则基本上一致。沈家煊据此顺理成章地推导出汉语名词和动词是一种包含关系的结论。在《朱德熙先生最重要的学术遗产》(《语言教学与研究》2011年第4期）一文中，沈家煊对包含模式与朱先生词类理论的一贯性作了深刻阐述。与此同时，郭锐《朱德熙先生的汉语词类研究》(《汉语学习》2011年第5期）则不赞同包含模式，他认为包含模式与旧有的名物化论没有实质区别。郭锐不承认汉语动词形容词可以做主宾语是普遍现象，同时更强调名动词、名形词与一般动词形容词的差别。对此，沈家煊认为，增加不必要的层次，不仅违背了朱先生对句法概括简明性的追求，也会导致最终背离朱先生的整个理论体系。朱先生关于汉语动词充当主宾语的时候没有发生“名词化”过程和汉语动词入句做谓语时没有发生从非限定形式变为限定形式的“熔解”过程的观点，是一百年来我们在不断摆脱印欧语的研究框架、寻找汉语自身特点的攀登路上达到的新境界；而进一步提出汉语名词入句做主宾语时没有发生“指称化”过程的看法，则更全面地反映了汉语的词类事实。

沈家煊进而从更为广泛的视角全面论证了词类包含模式。《“名动词”的反思》（《世界汉语教学》2012 年第 1 期）分析了朱德熙的“名动词”类别存在的两个理论难题，指出“名动词”和英语的“V－ing 形式”并不是对当的同类现象，提出两条解决问题的对策：1. 确立汉语“名动包含”的模式；2. 首先用单音双音来区分动性强弱不同的动词。《关于先秦汉语名词和动词的区分》（《中国语言学报》第 15 期）则把这个理论模型用于回答古代汉语问题。《怎样对比才有说服力》（《现代外语》2012 年第 1 期）使用英汉名动对比材料，论证了跟印欧语“名动分立”不同，汉语的动词是包含在名词里的一个次类，叫“动态名词”。从这个意义上讲，汉语是一种重视名词的语言。汉语“名动包含”的模式为人类语言词类系统的循环演变提供不可或缺的一个支点。《名词和动词：汉语、汤加语、拉丁语》（《现代中国语研究》第 14 期）进一步使用了更多的汉外对比材料，把名动包含模式和型例分合的词类理论结合在一起。《从“标记颠倒”看韵律和语法的相似关系》和《“零句”和“流水句”》则分别从韵律和话题句的角度来论证名动包含模式（详见后文）。

该理论自 2007 年提出以来，支持和反对两方面的意见都有。吴长安的《汉语名词—动词交融模式的历史形成》（《中国语文》2012 年第 1 期）支持“名动包容模式”，试图提出汉语名词、动词的“交融模式”，并从其形成的动因入手，指出汉语存在一批表事词，而名词、动词交融的主要原因就在于表事词的存在。张伯江的《双音化的名词性效应》（《中国语文》2012 年第 4 期）发现现代汉语有一大批双音节的动词通过语义的“转指”形成了同形的双音节名词，其中有一些还发生了内部结构的“重新分析”。该文分别描写和讨论了这些现象，认为这都是现代汉语共时系统里“名动包含”和“动单名双”这两个基本事实导致的语法效应。周韧的《“N的V”结构就是“N的N”结构》在“名动包容模式”的基础上立论，认为“这本书的出版”不仅在语用范畴上符合向心结构理论，也在句法范畴上符合向心结构理论，整个结构的句法语义中心就是“出版”。通过讨论名词和动词在主宾语和谓语等句法位置上实现组合变化的能力，运用形式句法的描写方法把汉语名词的句法特征表达为“[+N，-V]”，而动词的句法特征则是“[+N，+V]”。

反方意见以詹卫东的《从语言工程看“中心扩展条件”和“并列条件”》（《语言科学》2012年第5期）为代表。该文从树库语料的分析出发，说明语言事实中确实存在违反“中心扩展条件”和“并列条件”的情况，但认为“汉语实词包含模型”并不是一个更简约的理论设计。该文将原因归结为言语使用中的“简约”（或“经济”）原则，并提出“语用省略”假说来加以解释。质疑的要点之一是“沈先生提出的‘动词可以无须加名化标记就构成为指称语’这样的主张，如果翻译成形式文法，就是‘NP→V’（或N→V）这样的规则。而这正是Lyons所谓的‘那不仅是有悖常情的，在理论上也是站不住的’”。文章从自己的理解出发，认为“沈家煊先生汉语词类包含模式的思想，本质上也就是传统的动词名物化的主张”。语言工程是一个审视词类理论的独特视角。宋柔等的《再从语言工程看汉语词类》[《语言学论丛》(第44辑)]则从一个更为务实的角度探讨了这一问题。

(二)“的”的句法性质和表义功能

“的”是汉语语法经久不衰的老问题，近年来又掀起一个新热潮，近年有十多篇文章涉及这个题目，其中尤以海外形式学派的华人学者贡献为大。“的”的问题是各种语法理论的试金石，形式句法学者也一直尝试使用各种思路解决这个问题。潘海华、陆烁的《从“他的老师当得好”看句法中重新分析的必要性》(《语言研究》2011年第2期）基于“重新分析”提供了两种新的方法来解释“准/伪定中”结构的生成问题，一是让动词拷贝式的主语和VP1分析为一个小句，另一个是在准焦点结构基础上，让话题和焦点发生“重新分析”，借此证明汉语的一些句式在特定的句法、语义或音韵条件下，存在发生结构重新分析的可能性。

形式语义学也很重视“的”的研究。贺川生、蒋严的《“XP+的”结构的名词性及“的”的语义功能》(《当代语言学》2011 年第 1 期)一文的主旨是：1. 从并列结构及真值条件改变等语言事实出发反对“的”字中心说；2. 从并列结构出发进一步支持朱德熙关于“XP + 的”结构是名词性的结论；3. 支持黄师哲提出的“的”是类型转换算子的观点，汉语普通名词只能是指类，其语义类型为 e，“的”就是起到转换类型的语义作用。

美国学者李艳惠的《从台湾闽南语 e 看汉语含“的”的名词短语结构》(《东方语言学》2012 年总第 11 期)是一篇颇具价值的论文。该文从台湾闽南语相应之 e 的声调变化及分布来看闽南语名词短语［XP e YP］的结构，提出闽南语名词短语［XP e YP］其实应该含有两个 e，结构是［XP e］［e YP］。由此推论有关汉语［XP 的 YP］结构应该是［XP 的］YP］或［XP［的 YP］的争论是可以解决的：两方的看法基本上都是正确的，因为表面上的一个“的”其实是两个“的”缩减而成。汉语［XP 的 YP］的结构应该是［XP 的］［的 YP］。从方言材料出发，引入这一独特的分析方法，使得该文极具启发性。

台湾学者 Niina Ning Zhang(张宁)的“De and the Functional Expansion of Classifiers”(《语言暨语言学》2012 年第 3 期)和 XuPing Li and Susan Rothstein 的“Measure Readings of Mandarin Classifier Phrases”(《语言暨语言学》2012 年第 4 期)从不同视角讨论了“的”是否等同于数量结构中的量词这一论题。留英青年学者麦子茵的《终结性与“(是)……的”焦点结构》(《语言学论丛(44)》)在以往形式学派“的”字句焦点分析文献的基础上引入终结性这一语义概念，试图提出一个更为简洁明了的解释。

从类型学视角出发，戴庆厦、闻静的《汉藏语的“的”字结构》(《汉语学报》2011 年第 6 期)和闻静的《从藏缅语定语助词的演变反观汉语》(《汉语学习》2012 年第 4 期)是一组姐妹篇，提出汉藏语“的”字结构的共性是类型学上的共性。汉语和藏缅语定语助词的发展脉络基本一致，汉语方言间的差异是定语助词语法化过程中“存古化”和“层次化”特征的体现。汉语定语助词处于演变链的最高环节，其隐性特征、广泛的分布以及丰富的语法功能，正是演变链最高环节的特征体现。

完权的《从“词类功能专门化”看“的”和实词的关系》(《语法研究和探索(16)》)从类型学的一种词类观来考察“的”和名动形三类实

词的关系。而他的《超越区别与描写之争："的"的认知入场作用》（《世界汉语教学》2012 年第 2 期）则引入认知语法较新颖的"认知入场"理论，论证"的"使用描写入场策略达成明确指称的目的。

（三）汉语话题问题的进一步探索

汉语的话题和主语之辨已历时多年，本年度可算是掀起一个小高潮。沈家煊的《"零句"和"流水句"》（《中国语文》2012 年第 5 期）是在其"名动包含模式"的基础之上"读懂赵元任"的一篇杰作。该文从零句说引申出关于主语和谓语的两个重要观点：汉语的主语就是话题，汉语的谓语不宜按名词和动词区分类型。零句说能解释为什么汉语多"流水句"，对零句说理解不透彻是流水句的研究不能深入的原因。该文在零句说的基础上阐述流水句的"并置性"和"指称性"，这两个特性对语法理论中句法递归性和名动分立的普适性提出挑战。王春辉的《也论条件小句是话题》（《当代语言学》2012 年第 2 期）同样也是从赵元任的论述开始，深入检视了类型学和汉语篇章材料，辨析了自 Haiman（1978）提出"条件小句是话题"以来的种种疑点。

自建立语言库藏类型学理论框架以来，刘丹青已有多篇论文对此作出阐述。而 2012 年的《汉语差比句和话题结构的同构性：显赫范畴的扩张力一例》（《语言研究》2012 年第 4 期）则是一个更为细致深入的个案研究。文在语言库藏类型学框架下探讨汉语差比句和话题结构的关系。通过与英语、韩语差比句的比较，指出汉语"比"字差比句具有独特的句法自由和句法限制。这些自由和限制都是话题结构的属性，"比"字差比句和话题句高度同构，前者是后者的一个次类，是话题结构作为显赫范畴扩张的产物。

（四）国外功能语言学派的新发展

2012 年秋天，以句法语义学科部分成员和语言研究所其他科研人员组成学术访问团走访了美国加州的三所大学。位于美国加州西海岸的洛杉矶加州大学、圣巴巴拉加州大学和斯坦福大学，是美国语言学的重镇，尤其是与语言所学术取向一致的功能—认知语法的优秀学者最集中的地方。通过与美国语言学家和汉语研究者进行广泛的交流，深入了解了美国功能主义语言学的最新进展。

Elizabeth Traugott 教授是国际著名语言学家，是语法化理论中最有建树的代表人物之一，近年来的研究兴趣集中在构式语法与语法历史演变的关系上。她专门为我们作了一次题为“构式的变化和构式化”(*Constructional Changes and Constructionalization*)的学术报告，全面报告了她在构式与语法变化问题上的最新思考。在报告中，她首先概述了构式语法的一般原则和主要观点，特别强调了认同 Goldberg（2006）和 Croft（2001）的说法。紧接着着重讨论了构式的变化和构式化问题。她指出，构式的变化指的是构式的某一方面（形式或意义）发生了变化，但不是形式和意义同时变化。构式的变化是语言发展中分离的一小步，不在构式网络中形成一个新的节点，不一定导致构式化。构式化则是通过一系列微小的变化和重新分析后产生新的形式意义的结合体，即构式。经过构式化产生的新构式在构式网络中形成一个新的节点，新的构式处于语法化和词汇化的连续体上，辨别构式化的类型最重要的是它的输出而不是输入。“构式化”是 Traugott 教授关于语法历史演变的最新思考，她指出，语法构式化的概念比语法化能够涵盖更多的语法事实，从构式角度来研究语言的变化是一条重要路径。她的努力就是试图把不同的研究都统一到构式化理论中。针对访问团成员提出的构式的稳定性与演变的动态性之间的关系问题，Traugott 教授反思了她与 Hopper 教授以往关于语法化理论的合作，提出对 Hopper 动态浮现语法的一些不同看法。她提出，语法变化中扩展与收缩是同时存在的两种趋势，要结合起来看；同时，语法化和词汇化也要结合起来看。

Sandra Thompson 教授是功能主义语言学最著名的代表人物之一，她关于词类话语基础的理论和物性的理论都是语言学界的经典学说，她也是一位高度关注汉语的著名学者，她与李讷教授合著的《汉语语法》一书在国际上有巨大影响。

她应我们的请求，系统地介绍了美国功能语法的新进展。她认为最值得注意的一个新的趋势是认知与社会的关系，这也是她本人近些年来研究的兴趣所在。以 Langacker 为代表的老派认知语言学家也越来越多地关注语言的社会互动性，后者的发展得益于 Schegloff 等人对会话现象的社会角度研究。以语法的追加现象为例，她阐释了交互增值现象（increment）的重要价值。第二个在近年得到迅猛发展的是语料库语言学，她介绍了该系著名的学者 Gries 一本名叫“R”的新书，是一种统计学的有效工具。第三个大的趋势是文档语言学（Documentational Linguistics），系里的 Mithrun，

Geneti 都是这方面的名家。以往那种田野工作的成果可以用新的工具保留下来，加以多角度的分析。她还用实例给我们介绍了她近年来结合口语录像进行的语法研究，阐释了录像材料能给语法带来什么。她最近集中在进行一项关于“回应”的研究，大大拓展了传统语法关于回应现象的观察范围，录像材料深化了研究者对日常对话中回应行为的语言学意义的认识。

陶红印教授是洛杉矶加州大学东亚语言与文化学系的中文部主任，在与我们的座谈中系统介绍了他关于汉语话语—语法研究的展望。第一，他阐述了语法作为语用衍生产品的动态语法观，提出在实际运用中考察语法的观点；第二，讨论了语境对语法的制约问题，提出初始语境和派生语境的观点，给目前方兴未艾的语体研究作出了理论的定位；第三，重视语言的社会化过程，社会文化动因对语言的影响不容忽视；第四，扩展的符号观，即把传统的语言符号观拓展到更广的交际符号系统，观察语音、句法、身态等多方面的对应，利用新媒体进行多模态的研究。他特别强调，研究手段的丰富直接导致理论上的更新。这与 Thompson 教授所强调的观点是一脉相承的。我们从他们的研究团队的每一个个案研究中深刻体会到了新方法的解释力。

通过这次短暂的学术访问，我们切身感受到了美国语言学界思想活跃、方法多样、领域不断拓展、观念不断更新的特点，体会到了这些特点在实际研究中的良好效应，看到了新思想、新观念所带来的扎扎实实的新的成果，也看到了新理论与新手段在汉语研究中广泛的应用前景。

三　学科建设状况

（一）本学科学者的主要学术成果

沈家煊对汉语词类包含模式做了更为深广而坚实的论证，包括两个方面。其一，汉语内部证据涵盖补语、韵律、句法、认知、理论旨归等视角。《如何解决“补语”问题》梳理“补语问题”现有的解决方案，指出其要害不在它跟 complement 不一致，而在过分看重名动对立，认定“名词性词语只充当宾语不充当补语"。《从韵律结构看形容词》提出汉语首先区别于大名词和摹状词，前者包括动词和形容词，通过重叠形成后者。《从“标记颠倒”看韵律和语法的相似关系》发现三音节定中结构和述宾结构在与韵律结构相匹配时存在标记颠倒，这是词类包含模式的佐证。《“零句”和“流水句”》在赵元任零句说的基础上阐述流水句的并置性和指称性，对句法递归性和名动分立的普适性提出挑战。《从“演员是个动词”说起》从人对事物和动作的认知差异的角度探索名词和动词的不对称用法，论证词类包含模式的认知基础。《朱德熙先生最重要的学术遗产》意在说明词类包含模式是覆盖而不是推翻朱先生的理论。《“名动词”的反思》指出“名动词”最终导致放弃“汉语动词做主宾语的时候没有转化为名词”的立场，对策是确立汉语名动包含模式并且优先用单音双音来区分动性强弱不同的动词。《关于先秦汉语名词和动词的区分》主张先秦汉语的动词也是“动态名词”。其二，汉语词类包含模式的类型学证据涉及语言事实和方法论诸方面。《名词和动词》通过比较说明汉语词类属于不同于汤加语和拉丁语，是“型例合一、名动包含”语言。《英汉否定词的分合和名动的分合》发现汉语否定词最重要的区分，不是像英语那样注重区分否定名词或动词，而是注重直陈否定还是非直陈否定，以及否定“有”或“是”。《跨语言词类比较的“阿姆斯特丹模型”》指出该词类模型的理论假设“存在没有名词的语言但不存在没有动词的语言”在汉语中遭遇的问题。《怎样对比才有说服力》论证名动包含模式为人类语言词类系统的循环演变提供不可或缺的支点。

刘丹青以语言类型学方法为主要手段研究汉语句法语义问题，并创造性地提出语言库藏类型学理论框架。库藏类型学代表作有三篇：《汉语的若干显赫范畴》以语言库藏类型学为框架，给出了显赫范畴的定义，探讨现代汉语普通话及部分方言中的若干显赫范畴；《汉语差比句和话题结构的同构性》在语言库藏类型学框架下，通过与英语、韩语的比较，指出汉语“比”字差比句具有独特的句法自由和句法限制；《汉语史语法类型特点在现代方言中的存废》梳理了一组不见于普通话但在方言中留存的汉语史特点，更加全面地认识汉语语法类型和语法库藏的历时动态。语言类型学的其他成果还涉及词类、重叠、附缀等多方面。《叹词的本质》提出叹词是代句词，在词类中与代词的性质最接近。《实词的叹词化和叹词的去叹词化》探讨叹词和其他词类之间在语言使用中的流转机制。《原生重叠和次生重叠》指出原生重叠是天然重叠手段，次生重叠则是由句法结构、话语反复等在历史演变中经过重新分析成为重叠形式的。关于重叠，另有“ldeophonic reduplication of content words in Mandarin Chinese”发表于法国*Cahiers de Linguistique Asie Orientole*。《北京话代词“人”的前附缀化》在附缀理论的基础上，对“人”的附缀化进行描写，指出其语音及句法的特殊性表明它已发生了前附缀化。《河南光山方言来自“里”的多功能虚词“的”》描写了这个附缀性的高频功能词，从跨方言比较的角度指出其来源，并说明“的”的共时语义模型。《“有”字领有句的语义倾向和信息结构》发现该句式具有表好表多的语义倾向，其宾语强烈排斥负面和主观小量定语。《漫谈汉语的类型特点》从形态、词类、句法等方面分析了汉语的类型学特征。《高名凯学术精神的恒久价值与现实意义》从四个方面论述了高先生的学术精神。专著类论文集《名词性短语的类型学研究》是国家社科基金重点项目“名词性短语句法结构的类型学比较”中20多篇句法类型学论文汇总。

张伯江的研究以功能语法为特色，重在解决具有宏观价值的语法问题。《汉语限定成分的语用属性》通过对所谓“限定词”共现现象的考察，指出汉语里类似于限定词的语法成分，往往是为语用目的而使用的。《现代汉语形容词做谓语问题》强调汉语这样偏体词性的语言里，形容词在句子平面上做谓语依赖系词性句法标记。《汉语的句法结构和语用结构》论证汉语句法结构的实质是更多地反映了汉语的语用结构。《释汉语“指·量短语”的两种意义》从分析“转成称代”和“直接称代”入手，判定汉语指示词不可能发展为定冠词。《以语法解释为目的的语体研究》论述了语法学与修辞学结合发展的一个方向，指出这种研究关注某种语法特征何以带有明显的语体选择倾向。

张国宪的研究集中于虚词。《“在+处所”状态构式的事件表述和语篇功能》说明两种“在”字句在交际功能上存在着叙述性与描写性的语用分工。《助词“了”再语法化的路径和后果》将“×了”中的“了”视为是一种再语法化现象，考察其演化路径以及再语法化的后果。

方梅以篇章语法和浮现语法为核心展开了一系列研究。《北京话的两种行为指称形式》描写了两种“这”的指称意义和篇章功能，指出改变句法形态来指称行为是篇章驱动。《修辞的转类与语法的转类》关注名词指称意义和事件语义对语用模式沉淀为句法或构词模式的影响。《现代汉语“化”缀的演变及其结构来源》分析共时和历时语料，指出目标结构“×化”从复合词发展为派生结构。《会话结构与连词的浮现义》意在论证言域用法对会话结构的依赖更强，是会话中的浮现义。“The emergence of a definite article in Beijing Mandarin”研究了近指指示词“这”的浮现和演化。

儿童语言习得的形式语法研究以胡建华为代表。《汉语添加算子的习得》提出儿童之所以会在添加算子的理解上表现出滞后性，主要是因为他们还没有习得引入语用预设的能力，而不是因为他们不能处理复杂的结构。《省略结构的儿童语言获得研究》通过实验解读三种涉及句法和语义的跨模组运算的省略结构，为语法发育论提供了证据。

王灿龙的成果涵盖两个方面：否定和句式。前者的代表作是《试论“不”与“没（有）”语法表现的相对同一性》和《再论“没（有）”与“了”共现的问题》，分别讨论了用“不”或用“没（有）”整个句子的表义基本相同的现象，以及“没（有）”与“了”共现的语法条件。后者的代表作是《新异黏合语的生成机制分析》和《关于“adv + 加 + V”结构中“adv. 加”是否成词的问题》。前者指出新异黏合语从本质上看是复合词语，它是基于隐喻或转喻的认知手段而产生的，并提出“事件转喻”这一新的认知范畴。后者论证了该句法结构中的“加”是动词，语义上没有虚化。

杨国文的研究集中于时态范畴。《“动词 + 结果补语”和“动词重叠式”的非时态性质》通过说明情状与时态的本质特征和相互关系分析“动词 + 结果补语”和“动词重叠式”两种语法形式的非时态性质。《汉语的“即行时态”及其与“完成时态”的区别和关联》从时态本质意义和功能的角度论证了汉语即行时态在时态范畴上的独立地位。

项开喜的动词研究富有特色。《使成兼表被动现象的多角度考察》从语言类型学的视野考察汉语的使成式和被动式在概念语义和结构形式上的联系，系统说明“给”字句、“叫/让”字句功能演变的句法条件、机制和动因。《专业领域词汇的动名归类和动名兼类问题》坚持分布原则，提出专业词汇的词性判定问题的原则。

王冬梅以认知语法为理论基础展开了深入的词类研究。《名词动化的类型及特点》从认知语言学的角度对现代汉语中的名词动化现象进行了研究，从认知语法的角度定义名词和动词，对名词动化的现象作全面的描写和归纳，并根据转喻模型对这些现象进行了解释。《词类和句法成分对应的古今差异及成因》从英汉对比和古今对比的角度探讨了词类问题。

刘探宙的《烟台话中不带指示词或数词的量词结构》富有类型学意义，在对烟台话量名结构的详细描写的基础之上，指出烟台话和吴语粤语的这种结构在句法、语义和语用上相区别的特点。

完权的研究反映在关于“的”的一系列成果中。《语篇中的“参照体—目标”构式》发现“的”在“参照体—目标”构式中有提高指别度的作用。《超越区别与描写之争》论证“的”字定语的区别性和描写性都是为了认知入场。《指示词定语漂移的篇章认知因素》指出带“的”的内涵定语和由指示词充当的外延定语的位置关系取决于语篇因素。《从“词类功能专门化”看“的”和实词的关系》引入跨语言的词类划分标准讨论“的”。《说“惨败”》描写和解释了不同于“大胜”和“大败”的“惨败”格局。

（二）重要学术活动及影响

2010 年 6 月 8 日至 10 日，由中国社会科学院语言研究所句法语义研究室和《中国语文》编辑部主办的“第十六次现代汉语语法学术讨论会”在香港城市大学召开。会议的中心议题是词类问题和焦点量化问题。在为期三天的会议上，与会的 79 位学者分成 16 个单元对上述议题进行了探讨。沈家煊、石定栩、吴为善、沈阳、陆丙甫、刘丹青、郭锐作了大会报告。正如沈家煊先生在开幕式上所说的，现代汉语语法学术讨论会近年来通过限定议题和会议规模，使得参会者能就相关议题进行深入的交流，从而获得了很大的收获。

2011 年 8 月 12 日至 14 日，由句法语义学科主办的第三届“两岸三地现代汉语句法语义研讨会”在语言所举行。这是一次小规模的高层次研讨会，来自语言所，北京大学，台湾“清华大学”、交通大学，香港城市大学、理工大学和中文大学等地的句法语义研究著名学者共 25 人参加了会议，其中本学科老中青三代学者 8 人参加。这次为期三天的会议集中讨论了现代汉语句法语义前沿问题，议题涉及汉语同义句法结构的辨析、如何对待句法结构的删略、相关句法结构的同构性问题、汉语句法结构的习得问题、汉语词类范畴与句法功能的关系问题、划分汉语词类的原则问题、汉语语义中的认知域问题、焦点与量化问题、时体与情态问题等。会议给予每位讲演者充分的报告时间，每位报告后又有足够的讨论时间，讨论气氛十分活跃，不同观点与事实争辩激烈交锋，问题探讨充分而深入。与会者说，像这样小规模的、给予每篇论文如此充分的演讲时间和讨论时间的会议安排方式，能够让问题完全地展开，报告者和讨论者都从中得到深刻的启发，既开阔了思路又加深了思考，对研究的推进有极大的裨益。

2012 年 10 月 13 日至 15 日，由中国社会科学院语言研究所句法语义研究室和《中国语文》编辑部主办的“第十七次现代汉语语法学术讨论会”在上海师范大学举行。会议的主要议题是：汉语的名词（短语）及其相关范畴，汉语虚词问题。会议收到国际国内学界共 150 多份来稿，经评审有 80 多位学者出席会议宣读、散发了论文，旁听者逾百名。陆丙甫、沈阳、潘海华、张伯江、张谊生、吴为善、蔡维天、徐杰、戴耀晶、方梅、郭锐等先后作了大会报告。会议产生了积极的社会反响，促进了国内外汉语语法研究的发展，引领了中国语法研究的前进方向。

四 学科发展前景

最近十多年来，句法语义学科队伍总体保持稳定。尤其是 2012 年在学科原有科研人员的基础上优化组合，组织人力进入院创新工程“汉语句法语义研究的理论与实践”。一年来，各创新项目按计划进展顺利，已经发表了一批有价值的科研成果。

本学科带头人沈家煊的词类理论进一步完善和深化，不仅针对现代汉语，也把古代汉语和其他语言的现象纳入研究范围，在学界影响日益扩大。这项研究最重要的意义在于，它标志着汉语语法研究在经过前二十年间努力向语言共性寻求营养的基础上，走上了深入挖掘汉语自身特点的新路。在词类理论这个新的理论引导下，如何构建系统性的汉语语法基石已露端倪；学科带头人刘丹青的语言类型学向汉语方言库藏类型学方向在理论、事实、应用等多方面进一步拓展；功能与认知语法对句法结构的语用功能解释和对名词短语的研究也进一步深化；形式句法在儿童句法习得方向取得初步成果。总体来看，各个研究方向均保持国内领先水平。

句法语义学科总体来说在深度和广度方面发展态势都十分喜人，存在的主要问题是，个案专题研究虽各有深度，但结合汉语语法整体规律的思考尚有欠缺，体系意识尚不太强。具体的问题则在于人才短缺，每个研究方向都有待形成梯次合理的研究团队，大多是学科带头人在做大量的工作，这样的格局制约了学科的健康发展；另一方面的问题是，各个研究方向之间的交流尚有一定程度的隔阂，有待进一步加强。

随着院创新工程的开展与深化，本学科面临着科研创新机制更新的机遇和挑战，有必要不断自我调整以适应新的研究环境。着眼于目前存在的主要问题，我们应该充分利用创新工程这个良好的平台，有针对性地调整学科的发展，在全体学科成员中强化理论思考意识、系统建设意识和汉语特点意识，扎扎实实把汉语语法研究推向前进。

（语言研究所　张伯江　完权）

古代汉语学科前沿研究报告
(2010—2012)

一 概况

中国社会科学院语言研究所古汉语研究室在古汉语语法研究领域的水平居国内外领先地位。20 世纪 90 年代后期，随着老研究员陆续退休，新研究者相继调入，古汉语研究室的人员配置、知识结构也逐渐多元化，形成了语法、训诂、音韵、古文字即古文献多元发展的格局。

古汉语研究室是语言所历史悠久、在学界影响很大的一个研究室。1959 年，语言研究所组建汉语史研究组，由陆志韦担任组长，主要任务是对古代汉语语法作专题研究。此后，王显、王克仲、董琨、姚振武相继担任古汉语室主任。

在古汉语研究室的历史上，先后有不少学者为古汉语研究作出了突出贡献。陆志韦作为古汉语研究室的创始人，为古汉语研究的发展呕心沥血，功绩卓著。《陆志韦语言学著作集》（一、二）体现了 1949 年前后陆志韦对汉语音韵学的贡献，影响十分深远。郑奠的《古汉语语法学资料汇编》（与麦梅翘合著）、《古汉语修辞学资料汇编》（与谭全基合著，商务印书馆 1980 年版）几乎成为本学科的案头必备参考书。

古汉语研究室的其他成员积极投身于古代汉语语法研究，其成果形成了古代汉语研究室以古汉语语法研究见长的特色。如管燮初《殷墟甲骨刻辞的语法研究》、《西周金文语法研究》等，何乐士《左传虚词研究》、《古汉语语法及其发展》等，王克仲《古汉语词类活用》、《助语辞集注》等，王海棻《马氏文通读本》（与吕叔湘合著）、《马氏文通与中国语法学》等，这些著作在学界产生了重大影响，其中管燮初《殷墟甲骨刻辞的语法研究》是我国研究甲骨文语法的第一部专著。

古汉语研究室曾先后编纂了三部《古汉语研究论文集》（北京出版社1982年、1984年、1987年版），汇集了古汉语室研究人员的研究成果，在学术界产生了较大影响。

现学术带头人姚振武的《现代汉语的“N的V”与上古汉语的“N之V”（上下）》和《先秦汉语受事主语句系统》两文获得了北京大学王力语言学奖二等奖。孟蓬生的专著《上古汉语同源词语音关系研究》及《上博竹书（四）闲诂》分别获中国社会科学院第五届、第七届优秀科研成果奖。

董琨、姚振武先后主持院重大项目“简帛文献语言研究”，该项目结项等级为优秀，并入选《中国社会科学院文库》正式出版。

古汉语语法研究方面，古汉语研究室目前主要面临的问题是人员老化，这个历史上的优势学科已面临后继无人的局面。

训诂学方面，一是人力不足。出土文献和简帛文献语言研究是今后很长一段时间内上古汉语各学科研究的重点内容，需要学者更深的专业素养和更长时间的专业积累，在人心浮躁的当代，相比而言少有人问津。二是影响力不足。目前为止，虽然发表了一定数量的论文，但还没有能够写成有足够影响力的专著。不过，孟蓬生、王志平现在发表的单篇论文有可能在今后几年内整理成专著发表。三是理论探索欠缺。今后应适当加强理论探索。

汉语文字学与出土文献学研究方面，本学科人员的学术研究仍然受制于古文字与出土文献领域的资料封锁，未能亲手接触第一手材料，以致只能在有关书籍出版后开展研究，对学术研究的效率及质量有一定影响。目前看来，在这方面可能难以取得新的进展。在学术观点方面，本学科科研人员与目前的学术主流也有一定分歧，本学科人员的一些学术观点仍然未能获得学术界公认。对于有关学术争鸣，恐怕仍然有待于将来实践检验，目前只能求同存异，自成一家之言。

二 学科前沿动态

本时期的古汉语研究更加全面和深入，各种新的思路和观点不断出现。

(一)古汉语语法研究

具有中国特色的语言学思想是重点探索的一个话题。

姚小平确信先秦时已有语言思想，并认为，先秦语言思想属于中国学术的原生态，尚未掺入舶来因素，故尤其值得今人探索。他的《先秦语言思想三题》(《语言研究》2011 年第 1 期)，讨论了三个问题：(1) 为什么可以说先秦已经有语言思想？(2) 先秦语言思想的大致脉络是怎样的？(3) 为何这种思想值得今人研究？作者指出，考察先秦语言思想的发展线索，关键在解读原典、考释文本，进而探明文本之间的牵连以及思想者之间的联系。为此，判定文本、作品、著者的相对年代似较确定其绝对年代更为要紧。又因其遥远朦胧，认识难度大于中古、近古，而更能引研究者入胜。

姚振武的《人类语言的起源与古代汉语的语言学意义》(《语文研究》2010 年第 1 期) 结合最新的古人类学研究成果，重新探讨了人类语言的起源问题，认为，人类最初的语言可能是一种只有本体名词和相应的实义动词的语言，而古代汉语是一种较为接近人类语言初期状态的语言，它的基本语法形式与人类的基本思维形式是高度一致的。相对于迄今为止建立在以印欧语为主要事实基础的、以"分析"为主要特点的语法学，似可建立一种以古代汉语为主要事实基础、以"综合"为主要特点的语法学。"分析"与"综合"这两方面的结合，也许才能成就一部比较全面的、科学的普通语法。这是在重大问题上具有创新性的观点，已在学界产生了一定影响。

上古第一人称代词问题也是本时期的一个焦点。朱庆之《上古汉语"吾""予/余"等第一人称代词在口语中消失的时代》(《中国语文》2012 年第 3 期) 指出，在上古时期，汉语有不止一个的第一人称代词在同时使用。后来，这些代词除了"我"，其余都退出了口语。这是古汉语第一人称代词的一个重要变化。然而，这个变化发生在什么时候？一些学者曾作过粗略的推测，却一直没有认真的后续性研究。朱文尝试用语料库的资料和统计学的方法进行这一研究。研究仔细对比了本土文献和翻译佛经，发现在翻译佛经中有足够的证据证明，这一变化最晚在东汉时期 (公元 25—220 年) 已经结束。

朱红《春秋汉语第一人称代词称数问题研究》(《语文研究》2012 年

第3期）一文，以《仪礼》、《诗经·国风》、《国语》、《左传》为语料，分别探讨了春秋早期、春秋中期和春秋末期第一人称代词的称数情况，并得出结论：春秋早期和中期，汉语第一人称代词的使用主体为“我”；春秋末期，汉语第一人称代词的使用主体为“我”和“吾”。春秋汉语第一人称代词“我”、“吾”、“余（予）”都可兼表单复数语义，称数含义的理解对语境的依赖程度较殷商和西周汉语加大。春秋末期汉语中首次出现了借助名词辅助说明复数语义的“吾侪”这一形式。文章认为，这种新的复数表达形式是中古以后复数词缀产生的前提，在汉语称数发展史上具有划时代意义。

本时期另一个取得重要进展的是上古汉语量词研究，包括名量词和动量词。

名量词方面，姚振武《上古汉语个体量词和“数+量+名”结构的发展以及相关问题》（《中国语言学》第2辑，山东教育出版社2009年版）一文，考察了上古汉语个体量词和“数+量+名”结构的产生和发展，提出了一系列新的观点。文章认为，“（动）+名1+数+名2”中“名2”的位置是汉语名词量词化的开始。个体量词在殷商时期已有雏形存在。“数+量+名”结构在殷商时期已有迹象，在西周时期形成，东周以后完全成熟。在语义相同或相通基础上，不同的句法结构在语用平面的兼容性，是“数+量+名”结构产生的原因。文章还讨论了其他与汉语个体量词以及“数+量+名”结构的产生有关的观点。

姚振武《上古汉语名量词称量特征初探》（见徐丹主编《量与复数的研究——中国境内语言的跨时空考察》，商务印书馆2010年版）一文尝试结合地域性，大致考察上古汉语个体量词和集体量词的称量特征。文章认为，从地域性看，不同地域在名量词的使用上既呈现了明显的统一性，同时又有各自的地域特点。从称量特征看，又有三方面值得注意。一是不同的物品用同一个量词来称量；二是不同的量词可以称量同一种物品；三是同类的量词虽称量同类的物品，但各自对物品的选择似存在差异，不可简单互换。该文所做的是一项前人没有做过的重要的基础性工作。作者期待随着新材料的不断发现，文章观点能不断得到深化、补充，或者修正。

李佐丰《上古汉语的名量词》（见徐丹主编《量与复数的研究——中国境内语言的跨时空考察》，商务印书馆2010年版）一文认为，上古汉语的量词是前黏着的虚词，主要表示事体的计量单位或类别，经常附加在数词之后构成数量短语。数量短语跟定中短语是两种不同性质的短语，定中短语是体词性短语，数量短语是修饰性的谓词性短语。上古量词可以分为两类：人工量词和天然量词。上古使用个体量词，是上古汉语的句法、语义特点造成的。

孟繁杰、李如龙的《量词“张”的产生及其历史演变》（《中国语文》2010 年第 5 期）则是对单个量词的具体考察。文章认为，“张”本义为“拉开弓”，动词，引申为“张开”，并由这一引申义虚化为量词，用于称量“可张开的事物”，具有较强的动作义，这一用法在先秦就已出现，至魏晋南北朝时有所发展。唐代“张”开始用于称量具有“平面义”特征的事物，这是量词“张”用法的转折，唐以后“张”的“平面义”越来越明显，“动作义”越来越微弱，到现代汉语中“张”已成为典型的“二维平面”量词。

动量词方面，殷国光、南北《上古汉语动量范畴的表达》（见徐丹主编《量与复数的研究——中国境内语言的跨时空考察》，商务印书馆 2010 年版）从动量表达的角度对上古汉语的动量范畴进行靠察，是较有创新性的。文章认为，上古汉语动量范畴的表达主要有两种方式：一是用数词直接表达，这是最基本的表达方式；二是用数量短语表达，这是汉代产生的，在上古汉语中处于萌芽状态。上古时期数词直接表达动量有四种形式。该文从语义表达、句法层面、出现的语体三个角度，分别考察了上述四式的差异，在此基础上，文章还对汉代的动量词进行了考察，并对早期动量词均出现在动词之后的原因进行了探讨。

关于汉语动量词的产生时代，历来有先秦、两汉、魏晋南北朝和唐代等几种不同的意见。本时期一系列文章的看法大体趋于一致，即汉语动量词产生于西汉时期。杨剑桥《汉语动量词不产生于先秦说》（《语言研究》2009 年第 2 期）认为，近年来一些学者提出动量词产生于先秦时代。但其例证全都不能成立，从出土文献看，动量词应当产生于西汉时代。魏兆惠、冷月《“动量词出现于先秦”说质疑兼论两汉时期的动量词》（《长江学术》2012 年第 2 期）也认为，关于动量词的出现时间，前人所举先秦的例证多可商榷。有确凿的文献证明，西汉时期已经有了动量词，两汉时期的动量词数量共计已有十几个之多。

金桂桃《汉语动量词的产生》（《江南大学学报》2011 年第 2 期）则

就汉语动量词的产生的条件及原因提出了自己的看法。认为，汉语中大多数动量词产生于“动+数”式，少数动量词产生于“数+动”式；能够进入前一种格式并发展成为动量词的词，在语义上必须与需要计量的动词紧密相关：包括近义关系、概括动作过程或表示动作行为结果等；后一种格式中的动词发展成为动量词的必要条件是：它与另一动词同时受一个数词修饰（即“数+V1 V2”），且该句义主要由动词 V2 承担。汉语动量词产生的动因是受名量表示法的影响。文章最后还对动量词为什么首先产生于“动+数”式，且为什么大多数动量词都产生于这一表示法等相关问题提出了一些思考。

本时期，关于上古汉语“而”的一组文章也很有新意。杨荣祥的《“两度陈述”标记：论上古汉语“而”的基本功能》（《历史语言学研究》第3辑，中国社会科学院语言研究所《历史语言学研究》编辑部编，商务印书馆2010年版）认为，上古汉语高频虚词“而”的基本功能是标志“两度陈述”，即“而”所连接的一定是两个陈述性成分，这两个陈述性成分可以分为两个分句，一个分句自然构成一项陈述；也可以合并在一个句子里，“而”连接的两个陈述性成分构成一个复杂的述谓性结构，这个复杂的述谓性结构包含两项陈述。以往研究认为“而”具有多种功能的说法是不可取的。“而”所连接的成分从词类属性看，不一定都是动词、形容词或主谓结构，还可以是名词性成分或所谓“介宾结构”，但这些名词性成分或所谓“介宾结构”都必定具有“陈述性”。“而”不连接“状语”和“中心语”，所谓“状语+而+中心语”，实际上也是“而”连接两项陈述，是一个连谓结构。汉语的虚词都应该有其最基本的功能，正确认识一个虚词，就是要准确认识它的基本功能。“而”的基本功能就是连接两项陈述。傅书灵则认为，古汉语“名而动”是“话题性主语+名+而+动”结构省去话题性主语之后，“名”向“动”贴近而形成的一种结构形式。起初“名而动”中的“名”主要是指人名词，随后扩展到专有名词、指物名词以及代词。“名而动”结构定型以后，人们可以在一般主谓结构中插入“而”构成“名而动”，就像在主谓结构中插入“则”、“之”构成“名则动”、“名之动”一样。“名而动”是简单的主谓陈述，是古汉语特有的一种逆情陈述结构（傅书灵《关于古汉语“名而动”的一点思考》，《中国语文》2010年第5期）。

本时期比较重要的研究成果还有：孙良明《谈高诱“注”解说受事主

语句的表达功能、解释能力和先秦汉语受事主语句系统及古代汉语被动式的形成——兼质疑“(N)为(N)V”式指称说》(《汉语史学报》第9辑，浙江大学汉语史研究中心编，上海教育出版社2010年版)；孙锡信《汉语趋向补语的形成过程》(《汉语史学报》第10辑，浙江大学汉语史研究中心编，上海教育出版社2010年版)；法国国家科学院东亚语言研究所罗端《甲骨文和上古汉语文献中名词前“有”表复数的形式》(见徐丹主编《量与复数的研究——中国境内语言的跨时空考察》，商务印书馆2010年版)；龚波《从假设句的否定形式看甲骨文中的“勿”、“弜”与“不”、“弗”之别》(《中国语文》2010年第2期)；大西克也《古汉语“来”类动词词汇使役句和句法使役句的语义差异》(郭锡良、鲁国尧主编《中国语言学》第4辑，北京大学出版社2010年版)；刘子瑜《被动式带补语的历时发展——以“被”字句为例》(郭锡良、鲁国尧主编《中国语言学》第4辑，北京大学出版社2010年版)；苏颖《古汉语名词作状语现象的衰微》(《语文研究》2011年第4期)；徐丹、贝罗贝《西汉初期的概数表达》(《历史语言学研究》第3辑，中国社会科学院语言研究所《历史语言学研究》编辑部编，商务印书馆2010年版)；潘秋平《上古汉语双及物结构再探》(《历史语言学研究》第3辑，中国社会科学院语言研究所《历史语言学研究》编辑部编，商务印书馆2010年版)；李小军《语气词“已”“而已”的形成、发展及有关问题》(《汉语史学报》第9辑，浙江大学汉语史研究中心编，上海教育出版社2010年版)；龙国富《从“以/将”的语义演变看汉语处置式的语法化链》(同上)；等等。

本时期古汉语语法研究的国际合作迈出了新的步伐，其标志是《量与复数的研究——中国境内语言的跨时空考察》(商务印书馆)一书的出版。此书是法国学者徐丹主持的法国研究部项目(ANR-06-BLAN-0259)的具体成果。参加项目的学者来自法国、中国、美国、挪威、意大利以及中国香港等国家和地区，曾于2009年7月5日在法国巴黎召开了“量与复数”国际研讨会。书中主要收录了包括社科院语言所姚振武在内的十多位中国学者的论文。该书围绕“量与复数”问题展开跨语言、跨时空考察，先从宏观的语言环境观察汉语，再从历时的角度了解汉语的演变，最后探讨现代汉语里所见到的现象。正如蒋绍愚所言，此书“各篇论文的作者都是在各自的研究领域里有深入研究的专家”，“多姿多彩，美不胜收”，“有不少创新之处”，“会对汉语及东亚语言的研究起良好的推动作用”。

三年中，社科院语言所古汉语室主办了第十一届、第十二届全国古代汉语学术研讨会，这是一个以研究古汉语语法为主的有影响的全国性会议，已有二十余年的历史，社科院语言所古汉语室是其常设主办者。

（二）训诂学研究

2010—2012 年度的训诂学研究，主要包括应用训诂学和理论训诂学两个方面的内容。

关于应用训诂学。应用训诂学是中国土生土长的以中国古代文献语言为研究对象，以解释古代文献语义为中心任务，以因形求义、因声求义、以义求义（平行互证或比较互证）为主要方法的一门成熟的应用科学。一切以中国古代文献语言为研究对象和数据源的学科，如古文字学、汉语史、辞书学、文学、史学、哲学等都必须运用训诂学的资源和方法，这是应用训诂学顽强生命力的体现。但从另一方面看，应用训诂学又是理论训诂学发展的基础。王宁近些年一直致力发展语言学领域的训诂学，主张借鉴国外语言学的理念、方法和精神，把属于传统的训诂学改造为现代语言学意义的汉语词汇语义学。这应该是训诂学发展的正确方向。

传世文献与出土文献相结合，而出土文献尤为热点。出土文献训诂研究则以战国秦汉简帛的字词考释为重点，主要成果为出土文献的整理校释的专著和考释个别字词的单篇论文。传世文献训诂既有以传统研究方法为主的训诂专书的研究和断代词汇研究，也有以语义场理论为指导，以义素分析法为主要方法对专书词汇书语义系统做共时研究或对特定语义场（概念场）的历时研究。

2010—2012 年度，应用训诂学有一批出土文献整理发表，立即成为学术界关注的热点。《清华大学藏战国竹简》第一辑（中西书局 2010 年版）、第二辑（中西书局 2011 年版）、第三辑（中西书局 2012 年版）。《岳麓书院藏秦简》（壹）（上海辞书出版社 2010 年版）和（贰）（上海辞书出版社 2011 年版）。马承源主编《上海博物馆藏战国楚竹书》（八）（上海古籍出版社 2011 年版）和（九）（上海古籍出版社 2012 年版）。

围绕这些新出土文献召开了一些研讨会。如："中国古文字研究会第 18 次国际学术研讨会"，孟蓬生、王志平参加会议并发表了论文；"中国文字学会第六届学术年会"；"《清华大学藏战国竹简（壹）》国际学术研讨会"，孟蓬生、王志平参加了会议，并分别提交了论文；"岳麓书院藏秦简

（叁）国际学术研读会”；“甘肃省第二届简牍学国际学术研讨会”；“中国古文字研究会第19届国际学术研讨会”；语言所主办的“出土文献与汉语史研究国际学术研讨会（国学论坛）”，姚振武、孟蓬生、王志平、张洁出席并提交论文。

除研讨会之外，出土文献训诂方面也发表了不少研究成果。“楚地出土战国简册研究丛书”共十册，是国家“十一五”规划重点图书，是国家教育部哲学社会科学研究重大攻关项目“楚简综合整理与研究”的重要成果。其中《战国楚简地名辑证》（吴良宝著）；《楚简与先秦〈诗〉学研究》（曹建国著），《战国楚竹书〈周易〉研究》（陈仁仁著），《上博馆藏楚竹书〈缁衣〉综合研究》（虞万里著），《新出楚简研读》（陈伟著），《楚简文字研究》（萧毅著），《郭店楚竹书老子校注》（丁四新著），《新蔡葛陵楚简初探》（宋华强著），清华大学出土文献研究与保护中心、北京大学出土文献研究所、荆州文物保护中心编《古代简牍保护与整理研究》（中西书局2012年版），台湾学者苏建洲《楚文字论集》（万卷楼图书股份有限公司2011年版），《裘锡圭学术文集（1—6）》（复旦大学出版社2012年版）等都有大量涉及字词的考释，是一批值得关注的成果。陈斯鹏著《楚系简帛中字形与音义关系研究》（中国社会科学出版社2011年版）是第一部全面深入进行汉语断代分域语料字词关系研究的学术专著，有不少创获。

还有一批对先前出土文献进行重新整理的校释类和纂集类成果。陈伟主编《楚地出土战国简册［十四种］》（武汉大学出版社）取得了大量重要的进展。此外这方面比较重要的成果有张显成、周群丽《尹湾汉墓简牍校理》（天津古籍出版社2011年版），刘信芳《楚简帛通假汇释》（高等教育出版社2011年版），萧圣中《曾侯乙墓竹简释文补正暨车马制度研究》（科学出版社2011年版），朱晓雪《包山楚墓文书简、卜筮祭寿简集释及相关问题研究》（吉林大学2011年博士论文），徐在国《楚帛书诂林》（安徽大学出版社2010年版）。

出土文献的材料多可以跟传世文献对读，用来解决传世文献的疑难问题。黄灵庚《楚辞与简帛文献》（人民出版社2011年版）运用战国楚地出土的简帛文献、秦汉简帛文献以及战国时期楚帛画、楚文物等新材料，对传世《楚辞》十七卷作品，从文字、文学、文化、宗教、历史等方面进行全面研讨，为新时期《楚辞》研究开拓新途径。

在传世文献研究方面也召开了多次研讨会。如："中国训诂学研究会2010年学术年会"；由中国社会科学院文史哲学部、语言研究所联合主办的"海峡两岸传统语言学研讨会"；由西南交通大学主办的"海峡两岸2011年文献与方言研究学术研讨会"等。

在传世文献训诂方面也出版了一些重要著作。华学诚《扬雄〈方言〉校释论稿》（高等教育出版社2011年版）对历代校注，包括成书或未成书的条校条释，进行了逐一考察和全面研究，采用"总分总"相结合的结构，首次系统地构建了《方言》研究史。《〈方言〉与扬雄词汇学》、《〈扬雄集〉词汇研究》、《〈法言〉〈扬雄集〉词类研究》、《两汉方言词研究》在穷尽材料的基础上，通过重点作家作品考察两汉方言词面貌及其与通语的对应关系。萧旭《群书校补（全四册）》（广陵书社2011年版）汇集了作者对传世文献和出土文献（主要是敦煌文献）的校正和考释，其中有不少精辟的见解。

关于理论训诂学。学者比较注重借鉴语义场理论和义素分析法发展汉语的词汇语义学理论。较有创见和影响的是王宁的两篇论文和杨琳的一本专著。王宁《谈训诂学在21世纪的发展趋势》（《苏州大学学报》2012年第4期）认为：训诂学有三个不同的发展方向：一是作为文献学工具学科的应用训诂学，二是进入语言学领域的训诂学，三是向解释学发展的训诂学。这是由训诂材料的综合性决定的，无须把多元的角度对立起来。但她本人近些年一直致力发展语言学领域的训诂学，主张借鉴国外语言学的理念、方法和精神，把属于传统的训诂学改造为现代语言学意义的汉语词汇语义学。王宁《训诂学对义素分析法的证明与应用》［《历史语言学研究》（第5辑），商务印书馆2012年版］对当前"义素"概念的两种解释作了分辨，运用古代训诂材料中的"义素结构式"和汉语双音构词中的"义素析出"现象对义素的实体性加以证明，对"义素仅仅是理论上的假设现象"的说法提出了批评。杨琳《训诂方法论》（商务印书馆2011年版）是应用训诂学的理论总结。该书将训诂方法分为静态训诂方法和动态训诂方法两类，共总结出12种训诂方法，较之传统训诂学分类为细，有利于初学者理解和掌握一些基本的训诂学知识和适用的训诂学技巧。

（三）汉语文字学与出土文献学研究

2010—2012年度是古文字学以及出土文献成果丰硕的一个时期。

这几年，公布了一些重要资料，其中最重要的首推李学勤主编的《清华大学藏战国竹简》（壹）（贰）（叁）（上海文艺出版集团、中西书局），还有马承源主编的《上海博物馆藏战国楚竹书》（八）（九）（上海古籍出版社）。这些资料相继出版，为古文字学特别是楚文字研究提供了珍贵的材料，具有重要的意义。

学术界颇为关注的北京大学出土文献研究所藏秦汉竹书，这几年也逐步揭开了神秘的面纱。朱凤瀚等于《文物》2011 年第 6 期、2012 年第 6 期分别概括简介了北京大学所藏西汉竹书、北京大学藏秦简牍等的有关情况，对于研究秦汉简书文字等具有重要的学术价值。最早推出的《北京大学藏西汉竹书》（贰）（上海古籍出版社 2012 年版）也已正式出版，学者可以借此一睹现今篇章结构最为完整的出土《老子》古本。

收藏秦简的另外一个重要单位岳麓书院，近年也陆续公布了岳麓秦简的部分内容。朱汉民、陈松长主编《岳麓书院藏秦简》（壹）（贰）（上海辞书出版社）相继面世，对于研究秦系文字等也有重要的学术价值。

此外，《中国社会科学院历史研究所藏甲骨集》（上海古籍出版社 2011 年版）、《殷墟花园庄东地甲骨刻辞类纂》（线装书局 2011 年版）、《甲骨拼合续集》（学苑出版社 2011 年版）、《长沙走马楼三国吴简·竹简》（肆）（文物出版社 2011 年版）、《浙江大学藏战国楚简》（浙江大学出版社 2011 年版）、《里耶秦简》（壹）（文物出版社 2012 年版）等分别出版和刊登了各地有关单位收藏的甲骨文以及战国与三国吴简牍等，有着不可估量的重要作用。

我们应当感谢这些出土文献的收藏单位，能够及时准确地向学术界提供高质量的整理成果，为学术界的后续研究提供了源源不绝的动力支持。尤其需要表彰的是以李学勤为首的清华大学出土文献研究与保护中心团队，他们以每年一本的速度，优质高效地推出系列整理成果，有力地保障了学术界继续跟进研究。这种急学术界之所急，想学术界之所想，公而无私，勇于奉献的精神值得其他有关收藏单位学习和效仿。

作为本学科重要的研究基地——复旦大学出土文献与古文字研究中心裘锡圭主办的复旦大学出土文献与古文字研究中心网、武汉大学简帛研究中心陈伟主办的简帛网，为相关讨论和深入研究，提供了公开的学术平台，促进了学术繁荣。

以出土文献的收藏、整理和研究为基础，古文字学和出土文献研究呈现出中心开花，多头并进的现象。其中分别以李学勤、裘锡圭、吴振武、曾宪通、陈伟、黄天树、黄德宽为首的各科研团体，成为古文字学和出土文献研究的中坚力量。

2010年10月、2012年10月，中国古文字研究会第十八届、第十九届年会相继在北京、上海举行。会前出版了《古文字研究（第二十八辑）》（中华书局2010年版）、《古文字研究（第二十九辑）》（中华书局2012年版）等专辑。内容涉及甲骨文、金文、战国文字、秦汉简帛等方方面面，论文数量日益众多，学科成员渐趋庞大，成为该学科成熟壮大的标志性事件。此外，如（台湾）“中国文字编辑委员会”主编新《中国文字》、中国文化遗产研究院主编《出土文献研究》、复旦大学出土文献与古文字研究中心主编《出土文献与古文字研究》、清华大学出土文献研究与保护中心主编《出土文献》、华东师范大学中国文字研究与应用中心主编《中国文字研究》、武汉大学简帛研究中心主编《简帛》、中国社会科学院简帛研究中心主编《简帛研究》等专业学术刊物，也为古文字学和出土文献研究提供了广泛的学术阵地，为学术研究的繁荣昌盛作出了贡献。

作为古文字学和出土文献研究的代表人物，裘锡圭《裘锡圭学术文集》（复旦大学出版社2012年版）的出版成了这一学科的里程碑式作品。

总结2010—2012年古文字学以及出土文献研究的特点，可以说是全面开花，重点结果。徐在国《楚帛书诂林》（安徽大学出版社2010年版）、李宗焜《甲骨文字编》（中华书局2012年版）、陈斯鹏《新见金文字编》（福建人民出版社2012年版）、白于蓝《战国秦汉简帛古书通假字汇纂》（福建人民出版社2012年版）在总结近些年新资料、新研究的基础上推陈出新，更上层楼。对于古文字学的工具书如何及时吸收新材料、新成果、新观点等方面，有着重要的借鉴意义。

基础的整理工作永远是最重要的，无论是甲骨缀合还是竹简编连，都仍然有一批学者从事着这些基础工作，如清华简、上博简、北大简、岳麓简、里耶简、花园庄东地甲骨等，都还有不少研究集中于新出土资料的整理与考释，这仍然是本学科的学术热点。但是，古文字学和出土文献研究与其他学科的融合也逐步提上了议事日程。2012年11月3—4日，由中国社会科学院文学哲学学部主办，中国社会科学院语言研究所承办的中国社会科学院“国学研究论坛”——出土文献与汉语史研究国际学术研讨会的召开就是一个证明。

随着出土文献资料的日渐丰富以及古文字学自身的迅猛进展，楚文字与秦文字研究（尤其是简帛研究）逐渐占据了古文字研究的前沿，目前已成燎原之势，相当一段时期内还会持续下去。令人瞩目的尤属出土楚简文字，有上下文例可循，有些有传世文本可供对照。这是从孔壁中经、汲冢竹书发现以来千载难逢的机会，李学勤呼吁尽可能快、好、齐备地发表材料，解决一些关键性的字和意义，还请语言学界好好总结通假字的规律等，他的敏锐观察值得我们大家重视。

古汉语室集体编著的《简帛文献语言研究》（社会科学文献出版社2009年版），董琨《汉字发展史话》（商务印书馆1991年版）、《中国汉字源流》（商务印书馆1998年版），王志平《简帛拾零——简帛文献语言研究丛稿》（台湾古籍出版有限公司2009年版）等研究成果，都获得了学术界的好评。近些年来，本学科的研究方向逐渐从传世文献语法研究转向出土文献综合研究，尤其是在古文字学和简帛研究方面，孟蓬生、王志平等成果丰硕，颇具影响。在古文字学与出土文献研究方向上，王志平承担的院重点课题“出土文献与先秦两汉方言地理”，计划利用出土文献资料研究先秦两汉方音，尤其是其中的特殊音转关系。该课题已于2012年3月正式完成并结项，被评为优秀成果。

应当承认，古文字学和出土文献研究虽然取得了很大成就，但是有不少探讨仍然太过局限于单个的字词考释，一字之释，洋洋万言的情况屡见不鲜。对于古文字学和出土文献研究整体性和规律性的探讨相对少见。聚焦只字片言，忽视整体全篇，不见森林，目无全牛，对于学科的发展和进步尤为不力，这一点值得有识之士清醒和警惕。

此外，我们还要冷静地看到，古文字学和出土文献研究有被新材料裹挟前进的倾向—— 一个学术热点还未冷却，大家又蜂拥着扑向另一个学术热点。热点转换过于频繁，缺乏沉潜、精进的学术态度。简单的“短平快”论文过多，真正的学术难点反而无人涉及。不少初级研究重复劳动，以致沦为数量竞赛。面对出土文献的炒作热潮，一些学者头脑发热，缺乏冷静，以致某些假货赝品竟然鱼目混珠、堂而皇之地出现在学术园地，令人痛心。在眼球经济时代，如何保持自己内心纯净，拷问着我们每一个研究者的学术良知。

（四）音韵学研究

汉语音韵学研究越来越受到学界的重视，三年来随着研究理论的不断更新、新的研究材料的不断发掘、研究手段和方法的不断改进，音韵学研究取得了丰硕的成果。

三年间共召开了两次全国音韵学会年会。2010 年 8 月，中国音韵学会第十六届年会在山西大学召开，参会学者 160 余人，会议主题是纪念“中国音韵学研究会成立三十周年暨高本汉在山西大学执教并调查方言一百周年”。宁继福发表了题为“团结，奉献，为繁荣祖国的音韵学继续前进”的讲话，山西大学成立了“高本汉研究中心”。会议收到论文 159 篇，与会学者就高本汉研究、上古音、中古音、近代音、山西方言与其他方言、少数民族语言与域外汉字音等问题展开讨论。中国音韵学研究会进行了换届选举，乔全生当选为会长，杨军为秘书长，刘广和为学术委员会主任。

2012 年 8 月，厦门大学举行了中国音韵学会第十七届学术年会、汉语音韵学第十二届国际学术研讨会暨黄典诚学术思想国际研讨会，150 人与会，递交论文 154 篇，内容包含黄典诚学术思想、汉语方言、上古音研究、中古音研究、近代音研究五个方面，充分展示了当代汉语音韵研究的最高水平和最新面貌。其中，上古音研究的材料与方法、台湾学者的音韵学与诗词韵律研究以及近代汉语语音文献的新开拓等议题引起较多学者的关注与讨论。

2011 年 10 月，华中科技大学举办了第三届汉语历史音韵学高端论坛，2012 年 10 月 13 日，温州大学举办了第四届汉语历史音韵学高端论坛，与会代表分别从方言语音、古诗词戏曲的韵律、《中原音韵》的语音、文献材料的汉语史价值、中古音的构拟、历史语言学的研究方法等问题进行了热烈、深入的讨论，很多学者还提出了许多建设性意见。

三年来的主要学术成果：上古音研究比较重视对出土文献资料和古文字材料的应用。《秦汉楚方言声韵研究》（杨建元，中华书局 2011 年版）系统整理了马王堆帛书中的借字与被借字、扬雄《方言》中的楚方言标音字，通过与《诗经》音系、《淮南子》音系的比较，对秦汉时期楚方言的声母、韵部系统作了研究。

《蒋藏本〈唐韵〉研究》（徐朝东，北京大学出版社 2012 年版）通过将蒋藏本《唐韵》与其他韵书的细致比较，以翔实准确的数据，证明了蒋藏本《唐韵》与《切韵》系列韵书有同源关系。《蒋藏本〈唐韵〉研究》旁征博引，胪陈了丰富的文献材料，考察了历史文献中《唐韵》相关资料近百种，借鉴前辈学者的研究方法，对蒋藏本《唐韵》现存州、郡、县名进行更为周密的梳理，得出了与前贤不同的结论，即提出蒋藏本《唐韵》当是开元本。而《倭名类聚抄》、可洪《新集藏经音义随函录》等书征引的“孙愐”或“唐韵”方是天宝本《唐韵》。该书还对敦煌文献中的若干韵书残卷进行了系统的考察。

音韵学与方言学的结合是近年来音韵学研究的热点，《宋代四川语音研究》（刘晓南，北京大学出版社2012年版）提出了两个假说：一是比较了宋代蜀方言和闽方言的语音特征，指出两者存在亲密关系的假说；二是比较了宋代四川方音和现代四川方音，发现两者相似度很低，根据南宋末年战争和移民现象，提出“宋元四川方言历史断层说”。

《中原官话音韵研究》（段亚广，中国社会科学出版社2012年版）以中原官话154个方言点的材料为依据，以中古、近代有关中原官话的音韵文献为历史参照，在历时发展和共时特征的二维平面上对中原官话语音分化、组合的规律进行了探讨。认为自主音变是中原官话语音演变的主要形式，接触演化只是在个别方面起了补充作用。

利用域外语音资料研究近代音的主要有《〈四声通解〉今俗音研究》（孙建元，中华书局2010年版），《四声通解》的“今俗音”反映了当时北方汉语语音系统、现代汉语普通话的来龙去脉、北京话的形成等问题，该书以《四声通解》今俗音为研究对象，结合《中原音韵》、《洪武正韵》等对这些问题进行了讨论，对人们了解16世纪的汉语官话音有一定的价值。

《日本汉语音韵学史》（李无未，商务印书馆2011年版）是中国第一部全面、系统地研究日本汉语音韵学史的著作，论述了日本汉语音韵学各个发展时期的特点和历史贡献，分专题对日本汉语音韵学发展的脉络进行了梳理，全面展现了日本汉语音韵学的真实面貌。对日本各个历史时期有代表性的汉语音韵学著作进行了介绍和客观评述；也有选择地对具有重要影响的学术流派和代表人物进行了研究，并探讨了其与中国学术的渊源关系及学术差异，也对其存在的问题进行了分析。

《汉语的历史探讨：庆祝杨耐思先生八十寿诞学术论文集》（中华书局2011年版）是其弟子朋友自发组织，撰写学术论文成集，为著名语言学家杨耐思祝寿。论文内容涉及古代及近代汉语语音研究，现代汉语方言研究等。

《郑张尚芳语言学论文集》（郑张尚芳，中华书局2012年版）收入作者几十年来发表于各个杂志的论文50余篇，涉及方言学、音韵学、民族语言学、语言比较等各方面。特别是在方言学和语言比较上，作者有独到的视角和方法，提出自己的理论和研究结果，对研究中国语言的学者有较高的参考价值。

(五) 国内外学科前沿的主要代表人物及代表作

国内主要代表人物及代表作：

吕叔湘，代表作《吕叔湘文集》。

王力，代表作《王力文集》。

裘锡圭，代表作《裘锡圭学术文集》。

王宁，代表作《训诂学原理》,《训诂与训诂学》。

国外主要代表人物及代表作：

何莫邪（Christoph Harbsmeier)，代表作《威廉·冯·洪堡的语言哲学研究》,《中国古典语法研究》,《中国传统语言与逻辑》。

阿兰·贝罗贝（Alain Peyraube)，代表作《汉语历时句法——给予式的演变》,《古汉语虚词词义》（与 André Lévy 合作)，《上古汉语疑问代词的发展与演变》。

三 学科建设状况

语言研究所古汉语室古汉语语法学水平在国内外处于领先位置。

目前姚振武作为首席研究员正主持并实施院创新工程《上古汉语语法、训诂、音韵、文字及文献的综合研究》，执行研究员有孟蓬生、王志平、张洁。

孟蓬生、王志平两人应邀承担了教育部重大攻关项目“秦简帛综合整理与研究”语言学专题的研究任务。

目前主要学术成果：姚振武的专著《上古汉语语法史》，论文《上古汉语动结式的发展及相关研究方法的检讨》（《古汉语研究》2013 年第 1 期)；孟蓬生的论文《副词“颇”的来源及其发展》，《〈莊子·在宥〉“喬詰卓鷙”試解》(《历史语言学研究》第 5 辑)，《〈楚居〉所见楚王名考释二则》（《清华简研究》第一辑，中西书局 2013 年版)；王志平：论文《〈语丛〉遗秉》(《简帛》第七辑，上海古籍出版社 2012 年版)，《清华简〈皇门〉异文及相关问题》（《历史语言学研究》第五辑，商务印书馆2012年版),《清华简〈皇门〉异文与周代的朝仪制度》(《清华简研究》第一辑,中西书局2012年版);张洁:论文《〈银雀山汉简〉、〈张家山汉简〉与〈马王堆帛书〉通假字声母特征的比较》、《〈银雀山汉简〉、〈张家山汉简〉与〈马王堆帛书〉韵部特征的比较》。

四　学科发展前景

以中国社会科学院创新工程《上古汉语语法、训诂、音韵、文字及文献的综合研究》为主要抓手,本学科将在现代语言学理论指导下,以传世文献和出土文献语言为研究资料,运用描写与解释相结合、宏观与微观相结合、比较与考据相结合的研究方法,从语法学、训诂学、古文字及古文献学、音韵学等多个方面进行综合研究,力争对上古汉语的认识更为全面深入,促进学界对汉语独特语言学价值和文化价值的高度关注,促进汉语语法研究者主体意识的振兴。同时积极加强学科建设,吸收或培养优秀青年人才充实学科队伍。

(语言研究所　姚振武　孟蓬生　王志平　张洁)

历史语法与词汇学科前沿研究报告
（2010—2012）

一 概况

（一）学科历史沿革

历史语法与词汇学是汉语研究中比较年轻的学科。20 世纪 40 年代以来，吕叔湘、王力、蒋礼鸿、太田辰夫等老一辈学者做了许多极具开创性的研究。1977 年，为了加强唐五代以后汉语的研究，经吕叔湘先生提议，语言研究所成立了近代汉语研究室。人员由原现代汉语研究室的刘坚、范方莲，古代汉语研究室的周定一、杨耐思、廖珣英、蓝立蓂、钟兆华等组成，周定一任室主任。此后，江蓝生、白维国、曹广顺、张惠英、张渭毅、吴福祥、赵长才、祖生利、李明、杨永龙、陈丹丹等陆续加入。周定一、刘坚、江蓝生、白维国、曹广顺相继担任室主任。

近代汉语研究室成立后，在吕叔湘先生的指导下，学者们积极开展了对唐五代以后汉语历史演变的研究，80 年代、90 年代在近代汉语语法、词汇、语音等方面取得了一系列重要成果，如刘坚、钟兆华、廖珣英、蓝立蓂、白维国等人对近代汉语白话文献资料的发掘、整理，刘坚、江蓝生、曹广顺、吴福祥等人的近代汉语虚词、句法的研究，周定一、白维国、江蓝生、张惠英、曹广顺等人的近代汉语词汇研究和辞书编纂，杨耐思等人的近代汉语语音研究等，确立了近代汉语研究室在国内乃至国际近代汉语研究领域的领跑地位，成为推动近代汉语学科兴起和走向成熟的一支中坚力量。

2002 年起，近代汉语研究室更名为历史语言学研究二室。2003 年 9

月，以历史语言学研究二室为依托，建立了院“历史语法与词汇学”重点学科，学科负责人为江蓝生和曹广顺研究员，成员包括姚振武、吴福祥、杨永龙、赵长才、祖生利、陈丽、李明等。21世纪以来，学科继续保持在近代汉语研究领域的整体优势，在语法研究方面的优势尤为突出。近年来学科大力倡导的语法化、词汇化和语言接触研究，已经成为现阶段汉语史研究领域的热点。学科开展了多项重要课题的研究，如汉语断代语法史研究、中古译经语法研究、语法化理论和实证研究、汉语史中语言接触问题研究、少数民族语言同汉语方言接触现状研究、近代汉语词源研究、空间词语和关系名词及言说义动词等的语义演变研究、《近代汉语大词典》的编纂等，目前已经取得了一系列重要成果，如出版《〈祖堂集〉语法研究》、《敦煌变文12种语法研究》、《〈朱子语类辑略〉语法研究》、《〈刘知远诸宫调〉语法研究》、《〈元典章·刑部〉语法研究》等系列断代专书语法研究著作，以及《近代汉语探源》、《近代汉语研究新论》、《中古汉语语法史研究》、《〈晏子春秋〉词类研究》、《语法化与汉语历史语法研究》、《〈朱子语类〉完成体研究》、《汉语史论稿》、《元代汉语语法研究》等多部专著，合作编写了《近代汉语语法史研究综述》，主编《汉语史上的语言接触问题》、《语法化与语法研究（一—五)》、《汉语时体的历时研究》等论文集，同时发表了大量有影响的学术论文。

2012年历史语法与词汇学科的“汉语语法史研究”项目获准进入中国社会科学院创新工程，明确了未来五年学科研究的目标和主要任务，将有力地推进学科研究，进一步巩固学科在相关研究领域的优势，引领学科发展的方向和潮流。

21世纪以来，学科先后完成了多项国家社科基金重点项目和院重大、重点课题。目前学科承担有国家社科基金重大招标项目“汉语语言接触史研究”(曹广顺主持)、重点项目“语言接触与语言演变——汉语同阿尔泰语接触的历时和共时研究”（祖生利主持)、一般项目“侗台语中接触引发的语法演变的变异”（吴福祥主持）以及中法合作研究项目“语言接触、语言演变以及汉语类型学：历史和共时的角度”（贝罗贝、曹广顺主持）等多项课题。

（二）学科队伍建设

语言所“历史语法与词汇学”重点学科以历史语言学研究二室（原近

代汉语研究室）为依托。目前学科主要成员共十人，包括院学部委员一人，研究员六人，副研究员两人，助理研究员一人，其中博士生导师四人，硕士生导师两人。

学科带头人江蓝生和曹广顺研究员是著名汉语史学家，国内汉语史研究领域领军性的人物。学科其他成员也多为各自研究领域里有重要影响或有所建树的学者，研究成果处于国内领先水平。

学科带头人和主要成员都有长期在海外进修、学习或合作研究的经历，经常参加国际学术会议，与国际同行联系十分密切，对国外相关研究的现状相当了解。学科队伍稳定，成员年龄结构合理，能够保证学科在今后相当长的时间里持续、稳定地发展。

（三）重要研究成果

20世纪40年代，吕叔湘先生发表《释您，俺，咱，喒，附论们字》（1940）、《论底、地之辨兼及底字的由来》（1943）等系列论文，开创了近代汉语语法研究这一崭新的领域。

80年代，吕叔湘《近代汉语指代词》（江蓝生补，1984）一书堪称近代汉语语法研究的典范之作，被誉为“汉语语言学的一个里程碑”（梅祖麟语），对后来的汉语历史语法研究，特别是虚词研究产生了深远影响。刘坚《近代汉语读本》（1985）是第一部比较全面地介绍近代汉语白话资料的著作，已成为治近代汉语必读的入门书。在此基础上，他与北京大学蒋绍愚主编的三卷本《近代汉语语法资料汇编》（唐五代·1990、宋代·1992、元明·1995）为学科的研究和发展奠定了坚实的材料基础。江蓝生《魏晋南北朝小说词语汇释》（1988）则是中古汉语词汇史研究的一部“了不起的著作”（郭在贻语）。

90年代，刘坚、江蓝生、白维国、曹广顺《近代汉语虚词研究》（1992）代表了当时近代汉语虚词研究的最高水平。曹广顺《近代汉语助词》（1995）首次对近代汉语助词系统的形成和发展演变进行了比较全面、深入的描写、分析，探讨了汉语助词产生和发展的一般规律，奠定了汉语时体助词历时研究的基础。吴福祥《敦煌变文语法研究》（1996）是较早的一部近代汉语专书语法研究著作，对敦煌变文的语法系统进行了全面描写和细致分析，并作了共时和历时比较。江蓝生、曹广顺《唐五代语言词典》（1997）是一部“既注重学术性，又兼顾实用性的令人耳目一新”

（张永言、董志翘语）的高水平的断代汉语词典。

80—90年代，学科成员发表了大量高水平的、前沿性的学术论文，如刘坚《试论“和”字的发展，附论“共”字和“连”字》(1989)、江蓝生《说“麽”与“们”同源》(1995)、《汉语使役与被动兼用探源》(1999)、《处所词的领格用法与结构助词“底”的由来》(1999)、曹广顺《魏晋南北朝到宋代的“动+将”结构》(1990)、吴福祥《从“VP-neg”式反复问句的分化谈语气词“麽”的产生》(1997)等。刘坚、曹广顺、吴福祥《论诱发汉语词汇语法化的若干因素》(1995)、江蓝生《助词“似的”的语法意义及其来源》(1992)、《从语言渗透看汉语比拟式的发展》(1999)是汉语史研究领域较早涉及语法化问题和语言接触问题的重要文章。

21世纪前10年，学科研究的重点集中于语法化和语言接触问题两大方面。重要成果如江蓝生《近代汉语探源》(2000)、《近代汉语研究新论》(2008)、曹广顺《中古汉语法史研究》(与遇笑容合著，2006)、吴福祥《汉语语法化研究》(2005)、《语法论丛》(2009)、杨永龙《汉语史论稿》(2009)、祖生利《元代汉语语法研究》(与李崇兴、丁勇合著，2009)等著作中收录的相关论文，如江蓝生《时间词“时”和“後”的语法化》(2002)、《跨层非短语结构“的话”的词汇化》(2004)、《“VP的好”句式的两个来源——兼谈结构的语法化》(2005)、《句式省缩与相关的逆语法化倾向——以“S+把+你这NP”和“S+V+补语标记”为例》(与杨永龙合著，2006)、《概念叠加与构式整合——肯定否定不对称的解释》(2008)，曹广顺《中古译经中的处置式》(与遇笑容合著，2000)、《重叠与归一——汉语语法历史发展中的一种特殊形式》(2004)、《再谈中古译经与中古汉语语法史研究》(与遇笑容合著，2007)、《元白话特殊语言现象再研究》(与陈丹丹合著，2009)，吴福祥《汉语伴随介词语法化的类型学研究》(2003)、《汉语语法化演变的几个类型学特征》(2005)、《关于语言接触引发的演变》(2007)、《南方语言正反问句的来源》(2008)、《南方民族语言关系小句结构式语序的演变和变异——基于接触语言学和语言类型学的分析》(2009)，杨永龙《句尾语气词“吗”的语法化过程》(2003)、《从稳紧义形容词到持续体助词》(2005)，祖生利《元代白话碑文中助词的特殊用法》(2002)、《元代的蒙式汉语及其时体范畴的表达——以直译体文献研究为中心》(2007)、《试论元代的“汉儿言语”》（2009），以及赵长才《结构助词“得”的来源与“V得C”述补结构的形成》（2002）、《中古汉译佛经中的后置词“所”和“边”》（2009），李明《汉语表必要的情态词的两条主观化路线》（2003）、《从言语到言语行为》（2004）、《从“容、许、保”等动词看一类情态词的形成》（2008）等。

（四）优势与不足

自1977年近代汉语研究室成立起，在吕叔湘先生指导下，经过多年的共同努力，语言所历史语法与词汇学科逐渐形成了规模和群体优势，确立起了在全国乃至国际汉语史学界的领先地位，是公认的海内外最强大的汉语历史语法和词汇研究群体之一，在推动学科兴起、发展、成熟和引导学科研究走向方面发挥了重要作用。

进入21世纪以后，伴随着研究室成员的新老交替，学科继续保持着整体优势，在近代汉语语法研究方面的优势尤为突出。“历史语法与词汇学”重点学科建立后，优化了学科的结构和资源配置，进一步强化了学科在汉语语法史研究方面的优势。目前，学科的中古译经语法研究、近代汉语语法研究、语法化和语义演变研究、语言接触研究等在国内占据领先地位。

学科通过定期主办全国性的“近代汉语学术研讨会”（1982年起，已举办15届），以及“语法化问题讨论会”（2001年起，已举办6届）、“汉语史中的语言接触问题研讨会”（2005年起，已举办5届）等专题研讨会等形式，引领和推动了学科的发展。并通过与北京大学、台湾“中研院”轮流主办“海峡两岸汉语语法史研讨会”（2000年起，已举办7届），邀请欧美国家及中国港台地区学者来所访问、讲学等形式，密切了与海外同行的学术联系，扩大了学科在海外的学术影响。

2008年起，学科编辑出版了历史语言学研究的专门刊物——《历史语言学研究》（每年一辑，已出版五辑），不仅为本领域的研究提供了一个高水平的学术交流平台，吸引国内外学者发表最新研究成果，同时也增强了学科在本领域内的影响力和凝聚力。

当前，学科存在的比较突出的问题是，相对于历史语法研究力量的雄厚，历史词汇、语义方面的研究力量比较薄弱，亟待引进一至两名这方面的人才，以弥补学科布局上的不均衡。此外，在历史语法研究方面，传统的上古汉语语法研究优势不太明显，今后需加大这方面的研究队伍建设，形成自己的上古汉语语法研究特色。

二 学科前沿动态

2010—2012 年三年间，汉语历史语法与词汇学研究发展迅速，发表了大量论著，在研究的广度和深度上，均较以前有较大提高。既有对具体语言事实的挖掘和分析，也有对规律的探索，理论性和全局性的思考明显增强。对出土文献等新材料的研究和利用日益重视。越来越多的学者借鉴西方语言学的新近理论和方法来研究汉语历史语法、语义问题，研究视野更加开阔，视角更为多样。

（一）汉语历史语法研究

1. 上古和中古汉语语法研究

2010—2012 年，上古和中古汉语语法研究的显著特点是：成果丰富，论著质量和总体研究水平较以往有较大提高；研究领域和对象不断扩大；出土文献和汉译佛经材料愈益受到重视；理论探讨的风气渐趋浓厚，类型学、语法化、语义地图等新的理论方法越来越多地运用到上古、中古汉语语法研究中；学术争鸣和学术批评更加活跃，围绕一些热点和难点问题形成多种观点彼此激烈交锋的讨论热潮，为学科发展带来了蓬勃生气。

词类研究。实词研究方面，沈家煊《关于先秦汉语名词和动词的区分》（《中国语言学报》第 15 期，商务印书馆 2012 年版）对先秦汉语名词和动词这两个最为重要的词类，从新的视角进行了重新审视和分析。刘道锋《〈史记〉动词系统研究》（四川大学出版社 2010 年版）和李艳红《〈汉书〉单音节形容词同义关系研究》（中国社会科学出版社 2010 年版）分别对《史记》的动词系统和《汉书》中单音节形容词同义关系做了考察。林晓恒《中古汉语方位词研究》（中央民族大学出版社 2011 年版）则对中古时期的汉语方位词系统进行了深入探讨。张赪《类型学视野的汉语名量词演变史》（北京大学出版社 2012 年版）从类型学视野切入，讨论了汉语量词系统的发展和汉语分类词范畴的确立，系统描写了各个时期汉语量词的发展情况。虚词研究方面，李明晓《战国楚简语法研究》（武汉大学出版社 2010 年版）、张显成主编《简帛语言文字研究——简帛虚词研究专题》（第4辑，巴蜀书社2010年版）、张玉金《出土战国文献虚词研究》（人民出版社2011年版）都是以出土文献为对象，对其中的虚词进行全面系统研究的专著。高婉瑜《汉语常用假设连词演变研究——兼论虚词假借说》（台湾学生书局2011年版）从历时演变的角度对汉语假设连词的发展进行了探讨。其他一些重要的论文，有朱庆之《上古汉语“吾”“予/余”等第一人称代词在口语中消失的时代》（《中国语文》2012年第3期）、谷峰《上古汉语“诚”“果”语气副词用法的形成与发展》（《中国语文》2011年第3期）、王继红和陈前瑞《副词“方”多种时体用法的关系》（《中国语文》2012年第6期）、杨荣祥《“两度陈述”标记：论上古汉语“而”的基本功能》（《历史语言学研究》第3辑，商务印书馆2010年版）、赵长才《中古汉语选择连词“为”的来源及演变过程》（《中国语文》2011年第3期）、《“宁可”在中古译经中的助动词用法及其发展》（《历史语言学研究》第3辑，商务印书馆2010年版）、李佐丰《上古汉语的“也”和句子分析》（《历史语言学研究》第4辑，商务印书馆2011年版）、张玉金《出土战国文献中的语气词“乎”》（《语文研究》2010年第2期）、《出土战国文献中的语气词“矣”》（《语言科学》2010年第5期）、梁银峰《古汉语的标补词“夫”初探》（《古汉语研究》2011年第2期）、董秀芳的《上古汉语议论语篇的结构特点：兼论联系语篇结构分析虚词的功能》（《中国语文》2012年第4期）等。

句式和句型研究。代表性成果有余霭芹《语法的纵横研究：甲骨文、古代文献与方言里的“有”》（《中国语言学集刊》第4卷第2期，中华书局2011年版）、大西克也《从“领有”到“空间存在”——上古汉语“有”字句的发展过程》（《历史语言学研究》第4辑，商务印书馆2011年版）以及石慧敏《汉语动结式的整合与历时演变》（复旦大学出版社2011年版）、潘秋平《上古汉语双及物结构再探》（《历史语言学研究》第3辑，商务印书馆2010年版）和《从语义地图看上古汉语的双及物结构》（《历史语言学研究》第4辑，商务印书馆2011年版）、赵长才《也谈中古译经中“取”字处置式的来源——兼论“打头破”、“啄雌鸽杀”格式的形成》（载遇笑容、曹广顺、祖生利编《汉语史中的语言接触问题研究》，语文出版社2010年版）、松江崇《古汉语疑问宾语词序变化机制研究》（日本好文出版社2010年版）、杨荣祥《上古汉语连动共宾结构的衰落》（《中国语言学》第5辑，北京大学出版社2011年版）等。

2. 近代汉语语法研究

2010—2012 年，近代汉语语法研究的重点仍集中在虚词或特定词类的研究和重要句式的研究两个方面。特点是，不少成果在注重描写的同时，更加注重对语法演变机制和动因的探讨，同时注意语法演变的时间、地域和社会人文等因素；在注重句法探索的同时，更加注重语义研究。

虚词研究方面，副词的研究仍受到关注，如雷冬平、胡丽珍《时间副词“正在”的形成再探》(《中国语文》2010 年第 1 期)、胡静书《揣测情态副词“恐怕”的形成》(《汉语史学报》第 11 辑，上海教育出版社 2011 年版)、张秀松《语气副词“到底”的历史形成》(《古汉语研究》2012 年第 1 期)、董秀芳《“未 X”式副词的委婉用法及其由来》(《语言科学》2012 年第 9 期）等。连词的研究一向比较薄弱，近年来的一些成果对此有所弥补，如席嘉《近代汉语连词》(中国社会科学出版社 2010 年版）是第一部较为全面地分析近代汉语连词的专著。其他虚词研究论著还有田春来《〈祖堂集〉介词研究》(中华书局 2012 年版)、盛益民《论指示词“许”及其来源》(《语言科学》2012 年第 3 期）等。

句式和结构研究方面，被动句、处置式、动补结构、比较句、判断句、疑问句等仍然受到较多关注。重要论著有蒋绍愚《受事主语句的发展与使役句到被动句的演变》(《汉语史学报》第 11 辑，上海教育出版社 2011 年版)、朴乡兰《汉语“教/叫”字句从使役到被动的演变》(《语言科学》2011 年第 11 期）和《“处所类”把字句的演变》(《语言教学与研究》2010 年第 5 期)、张赪《汉语语序的历史发展》(北京语言大学出版社 2010 年版)、董守志《东汉—元明否定判断句演变之研究》(《古汉语研究》2011 年第 1 期)、傅惠钧《略论近代汉语“VnegVP”正反问》(《语言教学与研究》2010 年第 5 期）等。其他句式和句型研究，如梅祖麟《近代汉语“打—V”的形成过程与产生年代》(《历史语言学研究》第 3 辑，商务印书馆 2010 年版)、江蓝生《“好容易”与“好不容易”》(《历史语言学研究》第 3 辑，商务印书馆 2010 年版)、崔应贤《汉语动词重叠的历史考察》(光明日报出版社 2011 年版)、俞理明和吕建军《“王冕死了父亲”句的历史考察》(《中国语文》2011 年第 1 期)、崔山佳《“V 在了 N”等格式历时考察》(《中国语言学报》第 15 期，商务印书馆 2012 年版）等。

此外，还有一些近代汉语方言语法的研究成果，如贾燕子《从〈荔镜记〉看明代泉州方言的处置式》(《汉语史学报》第11辑，上海教育出版社2011年版）等。

（二）汉语词汇史研究

以往汉语词汇史的研究多侧重于疑难词语的考释，比较零散，缺乏系统性。近年来运用词汇学、语义学等理论探求汉语词汇和语义演变的系统性和规律的论著逐渐增多起来。2010—2012年期间，这方面代表性的成果有：

王云路《中古汉语词汇史》（商务印书馆2010年版）、方一新《中古近代汉语词汇学》（商务印书馆2010年版）是汉语词汇史研究的两部力作。《中古汉语词汇史》首先对中古汉语词汇研究进行了综述，然后分别讨论复音词、单音词、虚词，最后分中古词汇的意义系统、中古成语的发展、中古汉语词汇与外族文化、中古常用词演变、中古汉语词汇的研究方法五方面做专题论述。《中古近代汉语词汇学》资料宏富，论述全面，也是一部综览性的著作。此外，《著名中年语言学家自选集·汪维辉卷》（上海教育出版社2011年版）收录了作者近年来在汉语词汇史研究方面的重要成果。

重要的文章有蒋绍愚《词汇、语法和认知的表达》(《语言教学与研究》2011年第4期)、江蓝生《语词探源的路径——以“埋单”为例》(《中国语文》2010年第4期)、汪维辉和秋谷裕幸《汉语“站立”义词的现状与历史》(《中国语文》2010年第4期)、张雁《从物理行为到言语行为：嘱咐类动词的产生》(《中国语文》2012年第1期)、汪维辉和顾军《论词的“误解误用义”》(《语言研究》2012年第3期)、黄树先《来自“出来”的“言”语义探索》(《语言研究》2012年第3期）和《比较词义与文献释读》(《语文研究》2012年第3期)。

其他探讨一类词的语义演变的，有王毅力和徐曼曼《汉语“咬啮”义动词的历时演变及原因》(《语言科学》2011年第2期)、董正存《“完结”义动词表周遍义的演变过程》(《语文研究》2011年第2期)、帅志嵩《“杀”的语义演变过程和动因》(《语言科学》2011年第4期)、尹戴忠和赖积船《“斜视”概念场的历时演变研究》(《古汉语研究》2012年第1期)、徐时仪《〈朱子语类〉知晓概念词语类聚考探》(《上海师范大学学报》2012年第5期）等。

专书词汇研究方面，如王云路和徐曼曼《试论何休〈春秋公羊传解诂〉的语言学价值》(《语言研究》2011 年第 2 期)、汪维辉《〈老乞大谚解〉〈朴通事谚解〉与〈训世评话〉的词汇差异》(《语言研究》2011 年第 2 期) 等。

这期间还发表了大量的具体词语考释的文章，如李申《“虎口”讳语说补证》(《中国语文》2011 年第 1 期)、汪维辉《再说“举似”》(《古汉语研究》2011 年第 2 期)、周志锋《〈越谚〉方俗字词选释》(《中国语文》2011 年第 5 期)、徐时仪《〈朱子语类〉词语考》(《南阳师范学院学报》2012 年第 2 期)、孟蓬生《“夫诗书隐约者欲遂其志之思也”核诂》(《语文研究》2012 年第 2 期)、陈治文《释“额手”“额手称（相）庆”“以手加额”》(《中国语文》2012 年第 4 期) 等。

（三）语法化研究

2010—2012 年，汉语语法化研究取得了一系列颇有价值的成果。其中，词汇语法化的历时个案研究仍是研究的重点，同时，构式语法化的研究开始受到更多、更深入的关注。此外，共时语法化研究、语法化理论的探索和研究方法的更新等方面也都有新的收获。一些学者试图从汉语出发，概括语法化过程中的一些规律，探索语法化过程涉及的句法机制，探求影响语法化的内外部因素。在研究方法上，类型学与语法化的深度结合、形式句法学与语法化的结合，语义图模型与语法化研究的结合成了这三年语法化研究的最大亮点。

词汇或构式语法化的个案研究，重要的文章有吴福祥《东南亚语言“居住”义语素的多功能模式及语法化路径》(《民族语文》2010 年第 6 期)、张国宪和卢建《助词“了”再语法化的路径和后果》(《语言科学》2011 年第 4 期)、江蓝生《汉语连—介词的来源及其语法化的路径和类型》(《中国语文》2012 年第 4 期)、董秀芳《话题标记来源补议》(《古汉语研究》2012 年第 3 期)、玄玥《“见”不是虚化结果补语》(《世界汉语教学》2010 年第 1 期)、王健《苏皖方言中“掉”类词的共时表现与语法化等级》(《语言科学》2010 年第 2 期)、邢向东《陕北神木话的助动词“敢”及其语法化》(《陕西师范大学学报》2012 年第 3 期) 等。

构式语法化研究，代表性成果有李焱、孟繁杰《汉语平比句的语法化研究》(南京大学出版社 2010 年版)、张秀松《从世界语言拥有结构的语

汉语方言学科前沿研究报告
(2010—2012)

一 概况

(一) 学科历史沿革

汉语方言学是一门既古老又年轻的语言学科。说古老，是因为早在两千年前，中国就出现了基于实地调查的方言词汇专著《方言》，这在世界上处于绝对领先的地位，西方直到吉列龙（J. Gillieron）于1904年出版了法国语言地图集，描写语言在空间分布上的变化，研究语言与地域共变关系的语言地理学（linguistic geography）才算正式确立。说年轻，是因为用国际音标记音，语音、词汇、语法分项调查，根据调查材料绘制语言地图等现代科学意义上的汉语方言学又是赵元任、李方桂等人从国外引进的。

语言研究所方言研究室与民国时期中央研究院历史语言研究所有很深的学术渊源关系。民国时期中央研究院历史语言研究所的汉语方言研究实力超群，不仅拥有赵元任、李方桂、罗常培三位享有世界声誉的语言学家，还会聚了丁声树、白涤州、杨时逢、吴宗济、董同龢等一批青年才俊。

1949年后，赵元任、李方桂赴美，董同龢、杨时逢去台，罗常培先生主持中国科学院语言研究所的重建工作，在先后召回丁声树、吴宗济、李荣等人之后，于1954年组建了方言组，丁声树任组长，李荣任副组长。1961年丁声树先生被调去负责《现代汉语词典》的编写工作，方言研究室陆续调入熊正辉、侯精一、贺巍、张振兴、张盛裕、黄雪贞、郑张尚芳等人，在李荣先生的直接领导下，语言所方言研究群体继承了赵元任、李方桂、罗常培等前辈的优良学术传统，不断开拓创新，取得了举世瞩目的学术成就。

（二）学科队伍建设

汉语方言的调查研究一直是中国社科院的优势学科，从1954年建组以来，堪称名家辈出，成果丰硕。罗常培、丁声树、李荣等人的研究水平与研究成果举世公认。尤其是李荣先生，不仅在汉语音韵、汉语语法、汉字研究等领域造诣精深，在汉语方言领域的影响尤为深远。在学术研究领域，李荣先生的汉语方言调查研究的方法与原则，考本字的理论与实践，汉语方言分区的理论和实践等，都已成为他留给整个汉语方言学科的重要遗产。此外，李荣先生创建了全国汉语方言学会，把全国的汉语方言工作者紧密团结起来，通过组织学术年会，掌控了学科发展的正确方向；创建了《方言》杂志，使得汉语方言学者有了自己的学术阵地，汉语方言学界从此摆脱了难于发表方言调查报告的困境。

方言学科学术带头人周磊（已于2012年3月14日去世）的西北汉语方言研究，李蓝的方言语法、方言分区、汉语音韵、西南官话、湖南方言、地理信息系统、计算机软件开发、音标输入，麦耘的汉语音韵、粤语研究等，在全国均有重要影响。学术骨干沈明的晋语、徽语研究，覃远雄的平话土话研究，谢留文的客赣方言和徽语研究在全国居于领先位置。青年学者徐睿渊于厦门方言研究领域展现了良好的发展势头，研究助理李琦在汉语方言研究文献目录整理方面有重要贡献。

（三）重要研究成果

丁声树和李荣根据赵元任的《方言调查表格》编写成《方言调查字表》（1955），编写了《方言调查词汇手册》（1955），《方言调查简表》（1956），《古今字音对照手册》（丁声树编录，李荣参订，1958），李荣出版了《汉语方言调查手册》（1957）。丁声树撰文，李荣制表的《汉语音韵讲义》是方言音韵研究领域不可替代的权威著作。

1959年春，中国科学院语言研究所方言组在丁声树、李荣带领下对河北昌黎县的方言进行了调查，其成果就是由河北省《昌黎县县志》编纂委员会、中国科学院语言研究所合编的《昌黎方言志》（1960）。《昌黎方言志》是中华人民共和国成立后编写的第一部方言志，它吸收了过去几十年汉语方言调查的经验，无论在深度和广度上都超越了此前同类著作。同时，对昌黎方言的调查，也为后来的方言调查积累了丰富的集体工作经验。

1979 年，《方言》杂志创刊，这是我国方言学界唯一的全国性专业刊物，标志着汉语方言调查研究进入了一个全新的时期。

1980 年代初期，李荣先生主持编撰《中国语言地图集》。《方言》杂志组织了一批讨论汉语方言分区的文章。其中，李荣先生《官话方言的分区》（1985）把晋语从官话中分立出来，在学术界影响深远。

方言研究室贺巍、张振兴主持的“汉语方言重点调查”（国家“七五”重点项目）选择 12 处有代表性的方言进行重点深入的调查研究，出版了漳平、洛阳、江永、嘉定、博山、福清、舟山、黎川、武汉九处方言的研究报告。这些著作有统一的体例，对语音、词汇、语法都有详细的描写，内容丰富又各具特色。

20 世纪 90 年代初，方言研究室参加了李荣先生主编、组织全国五十余位方言专家参加国家社科“八五”重点项目《现代汉语方言大词典》的编纂工作，从 1991 年至 2001 年，共出版分地方言词典 42 本，覆盖了全国各主要方言区。词典内容丰富，每一本收词 7000—10000 条不等，实词虚词并收，并有方言例句，例句中还引用了当地许多的歌谣、谚语、歇后语、谜语等，反映了当地社会生活的各个方面。

从 2003 年开始，熊正辉、张振兴主持新版《中国语言地图集》的编写工作，新版《中国语言地图集》在全面继承 1987 年版地图的基础上致力创新与突破，建立分区数据库，用 GIS 软件绘制地图，一些方言区在分区理念上有所突破和创新，技术上有众多突破。

熊正辉、张振兴两位先生还主持编写了《新华方言词典》。这部词典以原《现代汉语方言大词典》（综合本）为基础，精选重要的方言词汇，是方言词汇研究的一个新尝试。

2012 年，商务印书馆出版了李荣先生 1983 年以来所发表文章的论文集《方言存稿》。这个论文集收录了李荣先生的 51 篇论文，李荣先生在汉语方言学领域最重要的学术论述如“官话方言的分区”、“颱风的木字”等都收入这个论文集中。

(四) 优势与问题

汉语方言学科目前的整体优势还是比较明显的，其中，方言词典编写、方言地图绘制、方言语法、方言分区、汉语音韵、西南官话、粤语、晋语、客赣方言、徽语、平话土话、方言软件、音标输入等在全国仍居领先地位。在队伍建设上，学术梯队的层次也比较合理。

目前主要存在的问题是研究人员日益缩减，原来实力雄厚的吴语、闽语、客家话在相关专家退休之后，方言研究室在这些领域已基本失去学术主导权。

目前，引进有一定学术地位和研究成果的人才已成为当务之急。

二 学科前沿动态

(一) 西北地区出现新的汉语方言研究群体

由于历史的原因，汉语方言调查研究的重点历来是在南方，研究者多半也是南方人，这个基本格局到现在也没有根本改变。近年来，西南地区的方言研究队伍日益萎缩，但西北地区却涌现出分别以邢向东、乔全生、莫超为核心的陕西、山西、甘肃三个方言研究团队，形成了一个以调查研究晋语、关中方言、中原官话、兰银官话为主的西北方言研究群体。邢向东和乔全生都是博士生导师，邢向东和香港中文大学张双庆教授合作调查研究关中方言，山西、陕西两地相继承担了一些国家级的重大项目，发表、出版了一批学术成果，表现出强劲的发展势头。

(二) 从地理分布的角度来研究方言有新看点

继《汉语方言地图集》出版之后，有两篇从地理分布情况来研究汉语方言的论文比较有新意。

曹志耘的《汉语方言的地理分布类型》(《语言教学与研究》2011 年第 5 期) 从“地理分布类型”的定义入手，把汉语方言的地理分布类型分成对立型和一致型两大类型，对立型中主要有秦淮线型、长江线型、阿那线型三种。一致型中主要有长江流域型、江南漏斗型、东南沿海型三种。从六种方言类型的命名可以看出，这是一种不同于传统方言分区的新角度，而且还有比较大的理论拓展空间。

李仲民《Glottogram 在地理语言学研究中的一个实例》(《语言教学与

研究》2011 年第 5 期）Glottogram（グロットグラム）是一种产生于日本的微观地理语言学研究方法。这篇文章介绍了 Glottogram 的理论背景和使用方法，并将传统的平面 Glottogram 扩展成可以三维显示的 Glottogram，论文最后用台湾中部地区西部沿海的一些语言地理特点来展示了 Glottogram 在地理语言学研究上的效用。

（三）文白异读和历史层次研究有新突破

“文白异读”这个术语是李荣先生在 1950 年代定名的。1982 年在《语音演变规律的例外》（《音韵存稿》第 115 页，商务印书馆）一文中，李荣先生又对文白异读的形成原因作了解释，认为形成文白异读的主要原因是方言间的相互影响，白话音是本方言原有的，文言音是从外方言借来的，这是一般规律。同时李荣先生还指出北京话的文白异读有一个特殊之处，即北京话的一些文读音是从其他方言的白读音借来的。徐通锵先生在《历史语言学》中转引了李荣先生的观点，许多学者对这个观点深信不疑。

2003 年，耿振生在“北京话文白读的形成”（《语言学论丛》第 27 辑，商务印书馆）一文中表达了不同意见。他认为北京话和其他汉语方言没什么两样，白读音都是本地音，主要是北京的普通老百姓使用，文读音都是外来的，主要是有文化的“上等人”使用。高晓虹在博士论文中利用王福堂的北京话记音材料，分析古入声字在北京话的文白异读情况，所得结论和耿振生差不多。

丁邦新先生在“北京话文白异读和方言移借”（《丁邦新中国语言学论文集》，中华书局 2008 年版）一文中不同意耿振生的意见。丁先生首先指出耿振生在文中有意不提李荣先生讨论问题使用的例字，用新材料来另立新论，讨论问题的立场不客观，然后丁先生以耿文中所举的入声字为例，细致地分析了古入声字在北京话中的各种读音情况，仍然认为北京话中包括入声字的文白异读在内，白话音是外来的，文读音才是北京本地的读音，认为李荣先生的意见还是对的。

（四）语言资源与方言濒危

李荣先生曾多次论述方言与普通话的关系，认为普通话在方言之中，又位于方言之上，否认方言与普通话处于对立状态。但由于受一些错误观念的影响，长期以来，一些政府部门和政府官员有意无意地把汉语方言和普通话对立起来，制定了一些歧视汉语方言的语言政策，严重扭曲了汉语方言与普通话总体一致、功能和政治身份有差别这种关系，破坏了国家语言关系的和谐与稳定。

这种情况在近年来得到一定程度的纠正和改善。教育部相关部门的官员近年来在不同场合开始正视方言与普通话的关系，把汉语方言也视为国家的“语言资源”，并从 2008 年开始，在国家层面立项启动汉语方言作为国家资源的调查研究。

（五）汉语方言濒危问题的讨论

“濒危方言”的概念是从联合国教科文组织使用的“濒危语言”套用过来的。汉语是一个拥有近 14 亿使用人口的超级语言。从全国范围来说，不论是拥有全国 70% 人口的官话方言，还是吴、闽、粤等横跨数省，拥有数千万使用者的南方汉语方言，都处于中国经济发达、生活富裕、社会稳定的核心区域，总体上不存在濒危问题。但由于国家在教学和传媒领域限制使用方言，在一些大城市中开始出现了方言代际传承关系开始断裂的情况，一些青少年不愿意，也不会熟练使用当地方言，这种情况在上海、苏州等城市中已有发现。此外，在一些局部地区，尤其是一些保留在官话方言中的方言岛，濒危情况确实已经出现。

近年来，在曹志耘、庄初生等人的推动下，先后于 2009 年（广州中山大学）、2011 年（湖南吉首大学）召开了两次濒危方言的国际研讨会，对汉语方言中的濒危语言现象进行了专题研讨。

（六）海外汉语方言的调查研究成为新的学术热点

由于移民和劳工，海外的汉语方言实际上分布甚广，其中，东南亚和北美都有稳定的世居汉语方言点。这种情况在 1987 年版的《中国语言地图集》中已得到反映，其中有两幅图是描写海外汉语方言的分布情况的。但限于种种条件，国内的方言学家一直没有机会对海外的汉语方言进行实地调查研究。近年来，由于国家财力增强，中国学者也开始对海外的汉语方言进行实地调查研究。其中，广东暨南大学教授陈晓锦用力最勤，成果也比较多。除了个人先后出版的《马来西亚的三个汉语方言》（暨南大学出版社 2003 年版）、《泰国的三个汉语方言》（暨南大学出版社 2009 年版）两种专著外，还于 2007 年在广州暨南大学召开了首届海外汉语方言国际研讨会，会议论文集于2009年由暨南大学出版社正式出版，2011年又在福建泉州召开了第二届海外汉语方言国际研讨会，两次会议都对海外汉语方言的调查研究方面起了比较好的推动作用。

(七) 语言库藏类型学和显赫范畴

语言库藏类型学（Linguistic Inventory Typology）是中国社会科学院语言研究所句法语义创新工程项目首席研究员刘丹青倡设的语言类型学分支。语言库藏类型学注重语言中的形式手段库藏对语言类型特点的制约，认为一种语言的库藏中所拥有的语言形式手段及其语法属性会对一种语言的类型特点，尤其是该语言的形式和语义的关系类型，产生重大影响。库藏类型学注重形式对语义的反制，关注一种语言的语法库藏中有些什么手段，这些手段的语法属性如何，会使语义得到怎样的表现、得到什么程度、什么性质的范畴化——成为核心范畴、扩展范畴，还是边缘范畴。

刘丹青先后发表了《汉语的若干显赫范畴：语言库藏类型学视角》(《世界汉语教学》2012年第3期）和《汉语差比句和话题结构的同构性：显赫范畴的扩张力一例》(《语言研究》2012年第4期）等文章，以具体的语言实例深入阐述了库藏类型与显赫范畴的理论框架、概念范畴。

在这一新的理论指引下，汉语方言的语法研究将会有新的发展和突破。

(八) 发现了新的方言韵书

中国方言学历来重视方言韵书的研究和整理。李荣先生曾说过，有了韵书，方言史的研究犹如脚踏实地。可能是由于方言特别复杂，闽地的方言韵书比其他地方更丰富。近年来又在闽北地区发现一本《六音字典》。马重奇对这本韵书进行了深入研究，并把研究成果撰写成《新发现闽北方言韵书《六音字典》音系研究》(《中国语文》2010年第5期)，向学术界介绍其研究成果。论文共分四个部分：《六音字典》“十五音”研究，《六音字典》“三十四字母”研究，《六音字典》“六音”研究，结论。结论部分主要讨论《六音字典》的音系性质。

(九) 语言接触理论对汉语方言学产生重要影响

目前，研究语言之间的接触与影响是一个世界性的学术热点。事实上，汉语方言中最常碰到且富于理论价值的文白异读基本上就可以直接运用语言接触理论来研究，因此，汉语方言学界接受语言接触理论是很自然的。而在少数民族与汉族混居、杂居的地区，当地汉语方言与少数民族语言相互影响，其结果是发生接触的两个语言都发生了突变性质的变化，这种情况已被多种调查研究成果证实。

2011 年 8 月，中国社会科学院语言研究所、法国高等社会科学院东亚语言研究所和兰州城市学院联合兴办了“汉语西北方言与阿尔泰语接触研究国际学术研讨会”，参加研讨会的专家学者 30 余人，其中包括贝罗贝（Alain Peyraube）教授、罗端（Redouane Djamouri）教授、何莫邪（Christoph Harbsmeier）教授、柯理思（Ch. Lamarre）教授、太田斋教授、遇笑容教授、曹广顺教授、周磊教授、李蓝教授等知名学者。多篇会议论文在语言接触理论背景下，从不同角度研究了西北方言的历时演变、西北方言与民族语言的接触研究等问题。这个会议进一步扩大了语言接触理论对汉语方言学的影响。

（十）方言调查和音标输入法出现了更好用的软件

由于需要作田野调查，要用音标记音，要录音，要整理调查材料，方言学对相关的计算机技术和软件的需求是非常迫切的。多年来，汉语方言学界主要是使用上海师范大学潘悟云教授的软件和音标。由于潘悟云对方言调查及方言材料处理的过程不太熟悉，所以，他的软件实际上不实用，也不好用。2011 年，李蓝主持的语言所项目“语言所汉语方言自动处理系统”和“语言所音标输入法”完成了升级换代。李蓝的方言处理系统完全从汉语方言调查研究的实际出发，界面亲和性好，材料整理也完全符合方言学的要求。语言所音标输入法不仅提供了一套精美的音标符号，而且在键值设计方面有许多创新，是一套更快捷、更容易学的音标输入法。

三　学科建设状况

（一）主要学术成果

【李蓝】

1. 论文

（1）《四川木里汉语方言记略》，《方言》2010 年第 2 期：114—133 页。

（2）《方言调查软件的设计与音标输入法》，《方言》2011 年第 4 期：354—367 页。

（3）《李荣先生〈方言存稿〉手记》，《方言》2012 年第 2 期：104—110 页。

（4）《现代方言中鱼虞的音读及相关的音韵问题》，语言研究所编《历史语言学研究》第五辑，商务印书馆 2012 年版：211—225 页。

2. 专著

《官话方言研究》，合著，钱曾怡主编，齐鲁书社 2010 年版。

3. 论文集编辑

（1）《中国方言学报》第二辑，与周磊合作编辑，商务印书馆 2010 年版。

（2）《方言存稿》（李荣著），与周磊合作编辑，商务印书馆 2012 年版。

4. 方言调查软件

（1）语言所方言自动处理系统 2.0 版，2010 年。

（2）语言所音标输入法 1.0 版，2010 年。

5. 网络版《中国语言地图集》

李蓝承担了院信息化项目“1987 年版《中国语言地图集》汉语方言地图”的绘制工作，并于 2010 年 6 月顺利结项。网络版《中国语言地图集》（汉语方言图）实现了数据库和 GIS 软件集成，在保留 1987 年版《中国语言地图集》基本框架的基础上适当进行优化处理，成为一个可实现动态查询、实时生成新地图的电子地图，在技术上有多处创新。

【麦耘】

1. 论文

（1）《粤语的形成、发展与粤语和平话的关系》，独著。载潘悟云、沈钟伟主编《研究之乐——庆祝王士元先生七十五寿辰学术论文集》，上海教育出版社 2010. 4. ：227—243 页。

（2）《作为声调区别特征的嘎裂声——广西八步“八都话”入声分析》，独著。载香港科技大学《中国语言学集刊》（Bulletin of Chinese Linguistics）4. 1，中华书局（北京）2010. 6. ：23—31 页。

（3）《从史实看汉越音》，与胡明光合著。载《语言研究》（武汉）总第 80 期，2010. 7. ：120—127 页。

（4）《从中古后期—近代语音和官客赣湘方言看知照组》，独著。载南开大学《南开语言学刊》第 15 辑，商务印书馆（北京）2010. 10.：15—30 页。

（5）《古汉语札记三则》，独著。载龙庄伟、曹广顺、张玉来主编《汉语的历史探讨——庆祝杨耐思先生八十寿诞学术论文集》，中华书局（北京）2011. 1.：314—315 页。

（6）《从广西钟山清塘壮语第六调看嘎裂声》，独著。载《民族语文》（北京）2011 年第 1 期：20—26 页。

（7）《黄阁四种粤方言语音述略》，独著。载《南方语言学》第 3 辑，暨南大学出版社（广州）2011. 6.：82—93 页。

（8）《粤方言的音韵特征——兼谈方言区分的一些问题》，独著。载《方言》2011 年第 4 期：289—301 页。

（9）《南京方言不是明代官话的基础》，与朱晓农合著。载《语言科学》（徐州）总第 59 期，2012. 7.：337—358 页。

（10）《语音体系与国际音标及其对应》，独著。载《民族语文》2012 年第 5 期：33—43 页。

2. 论文集

《著名中年语言学家自选集·麦耘卷》，上海教育出版社 2012 年版。

【沈明】

1. 论文

（1）《安徽歙县郑村方言同音字汇》，［日］《开篇》第 30 辑，2011，9。

（2）《晋语果摄字今读鼻音韵的成因》，《方言》2011 年第 4 期。

2. 专著

（1）《新华方言词典》（合作者，主编之一），商务印书馆 2011 年版。

（2）《汉语官话方言研究》（合作者，第九章晋语），齐鲁书社 2011 年版。

（3）《安徽歙县（向杲）方言》，方志出版社 2012 年版。

【覃远雄】

1. 论文

（1）《桂南平话古果摄、假摄字的今读》，《方言》2011 年第 1 期。

（2）《南宁白话的“捱”字句》，《桂林师范高等专科学校学报》2011

年第 3 期。

（3）《桂南平话古遇摄字的今读音》，《方言》2012 年第 4 期。

2. 专著

《新华方言词典》，合著，商务印书馆 2011 年版。

【谢留文】

1. 论文

（1）《安徽铜陵吴语同音字汇》，独著，《开篇》2010 年第 29 期：92—207 页。

（2）《江西浮梁（旧城村）方言同音字汇》，独著，《方言》2011 年第 2 期：117—131 页。

2. 专著

（1）《安徽铜陵吴语记略》，合著（第二作者），中国社会科学出版社 2011 年版。

（2）《江西浮梁（旧城村）方言》，独著，方志出版社 2012 年版。

【徐睿渊】

论文

（1）《〈厦英大辞典〉及其学术价值》，独著，载《中国语文研究》2010 年第 2 期（总第 30 期）：59—65 页。

（2）《从三本教会材料看厦门方言语音系统一百多年来的演变》，独著，载《中国方言学报》（第 2 期）：83—99 页。

（3）《本土闽南话词汇比较研究》，合著（第一作者张双庆），载《中国语言学报》2010 年第 24 期：89—114 页。

（二）重要学术活动及影响

（1）2010 年 8 月 8—11 日，第四届西北方言与民俗国际学术研讨会在北方民族大学（银川）召开。会议由全国汉语方言学会、陕西师范大学西北方言与民俗研究中心主办，北方民族大学北方语言研究院承办。来自中国内地、中国香港和法国、日本的共 84 名专家学者参加了会议。

会议共提交论文 70 余篇，报告和讨论的内容涉及西北方言的共时与历时研究、西北方言与民族语言的接触研究、西北地区民俗与地方文化研究等方面的内容。

（2）2012 年 9 月 3—5 日，第五届西北汉语方言、双语与民俗学术研讨会在新疆大学召开。会议由全国汉语方言学会、陕西师范大学西北方言与民俗研究中心主办，新疆大学人文学院承办。来自中国、美国、日本的65名专家学者参加了会议，提交论文61篇。

会议讨论的议题广泛，与前几届会议相比，西北方言的共时与历时研究、民俗与地方文化研究、方言与民俗的结合研究、西北方言与少数民族语言的接触研究有了进一步的深化，西北方言、民俗与其他地区方言、民俗的比较研究得到了进一步的拓展，语言接触引发的一些规律性问题得到了理论上的概括，少数民族地区的双语教育也受到了与会者的强烈关注。

（3）2011年10月15—16日，“第六届官话方言国际学术研讨会”在华中师范大学召开，来自中国大陆、中国港澳地区和海外的专家学者100余人出席了会议。

会议共宣读交流论文近100篇，论文内容涉及官话方言，各方言点具有特色的语音、词汇、语法现象，以及方言理论、方言比较、方言研究方法、方言信息处理等方面的问题，这些论文反映了汉语方言学界关于官话方言研究的最新进展。

（4）2011年11月11—14日，全国汉语方言学会第16届年会在福州召开。该次会议由全国汉语方言学会、福建师范大学联合主办，福建师范大学文学院、语言研究所承办。来自中国大陆、中国港澳台地区以及法国、日本、韩国、马来西亚等地的160多位学者参加会议，共提交论文170余篇。

会议的主要议题有：方言语音研究、方言词汇研究、方言语法研究、方言比较研究、方言研究方法问题等。会议分大会报告和分组讨论两种方式，鲍厚星、李蓝、李如龙、李小凡、陈泽平、秋谷裕幸、王福堂、王洪君、麦耘、乔全生、汪平、陈淑娟、张振兴等先后作了大会报告。其他学者在四个小组里共进行了八场报告和讨论。

（5）2012年10月18—19日，第六届汉语方言语法国际学术研讨会在四川绵阳西南科技大学召开。中国社会科学院语言研究所的沈家煊、刘丹青、李蓝，北京大学的李小凡、郭锐，日本松山大学的孟子敏，以及复旦大学、中央民族大学、香港科技大学等国内外数十所高校科研机构的知名专家学者提交了56篇学术论文，对有关汉语方言的语法问题进行了十分深入的讨论。

（三）本学科在国内外相关领域的地位和作用

李荣先生的去世对语言所方言学科在国内外的学术地位有重大影响，加上语言所方言学科的熊正辉、贺巍、侯精一、张振兴、张盛裕、黄雪贞等著名学者陆续退休，语言所方言学科在全国汉语方言学科发展方向的实力与影响力确实不如以前。但随着语言所方言学科中生代逐渐成长与成熟，作为一个整体来说，不论就全国范围来看，还是就世界范围来看，语言所汉语方言学科仍然是全国综合实力最强的学术研究群体。从方言室个人的研究成果说，李蓝的方言分区、西南官话、方言语法、汉语音韵、国际音标、方言处理软件和音标输入软件、地理信息系统，麦耘的汉语音韵、粤语研究，沈明的晋语及徽语研究，覃远雄的平话土话研究，谢留文的客赣方言及徽语研究等，在全国都有重要影响。

除了个人研究外，语言所方言学科的《方言》杂志和全国汉语方言学会对维护本学科在相关领域的学术地位和学术影响也有重大作用。

《方言》杂志是全世界唯一的一份汉语方言调查研究的专业杂志。从李荣先生创办《方言》以来，《方言》杂志倡立的实事求是、注重语言事实的挖掘、整理与分析的学风对全国汉语方言学界有直接影响。《方言》杂志既发表中国学者的文章，也发表外国学者研究汉语方言的文章，这对扩大和促进汉语方言学科的国际影响有重要作用。

全国汉语方言学会每隔两年召开一次全国性的汉语方言学术年会，其间还与陕西师范大学西北方言与民俗研究中心联合举办“西北方言与民俗国际学术研讨会”，与其他高校联合举办“汉语方言语法国际学术研讨会”、“官话方言国际学术研讨会”、“平话土话国际学术研讨会”等国际性学术会议。通过组织和参与这些会议，语言所方言学科始终把握着汉语方言学科发展的正确方向，掌握了学科发展动态，保持着对汉语方言学科的影响力。

四　学科发展前景

最近十多年来，汉语方言学科队伍总体上是比较稳定的。2013 年进入中国社会科学院创新工程“中国重点方言区域示范性调查研究”。近半年来，创新项目进展顺利，调查论证和调查材料准备等相关工作平稳有序进行。

首席研究员李蓝和麦耘近年来在方言语法、汉语音韵、西南官话、方言调查软件设计制作、音标输入法等领域有重要论述发表，学术骨干沈明、覃远雄、谢留文、徐睿渊等人在相关领域也有重要论著发表，总体来看，各个研究方向均保持国内领先水平。

汉语方言学科目前存在的主要问题是，个人研究成果多、方向宽，但缺少大型研究成果。此外个案研究多，规律性的归纳和总结仍有所不足。方言学科目前面临的又一问题是，研究人员之间的合作交流不多，做集体项目的意愿不强。

随着创新工程的开展与深化，汉语方言学科面临着科研创新机制更新的机遇和挑战，针对目前存在的问题进行有效调整以适应新的研究环境是当务之急。

（语言研究所　李蓝）

语音与言语科学学科前沿研究报告（2010—2012）

一　概况

（一）学科发展历史

中国社会科学院语言研究所语音研究室有着60多年的历史，其前身是1950年中国科学院语言研究所建所之时，在原北京大学文科研究所语音乐律实验室的基础上设立的语音实验小组。

20世纪50年代后期，实验室开始研究普通话元音和辅音的声学特性；设计制作了颚位照相装置，与X光照相配合，对元音和辅音进行生理分析；还设计了音高显示器，研究普通话的声调。这一时期的研究着重于普通话语音的静态特性分析，研究成果主要反映在《普通话语音实验录》（共5卷，未出版）和《普通话发音图谱》（周殿福、吴宗济，商务印书馆1963年版）等著作之中。

1978年，中国社会科学院语言研究所语音研究室正式成立。实验室在原来的基础上扩充了人员和设备，购置了新的语图仪，配备了计算机，对普通话的语音进行了比较系统的动态特性分析，并开始进行语音合成研究，主要包括发音生理的和声学参数的规则合成。

2002年，在院重点学科项目的支持下，语言所设立了语音与自然话语处理重点学科。学科依托于语音研究室和当代语言学研究室，结合语音学、语言学的基础理论研究与言语工程应用研究，面向自然话语处理中的语音问题，研究对象也包括与语音相关的句法、语义和语用问题。

2008 年，语言所启动申请“语音与言语科学重点实验室”。中央领导和社科院领导两度考察语言所语音研究室，体现了对实验室工作的关心与肯定。

2011 年 10 月，语言研究所语音与言语科学重点实验室作为首批进入中国社会科学院哲学社会科学创新工程的试点单位，正式签约成立。语音与言语科学重点实验室主要以语言研究所语音室为依托，整合相关研究室的人才力量和研究资源，在第一期建设中将着力开展四项基础理论研究工作，包括：（1）人类发音机理探索；（2）语音与语言类型学研究；（3）汉语儿童音系和语法的获得与认知发展研究；（4）语音韵律的声学、认知和多模态研究。并在此基础上开展三项面向语音和语言教学的应用系统研究工作：（1）面向国际汉语教学应用的三维动态发音生理模型研究；（2）语言脑认知神经计算模型研究；（3）语音和语言资源网络服务与学习平台建设。

（二）阶段成果与国家项目

2010—2012 年间实验室先后发表学术论文上百篇，其中，英文论文超半数；出版三部学术专著，其中，英文著作两部，中文著作一部。另外，实验室将每年的部分研究成果汇编成《语音研究报告》，已经出版至第 19 期。

实验室非常重视数据库建设工作，积极参加国家语音标准的制定，先后负责语音接口技术中语音数据库设计和标注标准的建立。实验室是中国语音产业联盟语音标准组组长单位，也是国际语音资源和评测组织 O - COCOSDA 的中国代表单位。

实验室建立了数十个大型音频、视频数据库，如国家 863 项目支持的十大方言点的地方普通话语音语料库、973 和 863 项目支持的电话对话语音库、国内最大的录音室环境中的口语对话多模态数据库、中国社会科学院重大项目支持的普通话口语对话库、国家社科基金项目支持的语篇语音语料库、院重点项目支持的普通话基础语音库、院重点和创新工程项目支持的多模态儿童语音库，等等。

在院重大项目资金、国家专项资金和创新工程经费支持下，实验室初步建成了生理语音实验室，建立了专业的儿童语言认知实验室。通过这些年的积累，我们已基本具备了进一步拓展面向言语科学领域研究的经验和能力。

基础研究服务于语言文化创新产业，重点实验室重视网络资源支撑应用平台的建设，与科大讯飞、中科模识等单位合作，开发了多套基于互联网的应用平台。对于这些网络应用平台，重点实验室拥有完全知识产权。平台的一期建设已经通过专家的鉴定验收。

2010—2012 年，实验室新增一项国家 973 计划项目和一项自然科学基金重点项目，并参与了与荷兰和匈牙利开展的院级国际合作研究。实验室与荷兰合作项目入选为荷兰皇科院 2012 年十大中国合作项目。国内合作方面，实验室与中科院计算所、科大讯飞公司联合申请并获批了安徽省语音专项。

2010—2012 年，实验室有多篇学生论文获奖：ISCSLP2012 优秀学生论文奖一篇，OCOCOSDA2012 优秀学生论文奖一篇，第十届全国语音学会议优秀学生论文奖一篇，Interspeech 2012 优秀学生论文提名奖一篇（五项提名中唯一一篇来自中国的论文）。

（三）科研队伍和人才建设

按照重点实验室的目标定位和发展规划，重点实验室设主任一名，首席研究员三名，执行研究员五名，研究助理一名。相关创新岗位的设立调动了科研人员的工作积极性和创新热情。重点实验室以创新工作平台为牵引，通过成立专业学术委员会、外聘学者、合作研究、接收访问学生等方式，进一步扩大了科研人才队伍。截至目前，重点实验室专业学术委员会聘请了 9 位国内外知名学者。重点实验室根据项目研究需要，通过多种方式，共吸纳了 33 名中青年学者（其中教授 9 人、副教授 10 人、博士后 3 人、博士 11 人）以及 26 位访问学生参与到创新项目的研究工作之中。我们认识到，根据学科特点，多渠道利用院内外人才资源，开展各种形式的合作研究，并在合作中彰显我院创新和主导能力，是哲学社会科学机制体制创新的重要组成部分。

（四）优势与问题

实验室历史悠久，拥有先进的实验仪器设备和一支年轻、有创新活力的科研团队交叉学科和新兴学科的优势，积极承担各类课题项目，不断拓展研究领域，提出“理论研究与应用研发并举”的发展思路，坚持“理论联系实际、科研服务社会”的观念，秉承“敢为人先迎难而上的开拓创新精神”，语音与言语科学的学科覆盖较为全面，既有语音与言语科学本体研究，也有面向应用的研究。实验室在国际上有较高的知名度，注重国际交流和合作是研究室的传统，同时也保证了研究课题的前沿性，研究方法和手段的先进性。

在创新工程初期，也显现出一些突出的问题。在硬件方面，科研用房严重不足已经在一定程度上影响实验室的日常研究工作与发展；在软件方面，实验室管理与项目管理也需要进一步科学化。

二 学科前沿动态

（一）言语产生与发音机理研究

1. 基础理论研究

生理语音研究领域的两大重要国际会议都在2011年度召开。第6届言语运动控制国际会议（SMC2011），2011年6月在荷兰格罗宁根召开；第9届言语产生国际研讨会（ISSP2011），2011年6月在加拿大蒙特利尔召开。

该领域发展的主要特点有：多领域的交叉研究进一步深入。（1）语音生理研究与感知的关系，如Haskins实验室Carol Fowler对Haskins提出的著名的“语音感知的运动理论”回顾；（2）生理模型研究的进一步深入，如法国国家科学院GISPA实验室群的Pascal Perrier介绍生理发音模型在言语运动控制研究中的应用；（3）模型理论研究与病理研究的结合，如波士顿大学Frank Guenther基于DIVA模型对于病理语音的最新探索；（4）语音生理研究与语言起源、语言发展，如Philip Lieberman对于言语运动控制系统起源的探索。

此外，病理语音研究正逐渐成为语音生成研究的一个热点领域。

2. 言语产生的模型研究

基于调音的语音合成方法由发音器官模型、动态发音过程模型、声管的面积函数及发音的空气动力学模型等关键模块组成。

McGowan等人在“Analyses of vocal tract cross - distance to area mapping: An investigation of a set of vowel images”［J. Acoust. Soc. Am., 131（1），2012］一文中对传统的计算方法进行了改进。传统的从中矢面距离到声管

面积的映射关系只用到了局部信息，并不是最优的解决方案。因为音素的类型会影响这种映射关系，但是音素本身又不能单独作为一个调音合的控制变量。该文提出两种基于发音高度和加权回归分析的映射方法，结果显示这两种方法均优于传统的局部映射法。

发音过程的动态建模方面主要分为两个流派：1. 直接从观测得到的表层发音轨迹出发，建立发音轨迹的动态模型和发音轨迹与调音模型控制参数之间的映射关系；2. 从观测得到的表层发音轨迹中提取出抽象发音动作序列，建立基于语言学考虑的协同发音模型和抽象发音动作与调音模型控制参数之间的映射关系。Rudzicz 在"Using articulatory likelihoods in the recognition of dysarthric speech"一文中利用自适应核函数经典相关分析（adaptive kernel canonical correlation analysis）的方法建立从语音信号中估计发音动作序列的方法，结果显示准确度优于基于混合密度神经网络的方法。

在发音的空气动力学模型方面，传统的模型是以少量静态发音姿态为基础的。各种相关的评估显示，对静态发音的空气动力学建模准确度已经可以接受。但是在动态发音过程中，由于声管面积函数的动态变化导致模型参数的不跳变，在合成语音中往往伴随有咔嗒声（click sound），这种情况对于擦音尤其明显。Toutios 在"Articulatory VCV synthesis from EMA data"一文中对擦音的声源进行了改进，将原来集中分布在收紧点处的声源分布到整个声道，这样的结果使得声源在声道形状动态变化时连续分布，有效地抑制了咔嗒声的产生。

（二）方言语音与语音类型学研究

我国幅员辽阔、民族众多，语言、方言资源丰富、复杂；掌握汉语方言和中国境内少数民族语言的基本情况是关乎科学发展、和谐社会的一项基本国情，而其中的语音调查则是语言调查的基础内容与出发点。中国现代传统意义上的科学的语言调查肇始于西学东渐的19世纪末20世纪初，其中，以汉学家高本汉的《中国音韵学研究》（1915—1926）最为著名，而1928年出版的赵元任的《现代吴语研究》则为此后一个世纪的汉语方言研究奠定了基本范式。传统的研究为我们了解汉语方言的概貌和特点提供了宝贵的第一手的资料，中国社会科学院语言研究所李荣主编的41本全国各地方言词典，李荣、熊正辉、张振兴等主持的中国语言地图项目等都是汉语方言传统研究的代表性著作，意义深远。但是，传统汉语方言、少数民族语言研究一般均属于口耳之学的范畴，不便于验证，更缺少科学的方法检验不同调查人之间、不同方言、语言之间的可比性，因此，在科技手段日益常态化的今日，更新研究手段、增加科学实证精神就成为学科与时俱进的内部需要。近些年，国内学界对采用实验语音学的方法进行无论是汉语还是少数民族语言的方言语音及相关的语音类型学研究正在渐渐加强，中国社会科学院民族学与人类学研究所、北京大学、南京师范大学、上海师范大学等相关研究机构都有研究团队在从事相关方面的研究。

在国际学界，近些年的语音学及相关研究虽然是以理论驱动、应用驱动为多见，但对于人类语言中的语音现象的调查与描写也一直处于基础研究的重要位置。在美国，有美国暑期语言学会及相关大学的研究中心；在欧洲，德国莱比锡 Max Planck 进化人类学学院语言学系、法国科学院位于 Grenoble 的 Gipsa－lab 实验室群等都有专门的研究团队研究世界相关语言的语音多样性问题。

世界语言、方言中的语音多样性不仅是个人文问题，反映的是文化的多样性；同时也是个引人入胜的基础科学问题，其反映的是语言的起源、人类的起源问题。2011 年，Atkinson 在《科学》杂志上（Reports, 15 April 2011, p. 346）撰文，用计算机模拟的方法分析了 504 种现代语言的语音多样性，结果发现语音多样性证据支持人类非洲起源说，因为他发现，接近起源地（非洲）的语言语音复杂性高，远离起源地的语音复杂性低。2012 年，《科学》杂志刊登了三篇文章，均反驳 Atkinson 的研究。其中，有一篇来自中国国内以复旦大学李辉教授为首的研究团队，文章使用 Atkinson 文章的立论逻辑，但指出了 Atkinson 数据分析中的缺陷，并在重新分析的基础上进一步提出，不是非洲，而是亚洲中心地带的语音复杂性最高。虽然 Atkinson 的文章问题很多，从材料到论证都被批评得体无完肤，但文章所提出的世界语言与方言中的语音复杂性的计算问题，却是值得语音学界乃至整个语言学界深思的。

描写、解释汉语及其方言，以及中国少数民族语言中的语音现象是实验室的研究方向之一，计划全面采集重点汉语方言和少数民族的语音数据库，系统调查重点汉语方言和少数民族语言的语音特征，以实证科学的方式梳理构成汉语方言和少数民族语言语音多样性的底层因素，寻找汉语方言和少数民族语言中的语音共性与普遍性。规划的第一期研究（2011—

2015）以汉语方言为主，包括十个汉语方言片区的语音研究。课题组于2012年8月在上海复旦大学举行了“第一届方言语音与语法论坛”，语音方面，就汉语方言中的元音及相关问题进行了专题研讨，会议精选论文集将以专辑的形式收入《语言研究集刊》（第十辑），计划于2013年年中出版。文集不仅有对汉语方言语音多样性的新发现，而且也包括对语音复杂性的思考。例如，胡方的论文《降峰双元音是一个动态目标而升峰双元音是两个目标》根据宁波方言双元音声学与发音运动学的研究结果指出：汉语方言中的元音音位不仅应该包括单元音也应该包括降峰双元音，这便为如何计算语言与方言中的元音音位的复杂性问题提供了科学参考。

另外，历经近四年的专家匿名审稿、修改、编辑工作，精选自2008年德国慕尼黑学术会议的论文集 *Consonant Clusters and Structural Complexity*（Hoole, P. 等编）最终作为 Mouton De Gruyter 出版社的 *Interface Explorations* 系列于2012年10月付梓。文集从“音系与类型”、“产生：分析与模型”、“习得”、“语流中的同化与弱化”四个主题对世界语言中的语音结构复杂性问题进行了全方位的探讨，文集的亮点之处是对人类语言的时间结构问题进行了前沿探索。其中，胡方的论文“Tonogenesis in Lhasa Tibetan – Towards a gestural account”在将声调与音段一起整合为音节的内在结构方面进行了开拓性的研究，对如何理解声调语言中的超音段复杂性与非声调语言中的复辅音音节的音段复杂性之间的关系问题提出了新的观点。

（三）婴幼儿语言习得与认知发展

1. 婴幼儿词类习得

近两年来，关于汉语词类的实验研究主要集中在儿童对词类的感知研究以及借助 ERP 或 fMRI 实验技术手段来研究汉语成人对词类的表征研究。

（1）儿童感知实验

Chan（Devlopmental Psychology，2011）等人采用习惯转换法（habituation switch procedure）进行感知匹配实验研究，主要考察英语和汉语幼儿在遇到新词时是更倾向于将新词与物体匹配还是与动作匹配。行为感知实验的结果发现：英语幼儿在18个月时能够将新词与动作和物体相联系，而14个月时则两者都不能完成。而汉语幼儿在14个和18个月时都能够将新词与动作联系，但不能将新词与物体相联系。

该实验结果和之前的研究［Tardif，et al.（Developmenal Psychology

1997)；Tardif，et al.（Development Psychology 2008）］有一致性：之前对英语和汉语幼儿语言产出和语言输入的情况对比调查发现，英语幼儿习得名词要比汉语幼儿习得的多，汉语幼儿则是动词习得的多，因此，英语幼儿词汇习得具有名词偏向，而汉语是动词偏向；而英语幼儿早期词汇中，也是名词习得的早，习得的快；汉语幼儿早期名词和动词习得的数量和时间早晚没有明显差异，两类词是相当的。可见，英语幼儿将新词与物体匹配的能力强；而汉语幼儿则是将新词与动作相匹配的能力要强一些。

张钊（2012）的博士论文主要关注汉语幼儿如何对名词和动词进行范畴化习得，一共进行了六个感知实验。结果显示幼儿在只有前置功能词的情况下，已有一定的范畴化能力；在前后都有功能词的情况下，18 个—22 个月的幼儿能够对名词进行范畴化，不能对动词进行范畴化；12 个—14 个月的幼儿对名词有部分的范畴化能力。结果说明目标词的前置功能词及前后功能词框架为幼儿对名词的范畴化提供了足够的分布信息，幼儿的范畴化的能力具有由弱到强的发展的过程。

（2）成人 fMRI 实验研究

Yang（Jourhal of Neurolinguistics，2011）等人主要是通过 fMRI 实验来研究母语为汉语的成人晚期双语者（late bilinguals）大脑表征不同语言名词和动词的异同。研究的方法和范式与 Chan 等人（Annals of the New York Acaclemy of Scienles，2008）相似，只是被试都是 12 岁左右才开始学习英语，母语为汉语的大学生。实验结果显示，母语为汉语的晚期双语者处理汉语名词和处理动词的大脑活动方式极为相似。Yu 等人．(2011）使用不同的实验材料和实验任务发现汉语名词和动词的加工存在差异。动词在左侧颞上回和颞中回与左侧额叶下部比名词激活更显著，具体名词和具体动词都还分别激活了一些特定脑区。

（3）成人 ERP 实验研究

夏全胜（2012）博士论文通过 ERP 技术和半视野速示技术，对汉语名词、动词、动名兼类词的语义加工进行了考察，并且通过进一步匹配不同词类的具体性，对具体性在语义加工中的作用进行了探讨。

（4）关于心理语言学实验研究与语言学理论关系的思考

《词类的实验研究呼唤语法理论的更新》(《当代语言学》2013 年第 3 期)。沈家煊和乐耀（2013）在综述相关实验研究的基础上，发现同类的有关词类的实验研究得出的结论看似不同甚至相反，或者对实验结果缺乏合理的解释，这可能是因为实验方法和实验任务的不同而造成的，但也可能是在解释实验结果时所依凭的词类理论有问题而造成的。该文介绍了一组汉语儿童感知实验和一组汉语成人脑成像实验，说明对实验的结果要作出合理的解释有待词类理论的更新。就名词和动词的区别而言，需要建立"名动分立"和"名动包含"两种词类模式。该语法理论有助于实验研究得到改进和深化。

其他语言的相关研究成果可以参看 Crepaldi, et al. (Brain and larguoge, 2011); Vigliocco, et al. (Neuroscienu Biobehavioral Reviews, 2011)。

2. 儿童语法获得与认知发展

在中国社会科学院创新项目支持下，该课题围绕汉语儿童语法获得与认知发展这一重大基础理论问题进行了实验研究，课题组通过实验发现：儿童的句法运算能力的获得要早于句法—语义接口运算能力的获得，而后者的获得要早于句法—语义—语用能力的获得。这一研究说明跨模组运算能力的发展受到年龄因素的限制。

胡建华等在 Ellipsis2012、TEAL - 7 以及《中国语文》所发表的一系列论文，讨论了儿童省略结构和量化及焦点结构的获得。省略结构包括"也是"结构、"也 + 情态动词"结构以及空宾结构。研究发现，前两种结构的句法语义表现和英语等语言中的 VP 省略结构比较相似，因为其解读遵守平行原则，即要求省略部分与先行部分的句法和语义对等；而空宾结构的表现则不怎么像 VP 省略结构，因为其解读可以不受平行原则的制约。研究发现，四岁儿童和成人解读"也是"和"也 + 情态动词"结构遵守平行原则，而解读空宾结构不受该原则限制。四岁儿童还不具备区分这三种结构的能力。成人偏好给包含代词或反身代词的"也是"结构、"也 + 情态动词"结构和空宾结构指派松散解读。三岁儿童偏好给包含代词的"也是"结构、"也 + 情态动词"结构和空宾结构指派严格解读，但他们偏好包含反身代词的"也是"结构、"也 + 情态动词"结构和空宾结构的松散解读。我们认为这三种结构的解读涉及句法和语义的跨模组运算，而跨模组运算能力的成熟要受到年龄因素的限制。

对儿童语义焦点获得的实验研究（Hu & Li, 2012a&b）也有若干新的发现。国际上流行的 VP 指向说、无焦点加工说以及焦点自由连接说都无法解决汉语儿童语义焦点算子的获得。三岁儿童无法加工焦点算子，而四岁半的儿童在加工焦点算子时仍然与成人有许多不同。Hu & Li（2012）的研究发现儿童之所以倾向把焦点算子与宾语连接，和儿童还没有获得句法、语义和信息结构接口的知识有关。焦点算子的解读不仅涉及句法和语义接口与语用以及信息结构的接口运算亦有关系，而儿童往往要到七八岁才能完全获得焦点算子的成人解读。

3. 婴幼儿音系发展——音位范畴建立机制

人类语言系统是由抽象的范畴和规则组成。因此，研究母语获得需要解决的最核心的问题是婴幼儿怎样获得母语系统中的范畴和规则。

在语前阶段，在婴儿（八个月之前）还没有语义的时候，他们可以通过输入语言中语音分布的统计信息来建立语音范畴。也就是，婴儿听到的语音在一个或几个语音特征上的分布是天然不重叠的两个分布，由于婴儿对语音特征分布的统计信息很敏感，婴儿自然地感知到与这两个分布对应的两个范畴以及感知到这两个范畴的边界。

但是，对于那些在物理声学分布上不能天然分为两类、分布上有重叠，也就是语音上相似的语音范畴，婴儿是怎样建立的呢？一种假设是与语义无关，不以最小对立对的存在为前提的语音假设。在没有语义提示而且含有语音范畴的音节并不构成最小对立对的情况下，婴儿可以通过音节所提供的线索来形成语音范畴（基于语料库的数理模型验证）。但这种理论不能解释婴儿在母语获得过程中并行存在的另一种范畴建立的情况，即，在母语经验影响下，婴儿会把两个物理声学差异很大的语音归为一个范畴。另一种语音范畴建立的假设是依靠语义信息，以最小对立对存在为前提的语音建立机制。即，声学上相似的两个语音，由于代表的语义不一样，婴儿会把这两个相似语音当作两个不同的语音范畴，"迫使"婴儿去注意这两个语音的细微差别。在语前阶段，语义还没有真正形成，婴儿（八个月以后）通过语音形式表达的概念来帮助他们进行判断和范畴建立。在一岁以后，语义开始出现，婴儿通过词义来帮助他们形成语音范畴。整体式理论认为，婴幼儿对词的语音形式的表征最初是整体式的（holistic），随着婴幼儿获得了越来越多地与大脑词库中已有词相似的词（neighbors of words）以后，为了把这些语音上相似的词区分开，婴幼儿对每个词的语音表征变得越来越细致，同时他们对这些词的表征也逐渐从词这个层级分析到了音位这个更小的层级，从整体式（holistic）表征变成了分析式（analytic）表征。但这种以最小对立对为前提的语音范畴建立假设过于局限，并不是所有含有语音范畴的音节都能构成最小对立对。而且最小对立对的存在只是促进了婴儿对语音范畴的区分（discrimination），并不一定能加强婴儿对这两个语音范畴的判断（identification）——把一个新的语音范例准确判断为是属于哪个语音范畴。

婴幼儿对新的语音范例具有范畴归属的判断能力是怎样形成的呢？在实际交流中，范畴的实现形式是千变万化的，婴儿怎样在变化中找到不变呢？这种机制可以用范例理论（exemplar theory）来解释。根据范例理论，大脑中表征的语音范畴是记忆或储存在大脑中的很多聚集成片的语音范例或示例（tokens）。这些聚集成片的模式组成一个认知地图。虽然范畴理论能较好地解释语音范畴的建立机制，但是该理论还需要进一步探讨“定位”机制（每一个听到的语音范例都能通过被感知成的属性而在这个范畴认知地图上定一个位置）的实质，以更充分地解释婴儿通过什么样的机制把千变万化有时甚至迥然不同的某个语音范畴的语音范例在范畴认知地图上“定位”。

综上所述，婴幼儿是怎样建立起音位范畴的还需要进一步通过大语料库和数理模型的模拟来进行探索和研究。

（四）二语语音习得

近年来，二语语音习得的热点问题是考察不同地区英语学习者的发音特征研究。在中国，许多英语学习者具备深厚的英语功底和丰富的英语知识，但英语的发音和语调总是伴有“中国腔儿”或“方音”的味道。由于意识到英语口音问题的严重性，外语学界以及语音学研究领域的诸多学者，进行了大量的探索和尝试，研究主要分为三大类，首先，语言学习和二语习得的角度，这方面的研究往往从教学实践出发，结合听辨实验，对口音问题作定性的研究，并从语言“正迁移（positive transfer）”和“负迁移（negative transfer）”理论出发，探讨母语对英语表达的影响，总结出外语学习中改善发音的策略（文秋芳的《英语的联络理论研究》2004 年）；其次，建立学习者语料库，基于语料库的统计和分析，提出改善中国英语学习者发音的途径和方式，如王立非和文秋芳《中国学生英语口笔话语料库》（《外语界》2007 年第 1 期）（2005）建立的 SWECCL 语料库，陈桦建立的中国英语学习者纵深口语语料库 LSECCL；再次，语音学研究，主要通过语言调查与实验语音学的方法，定性或定量地描述英语学习者语音学特征及偏误类型。如陈桦的《中国学生朗读口语中的英语调型特点研究》(《现代外语》2006 年第 4 期)的研究，考察了中国人所表达的英语语调在重音模式、不同句式、边界调与标准英语发音的差异。

(五) 韵律的声学与心理认知、多模态研究

1. 焦点问题的 ERP 研究一直是认知和多模态研究的热点问题之一，研究的主要问题包括以下几个方面：

(1) 听觉语言理解中的焦点与韵律加工

实时句子理解中焦点与韵律加工的研究大部分来自英语与德语。Nter, Hruska, Steinhauer 和 Steube Oraalrty and Gestures (2001) 报告了两个韵律失匹配条件之间 ERP 模式的差异。在这项研究中，被试听特殊疑问句问答对，在答案句中，重音分别置于焦点词或非焦点词。当预期焦点词无重音时，与匹配的问答对相比，在该单词后发现一个负向波形，在顶叶位置最为显著。但是，当已知词带有未预期重音时，与匹配问答对相比未发现差异。也有研究通过呈现德语 wh 问答对，对于焦点成分，在顶叶电极发现了类似的正波，但仅限于韵律匹配的问答对。对于答案中的音高重音缺失，则报告了分布于顶叶中央的负波 (200ms—600ms)。

(2) 书面语言理解中的焦点与内隐韵律加工

关于阅读中的焦点加工，考虑内隐韵律因素的研究并不多见。最早的研究通过在局域歧义句中操纵焦点小词研究了阅读中的重音布局，并从韵律方面解释了实验结果。针对实验材料存在焦点结构差异的问题，Bader 通过进一步实验为单纯韵律优先解释提供了证据，认为内隐韵律在句子理解中起关键作用。

有关内隐韵律的研究，主要对之前阅读中的焦点研究仅从焦点结构角度解释实验结果提出了质疑，认为他们的实验材料中的焦点总与音高重音的位置相重叠，从而混淆了焦点结构与韵律特征。因此 Stolterfoht 和 Bader [Fous Strulture and the processiag of Word Order Veriotions in German (Information Structure: Theoretical and Empirical Aspeils. Ed. Anita Steube: Berlin: De Gruyter) 2004.] 发现的负波也许不仅与焦点结构加工相关，可能也反映了内隐韵律修正过程。作者利用对比省略句分离两种加工过程，在无歧义消除的情况下研究了阅读过程中焦点结构与韵律结构加工及其两者的交互作用。ERP 结果表明，重音布局与焦点标记加工虽高度关联，但具有不同的神经生理相关成分，在阅读过程中除了焦点指派，重音布局也是一个必要过程，并在书面语言理解中起到重要的作用。因此作者认为，关于阅读中焦点加工研究中不一致的ERP结果，刺激材料中焦点结构与韵律结构的混淆很可能是一个显著原因。

2. 焦点的声学特征和音系表达研究

贾媛（2012）考察了普通话语调结构、韵律结构焦点的关系，主要研究普通话不同类别以及不同数量焦点的韵律特征以及音系实质。内容主要涉及以下几个方面：（1）焦点成分的声学特征，如疑问词引导的述位焦点和主位焦点、句法标记的焦点（“是”和“连”标记的焦点）的韵律特征；（2）不同类别焦点的交互作用（“是”和“连”标记的焦点与疑问词引导的焦点）在韵律上的表现；（3）不同类别焦点对应的重音实现方式和音系实质；（4）不同数量焦点所传达的重音的层级和音系特征；（5）普通话语调模式的音系表征；（6）焦点和重音对应关系的理论解释；（7）制约重音类型和分布位置的底层原因。

3. 情感语调与情感语音的多模态研究

人在交际过程中无时无刻地对各种模态的信息进行编码、解码和综合理解，语音交互对各种情感表达和感知就是其中一例。面部表情和情感语音的编码和解码过程，一直是心理学和认知科学关注的课题，但是我们对情感语音在跨文化和多模态的交互中的编码和解码机制了解还非常有限。

关于情感理论，影响较大的主要有三个（Scherer，2003）：（1）离散情感理论，认为情感表达是对基本情感编程形成的（affect programs for basic emotions），基本情感如愤怒、害怕、悲伤和高兴等（anger，fear，sad，happy）。（2）成分情感模型（componential emotion models），认为面部情感表达的每个成分由评价结果确定并对运动行为产生影响。（3）Brunswikian的透镜模型（Brunswikian lens model），使用透镜模型研究情感的编码、传递和解码过程。

在国内，对情感的分析研究包括心理学的和工程的两个方面。心理研究开展较早，主要是中科院心理所孟昭兰研究员，从心理学角度对情绪和情感进行了全面的介绍；语音工程方面对情感和情绪的研究，包括情感语音声学分析、情感语音合成、情感语音识别，以及多模态（视频和音频）的情感的计算建模等。这些单位有中科院自动化所、清华大学计算机系以及社科院院语言所等。

Scherer（2003）提倡使用 Brunswikian 的透镜模型研究情感的编码、传递和编码过程，由于 Brunswikian 透镜模型表示了情感的编解码全过程，李爱军等在这个模型的基础上进行修改，提出一个改进的 Brunswikian 透镜模型，并对中日跨文化情感音编码和解码过程进行研究。通过分析跨文化多模态的情感感知结果，得到中日情感感知模式、声音和面部情感特征；探索了情感解码的过程与交际双方的语言文化背景以及不同传输模态的关系；建立了音视频感知特征与感知情感的关系。分析结果表明中日感知模式和感知特征有异同，说明情感感知有跨文化的心理基础，但也受到语言文化背景的影响，这种影响对声音模态的影响最大，其次为面部声音一致模态，对面部表情模态影响最小。对于音视频通道情感冲突的模态感知结果表明音频和视频模态与情感的唤醒度相关，存在情感 McGurk 效应，但是与语言文化背景也相关。通过分析中日情感元音的声学和发音特征、情感语调特征、边界调特征等探索情感编码的机制。

关于情感语调，赵元任先生在系统阐述了汉语语调的定义、语调的类型以及语调和字调的关系的基础上，提出“汉语的语调实际是词的或固有的字调和语调本身的代数和是‘小波浪加大波浪’”的著名理论。按照语调的功能和声学表现，他提出了 40 种表情语调。并指出了声调和语调的叠加形式至少有两种：同时叠加（simultaneous addition）和后续叠加（successive addition with a rising or falling end）。

Venditti，Maeda 和 van Santen（1998）对日语语调进行分析，按照语用表达的不同，提出了五种类型边界调。Sagisaka（2005，2012）等提出了一种 impression－prosody 映射机制实现交际韵律（communicative prosody）。

李爱军（2011，2012）分析了中日情感语调特征，发现汉语情感语调的后续叠加边界调模式，并对其功能与形式之间关系进行声学分析和合成感知研究。

（六）主要代表人物及代表作

（1）林茂灿：《汉语语调实验研究》，中国社会科学出版社 2012 年版。

（2）曹剑芬：《现代语音研究与探索》，商务印书馆 2012 年版。

（3）石锋：《语调格局——实验语言学的奠基石》，商务印书馆 2013 年版。

（4）Xu，Y.，Chen，S. －w.，Wang，B：2012 Prosodic focus with and without post－focus compression（PFC）：A typological divide within the same language family？The Linguistic Review，29：131－147.

（5）Wang，Cao，H. & Li，H.：2012. Comment on "Phonemic diversity supports a serial founder effect model of language expansion from Africa"，*Science*，335，657.

（6）Tseng，Chiu－yu：2010. Beyond Sentence Prosody. Interspeech. Makuhari，Japan（Keynote speech）.

（7）Sagisaka，Y.：2012. *Modeling prosody variations for communicative speech and the second language towards trans－disciplinary scientific understanding*. In *Keynote speech of Speech Prosody*.

（8）Cécile Fougeron（Eds.）：Laboratory Phonology 10，Berlin：De Gruyter Mouton，2010.

（9）Wyn Johnson and Paula Reimers：2010. *Patterns in Child Phonology*，Scottish：Edinburgh University Press.

（10）Alan M Slater，Paul C Quinn（Eds.）：2012. Developmental Psychology：Revisiting the Classic Studies，London：SAGE Publications Ltd..

三 学科建设状况

（一）发展水平、地位作用

实验室历史悠久，拥有国内最大的语音语言科学基础研究团队，在国际上有相当的知名度。作为跨学科和交叉学科以及新兴学科，实验室的学科覆盖全面。有语音与言语科学本体研究，也有面向应用的研究。与科大讯飞成立了联合实验室，与加拿大魁北克大学心理系、乌特勒支大学语言学系、匈牙利科学院、天津大学计算机学院、中科院自动化研究所等开展合作研究。

通过创新工程项目，与国内20多所高校合作，正在带动一批国内的中青年学者，利用实验设备开展语言实证研究，目标是通过5—10年的努力，建成国际水准的、开放的汉语语音和言语科学重点实验室，并通过这一平台，培养一批优秀的国际化青年人才。

（二）承担项目

参加和承担的项目有：（1）国家973计划项目“互联网环境中文言语信息处理与深度计算的基础理论和方法”，承担其子课题“互联网环境中文言语感知与表示理论研究”。（2）与天津大学、中科院自动化所联合申请并获批了自然科学基金重点项目“语音产生过程的神经生理建模与控制”。（3）主持国家自然科学基金面上项目“跨文化多模态情感语音的心理、生理及声学研究”。（4）主持国家社科基金青年项目“汉语篇章的韵律特征和音系表达研究”，目前该项目各项研究进展顺利。（5）院级国际合作研究课题有两个，一个是荷兰皇科院合作研究课题，与荷兰乌特勒兹大学语言学系合作开展婴幼儿语言发展研究：“The Early Acquisition of Speech Prosody：A comparative study of Dutch and Chinese”，入选荷兰2012年十大中国合作项目；另一个是与匈牙利科学院的合作课题“自然语言信息结构的接口研究：句法、语义、语用、话语和韵律”。（6）重点实验室与中科院计算所、科大讯飞公司联合申请并获批了安徽省语音专项：“基于网络词典及语音翻译技术的语言学习系统”。

（三）主要成果

1. 专著和论文

（1）胡建华，《句法对称与名动均衡——从语义密度和传染性看实词》，《当代语言学》2013年第1期。

（2）贾媛，《普通话同音异构两音组重音类型辨析》，《清华大学学报》（自然科学版）2011年第51卷第10期。

（3）贾媛，《普通话焦点的语音实现和音系分析》（英文版），中国社会科学出版社2012年版。

（4）李爱军、史如深、张钊，《普通话婴幼儿语言输入语言中动词和名词的韵律特征》，《中国语文》2011年第5期（总第344期）。

（5）李汝亚、石定栩、胡建华，《省略结构的儿童语言获得研究》，《中国语文》2012年第3期。

（6）沈家煊、乐耀，《词类的实验研究呼唤语法理论的更新》，《当代语言学》2013年第3期（将刊）。

（7）Cao，Mengxue，Aijun Li，Qiang Fang，Jianguo Wei and Chan Song.

2012. Acoustic and Articulatory Analysis on Japanese Vowels in Emotional Speech, ISCSLP. Best paper Award.

(8) Fang, Q. , Dang, J. 2012. Estimation of muscle activation patterns based on a 3D physiological articulatory model for vowel production, Chinese Journal of Phonetics, Vol. 3.

(9) Gao, Jun, Aijun Li, Ziyu Xiong. 2012. Mandarin Multimedia Child Speech Corpus: CASS_ CHILD, 2012 Oriental - COCOSDA (The International Committee for the Co - ordination and Standardization of Speech Databases and Assessment Techniques), Macao.

(10) Hu, Fang. 2012. Tonogenesis in Lhasa Tibetan - Towards a gestural account. In Hoole, P. et al. (eds.), *Consonant Clusters and Structural Complexity*, pp. 231 - 254. Berlin: Mouton de Gruyter.

(11) Hu, F. , Wu, Y. , Xu, W. & Han, D. 2012. Articulatory Strategies in Obstruent Production in Mandarin Esophageal Speech. *Proceedings of Interspeech* 2012. Mon. 01c. 01, Portland, Oregon, September 9 - 13.

(12) Hu, Jianhua and Ruya Li. 2012. Children's Acquisition of Focus Association. Invited presentation at The 20th Annual Conference of the International Association of Chinese Linguistics (IACL - 20) . The Hong Kong Polytechnic University.

(13) Hu, Jianhua and Ruya Li. 2012. Focus Association in Child Mandarin, the 5th Generative Approaches to Language Acquisition (GALANA - 5), October. 11 - 12. The University of Kansas.

(14) Hu, Jianhua, Ruya Li and Peppina Po - lun LEE. 2011. Scope Acquisition at the Interfaces. The 19th Annual Conference of the International Association of Chinese Linguistics (IACL - 19) . Nankai University, Tianjin, June 11 - 13.

(15) Kazuya Fujii, Qiang Fang, Jianwu Dang. 2011. Investigation of Auditory - Guided Speech Production during Learning of New Speech Sound, NCSP, Best paper Award.

(16) Li, Aijun. 2011. Review: The Bilingual Child: Early Development and Language Contact. by Virginia Yip and Stephen Matthews. New York: Cambridge University Press, 2007, p. 295. ISBN: 9780521836173. Journal of Chinese Linguistics. Vol. 39, No. 2.

（17）Li, Aijun. 2012 Qiang Fang, Yuan Jia, Jianwu Dang, More Targets? Simulating Emotional Intonation of Mandarin with PENTA. ISCSLPP271 – 275.

（18）Li, Aijun. 2012. Successive Addition Boundary Tone of Chinese Emotional Intonation: Production and Perception, The 4th International Conference on Sinology, Taipei, June 20 – 22.

（19）Li, A., Fang, Q. & Dang, J. 2011. Emotional intonation in a tone language: experimental evidence from Chinese, ICPhS', HK, pp. 1198 – 1201.

（20）Li, Ruya and Jianhua Hu. 2012. Null Object Construction vs. VP Ellipsis Construction: An Experimental Study. Accepted for oral presentation, International workshop ELLIPSIS2012: Crosslinguistic, formal, semantic, discoursive and processing perspectives. November 9 – 10, Vigo, Spain.

（21）Li, Ruya, Dingxu Shi and Jianhua Hu. 2011. Acquisition of Elliptical Constructions in Child Mandarin. Poster presentation at The 12th Meeting of the International Association for the Study of Child Language（IASCL – 12）. Montreal, Canada, July 19 – 23.

（22）Li, Ruya, Dingxu Shi and Jianhua Hu. 2011. Children's Interpretation of Pronouns and Reflexives in VP Ellipsis Structures. International Joint Symposium on the Interfaces of Grammar（ISIG）. Institute of Linguistics, Chinese Academy of Social Sciences, Beijing, October 19 – 21.

（23）Liu, Shen, Jianguo Wei, Bo Feng, Wenhuan Lu, Bruce Denby, Qiang Fang and Jianwu Dang. 2012. An Anisotropic Diffusion Filter for Reducing Speckle Noise of Ultrasound Images Based on Separability, APSIPA.

（24）Wang, Song Jianguo Wei, Shen Liu, Qiang Fang, Jianwu Dang. 2012. Reconstruction of Vocal Tract based on Multi – source Image Information, ISCSLP.

2. 应用平台

语音与语言资源网络服务平台以词语信息资源为核心内容，以智能语音和语言技术为主要依托，面向移动互联网用户，开发基于云计算技术的语音与语言资源服务、语音与语言知识共享、语音与语言学习评测三大系统。目前，该平台已开发完成一系列子系统，并上线运行。

（1）新词发现与标注系统

新词发现与标注系统可每天自动跟踪主流平面媒体，采集《人民日报》、《北京日报》、《中国青年报》等报刊文本语料，并进行自动建档、文本提取、分词和词频统计等分析工作，然后在此基础上发现潜在的新词或词语新用法，提交给科辅人员进行人工标注和确认，为词典收词及词语释义等工作提供数据支撑。

（2）词语信息内容编撰系统

词语信息内容编撰系统为用户提供类似百度百科模式的词条内容编辑和发布功能。主要特色包括：能够克服纸质媒介的缺陷，实现文字、图像、声音等多媒体内容的编纂任务；能够实现内部词语相互关联；能够进行历史版本的管理和对比；能够共享调用系统内部的各类声音和图片等文件数据资源。

（3）词语信息服务系统

词语信息服务系统利用网页技术展示词语相关的文字、语音、图像等多媒体信息内容。除了词典的常规内容外，该平台还提供语音检索、词语读音合成、汉字笔顺笔画演示、动态词频图示、例句检索、常用词语搭配、词语图片等特色内容。

（4）儿童语音习得综合实验系统

儿童语音习得综合实验系统通过语音发音测试评估儿童的听力水平和认知水平，能够完成听力测试、实物指认测试和指认图片识别等测试功能。基于该系统可收集声调、词汇、句法习得以及儿童语言产出等方面的实际数据，并在此基础上，可为特定用户提供语音方面的训练和学习。

（5）儿童语音采集系统

儿童语音采集系统依托科大讯飞的语音云技术，为儿童提供古诗词对诵、成语接龙、看图识字、词语连连看等语言学习类益智游戏，提高儿童学习语音和语言的乐趣，系统在线采集并记录儿童语音。

（6）文件资源共享系统

文件资源共享系统的研发目标是打通不同子系统的数据资源，实现共通和共享，形成“统一标准、统一认证、统一管理、统一服务”。用户可以在该系统上分享上传和下载各类文档，并能实现音视频文件的在线播放，此外，还可为其他子系统提供各类文件资源的访问接口，并实现各子系统数据资源的统一管理。

3. 数据库建设

重点实验室非常重视各种语音与语言数据库建设，目前建设的大型数据库包括：

(1) 儿童语言习得多模态数据库 CASS - CHILD，收集 1—4 岁儿童与家人自然对话语料，为研究儿童语言的学习与获得提供数据支撑。

(2) 情感语料库 CASS - EMC，由专业演员表演七种不同情绪的语音数据，以研究情感与语音之间关系，包括语音、视频和三维 EMA 发音的中日两种语言的数据。

(3) AESOP—中国各大方言区英语学习者语音库，在中国十个方言区的 24 个城市收集带有方言口音的英语录音数据，以研究英语学习与方言之间的关系。

(4) IPA 发音数据库 CASS - IPA，录制国际音标实际读音，并采集发音过程中的舌位运动以及唇形变化等生理数据，为构建三维动态发音模型服务。

(5) 大规模动态文本语料库，每天自动跟踪主流平面媒体，采集报刊文本语料，并进行自动建档、文本提取、分词和词频统计等分析工作。

四 学科发展前景

通过科研管理体制和机制的创新，实行“以研究带动开发、以开发促进研究”的发展模式，充分整合国内语音与言语科学领域的研究资源和人才力量，开展语音与言语科学领域的重大基础理论研究和智能语音技术的研发工作。围绕创建国际一流的汉语语音与言语科学重点实验室的奋斗目标，我们将在未来 5—10 年集中力量开展以下几个方面的研究工作：

(一) 重大基础理论研究工作

1. 人类发音机理研究
2. 语音与语言类型学研究
3. 汉语儿童音系和语法的获得与认知发展研究
4. 语音韵律和音系的声学、认知和多模态研究

(二) 应用系统研发工作

1. 面向国际汉语教学应用的三维动态发音生理模型
2. 语言脑认知神经计算模型
3. 语音与语言资源网络服务平台
4. 婴幼儿语言发展测试平台（基于平板电脑）
5. 汉语婴幼儿沟通发展量表平台

（语言研究所　李爱军）

词典学学科前沿研究报告
（2010—2012）

辞书是一个民族语言文化的结晶。辞书编修是传承文明、弘扬文化的重要途径，被所有民族重视。辞书大业，惠及天下；功在当代，利在千秋。它是民族思想、科学、文化和语言的结晶，是国运兴盛的标志。在我国，合格的辞书，既是社会主义文化的组成部分，又是发展社会主义文化的重要工具。

词典学是一门实践性很强的学科。在语言学涉及的各个分支学科中，词典学能够将哲学社会科学成果服务于经济社会发展，而且能够很好地实现社会效益和经济效益的统一。因此，许多国家都重视本国语言词典的编写，比如在匈牙利国家语言研究所中，各研究室都从事跟辞书编纂相关的研究，服务于匈牙利语词典的编纂。中国社会科学院语言研究所词典编辑室是一个从事辞书编辑和研究工作的专门机构，以中国社会科学院语言研究所为依托，在理论创新和科学实践上有着得天独厚的优势。

一　概况

在漫长的世界辞书历程中，我国辞书曾筑起光辉夺目的里程碑。东汉时就有《说文解字》、《尔雅》、《方言》等辞书。改革开放以来，我国辞书业不乏传世之作，如《现代汉语词典》、《辞海》（1979）、《辞源》（1979）、《汉语大字典》、《汉语大词典》、《中国大百科全书》、《英汉大词典》、《俄汉详解词典》等，但是辞书品种、系列、数量、规模等，比起辞书强国还有很大距离。以古今兼收的大型语文辞书为例，我们的《汉语大词典》比《牛津英语词典》起步晚了120年，收词少了13万条。我国至今还没有一部严格意义上的大型现代语文辞书，而国外都不止一部这样的辞书。像《现代汉语词典》这样规模的中型语文辞书，仅法国就有近十部。现代英语语文辞书，在1940年前就产生了以用词为主的学习词典，至今在英国已经出现了五大学习词典分庭抗礼的兴盛局面。辞书强国的纸本和电子辞书等产业规模远远超过我们。

20世纪80年代以来，一些高等院校的辞书研究所及一些出版社的辞书编辑室先后成立，辞书学科迅速发展。《辞书研究》及有关刊物对一些理论问题进行探讨，出版了《辞书学概论》、《词典学》等理论性专著及几本论文集。全国有200多家出版社出版辞书，每年出版三四百种辞书，不同门类、品种的辞书相继问世，大中小型俱全，基本能满足社会需要。全国辞书评奖工作也推动了辞书的出版和研究工作。但也要清楚地认识到，目前全国辞书整体质量不高，选题重复，粗制滥造和抄袭行为时有发生。辞书编纂和词典学理论方面研讨的主要问题有：辞书的继承和发展、借鉴和侵权问题，辞书编写的规范化问题，其中语文词典词性标注和辞书内容规范化问题是热点。

二 学科前沿动态

(一) 理论观点与热点

随着我国辞书事业的不断发展，辞书的理论研究工作不断深入。2011年10月，党的十七届六中全会提出建设社会主义文化强国的战略目标，促进了辞书的发展，如何使我国从辞书大国走向辞书强国成为大家讨论的热点。

徐庆凯《辞书的文化价值》(《辞书研究》2012年第3期)提出辞书的文化价值可概括为六个方面：反映社会的文化水平，显示国家的文化实力；荟萃本国文化精华，积累人类精神财富；传播文化知识，满足读者的文化需求；奉献文化成果，推动文化发展；推广语言文字规范化，强化语言文字作为文化主要载体的功能；促进各国文化交流，提升世界文化水平。

张志毅《辞书强国——辞书人任重道远的追求》(《辞书研究》2012年第1期)提出要成为辞书强国，人才、理论必先强，在理论方面有以下热点：实用主义、规范主义、描写主义三种主导思想及其有机结合问题；解码词典和编码词典的对比和融合问题；传统释义方法、新兴释义方法及其综合问题；辞书元语言研究及其应用；语料库研究及其应用。

苏培成《走向辞书强国之路》（《辞书研究》2012 年第 5 期）从以下三个方面探讨了我国如何走向辞书强国：从切实做好当前的辞书工作，为辞书业的进一步发展打下基础；从世界看中国，从社会需求看辞书业担负的重任；树立精品意识，摒弃平庸之作，使辞书强国梦逐步变为现实。

2012 年《现代汉语词典》（第 6 版）出版后，有百余名专家学者、书法家、教育工作者分别集会或致信有关部门要求禁止汉语辞书收录字母词。中国社会科学院语言研究所和商务印书馆在 8 月 29 日、9 月 29 日召开会议，研讨字母词问题。与会专家在以下几个方面取得共识：字母词的产生具有必然性；字母词是对汉语词语书写形式的革新；现代语文词典需要有选择地收录字母词；以开放的心态科学引导字母词有序规范使用；字母词风波的实质是前进与保守思潮之争。江蓝生发表了《汉语词语书写形式的革新——谈谈字母词的身份与规范》一文。这场字母词之争让社会大众认清了字母词问题，对语言学、词典学的普及也起了很好作用。

于屏方、杜家利《汉英学习词典对比研究》（中国社会科学出版社 2010 年版）以学习词典编纂界的领军者英语学习词典为参照系，从词典本体论出发，对英汉学习词典的宏观结构、中观结构、微观结构和检索结构等方面进行比照式研究，力图分析我国目前汉语学词典编纂中的得与失、长与短，以期为汉语学习词典编纂实践的优化提供理论参考。

（二）重点辞书

《新华字典》（第 11 版），中国社会科学院语言研究所修订，江蓝生主持，商务印书馆 2011 年出版。第 11 版根据国家语文规范和标准进行修订，十分重视增补与人名、姓氏、地名有关的字，也吸收了部分读者的意见。第 11 版共收单字 13000 多个；以字统词，收带注释的词语 3300 多个；新增正体字（标准汉字）800 多个；以姓氏、人名、地名用字和科技术语用字为主；根据专家学者和广大读者的意见，对某些繁体字、异体字做了相应处理，增收繁体字 1500 多个、异体字 500 多个。第 11 版除了传统的普通本和双色本外，为了惠及边远贫困地区的学生，特别推出价格低廉的平装本。

《现代汉语词典》（第6版），中国社会科学院语言研究所词典编辑室修订，江蓝生主持，商务印书馆2012年出版。本次修订充分利用各类语料库选收或检验新词、新义和新的用法，力求反映近些年来词汇发展的新面貌和相关研究的新成果。第6版增收新词语和其他词语3000多条，增补新义400多项，共收条目69000多条。

《汉语大词典》（第二版），上海辞书出版社出版。2012年12月，召开编纂出版启动大会。按照计划，《汉语大词典》（第二版）将于2013年下半年陆续发稿，2015年开始出版，2020年完成。全书将分25册，约6000万字。将在开本、篇幅、价格上推出不同产品以细分读者群，让不同文化水平、不同专业、不同购买力的读者都能用上国家级品牌图书，这既是保障人民群众文化权利、丰富人民精神文化生活的实事，也是在互联网时代加强辞书实用性、扩大影响力的重要举措。

《辞源》（修订版），商务印书馆出版。这是国家“十二五”规划重点图书，《辞源》30多年没有修订，修订工程浩大，参与的专家学者上百位，计划在2015年《辞源》出版一百周年时修订完成。

《全球华语词典》，商务印书馆2010年出版。主要收录20世纪80年代以来各华人社区常见的特有词语，如中国大陆的“海归、黄金周”，中国港澳的“叉电、生果金”，中国台湾的“博爱座、拜票”，新加坡、马来西亚的“组屋、度岁金”。还酌收少量共有词语，如“层面、促销”。该词典收录世界各华人社区内使用的华语词语约10000条。词典使用的汉字以中国大陆、新加坡、马来西亚等通行的为标准，尽量考虑其他华人社区的用字习惯。以此为基础编写的《全球华语大辞典》已立项为国家重大出版工程，争取在五年内完成。现在正广泛联络中国港澳台、新加坡、马来西亚等亚洲地区华语专家参与编撰。

《新编小学生字典》（第4版），人民教育出版社2010年出版。根据全国政协提案、教育部指示人民教育出版社组织语文教育专家和辞书专家专为全国小学生编写的。收录字头7000余个、词条40000余条，其中成语5000余条。见词明义者列入“词语苑”，供学生组词和写作时选用。配有动物植物、历史文化、军事航天等彩色插图500余幅，由国内一流的专业摄影家和相关领域的专家提供。联系教材教学，设立各种学习栏目，辨析易错易混字词的形、音、义的异同，讲解与字词相关的语言知识、文化知识。

《现代汉语学习词典》，商务印书馆2010年出版。收词注重时代性和文化性，尽量贴近现代语言生活。释义通俗，标注词类、语类，标示名词的典型量词搭配。例证丰富实用，反映鲜活的语言实际。设“注意”栏目，提示一些特殊用法和易错字词。设“辨析”栏目，对同义词、易混词等进行辨析。设“语汇”栏目，附列逆序词，帮助扩大词汇量。设“知识窗”栏目，介绍与词语有关的知识和信息。部分条目配有插图，作为释文内容的补充。此前，郭良夫主编的《应用汉语词典》（商务印书馆2000年版），注重词语的用法，在标注词类、词义辨析、构词提示、插图等多个方面进行了有益的尝试，已经具备了“内向型”学习词典的一些主要元素，在此基础上研发编写出了《现代汉语学习词典》。

《现代汉语分类词典》，商务印书馆2013年出版。分类词典是按词的意义分类编排的一个特殊品种的词典，也叫语义分类词典。《现代汉语分类词典》收词条83146个。主要是通用程度较高的语文性词语。按五级语义层的分类体系编排，共有一级类9个，二级类62个，三级类514个，四级类2069个，五级类12623个。上层义类反映了整个社会生活与汉语词汇的宏阔概貌，底层分类细致地反映出同义相聚、反义相邻的词语类聚关系。

《汉语图解词典》、《汉语图解小词典》，45个语种版本，商务印书馆自2008年起陆续出版。该词典是适合所有阶段汉语学习者使用的汉语工具书，把词和短语按语义关联分为15个主题，用图解的方式解释词语，帮助学习者轻松地达到学习效果。主题主要根据国家汉办《国际汉语教学通用课程大纲》划分，涵盖生活方方面面；主题下细化出142个话题，共收录约4200个常用词语，每个词条与图对应，注有拼音和英文释义。大量图片生动展现当代中国人的生活，兼顾中国传统与西方文化元素，为读者提供全景式的中国体验。推动中华文化走出去，需要汉语辞书走向国际市场。这些词典在这方面开了一个好头。

（三）学术会议

三年来，中国辞书学会年会和各专业委员会的研讨会相继举行，对词汇学和辞书学的诸多问题进行学术探讨。召开的主要学术会议有：

2010年11月，中国辞书学会专科词典专业委员会第八届年会暨学术研讨会（北京）；11月，第二届词典学与二语教学国际研讨会（重庆）。

2011 年 7 月，第九届全国双语词典学术研讨会（辽宁大连）；7 月底—8 月初，中国辞书学会第九届年会暨第二届辞书事业终身成就奖颁奖大会（宁夏银川）；9 月，第八届全国语文辞书研讨会（陕西西安）。

2012 年 4 月，第四届辞书理论与辞书史学术研讨会（安徽芜湖）；5 月，中国辞书学会少数民族辞书专业委员会筹备会（宁夏银川）；7 月，中国辞书学会专科词典专业委员会第九届年会暨学术研讨会（江西井冈山）；10 月，词汇学国际学术会议暨第九届全国汉语词汇学学术研讨会（山东济南）；10 月，中国辞书学会成立 20 周年纪念大会（北京）。

三 学科建设状况

（一）词典学学科发展情况

语言研究所词典编辑室成立于 1956 年 7 月，是我国成立较早也是规模较大的辞书专业机构，编辑、修订了《新华字典》、《现代汉语词典》等经典辞书，在我国辞书界有很高的学术地位。

《现代汉语词典》是一个集中人力、物力，在词典学的理论和实践的各个方面进行成功探索的一个范例。词典开编前成立了研究组，对中外同类词典的编纂状况进行深入研究，汲取经验。正式公开出版前经过印出试印本和试用本、内部发行等形式广泛征求意见，特别是由中国科学院有关的研究所和一些著名的大学、中学教师参与审定，反复修改、打磨，以“十年磨一剑”的求真务实、精益求精的精神，从酝酿编写到正式公开出版用了 22 年时间，即使不算“文化大革命”浪费的十年，也是花了 12 年功夫才完成的。词典对字头和注音的处理、对收词的把握、对体例的改进都做过反复研究、修改。词目区分同形同音词、释义行文力求符合被释词的词性，注音标示词的离合功能、对异形词进行整理、释义增加括注、外来词附注来源等都是以往汉语词典未曾做过的。

现代汉语一般说是从 20 世纪形成的。20 世纪记录其字词语的大中型词典不多，较早出现的《辞源》（1915）、《辞海》（1937）都是综合性的，后来的《国语辞典》有语文规范的目的，但由于现代汉语规范标准概念不明确，词语资料不足，该书收词较芜杂，专科性、古代近代词语较多，释义又用浅显文言，例句、出处多引自古书。正像吕叔湘先生所说，在《现代汉语词典》以前还没有真正意义上的规范型的现代汉语词典。品质铸就品牌，创新保证领先。精品辞书之所以成为精品，是由它的品质取胜的。《新华字典》、《现代汉语词典》是词典编辑室的两项主要学术成果。《新华字典》是新中国成立后出版的第一部以白话释义、用白话举例的字典，《现代汉语词典》则是我国第一部规范性的现代汉语词典。

中国社会科学院语言研究所对我国词典学的发展作出了很大贡献。1989年4月，语言研究所与新闻出版署图书管理司联合举办了为期一个月的词典编辑培训班，来自全国各出版社的60多人参加了培训。1992年10月，语言研究所组织承办中国辞书学会成立大会，是中国辞书学会的主要发起单位。1993年4月，语言研究所与商务印书馆在浙江宁波联合举办《现代汉语词典》出版二十周年学术研讨会。同年9月，中国辞书学会语文词典专业委员会成立，语言研究所词典编辑室作为主任单位，主管语文词典专业委员会及语文词典评奖工作。尽管如此，在各高校、出版社群雄并起的今天，语言研究所词典编辑室也面临着前所未有的挑战。未来的十年是关键时期，总的目标是：出人才、出成果，确保精品辞书地位，开拓新的课题，适应社会发展的需要，加强辞书编纂及学术研究在学科发展中的作用。

（1）队伍建设。抓人才培养，保持十个左右科研骨干人员，并在十年内根据实际情况和工作需要引进人才。在职年轻人员要通过各种形式的进修，不断提高业务水平。编辑人员既要有较高理论素养，又要有词典编纂的实际能力，基础知识扎实，外语和计算机运用有较高水平。资料人员也需要有扎实功底和较强计算机运用能力。根据需要，除语言学专业人员外，还要有20%左右的熟悉科技和哲社知识的编辑。工作特别紧张时，可以组织或聘用所内外有关专家参与工作。

（2）课题规划。为了与时俱进，词典室编修的《新华字典》、《现代汉语词典》、《现代汉语小词典》、《倒序现代汉语词典》需要不断修订。正在编纂的《现代汉语大词典》争取在五年内出版。此外，还可以开发新的内向型学习词典，如《新华字典》（学生版）、《现代汉语词典》（学生版）。同时，相对于内向型词典而言，外向型词典的编写还比较薄弱，我们还缺少为大家所认可的专为帮助非汉族读者学习汉语的权威辞书，这也需要我们早日编纂出对外汉语学习词典。

（3）加强词典学理论研究。在完成辞书编写和修订任务的同时，要加强词典理论的研究。重点是探讨规范型汉语辞书编写的理论（包括性质、收词、释义及资料建设等）。每年召开一次全室专题学术研讨会，并参加中国辞书学会组织的学术活动。不定期地组织学术讲座。撰写出专著和论文集。

(4) 重视和鼓励跟国内外辞书编纂机构的学术交流。成立半个多世纪以来，词典编辑室跟国内各高校、各出版社的交流较多，而跟国外辞书编纂机构的交流较少。借鉴国外的先进辞书编纂理论和实践，运用于我们的辞书编写与研究，做得很不够。我们目前的编纂理念和手段远远跟不上时代和读者的需要，这尤其需要引起重视并逐步解决。

2012 年，词典编辑室积极参加中国社会科学院创新项目的申报，提交了《基于辞书编纂的辞书学、词汇学研究》创新项目论证书，获批并于 2013 年起实施。室内人员经过几次专题研究，确定每个人的中长期和今后一年内的科研规划，完成了项目论证书。该创新项目围绕辞书编纂展开、为辞书编纂服务，是为解决辞书编纂中遇到的难题而有针对性地研究，力求研究成果能够运用到辞书编纂中，能够解决实际问题。该项目对修订好《现代汉语词典》、《新华字典》，保持住《现代汉语词典》、《新华字典》的精品地位，编纂出新辞书，以及丰富、完善、建立我国辞书学、建立“《现汉》学”都有很重要的理论意义和现实意义。

(二) 词典编辑室学科发展成果

(1)《现代汉语词典》

《现代汉语词典》编写宗旨就是国务院在指示中明确提出的，确定现代汉语的词汇规范，为推广普通话、促进汉语规范化服务。正式公开出版前有三种版本:“试印本”(1960)、“试用本”(1965)、“内部发行本”(1973)。“试印本”和“试用本”都是排印出较少数量供征求意见及有关方面审定用的，没有出版发行。

1978 年正式出版的《现代汉语词典》是一部以记录普通话语汇为主的中型词典，供中等以上文化程度的读者使用。之后修订过 5 次，2012 年 6 月出版了第 6 版。

《现代汉语词典》荣获 1993 年中国社会科学院颁发的优秀科研成果奖、1994 年中华人民共和国新闻出版署颁发的国家图书奖、1997 年新闻出版署颁发的国家辞书奖一等奖、2002 年中国人民大学颁发的吴玉章人文社会科学奖一等奖、2008 年新闻出版总署颁发的国家政府奖。据统计，商务印书馆从 1973 年 5 月内部发行到目前发售的第 6 版，共出版发行了 7 个版次 400 多印次，发行量近 5000 万册。

（2）《新华字典》

《新华字典》由著名语言学家魏建功先生主持编写，新华辞书社编纂。《新华字典》是新中国成立后出版的第一部以白话释义、用白话举例的字典，也是迄今最有影响、最权威的一部小型汉语字典，堪称小型汉语语文辞书的典范。《新华字典》对中国的文化教育事业有极为深远的影响，对普及全民族的文化知识作出了重要贡献。

《新华字典》最初由人民教育出版社于1953年、1954年出版了两个版次。1957年改由商务印书馆出版，称新1版。此后推出了多个修订重排本。先后修订过十次，2011年出版了第11版。

《新华字典》1998年版荣获第四届国家图书奖荣誉奖、第三届国家辞书奖特别奖，并且入选教育部1998—1999年度中小学图书馆（室）推荐书目；第10版入选了教育部2005年中小学图书馆（室）推荐书目。目前已经累计印行4亿多册，是全世界发行量最大的工具书。

（3）《现代汉语大词典》

编写一部大型的现代汉语词典是国家的需要、社会的要求。1960年12月中国科学院哲学社会科学部学部委员第三次扩大会议上，吕叔湘先生所作的《关于现代汉语词典的编辑工作》报告中就提出这一课题。当时《现代汉语词典》试印本已经印出，他说："《现代汉语词典》这样的中型词典还不能反映现代汉语词汇的全貌，我们准备以这部词典为基础，在若干年内编出一本大型的现代汉语词典。"

2005年《现代汉语词典》（第5版）出版后，语言研究所决定上马《现代汉语大词典》这个项目，由时任中国社会科学院副院长的江蓝生任主编，很快在所内外组织起30多人的编写队伍，建立起编委会、编委执行委员会及领导小组。2012年12月印出初稿，计13万余条1000多万字，并于12月13日结项。

四　学科发展前景

尽管词典学作为一门相对独立的学科的时机已趋于成熟，但其理论构架仍是比较松散的，对词典学各种要素的阐述散见于学术论文或一些个案研究之中。词典学作为一门学科的研究仍缺乏系统性、连贯性和整体性，词典学学科的理论构架在词典学界还有一些争议。辞书界应以国际词典学的研究和实践为背景，瞄准学科前沿、吸收各种相关理论之长，比较中西辞书研究理论和辞书编纂实践，为探讨并构建当代词典学的理论体系做出积极的努力。

传统的词典研究是把词典学当作一种技术或工艺、把词典学产品当作一种工具来研究。随着学习词典的兴起，语言学的一些成果被引入词典编纂，词典学研究也开始注意语言学的问题，但仍没有冲破词典本体论的局限，难有较大的突破。

词典编纂的革新首先应该是理论创新。鉴于词典学是应用学科，我们就需要在应用上多下一些功夫，努力把语言学等相关学科的研究成果应用到词典学研究和编纂中去，这样才能摆脱词典本体论的束缚，实现词典学的理论创新。应该大胆应用语言学等相关理论，利用句法、语用、配价、文化、社会语言和语言国情，以及原型理论、心理表征、心理图式等认知语言学的原理，从用户视角对词典学的理论和实践的各个方面进行探索，以此推动词典学理论和编纂实践的创新。

（一）面向国际的辞书编纂研究

国际化是世界出版产业发展的趋势。结合汉语国际推广，需要编写适合外国人学汉语使用的辞书，使汉语辞书从内向型向内向型、外向型并重的方向发展，推动汉语辞书走向国际市场，推动中华文化走出去。主要工作有：

（1）现代汉语辞书编纂史研究。现代词典是以现代语言学、词典学为理论基础，用现代词典编纂法编纂的词典，其宗旨在为人们的阅读和思想交际服务，为促进语言的规范化服务。以《现代汉语词典》、《新华字典》为代表的现代汉语辞书数量及版本众多，急需整理，及时总结，以词典学、词汇学理论为指导，从学术发展史的角度深入研究词典编纂的各个方面问题。

（2）词典的宏观结构研究。包括词典的类型、词典的整体框架设计、辞书编纂的基本流程、收词立目、辞书释义元语言等。

（3）词典的微观结构研究。包括释义、义项编排、注音、字形词形、词类标注、配例等。需要分范畴、有步骤地对此进行深入研究，研究国内外代表辞书的编写理论和实践，参照20世纪50年代末编写的《中型现代汉语词典编纂法》（初稿），编纂出反映现代理论高度的“现代语文辞书编纂法”。

（4）基于辞书编纂的语言文字规范问题研究。语文辞书是对语言文字认知的标准与规范，对于规范语言文字的使用有着不可替代的作用。语言文字规范标准的建设和语文辞书的编纂，都必须以扎扎实实的科学研究做支撑，切实处理好辞书编纂与语言文字规范化工作的辩证关系，使二者能够相辅相成。

（二）现代汉语词汇系统描写与体系建构

不同的词汇单位之间存在着相互制约、对立或相互依赖的关系，构成词汇体系。目前，英语类义词典已取得了较丰富的成果，但是汉语类义词典的研究较薄弱。目前需要重点研究汉语类义词典以及以此为依托而建立的汉语词汇体系，以认知语言学和语义场理论为基础，以《现代汉语词典》词条为基础，通过范畴化、图式化，尝试构建汉语类义词典语义网络，重点参考《同义词词林》和《朗文多功能分类词典》，分类分范畴对汉语词汇做系统描写，为纸质词典向电子词典的转化，现代汉语辞书的按类别、按专题修订进行可行性研究，研究汉语类义词典的编纂以及以此为依托而建立研究汉语词汇体系。

监测并研究新词语、西文字母词、网络语言。随着社会的发展，包括西文字母词、网络语言在内的大量的新词语源源不断地涌入现代汉语词汇库。现代汉语新词语反映时代面貌，具有极强的时代内涵，成为现代社会不可或缺的一种语言现象。因此，针对现代汉语中出现的新词语现象，探索新词语产生的规律、新词语的特点、新词语面临的问题及其解决办法，有很强的现实意义。

（三）现代化辞书编纂研究手段建设

计算机和信息技术的发展为词典学的研究和发展提供了一个全新的平台。计算机在词典数据的存储、提取、分析、传播、交换、语料库设计以及词典编纂等方面为词典学的研究提供了坚实的基础，运用计算机对词汇进行计量研究是现代词典收词、义项划分的主要科学依据，能把编者从纷乱的卡片中解脱出来，在收词和释义的处理上从主观判断提升到科学决策的高度，极大地加快词典的编纂速度，改善词典的编纂质量。

词典编纂系统和辞书编纂中的自动化处理系统是辞书出版标准化、数字化的主要途径。放眼英语类学习词典，它们在过去的几十年里，借助计算机语料库的技术和资源，实现了一次质的飞跃。因此，借鉴国外的成功经验，立足国内，加快计算机语料库的建设和应用是今后词典学发展的关键所在。

（语言研究所　杜翔　谭景春）

计算语言学和自然语言信息处理学科前沿研究报告（2010—2012）

计算语言学和自然语言信息处理研究的科学目标，是用自然科学方法和计算机科学技术探索自然语言理解及生成的理论和方法，其应用目标是设计和开发实用的语言信息处理系统。按照目前学界的共识，本学科的研究领域大致分成四个方面（不含语音和言语工程）：一是语言研究和语言分析方法，主要包括形式化语法理论和模型、自然语言理解与生成、语言分析方法（主要是词法、句法、语义和篇章的分析）；二是语言信息处理技术，包括智能信息检索、问答系统，以及基于自然语言的信息抽取、自动文摘、文本分类、倾向性分析、数据挖掘、话题跟踪等应用方向；三是机器翻译系统的研究与开发；四是语言资源的建设和应用，包括各种语料库、语言知识数据库和语言知识的获取。

一　学科前沿动态

近年来本学科的研究有以下几点值得关注：

1. 互联网的迅速发展使语言信息处理在信息科学技术中占有越来越重要的地位，由此推动了计算语言学研究与自然语言处理应用系统开发的紧密结合。新的信息技术和新的应用需求促进了新的学科交叉，产生了新的应用方向和新的语言技术。这使得本学科的研究在应用目标上的投入和进展超过了理论目标的发展。近年来，国内外工业界在语言信息处理领域发挥了越来越重要的作用，开发出了智能语音手机、网络机器翻译系统、智能搜索引擎、社会媒体舆情分析系统等许多语言技术和应用产品。本学科以往的研究一般是从建立形式化语法理论和模型，到构建语言分析算法，再到开发应用系统。这种研究模式现在已经不能适应新的需要，从互联网应用产生的语言信息技术革命正在越来越多地促进着计算语言学和语言信息处理研究的进展。

2. 语言信息处理进入了一个“大数据”的时代。网络和信息技术的高速发展带来了海量规模的语言数据，需要探索新的研究方式和分析方法，开发新的语言处理技术，从自然语言的大数据中发掘出更多有价值的信息和知识，提升人类对自己的语言的认识。由数据驱动的语言处理需求催生了基于计算/搜索的方法，目前主要是统计模型和机器学习方法，所采用的语言模型正在经历一个从浅层到深层的发展过程。前些年的主流模型是支撑向量机、最大熵方法等，近年提出的“深度学习”是在大数据情况下表达能力更强的模型，希望通过构建具有很多隐层的机器学习模型和海量的训练数据，使计算机学习到更有用的特征，提高信息分类或预测的准确性，从而充分发掘海量数据中蕴藏的语言信息。

3. 基于计算/搜索的方法与基于规则的方法相互结合的观点逐渐得到共识。在自然语言处理领域，理性主义（Rationalism）和经验主义（Empiricism）是多年来影响全局的主流研究方法。学科发展至今，大多数学者基本形成了共识：完全依赖规则的理性主义方法和单纯计算或仅用语言表层个体特征的经验主义方法已经难有进一步发展的余地，而吸收较深层次的语言结构特征和纳入系统化语言资源的经验主义方法今后会有更多的发展空间。人们现在已经很少再去争论“经验主义”和“理性主义”的优劣，而是注重二者各取所长、和谐结合。尤其是在机器翻译、智能信息检索、信息抽取和挖掘、词性标注、句法语义分析等研究领域中，统计模型、机器学习与语言分析相结合的方法开始得到了广泛的认同。

4. 随着社交网络、电子商务和移动通信的发展，由用户生成的内容（User Generated Content）在不断增加，各种数字形式的语言资源空前丰富。越来越多的研究开始关注如何从互联网上获取结构化的语言信息和日常知识，把这些信息和知识应用到机器翻译、信息检索等系统里，提高这些应用系统的性能。值得关注的是，近两年有学者提出了“基于互联网自然标注资源的自然语言处理”的研究思路。互联网自然标注资源（Naturally Annotated Web Resource）是数以亿计的互联网用户在交际中产生的各种语言资源，包括网页、论坛、博客、社交网络、维基百科、用户日志，等等，其中携带着各种显式的或隐式的自然标记，含有关于词汇、语法、语义和本体知识的信息。基于互联网自然标注资源研究语言信息处理，就是要利用这些自然标记把语言资源中各种有用的信息挖掘出来、组织起来，应用于语言研究和语言技术的开发，有效地提高自然语言处理系统在开放环境下的处理能力。

二 关于本学科的研究范式

从科学研究的角度看，研究范式（paradigm）是存在于某一科学领域内关于研究对象的基本意向，是学者群体所共同接受的一组假说、理论、准则和方法的总和。在一个科学领域里，研究范式可以用来界定什么应该被研究、什么问题应该被提出、如何对问题进行质疑，以及在解释我们获得的答案时应该遵循什么样的规则。在计算语言学和语言信息处理领域，一般认为理性主义（或称基于规则的方法）和经验主义（或称基于计算/搜索的方法）属于不同的研究范式，代表了学科发展的不同阶段和不同模式。半个多世纪以来，本学科的研究范式经历了从基于规则到基于计算/搜索的转变，近两年有不少学者开始回顾这个转变的过程，讨论它的起因、发展和对科学研究、技术进步的作用，希望从中领悟计算语言学和语言信息处理学科今后的发展方向。

近年来，计算语言学和自然语言处理在学术界和工业界都得到了越来越多的关注。这是因为语言信息处理在互联网应用的很多方面都起着非常重要的作用，如搜索引擎、社交网络、电子商务、移动通信、在线翻译系统等。语言信息处理的几乎所有技术在互联网应用中都能找到用武之地，其中既包括词法、句法、语义等基础性的分析方法，也包括检索、问答、翻译、文摘等应用性的技术。传统的语言信息处理面临海量、高噪声网络数据的研究对象，新的应用需求催生了基于计算搜索的研究方法，替代了原有的基于规则的方法。新的研究范式又使学科领域迅速扩展，开拓出更多新的研究方向。近些年语言信息处理的研究热点绝大部分都是由基于计算搜索的方法而生的。

在计算语言学和语言信息处理领域里，机器翻译是最早的研究方向，也最完整地经历了研究范式从基于规则到基于计算搜索的过程。早期（始于20世纪50年代，直到20世纪90年代初期）的机器翻译领域，占据主导地位的是基于规则的系统，规则里含有大量语言学知识信息，这样的系统由人类专家花费巨大的努力、需要数年甚至更多的时间来构建（有些这类商业化系统一直使用至今，例如SYSTRAN1）。这些系统尽管在许多情况下非常有用，但却很难拓展和修改，并没有真正地实现全自动、广覆盖、高质量的机器翻译性能。20世纪90年代早期，IBM提出了最初的统计机器翻译模型，标志着机器翻译研究范式开始从人工构建、基于规则转变到以计算搜索为核心。此后，更多的各种基于短语、基于句法结构的扩展模型陆续出现，直到近年的机器学习模型。目前基于计算/搜索的方法已经在机器翻译领域中被广泛应用，除了基于统计和机器学习的机器翻译以外，还形成了基于实例的机器翻译方法、基于转换的方法，以及被称为“基于上下文的机器翻译”方法，还有融合多个机器翻译系统的方法（多引擎机器翻译）。目前的情况是，由形式化语法支持的、基于规则的机器翻译系统很难达到大规模实用的目标，尤其是汉外机器翻译。而依靠互联网上源源不断的电子化双语资源，统计语言模型，特别是机器学习方法却成就了机器翻译工业化产品的实现，能够通过互联网提供各种自动翻译服务。

促进机器翻译研究范式转换的主要因素，除了互联网大背景下的应用需求以外，一是大量增加的单语和双语平行文本语料库提供了充足的数据资源，二是大规模数据的搜索算法和计算机硬件提供了低成本和通用化的快速计算资源。不仅是机器翻译，在过去的20年间，这些因素也促使整个计算语言学和自然语言处理领域出现了同样的研究范式的转变。值得一提的是，这种转变对机器学习领域的发展也起到了重要作用，促进了该领域的重大理论进展。

人类语言知识和计算方法的有效结合，是语言信息处理取得进展的必要条件。在基于计算搜索方法的研究和应用中，人们逐渐重新认识到规则方法的作用。语言学家的理性思辨有助于更深入地了解语言的本质，能够指导相关语言数据的收集和组织，有助于建立合理的语言模型。例如在机器翻译系统中，基于最大熵的方法可以把多种语言学特征引入翻译模型，利用经过标注的双语树库或浅层句法分析技术来改进翻译的质量。通常引入的特征函数有：对位模板、词汇翻译概率、短语对位、常用短语等，此外还有源语言和目标语言的某些深层句法信息，例如分析树概率、树到串对位、树到树对位等。

在基于计算搜索方法的机器翻译模型中，也有语言学驱动的方法和非语言学驱动的方法之分。比如可以按照不同的单位进行源语言到目标语言的转换。比单词大的转换单位（如短语、语块、短语树、句法树、语义树等）可能具有语言学上的意义，也可能没有语言学上的意义。使用有语言学意义的转换单位，是语言学驱动的，比如利用了格标记或词义信息的语义树；反之是非语言学驱动的，比如那些与语言结构单位不完全相关的二叉树或短语树。近年来，语言学驱动的方法得到了机器翻译研究和翻译系统评测结果的支持，基于句法树、基于短语、引入词汇语义消歧或短语语义消歧的翻译模型，都有助于提高翻译系统的性能，这说明引入更多的语言学知识是基于计算搜索的机器翻译研究的趋势，尤其是以汉语作为源语言或目标语言的机器翻译系统。

值得注意的一个现象是，在计算搜索方法和语言数据模型逐渐成为学科发展强势主流的过程中，汉语语法语义研究的作用也经历了一个从相对弱化到比较重要的过程。除了完全不考虑语言信息的纯计算模型之外，有越来越多的语言模型纳入了各种语言特征。这些特征分属不同的层次：有的是句子表层的个体语言单位或其搭配特征，有的是浅层或较深层的语言结构特征，还有的是系统化的语言资源（如《知网》、《词林》等）。在语言信息处理研究和语言技术开发应用中，计算搜索方法与语言规则相结合开始得到了广泛的认同。反思学科研究范式的转变，多数学者基本形成了共识：完全依赖规则的理性主义方法和单纯计算或仅用语言表层个体特征的经验主义方法已经难有进一步发展的余地，而吸收较深层次的语言结构特征和纳入系统化语言资源的经验主义方法今后会有更多的发展空间。

三　国内本学科发展的总体状况

我国计算语言学和语言信息处理的研究近年来虽然取得了很多进展，但是与国际学科前沿水平相比，整体差距的确还比较大。不论在理论研究上，还是在应用系统的开发上，国内的工作多数还是跟踪性的，原创性的研究不多。由于学科理论发展的局限和汉语本身的复杂性，目前我国计算语言学理论和方法的研究还不能为汉语信息处理提供足够的支持。

计算语言学理论方向主要研究自然语言与计算相关的问题，探讨自然语言理解和生成的模型与算法。理论方面的原创性研究一直是国外学者的天下，新理论的出现需要厚积薄发。国内的理论研究历来薄弱，这些年也鲜有研究力量投入，因此基本上难有什么作为。由于理论方面的薄弱，对算法的研究也大多属于自下而上的方式，即多从实用技术的需要出发而较少涉及语言模型的实现，由应用目标来驱动研究方向的特点比较明显。近年来，国内应用型研究和实用系统开发的目标更为明确，投入相对较多，也取得了一些成果。现有的研究力量主要集中在语言工程和语言数据资源方面，研究人员的知识结构以理工科为主，在研究和应用技术中越来越多地使用统计方法来分析语言数据、获取语言知识、建立语言处理系统。基于计算和搜索的方法已经成为近年学科发展的主流。与此同时，早期以规则方法为本的学术理念逐渐淡出，语言学本体研究在语言信息处理中的基础作用也难看到明显的体现。

从2010—2012年国内召开的学术会议可以看到这一时期计算语言学和语言信息处理的主要研究状况。

第23届国际计算语言学大会（Coling2010）。这是本学科的顶级国际学术会议，由国际计算语言学学会（Association for Computational Linguistics）主持，每两年一次，代表了国际上最新的研究进展和研究方向。2010年8月首次由中国中文信息学会在北京主办第23届大会。会议内容涵盖计算语言学理论和语言信息处理技术的各个分支领域，主要包括：句法、语义、语法和词汇，词汇语义和本体，音系/形态、词的切分和标注，自动摘要，语言生成，句法分析和语块分析，口语处理、理解和翻译，语言的语言、心理和数学模型，对话和会话代理系统，话语的计算模型，信息检索，问答系统，词义歧义消解，信息抽取和文本挖掘，语义角色标注，情感分析和意见挖掘，基于语料库的语言模型，机器翻译和机助翻译，多语言处理，统计和机器学习方法，语料库开发和语言资源，评测方法和用户学习。

第34届ACM数据挖掘和信息检索年会（SIGIR2011）。这是信息检索领域的顶级国际学术会议，由国际科学教育计算机组织ACM——美国计算机学会（Association of Computing Machinery）主办。ACM是世界上第一个，也是最有影响的计算机组织，计算机领域的最高奖——图灵奖就是由该组织设立和颁发的。第34届年会于2011年7月在北京举行。从大会的分组专题可以了解到近年来信息检索的热点问题：互联网信息检索，社会媒体信息检索，多媒体检索，图像搜索，多语言检索，垂直和实体搜索，个性化搜索，检索模型，机器学习，语言学分析，内容分析，询问分析和建议，推荐系统，自动分类、聚类、索引、摘要，协同过滤，文本采集。

全国计算语言学学术会议（2009，2011），隔年召开，是国内影响最广泛的计算语言学、语言信息处理学术会议，主要内容：计算语言学的理论基础，语料库语言学，词法句法分析和语义分析，机器翻译技术、系统及评测方法，自然语言处理的应用技术及系统等。

全国机器翻译研讨会（2010，2011，2012），主要讨论机器翻译模型、技术及系统，多语种机器翻译系统的评测等问题。

全国信息检索学术会议（2010，2011，2012），主要内容：信息检索及文本挖掘的模型、算法及基础理论，Web 信息检索，事件抽取，文本分类与聚类，文本过滤，问答式检索和自动文摘，信息安全，信息检索计算法，机器学习与用户模型等。

第八届亚洲信息检索学术会议（2011），主要内容：信息检索模型，查询反馈，用户建模，大规模数据处理，自然语言处理，系统演示等。

第十三届机器翻译国际峰会（MT SUMIT - XIII 2010），这一届在我国福建厦门举行，讨论的主题有机器翻译前沿技术、机器翻译系统的应用和评测、机器翻译系统演示。

中国中文信息学会成立 30 周年学术年会（2011）和 2012 年学术年会（2012），附设了中文信息处理技术论坛，回顾我国中文信息处理 30 年的发展历程，讨论中文信息处理的中长期目标，促进中文信息处理领域的理论创新、技术交流和产学研合作。

中国少数民族语言文字信息处理学术研讨会（2011），主要内容：少数民族语言信息处理的相关标准与技术规范，少数民族语言资源开发与语料库建设，少数民族语言词法、句法分析和语义分析，少数民族语言处理的应用技术或系统，服务于计算语言学的少数民族语言支撑环境和软件技术。

汉字编码专业委员会第九届年会暨学术研讨会（2011），主要内容：汉字键盘输入技术的规范标准的研究，现有国家语言文字和信息处理的规范标准在汉字键盘输入技术中应用情况，汉字数字编码的研究与应用。

除了学术会议以外，从近年兴起的语言技术和应用系统的评测工作中，也可以看到学科的发展方向和研究水平。评测体现了本学科研究中的计算特性和工程特点，也是计算语言学和自然语言信息处理与其他语言学分支学科的一个不同之处。

语言技术和语言信息处理应用系统的评测一般由该专业领域的国际或国内学术组织主办。组织者提供标准的数据集合、评测问题和标准答案，使参加者以共同的标准进行系统的运行和评测。其中最有代表性的是文本检索会议（Text REtrieval Conference，TREC），它是目前国际上信息检索领域最重要的学术交流和最权威的系统评测活动，由美国国家标准和技术局（National Institute of Standards and Technology，NIST）与美国国防部高等研究计划署（Defense Advanced Research Projects Agency，DARPA）联合主办，从1992年起每年举办一次。该评测分为几个主要方向：问题回答（QA）、特定领域检索（Legal，Genomics，Enterprise，Blog）、传统Web检索等。组织者向参与者提供标准的语料库（Corpus）、检索条件和问题集（Query Set），以及评测指标和评价方法（Evaluation）。参与者则被要求在规定的时间内构建检索系统并提交检索结果（Runs），由组织者按照公开、统一的指标和评价程序自动评测各个结果的优劣，整个过程通过互联网完成。然后依据评测结果召开大会进行学术交流，发表会议论文。近年来本学科采用这种评测方式的分支研究领域越来越多，国外除了文本检索评测以外，还有机器翻译、词义消歧、共指消解、自动摘要、文本蕴含等评测；国内自己组织的有机器翻译评测、中文分词评测、中文微博的中文切分评测和情感分析评测、中文命名实体识别与歧义消解评测、中文句法分析评测、中文倾向性分析评测、简繁汉字智能转换系统评测等。

这种评测的方法和技术本身就是一类研究项目，需要提出和分析问题，制定评测方案、发布评测大纲、描述评测任务，提出评价指标，设计评测程序，并提供训练和测试语料库。评测对于语言技术和应用系统的作用不仅仅是评出优劣或排出名次。以机器翻译研究为例，机器翻译质量自动评价技术的出现，在一定程度上解决了译文质量评价的人工依赖问题（虽然其评价指标还不够准确，无法完全替代翻译质量的人工评估），为系统的测试与开发提供了一个大致的标准，自动评价指标还为统计翻译模型的参数优化过程提供了目标函数。在机器翻译的研究范式从人工构建基于规则到以计算搜索为核心的转变中，译文质量自动评价是重要的促进因素之一。

四　本学科在本所的发展状况

在语言研究所，计算语言学和语言信息处理学科始于20世纪50年代的机器翻译研究，以后逐渐发展到语言系统工程和语言数据处理，主要是自然语言信息处理领域的专题研究，语言信息处理应用系统和语言处理技术开发，以及语言数据资源建设（研究语言数据的组织方式和应用技术，建立各种类型的语料库和语言知识数据库）。除此之外，前些年也有汉语字/词的统计和计量分析、术语研究、语言规划等研究方向。

机器翻译在本学科领域里，是最有代表性的、难度也最大的研究方向之一。语言所曾经主持并成功地进行了俄汉机器翻译系统的实验，这是当时世界上为数不多的几个机器翻译系统之一。随后出版了我国第一本机器翻译学术著作《机器翻译浅说》，发表了一系列论文，论述机器翻译中的语言分析方法和机器翻译系统的研制方法。这个阶段后来被学界公认为我国机器翻译研究的开创期。在研究中应用相关的语言理论，注重语言工程实践，结合汉语的特点，提出了语言分析和生成的方法。研究成果对我国基于规则的机器翻译研究和开发起到了奠基的作用，在相应的历史时期代表了国内的主流研究方向。语言所的学者先后主持研究和设计了多个语种实验型和应用型机器翻译系统，曾多次获得国家级或省部级的科技进步奖。此后，学科的主要研究方向逐渐转为机器翻译专题研究、自然语言处理应用系统的研制，以及语言数据资源的开发和应用。主要研究语言处理中的分析方法、语言资源的概念模型和数据模型，开发计算机应用系统，同时建立各种语言信息数据库和语料库，研究语言数据资源的组织方法和应用技术。

在语言资源研究方面，近年来语言所的学者提出了多模态语料库的研究方向，主持建立了现场即席话语多模态语料库、幼儿母语习得多模态语料库、英语教学传统课堂和网上学习多模态语料库，并对这些由自然现场即席活动所产生的多模态文本语料库进行数据建模和信息挖掘的研究。自然现场即席话语活动是指发生在日常生活里、自然形成（事先没有书面文字准备）、参与人面对面的话语活动。几年来，这项研究已经采录了各种话语活动800小时，其中大部分内容由语音转写成了文字，建立了由转写文本、原生语音流文本和原生视频流文本组成的多模态文本语料库，并初步实现了同步。下一阶段的研究是，针对原生语音流的超音段语力调、原生视频流的话语活动功能和原生视频流所记录的体态语作深入的切分和标注，使三种文本的语料进一步实现同步（即从转写文本文字可以查到对应的原生语音流和原生视频流）。多媒体语料库的研究和应用是一个学科交叉、理论与应用相结合的研究方向，也是一个前沿课题。对其中多媒体语料数据集成问题，语言所学者的研究颇有新意，在深入分析文本、图像、音频、视频语料的基础上，形成了多媒体语料异质数据集成的总体思路，建立了多媒体语料的分层处理模型，对各种媒体形式的语料研究了切分和标注的方法，研究了数据集成需用的元语言，并根据相关国际标准提出了基于活动描述的多媒体语料库数据集成方案，探讨了不同数据类型的语料在海量规模的情况下如何集成处理的问题，这些工作在相关领域的研究中尚属首次。在应用方面，根据自己设计的语料数据模型和数据集成方案，研究了如何建立、管理和访问多媒体语料库，设计了语料数据处理的应用程序，并且在多模态、多媒体、多资源支持的词典编纂环境中作了应用实验。

近几年语言所建立了多个面向语言研究和应用目标的计算机系统，如汉语词汇资料数据库、汉语语句自动分析实验系统、《现代汉语词典》系列数据库系统、汉语方言词汇数据库检索系统、汉语动态语料库、汉语辞书编纂系统、语言数据资源 XML 处理平台等。在学术期刊和会议上发表了数十篇论文，内容涉及机器翻译和中文信息处理中的语言分析、计算词汇语义学、知识本体与领域概念体系、汉语的统计和计量分析、汉语语义信息数据库的构建、汉语语文辞书的数据建模、语料库建设和应用、术语整理及术语数据库应用、工具书和国家标准的编写等。

语言所本学科近期已经完成或正在承担的研究课题主要有社科院重大课题“基于自然语言数据处理的汉语辞书编纂系统”、创新工程项目“汉语语言资源数据库”，以及“当代汉语新词、新义、新用的追踪、整理和研究”、“汉语动态语料库”、“开放式汉语新词语网络服务平台”和“语料资源整合”、“语言学文献数据库及其检索系统”等。

在研究中语言所的学者注重学科的理论基础和应用目标，讲究语言数据资源的真实可靠，在计算语言学研究、自然语言信息处理应用系统的研制、语言数据资源的开发和应用、语言所的信息化建设等方面做了扎实的工作。有一些研究成果在学界产生了良好的影响，例如关于多模态语言资源数据建模的研究，以及用通用置标语言 XML Schema 描述汉语语文辞书和汉语语料，用 XML 原生数据库平台处理多种类型的语言数据资源，此前国内尚未见到类似工作的报告；关于动态跟踪采集语料的技术，具有相关的自有知识产权，在实际运行效果上不落后于国内同类成果。近年来还积累了大量的语言数据资源，包括各种语言知识数据库和语料库，为语言研究和词典编纂提供了基础。但是从目前国际国内的学科发展水平来看，语言所本学科的现状在总体上还是呈现弱势，现有的研究队伍在知识结构、学术水平和科研能力上都还不能够满足学科发展的需要，学科发展的总体目标与定位不够明确，研究的方向比较分散，尚未形成团队研究力量。语言数据资源建设方面，在注重应用价值的同时，也还应该更加讲究扎实的理论基础。

五 学科发展前景

中国国家自然科学基金和社会科学基金是国内本学科获得研究资助的主要来源。从 2012 年度这两个国家级基金在本学科领域里立项的情况可以大致看出，计算语言学和语言信息处理研究今后 3—4 年在国内的大致走势。

社会科学基金 2012 年在语言学科目下立项资助了近 300 个课题，其中直接属于计算语言学和语言信息处理的课题不到 2%（2011 年的情况也是如此）。研究目标集中在汉语语言知识（主要是句法、语义）的组织、表达和应用方面，譬如：多视角语义分析方法、语言知识库及平台建设、语言知识资源的可视化技术、语义角色句法实现的词汇语义制约、语义排歧及语义与句法特征互动关系等。

相比之下，自然科学基金对本学科的资助力度要大许多。据不完全统计，2012 年度自然科学基金在本领域批准了 60 多个课题立项，总经费约 2700 万元，主要包括以下几类：

（1）机器翻译、问答系统、智能检索，这类语言处理应用系统的研究多集中在某几项关键技术上，少有研制完整系统的计划。

（2）以语言信息处理为背景的汉语词汇、语法、语义研究和篇章分析，汉语词法、句法的自动分析，以及汉语生成。

（3）文本信息抽取、命名实体识别。

（4）互联网环境下的知识挖掘（挖掘对象为：实体及其语义关系、领域知识、事件语义、事实性信息、社交网络的身份属性等）。

（5）网络内容中的意见挖掘和倾向性分析（也称情感分析/舆情分析）。

（6）中文文本摘要、主题分析、文本分类。

（7）语言资源建设（包括各种语料库和语言知识库）。

这些项目涉及语言信息处理应用方向的许多主要研究目标，共同的特点是，由应用目的驱动研究方向；以基于计算搜索的方法为主；密切关注国际上的研究动态，跟踪国外的研究方法；重视互联网大数据资源；以中文为主要研究对象（包括藏、蒙、傣、维、哈萨克、柯尔克孜等民族语言）。根据这些项目的研究期限可以预计，今后3—4年间，国内计算语言学和语言信息处理领域的主要研究仍然会比较多地借鉴国际上的学科发展思路，并仍将带有较明显的应用性和技术性特点。

从语言研究所学科建设的目标出发，本学科今后的主要发展规划可作如下考虑：

在学科发展的总体思路上，语言所的计算语言学研究应该有自己的学术特色，在当前学科发展以计算/搜索方法为主流的情况下，重视语言学本体研究在语言信息处理中的基础作用，在应用系统和语言技术的研究中注重语言学理据，带动语言工程和语言资源建设。我国语言学界和语言信息处理学界一直比较缺少有效的沟通和融合，近年来这种现象已经开始改变，语言所在语言学各个分支学科有深厚的学术积累，也应该对促进这两个领域的结合有所作为。

在研究目标上，从汉语语言工程和应用实践出发，探求语言的结构和意义规律，研究语言规则的形式化表示方法和实现算法。计算语言学的理论价值不是用计算机作为语言研究的工具，而是用现代科学的理论和方法来研究自然语言。语言学研究的目标之一是找到语言的形式和意义之间的对应关系，计算语言学研究可实现的语言规则系统，其根本目的也在于此。在语言工程方面，把基于计算/搜索的方法和基于规则的方法结合起来，在应用系统和语言技术的研究中注重语言学理据，从语言信息处理的角度研究汉语的构词、语法和语义等问题，开发应用型的系统和语言处理技术。在语言资源建设方面，以扎实的理论基础和良好的应用价值作为标准。各种语料库、数据库的建设，在设计目标、内容规模、组织结构和标注体系上，注重语言学理论的指导，忠实地反映语言使用的原貌，系统地描述语言知识，注意与语言资源建设的国际标准和规范接轨，促进国际语言资源的交流、共享与合作。

（语言研究所 傅爱平）